비겁자는
자신의 안전이 확보되었을 때 용감하다.

- 괴테 -

## part Ⅰ. 방랑.

1, 노란 싹수---------4
2, 잠재 용의자--------14
3, 휴게소----------- 20
4, 다다까이----------29
5, 머피의 법칙-------32
6, 단식투쟁---------45
7, 폐칩------------54

## part Ⅱ. 늑화(勒花).

8, 총대메기---------65
9, 사라진 무궁화 꽃----119
10, 원인무효--------132
11, 빅브라더--------141
12, 당랑포선--------179
13, 힛트맨---------240
14, 생존모색--------263
15, 먹과녁---------306
16, 책임전가--------332
17, 자살게임--------375

part Ⅰ. 방랑.

1, 노란 싹수.

그가 소년기를 보낸 곳은 서울의 어느 빈민촌 언덕바지 동네였다. 그는 가족과 함께 11살 때 그곳으로 이사를 가 그곳 아이들이 거칠어 쉽게 섞이지 못하고 한참 고립되어 있었다. 그의 외톨이 성격이 거기에서 생성되었을 것이다.

그 동네에는 아이들이 모여 놀 수 있는 조그마한 운동장 있었고, 아지트격인 거기에서 그들이 즐겨한 것은 축구였다. 그는 그 동네에 이사 오기 전까지 축구를 해 본 적이 없다. 어느 날 나이가 조금 많은 애들이 축구공 차는 게 서툰 그를 놀리려고 그의 발 앞에 공을 갖다 놓으며 차보라고 하였고, 그게 무슨 뜻인지 눈치 챈 그는 약이 올라 공을 힘껏 차보았지만 공은 비참하게도 잠깐 공중에 떴다가 데구루루 구르며 얼마 못 가 서 버렸다. 그렇게 힘껏 찼는데도 어떤 이유로 킥이 그렇게 형편없는지 알 수가 없고 창피하기도 하여 그는 그 후로 축구를 하지 않았으나 나중에 다른 용도로 발차기 연습을 하면서 다리에 힘만 준다고 탄력이 생기는 게 아닌 것을 알게 되었다.

그가 그곳 애들에게 놀림의 대상이 되면서부터 조금씩 내면에 잠재되어 있던 오기가 반응했다. 그때 쓰던 말대로 '깡'이었다. 마치 야생의 세계처럼 이것의 존재 유무와 그 형태에 따라 아이들의 서열이 정해졌다. 이 '깡'에는 이것과 같아 보이지만 전혀 다른 것이 '곤조'였는데 전자는 자기보다 강한 상대나 처한 환경에 대하여 굴하지 않고 덤비는 일종의 용기 또는 무모함 같은 것이나, 후자는 상식이나 룰을 무시하고 상대를 질리게 하여 양보를 종용하는 행패 즉 '땡깡'이다. 그는 젊은 시절 주변에서 수시로 일어나는 이 '땡깡'을 견디지 못해 인생이 망가진 측면도 있다. 그가 거친 애들 사이에서 자신을 지키기 위해 선택해야 했던 둘 중의 하나,, 그 선택지 자체가 이미 불리한 자신의 처지와 미래를 더 어렵게 한다는 것을 알았지만 그것을 떨쳐 낼만한 자기애가 부족했고 또 그것을 깊이 생각하기에는 너무 어렸다.

그곳 아이들은 저녁을 먹은 후 아지트에 모여 조를 짜 도둑질 원정을 다녔다. 그리고는 훔쳐온 전리품을 내놓으며 그 공적을 으스댔는데 갖가지 물건이 수북했으나 대개는 구멍가게에서 훔친 여러 가지 먹거리들이었다. 그는 그런 애들과 섞이려 하지 않다가 어느 날 우연히 그들과 휩쓸리면서 그들이 원하는 것을 알아채고 지지 않겠다는 오기로 쌀가게에 혼자 들어가 콩 한 자루를 짊어지고 나와 던져주고 갔다. 그것은 그의 발 앞에 공을 갖다놓으며 차보라고 했던 조롱 같은 시험이어서 겁쟁이가 되기 싫어 보인 용기였으나 사실은 그들에게 굴복한 비겁이 실체였다. 난생처음 형사범죄에 해당하는 도둑질을 저지르고 그 뒤끝의 더러움을 알고 나서부터 더욱 그들과 어울리지 않았으나, 얼마 후, 두 명의 형사가 찾아왔다. 그는 그 아이들을 만나지 않는 것으로 그 일을 잊고 있었으나 그 애들은 도둑질을 계속하다가 경찰에 붙들려 조사 받는 과정에서 그가 저지른 절도 사건을 불었고 그는 종범으로 구속되어 감옥소를 갔다. 그때가 15살이었다. (전과자들은 구치소와 교도소를 구분하지 않고 학교 또는 감옥소라고 한다. 본문에서도 그대로 한다).

지금도 그 명칭이 이어지고 있지만 그 옛날 서울검찰청 유치감은 속칭 '비둘기장'으로 불렸다. 서울 관내 경찰서 유치장의 범죄 피의자들이 검찰 조사를 받기 위해 콩나물시루처럼 그곳에 집결되었는데, 특별한 사건인 경우 몸 하나 겨우 들어가 앉는 1인실도 몇 개 있지만 그것을 제외하면 케이지에 꽉 들어찬 비둘기처럼 교도관은 두어 평의 좁은 대기실마다 발 디딜 틈 없게 피의자를 밀어 넣었다.

러시아워 지하철 콩나물시루라 하면 상상이 될까, 그곳은 사람 얼굴만 한 크기의 시찰구와 그 아래 배식구가 달린 두꺼운 목재 출입문이 있고, 그 맞은편에 쇠창살 창문이 달린 직사각형 좁은 공간에 꾸역꾸역 사람을 집어넣어 옆 사람 머릿내와 입 냄새를 맡으며 꼼짝없이 서 있어야 하는 하릴없는 검찰 조사 기다림은 이미 거기에서부터 형벌의 의미를 일러주고 있었다.

검찰 조사가 끝나고 저녁 시간에 서대문 서울구치소에 도착하면 주먹밥으로 끼니를 때운 후 엉덩이를 까는 항문 검사를 비롯해 죄수복과 수인 번호를 받고 모든 수속이 끝나는 시간은 자정이 가까운 늦은 밤이다. 그는 같이 배정받은 소년범 3명과 함께 6사상 3호실 방 앞에 쭈그려 앉아 있다가 입실했다.

방안에는 열 댓 명의 소년수가 열을 지어 칼잠을 자고 있었고, 그는 감방에 들어갈 때 문지방을 밟으면 얻어터진다고 사전에 들은 풍월이 있어서 조심히 건넌 다음 방안 누군가가 지시하는 대로 뺑끼통(화장실) 쪽으로 가 낯선 환경에 불안해하면서도 심신이 피곤하여 이내 잠이 들었다.

다음날 아침, 소란한 소리에 잠이 깨면서 방 사람들이 이불을 개고 청소하는 것을 보면서 엉거주춤 돕는 흉내를 냈고, 청소가 끝나자 아침 점호를 받기 위해 열을 지어 가부좌를 틀고 허리를 꼿꼿이 한 채 양 손 주먹을 무릎 위에 올린 똑바른 자세로 앉는 것을 보면서 눈치껏 따라 하자 뒤에서 구령이 들려왔다. 큰 소리 "차렷!!"은 허리를 꼿꼿이 펴고 팔을 반듯하게 무릎위에 올리는 것이고, 작은 소리 '쉬어!'는 허리와 팔에 힘을 풀고 편히 앉는 자세이다.

차렷↑↑. 쉬어↓. 차렷↑↑. 쉬어↓, 쉬엇↑↑..
이 큰소리 쉬엇↑↑,, 구령에 깜빡 속아 허리힘을 뺀 편한 자세 쉬어↓에서 순간 허리와 어깨를 펴거나 움찔거리면 갑자기 뒤에서 수도(手刀) 목침과 발길질이 날아들었다. 차렷↑↑은 톤이 높고 쉬어↓는 낮다. 그런데 낮은 쉬어↓를 차렷↑↑의 높은 톤으로 갑자기 고함치면 잔뜩 긴장하고 있다가 그 톤에 속아 깜짝 반응하는 순간 폭력이 춤을 추었다. 방에는 나이 먹고 덩치 큰 대가리가 몇 명 있었고 그 타작은 방 사람들 서열 확인 행사였다.

그는 이런 것에 관한 사전 정보를 듣지 못하여 무방비였고, 당시 나이가 15살이었던 반면 그 방의 대가리들은 나이를 낮춰 들어온 전과자들이어서 그와 많게는 열 살 정도 차이가 있었기에 그 상황에서 그가 혼자 그들을 상대로 무슨 행동을 한다는 것은 상상도 할 수 없고 때리면 그냥 맞아야 했다.

그 빈곤했던 시절 구치소에서 주는 밥은 4등 가다밥이라고 해서 밥을 형틀에 찍어 4개의 크기로 공급했는데 미결수 밥은 가장 작은 4등급이었고 원래 그런 덩어리 밑 부분에는 약간의 눌린 밥이 달려 있으나 대가리들이 그것 이상을 쳐내 자기들 몫으로 **빼돌리는** 바람에 4등 가다밥은 그저 주먹밥 반 덩이였다.

대가리들의 최대 관심사는 면회 오는 사람 구분이었다. 가족이든 동료든 면회가 오는 사람은 영치금이나 접견물(과자, 빵, 버터, 고추장 등 주로 먹거리)을 넣어주고 가는 게 불문율이어서 그것을 방안 권력자가 압수하여 서열 중간급 이상에 한하여 저희끼리 나누어 먹었으며, 그 제공의 면회 당사자는 예쁨을 받지만 가진 돈 없고 면회 오지 않는 사람은 자신의 처지를 한탄해야 할 천덕꾸러기였다. 이 그룹이 겪는 수모는 차가운 멸시의 눈초리와 함께 폭력이 수반되는 오락거리 대상이 되어 방에 대한 기여를 했다. 그는 영치금도 없고 면회도 오지 않는 부류였다. 이 차별은 그 후로 그에게 인생 자체를 천덕꾸러기로 살던가 아니면 스스로 대가리가 되든가 양자택일을 종용 했다.

입방 후 처음 맞는 저녁 점호가 끝나자 공연이 시작 되었다. 낮에 담당 교도관은 열쇠를 휴대할 수 있고 필요할 때 감방 문을 임의로 열 수 있다. 그러나 저녁 점호가 끝나면 방 열쇠는 소위 중앙이라고 하는 집무실에 보관되며, 그 시간 이후는 잠정적으로 업무가 종료된다. 이게 무슨 말인가 하면, 저녁 점호 이후에는 방에서 일어나는 특별한 사고가 아니면 방문은 쉽게 열리지 않는다는 것으로, 담당 교도관이 사동을 돌며 방마다 소동을 벌이지 말라고 주의를 주지만 그 시간 이후로 취침까지는 일종의 자유시간이어서, 방에서는 소위 '띵채'라고 해서 손톱만한 유리 조각 뒷면에 푸른 죄수복 천 조각을 찢어 붙인 조악한 수제거울을 빼꼼히 밖으로 내밀어 교도관의 위치를 확인하면서 수인들은 익숙하게 벽을 따라 빙 둘러 등을 기대앉았고, 방 중앙은 빈 스테이지가 되면서 한쪽 벽면을 비워 스크린 무대를 만들었다.

그를 포함하여 전날 밤에 들어온 신입 3명은 한 사람씩 차례로 무대 벽을 등진 채 오른손을 들고 규율부장이라는 자가 이르는 대로 큰 소리로 따라 복창 했다.

선서!! ...
하나!, 주면 주는 대로 먹는다 !
둘!, 시키면 시키는 대로 한다 !
...
...
일곱!, 하루 선배를 조상같이 모신다 !
여덟!, 신나게 때리면 열나게 맞는다 !

그 중간은 기억이 희미해 잊어버렸고, 여덟 번째 복창이 끝나는 동시에 퍽! 퍽! 주먹과 발길질이 날아든 것만 기억한다. 감히 소리 지르면 안 될 것 같은 분위기가 조성되며 폭력이 행사됐다. 이 주먹세례 신고식이 끝나면 엉덩이를 벽에 대고 주소와 이름을 쓰는 것으로 2막이 시작됐다. 그 씰룩거리는 엉덩이 동작이 그들에게 웃음을 제공했고, 그 외에도 신체를 억압하는 여러 가지 고통스럽고 기기묘묘한 동작이 주문되었는데, 이러한 가학 유희는 특히 소년수방에서 심했고 성인수방도 크게 다르지 않아서 젊은 놈이 늙은이를 갈구는 것이 당연지사였으니, 나이든 사람들은 오히려 재력 조건 때문에 밖에서 가족이 면회를 와 접견물을 얼마나 넣어 주었느냐에 따라 그 기대에 반할 때 그야말로 설움 받는 감방살이를 했다. 세월이 가면서 이런 관행이 사라졌지만, 그곳은 전과자 대가리 하나가 수족 몇 놈과 작당해 나머지를 지배하고 착취하는 막장 사회 축소판이었다.

이런 가학 유희는 일제 강점기 일본 제국군대에서 파생된 문화였다. 일본 작가 고미가와 쥰뻬이의 '인간의 조건' 등 일본 군대 이야기에서 이 원류를 볼 수 있다.

감옥소에서는 흔치 않게 숨어서 치루는 주요한 행사가 있는데 바로 밀매 담배 흡연이다. 담배를 은어로 '개'라고 했는데 담배 한 갑을 한 섬이라 했고 당시 두 섬이 신앙촌 꽃담요(두터운 담요가 처음 생산되던 시절이라 굉장히 귀한 물품이었다) 한 장에 거래 되었지만 그런 것은 특별한 경우이고 보통은 두 세 개비 낱개로 식료품이나 의류, 약품 등과 범치기(물물교환) 되었다. 이 '개'를 피우다 걸리면 보안과로 끌려가 치도곤을 맞는 것은 물론이고 그것이 어디서 나왔는지 불어야 한다. 그러나 감옥소에서 그것이 나오면 어디에서 나왔겠는가. 당연히 교도관이 풀어 마약 밀매하듯 사동 소지(사동 잡일 기결수)를 통해 몇 개비 씩 소매로 거래되거나 아니면 최고 왈왈(대가리 수인)이 교도관과 직접 보루(1box; 담배 10갑)째 거래하여 사동에 풀린 담배였다. 그러나 그렇다고 소위 '개장수'가 매를 못 견뎌 그것을 푼 교도관 이름을 불면 그 교도관은 어느 정도 징계야 먹겠지만, 토설 배반자는 그 순간부터 찍혀 곱징역을 살아야 하기 때문에 맞아죽더라도 입을 다물어야 했고, 그런 신의?는 나중에 더 큰 보상으로 돌아오기 마련이어서 당시 감옥소에 떠도는 유명한 설화가 "비둘기가 물어다 주었습니다"였다. 이 말은 "비둘기가 감옥소 담장 밖에서 담배를 주둥이로 물고 날아가다가 감옥소 마당에 흘린 것을 주웠다"는 뜻으로, 이 말이 취조관을 약 올려 매를 벌지만, 그 앙다문 입으로 번 매는 반대로 그를 믿을 수 있는 사람으로 만들어 나중에 '개 장사'는 더욱 번창한다. 하지만 가오(위세)가 그만치 못 되는 방구석 대가리들은 어쩌다 어렵사리 담배를 구해 피우기도 하였는데, 그 방법 중에는 미결수가 검찰 조사나 재판을 받으러 출정 갈 때 밥풀때기를 한 숟갈 지니고 나갔다가 돌아올 때, 그것을 본드처럼 고무신 밑창에 엉겨 붙인 다음 법정을 나올 때 문간 복도 바닥에 떨어져 있는 담배꽁초를 밟아 신발 밑창에 붙여 가져오는 수법이 있었다. 당시는 법정 복도에서 방청객 흡연이 용인되던 시절이었고, 그곳에 온 방청객이라면 대개 재판 받고 있는 형사 수인들의 가족이거나 친구 등 연고가 있는 사람들이어서 경험에서든 아니면 귀동냥에서든 실정을 아는 사람들이 몇 모금 피우지 않은 장초를 방청석 입구에 일부러 흘려 수인들이 신발 밑에 붙여 가져가도록 배려하는 관행이 있어 그 습득이 가능했다. 그런데 문제는 담뱃불이었다. 이것은 시간이 가면서 최종적으로는 플라스틱 정품 가스라이터로 해결되었지만, 당시에 그것은 아주 먼 훗날의 일이고, 그 전에는 목화 이불솜을 조금 뜯어 귀퉁이에 살짝 치약을 묻힌 다음 벽에 붙인 후, 라이터돌을 칫솔대에 박아 부싯돌처럼 유리조각으로 불꽃을 튕겨 불을 붙이는 깔끔한 방법으로 진화 되었으나, 그것도 그 후의 일이고, 그가 처음 방문한 그 당시만 해도 원시인이 나무를 비벼 불을 지피던 방식 그대로여서 이불솜을 뜯어 가늘게 새끼를 꼬듯 말아 벽에 대고 널빤지로 사정없이 비벼대다가 뜨거워졌을 때 입김으로 호~호~ 불어 간신히 불씨를 얻는 방식이었는데, 따따따따.... 그 널빤지 비벼대는 듣기 거북한 파열음과 오래 묵은 이불솜 인화 과정의 참기 힘든 송장 썩는 냄새는 압권이었다.

그곳에서의 담배 한 모금은 심신이 약해진 수인들에게 순간 정신이 핑- 도는 쾌감을 제공한다. 그 순간을 맛보기 위해 원가의 수십 배에 달하는 돈을 지불 했으며, 그러나 그 보다 감옥소에서의 담배는 아무나 피우는 게 아니어서 그 한 모금은 방 안에서의 권력과 바깥 사회 지위를 대신하는 계급장이었다. 당시 사회 현실은 강력범이나 중요 사건이 아닌 경우 피의자가 검거 되어 파출소에 끌려가는 순간부터 이리저리 어디에선가 전화가 오거나, 또는 얼마의 돈을 경찰관에게 찔러주면 그 자리에서 1차 빠져나가고, 그 후 경찰서와 검찰을 거치면서 한 번 씩 더 걸러져 감옥소에 오는 사람들은 일종의 알짜배기이거나 아니면 찌꺼기였다. 그는 그런 환경에서 담배 한 모금으로 거만해지는 사람들을 보면서 앞으로 그러한 세상에서 살아가야 할 자신의 고달플 하류 인생을 예감하고 그때부터 희망을 접었는지 어땠는지는 잘 모르지만 자신이 그러한 군상 속에서 잘 어울려 살지 못하리라는 것은 확실히 인지했다.

그렇게, 앞으로 무슨 일이 벌어질지 예측이 안 되는 시간 속에 집 생각도 지치고 머릿속은 하얗게 또 다시 공연 시간은 찾아왔다.

며칠 사이 방에는 몇 사람이 나갔고 또 몇 사람이 들어왔다. 그러던 중에 새로 들어온 신입 하나가 문제를 일으켰다. 선서를 거부한 것이다. 그 신입은 20대 초반에 키가 크고 잘빠진 몸매였고 반대로 공연을 주도하던 규율부장은 그 신입보다 나이는 많았지만 작은 키에 별(전과)이 여러 개라는 걸 대뜸 알 수 있는 음습한 모습의 사내였다.

"너 죽을래 ?!"
"싫은데 !"
"이 새끼가 ?!"

기 싸움이 시작되자 규율부장은 신입이 만만치 않다고 느꼈는지 별안간 웃통을 벗으며 무대 벽 맞은편 귀퉁이 화장실로 달려가 거기 문살을 밟고 뛰어오르며 화장실 지붕 바깥쪽으로 물려난 창문 유리를 주먹으로 와장창~~ 깨고 그 한 조각을 옷으로 감아쥐면서 신입에게로 달려들었다. (50년도 더 된 당시에 이런 일로 감방 창문 유리는 대부분 유실되고 대용으로 비닐을 치기 시작했다) 상대를 위세로 제압하려는 심사이나 그것이 안 통하면 얼굴을 긋겠다는 용심이었을 게다.

규율부장의 동작을 처음부터 차분히 지켜보던 신입이 조용히 몸을 돌리며 오른발을 뒤로 물리면서 자세를 약간 낮췄을 때, 규율부장의 유리 단도가 허공을 가르며 찔러오자 사내의 상체가 순간 비틀어지면서 오른발이 바닥을 떴다고 느낀 순간 반 회전 감아 올려 차기가 달려든 규율부장의 왼쪽 턱주가리에 정확히 꽂혔다.

퍽!- 그 한방으로 규율부장은 뻗었다.

규율부장이 잠시의 기절에서 깨어나는 동안 방안에는 불안한 침묵이 흘렀다. 그것은 물길이 꺾여 도는 잠깐의 숨고르기였다. 규율부장은 그 후 한쪽에 얌전히 찌그러졌고, 다음부터 공연은 그 신입이 주도 했다. 밑동이 압수된 4등 가다밥도 그대로였다. 일격 필살 퍼포먼스는 먼 하늘 별들의 전쟁이었고 15살 어린 잉여 초짜에게 달라진 것은 없었다.

그가 겪은 감옥소는 사회 군상 어그러진 민낯과 이 나라 법체계 삐뚠 내밀이었다. 부정은 법을 운용하는 사람들로부터 생산되고 있었다. 고향을 찾는 회귀 도요새처럼, 그는 그 후로도 감옥소를 몇 번 더 거치며 그렇게 스며든 시니컬한 부정 인식이 낚시 바늘 미늘이 되어 젊은 날의 음습한 포란의 둥지를 어슬렁거렸다.

## 2, 잠재 용의자.

당시의 서울 북부의 불광동 소년원 가위탁(가정법원위탁시설)은 인왕산 뒤쪽 기슭에 넓은 운동장이 있고, 그 한쪽 야트막한 언덕 위에 노란색 기다란 담벼락과 그 위에 기와가 얹힌 평화로운 시골 학교 모습을 하고 있었다. 서울구치소에 수감 중인 소년수는 대체로 불기소 처분으로 이곳에 보내져 가정법원 재판을 받고 부모에게 인계되거나, 부모가 없어 찍힌 아이들은 그보다 조금 아래쪽에 새로 지은 2층 슬라브건물로 보내져 보통 1년 이상의 수감 생활을 했다. 그는 일주일간의 서울구치소를 거쳐 그곳으로 보내졌다가 1개월 정도 지낸 후 출소 했다.

별을 단 것이다.

"내가 약하면 밥이 된다 !"

그는 그가 살고 있던 빈민 동네에서 조금 떨어진 아래쪽 다운타운의 '합기도' 도장을 다녔고, 나중에 가정 상황이 더 나빠져 그만두었지만 일격을 노리는 발차기연습은 게을리 하지 않았다.

그 당시 그의 아버지는 이북에서 피난 내려와 중학교 교사를 하기도 했지만 남대문 시장에서 장사를 하다가 파산하여 행방불명되었고, 어머니는 깊은 병에 걸려 있었다. 그는 겨우 다니던 중학교를 그만 두고 구두닦이, 신문팔이로 사회생활을 시작했다. 당시 사회 시선은 이런 길바닥 아이들을 잠정 범죄군으로 치부했다. 거기에다 그는 절도 전과 딱지가 붙어 심심하면 파출소에 끌려가 후리가리(단속) 행사를 치렀다.

그 동네는 도둑질이 심했고 근처에 산림 공원이 있었던 환경 조건 때문에 여가 놀이가 별로 없었던 당시의 그곳은 시간 때우기 좋은 무료 공연 공간이었다. 당시 먹을 것 부족하고 실업자가 넘치던 시절에 그곳은 돈이 없어도 누구 눈치 볼 것 없이 모여 놀기 좋은 장소여서, 그 한쪽 넓은 평지에 조성된 흙바닥 공원에는 기발한 연출로 사람 시선을 끄는 약장수, 5곱 야바위꾼, 또는 얕은 턱바위에 올라 구전 역사로 흥을 돋우는 무료 재담 변사(辯士)도 있어서 항상 사람들로 넘쳤다. 그중에는 젊은 아베크족도 많았고 사정 모르고 사람 눈을 피해 숲속에 들어가 데이트를 즐기려는 청춘들은 그 동네 머리 큰 놈들의 좋은 먹이 감이 되었다.

숱한 강도, 강간, 절도 사건이 있었고 전과자 우범 리스트에 오른 그는 걸핏하면 파출소에 끌려가 매를 맞았다.

주문은 간단했다.

"불어라 !!"
"나는 나쁜 짓을 하지 않았습니다"
"그럼 아는 걸 대 새끼야 !!"

매를 맞으면 들은 것을 말해야 했고 토설하면 나중에 머리 큰 놈들로부터 보복이 뒤따랐다. 그 순환에 부대끼며 딴청 엉까기가 최선이라는 것을 알았고 시간이 가면서 조금씩 머리도 여물어 관록이 붙었다. 파출소에 끌려가면 경관이 반갑게 맞았다.

"또 왔냐 !?"

그가 증오의 눈을 치뜨면 그럴수록 행사는 사납게 시작되었다.

무수히 얻어터지고 쪼이며 이골이 나는 동안 때로는 파출소 책상을 뒤엎고 유리창을 깨며 난동을 부리면서 참지 못할 분노를 폭발시켰고, 그래서 한 번 화를 내면 통제가 안 되게 격노하거나 아니면 차분히 복수를 계산을 하는 양면성도 갖게 됐다.

"왜 죄 없는 사람 잡아다 패냐고요!"

그는 공원 숲속 강도 강간 범죄를 한 번도 저지르거나 간여한 적이 없고 그 소년원 말고는 도둑질하러 돌아다니지도 않았다. 그는 구두닦이와 신문팔이 하면서 병든 어머니와 밥 굶지 않고 사는 것 이외에 다른 생각을 해 본 적이 없었다. 그런데도 그 넓은 서울 천지에 강도 강간 절도 비상이 뜨면 연행 되었고, 후리가리(단속) 기간이면 무조건 끌려가 하지도 않은 범행을 자백 하던가 아니면 아는 것을 대라고 고문당했다. 그는 젊은 시절을 유랑으로 보냈는데 한곳에 정착 못했던 이유가 언제 들이닥칠지 모를 경찰에 대한 불안감도 있었을 것이다.

그가 그 동네로 이사 와 중학교에 입학하고 나서, 그 동네 중학교 1학년짜리 4명이 학교를 안 가고 영화 구경을 간 일이 있었다. 영화관은 그 동네를 내려와 다운타운을 가로질러 한참을 걸으면 그 길 중간쯤에 경찰서를 끼고 길 하나를 사이로 부서진 판자 개구멍을 통해 들어가는 철길이 있고, 그곳을 또 한참 걸어야 하는 곳에 있었다. 그날 영화 구경을 마친 꼬마 4명이 즐겁게 철길을 걸어 집으로 오는 중에 덩치 큰 고등학생 하나가 그들을 불러 세웠다. 그 고등학생은 책가방도 들지 않은 꼬마 4명이 그 시간에 거기에 있는 것만으로도 학교를 빼먹었다는 것을 알았고, 불량한 꼬마들을 조금 데리고 놀려는 속셈이었을 터이지만 손에는 일자 드라이버가 들려 있었다. 말투로 보나 교복 윗도리 단추를 풀어헤친 행색을 보나 그 고등학생 놈도 학교 빼먹은 불량학생이긴 마찬가지였다. 그러지 않아도 중학교 1학년짜리와 덩치 큰 고등학생 간에 거부 할 수 없는 위압감이 있는 터에 고등학생 손에 들린 드라이버도 무서워 꼬마 4명은 쭈뼛쭈뼛 눈치를 보며 나란히 옆줄로 도열 했다.

"너희들 어디 갔다 오는 거야?!"
.... !!
"새끼들, 하라는 공부는 안 하고 땡땡이를 쳐?!"

그 다음부터 꼬마 4명은 어쭙잖은 훈시를 들으며 돌아가며 한 대 씩 얻어터져야 했다. 그렇게 걷다가 서서 얻어터지기를 반복하면서, 그는 순간 "우리는 넷이고 저놈은 혼자인데 왜 우리가 대항도 못하고 얻어맞아야 하지?",,라는 생각을 하면서 철길에서 도로로 빠져나가는 부서진 담장이 가깝게 보이자 그는 결심을 굳혔다. '죽기 아니면 살기지 뭐,,' 그는 슬며시 고등학생 뒤로 가 잽싸게 그 목을 한 쪽 팔로 휘감아 자빠뜨리면서 "죽어 이 새끼야!",,라며 소리 지르면서 목을 졸랐다. 이것은 사전에 신호를 주거나 계획된 것이 아니어서 그의 의도를 친구 3명이 재빨리 알아채고 호응하지 않으면 그는 혼자 묵사발이 되는 상황이었다. 그러자 나머지 셋은 반사적으로 합세하여 "이 새끼 죽여 버려--!",, 비명 같은 고함을 치며 넘어진 고등학생을 발로 차며 짓이기다가 조금 후 누군가가 "토껴--!"라고 소리치자 꼬마 넷은 믿을 수 없는 속도로 도망쳐 부서진 철길 담장을 빠져나와 도로를 가로질러 뛰었다. 거기서부터 경찰서가 바로 앞이고 설마 그 놈이 거기까지 쫓아오지는 못하리라. 그는 그 와중에 기분 좋은 웃음이 터져 나와 뒤를 돌아보니 그 고등학생 놈은 철길 담장 안쪽에 서서 컥-컥- 마른기침을 하며 약 올라 죽겠다는 표정으로 씩씩거리고 있었다. 그는 한 쪽 팔뚝을 밀어 올리며 "이거나 먹어라!"는 욕질을 보내고 통쾌한 도망을 쳤다.

\*\* 많은 시간이 흐른 후, 그가 인생을 정리하는 시점에 이르러 그가 하려는 일이 그때의 그 일 연장이라는 것을 비로소 알게 됐다.

그 시절, 그가 그 동네에서 외톨이 성격의 조용한 아이였음에도 빈민촌 주변 환경이 폭력과 범죄를 조장했고, 남에게 지기 싫어하는 성격이 있어 기차 철길에서 고등학생을 자빠뜨린 뱃심도 있었지만, 그가 폭력을 좇았다면 거기에는 자기보호심리도 작용했을 것이고, 한편으로는 경찰 고문에의 반동심리도 있었을 터이다. 그가 어릴 적에 빈민 동네 근동을 원정 다니며 싸움질이나 하면서 상대가 많든 적든 그는 혼자였기에 주머니에 항상 칼이 있었다. 주먹으로 덤비면 같이 주먹질을 했고, 상대가 흉기를 들거나 여럿이 덤비면 칼을 꺼냈다. 그가 그들과 달랐던 것은 그들의 싸움은 힘자랑이었지만 그는 죽기 아니면 살기였다. 그가 그런 식으로 굳이 싸움질을 찾은 것은 내면의 허영심도 있었겠지만, 목적은 자기 보호 심리 갑옷 만들기였다. "나를 건드리지 말라!",, 그에 걸 맞는 이름을 가지면 상대는 싸우기도 전에 꼬리를 내린다.

그는 젊은 시절 걸핏하면 경찰에 끌려가 고문당한 생활 속에서도 책을 놓지 않으려 애썼으나 원체 가난했고, 당시 나라 자체가 가난했던 그 시절에 자신이 구입해 읽는 책이라는 것이 헌책방을 뒤지거나 고물장사 리어커에 실린 서적을 뭉치로 구입해 손에 잡히는 대로 읽는 게 다였지만, 그 책갈피에는 잠시 고된 일손을 놓고 피우는 담배 한 개비의 위로가 있어 좋았다. 그에게 문학은 너무 어렵거나 아니면 싱거워 흥미가 없었고, 대개는 이해를 못해 사전을 뒤적이면서 난수표 암호 풀듯 사회과학 책을 해독하려 했다. 그래봤자 수박 겉핥기에 불과했지만, 그래도 타는 목마름도 있었으니 자신이 누구이며, 지금 어디에 서 있는지를 알고자 함이었다. 그가 그런 책을 보면서 얻은 한 가지는 복잡한 것에 대한 사고의 간결성이다. 하늘을 쳐다보며, 될 수만 있다면 죠나단 리빙스턴 시걸로 살다 가기를 원했다.

## 3. 휴게소.

방랑을 하며, 그는 너무 배가 고팠고 닷새인지 열흘인지 정처 없이 굶으며 걷다가, 물론, 그 전이라고 하여 잘 먹다가 굶기 시작한 것도 아니지만 눈에 뵈는 것도 움직일 여력도 없었다. 간절히, 숙식을 해결할 일자리를 찾았으나 허사였고, 발걸음은 천근만근 무거웠다. 한 끼 밥 한 그릇과 지친 몸 뉘일 자리,, 생각은 거기에만 꽂혔다. 그 발길이 한계에 이르렀고, 이미 그 전부터 어떤 계획의 목적물을 찾았다. 그의 인생을 딴지걸던 막무가내, 그렇게 찾아 헤매던 것이 순간 눈에 들어왔다. 그는 다행스럽게 완전히 주저앉기 일보직전이어서, 어느 좁은 길가 음식점에서 술에 취해 주인여자에게 행패 부리는 사내 하나를 발견하고는 너무나 반가워 거두절미하고 거기 술병을 집어 들어 그놈 골통을 후려쳐 30여 바늘 꿰매는 폭력을 저지르고 감옥소를 갔다. 가방 속에는 칸트의 순수이성비판 한 권과 사전 그리고 단편소설책 두세 권이 들어 있었다. 이것이라면 천천히 재독하며 형량은 길어봤자 2~3년일 것이어서 모처럼 기어들어 간 감옥소는 포란의 둥지처럼 아늑했다.

그는 서대문 서울구치소 한쪽의 붉은 벽돌 2관구 9사동에 수감되었다. 그가 수감된 방 쇠창살 너머로는 정원처럼 몇 그루 관목이 있었고, 그 바깥으로 난 길 너머로는 연못도 있어서 커다란 비단잉어가 무리지어 헤엄을 쳤다. 그리고 그 위쪽에 작은 사형집행 건물이 녹음 진 숲길 나무 뒤에서 부끄러운 듯 음습한 모습을 감추고 있었다. 그가 수감된 2관구 사동은 일본 강점기 시절 일제가 지은 감옥으로 화장실이 따로 없고 방이 좁아서 서로 어긋나게 칼잠을 자면 4명을 수용하는 작은 규모로, 한쪽 구석에 가림판을 세우고 새우젓 독을 똥통으로 사용하는 구조여서 취침 때 한 사람은 변소에 코를 박고 자야 했고, 오후에 기결수들이 오물을 수거하러 오면 새우젓 독 똥통을 들고 나가 집하수레탱크에 쏟아 부어 그럴 때 온통 변소 냄새가 진동하였지만 그럼에도 그 붉은 벽돌은 정감이 있었다. 어릴 적에 보았던 자갈마당 도르레 쌍두레박 우물 예수회 병원도 그랬고, 그의 어머니가 근무하던 미8군 사령부 건물과 그 길가 외벽 담장도 그것이어서 퇴근하는 어머니를 위해 밥을 해놓고 마중 가던 어릴 적 기억이 아스라이 교차되었다.

수감되어 기력을 추스르는 것까지는 다 좋았다. 그러나 데모하다 끌려온 긴급조치위반 학생들이 맞은편 독방에서 "박정희 물러가라!!",, "긴급조치 철폐하라!!",,고 시도 때도 없이 발작하듯 질러대는 구호는 조용하던 사동을 깨워 갑자기 분주해졌다. 그가 수감된 맞은편 칸칸이 열 지은 독방에 한 명 씩 수감된 집시법 위반자들은 하나가 시작하면 갑자기 폭발하듯 떼로 구호를 외치는 바람에 교도관들은 그럴 때 어찌할 바를 모르고 이리저리 뛰어다니며 자제 시켰으나 도가 넘었다 싶으면 보안과 교도관들이 몰려와 하나씩 끌어내고서는 꽈배기(포승줄을 꼬아 만든 몽둥이)로 패며 보안과 지하실로 끌고 갔다. 거기에서 무슨 일이 벌어지는지 짐작은 가지만 정확히는 알 수 없고 그중에 몇몇은 방성복(防聲服)을 입혀 데려 왔다.

그 옷 생김새가 어떠한가에 대하여는 따로 설명할 필요도 없이 미국 영화 '양들의 침묵'에서 한니발 렉터 박사가 다른 시설로 이송되는 장면에서 양팔이 X자로 묶였던 결박 의상 그대로였고, 한 가지 다른 것은 그 영화보다 더 심하게 눈만 빼꼼히 뚫린 고깔 형태의 벙어리두건을 머리부터 뒤집어씌운 형태이다.

당시 한국은 박정희 대통령 영구집권 "긴급조치" 유신헌법이 발동되었을 때이고, 이를 저지하기 위한 민주투쟁 데모가 절정이어서 사회분위기가 삼엄 했다. 이런 정국에서 미국도 월남전으로 반전운동이 한참이어서 한국은 그렇지 않아도 데모가 익숙한 터에 이런 풍조를 등에 업고 박정희 대통령 독재 타도 열기가 드셌다.

그때 대중가요도 정치적으로 탄압받고 있어서 반전 가사는 말할 것도 없고 은유를 포함하여 정치색은 물론이고 풍속적으로도 검열 당국 입맛에 맞지 않으면 일절 방송, 배포, 금지였다. 그래서 오히려 일부 금지곡은 데모 합창 지정곡으로 불리며 저항의 심볼이 되었다. 또한 이런 분위기는 규제가 덜한 외국 곡으로 해갈을 찾아 밥 딜런의 '브로윙 인 더 윈드'가 주로 하이컬러와 대학생 사이에서 돌았고, 일반 대중은 그런 사회분위기와는 상관없이 내용의 정확한 뜻도 모르며 흥겨운 리듬만으로 c.c.r의 '프라우드 메리' '홀 스탑 더 레인' '해뷰 에버 신 더 레인'을 위시해서 결은 다르지만 톰 죤스의 '킵 온 러닝' 등이 그 박진감 넘치는 리듬을 타고 대유행이어서 미디어가 변변치 않던 시절 대형 스피커를 가게 밖으로 낸 레코드점에서 쿵~쿵~ 굵직한 리듬의 팝송이 거리 여기저기에서 쉴 새 없이 흘러나왔고, 그때 한국도 베트남 참전 연고가 있어 '런 뜨루 더 정글'은 방송 1번 금지곡이었다.

민주화 요구와 경제성장 기치가 대척으로 부딪혔다. 한국은 겨우 경제개발 기틀이 마련된 시점이었고, 곯는 배를 면하고 본인의 미래를 계획할 수 있으며, 그보다 더 시급한 가족의 생계를 위해 당시 거의 무급이라 할 병사 월급보다 월등한 급료와 전투 수당 등을 기대하며 월남전장 지원자가 늘어나는 현실에 비한 치열한 민주주의 요구에는 경제성장 동력 훼손을 염려하는 '양가적 우려가 상존해 있었다.

그는 사실 그러한 대립과 다르게 암묵적으로 간과되고 있는 미결 사안에 발목이 잡혀 있었다. 아무도 말하는 사람이 없는 중요한 것에 대한 의무회피, 그것은 그때만이 아닌 평생의 옹이였다. 그러나 고립무원의 그가 고민하기에는 자신의 힘없는 처지에 맞지 않고 감당할 수도 없는 혼자만의 가슴앓이였다. 스스로 짊어진 등짐이었고 남이 아는 것도 두려운 평생의 형극이었다. 그것은 그가 이 나라에서 원하는 직업을 가질 수 없어 평범하게 사는 것조차 어려운 입장에서 방랑을 하며 마음에 담은 한 가지 일을 끝내고 생을 마치기로 마음먹은 필사의 자기애라 할 수 있다. 이미 인생 희로애락에 흥미가 없었고, 어그러진 군상과 어울려 살아갈 자신도 없었으니 어떤 방식으로 죽느냐 만이 관건이었다. 그러나 사회현실은 그의 그런 고민과는 한참 괴리가 있었다. 역사를 바로 보지 못하는 '먹과녁 대물림 링반데룽(Ringwanderung), 그것은 그가 애쓴다고 해결될 일도 아니었으니 공상에 불과한 상념을 지우고 나면 때를 거르지 않는 감옥소 삼시세끼 성찬과 편안한 잠자리는 천국이었다.
-----
양가적: (兩價的; 동일 대상에 대한 상반된 태도가 동시에 존재하는 것).
먹과녁: (활의 한가운데가 잡은 손에 가리어 과녁이 보이지 않는 나쁜 자세).
링반데룽: (Ringwanderung; 등산에서, 짙은 안개나 폭풍우를 만났을 때나 밤중에 방향 감각을 잃고 같은 지점을 맴도는 일).

그러던 어느 날, 한 중년 사내가 그의 방으로 전방 해 왔다. 그는 시원스런 40대 혈색 좋은 얼굴이었음에도 나이에 비해 머리가 거의 백발이었는데 인생을 크게 고생하지 않았을 것으로 보이는 모습이었지만 그곳에 들어온 지 1년도 안 되어 검은 머리가 그렇게 하얗게 변했다고 했다. 밖에서는 중고차 중계 일을 했다는데 겉보기와 달리 깊은 사정이 있는 것을 알 수 있었다. 권종필,, 그는 자기 성이 김씨가 아니고 권씨여서 국무총리가 되지 못 했다고 조상 탓을 하며 그 시대의 김종필 국무총리를 빗대 너스레를 떠는 유머가 있었지만, 그는 아현동 은행 카빈총 납치 강도 사건 용의자로 경찰서에서 7일 동안 고문당했으나 나오는 게 없자 중고차 장물로 별건(別件) 구속되어 재판 내내 결백을 주장했음에도 1심에서 1년 징역을 선고 받고 항소도 기각 당해 대법원에 상고 중인 사내였다. 한국에서는 개인 총기 소유를 엄격히 규제한다. 당시 그 카빈총 인질 강도 사건은 전국의 이목이 집중된 초(超)이슈 사건이었다. 권종필은 아침 밥 잘 먹고 버스 타고 출근하던 중 우연히 같은 버스에 동승한 형사 눈에 띄어 경찰서로 끌려갔고, 그가 젊을 적에 그 형사에게 무슨 건인가로 붙잡혔던 전과가 있어서 그것을 기억한 형사가 연행한 케이스였다. 당시는 불심검문이 일상이어서 길에서 아무나 붙잡아 신원 조회하며 여차하면 붙잡아가 '쪼던 시절이었고, 사내는 법정에서 자신의 결백을 주장하며 기소된 장물 건은 조작된 것이며, 경찰서에서 일주일간 고문당하며 억울하게 기소된 아현동 카빈총 납치강도사건 유치 목적의 별건(別件)이니 제대로 판단해줄 것을 요구했으나 판사는 기소장에 적혀 있는 대로만 심리한다며 1년을 때려 절망하였고, 그 사내에게는 혼자 키우던 여학생 딸이 하나 있다고 했는데 자세한 가정사는 모르지만 모두가 가난했던 시절의 그 사내는 딸자식 걱정으로 잠을 못 이루고 있었다. 머리카락이 1년만에 하얗게 쉰 것 또한 그 때문이었으리라.

사내는 얼마 후 다시 전방을 가버렸고, 그도 10개월 징역을 미결에서 끝내고 출소했다.
-----
쪼다: (속어; 강압 수사, 고문, 압박).

그는 감옥소에 있는 동안 약해졌던 몸은 회복되었으나 밖에 나오니 돈 한 푼 없이 다시 막막했다. 여전히 일 할 곳도 없고 먹고 잘 데도 없었다. 그렇게 어찌어찌 하여 겨우 찾은 곳이 화물자동차 주차장이었다. 배차사무실 옆에 운전수 대기실 용도의 방 한 간이 있어서 그는 거기에서 먹고 자며 하물 하차라든가 이삿짐을 나르며 끼니가 불안정한 시간을 보냈다. 그나마 위안이었던 것은 운전수들이 퇴근하면 혼자 남았는데 그가 비록 운전면허증은 없으나 화물차가 마당에 있고 차량열쇠가 사무실에 보관되어 있어서 자정을 넘긴 새벽 시간이면 주차된 여러 트럭 화물차 중에 하나를 골라 운전 연습을 겸해 인적 없는 밤거리 머리칼 스치는 새벽바람을 달리며 해방감에 빠졌다.

그러던 중, 감옥소에 만났던 백발의 사나이 권종필이 아현동 은행 납치강도 건으로 재연행되어 서울 용산경찰서에서 조사를 받다가 수갑을 찬 채 화장실을 다녀오는 도중, 갑자기 격자형 유리창에 뛰어들며 머리를 들이박아 깨진 유리창틀에 머리를 집어넣고 흔들어 창틀에 붙은 유리 조각에 목이 너덜거리는 자상을 입고 경동맥이 끊어지면서 현장에서 즉사했다는 보도가 있었다. 처음 권종필이 경찰서에 연행되어 7일간 고문당하고도 나오는 것이 없자 별건(別件)으로 구속해 1년 징역살이를 시켰음에도, 서울구치소에서 형기를 마친 사람을 형사들이 거기에서 기다렸다가 다시 잡아가 고문하자 사내는 악에 받혀 자살 한 것이다.

경찰 고문,, 그 부당함이 그를 날카롭게 만들었다. 그는 오 헨리의 단편소설 '20년 후'에서처럼 갱 두목이 된 현상수배범 친구가 그 세계에서 살아남기 위해 예리한 눈을 가지려 했듯이, 그 역시 그런 눈을 원했고 한때 자신의 미래도 그런 어둠 쪽이겠거니 생각도 했으나 그 역시 수시로 경찰에 끌려가 고문당한 억울함 때문에 그의 시선은 사회 부조리로 향했다.

권종필 자살 직후,

1972년부터 1974년까지 이종대, 문도석 2인이 예비군 무기고에서 탈취한 카빈 소총으로 여러 건의 강도 살인을 저지르다가 1974년 7월 경찰과 총격전을 벌였다. 당시의 사건 개요를 보면, 주범 격인 이종대는 소년원을 들락거리면서 20살이던 1955년부터 상습적으로 강도를 저지르던 중 1957년 경찰에 검거되어 군산교도소에 수감되었으나 다음해 교도관을 폭행하고 권총을 탈취, 교도소를 탈옥했다가 2시간 만에 검거되는 등의 강력 전과자였고, 문도석 또한 불우한 가정 출신으로 해병대에 입대했으나 상관을 구타하고 탈영하였다가 불명예 전역 후 운전 일을 하던 중에 차량사고가 나 업무상과실로 안양교도소에 수감되었는데, 그곳에서 세탁반장을 하고 있던 주범 이종대를 만나 친해진 후 석방되자 같이 행동하며 여러 건의 범죄를 저지르다가, 1972년 7월, 은행에서 회사 직원월급을 주려고 목돈을 찾아 나오는 사람을 납치해 강도 행각을 벌이고서 점점 대담해져 1972년 9월, 경기도 평택의 예비군 무기고에서 카빈 소총 3정과 실탄을 절취한 후 은닉에 편하도록 카빈소총 개머리판을 잘라 크기를 줄인 뒤, 은행에서 큰돈을 찾아 나오던 이정수를 납치했으나 심하게 반항하자 사살하고 암매장 한다. 이 사건이 바로 권종필이 고문당하며 별건(別件)으로 1년 징역살이를 한 후 재 연행되어 다시 고문당하자 경찰서에서 목을 끊어 자살하게 된 그 본건이다. 권종필도 전과가 있는 사람이었지만, 마음잡고 중고자동차 중계 일을 하며 자식 키우며 나름 성실히 살고자 했던 사람으로 아현동 은행 이정수 납치 강도사건과 무관했다. 권종필은 별건(別件) 1년 옥살이 후 출소하는 구치소에서 다시 연행되어 고문당한 절망감에 자살했지만, 그 사내의 운명은 그렇다 치고, 당시 사회 안전망 개념조차 없던 가난한 그 시절에 혼자 남은 미성년 딸자식은 어찌되었겠는가. 아무도 알바 아니었다.

이종대, 문도석은 1973년 8월, 구로공단의 한 회사 직원이 은행에서 직원 월급을 인출해오던 것을 위협하여 현금을 탈취하는 등 연쇄 강도 사건을 벌였고, (당시는 현금사회이다) 1974년 7월, 운전기사 동반 조건의 승용차를 렌트해 지방으로 내려가던 중 운전기사가 이들이 숨긴 카빈총을 발견하는 일이 생기자 사살한 후 그 차를 타고 범죄 행각을 계속했다.

그렇게 경기도 일대를 이동하던 중 오산 인근에서 승용차가 고장 나는 바람에 지나가던 택시를 세웠으나 이들을 수상히 여긴 택시기사가 경찰에 신고하였고, 출동한 경찰이 검문하려 하자 둘은 경찰에 총격을 가하고 그 택시를 탈취해 각자 자신의 거주지로 도망갔다. 그런데 엉뚱하게도 문도석이 택시 안에 자신의 주민등록증을 흘리는 바람에 신원이 노출되었고, 경찰이 이들의 주소지에 급파되면서 둘은 각자 자신의 가족을 인질로 삼아 주택가에서 경찰과 교전하는 상황이 벌어졌다. 그러나 얼마나 버티겠는가. 문도석이 먼저 부인은 살려 보내고, 자신의 6살 아들을 총으로 쏴 죽이고 자살했다. 한편 이종대는 경찰과 대치하면서 저간에 있었던 사건에 대하여 경찰에 자백한 후, 가족과 눈물로 전별을 하고 나서, 그 자리에서 부인과 아들 둘을 모두 쏴 죽이고 본인도 자살 했다. 큰 애 이름은 '태양' 4살이었고 작은 애는 '큰별' 2살이었다. 그 이름이 예쁘고 가엾어 사람들 마음을 아프게 했다. 범인들이 죽고 나자 그동안 미제로 남아 있던 몇 건의 강도 사건이 이들 소행으로 밝혀졌고, 경찰서에서 목을 끊어 자살한 권종필의 아현동 은행 납치강도 사건도 이들 구로동 카빈총 강도범 소행으로 밝혀졌다. 권종필은 무죄였다. 당시 아현동 은행 카빈총 납치 강도 사건 용의자만 대략 2만명이었다. 그리고 그 용의자란 고문 또는 별건구속을 뜻한다.

경찰이 국민 누구나를 범죄 용의자로 보며 쉽게 고문하는 이 관습은 도대체 어디에서 온 것인가. 한국은 일제가 물러가고 해방된 후 그 잔재가 청산되지 않았다. 2차대전 해방자 미군이 한반도 중부이남 한국에 주둔하면서 군정 치안 질서에만 관심이었고, 김구 등 다루기 힘든 한국독립운동 출신 민족지도자를 경원하여 치안 행정에 경험 있는 일제 부역자를 선용했다. 그때부터 한국의 역사가 완전히 비틀어졌다. 거기에 더하여, 미군은 하버드와 프린스턴 대학 석·박사 학위를 가진 소시오패스 이승만을 우대하여 한국 초대대통령으로 만들었으나, 이승만은 해외에서 신발에 흙 묻히지 않고 우아한 외교 독립운동을 하느라 모국에 연고가 없었다. 그가 귀국하여 대통령이 되고자 했을 때 그 핸디캡을 메우기 위해 일본부역 민족배반자들을 중용했다. 프랑스에서 전후 드골 대통령이 나치 부역자들을 잡아낸 다음 "프랑스가 또 다시 타국으로부터 침략 받을 수는 있어도 배반자가 다시 나오게 할 수 없다"면서 강력한 배반자 처단을 최선등 과제로 했으나 한국은 그러하지 못 하여 불치의 병소를 만들었다.

당시 한국에서 경찰이 아무나 붙잡아 족치는 고문은 한국독립군을 잡아 고문하고 식민지 토민을 수탈하던 일제 경찰의 수법을 그대로 보고 배운 경찰 부역 민족배반자들이 신생 국가에 선임되어 그 행태를 그대로 심은 전례였다. 그 원류는 일제 식민지 치안유지법에서 비롯된 '비국민 단속이고 고문이 수단이었던 그 전래는 한국이 더 많은 피를 흘리지 않고 나라를 거저 찾은 급부였다.

-------
비국민: (非國民: 일제 강점기에, 황국 신민으로서의 본분과 의무를 지키지 않는 사람을 통치 계급의 관점에서 이르던 말).

## 4. 다다까이.

이 말은 과거 한국에서 어떤 분야에서 밑바닥 졸(卒)로 시작해 몸으로 부딪치며 일정한 지위에 오른 그 분야의 베테랑을 뜻한다. 그것이 감옥소에서는 소년수로부터 시작해 평생 감옥을 들락거리는 전과자를 뜻했다. 이 다다까이들은 감옥에서 어느 정도 대접을 받는다. 이들이 감옥소로 다시 돌아가는 이유는 의지박약 때문이다. 사회 부적응자가 악만 남아 범죄를 저지르고 감옥을 가는 것도 근본적으로 여기에 속하나 일단 차치하고, 이 의지박약이 국민의 자의식, 더 나아가 나라의 정체성을 만든다는 것을 알고 나면 감옥에서 벌어지는 이 연결점을 바라보는 것도 흥미롭다. 한국이 지금 자본주의 극심한 경쟁사회가 되어 많이 달라졌지만, 그럼에도 근원적으로는 아직도 이것에 발목 잡혀 있으니 첫 단추를 잘못 끼운 탓에 개인의 경쟁력과 나라의 정체성은 별개가 되었다.

그가 아는 어느 다다까이는 어릴 적에 절도로 소년원에 수감되었다가 그 후 나이 40이 넘도록 소매치기로 감옥을 들락거렸다. 소년의 아버지는 어느덧 70을 넘긴 노인이 되었음에도 줄곧 외아들 면회를 다녔다. 노인은 중학교 교감을 지낸 전직 교사였고 가세도 어느 정도 되는 집안의 어른이었다. 그 소매치기 전과자가 처음 소년수로 잡혔을 때 소년의 어머니가 줄창 면회를 다니며 영치금과 접견물을 차입해 주었고, 그리하여 소년은 감방에서 귀여움을 받다가 출소하여 감옥소 소매치기 대가리와 연결된 쓰리꾼 바람잡이로 즐거운 한 때를 보내지만 다시 잡혀 들어갔고 그때마다 어머니가 찾아와 빵, 버터, 등 접견물과 영치금을 넣어주며 징역 수발을 하는 바람에 소년은 방에서 사랑받지만 그 때문에 감옥소를 쉼 없이 들락거렸다. 이제 그 어머니는 돌아가시고 노인이 된 쇠약한 아버지가 그 일을 대신하고 있다. 그 부모에게 소매치기 아들은 태어나면서부터 소중했겠으나, 그 감옥소 수발이 소년의 인생을 망가뜨린 것을 그 부모가 알았을지 어땠을지는 모르겠다.

그에게 감옥소는 기아로부터의 피난처여서 지금도 머릿속 한 켠에 아스라한 향수가 남아 있다. 그 시절 타인과 시비가 붙거나 어떤 행패를 보게 되면 대뜸 귀소를 꿈꿨다. "한 대 줘 박고 또 들어가,,?!" 유랑의 길을 가다가 노비 떨어지고 굶주림에 지쳐 외로울 때 "힘들다, 좀 쉬자,," 그 속삭임은 플라멩코 집시의 마약이면서 한편의 안전 보험이었다.

사실 그는 그 여행을 싫어했다. 좋아할 이유가 없지 않은가. 앞날을 예측 못할 그 불확실은 정말이지 싫었다. 그럼에도 어떤 곳에서건 몇 달 일을 해서 주머니에 몇 푼 생기면 정처 없이 길을 떠났다. 그 길 막다른 골목에 견디기 힘든 허기와 절망이 기다리는 것을 알면서도 매번 같은 길을 떠났다. 왜 그래야 하는지,, 그 끝이 언제가 될지 알 수 없는 고통스러운 여정이었다. 그 방랑을 고문으로부터의 도망이라거나 직업을 가질 수 없는 절망감에서였다고 이유를 댈 수는 있지만 그것이 전부는 아니고 소년기 불우한 가정 사 등 모든 것을 복합하여 그러면서도 자기 정체성 지키기였다고 스스로 답을 구했다. 그러나 결국 도망이었다. 그의 고민은 그가 속한 세상에서 그의 선택은 기껏해야 먹고 살아갈 밥그릇에 한정되어 있다는 것, 그것을 인정하고 수긍하기만 하면 일신의 영화와 성공이 전혀 불가능한 바도 아닐 터여서 일신은 편했을 것이나 그런데 그래봤자 한세상 살다가 죽는 게 마찬가지라면 결국 도진개진에 불과했다. 그의 생각은 무엇을 하고 죽느냐에 눈이 가 있었다. 그는 자신의 인생이 풍요롭든, 가난하든, 그렇게 먹고 사는 것에 부대끼다 그칠 인생에 대한 반의가 있었다. 그러나 사실 그것도 세월이 지난 후에 알게 된 개연적 판단이고 실제로는 "실천 없는 사고(思考)는 공허"라고 괜히 들여다본 철학 서적 한 구절이 쐐기가 되어 자신을 옭는 이 나라 비틀린 역사에 대한 윽박지름이 그를 길바닥으로 내몰았다고 해야 옳다. 그것은 나(我)라고 하는 작은 개체가 습득한 가치 부정에 대한 자기 고수이며, 애초 그 출발은 칼 한 자루 품고 주먹 센 놈들 찾아다니던 갑옷 만들기 쓸데없는 객기의 다른 버전일 수 있다. 그것이 데모가 한창인 사회현상과 자신의 억울한 경찰서 연행이 미늘이 되어 아무도 개의 않는 것을 개의하여 짊어진 등짐이었다.


전과자의 의지박약은 감옥소 안에서야 편하겠지만 결국 자기 인생을 파탄낸다. 그래서 감옥소 다다까이를 보면 의지박약의 표징을 볼 수 있다. 그가 바라보는 이 관찰의 궁극은 이 나라의 고질병 의존주의가 여기에 연결된 그 해결책 찾기, 결국 평생에 걸친 프로메테우스의 간(肝)이었다.

## 5, 머피의 법칙.

방랑을 하며, 그는 어느 식당 주방에서 국수를 삶든가 고기를 재고 설렁탕 국물을 퍼 담는 일을 하며 그 집 가게 안채에서 잠자리를 해결하면서 서너 달 잘 지내고 있었다. 그 집은 장사가 잘 되는 것도 아니고 그렇다고 안 되는 것도 아니어서 서너 명 종업원 월급 주는 것은 버거웠겠지만 일하는 사람의 입장에서는 일이 고되지 않아 좋았다. 그러나 식당 주인은 빠듯한 손익에 쫓기고 있어 그는 그쯤에서 길을 떠나기로 작정한 그 전날 밤 월급도 계산 받았고 사람들과 조촐한 이별의 파티도 끝내어 반가우면서도 뜨악한 여행이 다시 시작 되는 시점이었다.

그 집에 고기를 대주던 중년의 정육점 주인 사내 하나가 있었다. 그 식당은 정육점 주인에게 밀린 고기 외상 대금이 있었고 액수가 제법 되었던 것 같았다. 식당 주인은 밀린 돈을 한 번에 갚을 처지가 못 되어 미안해 하면서도 그 때문에 계속 거래를 해야 했고, 그럴수록 밀린 대금은 늘어나 정육점주인은 그것을 꼬투리로 식당이 한가할 때면 술을 먹고 찾아와 주정을 하는 바람에 식당 주인은 그럴 때마다 자리를 피했다. 정육점 사내는 주인 없는 식당에서 젊은 여종업원에게 농지거리로 위세를 떨었다. "혹시 저 여자에게 마음 있어서 저러는 것인가??,," 그런 술주정은 경찰을 불러서 해결될 일도 아니고 그렇다고 민사 소송을 할 일도 아니어서 이런 골치 아픈 사람을 가리킬 때 쓰는 말 그대로 '진상'이었다. "왜 항시 술 처먹고 찾아와 염병을 떠는가?" 그가 살아온 세계에서는 이 "땡깡"이 늘 그의 발목을 잡는다.

그는 그 식당을 떠나려고 안쪽 숙소에서 가방을 챙겨 홀을 통과해 나오던 중이었다. 그 모습을 정육점 사내가 보았다.

"야 ! 임마, 네 주인 어디 갔어 ?!"
"?!.,,,"

그는 어깨에 멘 가방을 내려놓고 의자에 앉아 있는 사내에게 다가갔다.

"일어서라!.,"

"뭬야?!"

사내가 "이 놈 봐라?"하는 눈으로 거만을 떨며 일어서자 그는 반걸음을 뒤로 비껴 물러서면서 엉거주춤 일어선 사내 복부에 주먹을 한 차례 꽂아 올려 부쳤다.

"퍽-"

정육점사내가 홀 바닥에 고꾸라지면서 숨이 막혀 얼굴이 하얗게 질리는 것이 보였고, 그는 그 얼굴을 발로 밟아 짓뭉개며 일갈 했다.

"너 이 새끼 뒈질래 ?!!" ,,

그러고 나자 그게 또 내장이 터지는 장파열이었고 죄명은 "상해"였다. 그는 주먹이 그다지 세지 않다. 발길질도 아닌 그 주먹은 상대 입장을 일견 감안해준 '혼돌림이었으나 술주정뱅이 내장은 종이처럼 얇아서 그 한방 내지르고 그는 운이 좋다고 하면 좋고 나쁘다고 하면 나쁜 징역을 다시 갔다. 그때 주머니에는 식당에서 받은 몇 달 월급이 고스란히 들어 있었고, 식당 주인이 그가 유치된 경찰서로 찾아와 그를 걱정하면서도 정육점 사내놈을 혼 내준 것이 고마운 속내 이심전심으로 전해준 약간의 위로금도 있어서 든든했다. 그 돈으로 사고 피해자 치료비를 물어준다거나 합의를 하는 것은 그의 생활 방식과 맞지 않다. 그 정육점사내에게 주먹을 내지를 때 "들어가자!"고 하는 걱정 반 기대 반의 다다까이 속삭임이 있었다. 하지만 그 주먹질은 사실 그 식당의 번창을 기원하며 흔드는 석별의 손짓이었다.

그가 젊은 시절 감옥소 주변을 서성거린 이유는 세상을 향한 냉소도 한 몫 한다. "흠- 한 번 놀아볼까?!!",, 감옥소 출입에 '간간이 붙었다. 그곳이 그립고 편안하니 어쩌랴., 자기 몸을 할퀴어 얻는 재미요 비웃음이었다. 그러나 그 안에서 편히 책장을 펼칠 수 있는 독서의 안정감은 뿌리칠 수 없는 유혹이었다. 그에게 감옥소는 편안한 고향집, 한편으로는 목마른 공부방 도서관이자 절간이었다. 그런 사유가 있어 가급적 형이 확정되어 교도소 노역장으로 가 책 보는 시간을 뺏기는 일을 최대한 늦춰야 했기에 1심 선고 후에는 양형이 잘못되었다며 괜히 항소와 상고까지 해가며 의도한 미결 징역을 조용히 살았다. 그래서 죄명 단순 상해로 서울구치소에서 징역 1년을 선고 받은 후 영등포구치소로 이감을 갔다. 그곳에서 차분히 독서로 시간 보내면서 어느덧 재판도 기각되어 관내 다른 사동 확정방으로 보내졌다.

------

혼돌림: (단단히 혼냄. 또는 그런 일).
간간: (衎衎; 1. 마음이 기쁘고 즐거움. 2. 강하고 재빠름).

확정방 사동은 길게 복도를 가운데 두고 한 쪽은 열댓 명 수용하는 크기의 일반 수형자 방이고, 맞은편은 좁은 직사각형의 독방으로 얼굴만 보일 정도의 시찰구와 그 아래에 조그만 배식구가 나 있는 익숙한 형태의 출입문이 있고 그 맞은편에 재래식 화장실이 있는 구조였다. 서울구치소 2관 구처럼, 하모니카 형태로 한쪽은 여러 명이 들어가는 일반 수감자 방이고, 맞은편은 작은 면적의 독방으로 당시 거기에는 박정희 대통령 유신 반대 긴급조치법 위반 학생들이 칸마다 한 사람씩 수용돼 있었다.

그가 들어간 확정방은 한 사람이 차지하는 공간이 미결 방보다 넉넉했다. 출입문 옆에 나있는 넓은 시찰 창문이 있고 맞은편에는 사람이 일어서면 키 높이에서 하늘이 보이는 쇠창살 창문이 있으며, 그 한쪽 구석은 퐁간 재래식 화장실이었다. 세면 시설은 없다. 그래서 수인들은 아침마다 길게 줄을 서서 사동 입구에 있는 공동 세면장으로 가 세안을 했다.

미결방에서 확정방으로 갈 때 그 사람이 소지한 징역보따리 규모로 당사자의 사회적? 지위가 공개되는데 면회 오는 사람 없는 그의 경우 미결 방 대가리가 '잘 있다 나가시오'라면서, 비누 한 장, 치약 한 개, 휴지 두 롤을 마련해 준 신발주머니 크기의 징역 보따리 하나가 있어서 그런 빈곤한 차림새 때문에 대뜸 정체가 드러나지만, 그에게는 뭐 식당에서 받은 월급이 그대로 있고 남은 징역이 많지 않으니 그런 것에 신경 쓸 일은 없었으나, 아무리 징역을 살기 전 단계의 확정방이라 하더라도 그런 변변찮은 모습으로 방에 들어가면 미결방처럼 심하지는 않다 해도 거기에도 규율부장 행세를 하는 인간이 있어서 그 징역보따리 모양새만으로 신입자를 어떻게 다룰지를 가늠했다.

그가 들어간 방의 자칭 규율부장이라는 자는 30세 정도의 소매치기 전과

자로 소매치기 범죄는 기소 건이 하나여도 상습으로 처리되어 형량이 무조건 3년이었다. 그 방 규율부장은 그 전전 징역도 마찬가지였겠지만, 전 징역에서 3년을 복역하고 나오면서 곧바로 범행을 저질러 나흘 만에 다시 잡혀와 다시 3년을 받아 내리 6년을 살게 된 그야말로 면회 오는 사람 하나 없고 돈 한 푼 없는 깡 다다까이였다. 그자가 어떤 인물인지는 징역보따리 크기로 알 수 있다. 그의 보따리는 미군 더블백정도 크기로 손수 제작하여 2 개였고, 거기에는 T셔츠, 속옷, 등 의류를 비롯하여 여러 종류의 의약품도 잔뜩 들어 있었는데 특히 영양제가 많았다. 이런 영양제라든가 약품, 우표 등은 징역에서 범치기(물물교환) 현찰이었고, 면회 오는 사람 없고 가진 돈 없는 소매치기 다다까이가 소지한 그런 물품은 당연히 방 사람들에게서 착취한 것들이다.

그는 배치된 방에 고개를 숙여 인사를 하며 안으로 들어가 창문 쪽에 가 앉았다. 창문 밑에는 그 방에서 제일 나이가 위인 중늙은이가 자리 잡고 있었는데 퇴역 육군 대령으로 백내장 수술을 받았으나 완전하지 못하여 앞이 잘 안 보이는 사람이었다. 그 사람 성이 황씨였고 그는 그 사람과 가까워져 황대령님이라고 예우하며 지냈다. 황대령은 시력 문제로 군에서 전역한 후 군부대에서 무슨 동(銅)파이프인가를 빼돌렸다가 들통이나 구속된 케이스로, 정확한 내막은 모르지만 수감 중에 부인이 사망하고 하나 뿐인 딸이 오갈 데가 없어 교회에서 지내고 있을 정도로 어려운 처지에 있었다. 그는 황대령과 바둑 친구가 되었다. 관(구치소)에서는 종이로 만든 바둑을 판매하고 있어서 바둑돌은 그 종이 뒷면에 밥알을 이겨 붙여 사용하고 있었다.

그의 바둑은 황대령과 5~6급 정도로 서로 거기에서 거기였으나 호선이어서 불꽃 튀는 접전이 있었다. 황대령은 그를 가리켜 '야전사령관'이라고 추켜세우며 농담 섞인 별명을 불렀는데 그의 바둑이 조금은 공격적이어서 그랬을 것이다. 황대령은 세상을 그만큼 산 연륜이 있는지라 그가 성급하게 덤벼 오도록 유도하여 진지를 구축하는 타입이었고, 그는 깨부수는 타입이어서 서로 재미있는 적수가 되었다. 그가 책을 펼쳐들고 있으면 황대령이 슬며시 "사령관님 한 판 해야지요"라며 빙그레 웃으면 그는 책을 덮어야 했고 서너 판을 훌쩍 두고는 했다. 황대령은 백내장 시력 때문에 치약을 칫솔에 짜는 것조차 불편해서 그런 소소한 것들을 그가 맡아 처리해 주었는데 바둑을 두면서 창가에 누가 서 있기라도 하면 어른거리는 그림자 때문에 바둑판이 잘 보이지 않아 역정을 내고는 했다. 그 황대령이 이북에서 내려와 연고 없는 남한에서 국군에 입대하여 6.25 전쟁까지 치룬 참전 용사였는데 말로가 그렇게 비참하게 되어서 안쓰러웠고, 그 역시 38 따라지 이북 출신 손(孫)이어서 남 같지 않은 마음이 있었다.

그렇게 시간이 가면서 보니 그 방 규율부장이라는 자가 황대령을 간간이 괴롭히는 것을 알 수 있었다. 황대령은 미결에서 변호사 비용 등 많은 돈을 쓰고도 나가지 못한 처지에 징역살이가 이제 시작이고, 어린 딸자식이 갈 곳 없어 교회에서 지낼 정도로 어려운 형편인데도 그 규율부장이라는 인간이 남의 사정보지 않고 구매물 차입에 돈을 내라고 황대령을 갈궜다. 그 구매 물품이라는 것이 대체로 먹을거리와 약품 같은 것들이었고, 그런 구박이 거북했던 황대령이 규율부장이 요구하는 물품을 주문하면 그자는 황대령만이 아니고 방 사람들 구매 물품을 모두 모아 방 사람에게 약간씩 분배하고 중요한 물품을 빼돌려 자기 징역보따리에 챙겼다. 아무리 그 당시는 그랬다고 해도 감옥소에도 어느 정도 선이라는 게 있어서 징역이 본격적으로 시작되기 직전의 확정방에서 그렇게 심하게 하면 안 되는 불문율이 있었다. 다른 사람들은 그렇다 쳐도 황대령이 시력 때문에 심신이 약해진 것을 기화로 집요하게 구매를 강요해 물품을 갈취하는 것은 도를 넘은 행동이었고 그는 그게 너무하다 싶어서 둘이 바둑을 두던 중 넌지시 말을 건넸다.

"대령님, 저놈 마음에 안 들지요 ?"
"……"

황대령은 아무 말 않고 바둑판만 쳐다봤다.

그날 저녁, 밥도 먹었고 점호도 끝났다. 언제나 그렇듯 그 이후는 자유 시간이었다. 감방문 열쇄는 중앙 사무실에 보관되고 누구도 뭐랄 사람 없다. 방 사람들은 그 시간 이후 편하게 벽을 등지고 앉았고 방 가운데는 자연스레 스테이지가 된다. 그가 일어나 맞은편으로 몇 발자국을 걸어가 벽에 기대 앉아 있는 규율부장 앞에 섰다.

"일어서라 !!"

규율부장이 그를 올려다보며 일순 당황하더니 금세 상황을 깨닫고는 "이 새끼가,," 씹어뱉으며 호기롭게 일어났다. 그 순간이 중요 하다. 싸움을 걸어오는 사람 앞에서 어떤 자세를 잡는 지에 따라 승패는 이미 거기에서 갈린다. 규율부장이 일어선 순간 자세 전면이 비었고 규율부장이 그 상태로 자세를 잡으며 주먹질로 덤비는 순간 거리 계산을 마친 그의 오른발 짧은 올려차기가 그의 복부를 내질렀다.
"퍽-"
"윽-"
규율부장은 짧은 신음을 토하며 앞으로 고꾸라졌고 그 일격으로 숨을 못 쉬고 있었다. 타격 소리가 둔탁하다는 것은 그만큼 사정을 봐준다는 의미이다. 만약 감정이 실려 살의를 느끼면 발끝이 명치 위쪽을 대각선으로 깊이 찔러 오히려 소리가 없다.

"너 이 새끼 까불면 징역보따리 날아간다, 얌전히 지내라!!",.

그 한마디로 사태는 종료 됐다. 징역보따리는 그에게 목숨이나 다름없었고 문제가 커지면 그가 소지한 착취 물품이 관에 압수당할 것은 불문가지였다. 규율부장은 바로 얌전해졌고 다음날부터 구매는 개인이 알아서 시켰다. 그 후 황대령은 그와 바둑을 두면서 그 일이 두고두고 고소했는지 남모르게 혼자 미소 짓고는 했다. 감옥소에서의 싸움은 그렇게 교도관 모르게 속전속결로 끝내는 것이 상책이었다.

그렇게 시간은 갔다.

그 감방 창문에 서면 건물 벽 사이로 좁은 하늘이 빠끔히 보였다. 그 하늘에 쇠창살을 빠져나간 갈매기 하나가 어느 바닷가 고기잡이배 위를 비행 한다. 모두가 먹이를 위해 비행을 함에도 그 벌이를 방치하며 그저 날기 위해 비행 하는 갈매기라 했다. 교교한 달빛 아래 홀로 넓은 바다 위에서 속도의 한계를 시험해 보고자했고, 배면회전, 횡전, 상승, 그리고는 날개를 움츠려 공기 저항을 최소화한 추락과 그 가속도 꺾임 압력을 시험하기도 했다. 어느 날은 갈매기의 영역을 넘어 내륙 깊숙이 들어가 생소한 세계를 지켜봤고, 검독수리 발톱에 채여 죽을 고비도 넘겼다. 갈매기가 먹이를 위해 쓰레기장 아귀다툼을 마다 않듯이, 먹이 다툼이 무릇 살아 있는 개체의 피할 수 없는 숙명이건만, 비행을 위한 비행, 그 낯선 돌이킴을 무리가 용서 않아 홀로 내쳐졌다. 그렇게, 그 또한 혼자의 길을 가며 아무에게도 속내를 말 못하는 고립무원 길을 표박하며 마음 속 친구 갈매기를 품어 외로움을 달랬다. 그 갈매기는 하늘을 나는 비행이었지만 그에게 그것은 정처 없는 발걸음이었고 그저 공허를 달래는 애달픔이었다. 그 갈매기가 추구한 것이 비행을 통한 자기 계발이며 결국 무리를 향한 미래 구현이었다면, 반대로 그의 단보는 풀리지 않는 '발문(發問)에의 '비정형문제 도출 까마득한 혼질 그 몸부림이었다.

그의 방황은 죠나단과 같은 종국의 구원이나 성취감 또는 어떤 대상의 표상이라든가 초자연적 성스러움이나 상외(象外)적 문제일 리 없고, 죠나단의 비행이 '높이 나는 새가 멀리 본다'는 식의 세속적 관념이 아니었듯, 아니 오히려 그런 세속이 죠나단을 무리에서 내친 '왕따'의 실체였듯, 한번 태어난 인생이 밥벌이에 버둥거리다 스러질 인간 숙명에 대한 나름의 뻗댐이라는 것에서 같았지만, 그의 방황은 개인 문제만이 아닌 이 나라의 삐뚠 역사가 옭는 미늘에의 환상방황이었다는 점에서 달랐다. 그가 길을 가며 책을 통해 얻고자한 것이 있다면 그것은 사물을 보는 균형감이나 합리성 같은 일반적인 것이 아니다. 그런 것은 세상에 널렸고 그래봤자 기껏 피동성 자아를 요구하기에 그 거부의 몸짓이 그 행보를 만들었을 뿐, 그것은 외부로부터 강제되지 않은 생각의 자유로움을 쫓다가 아무도 보려하지 않고 아무도 찾지도 않는 것에 얼쩡거리다 걸린 낚싯바늘 물고기와 같았다. 제자리를 도는 고장 난 유성기판처럼, 그러나 그 '발문과 '반질이 평생 이어진다고까지 그때는 생각지 못했다.

-----
발문: (發問; 질문을 받은 사람이 스스로 다양한 사고를 하면서 답을 찾을 수 있도록 유도하는 질문).
반질: (反質; 상대방에게 도리어 따져 물음).
비정형문제: (非定型問題; 문제를 해결하는 알고리즘이 답을 얻는 방법을 모르는 상태에서 문제 해결 전략이나 독자적인 해결 방법을 구안하여 풀어야 하는 수학 문제).

그의 그 시절을 관통하는 폭력에 대하여 생각해 보면, 그 언덕바지 빈촌에는 선배로부터의 타작이라고 하는 린치 관습이 있었다. 선배가 후배에게 어디에 몇 시까지 집합하라고 일러두면 후배 일동은 거기에 맞추어 도열했다. 그러면 선배는 기분 여하에 따라 이유 불문 후배를 팼다. 주먹이든 발길질이든 아니면 몽둥이든, 선배가 때리면 무조건 맞아야 했고 반항하지 못하도록 강제된 인식 규정이 있었다. 그렇게 억울하게 얻어맞으면 그 후배는 약이 올라 그 아래 후배를 집합시켜 그들도 분풀이를 했다. 이 타작 무차별 린치는 그 원류가 이 나라 일제 강점기 일본 제국군대에서 왔고, 거기서 배운 패악이 그대로 한국군에 심어져 한국인 청년이면 누구나 군대에 가는 징병제로 인해 사회 일반에 퍼진 악습이었다. 이 집단 구타로 세상 다시없게 맑고 순수하며 미소가 환했던 얼굴이 세상 무섭게 변한 결정적 원인이 된다.

그는 경찰서에 끌려가 억울하게 고문당하며 그 울분을 주체 못해 다른 동네 원정까지 다니며 폭력을 좇았고, 어느 동네에 누가 대장이라든가 소위 누가 '깡'이 좋다는 소리가 들리면 칼을 차고 한번 붙어보자며 그쪽 패거리들 꼭지를 찾아 칼을 꺼내 들고는 "다구리(집단린치) 들어오면 한두 놈은 이 자리에서 죽는다, 뒤에 있어라!"고 경고한 후, 얻어맞기도 하고 상대를 때리기도 했는데 그런 것을 통해 그가 배운 철칙 하나가 있었다.

그 동네 아래쪽 초입 인도와 차도를 겸한 신작로에 조그만 빵집이 하나 있는데 그 동네 주변에는 남녀 중·고등학교가 몇 개 있었고 야간반도 있어서 그곳은 학생들의 좋은 만남의 장소여서 늦은 시간까지 학생들로 붐볐다.

하루는 그가 밤 시간에 그 앞을 지나다가 도로 중앙에 덩치 좋은 남학생

대여섯이 둥그렇게 스크럼을 짜듯이 빙 둘러 서 있는 것이 보였는데, 차량과 사람이 섞여 통행하는 좁은 신작로 한가운데에 그렇게 교복차림의 학생들이 둥그렇게 길을 막고 있는 것은 통념 상 거슬리는 행동이었다. 거기에 조금 그의 객기도 있었겠지만 학생들이 길을 막고 있으니 그들에게 다가가 별 생각 없이 "니들 여기서 뭐 하는.." 그의 말이 채 끝나기도 전에 "퍽-" 느닷없는 주먹 하나가 그의 복부에 제대로 꽂혔다. "흑-" 그는 숨이 막혀 고통스럽게 배를 부여잡고 몇 발짝 물러나며 고꾸라지듯 바닥에 주저앉았다. 학생들은 "튀어!--" 하는 소리와 함께 후다닥 날아가듯 시야에서 사라졌고, 그는 식은땀을 흘리며 한참을 쭈그린 자세로 맞은 배를 진정시켜야 했다. 방심한 채로 복부를 정통으로 얻어맞는다는 것이 어떤 것인지 그제야 알았다. 그는 교복 차림의 그 학생들 얼굴도 제대로 못 봤고 그렇게 쭈그리고 있는 광경을 처음부터 보고 있었던 어떤 사람이 근처 학교 역도부 학생들일 것이라고 말하는 소리가 들렸지만 얼굴도 기억 안 나는 그놈들을 잡아 어떡케 할 문제가 아니었다. 개똥을 밟은 것이다. 학생놈들에게 얻어맞다니,,, 폭력에 관해 그의 기준에서 학생들은 코흘리개 어린아이들이었다. 어처구니가 없었다. 그러나 그러면서도 그는 그의 인생의 좌표가 될 절대 교훈을 거기에서 찾았다.

그 하나 더,

그 동네 산비탈 중간에 있는 학교 정문 앞에서 그는 아랫동네 패거리 약쟁이 하나와 마주치는 일이 생겼다. 그 패거리들은 지나가는 학생을 붙잡아 삥(주로 현금 갈취) 뜯는 돌림빵 린치가 특기였고, 그 일원이었던 약쟁이는 약간 작은 키에 단단한 몸을 가지고 있었으나 당시의 세코날 또는 프롬판이라는 신경안정제를 자주 먹어 정신 몽롱한 또라이였다. 그는 그 전에 그들 패거리가 모여 있는 아지트를 찾아가 예의 그 칼을 꺼내들고 "함부로 까불면 죽는다. 조용히 있으라"고 경고한 뒤 그 패거리 대가리 나오라면서 한판 붙자고 했던 일이 있었다. 그때 좌중이 조용했고 꼭지로 알려진 자는 싸움을 안 하겠다고 꼬리 내렸다. 그 일 후로 그 패거리와 서로 친구로 지냈지만 서열상으로는 한수 접는 상대였다. 그 일원인 약쟁이를 만나게 된 학교 정문 앞은 약간의 공터가 있었지만 위쪽 길은 아주 급한 경사였고 아래쪽은 완만한 내리막길이었다. 그가 어둠이 내린 교문 앞 작은 평지에 서서 아래쪽에서 올라오던 약쟁이를 보고 그 날은 조금 멀쩡해 보여 불러 세운 후 그냥 괜히 '너 임마! 약 좀 그만 먹어,,'라며 이야기를 꺼내는 순간 약쟁이 오른손 스트레이트 주먹이 정확히 그의 목젖을 가격했다.

"컥-"

그 한 방으로 숨을 쉴 수가 없었다. 그때 그는 자기 가오(얼굴, 권위)를 믿고 평소 눈알 풀린 약쟁이 따위에게 무슨 경계심이 필요하겠느냐며 방심했을 것이다. 더구나 그가 서 있는 언덕길 평지는 위쪽이었고, 약쟁이는 아래쪽에서 쭈뼛거리며 걸어오는 상황에서 갑자기 무슨 일이 생긴다 해도 위치 상 발차기 한방이면 보내버릴 조건이어서 경계는 필요 없었다. 그래서 상대를 얕보며 조금 거만을 떨었을 것이다. 거만의 표정은 턱이 약간 위로 올라간다. 그 빈틈을 노리고 주먹이 날아왔다. 약쟁이는 그 한 방을 내지르고 뒤도 안 돌아보고 언덕길 아래를 날아가듯 도망갔다.

"끄윽- 끄윽--"

그는 숨을 쉴 수도 없었고 침을 삼킬 수도 없었다. 쭈그리고 앉아 '사람이 이렇게도 죽는 구나',,며 질식으로 정신이 혼미해지는 것을 느꼈다. 그러면서도 길옆 담벼락 쪽으로 몸을 굴려 웅크린 채 어떡케든 정신을 잃지 않으려고 버둥거렸다. 끄윽-- 끄윽-- 숨을 쉴 수가 없어 죽음을 현실로 느끼며 그렇게 한참을 몸부림 친 후 간신히 살아났다. 그 약쟁이가 권투를 배워 제법 주먹을 쓸 줄 안다는 것은 나중에야 알았다. 지나가는 애들을 붙잡아 삥 뜯으며 돌려 패는 잦은 다구리 생체 주먹질 연습도 한 몫 했을 것이다. 그 약쟁이가 그나마 그를 두려워했을 구석이 있어서 그 한 방 내지르고 언덕길을 잽싸게 도망갔으니 다행이지 만약 그 자리에서 좀 더 해보겠다고 덤벼들기라도 했으면 그는 그때 골로 갔을 터이다. 그는 그 일 후 이를 갈며 약쟁이를 찾아다녔지만, 그 자는 서해 바닷가 시골 어딘가로 도망을 가 버렸고 얼마 후 거기서 죽었다. 어처구니없이 기습당한 그런 멍청한 일을 두 번이나 겪으면서 뼈에 새긴 교훈,, "상대 얕보고 방심하면 내가 죽는다!". "방심의 댓가" 또는 "머피의 법칙",, 사고가 날 개연성이 있을 때 사고는 반드시 일어난다. 만고불변의 이 진리는 그것이 비록 뒷골목 불량배 주먹질이건, 아니면 군사 전쟁이건, 심지어 핵전쟁 세계 멸망이라 해도 마찬가지이다.

## 6. 단식투쟁.

그가 수용된 확정방 맞은편 독방에는 서울의 명문대 법학도 학생이 긴급조치위반으로 들어와 있었다. 이름은 이대오(가명), 그 학생의 키는 보통 정도였으나 약간 마른 체형이어서 조금 커 보였는데 조용한 말투에 눈매가 맑아 머리 좋아 보이는 인상이었다.

그 확정방 사동에서는 서울구치소에서처럼 "박정희 물러가라!!" "긴급조치 철폐하라!!"고 발작처럼 외치는 구호는 없었다. 그 학생은 주로 책을 읽으며 조용한 시간을 보내고 있었다. 도둑놈들에게 교도소 독방이라고 하면 수감자가 사고를 쳤을 때 징벌을 주기 위해 집어넣는 독방이 먼저 생각나는 데, 그런 독방은 한쪽 구석에 오픈 구조의 화장실이 밖에서 잘 보이도록 낮은 가림벽이 설치된 오픈 구조여서 심한 오물 냄새가 진동해 고통을 주지만, 그 학생이 수용된 금고형(禁錮刑) 독방은 그런 징벌방이 아니고 화장실이 벽과 문으로 차단된 우아한 호텔급이었으나 그래봤자 당시의 화장실은 재래식 통간이었다. 여하튼 독방은 혼자 외로운 시간을 보내기 때문에 도둑놈(수인)들은 그럴 때 곱징역을 산다고 한다.

그가 살아가는 잡초 인생이야 어디에서 뒹굴든 견딜 수 있지만, 그 학생은 전국에서 가장 머리 좋은 학생 집합소, 그 중에서도 으뜸인 법과라는 타이틀이 말해주듯 집에서 얌전히 공부 잘하며 수재 모범 학생으로 벌 받아본 적 없이 살다가 갑자기 감옥소 독방 구덩이에 홀로 떨어졌으니 그 쇼크는 일반인에 비할 바가 아니었을 터이다. 그가 그런 학생과 무슨 할 말이 있었겠냐만, 그는 이전에 싸움질로 징벌독방을 다녀 온 경험이 있어서 그 적막감을 알기에, 관에서는 수인 간의 통방을 금하였고, 더구나 긴급조치위반 사범과의 통방은 발견 즉시 징벌독방 조치였으나 그곳은 구(舊)서울구치소 2관구 복도보다 폭이 좁아 맞은편 방 통방이 조금 수월했고, 그가 있던 방은 사동 입구 교도관 집무 책상과 많이 떨어져 있었던 점도 있었지만 그렇다 해도 그가 그런 정황 여건을 개의할 사람은 아니었기에 책상물림 범생이가 혼자 갇힌 것이 안쓰러워 그냥 위로하는 심정으로 몇 마디 짧은 대화를 나누고는 했다. 긴급조치법 위반 시국에 관한 주제는 피해야 할 것을 알기에 주로 간단히 생활 이야기를 나눴다. 그 학생이 했던 말 중에는 복수를 위해 인내한 일본 중세 47인 낭인 무사 이야기도 잠깐 있었으나 인상에 남는 것은 미(美)흑인인권운동가 말콤X 언급이었다. 복도를 사이에 둔 통방 조건에서 연속된 이야기를 할 조건이 아니었기에 불분명하게 전해지는 내용보다는 그저 고개를 끄덕이며 열심히 들어주는 모션으로 위로를 주려 했다. 그 학생의 흑인 차별 인권운동에 관한 편언(片言)에는 자신들의 민주투쟁을 미(美)흑인 노예 압제에 연결 지은 동지애적 유대감을 느낄 수 있었다. 나중에 같은 학교 운동권출신 한국의 정치풍운아 유시민씨가 말콤X 자서전을 번역 출간했던 것을 보면 당시 데모 학생들 사이에 그 책은 일종의 교양서가 아니었을까 짐작되는데, 한국역사가 외세에 무수히 침략 당하고 내부적으로는 양반권력에 압제 당한 백성의 억울함을 당시의 삼엄한 독재 사회분위기에 연결시킨 것은 민족정체성이라는 큰 틀에서 덧들은 이계(異系)의 문제였으나 민주주의와 독재를 2분법으로 나누어 압제에 등가 시키는 논제의 반론을 그가 그런 감옥소에서 말 할 입장도 아니고 대화의 취지와도 맞지 않아 그냥 열심히 듣기만 했다. 그는 방랑을 하며 일을 하고 싶어도 일할 곳이 없고, 배가 고파 세끼 식사와 지친 몸뚱이 뉘일 잠자리를 찾아 감옥소를 제 발로 들어온 무능력 부랑자였으니 고개를 끄덕여 이야기를 들어주는 것에는 일종의 감옥소 무전취식 보채 심정도 있었다. 하지만 그는 흑인 노예 압제를 독재 정권에 대입해 민주주의 이상사회를 꿈꾸는 그들과 달리 현실적인 면에서 아메리카 아프리칸에 대한 동병상련이 있다. 당시에 흑인 가수 오티스 렛딩(Otis Redding)이 부른 '부둣가에 앉아서(Sittin' on)The dock of the bay'가 1주간 빌보드 차트 1위를 하며 한국에서도 한때 유행했는데, 그 가사 내용은 그가 하릴없이 부둣가를 떠돈 신세와 닮은 실업과 배고픔에의 무력감, 그렇게 앉아 넘실거리는 파도와 갈매기만 무심히 바라봐야 했던 같은 처지가 있어 그 노래를 흥얼거리며 위안을 삼았고, 그러면서도 오랫동안 그 가사에 나오는 고향 죠지아에서 2,000마일 떨어진 프리스코 베이가 어딘지 궁금해 하기도 했다. 그러나 실제로는 그곳을 일부러 알려하지는 않았는데, 그것은 자신의 정처 없는 방랑이 세상에 적응 못하는 자기 연민에의 변명일지도 모를 탄로가 두려워서 일지 모른다. 훗날 우연히 그곳이 샌프란시스코였음을 알게 되어 자괴감과 속 시원함이 동시에 들기도 했지만, 그때의 심정은 무언가 하나쯤은 미지수로 남겨두는 것도 현실 세계로부터의 피난처라 여겨 그랬던 것 같다. 내일을 점칠 수 없는 떠돌이 방랑자는 현실세계 남녀 사랑도 포기했다. 그래서 영화 '닥터 지바고' 여주인공 라라가 우랄산맥 오지 유리아탄 도서관에서 '지바고'를 발견하던 그 어스름한 공간 가느다란 한줄기 불빛 여주인공 푸른 눈동자를 가슴에 묻는 것으로 그것을 대신 했다. 러시아 혁명기 격동의 시대 한 가운데 놓인 여인의 눈동자, 거기에서 그는 자신의 운명을 보았다. 그 보석 같은 눈, 그 아래 앙다문 여인의 입은 어떠한 고난에도 굴하지 않겠다는 맹서 같은 모습이어서 자신과 다르지만 같다고 여긴 '종차(種差) 부적 같은 반려(伴侶)였다. 그의 발걸음 생각 사가 모두 뜬구름 비현실이었지만, 그렇다고 그가 순박함이라든가 상상속 플라토닉 러브 같은 것만 꿈꾼 로맨티시스트는 아니어서 당시에 잠시 유행한 팝송 "흑설탕 맛은 위험하다(danger danger taste brown sugar)"고 하는 가사 한 줄 마약 같은 에로스 주사바늘에 찔려 오랜 시간 그것이 과연 어떠할지 궁금해 한 속물근성도 있다. 그 시절 그가 리듬 앤 블루스 쏠(soul) 음악이 아니면 다른 것을 일부러 '졸잡거나 기피했던 것처럼, 한국에서 독재 체제에 반대하는 데모 학생들이 느끼는 피압제 동질성이라는 것은 그래봤자 사회 주류에 속한 인텔리 인큐베이터 베이비들의 어쭙잖은 이상주의에 불과하고, 실제에 있어 그들이 던진 화염병이 저희들끼리의 과폭폭이 놀이랄 수 있었던 반면에 그가 걸핏하면 경찰서에 끌려가 고문당한 억울함은 오히려 압제라는 점에서 진정이랄 수 있다. 그가 마음속에 담고 지금도 가끔 회상하는 '부둣가에 앉아서,, 그 나마의 위로도 없었다면 그 젊은 날의 단보는 삭막한 기억뿐이었으리라. 그가 감옥소를 어려서부터 들락거린 어둠의 자식이어서 주류 음악이 싱겁고, 백인 그룹사운드 하드락 비트라 해도 그들만의 리그라 여겨 흘 봤듯이, 영혼을 쥐어짜는 흑인 쏠(soul) 음악이 아니면 마음에 와 닿지 않았다. 당시 한국에서의 쏠(soul) 제왕이 박인수였는데 그 사람은 6.25한국전쟁 때 고아가 되어 미군부대 하우스보이로 있다가 흑인 미군병사에게 입양되어 미국으로 건너가 거기서 고등학교를 다니다가 돌아온 가수였고, 그의 창법이 샘쿡 스타일이라고는 하지만, 그 기본적 음색에는 오랜 세월 핍박 받은 한국 정서가 녹아 있어 인기가 있었다. 아무튼, 당시 샘쿡의 반골 정신이나 캐시어스 클레이가 무하마드 알리로 개명하여 미국 아프리카 아메리칸 인권차별 저항의 기수가 된 그 기치가 말콤X로부터였듯이, 당시의 미국 내 인종 불평등을 한국의 참혹한 피침 역사와 연결 지은 그런 동변상련 감상주의 때문에 오히려 한국 역사가 헤뜨러진 연고가 있다. 그 감옥소 명문대생은 물론이고 전국적으로 피 끓는 화염병 데모학생을 비롯한 그 시절의 국민 역사 오인이 그때로부터 40년이 더 지난 지금에 이르러 더 나쁜 상황을 만들었다.

-----

졸잡다: (어느 표준보다 낮추어 헤아려 보다).
종차: (種差; 한 유개념 속의 어떤 종개념이 다른 종개념과 구별되는 요소).

1979년 10월 26일, 박정희 대통령이 심복 부하가 쏜 총에 죽었다.

그리고 세상은 민주화 여명이 밝았다고 들떴다.

그 두 달 후, 간접 선출로 10대 최규하 대통령 취임이 있었다.

이 취임에 대하여 전국의 감옥소 긴급조치위반 수감자들은 그 반대 의사로서 5일간의 단식에 돌입했다. 그들의 주장은 즉각 유신헌법 철폐와 즉시 대통령 직접선거였다. 당시에 박정희 대통령은 국회 1/3 의원을 자신이 임명하는 유신 국회의원 지명 제도를 만들어 국회를 장악했고, 전국에서 국민 대의원을 선출케 하여 그들로 하여금 대통령을 뽑는 영구집권 체계를 구축하여 체육관에서 대의원 간접 선거에 의하여 박정희 대통령은 지금의 북한 정권과 같은 99.9%의 찬성으로 대통령에 당선 된 바 있다.

감옥소에서는 일반수인 단식 투쟁은 원천적으로 불가하나 민주투쟁 수감자들에게는 통하지 않았다. 그런데 그 시절 먹을 것이 없어서 굶는다면 몰라도 자기주장을 말하기 위하여 밥을 거부한다는 것에 대하여 그는 그 실행의 세부 사항을 잘 몰랐고 그것은 복도 맞은 편 학생도 마찬가지여서 그 학생도 단식은 처음이었을 터이다.

나라의 식량 부족 보릿고개 영양실조 상황을 그제야 겨우 면하고 있던 그 시절의 단식은 그것을 실행하는 사람이나 지켜보는 사람에게 어찌할 바 없는 당혹이었다.

그는 수시로 시찰구 창살 너머의 학생을 지켜보았고 그 학생은 평소대로 책을 읽으며 조용한 시간을 보내고 있었다. 그는 가급적 말을 걸지 않았고, 잠깐씩 단답형 이야기를 주고받은 기억 중에 그 학생이 "다음해 3월이 되면 3.1만세운동 60주년을 맞아 대대적 민중 봉기가 일어나 대한민국 민주주의가 완성될 것"이라고 했던 것만 기억난다. 그는 고개를 끄덕이며 동조는 하였지만 속으로 그런 일은 절대 일어나지 않을 것을 알고 있었다. 3.1운동은 일제로부터의 나라를 찾고자 하는 절박한 동의 민족자결로 생겼지만 당시의 데모 자체가 인텔리 집단과 연결된 학생들 전매 행사였고, 민중의 의사가 하나로 모인 반대가 아니어서 그랬다. 결과적으로는 한 다리 건너 전두환 광주 폭거에 대한 민중 봉기로 이 나라에 민주주의가 본격적으로 시작 됐지만 당시는 그 민주주의보다 급한 나라의 경제 발전 배고픔 해결과 그 보다 상위의 완전한 자주 국방이 있었다. 이 포기를 지금까지 한국인 아무도 말 하는 이가 없다.

5일간의 단식이 완료되고 5일이 더 연장되었다. 이미 5일 단식으로 초췌해진 그 학생에게 그 기한 연장이 어떤 상황을 예고하는지 그는 알지 못했다. 그리고 8일째로 접어든 날, (그 시절은 지금처럼 영양이 풍부하여 며칠 굶는 것이 별일 아닌 여유 조건이 아니다) 그는 그저 밥 굶는 그 학생이 걱정 되었을 뿐이다.

그 학생 방에 우유팩 한 두 개가 늘 놓여있었던 것이 기억나 그는 학생에게 "물은 되면서 우유는 안 되는가?"를 물었고, 학생은 공허한 미소를 지으며 고개를 가로 저었다.

그리고 그날 밤,

그가 깊은 잠을 자고 있을 때 방사람 누군가가 그를 급하게 흔들어 깨웠다. 그때 모두가 잠든 고요한 사동 복도에 단발마의 절규가 찢어발기듯 터져 나왔다.

젖 줘~~~~~~~~ !!!

젖 줘~~~~~~~~~~~~ !!!

"???,,," 그는 그 외침의 진원을 금세 알아차리고 복도 시찰 창가로 달려들어 앞방의 학생을 살폈다. 그 학생은 문에 달린 조그만 시찰통을 부여잡고 얼굴을 창살 밖으로 한껏 내밀며 소리 지르고 있었다.

젖 줘~~~~~~~~~~~~ !!
젖 줘~~~~~~~~~~~~~ !!

그러다가 창틀에 머리를 찧으며 절규는 더욱 고조되었다.

어머니~~~~~~~~~~ !
젖 줘요~~~~~~~~ !!
어머니~~~~~~~~~~~~~~~~~ !!

그 학생이 미쳐 날뛰기 시작했다. 당시 감방 바닥은 나무 마루여서 거기에서 쿵쾅거리는 소리가 깊은 밤 조용한 사동 전체에 크게 울려 퍼졌고 그 학생은 방에서 젖 달라며 소리소리 지르더니 쾅-쾅- 머리를 문과 벽에 찧어 이마에서는 피가 흘렀다.

젖 줘~~~~~ !!
엄마 ! 젖 줘요~~~ !!

담당 교도관이 뛰어오고 관내 비상이 걸렸다. 교도관이 몰려와 그 학생 방문을 따고 들어가 제지하려 하자 그 학생은 갑자기 입은 옷을 모두 벗어 한 손에 모아들고 휘두르며 아무도 방에 들어오지 못하게 저항했다. 그러자 교도관은 어찌할 바를 몰라 하다가 그 사동에 수감된 같은 학교 긴급조치위반 학생 독방 문을 따고 2명을 투입해 전라로 날뛰는 그 학생을 진정시키고자 했다. 동료 학생 2인이 그 학생의 방으로 들어가자 알몸의 그 학생은 더 흥분하여 손에 든 수의를 세차게 휘두르며 가까이 오지 말라고 고함치며 날뛰다가 그럼에도 밀고 들어온 동료 학생들이 자신을 붙잡으려 하자 갑자기 화장실로 뛰어 들어가 변소 발판 개구통에 머리를 쑤셔 넣고 소리를 질렀다.

저리 가~~~~~~~ !!    저리 가~~~~~~~ !!
어머니~~~~~~~~~~ !!

당시의 감옥소 화장실은 재래식이다. 그 학생이 머리를 변소 통간 속으로 밀어 넣고 두 손으로는 발판 세멘콘크리트를 완강히 붙잡고 절규하자 말리려 들어간 학생 하나가 그 학생 이름을 다급히 부르며 머리를 빼내려고 개구 밑으로 손을 집어넣었다. 그러자 어머니 젖을 찾던 그 학생은 동료 학생 손가락을 사정없이 물어뜯었다.

아아악~~~~~~~~~ !!

비명과 절규와 피와 오물이 뒤섞였다. 손가락을 물린 동료 학생은 물린 손을 감싸 쥐며 방 밖으로 물러나왔다. 다친 손가락 이빨자국에 피가 맺히고 벌겋게 부어올라 퍼런 멍이 들고 뼈마디가 불거진 것이 보였다. 물린 동료 학생이 오열 했다.

대오야~~~~~ !!

어머니!! 젖 주세요~~~~~~~~~~ !!

멀쩡하던 서울 명문대 법과 4년 학생이 정신병원으로 이송되었다.

박정희 대통령 독재로 많은 학생이 고통을 받았다. 그리고 그 투쟁만이 정의였다.

그가 그 학생에게 "우유는 안 되는가?"라고 물었던 것은 그냥 애처로운 걱정에서였을 뿐이다. 설마 그것이 어머니 젖으로 이어지리라고는 생각 못했다. 그것이 오랜 세월 그를 괴롭혔다. 그는 그 얼마 후 출소하면서 미뤘던 숙제를 끝내기로 했다.

## 7. 폐칩.

그의 젊은 날의 방황. 그것은 일왕 '히로히토' 면책으로부터였다. 2차세계대전 전범 수뇌가 면책 되어 편안한 여생을 보내고 그 무장무애를 세상 그 누구도 문제 삼지 않았다.

그리고 그 와중에,

일본 작가 미시마 유키오가 칼을 들고 수행원 6명을 대동하여 일본 자위대 본부에 들어가 배를 갈랐다. 그 목을 그 뒤에 선 수행원(가이샤쿠진;介錯人)이 내리쳤고 그 수행원의 목을 그 뒤에서 차례대로 쳐내 거기서 모두 죽었다. 그들의 주장은 "일본 군국주의 부활"이었다. 지금 일본이 전쟁 실행 가능 국가로 헌법을 바꾸고자 함은 과거의 침략주의를 부활시키겠다는 것이며, 미시마 유키오의 할복을 잊지 않고 차근차근 그 기치를 이루고자 함이다.

한국은 전범국 일본의 직접 피해 당사자이면서도 안에서 데모하느라 아무도 밖을 문제 삼지 않았다. 한국인 그 누구도 일본의 방약무인 사종(肆縱)을 규탄하거나 그 대책을 말하는 이가 없었다. 안에서 저희끼리 다투는 민주주의 쟁취만이 화두였다. 그래서 그는 혼자 행동해야 했다. 그의 계획은 "무장을 하고 일본궁에 들어가 일왕 '히로히토'를 처단 한다. 성공하든 실패하든 거기에서 죽겠다"였다. 그것은 개인 비행체 행글라이더가 개발되면서부터 이 기능을 진즉에 알아보고 굳힌 생각이었다.

미국 영화 "7인의 독수리",, 산 정상에서 벌어지는 행글라이더 전투 장면을 보면서, 저것이라면 후지산이나 높은 건물에서 이륙하여 일본궁에 침입할 수 있다고 생각했고, 당시 미국 TV형사드라마 콜롬보 주인공 "피터 포크(Peter Michael Falk)"가 행글라이더를 타고 일본 궁에 침입한 일이 있었는데 이유는 동경재판 전범 수괴 "천황면책 불복" 퍼포먼스였다. 그래서 실행 가능한 일이었다.

일본 제국주의 최대 피해 당사자 한국인, 그럼에도 그 누구도 밖을 보려하거나 그 밖을 문제 삼지 않기로 작정한 묵시적 국민 동의, 그것은 역사 기피에 해당한다. 그리고 그 변명을 위한 자기합리화가 처절한 화염병 데모 민주주의 투쟁이었다.

일본의 방자함과 미국 전횡을 더 이상 묵과 할 수 없다.

전범 수괴 '히로히토' 면책,

미국은 2차대전 이후의 공산권 남하를 먼저 계산했다. 이 필요에 의하여 일본에 그었어야 할 분단선을 한반도에 그어 허리를 잘았고, 이어 6,25한국전쟁의 배경이 되었으며, 그 후로 계속되는 한국 내부 갈등의 동기가 되었다. 상해 임시정부 김구 주석이 2차대전 한국 기여 없음을 걱정한대로 한국 독립군의 청산리 전투 일본군 1개 사단 섬멸 공적이나, 안중근 의군 장군이 일제 침략 주동자 이토 히로부미를 당시의 러시아령 할빈역에서 저격한 이후 계속된 한국 청년 이봉창의사 일왕 폭살 기도를 비롯하여, 상해 홍구 공원에서 일본 왕 생일 '천정절'을 기념하는 자리에 폭탄을 던져 히라가와 육군 대장을 폭살한 윤봉길의사 등 끝없는 항일 투쟁 공적은 무시되었다. 지나(支那) 14억 인구 중 그 누구도 감히 생각하거나 시도해보지 못한 일을 한국인 범부 아무나 실행했음에도 2차대전 전승국 협의에서 그 공적은 인정되지 않았다. 반면 전범 수괴 일왕 '히로히토'는 면책되었다. 그리하여 일본의 "정한(征韓)"은 여전히 불씨로 남았다.

동경재판이 정당성을 가지려면 일본 전범 수괴 '히로히토'를 처형하고 '천황제'를 폐지 시켜 일본에 진정한 민주주의를 심었어야 했다. 그래야만 한국과 일본의 갈등이 완화되었을 것이다. 그러나 이데올로기를 우선한 미국의 이기심과 그 오만으로 일본 제국주의의 불씨는 그대로 남았고, 일본에 만들었어야 할 분단선은 한국에 그어져 미국의 태평양 안보 라인이 완성된 반면 전위초병 한국은 동족끼리 총부리를 겨눠 나라가 초토화 되고 수많은 군인과 민간인 사상자가 발생한 이데올로기 열강 대리전쟁을 치러야 했다.

그는 그때 자신이 계획한 그 일을 해내지 않으면 나라를 망친 조선의 상국 사대가 미국으로 옮겨가 기생주의는 다시 시작되고, 그로 민족 정체성이 무너져 혼란에 빠진다고 여겨 행동해야 했다. 그러나 실제에 있어서는 그런 거창한 사회정의가 아니라 "군국주의 부활"을 외치는 건방진 자들을 더 이상 두고 볼 수 없는 사회 부적응 아웃사이더의 성미 뻗댐이 먼저였다. 일왕 히로히토 면책이든, 미시마 유키오 할복이든, 거기에 대하여 행동하는 한국인이 아무도 없다. 이것이 그를 못 견디게 했다. 이 일왕 면책을 항의하지 않고 그냥 넘어가면 한국은 차후 일본은 물론이고 미국에 호구 잡혀 휘둘릴 것은 물론이고, 한국의 내부 배반자들이 다시 준동하여 조선의 고질병 서로 물어뜯기 난작만 만연할 것이 분명했기에 아무도 나서는 이가 없으니 자신이라도 나서야 했다.

그는 먼저 군사 무장이 필요했다. 그러나 개인 무기 소지가 엄격히 금지된 한국에서 그것을 구할 수도 없을 뿐만이 아니라, 그는 범죄 전과와 학력 미달로 징병검사에서 이미 징집면제 된 상황이어서 무기는 고사하고 군사 훈련도 받을 수 없었다. 그래서 먼저 생각한 것이 북파공작원(HID) 지원이었다. 요인 암살과 폭파 임무가 주류인 북파 특수훈련을 받을 수만 있다면 다른 것은 필요 없다. 북파 되어 임무를 수행 하다가 사망하면 자신의 운명이 거기까지라 여길 것이고, 기회를 틈타 무장 탈영 하여 일본으로 밀항 할 수만 있다면 그렇게 하여 계획을 실행하겠다는 생각이었다. 성공 여부는 차후의 문제였다. 한국 현대사에서 미국에 불복하는 이 실행이 있느냐 없느냐에 한국의 미래가 결정된다고 믿는 그것만이 관건이었다.

당시는 일반인에게 여권이 나오지 않던 시기였다. 그가 일본으로 가겠다면 밀항 이외의 방법은 없다. 그 부분은 그가 오랜 시간 고깃배를 타며 바닷가를 전전한 경력이 있어 어떤 식으로든 도항은 어렵지 않다.

당시 서울 시내에는 매혈 병원이 몇 곳 있었다. 매혈,, 그것을 속어로는 '쪼록'이라고 했는데 아침 일찍 열리는 매혈 병원대기소는 출근길 만원 지하철처럼 많은 사람들로 붐볐다. 대부분 여러 날 굶은 사람들이었고, 물을 마시면 피가 묽어져 혈액 검사에서 탈락되기에 물 한 모금 마시지 못한 사람들이 새벽부터 모여든 상황에서 매혈 당첨 확률은 좋게 봐야 5%에도 못 미치고 보통 5~6시간 기다리며 그렇게 자기 피를 판 돈은 당시 화폐로 400~500원 정도로 그 액수는 허름한 식당에서 백반 대여섯 끼니를 사 먹는 정도였다. 자기 피를 팔아서 며칠 연명하려는 사람들이 바글거렸다. 그런 조건에서 매혈 당첨은 잭팟에 해당한다.

북한에서 남한을 말할 때 거지가 버글대고, 자기 피를 파는 사람이 줄을 섰다고 선전하는 게 바로 이것으로, 그의 젊은 시절 한국의 그 매혈 실상은 실재 했던 사실이다.

출구 없는 절망의 공간, 굶주림이 만연한 그 빽빽한 군상 매혈 대기소에 북파공작원 모집책이 수시로 다녀갔다.

그는 거기에 지원하였고 서울 외곽 산기슭 어느 작은 병원에 보내져 신체검사를 받았으나 싸움질 하다 다친 한쪽 시력 약시와 썩은 이빨 2개 때문에 불합격 됐다. 신체검사를 받는 동안 어느 정도 예상은 했으나 막상 탈락되자 생각해 두었던 다음 수순을 진행했다.

박정희 대통령이 시해되기 5년 전인 1974년 8.15 광복절 기념식장에서 재일교포 문세광이 대통령을 향하여 쏜 권총에 영부인 육영수여사가 돌아가셨다. 문세광은 현장에서 잡혔고 그 범행 과정이 신문에 낱낱이 공개 되면서 그 기사에 일본 조총련 본부와 그 산하 아카후토(赤不動)병원 주소가 실렸다.

그의 일왕 '히로히토' 처단 계획은 이미 오래 전부터 머릿속에 굳어 있어서 그 주소가 나중에 필요할 것이라고 진작부터 기억을 하고 있었기에 당시 서울 남산에 있던 시립도서관을 찾아가 묵은 신문철을 뒤적여 조총련 산하 그 병원 주소를 찾아낸 다음 한국 수사 기관의 눈길을 피하기 위해 편지 겉봉에 한자 적불동(赤不動)이 아니라 하라카나로 아카후토병원(あかふど病院) 주소를 적어 연락을 했다.

그때의 삼엄한 전두환 보안 정국과 일반인 해외여행 불가 상황에서 그의 행동은 미친 짓이었다. 그의 목적은 도쿄 일본궁 잠입 일왕 '히로히토' 처단이었고 그 성사를 위한 무장이었으나 그렇다고 편지에 그런 내색을 할 수는 없어서 그 당시 일본 적군파가 비행기를 납치하여 북한으로 간 전례가 있었듯이 그때는 이념 대립이 첨예하여 그는 거기에 편승하는 식으로 한국 사회 불평분자 행세를 하면서 특수 군사훈련을 받고 싶다는 요지를 적었다.

이 내용이 한국 정보기관에 노출되면 긴급 연행 고문 수사가 뻔하고 더구나 그와 같은 무연고자 신세는 파리 목숨이나 같았다. 당시, 길바닥 노숙자, 술 먹고 행패부리는 자 등 우범자는 이유를 막론하고 끌고 가 강제집단 수용하였고 여차하면 몽둥이로 때려죽이던 전두환 비상계엄 시절이었다. 그가 살면서 그토록 긴장한 적이 없었다. 그런데 그랬음에도 접선 장소에 아무도 나타나지 않았다. 편지가 전달되지 않았을 지도 몰라 재차 연락했으나 일본 쪽이나 하다못해 한국 수사기관 쪽으로부터도 아무런 반응이 없었다.

그의 부친은 북한을 탈출한 6.25전쟁 월남자이고 어머니는 오랫동안 미8군과 UN군사령부방송국(VUNC)에서 사무직에 근무한 경력이 있어서 북한 쪽에서 그는 가장 악질적 적대계급에 속한다. 그의 목적은 군사 특수훈련이었지만 그의 그러한 가족력 때문에 그가 뱃놈 경력이 있어서 단순히 북한으로 가고자 했다면 배를 절취해 갈 수도 있었겠지만 곧장 북한으로 가는 것은 무모하였고 아무런 보장도 없어 그는 일본 조총련을 끼고자 했다.

그런데 아무런 연락이 없었다. 그 쪽에서 그를 정신병자로 봤는지 아니면 한국 정보부 역공작으로 봤는지는 몰라도 몇 번이나 시도한 그 무응답으로 그는 좌절했다.

그렇다면 이제 목숨을 스스로 거둬야 하는가. 그토록 힘든 방랑의 결과가 이것으로 끝인가. 그가 견딘 그 많은 방황과 굶주림의 시간은 결국 군짓거리에 불과했다는 견디기 힘든 자책의 시간이 지난 뒤 그는 현실을 인정해야 했다.

"내가 할 일은 달리 있을 것이다".

그는 그때까지 살아오면서 어쩌면 자신이 한국 피침 역사로부터 선택된 사람일지 모른 다는 임의적 예감을 가지고 있었다. 그가 어려서 살던 빈민촌을 떠날 때 그의 수중에는 약소하지만 판잣집을 판 돈이 있었고, 그것조차 외삼촌이라는 사람과 둘로 나눴지만, 그래도 그 돈이면 서울 도심의 웬만한 구두닦이 터를 살 수 있는 액수였다. 당시 서울 거리에 다방이 흔했고 그런 다방 앞에는 구두닦이 터가 있어서 그 자리를 사고 팔 수 있었다. 정해진 구역 안에 다방이 몇 개인지, 건물 사무실 직원 규모가 어느 정도인지에 따라 그 자리 값이 권리금조로 매겨졌다. 모두가 궁핍했던 시절에 규모 있는 구두닦이 터는 안정적 생계 수단이었고 그때 그가 가진 돈으로 살 수 있는 구두닦이 터는 웬만한 가게 수입보다 안정적이어서 인생 재무 설계가 가능 했다. 지금 한국의 길거리 구두수선 부스와는 그 활동성이 전혀 달랐다. 당시 그는 그 빈촌을 떠나 서울 외곽에 작은 방 한 칸을 빌렸고 구두닦이 터를 보러 다니고 있었다. 그때 인쇄소에 다니던 빈촌 동네 친구 하나가 어느 날 그를 찾아 왔고 그는 반갑게 그를 맞았다. 그 친구는 하룻밤을 묵고 가겠다며 이런 저런 이야기를 늦게까지 하다가 같이 잠든 후 사라졌다. 그는 잠을 자다 이상한 기분에 '아차!' 싶어 보관해 두었던 돈을 찾아보니 몇 푼 남기고 모두 없어졌다. 50년 전 당시는 지금 같은 은행 예금을 모르던 현금사회여서 생긴 일이었다. 그것이 어떤 돈인데,,

그의 방랑은 무일푼이 된 그 때부터 시작됐다. 인생이 그때부터 허무했다. 그리고 발길 닿는 대로 일거리를 찾아 헤매다 몇 푼 손에 쥐면 다시 방랑의 길을 떠나는 그런 풍찬노숙이 이어졌고, 마침내 그것이 너무 힘들어 그 도둑놈 친구를 찾아 손보기로 작정 했다. 일단 마음먹었으니 끝을 보리라. 그래서 칼을 차고 그 도둑놈을 찾아 나섰을 때 그 놈은 갑자기 병으로 죽었다. 폐병이었다. 그 언덕바지 빈민촌 학교 정문 앞에서 권투를 배운 약쟁이 주먹질 기습에 그가 목젖을 정통으로 얻어맞아 숨을 못 쉬는 질식사 고비를 넘기고 나서 그놈을 잡으러 다녔을 때 시골 바닷가 어딘가로 도망 간 그놈도 거기서 갑자기 죽었듯이, 그의 인생 중 특히 그 시절 공사장에서 노동을 하든가, 아니면 길바닥 정처 없는 노정에서도 숱한 죽음의 고비가 있었다. 고깃배를 타면서 높은 파도에 몸 중심을 잃고 배 난간에 가슴이 부딪혀 질식 혼미 상태로 바다에 떨어지고서도 살아남았고, 울릉도 망망대해 작은 오징어 배에서는 브릿지 앞에 쇠사슬로 묶여 있던 대형 기름 탱크가 옆받이 파도를 맞고 쇠사슬이 끊어지면서 한쪽으로 쏠리는 바람에 배가 45도 기울어진 채로 항진하며 작은 파도 하나만 더 맞으면 침몰되는 위기 순간에서도 기적처럼 살아났다. 스쿠바 잠수 일을 하면서 30m 바다 물속에서 몇 번이나 비상 탈출하는 일이 생겨 잠수병(BENS)에 걸리면서도 살아남았다. 그때는 삶과 죽음이 찰나였다. 그럴 때마다 간발의 차이로 살아남았다. 반면 그가 원한을 가지면 상대는 그가 직접 손쓰지 않도록 스스로 알아서 죽었다. 그런 일을 여러 번 겪자 그는 어떤 운명이 그로 하여금 다른 일을 못하도록 자신을 고난에 빠뜨리지만 한편으로는 거기에서 보호 된다는 느낌이 있었다.

"나를 방해하는 자는 요절 한다!".

그것은 어쩌면 그가 해야 할 일이 따로 정해져 있는 신호가 아닐까, 그것은 어쩌면 이 땅의 역사가 그런 더넘찬 일은 자신의 몫이 아니며 그가 할 일은 따로 정해져 있다는 알림이 아닐까. 그래,, 그렇게 생각하자, 그렇다면 자신을 아껴야 했다. 그것이 망상이든, 아니면 현실 도피 변명이든, 죽지 않고 그 한 몸 나중에 한 번 쓸 기회가 오기를 기다리며 숨는 것이 주어진 운명이라 여겼다. 앞에 무엇이 기다릴지 모르지만 그 하나를 위하여 자신의 모든 사리사욕과 자기 계발을 끊고 시정잡배로 살아남겠다. 독서도 끊겠다. 어쭙잖은 지식이 이 중요한 과제를 왜곡하고 변명할지 몰라 두려웠기 때문이었다. 흥선 이하응처럼 시정잡배로 살겠다. 어둠 속에서 오로지 이 하나만을 간직하겠다.

그날은 장대비가 쏟아지고 있었다.

그는 밥을 언제 먹었는지 기억도 없고 우산도 없이 몸은 물에 빠진 생쥐 꼴이었지만 눈을 깊게 찌푸려 오직 예리함만은 놓치지 않으려 애쓰며 물 먹은 발길을 걸었다. 그가 보고자 한 것은 오직 하나였으나 짝사랑이었고 너무 멀어 손을 잡지 못 했다. 제자리 도는 망가진 유성기판처럼 노래 하나를 계속 중얼거리며 질척이는 발길을 걸었다. 눈물인지 빗물인지 얼굴을 적셨다. 어떤 노랫말 중에는 '따스한 불가에서 쉬어 가시라'고 하건만 그에게 그런 손길은 없었다. 얼굴을 들어 찌푸린 눈으로 하늘을 보면 빗방울이 얼굴에 뿌려 옷 속을 타고 흐를 뿐, 그가 할 수 있는 게 없었다. 그냥 하염없이 걸었다. 생각은 하나에 머물렀다.

"나는 어찌해야 하는가".

걷다가 지친 그 어둠 속 한기로 몸이 떨려 어느 허름한 어느 2층 건물 창고 안으로 몰래 숨어 들어가 계단 뒤쪽 틈에서 젖은 옷을 짜 입은 채 이

틀 밤낮을 앓았다. 그리고 먼지투성이 그 어둠 속에서 그는 죽지 않고 살아남았다. 그 날 이후, 벌레가 다음 순서를 기다리며 땅속으로 들어가듯, 언제가 될지, 무엇이 기다릴지, 아무런 기약 없고 보장도 없는 깊은 어둠에 몸을 맡겼다.

그가 하려고 했던 것은 오로지 일왕 "히로히토 처단" 하나였다. 거저 얻어 독립한 한국에서 이 보다 더 중요한 숙제는 없다. 그것이 좌절되었으니 인생의 의의는 사라졌다. 더 살아야 할 이유도 없다. 그러나 그래도 혹시 나중에 한 번 써먹을 날이 있기만을 바라며 숨는 것밖에 없다.

그리고 나서, 자신이 자신마저 속이는 오랜 '동기성망각의 세월, 그는 그렇게 굳어버린 '폐칩을 벗기 위해 나중에 다시 한 번 더 감옥을 다녀왔다.
------
동기성망각: (動機性忘却: 괴롭거나 불쾌한 일을 스스로 억압하여 잊는 일).
폐칩: (閉蟄; 벌레 따위가 땅속으로 들어가 겨울잠을 잠. 또는 그런 때).

part Ⅱ. 늑화.

---
늑화: (勒花; 추위 때문에 꽃이 피지 못하는 현상).

## 8. 총대메기.

　　박정희 대통령 유신헌법, 그 양반은 어찌하여 그런 무리수를 두었는가. 당시의 국제 정세를 살펴본다.

1973년 월남(남베트남) 미군철수 이후, 수많은 월남 탈출 난민 보트피플이 허름한 배에 콩나물시루처럼 빽빽이 실려 바다에서 떠돌다가 죽는 일이 숱하게 발생한다. 월남에 참전했던 한국은 철수하면서 1,500명 난민을 실어 왔지만 그것은 특별한 경우이고 그런 보트피플을 반기는 나라는 없었다. 그때 북한 주석 김일성이 중국을 2차례 방문 한다. 목적은 월남(남베트남) 패망에 고무된 제2의 한반도 남침 지원 요청이었다.

1965년에서 1979년 사이, 캄보디아에서 공산 크메르 루즈가 자국 인민을 학살해 죽은 시체들을 한꺼번에 묻은 매장지 킬링필드(The Killing Fields)가 20,000개 이상이었고, 그 사망자(병사한 사람과 굶어죽은 사람 포함해서)를 인구 800만명 중 170만명에서 250만명으로 추정하는 그 의미는 공산적화에 반드시 따르는 인민 살육이다.

킬링필드 배경; 미국의 지원을 받던 크메르공화국의 론 놀이 세력이 약해져 해외로 망명한 사이, 베트남 전쟁이 종결되면서 수도 프놈펜에 크메르 루즈가 입성한다. 국명을 민주 캄푸치아로 개칭한 크메르 루즈는 혼란한 국내 상황을 타개하기 위해, 화폐제도의 폐지, 도시 주민의 강제 농촌 이주 등 극단적인 공산주의 방침을 내세워 기존의 산업시설을 모두 파괴하고, 기업인·유학생·부유층·구(舊)정권 관계자, 심지어 크메르 루즈 내의 친(親)월남파까지도 반동분자로 몰아서 학살했다. 그때 탄약을 아끼기 위해 주로 독약과 죽창이 사용되었고, 살해당한 사람들은 대량으로 매장되었다. 어린 아이의 경우 나무줄기에 머리를 찧어서 살해한 뒤에 부모가 있는 구덩이 속에 던져지기도 했다. 그 아이들이 커서 부모의 죽음을 복수할 수 있다는 이유에서였다. 희생자에게 자기가 묻힐 무덤을 파게 한 후 죽인 경우도 있었다. 처형에 가담한 군인들은 주로 농민 출신의 젊은 남녀였다. 〈인터넷 발췌〉.

이토록, 1970년대의 세계는 공산주의 대 민주주의가 첨예한 냉전시대였고, 그 중에서도 아시아는 그 대립의 최선봉 칼날 위에 있었다. 그때 공산주의는 그 완성을 인민학살에서 찾았다. 그것은 지금도 마찬가지여서 만약 북한이 남한을 적화하면 가리키는 것은 남한 인민몰살이다. 자본주의에 물든 천방지축 남한 국민을 북한에서 어떡케 콘트롤 하겠는가. 몰살 이외에는 방법이 없다. 북한에 의한 남한 적화,, 그 냉전시대에 남한 국민도 북한에 적화되면 킬링필드가 자행된다는 것을 모르지 않았고, 당시의 소위 민주투사라 일컫는 데모 주동 학생들은 막스, 레닌 사상을 공부했고 그 핵심 멤버는 김일성주의(주체사상)로 무장되어 있었으며, 일부는 그 삼엄한 보안정국에서도 북한 공작선을 타고 월북하여 6.25 한국전쟁 흉융 전범 꼭지 북한 김일성을 접견하고 공작금을 받아와 남한 소요와 전복을 기도하고 있었다. 그토록 대립이 첨예한 당시 한국 정보기관에서는 단순한 데모 가담 학생을 고문하고 사건을 부풀려 처단했던 일이 있었던 것이 사실이고, 반면에 북한의 지령과 사주를 받은 전위 좌경 학생들이 세포로 활동하며 사회 소요를 획책했던 일도 분명히 존재했던 사실이다. 공산주의는 피를 흘려 완성되는 철칙이 있고, 그 피는 가장 가까운 사람 즉 부모, 형제, 친구를 가리지 않는다. 일제 식민지 시절부터 이 땅에 퍼지기 시작한 공산주의는 1950년 6.25를 거치며 남한 지하에서 끊임없이 암약해온 줄기가 있고, 그때의 좌경운동권 데모 학생들이 자라나 지금 한국 정치권만이 아닌 사회 곳곳에 진출해 진보진영의 실세가 되었고, 몇몇은 또 보수로 가 그쪽에서 자리 잡았다. 그들이 지금 북한과 절연했다고는 해도 사상적 고향이 북한 김일성 공산주의에 있으니 그 향수마저 지우지는 못했을 터, 1990년대 북한에서 300만명이라는 아사자가 생겨나면서 북한 정권이 위기에 처했을 때, 김대중씨가 대통령이 되어 "햇볕정책"이라면서 북한에 구휼 명목으로 돈을 보낸 그 인도주의의 이면에 그것으로 북한 정권이 유지된다는 것을 계산하지 않았을 리 없는 그 돈으로 북한 김일성 권력은 살아남았고 "핵무장"도 완성했다. 그러나 그 때문에 북한의 어둠은 더 깊어졌다. 북한 인민이 제대로 된 세상에서 살겠다면 그 지불비용이 있어야 한다. 아기가 세상에 태어날 때 산모와 아기는 극심한 고통을 겪는다. 고통이 없으면 변화도 없다. 세상사가 그러함에도 한국의 민주 진보 진영, 아니 더 정확히 당시의 김대중 대통령이 북한에 돈을 보내 북한 민주화 혁명 그 출산의 기회를 차단했다. 남한도 민주주의를 거저 얻은 게 아니다. 지독한 고통을 겪었다. 그것이 비록 나라의 자주성을 저당하고 얻은 불완전한 것이었다 해도 여하튼 그로 민주주의 껍데기는 갖추었다. 그렇게 세상에 공짜는 없으며, 공짜로 얻은 댓가는 그보다 더 큰 비용을 요구 한다. 공허한 역사성의 가설이지만, 그때 김대중씨가 돈을 보내지 않았다면 북한은 김일성 족벌 체제가 무너지고 최소한 지금의 중국이나 베트남과 같은 개방 공산주의가 들어섰을 것이다. 그래서 김대중씨의 빛나는 인도주의 "햇볕정책"은 한민족 분단을 고착시키고 김일성 족속을 보위한 '비주 민주주의 역사 반동'일 수밖에 없다.

------

비주: (比周; 다른 속셈이 있어 참되지 못한 일로 한패를 이루는 것).

공산주의는 인류가 피 흘려 실험한 실패한 사상이고, 그것이 그것만으로 끝난 것이 아니어서 차이나(china)가 그러하듯 수정주의로 모습을 바꿨다. 그 공산주의는 인민의 희생을 요구한다. 그것이 북한에서는 교조주의로 재생산되었다. 과거 스탈린 공산주의는 "가장 믿음이 가는 사람이 가장 먼저 의심받아야 될 사람"이라면서 숙청된 사람은 수백만 명에 달했고, 1949년 공산화된 차이나(china)에서 문화혁명까지 처단된 인원이 2,630만 명으로 알려진 그 본질은 권력의 공고화였다.

이토록 공산주의는 권력의 집중이라는 속성이 난폭함을 부르는 반면 그들의 계획경제로는 인민을 먹여 살릴 수 없다. 그래서 1980년대에 소련과 차이나(china)에 개혁, 개방 수정주의가 왔다. 그렇게 자본주의를 빌려 배고픔을 해결한 공산주의, 그러나 그 수정주의조차 극도로 경계하여 부모, 형제까지 숙청의 대상으로 했던 1970년대 초반 세계의 냉전 실상은 어떠했겠는가.

그때 미국에서는 리처드 닉슨 대통령이 "미군은 아시아에서 철수할 것이며, 아시아 각국은 스스로 자국을 지켜야 한다"는 닉슨 독트린(Nixon Doctrine)을 1969년 7월 25일 선포하면서, 한국 주둔 미군철수에 들어갔고, 후임 대통령 카터는 한국에서 미군 2사단 2만 병력을 철수시켰다. 한편, 1973년 1월 27일, 파리에서 미국과 월맹(북베트남) 간의 평화협정이 성립되면서 50만 명에 달했던 월남(남베트남) 전장의 미군은 자신들이 사용하던 최신예 전투기를 비롯하여 10억 달러(1.4조원)에 달하는 각종 무기를 남겨둔 채 황급히 빠져 나왔고, 한국군을 비롯한 여타의 참전국도 모두 철수하자 1975년 4월 30일, 남베트남 정부가 무너지면서 베트남 전쟁은 공산주의 승리로 끝이 났다. 그러자 북한 김일성은 이에 한껏 고무되어 남한 적화 제2의 6.25 전쟁 흥융을 꿈꾸며 차이나(china)를 방문하는 등 전쟁 지원 요청을 다녔다.

당시의 박정희 대통령은 "남한 인민 몰살"이 전제되는 공산주의 승리 기운이 만연한 아시아 환경에서 한국에서도 공산주의에 물들거나 그냥 젊음을 주체 못한 학생 데모대가 연일 거리에서 "독재 타도"를 외치며 화염병을 던지는 사회 소요를 그냥 두고 볼 수 없었을 것은 자명하다. 학생 데모를 부추기는 그 실질적 마루 민주투사 대통령 후보 김대중씨가 민중을 향하여 민주주의 쟁취 사자후를 토하는 정국에서, 군인 출신이었던 박정희 대통령에게 이 나라의 민주주의보다 중요했던 것이 북한 김일성의 제2 6.25 전쟁 방비였다. 1950년 6.25 한국전쟁도 미군철수에서 촉발되었다. 그 후 한국인에게 미군철수가 곧 한반도 전쟁이라는 도식으로 각인되었듯이, 당시 박정희 대통령은 북한 연루 의혹이 있는 김대중씨에게 정권을 넘길 수 없는 상황적 당위성과 함께 완전한 나라 방위와 그것을 넘는 민족의 숙원 종속타파를 위한 유일한 길이 한국 자체 "핵무장"이었다. 그런데 그것은 장기집권 없이 불가능 하다. 누군가 총대를 메야만 성취 한다. 지금도 변함없지만, 한국의 미국 의존 방위체계에서, 월남이 그러했고, 아프칸 미군철수가 그렇듯, 미군은 언제든 현지사정을 고려 않고 저희가 필요할 때 일방 철수한다. 당시 한국에서도 미국은 아무런 대책도 세우지 않고 미군을 일방 철수시키고 있었고, 그럼에도 한국 자체 방위 "핵무장"은 용납하지 않았다. 일본 방위를 위한 테트라포드(tetrapod) 역할이 주 임무인 한국이 북한에 적화되는 것은 미(美)국익에 크게 해가 되지 않지만, 한국이 자체 "핵무장" 하여 자주권을 가지는 것은 미국에 대한 패권 도전에 해당 한다. 절대로 용납 못할 사안이었고, 그러한 상국의 심기를 알아서 살핀 선봉이 한국 민주투사들이다. 그들의 민주주의 투쟁은 나라의 자주권 포기를 전제로 한다. 박정희 대통령 고육지계 유신헌법은 그래서 나왔다.

10월 유신(十月維新)은 1972년 10월 17일에 박정희 대통령의 위헌적 계엄과 국회해산 및 헌법정지 등을 골자로 하는 대통령 특별선언을 말한다. 박정희 대통령은 이 선언에서 4가지 비상조치를 발표하고 이러한 비상조치 아래 위헌적 절차에 의한 국민투표로 1972년 12월 27일에 제3공화국 헌법을 파괴했는데, 이때의 헌법을 유신 법(維新憲法)이라 하며, 유신 헌법이 발효된 기간을 유신 체제(維新體制), 또는 유신독재(維新獨裁)라고 부른다. 이 체제 하에서 대통령은 국회의원의 3분의 1과 모든 법관 임명권을 가지며, 긴급조치권 및 국회해산권을 가지며, 임기 6년에 횟수의 제한 없이 연임할 수 있었다. 또한, 대통령 선출 방식이 국민의 직접 선거에서 관제기구(官制機構)나 다름없는 통일주체국민회의의 간선제로 바뀌었다. 유신 체제는 행정·입법·사법의 3권을 모두 쥔 대통령이 종신(終身) 집권할 수 있도록 설계된 1인 영도적(절대적) 대통령제였다.〈위키백과 발췌〉.

이러한 억지의 시발은 당시의 시대상황이 캄보디아 킬링필드처럼 자유를 맛 본 인민을 살려 두지 않는 것을 목격한 공산주의 대량학살 그 두려움에서 온다. 지금도 엄연히 북한 중앙당에서 군부에 지침을 내려 존재하는 한반도 전쟁 시의 한국 군인에 국한하지 않는 남한 인민 몰살 명령이 존재한다. 하물며 당시의 정세는 어떠했겠는가. 국민의 안전을 책임진 대통령으로서 유신선포와 같은 억지는 6.25전쟁 한국 초토화를 겪은 극단의 방어기재에서 출발한다. 지금 남한에 탈북자가 많이 들어와 있으니 이것은 그 사람들을 통하여 얼마든지 확인 가능한 사안이다. 한반도 전쟁 발발 시, 북한군에게는 남한 국민 몰살 지침이 내려져 있다. 자유를 맛본 남한 국민을 통제 할 수 없기 때문이다. 집단을 우선하는 공산주의와 개인의 권리를 우선하는 자유 민주주의는 공존할 수 없다. 공산주의가 승리할 때 반드시 살육이 전제되는 조건이며, 공산주의를 도용한 김일성교조주의는 세습 약점 때문에라도 그러한 살육은 절대적이다. 주체사상은 국민을 하나로 쉽게 응집시킬 수는 있지만 그 때문에 변화는 어렵다. 그 북한은 지금 "핵무장국"이며, 그 조건이 가리키는 것은 결국 "핵무기" 투발 남한 인민 "몰살"이다. 그 "핵무기" 앞에서 아무리 발전된 한국의 첨단 군사무기라고 해봐야 애들 장난감에 불과할 뿐, 과거 일본이 그것으로 도시가 전멸 되었던 그것보다 훨씬 더 발전된 수소폭탄 몇 개면 한국은 순식간에 초토화 되는 조건에 있다. 그 북한 권력이 국제사회 "경제 봉쇄"로 막다른 길에 몰려 이판사판 한국을 향해 "핵무기"를 발사 할 때, 거기에서 살아남은 한국인이 있다한들 그동안 자유를 향유하며 그 자유가 몸에 배어 저마다 잘났다고 떠드는 그런 한국인을 그 북한이 무슨 수로 통제하겠는가, 북한은 지금 거지 신세여서 남한 인민 개개를 학살할 총알도 능력도 없다. 그래서 일단 시작하면 "핵무기"로 한국인을 전멸시키는 길 외에 다른 방도는 없다. 한국이 항복을 한다 해도 북한이 받아주지 못하는 조건인 것이다. 북한 중앙당에서 하급 장교에 하달된 "남한 인민 몰살 명령",, 시퍼렇게 살아 있는 이 엄연한 현실을 한국 국민은 피하지 말고 마주해야 한다. 핵을 가진 북한 입장에서 남한 적화는 북한의 결심 여하 문제일 뿐, 미국이 주도하는 북한 "경제봉쇄"가 지속되어 그들의 경제가 한계에 다다르고, 북한 인민이 한국의 자유와 풍요를 모두 알고 난 후의 그 배반당한 분노가 북한 정권을 향한 폭동으로 바뀔 때, 그것을 외부로 돌리기 위한 타개책으로나, 아니면 단순한 최후의 발악으로나, "이판사판" 북한 권력이 핵무기 단추를 눌렀을 때, 한국 권부는 그에 대한 해결 방도가 있는지 답해야 한다. 설마 그렇게 되겠어?라든가, 이 땅의 민주투사들이 말하는 식으로 "그런 일이 발생하지 않도록 서로 노력해야 한다"는 말은 현실을 왜곡하는 국민기만이요, 민족배반에의 헛소리에 불과하다. 그 해결은 한국도 같이 "핵무장"을 하고 미군을 이 땅에서 내보낸 후 북한과 자주적으로 협의해 살 길을 찾는 것뿐이다. 한국 주도권을 미국이 쥐고 있는 한, 그 미국이 한국의 군권을 가지고 있는 한, 한반도 초토화 핵전쟁 기운이 시퍼렇게 날 서는 그 단초는 한국 땅 "미군주둔"에서 온다. 북한 정권은 오로지 족벌 유지를 위한 교조 체제에 불과하여 절대로 변할 수 없다. 그 약점이 가리키는 제2의 한국전쟁은 "핵폭탄" 한민족 몰살이다.

1970년대에, 아무 준비 없는 한국에서 일방적으로 미군이 철수하는 것을 보면서, 6.25 공산치하에서 인민재판과 공개처형을 목격하고 전쟁의 참혹함을 누구보다 잘 아는 박정희 대통령이 느낀 공포가 판단을 극단으로 몰았을 것은 너무나 당연하다. 박정희 대통령 영구집권 프로젝트 유신헌법은 그 상황에서 그럴 수밖에 없는, 아니 마땅히 그래야 하는 총대 메기 그 당위요 담책이었다.

박정희 대통령 유신헌법이 선포되고 나서 데모가 한창인 그때 한국중앙정보부가 기획한 일본 동경 김대중 납치 사건이 터졌다. 그 일은 워싱턴에서 미주 한민통을 조직한 김대중씨가 일본지부를 만들기 위해 일본에 입국하여 도쿄의 히비야 공원에서의 반(反)박정희 집회 참가를 앞두고 대형 호텔 그랜드팰리스 2212호에 투숙하고 있다가 1973년 8월 8일 오후 1시경, 괴한들에게 납치되어, 닷새 후 8월 13일에 서울 그의 자택으로 옮겨진 사건이다.

이 무모하며 어설픈 사건으로 박정희 대통령 정권 최대 위기를 맞는다. 일본은 자국 내에서 발생한 정치인 납치에 범노하였고, 유신 강압통치로 가뜩이나 불안한 정국에서 이 김대중 납치사건은 박정희 대통령 도덕성에 치명타를 입혀 미국을 위시한 자유 진영으로부터 독재 정권 타도라는 결정적 빌미가 조성 되었으며, 한국 민심 또한 참정권 억탈로 불만이 생긴 차에 이를 계기로 이반하고 있었다. 사면초가의 이 파고를 넘지 못하면 한국 초대 대통령 이승만처럼 박정희 대통령 역시 권좌에서 쫓겨나야 할 정국이었다.

그때, 월남(남베트남)에서 미군이 철수한 그 이듬해인 1974년 8월 15일 일본 패전을 기념하는 광복절 행사가 서울 장충동 국립중앙극장에서 열렸고, 박정희 대통령 연설 도중에 영부인 육영수 여사가 재일교포 문세광이 쏜 총탄에 피격 되어 사망한다.

북한이 사주한 것으로 알려진 재일교포 테러리스트 문세광이 한국에 들어와 국가원수를 겨냥해 발사한 총탄에 육영수 여사가 피격되는 광경이 국민이 보고 있던 광복절 TV 중계로 전국에 생생히 공개되었다.

당시 범인 문세광은 국립중앙극장 객석 중앙 7번째 줄에 앉아 있다가 무대 중앙 연설대에서 박정희 대통령이 경축사를 읽고 있는 동안 통로를 걸어 나오며 박정희 대통령을 향해 총을 쐈고, 박정희 대통령은 방탄 연설대 뒤에 몸을 숨겨 무사하였으나 문세광이 발사한 여러 총탄 중 하나가 무대 중앙에 앉아 있던 영부인 육영수 여사 머리에 명중되었다. 이에 단상에 있던 경호실장이 뛰쳐나오며 범인을 향해 권총을 발사했고, 아수라장이 된 극장 안에서 행사 합창단원으로 참석한 여고생 한명이 그 총에 숨졌다. 범인 문세광은 현장에서 체포되었고, 육영수 여사는 오른쪽 측두부 관자놀이에 총을 맞고 서울의과대 부속병원으로 후송되어 5시간 동안 응급수술을 받았으나 그날 오후 7시 향년 50세로 사망한다.

그리고 이 사건에서 문세광이 사용한 권총이 일본의 한 파출소에서 유실되었다는 것과 문세광이 소지했던 일본 여권 발급에 대한 책임 문제와 함께 문세광의 공범 중에 일본인이 끼어 있다는 사실 등으로 일본 정부는 최소한의 도의적 책임을 면할 수 없는 상황에 몰렸다.

육영수 여사가 누구였던가. 박정희 대통령이 별 두 개를 단 군인 모자에 검은 선그라스를 쓰고서 쿠테타를 일으킨 후, 그 동안 경제 개발에 매진하면서 한편 바짓단을 접고 농민과 함께 논에서 모를 심고 막걸리 잔을 나누며 소탈한 시간도 보냈으나 감출 수 없는 그분의 특징은 강한 카리스마였다. 그와 반대로 육영수 여사는 태생부터 유복하여 좋은 교육을 받아 솔나무에 내린 학처럼 우아함을 지니고 있었다. 그분은 영부인이 되어 서민과 소외계층의 사람들을 만나고 다독이며 박정희 대통령의 강직함까지 보듬어 국민으로부터 국모로 추앙되던 분이었다. 발가락에 다이야 반지 끼고 저 잘난 줄 아는 그런 천박한 여자가 아니다. 그 단아한 육영수 여사가 박정희 대통령을 향해 쏜 재일교포 청년의 유탄에 피격되어 돌아가셨다. 국민은 어찌할 바 없는 커다란 슬픔에 싸였고 그 권총이 일본 파출소에서 나왔다는 사실이 알려지면서 국민은 비분강개 하며 일본에 책임을 물었고, 군부 일각은 일본과 전면전까지 언급하는 사태로 비화되었다. 이에 일본에서는 급히 자민당 부총재를 필두로 사절단을 보내며 유감을 표했다. 육영수여사 시해는 그렇게 국민을 슬픔에 젖고 분노에 떨게 하면서 블랙홀처럼 국내외 모든 이슈를 그 하나에 쓸어 담았다.

그러나 이 사건은 불가사의 한 의혹이 있다. 문제는 육영수 여사를 사망케 한 총알이 사라지고 없다는 것에서부터 오만 가정이 난무한다. 1974년 8월 15일 사건 발생 그 이튿날인 16일, 서울 시경 감식 계장이 현장에 출동 하였을 때 이미 사건 당일 밤 자정쯤에 청와대 경호실에서 출동하여 탄두, 탄피를 모두 수거해 간 뒤였다. 그런데 대통령 경호실은 육영수 여사 머리를 관통한 탄환을 포함하여 경호실에서 수거한 증거물을 모두 중앙정보부(KCIA)로 넘겼다고 하는데, 그 사이 가장 중요한 육영수여사 피격 탄환은 사라졌다. 그리하여 모든 상황은 정황 증거라는 하자를 갖게 된다.

피격 당시, 박정희 대통령 연설대 뒤에는 정부 요인용 의자 8개가 일렬횡대로 나열해 있었고, 그 중앙의 2개는 대통령 내외분 자리로 (무대를 마주 볼 때) 오른쪽이 육영수 여사 자리였다. 그분은 시종 바르게 앉아 정면을 주시하며 박대통령 연설을 듣고 있었다. 그때 문세광은 무대 앞 중앙 통로에서 총을 쏘며 걸어 나왔다. 그래서 육영수 여사를 맞춘 총알은 얼굴 정면 앞에서 뒤쪽이어야 한다. 그런데 피탄 궤적은 오른 쪽 이마 측두부 관자놀이에서 정수리 방향이다. (무대를 마주 볼 때) 왼쪽 밑에서 위로 대각선을 그리는 그 궤적이 가능하려면 문세광의 총에서 발사된 총알이 총구에서 나오자마자 급격히 왼쪽으로 90도로 꺾였다가 최소한 150도 이상 오른쪽으로 다시 한 번 더 꺾이며 약간 위를 향해 날아가야 한다. 총알이 허공에서 저 혼자 직각 이상의 각도로 두 번 이상 꺾여 날아가는 것이 물리적으로 가능한가. 육영수 여사 저격 범인이 문세광이 될 수 없는 이유이며, 제2의 저격수가 따로 있다는 과학적 반론이 백 번이고 타당한 이유이다. (무대를 마주 볼 때) 탄환은 육영수 여사 정면이 아니라 8시 방향에서 날아왔으며, 저격수가 왼쪽 첫 번째 출입구에 있었다고 하면 모든 정황이 일치한다. 극장 출입구는 의례 무거운 암막커튼이 쳐져 있어서 그 검은 천 안쪽에 몸을 가리고 총을 쐈다고 하면 조건이 일치한다.

저격범 문세광은 일본에서 원래 민단 계열이었으나 김대중 납치사건을 계기로 김일성을 찬양하며 조총련으로 돌아선 23세의 공산주의 전위 청년이었다. 문세광이 일본 니키다항에 정박 중이던 북한 만경봉호에 승선하여 김일성 사상 교육을 받았고, 그의 수첩에서 김일성을 찬양하는 구호가 나오는 등 북한이 사건의 배후로 지목되자, 북한은 되려 육영사 여사 암살의 배후로 박정희 대통령을 지목하면서 '민족과 운명'이라는 영화까지 만들어 범인으로 몰았다. 그것을 지금에 이르기까지 한국의 진보, 보수 가릴 것 없는 많은 한국인들이 재미삼아 말하기를, 육영수 여사 피격 후에 박정희 대통령이 연단에서 침착하게 연설을 끝마친 것을 두고 어떻게 자기 부인이 머리에 총을 맞았는데 그 자리에서 연설을 계속해 마칠 수 있느냐며 이미 계획이 있었기 때문에 그렇게 태연한 것이라고 박정희 대통령을 범인으로 지목했다. 공중파 연예방송에 나온 패널들은 "더 이상 위험이 없기 때문에 연설을 끝까지 마친 것"이라며 조롱했다. 그러나 박정희 대통령은 그 저격 현장에서만이 아니라 일본으로부터 불리한 조건을 감수하며 자금을 들여와 완성한 한국 최초 서울지하철 1호선 개통식에 참석하여 육영수 여사가 사망하는 그 경각에서도 지하철 시승까지 하며 행사를 마쳤다. 그 지하철이 현재 세계 최고를 자랑하고 있다.

그 시기, 미군이 월남(남베트남)에서 철수를 마쳤고, 월남을 탈출한 난민이 허름한 배에 콩나물시루처럼 실려 바다를 떠돌고, 한국에서도 미군이 일방 철수 중이어서 한국도 베트남처럼 될 수 있다는 공포가 한국 사회를 엄습하고 있었다. 캄보디아에서는 크메르 루즈 공산당이 총알을 아끼겠다며 200만명에 달하는 자국 인민을 죽창으로 무참히 살육하고 있던 그 엄혹한 1970년대에 지도자가 줏대 없이 흔들리는 모습을 국민에게 보이지 않기 위하여 슬픔을 참으며 의연한 모습을 유지하려 애썼던 박정희 대통령의 강철 같은 리더쉽은 모두 가짜로 낙찰되었다. 종속 신민은 그에 맞는 리더를 가진다. 그리하여 한국은 연평도에서 대포 몇 발 터지자 잽싸게 사라져 이틀 동안 어디에 짱 박혔는지 알 수 없었던 그런 대통령을 가지게 되었다. 뿌린 대로 걷는 법이어서, 수학여행길에 나선 수 백 명의 어린 학생들이 침몰 중인 세월호에서 죽어가고 있을 때 선장은 빤쓰만 입고 저부터 살겠다고 도망쳐 나온 일이 달래 생겨난 게 아니다. 그것이 이 나라에 맞는 리더의 자세이기 때문이다. 국민들이 박정희 대통령 책임감을 조롱하며 재미지게 비웃는 꿀잼, 그러나 공짜는 없다. 그 나라 국민은 그 수준에 맞는 리더를 갖는다.

박정희 대통령이 육영수여사 저격의 배후가 될 수 없는 이유가 물리력에 반하는 그 총알 궤적이 증거 하듯, (무대를 마주볼 때) 제2저격수가 있었던 무대 왼쪽 첫 번째 출입구,, 당시의 국립극장 현장에서 박정희 대통령을 지근거리에 접근할 수 있으며 권총을 휴대하고 그 출입구에 설 수 있는 사람은 청와대 경호실 직원이거나 중앙정보부 핵심 요원뿐이다. 어둠 속 제3의 권력이 기획하여 사주한 정부 기관요원 저격수가 저격 지점은 확보할 수 있었겠으나, 직무에 충실한 청와대 경호원 및 중앙정보부 직원이 도처에 배치된 극장 안에서 저격수가 규모 있는 소총을 휴대할 수 없고, 오로지 권총으로만 그 실행이 가능한 제한된 조건과, 문세광이 박정희 대통령을 향해 총을 쏘는 그 동(同) 시간에 목표물을 제거해야 하는 한정된 조건 때문에 박정희 대통령을 행해 쏜 총알이 빗나가 그 뒤에 있는 육영수여사를 피격했다면 퍼즐이 맞아떨어진다. 애초 문세광을 태운 차량은 정문에서 검문을 받아야 했으나 통행 카드가 없음에도 무사통과되었고, 본관 건물 남쪽 문을 통해 들어왔으나 거기에 도합 8명의 경호경비 근무자가 있었고 금속탐지기까지 비치되어 있었음에도 권총을 휴대하고서도 무사통과 했으며, 극장 안에 들어가는 사람은 리본으로 표시되는 비표를 가슴에 부착해야 했음에도 그것 없이도 극장 안에 입장할 수 있었다. 그 와중에, 비표도 없이 극장 안에 입장한 문세광을 수상히 여긴 충직한 경호실 직원이 문세광을 극장 안에서 퇴출시켰고, 복도로 쫓겨나와 의자에 앉아있는 문세광을 수상히 여긴 서울시경 경비 계장이 "당신 뭐하는 사람이냐"고 묻고 있는 와중에 불현 장(張)모라는 청와대 경호계장이 나타나 "아무개 장관을 만나러 온 사람"이라며 문세광을 감싸면서 극장 안으로 다시 들여보냈다. 분명 보이지 않는 힘이 작용하고 있었다. 상식적으로 그 엄혹했던 유신헌법 독재 보안 정국 시절의 대통령 행사장에 비표도 없는 사람이 극장 안에 들어온다는 것부터 말이 안 되며, 비표 없는 사람을 몸수색조차 안

하고 극장 안으로 다시 들여보냈다는 것은 더욱 말이 안 된다. 세월이 흐른 뒤, 문세광을 극장 안으로 다시 들여보낸 그 장(張)모라는 청와대 경호계장을 어느 TV방송사에서 취재를 하며 "어째서 비표도 없는 사람을 극장 안으로 다시 입장 시켰는가?"라고 묻자 그는 "나는 할 말이 없다, 더 높은 사람에게 물어야 할 사안"이라고 대답을 회피했다. 청와대 경호실,, 그때의 경호실장 피스톨박이라는 사람의 권력이 어느 정도였는가 하면, 맘에 안 드는 장관을 차렷 자세로 세워놓고 정강이를 구둣발로 차면서 "새끼, 똑바로 못해!"라며 군기 잡던 시절이었다. 청와대 경호실이 당시 무소불위 중앙정보부(KCIA)보다 직체로는 아래였지만 끗발로는 위였다. 그 두 기관은 권력 경쟁 심리가 있어서 서로가 앙숙이었다. 그런데 이 사건은 그러한 두 기관이 협조하지 않으면 성립되지 않는다. 그리고 그 두 기관을 통제할 수 있는 권력은 박정희 대통령뿐이다. 그러나 과연 그때는 물론이고 지금이라 하여 한국 대통령보다 더 쎈 권력은 존재하지 않는가. 그 장(張)모라는 청와대 경호계장이 "더 높은 사람에게 물어야 할 사안"이라고 말한 그 의미의 높은 사람은 청와대 경호실장 아니면 박정희 대통령이겠지만 그것으로 다가 아니라는 것은 누구나 안다. 당시 외각 경찰 경호를 포함하여 모든 경호가 느슨하도록 현장에는 완화 명령이 내려져 있었던 바처럼, 문세광이 거사를 하기 위한 제반사안은 박정희 대통령 암살에 유리하도록 맞춰져 있었다. 그런 조건들이 의혹을 불러 후일 국내의 몇몇 TV방송에서 이 사건의 내막을 다루면서 기껏 사건의 총성이 어떻고 탄피가 어떻다는 등 변죽만 울리고 실체에 접근 못 하여 국민을 더욱 혼란케 하였다. 그런데 문세광이 국립극장에 입장하여 저격 사건이 발생되고 있을 그 시각에 이미 문세광이 묵고 있었던 조선호텔 1030호실에 중앙정보부 요원이 찾아와 문세광 소지품을 수색하고 압수해간 이상한 상황이 벌어지고 있었다. 거기에 더하여, 문세광이 체포된 바로 다음 날 아침 조간신문에 문세광의 반정부 경력 등 조총련과 관련된 그간의 행적이 낱낱이 공개되고 있었다. 그 다음날이라는 시각은 문세광의 권총 첫발이 자신의 다리를 쏘는 바람에 총상을 입은 문세광은 수사 기관이 아니라 병원으로 수송되어 치료를 받는 중이어서 조사가 시작되기 전이었다. 그랬음에도 언론에서는 이미 모든 사건 전말이 소상히 밝혀져 기사화 되었다. 부처님 손바닥 안처럼, 문세광이 한국에 들어와 국립극장에 입장하여 박정희 대통령 저격 임무 일련의 행보를 그가 한국에 들어오기 전부터 시작해 체포 된 후까지의 행적이 수사가 시작되기도 전에 언론에 보도된 모든 소스는 한국 중앙정보부(KCIA)로부터 나왔다. 진실을 알려면 사건의 총람을 봐야 한다. 그래서 이 사건과 너무나 닮아 문뜩 떠오르는 장면이 있다. 케네디 암살 사건이 그것으로, 1963년 11월 22일. 미국 케네디 대통령이 무개차를 타고 텍사스 댈러스 시가지를 행진하던 중 도로변 창고 건물 6층에서 총알이 날아와 케네디 대통령의 뒷머리를 관통하여 대통령이 사망했으며 탄두는 찾지 못했다., 이것이 워렌 조사위원회의 보고 내용이고 사건 직후 범인은 미CIA 정보원이면서 공산주의 전력이 있다는 '오스왈드'라고 밝혀지며 사건 15분 만에 시중에 몽타쥬가 배포되었고 70분 만에 거리에서 검거 되었으며 이틀 후 검찰 호송을 위해 경찰서를 나오던 중 '잭 루비'라고 하는 비분강개한 시민에게 총격을 받아 사망하였다. 그러나 '잭 루비'는 구치소에 수감된 후, 더 큰 음모가 있다며 워렌 위원회에 소명할 기회를 달라고 하였으나 무시되었고 감옥에서 갑자기 5개월 만에 폐암으로 사망한다. '오스왈드'를 문세광에 대비하면 둘 다 어수룩하여 이용당하기 쉬운 성향을 알 수 있다. 이 케네디 암살 사건이 반세기가 지나도록 의혹이 잦아들지 않고 증폭되는 이유는 발사 된 총알 물리력에 반하는 그 피탄 궤적 에 있다. 해가 동에서 떠 서로 지듯, 발사된 총알이 정직한 것은 그것의 올곧음 때문일 진데, 어떤 물체에 부딪히기 전까지 그 궤적은 오로지 일직선으로 목표 지점을 정직하게 파고든다. 케네디를 맞춘 총알은 이 정직성과 완전히 상반되기에 사람들은 워렌 보고서가 잘못 되었다는 것을 알지만 권력이 입을 막으니 어쩔 수 없어 침묵하였고, 그래도 지구는 돈다며 중얼거린 갈릴레이처럼 케네디 암살은 그와 알력 있었던 CIA의 공작이라고 짐작할 뿐이다. 식을 줄 모르는 그 의문에 대하여 트럼프가 워렌 보고서 시한 만료에 즈음하여 의혹부분을 공개하기로 하였다가 나중에 국익에 반한다는 이유로 다시 어둠 속으로 던져버렸다. 한국에서 박정희 대통령을 타깃으로 한 암살 탄환이 빗나가 육영수 여사를 죽인 이 사건과 케네디 암살이 프레임에서 같다는 것, 즉 지휘소가 하나임을 가리킨다. 이것은 미국에서 불편한 정적을 제거하는 전형적인 방법이었다. '오스왈드'가 케네디를 죽인 범인이 아니듯, 문세광도 육영수 여사를 죽인 범인이 아니다. 문세광의 육영수여사 저격은 광복절 TV생중계 영상이 유튜브에 오픈되어 있으니 누구나 쉽게 확인할 수 있다. 육영수 여사 피격 부위는 (본인의) 오른쪽 측두부 관자놀이에서 왼쪽을 향한 정수리였으며 고개는 오른쪽에서 왼쪽으로 꺾였다. 필자가 이것을 오랫동안 마음에 두고 있었던 것은 육영수여사 암살 수술 집도의가 처음 자신의 집무실에서 가진 공영 TV인터뷰에서 자신의 검지손가락을 직접 측두부 관자놀이에 대고 총알 사입구가 정수리를 향했다는 사선을 정확하게 가리키는 것을 보고 나서였다. 필자는 인생을 살면서 그 집도의 인터뷰를 잊지 않고 살아왔다. 절대로 용서할 수 없는 모반이어서 그랬다. 그 사건이 전국에 생중계로 중계된 터여서 당시에도 사건 전말에 여러 가지 의혹이 일면서 시중에 문세광이 저격 범인이 아니라는 말이 그때 이미 돌았다. 그런데 시간이 흐른 후, 그 집도의는 피탄 부위가 얼굴 정면 이마 중앙 1cm 오른쪽에서 정수리 방향이라고 다른 증언을 하고 있었다. 그것은 명백한 거짓이다. 육영수여사 머리는 오른쪽에서 왼쪽으로 꺾였고, 그 집도의의 번복 증언처럼 사입부가 이마 중앙 1cm라면 머리는 뒤쪽으로 꺾여야 한다. 혼돈은 그렇게 생겨난다. 심지어, 지금에 이르러서는 사건 발생 당시 경호실장은 (무대를 마주볼 때) 박정희 대통령 왼쪽 옆자리에 앉아 있다가 저격범 문세광이 객석에서 총을 쏘며 무대를 향해 오는 것을 보고 연설대 앞으로 뛰쳐나오면서 뒤춤에서 권총을 뽑아드는 와중에 총을 무대 바닥에 떨어뜨렸는데 그 충돌에 저절로 발사된 총알에 육영수 여사가 돌아가셨다는 가설까지 등장했다. 경호실장이 권총을 떨어뜨린 위치는 박정희 대통령 연설대 앞이고 육영수 여사 자리는 그 뒤쪽이어서 연설대는 오히려 엄폐물 역할을 했으며, 경호실장 동선은 박정희 대통령 왼쪽 옆자리에서 연설대 앞쪽으로 뛰어나가면서 오른쪽으로 향했으니 만약 바닥에 떨어진 권총에 피격되었다면 발사 지점은 (무대를 마주 볼 때) 연설대를 지난 약간 오른쪽이어야 하고 그럴 때 탄환 사입부는 육영수여사 신체를 기준으로 이마 정면이거나 오히려 약간 왼쪽이어야 한다. 집도의가 탄환 사입부분이 신체 오른쪽 관자놀이 측두부에서 정수리 방향이었다고 했다가 이마 정면에서 오른쪽 1cm로 번복한 증언과도 안 맞는다. 무엇보다 육영수 여사가 경호실장이 떨어뜨린 탄환에 피격되었다면 머리가 앞에서 뒤로 꺾여야 하는데, 영상이 보여주는 장면은 (육영수여사 신체를 기준으로) 오른쪽에서 왼쪽으로 꺾였다. 경호실장이 떨어뜨린 총에 피격될 수 없는 이유이며, 이 가설은 연설대가 엄폐물이 되어 물리력에 반하고, 연설대를 지나간 자리에서 총알이 발사되었다면 탄환 사입부분과 맞지 않는다. 흥미 위주의 이 가설은 사건의 혼선을 줄 뿐이어서 이 사건에서 제외한다.

1974년 8월 15일, 광복절 행사 육영수 여사 피격 사건의 정체는 2 가지로 요약 된다.

첫째, 박정희 대통령보다 높은 권력에 굴복한 배반자가 박정희 대통령 암살 지령을 실행하려다가 빗나간 총탄에 육영수 여사가 사망했다는 것,

둘째, (이 나라 민주투사와 북한 주장처럼), 박정희 대통령이 범인이라는 것,

* 첫째 가설.

육영수 여사 피격은 문세광이 아닌 제2 암살자가 박정희 대통령을 향해 쏜 총알이 빗나가 발생 되었다. 처음 집도의가 증언한대로, 탄환 사입구를 오른쪽 관자놀이 이마부위 측두부에서 정수리쪽이라고 하면, 문세광이 무대 전면 중앙 객석을 걸어 나오며 박정희 대통령을 향해 권총을 발사하고 있는 동 시간대에 무대 오른쪽 1번 출구 암막 커튼에 몸을 숨긴 제2 저격수가 박정희 대통령을 향해 쏜 빗나간 총알에 육영수 여사가 피격 되었다고 해야 맞는다. 그렇다면 정부 특수 기관 요원이었을 그 제2저격수는 과연 누구인가. 당시 극장 안의 경호원 위치는 경호원이 더 잘 안다. 사건 당시부터 육영수 여사 범인은 문세광이 아니고 따로 있다는 말이 시중에 돌았으니 그 현장에 있던 직관 있는 경호원이라면 범인이 누군지 그때 이미 눈치 챘을 것이다. 당시 시경 감식계장은 그 시절 인기 있었던 주간지 "선데이 서울" 인터뷰 기사에서 범인은 (무대를 마주볼 때) 무대 위 왼쪽 출구 가장자리에 설치된 장막 커튼에 몸을 숨긴 정부요인이라면서 예시로 사진까지 제시한 일도 있다. 물론 그것은 옳은 판단이 아니다. 범인이 같은 무대 수평선상에 있었다면 총알 사입구가 관자놀이 측두부에서 위쪽을 향한 정수리 방향이 될 수 없기 때문이다. 위치상 범인은 무대보다 아래쪽에 있어야 한다. 그래서 제2저격수가 (무대를 마주볼 때) 무대 왼쪽 객석 1번 출입구에 있었다고 해야 퍼즐이 맞는다. 당시 경호실장은 문세광이 박정희 대통령을 향해 총을 쏘며 무대 쪽으로 달려들었으니 당연히 박정희 대통령을 몸으로 막아야 했음에도 그러기는커녕 총을 떨어뜨리는 생쑈를 하며 (무대를 마주볼 때) 무대 오른쪽으로 피신하면서 총을 쏴 객석에 있던 행사 합창단 여학생을 쏴 죽였다. 당시 세간에서는 경호실장이라는 사람이 허접해 저 살겠다고 총격 현장에서 벗어난 것이라는 말이 돌았으나 과연 그것이 전부일까. 대통령 저격 현장에서 경호실장이 대통령을 몸으로 막지 않고 피한 것은 사람이 변변치 못해서가 아니라 제2저격수에게 대통령 암살 표적을 확보해주기 위한 행동이었다고 해야 설득력을 갖는다. 이것이 제대로 밝혀지지 못한 이유는 청와대 경호실과 중앙정보부(KCIA) 수장이 박정희 대통령을 암살하려고 작당했기 때문이고, 그것이 가능했던 이유는 박정희 대통령보다 더 큰 권력이 어둠속에 있었고, 박정희 대통령 심복들이 주군을 배반하고 그 권력에 동조했다고 하면 아귀가 맞는다. 유신헌법으로 영구집권을 기획했던 그 무시무시했던 공안정국 시절 독재자 박정희 대통령보다 더 센 권력, 그것이 어디겠는가.

문세광이 한국에 들어와 조선호텔에 묵고 있을 당시, 호텔 안에 있던 여행사 여직원이 1030호 문세광 방으로 전화를 연결하였는데 그 때 "여보세요.,"라며 한국 남자가 전화를 받았다. 재일교포 문세광은 한국말을 모른다. 그리고 혼자이다. 그렇다면 문세광 숙소에 문세광 말고 다른 한국 사람이 머물고 있었다는 이야기가 된다. 그 한국 사람이 과연 누구였을까. 사건이 일어난 후, 그 여행사 여직원이 중앙정보부에 불려가 조사 받을 당시 국무총리 김종필씨가 그 자리에 나타나 그 여직원에게 문세광이 묵은 호텔방에서 한국 사람이 전화를 받았다는 사실을 영구히 함구 하라고 엄히 주문했다. 그리하여 문세광 숙소 조선호텔 "한국 남자" 전화 부분은 육영수여사 암살 사건에서 지워졌으며, 그 여직원은 입을 굳게 다물었으나 많은 세월이 흐르고 나서 그 여성이 유튜브에 나와 그 상황을 증언했다. 당시 중앙정보부 조사실에 그 여직원과 또 한 명의 동료 여직원이 동석하고 있어서 이 증언은 교차 증거가 된다. 사건 전날 조선호텔 문세광 숙소에서 문세광과 같이 머물고 있던 한국 남성, 그 의문의 남자가 과연 누구이겠는가. 그리고 사건 후 문세광 방에 전화를 연결한 여행사 직원을 조사하고 있는 중앙정보부 조사실에 현직 국무총리가 일개 여행사 여직원을 만나려고 굳이 나타나야 할 이유는 또 무엇 때문인가. 김종필은 후일 그 자리에 간 적이 없다고 부인 하였는데, 도대체 거기에 간 것도 이해가 안 되지만 거기에 가지 않았다고 부인 하는 것은 더 이상하지 않은가. 그러한 상황은 문세광이 묵은 조선호텔 1030호 객실에 김종필 본인이 핵심 수족을 대동하고 문세광과 같이 있었다는 합리적 추론을 도출시킨다. 현직 국무총리가 문세광과 시간을 보내며 다독이면서 박정희 대통령 암살이 성공하면 자기가 한국 대통령이 될 터이니 "너의 생명과 영화를 대통령이 될 내가 보장 한다"고 안심시키면서 같이 시간을 보냈다고 하면 모든 정황이 수긍된다. 김종필은 문세광에게 민주주의를 훼손하는 박정희 대통령 처단이 미국 정부의 지령임을 일러 주며 자기 뒤에 미국이 있으니 안심하라고 다독였을 것이다. 문세광은 사형 선고를 받고도 자신은 죽지 않을 거라며 너스레를 떨며 미소를 잃지 않다가 정작 교수대에 서게 된 후에야 "나는 바보다, 나는 속았다"고 절규했던 그 굳은 믿음의 배반은 패권 미국이 뒤에 있다는 그 거대한 보험사기를 그제야 깨달았기 때문으로밖에는 달리 해석이 불가하다. 미CIA 케네디 암살 한국 버전,,, 전후 사정을 알고 나니 김종필이라는 사람이 박정희 대통령 사후 툭하면 그분과 그분 가족을 폄하하고 비하 했던 이유를 알 것 같다. 박정희 대통령 덕분에 온갖 출세와 호사를 다 누리다가 대통령병에 걸려 주군을 배반한 것이라고 하면 퍼즐이 맞아떨어진다. 당시 미국 조야에서는 박정희 대통령은 곧 제거될 것이고 차기 한국 대통령은 김종필이라는 이야기가 공공연히 돌았다. 그때 한국 국민도 미국 눈 밖에 난 박정희 대통령이 오래가지 못한다는 것을 알았고, 실제로는 그렇게 되기를 원했다. "핵무기"를 개발하여 나라의 완전한 자주와 종속 타파를 꿈꿨던 박정희 대통령에 대한 한국 국민의 그러한 심중은 이 나라에서 이미 600년 전에 포기해 사라진 알 수 없는 개념이어서 그러했다.

박정희 대통령을 지켜줄 사람은 대한민국 천지에 아무도 없었다. 그분을 지켜야 할 친위 경호실부터 배반의 칼을 들고 있었으니 세상천지 누구를 믿고 의지해야 했겠는가. 그 고립무원을 기껏 유흥으로 달래며 그럼에도 한국의 완전한 자주권 "핵무장"만은 결단코 놓을 수 없다. 당시 한국인은 박정희 대통령이 총 맞아 죽은 궁정동 안가 시해 술자리에 12년산 시바스 양주 술병이 있던 것을 꼬투리 삼아 박정희 대통령이 농촌에서 농민들과 막걸리 잔을 나눈 것도 거짓 위선이며, 나이어린 여자들을 불러 농락한 파렴치 호색한이라면서 지금껏 침 뱉고 있으나, 실제로는 그 국민이 민족의 600년 천형 종속을 벗는 그 중요한 자주권 완성 목전에 상국에 대한 비굴 의리를 지키려고 엎드려 기는 쪽을 택했다는 것쯤은 아시는 편이 좋을 것이다. 안 그러면 나라의 종속은 영구불멸이 된다. 당시의 사정이 그러함에도 결단코 놓지 않으려한 박정희 대통령의 염원, 아니 그 고집, 한국의 완전한 자주독립 "자체 핵무장",, 과연 그게 무엇이기에 그분은 목숨을 버려가며 그 한 길을 갈 수밖에 없었던가.

그분은 군인 출신이고 그 시대는 일제로부터 배운 "배꼽 밑에 인격 없다"는 연대 인식이 있었다. 세상이 바뀐 지금의 잣대로 나라가 없어 배우게 된 일본 폐습을 비난해 봐야 제 얼굴에 침 뱉기일 뿐, 그것을 굳이 따지겠다면, 지금의 한국인 누구라 할 것 없이 어려서 유인 납치되어 일본군 돌림빵으로 인생을 망친 불쌍한 할머니들을 위한다며 주기적으로 일본 대사관에 몰려가 시위를 하며, 뒤에서라도 그 할머니들을 열심히 지지하면서도 일본이 붙여준 창녀의 동치어 "위안부(comfort women)"라 태연히 말하면서 그것이 무슨 의미인지도 모르는 무지, 아니 실제로는 비겁함부터 짚어야 한다. 그 할머니들은 "위안부"나 "창녀", 또는 "똥치"가 아니라 "납치된 여성"이다. 한국인들은 그 할머니들을 돕겠다고 떠들면서 실제로는 제 몸에 흙탕물 튀지 않도록 몇 발짝 뒤에 서서 여차하면 도망갈 태세로 그 할머니들의 권리를 찾아주겠다며 떠드는 멀대같은 짓거리를 저 잘난 줄 알고 뽐내며, 또 그것을 세계인이 알아줄 것이라 여기지만 천만의 말씀이다. 그것이 눈 가리고 아웅 하는 비겁한 퍼포먼스인 것을 그들이 먼저 안다. 사람의 생각이 언어에 의해 형상화 될 때 그 표현이 그 정체성을 규정하듯, 그 할머니들을 가리켜 창녀라고 하면서 창녀의 무슨 권리를 찾아주겠다는 것인가. 저 할머니들은 어려서 유인 약취되어 끌려간 "납치 여성(pillaged girls)"이지 위안부(comfort women)가 아니다. 핵심은 유인 납치냐 아니냐이지 성노예가 아니다. 그 논점절취가 현실기피, 즉 자신의 안전이 확보되었을 때 용감한 그것이 용기가 아님을 알지 못하기 때문이다. 일본인들 논리는 그 여성들이 자발적 창녀였다는 것이고, 그래서 당연히 그 창녀들은 대가를 받고 몸을 판 "위안부"라는 것인데, 한국인들이 일본인들이 말하는바 그대로 저 할머니들을 "위안부(창녀)"로 규정해 놓고도 그분들의 명예를 회복시키겠다고 떠들고 있으니 그 이율배반으로 누구를 설득할 수 있겠는가. 한국의 혼돈은 그러한 진실 외적인 것에서 진실 찾는 헛발질에서 온다. 그 실체는 진실을 바로 보지 못하는 비겁함이다. 저 할머니들은 "위안부"가 아니며 어려서 유인 납치, 또는 약취된 여성이다. 그 용어가 가장 중요한데도 그 구분을 못하는 것은 비굴을 모르기 때문이다. 그것은 이 나라의 민주주의가 가짜에 불과함에도 제대로 된 것이라고 떠드는 것과 같다. 박정희 대통령을 윤리적으로 비난하는 것도 마찬가지이다. 그분이 상국에 역린하면서 오로지 조국의 안전을 위해 자주국방 "핵무장"을 완성하겠다는 그 고집 때문에 경호실과 중앙정보부에게조차 타깃이 된 고립무원을 술자리 유흥으로 달랬다고 그것만을 윤리 잣대로 비난하는 것은 결국 가리키는 방향은 보지 않고 손가락만 쳐다보겠다는 심사이다. 그러한 국민의 진실 기피는 박정희 대통령 시살의 배후가 누구인지 이미 아는 종속 신민의 600년 굴복 의리 말고 다른 것은 없다. 그 할머니들은 처음에 "위안부"라는 말이 억울하고 치욕스러워 한국 국민에게 제발 그 용어만은 쓰지 말아달라고 부탁했었다. 본인이 선택한 길이 아니었기 때문이다. 창녀라니,, 그 말이 얼마나 속 쓰라렸을 것인가. 그러나 당사자의 그런 피맺힌 절규도 아랑곳없이 한국인은 일본인이 가르쳐준 그대로 그 할머니들을 창녀의 동치어, 아니 똥치의 동의어 "위안부"라 태연히 부르며 2차 능욕했다. 그러면서 엉뚱하게 그 할머니들을 위한다고 떠들고 있다. 그 시절 "위안소" 앞에서 줄 서서 다음 차례를 기다리며 혁대를 풀고 있었던 일본군 병사보다 더 가증스러운 짓을 하면서도 자신이 무슨 짓을 하는지 모른다. 그 할머니들은 그때나 지금이나 힘이 없어 입을 다물었을 뿐, "위안부"라니,, 부끄럽고 창피하고 몸뚱이가 오글거려 몸 둘 바가 없다. 그때 위안소 앞에 줄을 섰던 일본군 병사들은 차라리 전쟁이라는 가혹한 조건에서 인간 본능에 매달리는 그 순간만이라도 전장의 절박함에서 벗어나고자 발버둥친 처절함이라도 있었다. 그러나 지금 한국인들은 편안히 살면서 제 몸에 흙탕물 튀거나 "왕따" 당해 눈 밖에 날 것을 염려해 그 할머니들을 매도했다. 그것도 그 할머니들을 위한다면서,, "위안부",, 이 말은 지금 서구에서도 comfort women이라는 용어로 고유명사화 되었는데, 그 용어를 사용한다는 것과 그런 용어가 용납된다는 것만으로도 세계인은 일본인의 잔혹함을 비난하기보다 비굴이 무엇인지 모르는 한국인을 비웃는다. 한국인들은 이것이 무슨 말인지 모를 것이다. 왜냐하면 그 의미를 안다는 것은 "자아"를 아는 것이고, 그것을 알면 "자존심"을 알 터인데, 그러면 알아서 기는 종속을 참지 못할 것이나 그럴 용기가 없어 대신 똥치의 권리를 찾아주겠다며 진실을 거짓으로 갈음해 그것을 용기라면서 뽐내야 하기 때문이다. 한국인은 이 말조차 무슨 말인지 모를 것이다. 절대로 그러하다. 그것이 바로 이 나라 600년 종속의 원인이요 동력인 것을 어쩌겠는가. 그 할머니들 이름이 "위안부"로 고정되어야 하고, "핵무장"을 하겠다고 감히 상국에 고개 쳐들은 박정희 대통령이 독재자 호색한이 되어야 하는 이유이다. 한국인 어떤 사람이 이 수정을 위해 민주정부 청와대에 민원을 넣었으나 외교부 직인으로 돌아온 회신은 점잖게 세계가 모두 쓰는 용어이니 "입 다물라"는 말 뿐이었다. 이 문제가 시끄럽기는 해도 그래도 지금까지 크게 문제가 되지 않는 이유는 그 할머니들이 한 분이라도 살아계시기 때문이다. 그 할머니들이 모두 돌아가시고 나면 일본의 미디어, 특히 익명이 보장되는 인터넷에서 슬슬 "자기 딸을 창녀로 팔아먹은 추악한 한국인,,"이라는 음해가 개시되며, 아니 이미 인터넷에서 벌써 시작되었듯이, 그 할머니들이 모두 돌아가시고 나면 일본 우익 마타도어는 점차 확산될 것이다. 일본에 자발적 우익이 있고 혐한이 있어서 한국을 공격할 좋은 소재가 될 이 이슈는 시간이 가면서 수그러드는 게 아니라 뿌리를 형성하며 왕성해져 "한국인=나이 어린 딸을 창녀로 팔아먹은 추악한 사람들"로 매도된다. 10년, 20년, 50년, 100년,, 끝이 없다. 이 땅에 태어날 한국인 후대에게 이 흑색선전은 진실이 된다. 일본에 거짓말도 100번 우기면 사실이 된다는 속담 그대로이다. 그것은 한국에서 민족배반을 전문지식으로 위조해 출간한 오역서(忤逆書) '반일 종족주의와의 투쟁'처럼 한국 사회 곳곳에 뿌리 내린 한국인 일본 오열들에게 이 창녀 이슈는 또 다른 지렛대가 된다. 한국인이 일말의 자의식이 있다면 후대를 위해서라도 "위안부"라는 용어를 "납치 여성(pillaged girls)"으로 바로잡아야 한다. 그러나 과연 종속 신민 주제에 진실을 진실에서 찾을 수 있을까. 절대로 불가능하다. 그것은 한·일 역사 문제만이 아니라 현재의 미국 종속과도 연결되어 있기 때문이다. 속민이 절대로 가지면 안 되는 것이 민족 자의식이다.

박정희 대통령 자주 국방보다 더 중요한 조선의 비굴 유전자 상국 신순배행 의리, 그분에게는 그럼에도 반드시 이뤄야 할 나라의 완전한 자주국방 종속 타파 오로지 그 한 길 민족자립만이 있었다. 모든 사람이 침 뱉고 욕을 해도 상관없다. 한국 자체 "핵무장"을 완성 할 수 있다면 모든 것을 감수하리라,, 똥물 뒤집어쓰기? 기꺼이 감내하겠다. 부관참시? 마음대로 하시라. 상대가 미국이었다. 죽든 살든, 실패하든 성공하든 민족자존 그 하나의 길을 가겠다. 나라가 이미 없어진 다음에 태어나 본인의 출세를 위해 민족을 배반 했던 자신에게 그 결의는 잘못 선택했던 자신의 오역(忤逆)을 씻는 이 나라의 진정한 독립운동이었다. 만주 벌판에서 말 달린 것만이 독립운동이 아니다. 이것을 다른 예로 설명한다. 미국의 라스베거스라고 하면 환락과 도박의 도시로 거기에서 밤낮으로 엄청난 수익이 창출되고 있지만 원래 그 땅은 네바다주 사막 한 가운데의 황무지 땅이었다. 그 땅을 '벅시'라고 하는 일개 마피아 갱 한사람이 머릿속에 그림을 그려 현실로 만들었다. 거기에 마피아의 각 지부 두목들이 출자를 하면서 처음보다 투자금이 많이 들어가자 알력이 생겨 사업이 중단되었고, '벅시'는 자기 지분을 포기하면서라도 그 도시를 완성하려 했다. 그 도시가 완성돼봤자 '벅시'는 빈털터리가 될 뿐이었는데도 그는 기어이 그 도시를 완성하려 했고 결국 완성해 그 도시가 지금 막대한 이익이 창출되는 마피아 갱단의 꿈 세계 최대 도박의 도시가 되었다. 그럼에도 벅시는 그 완성 직전에 마피아 톰슨 기관단총 세례에 벌집이 되며 죽었다. '벅시'에게 그 도시는 자신이 갖게 될 부를 넘는 차원의 간절한 꿈이었기에 그 모든 것을 포기하면서도 그 길을 갔다. 꿈은,, 아니 염원이란 것은 그 하나를 위해 모든 걸 포기하는 그런 것이다. 박정희 대통령에게 나라의 완전한 자주국방과 종속타파도 그런 것이었다. 그분을 그런 양아치 갱단 무망(務望; 애써 바람)에 비유하는 것이 불경하지만 그 하나를 위한 집념이라는 것에서 같기 때문이다. 박정희 대통령 주변이 온통 배반자요 암살자여서 아무도 믿을 놈 없어 본인 생명이 바람 앞에 등불이었음에도 그 생명 버림도 각오하며 기어이 해내고자 했던 그 꿈,, 박정희 대통령이 유신으로 '특립독행하면서 차지철 같은 무작스런 인간을 경호실장에 임명할 수밖에 없었던 이유와 결국 그 날 섬으로 인하여 나약한 심복 기회주의 배반자에게 총 맞아 죽을 수밖에 없었던 그 결과가 본질적으로는 홀로서기를 기피한 한국인 600년 굴종 역사 계승을 위함이었다. 그것을 교묘히 위대한 승리로 바꾼 가짜 트로피가 지금의 한국 비주 민주주의이다. 세상에 공짜란 없다. 싱가포르가 지금처럼 깨끗하고 당당한 나라를 만들기 위해서 리콴유 수상의 장기집권을 용인했듯이, 작고 힘없는 개발도상국가가 자기 정체성을 지키며 선진국으로 가기 위해서는 현명한 리더의 장기 집권을 믿고 따르는 그 하나의 길 뿐이다. 아프리카가 저렇게 헐벗게 된 것이 그 부재 때문이고, 북한이 또한 저렇게 된 것은 올바르지 않은 사람이 장기 독재 능력만 가졌기 때문이다. 사악한 자본주의 제도 하에서 약소국이 안전하게 잘 사는 길은 혜안을 가진 리더쉽 아래 단결하여 굳세게 밀고 나아가는 그 하나의 길뿐이다. 유엔 고등판무관 쟝 지글러가 아프리카의 비참한 눈물을 보면서 그 극복은 "민족주의" 밖에 없다고 어렵게 내뱉은 고변이 달래 나온 것이 아니다. 먹을 것 없고 헐벗은 이 나라가 발전하고 자주력을 갖기 위해서 4년 대통령 2연임으로는 불가능했다. 더욱이 600년 종속과 막강한 상국 올가미를 그 민주주의 체계로는 떨칠 수 없다. 말레이시아를 22년간 이끌었던 92세의 마하티르 전 총리가 선거에서 이겨 15년 만에 총리 직에 복귀했다. 그 나라 사람들은 바보라서 90살이 넘은 노인의 장기집권을 허용한 게 아니다. 약소국이 계획을 세워 실천하려면 일관된 기조 장기 집권이 불가피해서이다. 그것은 발달한 대의민주주의는 아니지만 자본주의가 민주주의라는 허울을 뒤집어쓰고 침략이 정당화 되고 있는 현실 세계에서 열강에 종속되지 않기 위한 자구책이다. 한국의 종속 비주 민주주의 맹신, 한국 민주주의는 조선이 그러했던 대명봉공의 또 다른 차환(借換)이었다. 그 급부로 지금까지 조선의 엎드림이 그대로이며, 군권이 없으니 주권이 없어 지금 이 땅이 "핵전쟁"으로 민족 멸절 위기에 처했어도 생사여탈을 종주에 맡기고 서로 물어뜯기에 열일하며 순진한 젊은이를 먹이로 삼는 벽돌 밑장 빼기 민족소멸 상황이 그 지불비용이다. 나라의 자주권 군권(軍權)이 먼저임에도 종속 의존 기생주의 신민의 인권(人權)이 먼저라고 속여, 세상에 공짜 없듯, 미국이 이 나라를 거저 찾아주었으니 그 대갚음을 빙자해 영원히 엎드려 기며 살기로 다짐한 국민의 묵시를 감히 거스른 박정희 대통령에 대한 상국 응징이 속민끼리 서로 죽이도록 설계한 이이제이 자체 총질이다. 그 후 줄줄이 하자 많고 시답잖은 떨거지 대통령을 언제까지고 뽑아야 하는 그 필연의 응보, 자주를 포기하고 상국을 붙좇는 조선으로부터의 부복 굴레 그 때문이다.

결국 이러한 현상이 가리키는 또 다른 진실은 박정희 대통령 제거의 시작점, 일본 도쿄에서의 김대중 납치사건 역시 미국 CIA에서 출발한다는 원점을 말한다. 청와대 대통령 경호실 책임자가 미국의 주구였다면 한국 중앙정보부(KCIA)라 한들 예외였겠는가. 김대중 납치 사건이 한국중앙정보부(KCIA) 단독 소행이 될 수 없고, 미국 CIA 기획이라고 할 때 비로써 일본 정보부 JCIA까지 동원된 대단위 국제 퍼포먼스 인질극 실체가 드러난다. 도대체 그 때 무슨 일이 있었기에 국제적으로 박정희 대통령을 그렇게 떼지어 죽이지 못해 안달을 했는가. 아시아의 작고 가난한 나라의 민주주의를 지켜주려고? 웃기는 말씀, 한국 "자체 핵무장" 그로 생기되는 한국의 "자주권" 숨통 조르기, 거기에는 미국의 패권과 무기업자 이해가 연결되어 있어 한국 대통령은 종주의 말 잘 듣는 똘마니가 되어야지 말 안 듣는 꼴통 독불은 곤란한 바로 그 '호모부가' 때문이다.

------
특립독행: (特立獨行; 세속(世俗)에 따르지 않고 스스로 믿는 바를 행함).
호모부가: (毫毛斧柯; 화근(禍根)은 크기 전에 없애야 함).

알려진 보도를 취합하여 김대중 납치사건의 진위 그 내막을 들여다본다. 1973년 8월 8일, 오후 1시 15분 경, 일본 동경 그랜드팰리스호텔 22층에서 괴한에 의하여 한국 대통령 후보를 지낸 야당 정치인 김대중씨가 납치되었다. 김대중씨는 박정희 대통령 유신 선포 직전에 교통사고 후유증 치료와 일본 정계 인사들과 만나기 위해 도쿄를 방문하여 체류하다가 한국에서 유신이 선포되자 망명을 하여 미국에 머물면서 약칭 '한민통'을 결성하고 초대 의장으로 취임한 후, 미국과 일본 교포 사회를 중심으로 맹렬히 반정부 투쟁을 개시하던 중이었고, 일본 '한민통' 결성을 위해 도일을 앞둔 시점에서 납치, 암살 제보가 있었음에도 주변의 만류를 뿌리치고 일본으로 가 도쿄 그랜드펠리스 호텔에 22층에 묵으면서 양일동 민주통일당 야당 당수와 김대중씨의 조카뻘이자 국회의원 이던 김경인의원과 함께 방에서 점심식사를 끝내고 일본 자민당 중의원인 키무라 토시오(木村俊夫)와의 약속 장소로 가기 위해 방에서 나와 엘리베이터로 향하는 도중에 갑자기 앞방과 옆방에서 튀어나온 괴한에게 납치되었고, 지하 주차장으로 끌려가면서 엘리베이터에서 마주친 일본인 남녀에게 일본어로 "납치되었다, 살려주시오"라고 소리쳤지만 그들은 야쿠자의 싸움인 줄 알고 엮이기 싫다는 생각으로 외면해 김대중 씨는 그대로 차량 트렁크에 실려 오사카에 정박 중이던 용금호로 끌려갔다,는 것이 사건의 개요이다. 당시 김대중 씨는 암살 위협을 받고 있으면서도 경호를 거부하고 있었다. 본인의 대화 내용이 누출될 위험이 있다는 이유에서였다. 그래서 개인 비서도 없이 양일동 야당 대표와 친척이면서 같은 야당 소속 김경인의원과 함께 3인이 방에서 토의를 마친 후 복도에 나온 시점에서 앞방과 옆방에 투숙하고 있던 5명의 괴한들이 3인을 덮쳐 김대중씨만 납치해 엘리베이터를 타고 지하 주차장으로 내려가 차에 실려 동경 시내를 빠져 나갔다,는 사건의 개요, 그런데 이상한 것은 일본에서 대형호텔 투숙이라 하면 투숙객이 임의로 방을 지정할 수 없으며 호텔에서 배정하는 게 관례였다. 그래서 괴한들이 김대중 투숙 객실 앞방과 옆방을 붙여 배정 받았다는 것은 그 납치 사건에 일본 대형호텔 관례를 넘는 어떤 힘이 작동했음을 의미한다. 괴한이 머물고 있던 방에서는 북한제 담배가 나왔으나 그것은 북한을 지목하기 위한 소품에 불과하고, 그 외에도 길이 120cm의 대형 륙색과 마취제가 남아 있었고, 유리잔에는 눈으로도 확인 가능한 지문이 잔뜩 묻어 있었다. 감식을 통하여 범인은 도쿄 주재 한국영사관 1등 참사관 김동운, 그리고 김대중씨를 싣고 호텔 주차비도 안 내고 굉음을 울리며 급히 주차장을 빠져나간 차량은 한국 총 영사관 부영사 유영복의 소유임이 밝혀졌다. 괴한들은 자신들이 누구인지를 만천하에 드러내며 주일 한국 대사관 소속 한국 중앙정보부(KCIA) 요원이 범인이라는 명백한 증거를 남겼다. 김대중씨는 자동차 트렁크에 실려 호텔을 빠져 나갔고, 납치 당시 함께 있었던 야당 대표 양일동과 같은 당 의원 김경인에게 괴한 중 한 명이 또렷한 한국말로 "시끄럽게 굴면 국제 망신이니 조금만 참고 조용히 있으라. 우린 서울에서 왔다."며 위협 한 후 김대중씨를 끌고 가자 두 사람은 얌전히 방으로 들어가 1시간 동안 경찰에 신고도 안 하고 멀뚱히 앉아 있었다. 그들 말로는 경황이 없어서 그랬다고 하지만, 다른 시각에서 보면 김대중씨를 실은 차량이 도쿄를 빠져나갈 시간을 주기 위해서였다고 하는 쪽이 설득력을 갖는다. 김대중씨를 실은 차량이 일본 도쿄를 빠져나간 다음, 도쿄만 니시노미아항에 있던 요트에 실려 오사카에 정박 중이던 중앙정보부 공작선 용금호로 옮겨져 결박당한 채 30-40kg 무거운 족쇄가 채워진 형태로 갇힌 그 시각에 이를 알게 된 미(美) 당국이 한국 청와대에 전화를 하여 김대중씨를 죽이지 말라는 압력을 넣은 결과 그는 한국으로 이송되어 며칠 후 집 근처에서 방면 되었다,는 것이 이 사건의 전말이다. 그러나 그럴듯한 이 스토리가 얼마나 말이 안 되며 엉성한지 이 사건을 심층 취재한 국내 매체를 통하여 살펴보면,

1, 주일 한국대사관 신분이었던 중앙정보부 직원이 대내외적으로 초미의 관심사 요시찰 대상이었던 대통령 후보 민주 야당정치인을 일본에서 납치하면서 자신들이 머물던 방에 남겨 놓은 유리 글라스에 지문을 잔뜩 남기고 떠났다.
2, 호텔 주차장에서 한국 총 영사관 부영사 유영복 본인 소유의 차량을

납치에 사용하면서 주차비를 내지 않고 요란하게 주차장을 빠져나가며 주의를 끌어 주차 요금원이 차량 번호를 정확하게 적게 하여 신분을 노출 시켰다.

3. 납치 후, 호텔 방에 남겨진 김경인 의원이 김대중씨와 절친했던 정치인 우스 노미야 의원 측에 김대중 납치를 1시간 후에 알렸고, 그렇게 전화를 받은 우스노미야 의원 비서는 경시청 상부 장관급에 해당하는 국가공안 위원장에게 바로 연락을 한 후, 이어서 경시청 간부에게도 전화를 하였다. 그런데 이 한국 대통령 후보 납치 사건이 국제적으로 민감한 부분이어서 분명 긴급 비상이 걸릴 사안임에도 아무런 조처가 없었다. 호텔에 묵고 있던 김경인 의원의 110 신고 전화를 받고 근처 파출소에서 아무 영문도 모르고 나온 경관 1명이 전부였고, 그 사이 김대중을 실은 차량은 도쿄 시내를 빠져나가 고속도로를 타고 도쿄 외곽 항구에 정박 중이던 요트에 실려 오사카로 옮겨져 한국 중앙정보부(KCIA) 공작선 용금호에 실리기까지 아무런 검문도 없었다.

이 사건에 대하여 '우에다 고우이치로(上田 幸一郎)' 일본 원로 의원은 김대중 납치 사건은 일본 내 협력자가 없으면 절대로 불가능한 사건이라고 말한다. 유리글라스 잔에 남긴 지문 당사자인 한국대사관 김동운이 김대중씨 감시를 위해 일본 흥신소를 동원했는데, 그곳은 일본 육상 자위대 제2부별실 JCIA였다. 결국 한국 KCIA와 일본 JCIA가 공모했다는 것인데 주지할 것은 일본인 인식은 지금도 별반 다르지 않지만, 당시는 더욱 한국이 일제 강점기를 벗어난 지 얼마 안 된 시기여서 경제적으로나 정치적으로나 한국은 일본 영향력 아래에 위치한 하위 국가였다. 그럼에도 한국 중앙정보부(KCIA)가 일본 자위대 특수 기관을 그것도 일본 국익을 크게 해쳐가면서 박정희 대통령의 정적 제거를 위해 JCIA를 동원 했다는 것인데 그것이 과연 이치상 맞겠는가. 현장에 있던 양일동 당수와 김경인 의원은 전투력 강한 진보진영 민주투사들이었고, 지금껏 사건을 설명하는 민주 진보진영 인사들은 한국 외무부 공무원인 괴한들 방에 남겨진 마취제와 대형 륙색을 가리켜 납치 범인들이 김대중씨를 마취시키고 신체를 토막 낸 후 거기에 담아 옮기려 했다고 말하지만, 김대중씨 제거가 목적이었다면 현장에서 간단히 총으로 쏴 죽이면 될 일을 무슨 엽기 영화도 아니고 호텔 업무가 바쁜 오후 1시경에 한국 외교 참사관 공무원이 시신을 토막 내고 륙색에 담아 엘리베이터를 타고 내려와 차에 옮겨 아무도 없는 곳에 가 처리한다는 것이 상식적으로 납득이 가는 이야기인가. 당시 한국 외교공무원인 괴한은 5명이었고 김대중씨 쪽은 3명이다. 숫자로 볼 때 흉기도 들지 않은 괴한들이 조용히 있으라고 위협했다고 하여 순순히 김대중씨가 납치되고, 한국 강골 야당 국회의원 2명은 김대중씨 방에 얌전히 들어가 1시간 동안 아무 것도 하지 않았다는 것은 무슨 의미인가. 사건이 일어난 오후 1시 경은 점심시간이라 호텔 내 사람 왕래가 잦고 청소직원 업무도 분주한 시간대였다. 김대중씨가 엘리베이터에서 젊은 일본인 남녀를 만났던 바처럼 호텔 복도에서 그냥 소리치기만 해도 납치사건은 무산될 조건이었다. 현장 조건은 머릿속 그림으로는 얼핏 그럴듯해 보여도 싸구려 영화처럼 실제로는 말이 되지 않는다. 그때 김대중씨를 비롯해 같이 있던 양일동과 김경인 의원은 권총이나 칼 등 흉기로 위협 당했던 것도 아니면서 대항하지 않았다. 김대중씨는 미국에서부터 살해 위협 투서가 들어와 생명을 위협 받고 있었고, 일본에서 심각한 일이 벌어질 것이라는 정보가 공공연한 상황이어서 당시 3인에게 위기의식은 남달랐을 것이다. 그들이 생명이 위태로운 긴박한 순간에 소리치거나 몸싸움 등 반항을 하지 않고 얌전히 시키는 대로 했다는 것은 이상할 수밖에 없다. 이쪽은 3명이고 괴한은 5명인데 총기라든가 흉기는 없었다. 그렇다면 당연히 고함을 치기만 했어도 괴한들은 달아나게 되어 있는 상황이었다. 당시 김대중씨가 누구였던가. 그는 대통령 후보였고 나머지 두 사람 중 한 사람은 몸싸움이 일상인 국회에서 잔뼈가 굵은 야당 대표이고, 다른 한 사람 역시 김대중씨의 친척인 전투력 강한 야당 국회의원이었다. 그런 사람들이 무기도 없고 한국어를 하는 괴한들에게 그렇게 얌전히 제압당했다는 것을 그대로 믿어야 하겠는가. 지금과 달리 당시의 대통령선거는 후보자 유세를 듣기 위해 광장에 백만 군중이 모이던 시절이었다. 그 엄청난 군중 앞에서 목이 터져라 연설 잘하기로 소문난 김대중 대통령 후보와, 의회에서 멱살잡이 게거품싸움으로 이골 난 강골 야당 국회위원이라는 사람들이, 선거 때는 길거리에서 고래고래 소리 질러 사람들을 피곤하게 하면서 정작 그렇게 목숨이 위태로운 상황에서는 무기도 없는 괴한이 시키는 대로 얌전히 말 잘 들었다는 것을 믿어야 하는 것인가.

하나에서부터 열까지 이 사건은 모두가 의혹투성이이며 냉정히 보면 그 모든 상황이 눈속임 소품 설정임을 알 수 있다. 김대중씨가 일본으로 오기 전 미국에서부터 그를 납치, 살해하겠다는 투서가 미국에 거주하던 한인 언론인에게 송달된 것에서부터 모조리 설정이었다. 누군가 손가락으로 어느 곳을 가리킨다고 그쪽만 바라보다가는 바보가 될 뿐이다. 다른 각도에서, 먼저 박정희 대통령을 함정에 빠뜨리려는 미국 정부의 의도를 CIA가 설계한 다음 한국 중앙정보부 KCIA와 일본 JCIA가 연합해 실행했다고 하면 퍼즐이 일치 된다.

김대중씨는 한국 외교공무원인 괴한들과 함께 제 발로 걸어 엘리베이터를 타고 주차장으로 내려가 자신이 차량 트렁크에 스스로 들어가 납치됐다고 해야 옳다. 한국 중앙정보부(KCIA)가 박정희 대통령보다 윗선인 미국 CIA 명령을 받들었다면 가능한 일이다. 이 진실이 밝혀질 수 없는 이유는 상국이 연출자이고 속민은 사건의 진위를 알면 안 되는, 엑스트라 행인 1,2,3 이기 때문이다.

과연 그때 도대체 무엇 때문에 한·미·일이 국제적으로 공조하며 박정희 대통령을 죽이지 못해 안달 했는가. 답은 오직 하나, 미국에 있어 한국은 영원히 자주권을 가지면 안 되는 속국이여야 하기 때문이다.

한국에서 "왕따"된 학생이 옥상에서 뛰어내려 자살하는 것은 자신을 괴롭히는 가해자들 때문만이 아니다. 가해자 뒤에서 고개 돌리는 전체 급우의 차갑고 비겁한 외면이 "왕따"를 뛰어내리게 한다. 노무현 대통령이 부엉이바위에서 몸을 던진 이유이다. 자주주의자였던 노무현 대통령은 상국 근반 한국 검찰과 보수언론 행태가 역겨워 고향 뒷산 바위에서 스스로 뛰어내렸다. 그 후 국민은 "지켜주지 못해 미안하다"고 애도를 표명해 이 나라 보수 진영을 비난함으로써 죄책감에서 벗어났지만, 그 실체는 자기 몸 다칠까봐 두려운 국민의 차가운 외면이었다. 노무현 대통령이 자살하기 직전까지 국민 일부는 그분을 따랐다 해도 이 나라의 많은 사람들은 보수 언론에 집중공격 당하는 흙탕물 "왕따"에 휩쓸리기 싫어 그분과 거리를 두었다. 그럼에도 그분이 부엉이바위에서 뛰어내리자 태도변경하면서 모두가 애도를 표했다. 노무현 대통령이 죽을 수밖에 없었던 이유는 오로지 그분이 자주주의자였기 때문이다. 그분은 이 나라가 외세에 휘둘리지 않고 이웃과 격의 없이 사는 좋은 나라가 되기 바랐으나 그것은 종속 신민의 직분을 무단이탈하는 항명죄에 해당했다. 그래서 완장 찬 한국 검찰 권력과 보수언론이 용서 않았으니, 나라의 완전한 자주권 "핵무장"으로 감히 민족의 자주성을 탐한 박정희 대통령은 그보다 더한 대역죄에 해당하여 마땅히 시살당해야 했다.

1979년 10월 26일, 박정희 대통령이 삽교천 방조제 준공식과 KBS 당진 송신소 개소식에 참석한 후 귀경하여 궁정동 안가에서 청와대 경호실장과 중앙정보부장을 대동하고 연회를 하던 도중 오랜 심복 중앙정보부장이 쏜 총에 사망한다. 한국의 자주 염원은 그때 물 건너간다.

여기까지가 1974년 광복절 기념식장에서 정부요원 저격수가 박정희 대통령을 암살하려다가 빗나간 총탄에 육영수 여사가 사망했다는 첫 번째 가설에의 개요이다.


* 두 번째 가설,

육영수 여사 피격 배후 진범 박정희 대통령,, 이것은 지금껏 이 나라 민주투사와 북한에서 공언하고 있는 바, 그것은 박정희 대통령이 자신의 권력 유지 그 하나를 위해 자기 부인을 죽였다는 것이며, 그 의미는 개인적 욕심이 전부라는 것에 중점을 두고 있다. 당시의 상황은 미군이 아무런 대책도 마련하지 않고 한국에서 철수 중인 상황이었고, 당시 한국은 경제개발의 물꼬를 트고 있었지만 자체로는 제대로 된 소총하나 제대로 만들지 못하는 실정이었다. 6.25한국전쟁을 군인으로 전장에서 경험한 박정희 대통령의 심정이 어떠했겠는가. 그래서 나온 것이 1972년 남북한 7.4공동성명이었다.

그 골자는 민족 통일을 위해,
1, 남북한이 외세 간섭 없는 자주적이어야 하며,
2, 상대방을 반대하는 무력행사에 의하지 않는 평화적 방법이어야 하며,
3, 사상과 이념, 제도의 차이를 초월하여 하나의 민족으로서 민족적 대
  단결을 도모해야 한다,는 것이었다.

그러나 우드로윌슨센터가 발굴한 1970년대 남북 7.4 성명 이후의 한국 상황을 보여주는 루마니아 외교문서에는 북한이 남북대화를 추진한 속셈과 국제사회를 상대로 남한 정부를 고립시키려 했던 이른바 '평화·선전공세'의 진실이 남아 있다. 그 문서에 북한은 남측과의 대화를 통해 남한 대중들에 혁명적 영향이 미치고 있어서 남한을 국내외적으로 고립시키고, 혼란상항이 진행되고 있으며, 7.4공동성명서에서 우리가 남한을 침공할 의사가 없음을 선언했기 때문에 남한 혁명운동가들이 지하에서 그들의 활동을 전개해 나아가고 있는 현재의 상황은 이전에 비해 매우 우호적이어서 남북공동조절위와 남북적십자대화를 통해 남한의 노동자, 농민, 학생, 지식인, 야당세력 등 북한에 동정적인 세력의 참여가 유도하고 있음을 밝혔다. 북한이 유도한 한국의 좌경 지식인과 정치인 그리고 화염병 투척 학생 데모의 정체였다. 그 때문에 한국이 내외적으로 고립되고 혼란에 빠진 실정이었다. 그런 상황에서 박정희 대통령이 자신의 권력욕에만 매달렸을까. 나라의 완전한 자주국방을 꿈꾼 박정희 대통령의 한국 자체 "핵무장"은 지금도 그렇지만 그때는 더욱 꿈도 꾸면 안 될 금기 사항이었다. 그러한 조건에서도 나라의 자주권을 취득하려면 그 전제 조건이 대통령 직위 보전이 필수였다. 만약 정말로 박정희 대통령이 육영수여사 피격 범인이라면, 일제에 항거한 이 나라 독립투사들이 나라가 먼저여서 가족을 등한시 했듯이, 박정희 대통령은 나라를 위해 가족을 희생시켰다고 볼 수 있다. 이 나라가 자주를 찾으려면 박정희 대통령은 장기집권은 필수불가결 조건이었다. 그것을 감히 철딱서니 없는 화염병 데모 학생을 비롯한 좌경 지식인과 언론이 가늠할 범주가 아니며, 거기에 동조한 당시의 국민 또한 마찬가지였다. 박정희 대통령이 김대중씨 납치사건으로 실각 위기에 빠진 상황을 타개하기 위해 육영수 여사를 죽인 것이 진실이라면, 그것은 나라의 완전한 자주권, 그리고 이 나라 600년 종속 타파의 외길 한국 자체 "핵무장"을 위해 가족을 희생시킨 극단의 양기(揚棄)요, 헌신이다. 한국인이 이것을

바로보지 못하는 것은 조선의 굴복주의가 시켜서 그러는 것일 뿐,

속민은 자아, 자주, 그리고 자경과 자존심 등 일정한 의사적용태를 가지면 안 되는 기본적 본분이 있다. 이것을 거역하는 그 리더에 대한 국민 따돌림이 노무현 대통령을 부엉이 바위 위에서 밀쳤듯이, 육영수 여사 암살 사건도, 김대중 납치 사건도, 그 뻔한 자작극이 밝혀지지 않는 것은 그 뒤에 상국이 버티고 있음을 이미 알고 있는 국민의 자기검열 그 '응봉이 박정희 대통령을 침 뱉고 "왕따" 시키기 때문이다. 그 결과가 전라도 광주에서 공수부대를 투입해 무고한 시민을 특수 곤봉으로 때려죽이고 나서도 성에 안 차 헬리콥터에서 캐러버60 기관총을 시민을 향해 갈겨대고서 결국 민족의 한 맺힌 피침 점철 역사 극복 박정희 대통령 필사의 염원 "한국 자체 핵무장 프로젝트"를 고스란히 상국에 바치고 대통령을 해쳐먹은 깡패 두목 전두환이 등장했으며, 동경에서 납치 자작극을 펼친 분홍빛깔 김대중씨도 결국 대통령이 되어 구휼 명목으로 북한에 "핵무기 개발자금"을 보내 한반도 핵전쟁 민족 멸살을 넘는 세계 재앙 조건을 만들면서 노벨 평화상을 받았다.
------
응봉: (應奉; 윗사람의 뜻을 받들어 따르다).

어떤 사람들은 미국을 가리켜 예측 가능한 안정 세력에서 "불확실한 변수" 또는 변질 가능한 "교란 세력"으로 분류하며 결국 미국의 가장 큰 위협은 2차 세계대전 이후 꾸준히 자행되어온 "내정 간섭"이라고 비판한다. 과거와 미래를 막론하고 변함없는 종주의 속지 통제 제1의 철칙은 속민 교란과 이간질이다. 지금 한국인들이 방관하는 미국 주도 국제사회 북한 "경제 봉쇄" 그 끝이 초래할 한반도 "핵전쟁"과 "차이나(china) 팽창주의"가 강 건너 불구경이 된 것은 그때 주관이 확인사살 되었기 때문이다.

자의식 개별 논리가 그에 대한 가치 규준을 제시하면 그 존재적 의식은 자아동일성을 요구 한다. 그렇게 행동 못하는 의식 주관성 부재의 빈약한 '자경이 혼돈과 절망을 초래한다. 고치에서 나오는 배추벌레의 치열한 탄생을 보다 못한 어느 곤충학자가 그 고치를 열어 변태를 도왔다. 그렇게 태어난 배추벌레는 힘이 없어 날지도 못하고 그 자리에서 죽었다. 자결성 결핍 도태의 법칙이다.

물과 기름이 섞여 들끓는 당시의 혼돈 상황에서 박정희 대통령 주변은 온통 배반으로 날 서 있었다. 상국이 무엇을 원하는지 이미 알았기 때문이었다. 한국인이 상국에 충성하겠다고 자기네 역사 바로 세우기를 거부해온 것은 어제 오늘의 이야기가 아니라 이 나라 조선 600년 이래의 고질병이었다. 그 헛발질 '사부(斜付) 때문에 나라는 또 다시 기로에 섰다. 스스로 싸워 전취(戰取) 할 때 비로소 도달하는 나라의 자주권,, 그때 완성하지 못한 미결 때문에 한국은 지금 한반도 "핵전쟁"과 "인구감소" 민족소멸 상황에 놓였다. 그럼에도 한국 국민은 끝까지 입 다물고 현실을 기피하고 있다. 자기 권한 밖의 영역이니 어쩌겠는가.
-----
자경: (自敬; 자기 인격성의 절대적 가치와 존엄을 스스로 깨달아 아는 일. 칸트나 립스는 이것을 도덕적 동기의 근본으로 본다).
사부: (斜付; 합당하지 않은 사람에게 의지하여 섬기며 따름).


한국이 세계에 자랑 할 만 한 가장 훌륭한 사회 제도가 있으니 바로 "국민건강보험"이 될 것이다. 이 제도의 핵심은 부자는 돈을 더 내고 가난한 사람은 적게 내어 국민 모두가 공평한 의료를 받게 하는 것에 있다. 이것은 약제 수급에도 적용되며, 더 나아가 긴급 환자수송은 국가 기관 소방청이 책임져 공짜이다. 그러나 이 의료제도는 돈을 적게 내는 사람에게는 이익이지만 많이 내는 사람에게는 부당하며 억지를 강제 한다. 예를 들어, 재산이 많다는 이유로 한 달에 10만원 국민건강의료비를 납부하는 사람이 고작 1~2만원 내는 가난한 납부자와 똑같이 병원 대기실에서 기다리며 동일한 진료를 받을 때 그 고액 납부자에게 그런 제도는 불평등이며 비민주적이다. 실제적으로는 독재 공산주의이다. 미국 의료보험이 부자를 기준으로 많은 의료비를 청구하는 그 자본주의는 실제로는 부자보다 가난한 사람에게 감당 못할 불평등으로 작용한다. 이것을 해결한 사람이 박정희 대통령이었다. 민주투사 야당 정치인이 반대를 하거나 말거나 제 뜻대로 밀어붙인 박정희 대통령 장기집권 철권통치가 있어 가능했다. 한국인이 지금 그나마 평화롭고, 인정이 남아 있으며, 어린 아이와 젊은 여자가 밤길을 혼자 가도 이상 없는 한국 치안이 자랑스러우며, 길에 떨어진 지갑을 주워 주인에게 찾아 주게 된 그런 정직함조차 한국 의료보험제도가 주는 공평성 그 여유에서 온다는 것을 이 나라 국민이 쉽게 인정하지 못하겠지만, 인심이 쌀독에서 나오듯이, 나라의 풍요와 국민의 정직함이 박정희 대통령 경제개발과 공공의료보험 덕이었다. 지금 한국인은 감기에 걸리거나 몸 컨디션이 쪼매 나쁘면 예약도 필요 없이 쪼르르 병원부터 찾아가 치료비 부담 없이 양질의 진료를 받지만, 이것이 있기 전의 한국 병원 문턱은 몸이 아프다고 아무나 쉽게 갈 수 있는 곳이 아니었다. 한국에서 단 몇 천원이면 해결될 감기 환자가 미국이라면 그 1회 치료비가 기십 만원에 달하고, 약간의 수술에 수 백, 수 천 만원이 들며, 큰 병이 걸리면 억대 치료비가 청구되듯이, 당시의 한국도 마찬가지여서 큰 병에 걸리면 살고 있는 집을 팔아야 했다. 그 시절 한국은 북한 남침 한국전쟁 직후여서 먹을 것도 없어 악다구니만 남은 환경이었으니 그 실상이 오죽했겠는가.

그 한국 의료시스템을 지금 서구 투기자본과 대형 보험사가 잡아먹고자 자본주의 이익 논리를 앞세워 온갖 수를 다하는 중에 있다. 그들의 주장은 돈을 많이 내는 사람은 병원 복도에서 서민과 함께 기다리지 않고 바로 직통하여 고급의 특별 진료를 받아야 하며, 돈이 없는 사람은 그 신분에 맞는 허접한 의료 대우를 받아야 한다는 주장이다. 미국에서 손가락 3개가 절단된 환자에게 보험 적용만 따져 2개만 치료해준 예가 있듯이, 세상일을 돈으로만 판단하여 그것이 자본주의 절대 가치 시장 논리이면서 그것이 궁극의 민주주의라는 것이 미국 자본주의 논리이다. 힘 있는 사람만 존중되는 사회. 바로 서양 민주주의가 각박한 세상을 만드는 동기이자 그것이 과거 흑인 노예매매와 식민지 토민을 수탈하며 잘 먹고 잘 살았던 백인의 그 독점 탐욕으로부터이니 그래서 이를 타개하려고 영국과 캐나다 등 몇몇 나라에서 무상 의료제도를 만들었지만, 그 치료 대기 시간이 몇 주에서 몇 달이 보통이고, 작은 수술 하나에도 수년을 기다려야 했기에 제도적 살인(Institutional murder)이라는 말이 회자되고 있다. 그 무료 시스템의 문제는 제도를 운영할 재원 부족에 있으며 그래서 의사, 간호사, 약품, 시설 등 그 질이 현저히 떨어진 그야말로 공짜에 맞는 그 대우를 감수해야 한다. 돈 있는 사람들이 그것을 감수할 리 없으니, 영국의 경우, 사회 상층부 8%의 사람들을 위한 의료 시스템이 따로 마련되어 있어서 그 사람들은 양질의 의료 혜택을 받지만 대신에 비싼 의료 보험료를 지불한다. 반대로 일반 서민은 공짜지만 예산이 부족해 하세월 기다리는 허접한 의료를 감수해야 한다. 사회주의와 자본주의를 잘못 섞어 놓은 그런 불완전한 의료 제도를 서민의 입장에서 단지 무상이라고 하여 좋다고 할 수 없을 것이다. 그 제도의 잘못은 상위 8% 그룹을 따로 만든 차별에서 온다. 서구 대형 보험 회사가 한국에 이식하고자 하는 것이 바로 그 8% 특별 의료보험제도이고, 그보다 더 철저한 착취 형태의 자본주의 표상 미국 의료제도를 한국에 심으려는 계획이 미국 금융 패권을 등에 업은 한국 경제 파탄 목적의 국제구제금융(IMF) 칼춤이다. 미국의 의료제도는 개인의 사유재산권이 모든 가치에 우선한다는 취지에서 국가는 국민 전체보다 보험회사를 우선하여 그 시스템이 복잡하고 서류 작업 또한 산적해 일례로 병상 900개 규모의 병원에 보험 관련 직원(Billing Clerk)만 1,300명인 경우도 있다. 하버드대학 연구 조사에 의하면, 미국 파산 인구의 60%가 병원비 때문이고, 그 파산자의 75%가 보험에 가입되어 있었음에도 그러한 것으로 나타났다. 미국 사회는 보험 유무를 떠나 큰 병에 걸리면 대개 파산하거나 죽어야 끝을 보는 사회이다. 1년에 45,000명이 병원비가 없어 죽어야 하고, 약값도 크게 다르지 않아서 마틴 쉬크렐리(Martin Shkreli) 튜닝 제약회사 사장은 2015년 에이즈, 말라리아 등의 치료제 특허권을 사들여 하나에 13.5달러(한화 약 2만원) 하던 약을 750달러(한화 약 100만원)로 인상시켰다. 그는 투자자 이익을 위해 약값을 더 올릴 수도 있었다면서 이것은 자본주의 시스템이고 자본주의 법칙이라며 투자자들은 최대한의 이익을 위해 약값을 더 올리지 못한 것을 아쉬워했다. 돈 없는 사람을 먹이로 하는 정글 사회, 미국의 한 시민은 은행에 들어가 "나는 은행 강도이다. 1달러를 내놓아라"고 쓴 쪽지를 창구 직원에게 건네준 다음 한쪽 의자에 앉아 경찰관을 기다렸다. 그리고 출동한 경관에 체포되어 감옥에서 3년형을 살고 나오면서, 취재 기자에게 자신은 제법 "논리적인 부류의 사람"이라면서, 그 사건은 "금전적 가치 때문이 아니라 의학적인 이유"였다고 범행 동기를 밝혔다. 치료받기 위해 스스로 감옥으로 갔던 것이다. 이러한 불합리를 개선하고자 오바마 케어를 만들었으나 트럼프가 취소시키겠다고 했듯이, 미국 의료 개혁은 과정이야 어떻든 결국은 그들의 자본주의 본질이 탐욕이어서 개선은 언감생심이다. 그 배후에 제약회사와 보험회사가 있고, 거기에서 이익이 창출되며, 이익은 자본주의 그 자체이다. 이에 비한 한국의 의료보험제도가 아름다운 것은 개인이나 특정 단체의 이익보다 국민 전체를 우선하기 때문이다. 그럼에도 이 제도를 파탄 내려고 한국 권력자를 앞세워 암중모색 하는 것이 영리병원 도입과 고가 치료제 적용 한국의료보험 재정 부실화이다.

건강이라는 인간의 약점을 볼모로 하는 미국의 의료 실태를 한 유튜브 영상을 통해 보면, 1996년 2월 미의회 소위원회 공청회에서 뤽 시프라는 한 경찰관이 자신의 어린 딸아이를 데리고 나와 증언하기를, 그 아이가 일란성 쌍둥이였고 다른 아이 이름은 크리스틴이었으며, 그 아이 머리에 악성 뇌종양이 생겨 척추와 뇌 전체에 전이 되어 담당의는 아이 부모에게 두 가지 선택권을 주었는데 하나는 집에서 그냥 죽게 하는 것과 다른 하나는 다량의 항암치료와 방사선 치료를 병행하는 것이었다. 어느 쪽을 택하든 결국 아이는 얼마 못가서 죽을 것이라고 하였고, 속이 타는 그 부모의 선택은 그럼에도 최선을 다하기 위한 후자였다. 그때 어린 환자는 방사선 치료를 하다가 부작용이 너무 심해 두개골에 2도 화상을 입었고 빠진 머리칼은 다시 자라지 않았으며 항암제의 소변 독성이 너무 강해 화상을 입을 정도여서 기저귀를 갈려면 고무장갑을 껴야 했다. 그러한 상황에서 아이는 기적적으로 여섯 달을 살아있었으나 암이 사라진 것은 아니었고 의료진은 부모에게 자기네가 할 수 있는 의료 처치는 다 했으며 이제 아이는 곧 죽게 될 것이라고 통보했다. 그런 현실을 받아들일 수 없었던 부모는 끝까지 치료법을 찾다가 텍사스 버진스키 박사의 안티네오 플라스톤 암치료 정보를 알게 되어 거기에서 1년 반 동안 치료를 받고 드디어 암 완전 소멸(관해) 판정을 받아 치료를 중단했다가 18개월 후, 한 달 만에 암이 뇌 전체로 퍼져 다시 치료를 받았고 9주 만에 다시 암 소멸 판정을 받았으나 아이는 곧 신경 괴사로 사망했다. 당시 4살이었다. 부검 결과 방사선 치료 때문에 뇌 조직이 박리된 것이 원인이었고 암은 발견되지 않았다. 아이는 암으로 죽은 것이 아니라 그 이전의 독한 항암치료와 방사선 치료로 죽었다. 그 부모는 보건 당국이 거짓 정보를 흘리면서 국민 복지를 거들떠보지 않기 때문이라고 분노 했는데, 암을 소멸케 한 텍사스 버진스키 박사의 치료법은 인간의 소변에서 추출한 약이었고, 그 효과로 많은 사람을 살렸으나 미 연방법에 의하여 텍사스주 내에서만 진료 할 수 있었다. 미 식약청(FDA)과 국립암협회는 이 약을 불법으로 간주하여 버진스키 박사와 16년에 걸쳐 집요한 법정 싸움을 했다. 두 기관의 고발대로라면 암을 치유시키는 버진스키 박사는 감옥에서 260년의 형을 살아야 했다. 그를 지켜준 것은 그의 치료를 받고 회생한 많은 암 환자들이었는데 버진스키가 미국에서 함부로 인간을 살리는 행위가 불법인 것을 홅 본 탓이었다. 미국에서 암은 인간을 살리는 의학의 범주가 아니라 의료 경제 산업 상의 수익분야였다. 미국 식약청(FDA)과 국립암협회(NCI)가 메이저 제약회사 복마전이 된 이유이다.

캐나다 출신의 흘다 클락(Dr. Hulda Clark)이라는 여성 의사가 "암과 에이즈를 비롯한 인간의 모든 질병은 기생충과 관련이 있다"고 말했다가 미국 주류 의학계로부터 온갖 소송에 휘말리며 멕시코로 이주해 작은 병원을 운영하다가 2009년 81세로 운명한다. 그녀가 생전에 저술한 "암의 치유"는 자연치유에 바탕을 두며 그 프로토콜은 세계 각지에서 안정성과 효과를 인정받았다. 미 메사츄세츠 공화당 여성 정치인 낸시 캣휜(Nacy Caffyn)은 목 림프선에 문제가 생겨 보스톤의 세계적으로 권위 있는 암 전문 병원으로부터 혀 뒤쪽에 종양이 있다는 진단을 받고 여러 병원을 방문했으나 제시된 치료 방법은 혀 절단 수술이었다. 그녀는 흘다 클락 박사의 자연 치유 프로토콜을 선택했고 3주 후 수술 없이 완치되었다. 이에 고무된 이태리의 분자의학 전문의이면서, 그 분야의 국제기구 의장이며, 또한 교황 요한 폴 2세의 주치의이기도 한 아돌포 판필리(Adolpo Panpili)는 흘다 클락 박사의 프로토콜로 많은 암 환자를 살렸지만 이태리에서도 의사가 규정 외의 방법으로 암을 치유시키는 것은 미국과 마찬가지로 불법 사항이었다. 그는 정부기관에 불려가 "당신이 유명한 것은 알지만 암을 치유시켰다는 말을 함부로 하지 말라"는 통고를 받았고, 그는 "나는 그런 말을 한 적이 없다. 내 환자들이 그런 말을 하고 다녔을 뿐이다"고 해명했다.

어째서 사람을 쉽게 살리는 방법이 기피되어야 하는가. 리사(Lisa)라고 하는 한 여자아이가 뇌전증(간질)에 걸려 발작이 심했는데 현대의학으로는 치유법이 없었다. 그럼에도 그 부모는 흘다 박사의 프로토콜로 쉽게 아이를 고쳤는데 사용된 약제라는 것이 겨우 "검정호두 껍데기"였다고 한다.

위키피디아; 악성 종양(암)이 발생하는 원인은 아직도 정확히 밝혀진 바 없다,고 적시한다. 그런데 암은 혈관을 통해 번식하는데 자기 몸속 면역체계가 이상을 일으켜서 일어난다고 한다. 이것이 지금까지의 암에 대한 기본적 정의였다. 그러나 이에 대하여, 몸속에 상처가 나면 면역체가 그 상처를 치유하려는 과정에서 자기 세포를 적으로 오인하여 공격하게 됨으로서 종양이 생긴다고 주장하는 의사들이 나왔고, 흘다 클락 박사는 암의 시작은 자기 몸속의 상처에서 출발하고 그 상처는 여러 가지 환경적 요인도 있지만 흔히 갈고리 흡충이 장기에 흡기를 꽂아 양분을 흡수하는 과정에서 생겨 그것이 암으로 발전한다고 보았다. 수 십 년 전부터 많은 의학자들로부터 암이 기생충으로 기인한다는 발표가 있었고, 독일의 알퐁소 웨버 박사팀은 모든 암에는 미세기생충이 존재한다는 16,000여건의 증거를 확보하고 있으며, 흘다 클락 박사 역시 대부분의 암 종양에 기생충과 곰팡이 균이 존재한다고 하는 바와 같이 기생충과 곰팡이가 암의 근원임을 말한다. 이 논조를 살펴보면, 암이 근본적으로는 흡충에서 생기는 것이 아니라 그 흡충이 만든 상처에 곰팡이 진균이 착색하여 이를 치유하고자 하는 인체 면역 세포가 곰팡이와 싸우는 과정에서 그 둘이 합쳐진 신종 변이 세포가 증식하여 자신의 몸을 공격한다는 결론에 도달한다. 곰팡이균에 대하여 밀튼 화이트라는 의학박사에 따르면, 암은 바이러스의 결과도, 유전적 결합도 아니며, 곰팡이 DNA와 인간의 백혈구 DNA가 합쳐지면서 곰팡이의 식물자낭균(Ascomycete)에서 유래된 식물박테리아 농화학분생자(Conidia)에서 파생된 인간과 박테리아의 세포가 결합된 새로운 하이브리드(혼합)로서 종양, 또는 낭을 형성하면서 시작 한다.면서 이 하이브리드는 50%가 인간의 세포이기 때문에 인간의 방어 체계를 우회하여 생존한다고 밝혔다. 홀다 클락 박사가 모든 암에서 기생충이나 곰팡이균 포자를 찾았다고 했듯이, 지금까지 원인이 규명되지 않아 치료가 어려웠던 모든 난치병의 치료 1순위로서 기생충과 곰팡이 진균여부부터 시작되어야 한다는 것은 어느 모로 보나 중증 내과 치료의 기본으로 하는 것이 합리적이라 할 수 있다. 그런데도 미국과 마찬가지로 한국에서도 곰팡이균(진균)에 대한 치료 프로토콜은 거절되며, 그리하여 자연치유라든가 값싼 치료제가 배척되고 있는데 환자의 빠르고 쉬운 치료보다 의료 산업 수익성 보호가 우선한다고밖에 다른 이유를 찾을 수 없다. 한마디로 간결한 치료 프로토콜은 제약회사와 병원 돈벌이에 방해가 되고 환자가 쉽게 병을 고치면 의사 권위가 손상되기 때문이라고 결론지을 수밖에 없다.

앞으로 다양한 환경적 요인에 의하여 암 환자는 늘어날 것이고 암을 비롯한 난치병은 의료 산업의 막대한 이익 창출 파이프가 될 것이다. 그렇다면 공익을 목적으로 하는 한국의 공공의료 체계라면 이것을 경계해야 함에도 현실은 그렇지 않다. 최근에 면역항암제로 알려진 K(키트루다; Keytruda) 신약이라는 것이 폐암 환자 10명 중 2명에게 생명 연장의 효과가 있으며, 이 약은 면역관문억제제로서 부작용이 거의 없으며 5년 생존율이 4배에 이른다고 선전한다. 그런데 임상 데이터가 모아지면서 이 약이 3상 임상에 들어간 후 심정지, 심부전, 심근염, 대장 천공, 폐렴 등의 심각한 부작용을 일으키며 사망 사례가 속출 했고, 이 치료를 받은 한 암환자가 유튭에 나와 증언하기를 "키트루다 주사를 맞는 도중 죽다 살아났다.면서 탁솔(기존 1세대 항암제)보다 부작용이 더 심했다. 의사가 열 사람 중 두 사람은 이 약으로 치유될 수 있다고 권하여 행운을 기대했으나 머리칼과 손톱, 발톱이 빠지고 무릎 연골이 녹는 등 부작용이 그렇게 심할 줄은 몰랐다. 우리는 신약 항암제의 환상에서 벗어나야 한다"며 치를 떨었다. 이 약은 1억원의 치료비가 든다고 하는데 이번에 심평원(건강보험심사평가원)에서 1차 비소세포폐암 단독 치료제로도 통과되어 환자는 350만원 수준에서 치료를 받을 수 있게 되었다. 이 약의 문제점은 치료를 중단할 때 원래 상태로 돌아간다고 알려져 있다.

한국에서 2차 의료급여 대상 약제로 책정된 제3세대 표적항암치료제 타그리소(Tagrisso)의 경우, 이 약이 부작용이 없고 생명 연장의 효과가 있다고 알려져 있으나 그 생존 연장율은 6%에 불과하며 4년이면 기존 약제와 결과가 같아지는 것(사망)으로 나온다. 이 수치는 도중에 치료를 그만둔 사람은 포함하지 않았으며 게다가 이 약을 아시아인과 서양인으로 세분화 시킬 때 아시아인은 생명 연장의 효과도 별로 없는 것으로 나온다. 한국에서 이 약은 2차 의료 수급이 책정되어 치료비가 1달 한화 1,000만원(환자 부담 34만원)이며 24개월 치료 주기에 총 2억4천만원(약18만 달러)이 들어간다고 한다. 제약 회사는 이 약을 1차 치료제로 바꾸기 위해 꾸준히 심평원(건강보험심사평가원)의 문을 두드리고 있으며, 문제는 이러한 고가의 치료제가 통과될 때 한국 국민건강의료보험 재정이 부실화되는 것에 있다. 기획재정부와 보건복지부에 따르면 2023년 건강보험 수지 적자가 1조4,000억원(약10억 달러)에서 시작해 5년 후인 2028년에 건강보험 적립금은 완전히 바닥나 마이너스 6조4,000억원(약50억 달러)이 된다고 한다. 건강보험 재정 부실화 원인은 다양하여 국내에 들어온 외국인 치료에서도 찾을 수 있다. 한 60대 차이나(china) 혈우병 환자 A씨가 국내에 들어와 2017년부터 5년간 치료받은 진료비는 총 33억원(2,5백만 달러)이었는데 그가 부담한 돈은 3억 3,200만원이었다. 그런데 문제는 국내 6개월 이상 거주한 외국인에게 의료보험 가입 자격을 주면서부터 고가 치료를 받은 외국인 10명 중 7명이 차이니즈(chinese)라는 편중에 있고, 그들에게 치료비가 많이 지출되는 것은 피부양자제도 때문도 있다. 2019년 한 차이나인의 경우 조모·부·모·처조부·장인·장모·배우자·자녀 등 9명을 피부양자로 등록한 것으로 집계됐고, 최근 배우자와 자녀를 포함해 9명을 등록한 미국인을 비롯하여 9명을 등록한 시리아인도 있다. 그런데 이것은 밝혀진 수치에 불과하고, 한국 병원에서는 환자가 본인인지 아닌지를 크게 확인 하지 않기 때문에 국내에 들어온 조선족 70만 명을 포함해 차이니즈(chinese)들이 주변 사람 의료보험증을 빌려 누구든 치료받는 실정이어서 그런 원인으로도 재정부실화가 진행되며, 현실적으로, 한국인 고유의 정(情) 측은지심이 발동하여 큰 병에 걸린 환자를 내칠 수 없어 고가 치료제 도입에 너그럽고, 밖으로는 한국 의료보험체계의 허술함이 알려져 국내 외국인과 그 피부양자 등록도 늘어나 한국 의료보험 재정은 부실화되고 그 때문에 파산에 이르면 비로소 미국 의료보험체계가 들어와 지옥문이 열리게 된다.

영국에서 여드름 항생제, 고지혈증 당뇨약, 구충제 등의 "목적과 다른 약(Off Lebell; 신약재창출)" 등 부작용을 줄이며 저렴한 비용의 항암 치료제를 찾고 있음에도 한국에서는 비싸고 부작용이 극심하면서 완치 목적이 아니라 그 중의 일부만 수명이 연장되는 고가 약제가 확실한 검증 없이 도입되는 이유는 무엇이겠는가. 그 약제의 임상 시험이라는 것이 제약회사가 로비를 하여 신약으로 허가받고, 의료보험 약제 선정에 관여한 후 의사에게 리베이트를 주면 의사는 그 약을 절박한 환자에게 권하여 환자는 죽음의 공포에서 "비싼 약이니 좋을 것이다"는 기대로 마지막 동아줄 잡게 되나 돈은 돈대로 쓰면서 몸은 만신창이가 되어 고통 속에 몸부림치며 절망에 이른다. 가족은 또 그것을 효도로 안다. 신약은 계속 나오고, 가격은 천정부지이며, 절박한 환자는 그럴수록 의료보험 심평원에 급여를 통과시키라며 항의하지만 치유 효과는 선별적이다. 학술지에 실린 신약 임상 실험 논문이라는 것조차 제약회사 직원이 만든 엉터리 가짜인 경우가 많다고 한다. 이런 것이 바로 권력자가 정보를 독점하여 소비자는 불량품만 구입하는 '레몬시장'의 전형이다.

(레몬시장: 판매자는 상품의 품질을 잘 아는 반면 구매자는 그 품질을 알지 못 하는 정보의 비대칭성 때문에 불량품만이 나돌아 다니게 된 시장. 역선택 문제 또는 감추어진 속성 문제가 나타나는 전형적인 예).

이탈리아에서 종양학, 당뇨병, 대사이상을 전공한 툴리오 시몬치니 박사는 어떤 지적 순응에도 강하게 반대하는데, 그것은 "기초 없이 추정을 근거로 하거나 거짓이나 허위, 더 신랄히 말하면 이익 창출이라는 시스템에 결부되어 암이 유전자 변이로 일어난 통제 불가능한 세포 이상 증식으로 종국에는 모체를 죽음에 이르게 한다고 믿게 하는 일반적 도그마(독단;dogma)로 사람의 생명을 돈벌이 대상으로 하면서 환자를 고통 속에 죽게 하는 그런 비인도적 의료 행태를 혐오한다"고 말한다. 서양 의학이라는 것이 길고 엄격한 도제식 기술 전수과정을 거치면서 소위 과학적 데이터와 검증을 통해 만들어졌다고 하는 통계와 절차에 따라 개별적 의사의 판단이 제한되며, 오로지 규격화된 프로토콜에 따라 처방되기 때문에 의사들은 배운 바를 기계적으로 따르게 되어 있다. 그러다보니 항암치료의 과정에서도 항암제의 독성과 그에 따른 심각한 부작용을 알면서도 냉정히 환자에게 절차대로 투여하는 정해진 수순, 그런 약제 프로토콜이 한국에서 비싼 가격으로 선정되어 공공 의료보험 재정을 좀먹고, 높은 부작용과 독성을 가진 신약이라는 허울 좋은 이름에 속아 절망에 빠지게 될 환자는 의사의 하얀 가운 신뢰의 표식을 믿고 의지하며 썩은 동아줄을 잡는다. 그렇게 한국 의료보험 재정은 눈먼 돈이 되어 거대 제약회사 빨대가 꽂혀 부실화를 향한다. 앞으로 신약은 계속 개발될 것이고, 그럴수록 한국 공공의료보험 재정이 부실화 된다. 안전하고 자연치유적인 치료제가 개발되거나 약물로서 인정받는 경우는 절대로 없다. 툴리오 시몬치니 박사는 환자의 두려움과 공포를 담보로 돈을 버는 양심 저버린 그러한 지적 순응을 거부하며 자신만의 베이킹 소다 치료법으로 수많은 암 환자를 살렸음에도 2006년 말기암 환자 한 사람을 치료하다가 사망한 그 꼬투리로 사기와 살인죄로 4년 형을 선고 받고 감옥에 갔으며 협회로부터 의사면허도 박탈당했다. 양심적이며 주관 있는 의사가 암에 대하여 기존과 다른 치료법으로 함부로 사람을 살리면 소송 당하거나 감옥에 간다. 인류가 절대로 암을 극복할 수 없는 이유이다.

애초, AMA(미국의학협회)가 의학을 산업으로 바꾸기 위해 강력한 금융 세력에 합류했고, 카네기, 모건 그리고 록펠러의 거대 자본이 의료 체계에 들어와 수술, 방사선, 그리고 합성 약물 치료의 자금이 되었으며, 새로운 자본주의적 의료 경제 기초를 제공했다.

미국의 어느 의료 전문가는 제약 의료산업의 위세가 의과대학 인수에서부터 성취되었다고 말한다. 특히 록펠러와 카네기 같은 사람들이 유수한 몇몇 대학교에 들려 "우리가 돈을 대줄 것이다"고 하자 그들과 협력하겠다고 동의한 학교에 엄청난 돈이 제공됐으며, 기금 기증자들은 대신 "우리 측 몇 사람을 여러분들의 이사회에 들어가게 해 달라"고 요구 했다. 그 후 학교는 돈을 대 준 투자 관계자들에게 장악되었고, 학교는 그들의 돈으로 새로운 건물을 지을 수 있었고, 실험실에 비싼 도구와 장치들을 구입할 수 있었으며, 최고의 교사를 채용할 수 있게 되었다. 그러나 그들은 의학을 제약회사의 이윤에 맞도록 왜곡했다. 그것은 자선을 빙자한 사업의 효율성이었다. 그 이후로 의사들은 정해진 제약을 배워나가기 시작 했고, 미국의 모든 훌륭한 교육기관들은 이런 식으로 제약회사 이익에 점령되었으며, 그리하여 병원에서의 수술은 마취 및 감염 통제와 함께 실행 가능해졌고, 의사들은 비싸고 급진적인 시술들을 옹립 하게 되어 결과적으로 크고 수익성 좋은 병원 시스템의 필요성을 만들어 냈다. 방사능 열풍이 의료계에 몰아쳐 라듐의 가격은 거의 하룻밤 사이에 1000%가 올랐다. 또 다른 많은 돈이 드는 기술 산업이 병원 시스템에 들어왔고 의약업체는 급속히 발전하는 특허 의약품 산업에서 자라났다. 의사들은 경험주의 의사들을 제외시키려고 교육의 표준과 면허 규정을 변경하였으며, 곧이어, 오직 미국 의약협회(AMA)에서 인가된 의사들만 합법적으로 개업할 수 있었다. 20년이라는 짧은 기간 동안에 미국 의약협회(AMA)가 의료 관행을 지배하게 된 것이다. 조직화된 의학 체계를 들이대며 경험주의 의사들을 "돌팔이"로 매도시키기 위한 작전을 펼쳤고, 그래서 오늘날 일반 의사들은 좋은 교육을 받으며 학교를 나오지만 모두 약제에 관한 것이며, 그 이외에 치료에 도움이 되는 영양학이라든가 대체 약물 등에 아는 게 별로 없어서 병원에서 주는 약제 처방만이 전부가 되었다. 오로지 제약회사 이윤에 적합하도록 훈련받았기 때문이다.

1980년 이전의 대부분의 임상 연구는 국립보건원에 의해 재정적으로 지원되었으나 90년대에는 대부분의 연구가 대학교에서 철수되어 영리 목적의 연구 단체들에게 넘어갔다. 문제는 그것이 사실상 거대 제약 회사에게 지배당하는 구조의 권한을 주게 됐다는 것, 그들이 연구를 설계하고, 데이터를 통제할 수 있게 되어 가장 중요한 논문의 저자들마저 (권위 있는 학술지에 발표되었음에도 불구하고) 자신들의 자료를 보는 것조차 허락되지 않았으며, 제약 회사는 출판물까지 통제하게 되었다. 이러한 과정을 모두 정리해 보면, 제약 업계는 먼저 대학에 손을 뻗쳐 교육 체계를 장악했고, 미국의학협회(AMA)로 하여금 다른 모든 의사들이 실습하지 못하도록 배제하는 권한을 주었으며, 모든 약물 검사 과정을 통제해 약물 시험을 검토하는 의료 출판물에 큰 영향을 주어 결국 "거대한 제약회사"는 의약품의 안전성과 효율성을 확인하는 미연방체제 FDA까지 장악하게 되었다.

-마크 아바디; 통합양자심리학자(Integrated Quantum Psychologist)- 의약품 산업은 세계에서 가장 성공적인 글로벌 산업이다. 그들은 당신이 낫기를 원하지 않는다. 왜냐하면 당신이 나으면 그들의 시장이 없어지니까..

인류는 오래전부터 암의 정체를 알았고 그 치료법도 알고 있었던 기록과 함께 치료법이 전승 되어왔다. 그러던 것이 근래 들어 제약회사 횡포로 사장되었으며, 1930년대에 르네 케이스라는 간호사가 전래 약초 등으로 암환자를 치료하다가 미국 의학협회로부터 고소를 당하여 평생 고초를 겪은 바 있다. 미국 텍사스 출신 사업자 "학시"라는 사람은 아버지로부터 암치료 약초에 관하여 배운 후 25년에 걸치는 미국 의학협회 및 FDA와 소송을 하며 기어이 승소했는데 그 승리 뒤에는 의사들이 포기한 말기 암 환자를 살린 수많은 치유 환자 지원군이 있어서 가능했다. 그의 치료법은 자연 치유에 의한 것이어서 어느 정도의 시간이 필요한 치료법이었다. 그러나 이와 달리 이태리 툴리오 시몬치니 박사의 베이킹 소다(중탄산나트륨)는 직접 암을 사멸시키는 방법이어서 당장에 효과를 보는 방식이고, 암은 곰팡이 진균에 의한다는 그의 주장이 현대 과학으로 입증되었음에도 거대 제약 업계와 거기에 종속된 의사들 방해로 이 치료법은 매도되어 거부되고 있다. 이 소다 치료법은 후유증이 없으며 그 가격이 매우 저렴하다. 환부에 도관(카테터;catheter)을 삽입하여 소다액을 주입하면 뼈 암을 제외한 모든 암은 6일 이내에 소멸되며 유방암이나 방광암, 뇌암 등에는 그것조차 필요 없이 주사 치료만으로 99% 치유 되는 것을 영상으로 확인 할 수 있다고 툴리오 시몬치니 박사는 자신 있게 주장 한다. 한국의 자랑스러운 공공의료시스템, 이것이 세계에서 가장 훌륭하다 하더라도 제약회사 빨대가 꽂히면 부실화될 수밖에 없다. 그것은 다른 사람이 지켜주지 않는다. 국민 스스로 지켜야 한다. 고액 암 치료제로 구멍이 뚫린 한국 의료보험 재정을 국민이 감시해야 하며, 뼈 암을 제외한 모든 암이 6일이면 치유된다는 이태리 툴리오 시몬치니 박사의 소다(중탄산나트륨) 치료법을 국민 일반이 검증하고 효과가 있는지 확인할 필요가 있다. 시몬치니 박사를 초빙해 검증하거나, 아니면 한국 자체로도 얼마든지 확인할 수 있는 아주 간단한 일이다. 한국에서 이것이 불가능한 이유는 거대 제약회사가 미국 패권과 결탁해 있고, 한국은 미국에 종속된 똘마니 나라이기 때문이다. 미국은 물론이고 그의 조국 이태리에서도 선지자를 "돌팔이"로 매도하고 범죄인으로 몰아 감옥에 보냈으니, 인간 생명을 볼모로 돈을 버는 거대 제약 회사와 하얀 가운을 입고 가짜 선을 베푸는 이 분야 의사들의 지적 무항심은 오로지 자신의 안전과 이익 추구뿐이라고밖에 달리 말 할 수 없다. 이것은 이 실상을 알고자 하는 시민 각자의 자각과 실천 없이 극복될 수 없다. 지금은 정보 접근이 쉬워 누구나 하려고만 하면 세상을 바꿀 수 있다. 세상에 존재하는 모든 암은 형태가 제 각각이지만 모두 하얀색이라고 하는 그 정체는 곰팡이와 환자 본인의 체세포가 섞인 하이브리드로 밝혀졌다. 암의 정체는 이미 규명된 것이며 해결책도 나왔다. 그럼에도 어찌하여 이것이 기피되어야 하는가. 인간의 비겁한 순응과 무지 말고 다른 것은 없다. 의료업계에 무릎 꿇은 권위에의 굴복이 결국 자기 자신을 파탄 낸다. 암은 이제 불치병이 아니다. 그럼에도 관련 업계는 환자가 간단히 낫는 것을 원치 않는다. 그 본질은 악마적 비즈니스 말고 다른 것은 없다. 앞으로의 세상은 과학기술 발달로 생활이 편리해지는 만큼 암은 같은 비례로 늘어나 나이가 많든 적든, 몸이 튼튼하든 허약하든, 가리지 않고 생겨날 것이다. 이 극복은 진실 파헤치기 정보 공개밖에 없으며 그것은 용기 없이 불가능하다. 절대로 누가 거저 가져다주지 않는다. 이 개혁은 지금 당장의, 그리고 후대를 위한 인간의 책무이다. 툴리오 시몬치니 박사는 6일이면 뼈 암을 제외한 모든 암을 극복할 수 있다고 했으니, 이를 달리 말하면, 동쪽으로 걸어가 60분이면 도착할 목적지를 그 반대편 서쪽으로 가

지구를 한 바퀴 도는 미련하고 고통스러운 단보, 돈은 돈대로 쓰면서 편안히 죽지도 못하는 갈고리 안쪽의 절대로 벗어날 수 없는 악마적 미늘이라는 것 말고는 없다. 이것을 극복하겠다면 소다 치료법이 사실인지 아닌지부터 확인해야 한다. 정보를 독점한 기득권 그 타파가 유튜브로 영상 등재로 가능하다. 정보 확인만이 세상을 바꾸고 정의를 실현한다. 이것은 세계 인류의 건강과 생명에 관한 것이고, 좁게는 한국 공공 의료보험 재정 문제이며, 이것이 기피 될 때 한국 의료보험제도는 껍데기만 남는다. 한국에 지옥문이 열린다.

한국 공공의료보험 제도, 그 아름다움은 예외를 인정 않는 공평성에 있고, 그것은 박정희 대통령 독재 철권통치 없이 만들 수 없었다. 그럼에도 한국인은 그분을 잊었고, 적반하장으로 이 의료보험제도를 이 땅의 민주주의 쟁취 화염병 투척 민주투사들이 만들었다고 믿는다. 그러나 진실은 그 반대이다. 국민의 건강을 위했던 독재자 박정희 대통령이 만들었다. 그럼에도 그분이 비난받고 매장되어야 하는 이유는 속민이 평화를 누리며 자의식과 자주를 가지면 안 되는 그 본분 때문이다.

박정희 대통령 소년기 시절 동네에 장애를 가진 친구가 한 사람 있었다. 모두가 가난했던 그 시절, 소년 박정희가 학교에 도시락을 싸 가지 못한 날이면 가까이 지낸 그 장애인 친구 집에 들려 가끔 점심밥을 얻어먹었다. 어느 날, 그 집 아버지가 돌아가시면서 그 집은 가세가 기울어 몸이 불편한 장애인 친구는 그 후 어렵게 살아가야 했다. 그 시절은 장애인 예우나 배려에 대한 개념이 없었으니 그저 멸시와 조롱의 대상이었다. 1963년 박정희 대통령이 대통령에 당선되고 나서 고향 경북 구미를 방문했다. 읍내에 많은 사람이 나와 환영했는데 군중 사이에 남루한 차림의 그 장애인 친구가 있는 것을 알아 본 박정희 대통령은 행사를 마친 다음 그 친구를 지프차에 태우고 고향 동네를 찾았다. 그 이후로 그 지역에서 그 친구를 멸시하거나 놀리는 사람이 없어졌다고 한다.

그 시절, 박정희 대통령이 수출정책으로 경제개발에 매진한 그 초기 물품이 가발과 합섬섬유 등 기초 공업산품이었다. 1973년 섬유생산기업 '한일합섬'은 국내 최초로 수출 1억불을 달성하면서 사원이 27,000명에 달했다. 그 대부분은 여공이었고 미성년자가 많았다. 그녀들은 월급을 집으로 보내 가세를 도우며 오빠나 동생 학비를 대주는 게 보통이었다. 어느 날 박정희 대통령이 민정 시찰을 위해 그 회사 공장 안을 둘러다가 그 중에 나이 어린 여공을 발견하고 소원이 무엇이냐고 물었다. 여공은 학교를 다니고 싶다고 했다. 박정희 대통령은 즉시 회사 안에 야간학교 설립을 지시했고, 많은 여공들이 낮에 일하고 밤에 공부하면서 고등학교 과정을 마쳤다. 그런데 문교부에서 이들은 정규학교 졸업생이 아니어서 졸업장은 줄 수 없고 수료증만 주겠다고 했다. 이 상황을 알게 된 박정희 대통령 일방 지시로 그 여공들은 고등학교 졸업장을 받을 수 있었다. 졸업장을 받은 여공들은 복받치는 감사의 눈물을 흘렸다. 이것이 박정희 대통령 독재의 진실이다. 앞으로 나아가기 위해 법과 질서를 어긴 그 독재를 지금 한국인들이 침 뱉으며 욕하고 있다.

박정희 대통령은 재임 중 친인척 누구를 막론하고 엄격한 관리를 통해 특혜를 받는다거나 이권과 연루되는 것을 차단했는데, 당시 박정희 대통령이 민정 시찰을 겸한 농촌 모내기 행사 중에 갑자기 논바닥에 주저앉으며 엉엉- 소리 높여 통곡하는 일이 발생했다. 박정희 대통령은 아주 어렸던 시절 자신을 업어주며 보살펴 준 누나가 한 분 계셨다. 집안에서 대통령이 나왔음에도 그때까지 가세가 어려웠던 그 누나는 올케인 영부인 육영수 여사에게 도움을 청했다. 여사님은 박정희 대통령 몰래 담당 비서관을 시켜 은행 대출을 주선해 주었고, 누나의 아들이 그 돈으로 택시 3대를 사서 운수업을 시작했다. 하지만 박정희 대통령이 그런 사실을 다른 정보라인을 통해서 알고 나서 그 일을 주선한 담당 비서관을 해임했고, 즉시 택시를 처분해 은행 빚을 청산토록 한 후 누나를 고향으로 내려 보냈다. 나라의 부패가 그런 친인척 특혜에서 생겨나는 것을 잘 알기 때문이었다. 낙향한 누나는 그 후 우유 배달을 하며 어렵게 생계를 유지했다고 한다. 박정희 대통령은 농촌 모내기 현장에서 불현 그 누나가 생각 나 통곡한 것이다. 나라를 바로 세워야 할 대통령 자리는 그렇게 외롭다.

나라의 발전과 안전, 그리고 국민의 건강을 위했던 박정희 대통령의 '정반합을 위한 양기(揚棄),, 그 '안지히(an sich)가 오로지 장기집권을 통해서만 찾아지는 것을 한국인은 그때나 지금이나 인정하지 않는다. 오로지 상국 이데올로기 기반의 민주주의만이 최선이요 만병통치약으로 안다. 그래서 정치인만이 아니라 국민이 진보와 보수로 갈려 나라가 어떡케 되든 말든 서로 물어뜯고 싸우는 것만 제 할 일로 알게 되었다. 문제는 그 때문에 민족소멸이 목전에 당도했어도 남의 일이 됐다는 것, 그것이 종속 신민의 도리 그 급부라는 것을 아는 한국인이 과연 이 땅에 얼마나 존재할까.

-----

정반합: (正反合; 헤겔에 의하여 정식화된 변증법 논리의 삼 단계, 곧 하나의 주장인 정(正)에 모순되는 다른 주장인 반(反)이, 더 높은 종합적인 주장인 합(合)에 통합되는 과정을 이른다.

양기: (揚棄: 변증법의 중요한 개념으로, 어떤 것을 그 자체로는 부정하면서 오히려 한층 더 높은 단계에서 이것을 긍정하는 일. 모순 대립 하는 것을 고차적으로 통일하여 해결하면서 현재의 상태보다 더욱 진보하는 것).

안지히: (an sich; 철학, 헤겔 변증법에서, 그 자신이 독립적으로 존재하는 상태. 정반합의 제 일 단계로, 정(正)에 대응한다).

## 9, 사라진 무궁화 꽃.

어느 지방 도시 이른 새벽에 방금 만들어 뜨끈뜨끈한 김이 피어오르는 두부판을 소형화물차에 잔뜩 싣고 넓은 지역 거래처를 도는 두부 배달 일꾼이 있었다. 코스가 정해져 있는 선잠 깬 어스름한 여명 길을 몇 시간 바쁘게 돌아 아침 해가 훌쩍 떠오를 때쯤 마지막 코스 초등학교 언덕바지 급한 길을 돌아 내려오면 일이 끝났다. 그리고 그 언덕길 중간을 꺾어 도는 집 담장 안에는 갑자기 나타나 눈을 사로잡는 무궁화나무 한 그루가 있었다. 봄부터 늦가을이 지나도록 그 나무에 빼곡히 핀 무궁화 꽃이 아침시간 눈꺼풀 무거운 두부 배달꾼을 반갑게 맞아주었다. 그렇게, 봄부터 정겨웠던 무궁화 꽃이 여름 지나고 가을이 되면서 하나 둘 떨어졌고 서리 내린 어느 쌀쌀한 늦가을 아침나절, 그가 그 길을 돌아 내려오며 날씨가 그렇게 차가워졌으니 꽃은 모두 떨어졌을 것이라며 괜한 안쓰러움으로 그 집 마당 무궁화 꽃과 마주했을 때 적잖은 꽃이 그래도 끈질기게 달려 있었다. 시든 꽃과 그래도 활짝 핀 꽃이 끈질긴 생명력을 보이며 반겨주었다. 그 스산한 날씨에,, 참으로 용하고 기이했다. 그렇게 하루하루 날씨가 점점 더 쌀쌀해지면서 그 집을 내려올 때마다 이젠 모두 졌겠지,, 조바심 나났지만 무궁화꽃 몇 개는 그래도 끈질기게 달려 있었다. 그 빛나던 자태는 날이 가면서 초라해졌지만 강인한 생명력을 보여주듯 쉽게 포기하지 않고 않았다. 그리고 밤새 쌀쌀한 비바람 몰아치던 어느 날 이 정도 날씨면 꽃은 더 이상 버티지 못했을 것이라며 그가 마른 침을 삼키며 그 언덕길을 돌았을 때 담장 넘어 무궁화 꽃은 이파리가 너덜너덜해진 모습으로 그래도 몇 송이 모질게 달려 있었다. 그것을 보고 그는 순간 복받쳐 올라 통곡을 했다. 누가 보거나 말거나 숨 막힌 통곡소리를 꺽-꺽-거렸다. 마치 이 나라의 그 숱한 난리와 박해에서도 꿋꿋이 살아남은 이 민족을 대신하는 것 같아 오열을 참을 수가 없었다. 전에는 그 꽃이 이 나라 산야에 지천이었다. 그것이 어느 날 모두 사라졌다. 이 나라에 지천이던 아름답고 끈질긴 무궁화 꽃나무가 어찌하여 없어졌는가. 누군가가 다 뽑아버렸다. 대신 겨우 며칠 언제 피었다가졌는지도 모르는 부경한 사꾸라 벗나무가 이 나라 길거리에 가로수로 도배 되었다. 그런데 이 나라 애국가에는 그 꽃이 여전히 지천인 것처럼 적혀 있고 사람들은 그렇게 노래 부른다. 현실은 눈을 씻고 찾아보아도 찾을 수 없는데 "무궁화 삼천리 화려강산,,"이라니, 한국의 혼돈은 그래서 온다. 속민 우민화의 결과이다. 과연 이 나라에 지천이던 무궁화를 모두 뽑아버린 자들이 누구인가. 그것을 한국인은 알려지지 않는다. 한국인은 이제 와서 일본의 상징 사꾸라 왕벗꽃나무의 원산지가 한국 제주도라며 구차한 변명 '논점변경의 허위를 떠들지 마시라. 그 나무 한국 제주도 기원설은 인류의 시작은 아프리카라고 하는 것보다 더 허망한 논조에 다름 아니다. 거짓이 더 큰 거짓을 부르듯, 변명이 더 큰 변명을 불러 파탄을 자초하는 한국인의 변함없는 진실기피 헛발질 민족의 유습, 그 허망한 '유의(流議) 가짜 진리가 지금 평화주의를 도용해 이 땅에 "핵전쟁" 민족멸절을 예약하는 한국 정치권 "비핵"의 출발지이다. 평화는 힘의 균형에서 오며, 불균형은 반드시 침략의 빌미를 제공해 전쟁을 유발한다. 그래서 한국 "비핵"은 조선의 문질 형식주의를 따르기 위해 핵 피폭 민족멸절도 감수하겠다는 속민의 알아서 기기일 뿐, "비핵"은 상국 핵우산 밑에서 살아남자는 것이고 그 본질은 의존주의이다. 주권(군권)을 상국 맡기고 행복하게 살 수 있다고 꼬드기는 의지박약 자기 정체성 거부, 그 출발이 나라꽃 무궁화 박멸과 이 나라를 뒤덮은 일본의 상징 벗꽃 난발에서 오고, 5000년 우애주의 홍익사상 천손민족 정체성 하느님 강간 그 '침유(侵有)가 이 땅에 널린 시뻘건 기독교 십자가에서 온다.

------

논점변경의 허위: (論點變更-虛僞; 논리] 논점 상위의 허위 가운데 하나. 논제를 이탈하기 위하여 의식적 또는 무의식적으로 논점을 변경함으로써 생기는 오류. 이를테면 어떤 사람이 도덕적 양심을 가진 사람인가의 여부를 논할 때, 그 출신교의 좋고 나쁨을 들어 논증하는 일 따위).

유의: (流議; 본질적인 것이 아닌 부차적인 것에 대한 토의나 논쟁).

침유: (侵有; 1. 남을 침범하여 그 권리나 소유물 따위를 취함.
2. 기운이나 정신 따위에 스며들어 제압함).


한국인 정체성이란 무엇인가.

20세기 초 한국이 일본에 먹히던 시기, 우당 이회영 선생 6형제라고 하면 조선의 명문대가 이항복 후손이라는 배경이 있고 그 집안이 대단히 부유했음에도 편히 살기를 거부하고 1910년 조선이 일본에 먹힌 후, 6형제가 모두 급하게 땅을 팔고 가산을 정리하여 모은 돈이 엽전 26가마였다고 한다. 그중에서 둘째 이석영 선생이 가장 많은 거금 40만원(매토 지가로는 현재 가치 6조원)을 만들어 6형제가 만주로 가 신흥무관 학교를 설립해 1911년부터 1920년까지 독립군 3,500명을 양성 한, 이 정예병이 한국 독립군 요체가 되어 봉오동과 청산리에서 당시 무적이라 일컫던 일본 관동군 1개 사단 1,200명 이상을 주살하는 혁혁한 전공을 세우며 대한독립군 실질적 요체가 된다. 6형제 중 가장 많은 돈을 낸 둘째 이석영 선생은 조선말기 영의정 이희원의 양자로 들어가 조선 최대 부호 가산을 물려받은 후 그것을 모두 처분해 독립운동에 사용하고 나중에는 일경으로부터 도망 다니다가 본인은 상해 어느 허름한 셋집에서 병들고 먹을 것이 없어 굶어 돌아가셨다. 살아 계실 때 돈이 떨어져 여식 2명을 차이나(China)의 고아원에 보내고, 선생의 부인도 조선 최고 명문가 집안이었으나 국내로 들어와 삯

바느질, 방직공장 직공 등으로 연명하며, 그 와중에 마련한 쌈지 돈마저 상해에 있는 이석영 선생에게 송금했으나 선생은 결국 홀로 타관 외지에서 병들어 굶어 돌아가셨다. 독립운동을 한 6형제의 말로가 모두 비참했다.

독립운동가 석주 이상용 선생이라고 하면 고성 이씨 17대 종손으로 조선시대 궁궐이 아닌 사대부 반가로는 가장 크게 지을 수 있는 99간 집으로 유명한 안동 '임청각'(1519년 건립, 보물 182호)에 살다가 전답을 팔고 노비를 방면한 후 차이나(China)로 가 독립운동에 투신. 그 많은 재산을 독립운동에 다 써버리고 돈이 떨어지자 몰래 사람을 보내 고택 '임청각'을 팔았고, 이를 알게 된 고성 이씨 가문에서 종갓집을 다른 성씨에 팔 수 없다며 문중이 십시일반 돈을 모아 '임청각'을 다시 사들였으나 이상용 선생은 독립군 군자금이 계속 필요해 다시 팔아버렸다. 그리하여 문중이 다시 사들이고, 그러면 다시 팔기를 수 차례였다고 한다. 한국이 독립하고 나서 그 후손은 '임청각'에서 살게 되었으나 농사지을 땅도 없고 벌이가 없어 영세민(당시는 기초수급제도가 있기 전으로 정부지원이라야 약간의 쌀과 학교 월사금을 면제받는 정도)으로 책정되었으나 크게 혜택이랄 것도 없는 그것마저 주변에서 저렇게 큰 집에서 살면서 어떡케 영세민이 될 수 있느냐며 민원을 넣어 그마저 취소되었다,고 후손은 증언한다. 일제 부역자가 해방된 조국에서 더 출세하고 떵떵거리는 현실에서의 국민 의식 수준 또한 그 정도였다. 독립운동가 탄압이 일제 앞잡이 민족 배반자들로부터였다 해도 그들을 지켜주지 못한 것은 결국 그 국민이다.

한국 독립운동에 헌신한 6형제는 5명이 옥사하거나 아사했다. 그 6형제가 막대한 토지를 팔아 마련한 금원을 모두 독립운동에 쓰고 그중에서도 가장 많은 돈을 희사한 이석영 선생은 이역만리 차이나(China)의 허름한 셋집에서 비가 오는 날이면 주룩주룩 천장에서 비가 새고 방바닥에 물이 고

이는 바람에 거기에 병든 칠순의 선생을 주무시게 할 수 없어 그 자식이 어렵게 침대를 구입해 뉘였으나 그 아들 식구 또한 그 바닥에서 잠을 잘 수 없었으니, 나중에 임시정부 의정원 의원을 지내고, 대한광복군 서로군 정서 참모장, 조선혁명당 중앙집행위원과 광복군 사령관 대리로서 항일전을 지휘하였던 황학수 선생이 비가 오던 어느 날 그 집을 방문 했다가 그 침상에서 기력이 쇠한 선생을 비 맞지 않도록 그 아들과 교대로 우산을 받쳐 들고 그 밤을 꼬박 새웠다고 한다. 그런 비참한 사례가 부지기수였다. 조선이 아무리 썩었다고 하여도 조선의 양반 사대부 노블레스 오블리제가 모두 죽은 것은 아니었다.

일찍이 대한민국 임시정부 초대 외무장관 박용만 선생이 계셨다. 미국에서 군사 학교를 세우고 광복군을 육성하여 일본에 대항하겠다는 포부를 지녔던 항일투사이며 선각자이시다. 선생의 평생 지론은 항일무장투쟁 그 하나였다. 무력 없는 독립 쟁취란 있을 수 없다는 주의였고, 이를 우습게 여기는 그 반대편에 한국 초대 대통령 이승만이 있었다. 이승만은 젊었을 적에 조선에 들어온 서양 선교사에게 영어를 배웠고, 조선에서 항일 군중집회 연설을 하다가 투옥되어 옥중에서 처음으로 박용만 선생과 조우한 다음 두 사람은 1년 시차로 미국으로 건너가 서로 다른 항일운동의 길을 걸었다. 박용만 선생은 시종일관 무장투쟁의 길을 걸었고, 이승만은 프리스턴 대학에서 철학박사 학위를 받고 교회 중심의 한인 사회 친교모임 위주로 군자금 모금과 미(美)정계 유력 인사 인맥 쌓기에 열심이어서 리셉션을 통한 우아한 외교 독립활동에 힘썼다. 그 멀끔한 얼굴도 한 몫 하여 여성 교민의 신망이 두터웠다. 이승만이 상해임시정부 초대 내각 수반이었다가 고집을 부려 대통령이 되었는데 자신의 임기 5년 6개월 중 상해에 거류한 기간은 단 6개월이었다. 이승만은 재임 기간 대부분을 미국에 거주하며 미주 한인들로부터 사탕수수밭, 탄광 등에서 힘겹게 일하며 보내준 항일

지원금을 "상해임시정부"로는 한 푼도 보내지 않고 본인의 고상한 외교 활동에 썼다. 임시정부는 자금줄이 막혀 곤란을 겪었으며, 이승만이 모금한 독립운동 자금 규모가 얼마나 되는지, 어디에 얼마를 썼는지는 본인 외에 아무도 모른다. 그에 비하여 박용만 선생은 도미 초기 미중부 네브라스카에 정착하며, 그 지역 광산에서 일하는 한인 노동자 숙소와 직업알선 등을 하면서 자금을 모아 1910년 한인 최초의 독립군사관학교 격인 "한인소년병학교"를 개설했다. 낮에는 일하고 밤에는 군사훈련을 받는 둔전병 방식이었고 그것은 본인의 일생을 관통하는 항일 독립운동 기조였다. 그렇게 졸업생을 배출하던 중 본거지를 네브라스카에서 한인 밀집 지역 하와이로 옮겨 그곳에 "조선국민군단"과 "조선독립군사관학교(1915년)"를 창설한다. 거기에서도 낮에는 일하고 밤에는 군사 교육을 실시하였고, 한편 한인 문맹 퇴치에 힘쓰며 나중에는 도산 안창호 선생과 손잡고 "대한임시정부수립"을 선포하기에 이른다. 그렇게 순풍에 돛단 듯 잘 나가다가 '마(魔)'가 끼었으니 그것은 이승만 초빙이었다. 하버드 대학을 거쳐 프린스턴 철학박사 학위를 딴 인텔리 이승만에게 주민 교육 사업을 맡기고자 함이었다. 그러나 이승만이 누구인가. 그는 "뭉치면 살고 헤어지면 죽는다"는 표어로 한인을 규합했지만 실제에 있어 그가 보인 행동은 독선과 분열이었다. 한국 현대사 뒤틀림이 바로 이 미국 철학박사 엘리트 이승만에서 시작된 '준박(踳駁)으로부터였다. 시간이 가면서 당시 이승만은 박용만 선생의 군사교육을 가리켜 "돈키호테식 병정놀이"라고 중상하며, 어렵게 모은 돈이 군사놀이로 탕진되고 있으며, "독립은 무력이 아니라 외교와 문화사업으로 얻어 진다"면서 주민 반대운동을 벌여 미주 한인 연판장을 받아 낸 다음 미(美)정부에 조선 독립군 양성소가 미국 사회를 어지럽힐 화근이 될 것이라는 내용으로 탄원 하였고, 한편 일본의 강력한 항의 또한 빗발쳐(2차대전 발발 전이었다) 박용만 선생은 그런 분열을 더 이상 두고 볼 수 없어 하와이를 떠나기로 했다. 그로 이승만은 하와이 한인 모임 '국민회'를 비롯한 교민 사회를 장악 했다. 하와이 한인사회가 박용만 선생을 끝까지 지지하는 세력과 이승만 지지 세력으로 양분되면서 이승만은 박용만 선생을 가리켜 술주정뱅이, 간통꾼, 도박사 등 음해와 모략으로 공격했고, 이런 중상 인신공격에 격분한 박용만 지지자 측에서 이승만 측을 폭행하는 일이 벌어져 재판으로 비화되자 그런 진흙탕 싸움이 언짢았던 박용만 선생이 결국 하와이를 떠나기로 한 행선지가 차이나(China)의 "상해임시정부"였고, 박용만 선생이 상해에 도착 하고 나서 단재 신채호 선생으로부터 "임시정부 대통령"으로 추천되었으나 거기까지 쫓아온 이승만과 표결에 져 외무장관에 임명되었다.
-----
마: (魔; 일이 잘되지 아니하게 헤살을 부리는 요사스러운 장애물).
준박: (踳駁; 일을 그르쳐 뒤죽박죽이 됨).

그 후 시간이 가면서 박용만 선생은 "상해임시정부"가 군사 투쟁은 안 하고 외교에 경도 되어 있는 것을 보게 되자 나라가 망한 지금에 할 일은 오직 무력 투쟁뿐이라면서 결별을 선언한 후, 이른바 군사회의결성을 선포하여 해외 각지에 흩어진 독립군을 한데 모아 단일 체제로 국내로 진군해야 한다고 주장했다. 일본군과 내 나라 영토 안에서 전투를 해 항일 선명성을 만들어야 한다는 입장이었다. 최근 밝혀진 박용만 선생의 한반도 광복군 군사 침공 계획서를 보면, 독립군 특공대가 산동성에서 황해를 건너 한강을 거슬러 올라가 서울 교외로 잠입한다, 한강변의 당인리 발전소를 폭파하고, 국내 독립 세력이 총 궐기 하여 만주에 대기하던 독립군 모든 세력이 압록강을 건너 국내로 총 진군한다. 1923년, 당시 북경을 지배하던 군벌 오페부와 합작하여 이른바 조선인에 의한 만주국을 건설한다는 계획까지 있었던 세부 사안은 나중에 워싱톤 미(美)문서보관소에서 발견된 1924년 북경 주재 미정보부의 박용만 선생 관련 보고서를 통해 밝혀졌다. 그 내용은, 박용만 선생이 미국에서 대규모 농장 사업을 통해 독립군을 양성한 방식 그대로 1925년 북경 교외 '염정하'라는 하천부지 10만평을 구입했고, 그것은 농장을 기반으로 병력을 키우는 이른바 둔전병 양성 계획을 실현하기 위한 것,이라고 문서는 밝힌다. 한반도 침투 독립군 전투 계획은 실행이 중요했다. 승패 여부는 그 다음 문제이다. 이 실행이 있을 때 승전국 자격이 부여된다. 그런데 박용만 선생의 이런 활동은 독립운동 자금 씀씀이가 커지면서 그 자금줄에 대한 의혹이 북경과 상해 한인 사회에 의혹으로 제기된다. 박용만 선생은 하와이에서 이승만 모략으로 내쫓겨 차이나(China)에 올 때도 실망하거나 좌절하지 않고 호방함을 잃지 않았던 성품 그대로 돈이 없어도 있는 것처럼 행동하였고 자세가 늘 당당한 인물이었다. 그것이 궁핍한 생활을 하던 대개의 망명 독립운동가 시각에서 도드라지는 모습이었고 오해를 부르는 요인이 될 수 있었다. 1928년 시중에 박용만 선생이 한국에 잠입해 일본 사이토 총독을 만나 모종의 담판을 했다는 소문이 돌았고, 아무도 진원지를 알지 못한 채 이 소문은 빠르게 번져 나갔다. 당시는 모두가 일본을 증오했으므로 누가 "친일 민족 배반자"라는 소문만 있어도 무조건 분노부터 앞서는 시기였다. 그래서 박용만 선생도 "친일파"로 의심받게 되었다. 그러나 과연 그 이상한 소문이 자연발생적이었겠는가. 중상모략이 전문이었던 이승만의 이간질이었다고 하면 아귀가 맞는다. 상황이 그러했던 1928년 10월 27일, 박용만 선생의 거소에 청년 2명이 찾아온다. 그 한 사람, 이해명,, 나이 30세, 한국 강원도 통천 태생의 대한의열단 특무대 소속, 일본인 요인과 한국인 민족배반 일본 앞잡이 암살을 전문으로 하는 대한 구국 열혈 청년이었다. 이해명은 박용만 선생에게 군자금으로 쓸 일본 돈 1,000원을 요구하였다. 그가 의열단 특무대 소속이라고는 해도 박용만 선생에게 단도직입적으로 찾아와 돈을 요구하는 것은 이례적인 일이었다. 당시에 1,000원이면 엄청난 금원이었다. 박용만 선생은 그들에게 "의열단 단장 '김원봉'이 보내서 왔느냐"고 물었다. 그 '김원봉'은 박용만 선생과 절친한 사이였다. 이에 이해명은 "그런 것은 아니다"고 답했다. 박용만 선생은 그 말을 듣고 돈이 없다며 거절 했다. 그러자 이해명은 소지하고 온 권총을 꺼내 "친일파"를 처단한다며 박용만 선생을 그 자리에서 쏴 죽였다. 그러나 박용만 선생은 사후 배반했다는 아무런 증거가 없었고 주변 인사 모두가 박용만 선생의 무고를 증언했다. 저격자 이해명 재판이 차이나(China) 현지에서 열렸고 국내외의 비상한 관심을 끌었다. 이해명은 자신을 만주 할빈역에서 일본 초대 통감 이토 히로부미를 권총으로 쏴 죽인 안중근 의군 장군에 비유하면서, 박용만 선생이 조국을 배신한 친일파였다고 주장했다. 그러나 박용만 선생이 변절했다는 그 어떠한 증거도 제시하지 못했다. 풍문으로 들었을 뿐이다. 그리하여 정치범으로 분류된 이해명은 5년형을 선고받고 그 후 출옥하여 의열단장 김원봉 선생을 쫓아 중경으로 가 독립운동에 매진하다가 해방 후 국군에 입대하여 1950년 6.25 북한 남침 때 인민군과 전투 중 전사 했다. 그리고 죽은 지 30년 후인 1980년 독립유공자 서훈을 받았다. 결국 박용만 선생은 같은 민족 자중지란병에 죽었다. 일본군 요인 저격과 폭살 전문 대한독립군 의열단 단장 김원봉 선생 또한 1945년 일제 패망 후 조국 고향 밀양에 돌아왔다가 어이없게도 미군정 비호로 신생 독립국에서 경찰 간부로 승진한 일제 경찰 출신 민족배반 고문 기술자 노덕술에게 연행되어 경찰서에서 고문당한 후 풀려나자 생명의 위협을 느껴 상해임시정부 김구 주석이 주관한 남북협상 일원으로 북한에 갔다가 현지에 남아 잠시 김일성 공산당 정권에 몸담았다가 이내 반당분자로 몰려 그 후 어떡케 됐는지 아무도 모르며 산소도 모른다. 일제 앞잡이 민족배반자 처단 전문 의열단 단장,, 그 혈기 넘치는 독립투사가 신생 독립국에 돌아와 오히려 독립군 체포와 고문으로 악명 높은 일경출신 민족 배반자에게 고문당하고 살해 위협을 느껴 북으로 가 공산당에 적을 두었던 그 전력 때문에 한국에서 지금껏 서훈조차 받지 못하고 있다. 아니 서훈은커녕 이데올로기 민족반역자 취급을 받고 있다.

그렇다면, 생전에 둔전병 양성을 위한 하천 부지 10만평을 구입할 수 있었던 박용만 선생의 풍부한 자금은 어디에서 온 것일까. 후에 하와이 박용만 선생 지지 교민으로부터 돈이 전달됐다는 증언이 있다. 박용만 선생의 자금 담당책이었던 노문표씨가 유족에게 남긴 증언에 의하면, 노문표씨가 국내에서 하와이 교민을 상대로 무역을 하며, 명란젓을 한 번에 수 백 통씩 보내면서 그 중 몇 개에 표시를 하여 아편을 보냈는데 그 액수가 당시 미화 기만불이었다고 한다. 둔전병 독립군 양성처럼 독립군 군자금 자체 조달 방식에 대하여 생각조차 못한 단순 혈기가 자중지난을 초래했다. 그러나 그 분열은 하와이에서 상해까지 쫓아온 한국 초대 대통령 이승만의 경함(傾陷) 이간질이었다고 하면 설득력이 있다. 이승만은 하와이에서부터 박용만선생을 온갖 모략 마타도어로 공격해 쫓아내고 상해까지 쫓아와 임시정부 초대 대통령이 됐으니 모략중상 버릇이 가만히 있을 리가 없다. 이승만은 나중에 나라가 해방된 조국에 돌아와서도 상해 임시정부 주석 백범 김구, 여운형, 송진우 등 정적을 모조리 암살한 배후로 지목되고 있는 것이 그 증거이다. 그 미(美)군정 당시에 그 지휘부는 일왕에게 폭탄을 던지고, 상해 홍구공원에서 시라가와 대장 폭살을 기획하는 등 일제에 무력으로 저항한 독립운동 지도자 김구 상해임시정부 주석보다는 미국에서 신발에 흙 묻히지 않고 우아하게 외교 독립운동을 한 이승만이 미군 입맛에 맞았을 것은 당연하다. 한국 초대 대통령 이승만에서 시작된 한국 현대사 엇나감, 박용만 선생의 대한독립군 한강 내륙 진격 좌절과 일경 출신 민족배반자에게 고문당하여 월북한 의열단장 김원봉 선생이 공산주의 가담으로 민족배반자가 되어야 하고, 김구 주석이 대한독립군을 일본이 항복할 때까지 미군 OSS정보부에 의탁해 하릴없이 훈련만 받게 한 것처럼, 한국인 개개는 일제에 항거하며 군대를 조직하고, 요인 저격과 폭살 등 나라를 위하여 자기목숨을 초개로 여기나 희한하게도 모이기만 하면 헛발질이 나온다. 막대한 재산을 독립운동에 쓴 선각자 후손에게조차 나라가 독립한 후에도 거지 취급한 국민의 시선이 겉으로는 일제 부역 민족 배반자가 벌 받지 않고 오히려 출세한 그 후과라고 하면 마음 편하겠지만 실제로는 서로 갈가리 찢는 조선의 상국 사대 신민의 본분대로 한 것뿐이다. 조선 500년 내내 저 잘났다며 서로 물어뜯고 싸우다가 나라가 망한 민족의 자중지난, 듣기로, 일제 식민지 시절 크고 작은 독립운동 단체가 500개였다고 한다. 그 의미는 분열이다. 이웃과 사이좋게 살아온 천손 우애민족이 어쩌다가 사람이 모이기만 하면 서로 저 잘났다며 갈가리 찢어져야 속 편해졌는가. 그 모든 것이 14세기 차이나(china) 명(明)나라를 상국으로 받들며 시작된 조선의 종속 사대 기생주의 문질이 시켜 새로운 주인 미국의 속민 우매화 분열정책을 믿고 따르는 신순 배행 말고는 없다. 그것이 이 땅에 지천이던 나라꽃 무궁화가 모조리 뽑혀나갔어도 유유하며, 그 훼멸의 의미를 몰라 저희끼리 물어뜯으면서도 희희낙락 재미를 찾고, 이 나라 애국가에 나오는 하느님이 기독교의 하나님인지, 천주교의 하느님인지, 게다가 요즘 들어서는 이슬람 알라까지 모두 하느님으로 통합된 천손민족 정체성 일반명사화 뒤죽박죽은 자의식이 자존심인 것을 몰라 오는 평화로움이요, 그 마땅한 급부가 난작교열이니 어쩌겠는가. 그것이 전에는 조선 500년 양반 사대부 전유물이었다가 어느 날 모두가 평등하다는 자유 민주주의 사회가 되면서 국민이 저마다 잘났다고 유세 떨면서 생겨난 그 결과물이다. 한국 현대사 혼란의 시작은 정의가 불의와 교잡된 미국 주도 2차 대전 일본 전범 꼭지 "천황 면책"으로부터였다. 무엇이 옳고, 무엇이 그른지가 그때 불분명해졌다. 한국인은 미국이 이 나라를 찾아주고 6.25한국 전쟁에서 같이 피흘려준 은혜에 보답하겠다며 미국의 정체도 알 바 없이 믿고 따르다 보니 한국인 가치관은 변질됐고 사회는 혼란에 빠졌다. 미국의 속지 정책은 속민 분열과 우매화로 얻는 자국 이익 추구뿐이다. 한국인은 저희끼리 물어뜯는 자국 정치를 보면서 "어째서 우리는 이것밖에 안 되는가?"를 한탄하지만 그것이 자의식을 단념하도록 만든 상국의 속민 우매화 결과이며, 그 국민이 알아서 긴 종속의 급부인 것은 생각하지 않는다. 학교에서 아무리 많은 공부를 하고, 미국 유학 엘리트가 되고, IQ가 제아무리 높은 천재라 해도 한국인은 절대로 이 함수를 알지 못한다. 왜냐하면 알면 안 되기 때문이다. 그것은 이 땅의 무궁화가 모조리 뽑혀나가고 일본의 사꾸라 벚꽃이 이 땅을 뒤덮어도 삼천리강산에 무궁화꽃이 널렸다며 태연히 엉터리 애국가를 부르는 것처럼, 진실이라는 명제 자체가 상국에 대한 역린인 것을 스스로 알기 때문이다. 이 나라 600년 종속, 그것은 이 땅에 널린 일본의 상징물 사꾸라 벚나무를 모두 뽑아버릴 때, 최소한 그것을 실천하고자 애쓸 때, 자의식과 자존심을 찾게 되어 그것이 종속 타파 "미군철수"로 이어져 극복된다. 그 시작점이 한국 지폐 독립운동가 새김이다. 그럼에도 이 첫발 자체를 무서워하기 때문에 그 다음 스텝이 없다. 현실적으로 이 땅에 널린 일본의 상징 사꾸라 벚나무를 모조리 뽑아버리는 물리력은 간단치 않다. 그러나 한국 지폐에 독립투사를 새겨 넣는 것은 아주 쉽다. 이 쉬운 것을 실천하면 민족 자의식이 생겨나 사꾸라 벚나무가 이 땅에서 자연히 사라지고 무궁화도 복원된다. 한국 지폐 독립투사 새김이 그토록 중요하다. 그런데도 민족 자의식 자체가 무서워 외면하기 때문에 종속이 유지되는 것을 한국인이 모르거나 알면서도 기피하기 때문에 그 댓가로 사회 혼란과 부패, 그 결과로 파탄에 이르는 종속 비용을 치른다. 한국인 중에 한국 돈에 문제가 있는 것을 아는 사람은 분명히 많다. 그런데 어째서 고칠 생각을 못하는가. 마라강에 먼저 뛰어든 정신 나간 독립투사는 물론이고, 그 집안 말로가 어떠했는지 잘 알기 때문이며, 주제넘게 나라의 자주권을 가지려한 박정희 대통령을 비롯해 국민의 자존심을 찾으려 애쓴 노무현 대통령의 말로가 어땠는지 잘 알기 때문이다. 그런데 이 지폐 초상을 바꾸지 않으면 영원히 종속을 벗지 못하고 국민은 이데올로기 진영 논리에 갇혀 서로 물어뜯고 싸우다가 나라는 파멸로 가야 한다.

한국인 자의식 첫발 한국 지폐 독립투사 새김,, 무슨 이유로 이 쉬운 것도 못하는가. 어째서 자기 두 발로 일어서는 것을 그토록 두려워하는가.

100여 년 전의 한국독립운동 활동지 연해주, 1937년 소련 꼭지 스탈린은 그곳의 한국인 17만 명을 화물 기차에 태워 중앙아시아로 강제 분산 이주시켰다. 그들은 그곳 척박한 땅에 버려진 후 "고려인"이라는 이름으로 억척스럽게 살아남았다. 지금 그 후예들이 그곳 원주민에게 차별을 받아 한국에 들어오고 싶어 한다. 그런데 한국 법률은 늙은이가 된 그들 3대까지만 한국인으로 인정해 외국인 노동자로 들어올 수 있도록 하고 4대부터는 한국인으로 인정하지 않는다. 이스라엘은 2,000년 전에 동족이었다는 이유로 생김새가 다르고, 피부가 다른, 아프리카 원주민 유대인 난민을 같은 동족으로 받아주었는데, 한국은 겨우 4대조차 동족으로 인정하지 않았다. 1991년 소련이 해체될 때, 독일이 동족을 거두어들인 그 인원이 대략 70만 명, 일본이 20만 명이었으나 한국은 단 한 명도 받아주지 않았다. 어째서 그러했는가. 1945년, 상해임시정부 각료가 그 자격으로 해방된 조국에 귀국하려 했을 때, 미군정이 입국을 불허해 그분들은 일반인 신분으로 몰래 귀국 했듯이, 그 원칙대로 독립투사 후예는 외국인 시한부 노동자로만 입국해야 한다. 일제부역 민족배반자들이 그때 권력을 잡고 나서, 그것이 그대로 미국으로 옮겨간 줄기가 여전히 권력을 누리고 있기 때문이다. 기록이 없는 당시의 독립투사, 그리고 그 후예 "고려인 4세대"에 대한 한국인 불인정, 미국이나 일본 동포에게는 그렇지 않으면서 그들에게는 엄격하다. 왜 그런가, 미국과 일본이 상전이어서이다. 한국 민족배반 권력자들이 기피 하는 것은 오로지 한국인 자의식 창달 원동력 <u>민족주의</u>와 올바른 <u>한국역사</u>이다. 거기에 순치된 것이 현재의 한국인이고, 그래서 한국 지폐 초상을 독립투사로 바꾸지 못한다.

## 10. 원인무효.

### 1. 대륙붕 제7광구.

1968년 UN 아시아개발위원회에서 동중국해 대륙붕 자원 탐사를 한 후, "대만에서 일본 오키나와에 이르는 동지나해에 막대한 석유자원이 묻혀 있을 가능성이 높다"는 결론이 나오고 나서, 2004년 미국의 국제정책연구소 '우드로 윌슨' 센터가 낸 보고서에서는 "동지나해 천연가스 매장량이 사우디아라비아의 10배, 석유는 미국의 4,5배에 달할 것"이란 구체적 추정치까지 나온다. 이에 1970년 한국 박정희 대통령이 제주도 남쪽에서 시작하여 일본 오키나와 앞바다 이르는 대륙붕 해역을 한국 관할 지역으로 선포한다. 당시 국제해양법은 대륙붕이 어느 나라와 연결돼 있는지에 따라 소유권을 인정 하였고, 이 지역이 한국의 제주도에서부터 일본 오끼나와 섬 앞까지 한 덩어리로 쭉 이어져 있는 근거에서였다. 한국이 유전 탐사를 위해 자국 영해를 권역별로 나눈 이곳을 7광구라 한다. 이 지역은 거리상으로는 일본 오키나와 섬에 가깝지만 그 앞 해저에 깊고 기다란 해구(海溝)가 남북으로 길게 형성되어 있어서 일본에게 대륙붕 권리가 없었다. 이에 오키나와를 미국으로부터 할양받은 일본은 당시 국제법적 권한만 있고 자본과 기술력이 부족했던 한국에게 공동 채굴을 제안하였고, 당시 기술력 부족했던 한국은 일본의 제안을 수락하고 석유가 나오면 반씩 나눈다는 조건으로 1978년 '한-일 공동개발구역 JDZ (Joint Development Zone)'으로 명명되면서 탐사와 시추는 '양국이 반드시 공동'으로 수행한다는 조항을 집어넣고 그 기간을 50년으로 합의한다. 바로 이것이 일본의 함정이었다.

1980년부터 한-일 양국이 탐사하고 시추를 시작하여 시험적으로 7개 시추공을 뚫었고 3개 시추공에서 적은 양의 석유와 가스가 발견된다. 그러나 거기까지였다. 1986년 일본은 갑자기 "경제성이 없다"면서 개발 중단을 선언하고 철수했고, '양국이 반드시 공동 시추한다'는 독소 조항 때문에 한·일 JDZ 개발은 잠정적으로 봉쇄된다. 그리고 나서 1982년 해저 유전 권리에 관한 UN 국제해양법이 '200해리 배타적 경제수역'으로 바뀌면서 그 권리가 대륙붕에서 바다의 수면을 기준으로 하게 되었고, 그로 유리해진 일본은 JDZ를 개발을 중단하고 50년 시한만 보내면 막대한 규모의 유전을 독식하게 된다. 일본은 당시 경제가 최고조에 있을 때여서 급할 게 하나도 없었다. 일본의 속셈이 그러하다면 한국은 이 조약과 상관없이 독자 개발을 해야 하나 자주력이 없고, 이 지역에서의 분쟁을 용납 않는 미국이 뒤에 있어서 한국은 독자 개발하겠다고 몇 번 말은 했지만 실제로는 손을 놓고만 그 기한 만료가 2028년이다. 지금 일본은 첨단 공업기술 정체와 천문학적 국가 부채로 경제가 하강 중이고, 양적완화 돈 찍어내기로 버티는 중이어서 경제 하락 타개는 오로지 JDZ유전에 달린 것이 현실이어서 일본은 몇 해 안 남은 2028년 JDZ 조약 만료만을 기다리고 있다. 그런데 여기에 변수가 있으니 차이나(China)가 JDZ 경계에서 16개 시추공을 뚫고 유관까지 연결하여 자국 본토로 기름을 빼내가는 중이어서 일본은 그곳을 공동 시추하자고 차이나(China)에 제안했으나 거절당했다. 한국에게는 채산성 없다는 핑계로 유전 포인트 지역 공동 시추를 거부하면서 그 경계에서 석유를 뽑고 있는 차이나(China)에게는 공동 채굴하자고 사정하는 일본의 이런 교활함 때문에 얼마 후 이 지역에서 한·일 간의 군사 충돌이 생길 수 있다.

차이나(China)가 한·일 JDZ 경계에서 석유를 채굴한다는 것은 이쪽과 저쪽이 연결되어 있는 튜브 효과가 발생되어 JDZ 지역에서 석유를 빼가고 있는 것과 마찬가지가 된다. 그렇다면, 2028년 JDZ 조약이 끝났을 때 차이나(China)는 계속 현재의 자리에서만 석유를 채굴 할까?. 지금은 일본의 함정으로 한국과 일본이 손을 놓고 있어서 차이나(China)로서는 급할 게 없지만 JDZ조약이 끝나고 일본이 혼자 먹겠다고 본색을 드러낼 때, 한국도 순순히 포기하지만은 않을 터여서, 그 대립으로 시간이 얼마나 더 걸릴지 알 수 없는 그 사이 차이나(China)는 계속 석유를 빼 갈 것이고, 미국은 태평양 패권 포인트라 할 이 지역 동맹국 갈등을 두고 보지만은 않을 것이어서 국제법이 바뀐 이상 권한 없는 한국에게 포기를 주문해 타협을 이끌어낼 때 그제야 비로소 차이나(China)가 감추었던 이빨을 드러낼 것이니, 그것을 위한 정지작업이 동남아 9단선을 비롯한 한국의 남단 이어도와 센카쿠(다오위다오) 자국령 주장, 그리고 "차이나(China)는 하나!" 대만 복속이다.


    2. 대마도 영유권.


13세기 한반도에서 500년간 통일국가였던 고리(高麗) 왕조는 한국과 일본 사이의 섬 "대마도" 도주에게 구당관(句當官) 만호(萬戶; 변경 요충지의 전담 무장)라는 관직을 내렸다. 그 섬은 애초 BC 1세기 중반에 한반도 남부에서 건국해 결국 한반도를 통일한 1000년 사직 신라(新羅)의 부속 도서였다. 그러던 것이 그 섬이 왜구(일본 해적) 전진기지가 되면서 한반도 연안을 침범하여 백성을 살육 하고 노략질이 끊임없는 가운데 신라(新羅)와 고리(高麗) 왕조가 끝나고 14세기 말에 들어선 한반도 통일왕조 조선(朝鮮)이 세종 원년(1419년 7월 17일)에 "대마도"는 원래 경상도 계림에 속했으니 조선의 땅임에도 왜구의 본거지가 되어 조선 침탈이 횡횡하니 이를 더 이상 두고 볼 수 없다.며 병선 227척에 1만 7천명의 병력을 보내 정벌하자, 대마도

주는 "우리 섬을 조선이 주군의 예로서 주의 명칭을 정하여 주고 인신(印信; 임명장)을 주신다면 마땅히 신하의 도리를 지키어 시키는 대로 따르겠습니다"고 예를 보여 조선은 예조판서 허조(許稠)를 통해 대마도를 다시 경상도에 예속시키고 대마도주를 태수로 봉했다. 이어 하명하기를 "대마도는 경상도에 예속되었으니 문의할 일이 있으면 반드시 본도 관찰사에게 보고하도록 하고 직접 조정에 올리지 말 것"을 지시하고, 겸하여 요청한 인장과 하사하는 물품은 사신에게 부쳐 보냈다(조선왕조실록 세종2년[1419년] 윤1월 23일). 그 후에도 성종 18년(1487년 2월 7일) 대마도주가 올린 서계(書契)에 "영원토록 조선의 신하로서 충절을 다할 것"을 맹서한 기록이 있고, 1861년 조선의 김정호 "대동여지도"를 포함하여, 18세기 중반에 편람 된 조선의 "해동지도"에 우리 영토는 '백두산'이 머리가 되고 '태백산맥'은 척추가 되며 영남의 '대마도'와 호남의 '탐라(제주)'를 양발로 삼는다고 명기 되어 있다. 16세기말 일본을 통일한 토요토미 히데요시가 조선 침략을 준비하는 과정에서 구키 요시타카 등에게 명하여 일본에서 자체 제작한 '팔도충도'라는 지도에도 "대마도"를 조선의 영토로 표기하였고, 1742년 일본인 미츠하라 마사에이(光原正栄)가 제작한 '조선팔도전도', 1592년 가와가미 히사쿠니(川上久邦)가 제작한 '조선고도' 등 일본 스스로가 "대마도"를 처음부터 한국 영토로 인정하고 있었다. 18세기 초 조선통신사를 따라 일본을 방문한 신유한의 해유록(海遊錄)에는 "이 섬은 조선의 한 고을에 지나지 않는다. 태수가 조선의 왕실로부터 도장을 받았고, 조정의 녹을 먹으며, 크고 작은 일에 명을 청해 받으니 조선에 대해 번신(藩臣; 중앙에서 먼 곳에 있는 감영의 관찰사)의 의리가 있다"고 적었으나, 19세기 조선이 일본에 먹히기 직전 일본은 "대마도"를 일본 행정구역에 편입시켰다. 1868년 대마도주는 일본 세력이 강성해지자 이에 부응하여 조선신하의 예를 그만두고 일본 정부에 다음과 같은 봉답서를 올린다. "이번 서류부터는 조선에서 만들어준 관인을 사용하지 않고, 일본 조정에서 새로 만들어준 관인을 사용하겠습니다. 조선에 대해 번신(藩臣)의 예를 갖추어 수 백 년 간 굴욕을 받았으나 오늘부터는 오로지 일본의 국체와 국익을 세우는데 최선을 다하겠습니다(명치원년[1868년] 10월 8일 대마도주 종의달)."며 '반변한다.

-----

반변: (叛變/反變; 배반하여 태도를 바꿈).

일본인 지리학자 하야시 시헤이(林子平)가 1786년 제작한 "삼국접양지도"와 영국 지리학자 윌리암 페이든이 1811년에 만든 아시아 전도 등 당시의 지도는 동해의 울릉도와 독도를 포함하여 "대마도"를 한국령으로 표기하고 있으며, 2차대전 직후의 미군 작전지도 역시 "대마도"를 한국령으로 표기하고 있다.

* 일본 패전 후, 일본이 미국과의 '오가사와라' 섬 반환 협상에서 그 섬이 자국령으로 표기되어 있는 하야시 시헤이(林子平) 제작 "삼국접양지도"를 협상 테이블에 올렸으나, 그 지도 원문에는 "대마도"가 한국령으로 되어 있었다. 그대로라면 일본은 '오가사와라' 섬을 반환받을 수는 있지만 "대마도"가 한국령이라는 것이 탄로 나는 조건이었다. 여기에서 일본의 주특기 거짓과 모략이 발동된다.

한국은 정부수립 직후인 1949년 1월 8일, "패전 일본은 침략전쟁 전의 영토로 철수 한다"는 2차대전 연합국 카이로 선언에 입각하여, 이승만 한국 초대 대통령은 "대마도"가 한국령임을 선포하고 맥아더 사령부에 이 섬 반환을 요구했으나, 그 이듬해에 6.25한국전쟁이 터지고, 그 와중에 체결된 샌프란시스코 미·일 조약(1951년)에서 미국은 "대마도"를 일본령으로 인정하고 대신 '오가사와라'를 자국령으로 귀속했다. 그러자 일본은 이에 불복하고 '오가사와라' 반환을 지속적으로 요구해 1968년 되찾았다. 일본은 한국령 "대마도"도 취했고, '오가사와라'도 되찾았다. 애초 일본이 '오가사와라'가 일본 부속도서라고 주장한 근거가 일본 막부에서 공인 받은 하야시 시헤이(林子平) 제작 "삼국접양지도"였고, 거기에는 분명히 '오가사와라'가 일본령으로 표시되어 있었지만 "대마도"는 한국령으로 표시되어 있었다. 당시 한국 초대 대통령 이승만이 일본 정부에 한국령 "대마도" 반환을 요구하고 있는 중이어서 일본은 딜레마에 빠진다. '오가사와라'를 환수하기 위해서는 그 섬이 일본령으로 표기된 "삼국접양지도"가 반드시 필요한데 거기에 "대마도"가 한국령으로 표기되어 있으니 어쩔 것인가. 그래서 일본은 자신의 이중성을 발휘해 한국령 "대마도"를 일본령으로 위조한 가짜 지도를 제출하여 '오가사와라'를 수복했고, 그 연장선상에서 '오키나와'도 반환받았으며, 동시에 "대마도"도 가져갔다. 신의원칙이 전제되어야 할 국제협약에 일본은 위조한 가짜 지도를 제출하여 '오가사와라'를 수복했다. 이 위반 사안 때문에 그 조약은 원인무효이며, 그 연장선상에서 할양된 '오키나와'도 마찬가지이다.

당시 한국의 "대마도" 반환 요구에 대한 일본의 대책이 "시선 돌리기"였고, 그것이 지금까지 시끄러운 한국의 동쪽 바다 끝에 자리한 작은 섬 '독도'에 대한 일본령 도발이었다. 우는 아이 관심 돌리기 요란한 방울 소리, 일본 정부에서 '독도'가 일본령이라고 발표하자 머리 단순하고 성격 급한 한국인들은 거세게 반발했다. "대마도" 반환 요구는 그 즉시 잊어버렸고, 한국 본토에서 멀리 떨어진 절해고도 '독도'에 매달려 시끄럽게 떠들며 징징거린 세월이 70년이었다. 한국은 그때 이미 '독도'를 점거하고 있었고 현재 경찰 수비대가 지키고 있다. 그런데 실제에 있어 상주하는 주민도 없는 절해고도를 군대가 아니고 경찰이 지킨다? 무언가 좀 이상하지 않은가. 자주권이 없어서 알아서 긴 것이다. 그러면서도 '독도' 점거를 가슴 뿌듯한 승리로 여겼다. 그러나 과연 그것이 승리일까. 일본 우익 정부는 자국 내 복잡한 정치 이슈가 생길 때마다 '독도'를 도발해 시선을 돌림으로서 자국 이슈도 잠재우고, "대마도" '거탈도 완성했다. 한국인은 지금껏 일본이 걸핏하면 도발하는 '독도' 장단에 같이 춤추면서 비명을 질렀다. 70년을 그래왔다. 그 사이 자국 섬 "대마도"는 아득히 멀어져 지금 한국인 인식에 "대마도"는 일본령으로 이미 고정 되었다. 그것이 현실기피 비겁함에서 오는 굴복임에도 '독도' 지킴이라는 승리로 바꾸어 스스로 도취하는 희한한 한국인 열등감 대체 자존심, 그것은 박정희 대통령 필사의 염원, 이 나라 통한의 피침 점철 역사를 끝내기 위한 나라의 완전한 자주국방 "핵무장"을 단념하고 대신 자주권 포기를 위대한 민주주의 승리로 변치한 기생주의 상국 신순을 자랑스럽게 나발 부는 위선 그대로이다. 한국인이 스스로가 자주와 자존을 상국에 헌상하고 얻은 한국 비주 민주주의 영광의 트로피, 그것은 조선이 자기 정체성을 상국에 바치고 대신 윤리와 예의로서 동양의 등불이라고 뻐겼던 열등감 대체 그대로이다. '독도' 승리의 댓가 "대마도" 포기는 상국이 그 섬을 일본 영토로 정해 준 그 결정에의 '승순(承順), 나라의 완전한 자주국방을 이루겠다고 몸부림친 박정희 대통령을 시살하고, 민족 자존심을 스스로 포기한 전치(displacement)와 주지화(intellectualization)가 동시에 작용한 자기 최면 방어기재 600년 '능갈치기 그 변명과 비굴이 실체이다.

-----

거탈: (據奪; 거짓 문서로 남의 것을 빼앗음).
승순: (承順: 윗사람의 명령을 순순히 좇음).
능갈치다: 1. 교묘하게 잘 둘러대다.



좁은 한·일 해협 국경 기준선 "대마도"는 직선거리로 한국 남단 부산에서 49km이고 일본 규슈에서는 147km이다. 미국이 최근에 내놓은 2차대전 군사작전 기본 데이터 비등록 기밀 책자 "제니스(JANIS)" CHAPTER Ⅱ 제75권은 모두 한국에 관한 것으로 한국의 지리 도서가 상세하게 수록되어 있고, 그 첫 장은 "대마도"를 그려 한국에서 가장 큰 섬 "제주도"보다 중요하게 한국령으로 표기하고 있다. 그것만으로도 미국은 그때 이미 "대마도"가 한국령임을 알고 있었다고 반증 한다. 그럼에도 미국은 한국전쟁 중인 1951년 미·일 샌프란시스코 강화 조약에서 "대마도"를 일본에 넘겨버렸다.

그리고 나서 일본은 '오가사와라'와 '오키나와'까지 반환 받았다. 그러나 그 조약에 '위계'라는 하자가 있고, 오키나와 해저에 막대한 석유가 매장되어 있으니 미국이 만약 두 섬을 회수하겠다고 하면 그것은 사기 범죄 징벌적 행위로써 당위적이다. 그럴 때 그 지도 위조 대상물 한국령 "대마도" 또한 원래의 주인에게 귀속되어야 하는 것은 물론이다. 이것이 왜 중요한가 하면, 한국령 "대마도" 취탈이 일본의 침략주의 정한론의 시작점이면서, 과거를 반성하지 않는 일본 우익 정권 군국주의 프로파간다가 "대마도" 거탈(據奪) 완성으로 성립되기 때문이다. 일본 침략주의는 지진으로 그 땅이 갈라지고, 태풍과 쓰나미가 빈번한 그 불안 때문에 결코 포기할 수 없는 이유가 있다. 그 첫발이 한국령 "대마도" 탈취이니 그 섬 한국 귀속 없이 일본의 주변 침략 군국주의는 절대로 사라지지 않는다.

그런데 차이나(China)가 일본 센카쿠(다오위다위) 열도가 자국령이라고 도발하는 그 진짜 목적지는 한·일 석유 해저 공동개발구역 JDZ '오키나와' 해역이다. 차이나(China)는 자국 매체를 통해 "'오키나와' 전신 류큐(琉球) 왕국은 명(明)·청(淸) 왕조의 번속국이었다. 1879년 류큐를 강제로 병탄한 일본의 행위는 불법적 강탈 행위였으니 차이나(China)와 일본 간의 미해결 현안으로 남은 류큐 문제를 재논의 해야 한다(2013년 5월 발행 국영 인민일보)"고 침탈 의중을 드러낸 바 있다. '오키나와' 해역은 미 태평양 방어선 인계철선에 해당하고, 차이나(China)가 노리는 바는, 아시아 걸프만 JDZ

에너지 확보만이 아니라 미국의 태평양 방어선을 뒤로 물리는 군사 주도권에 있으며, 그 정지작업이 "차이나(China)는 하나!" 대만 복속이고, 그 다음 차례가 센카쿠(다오위다오) 너머의 '오키나와'이다.

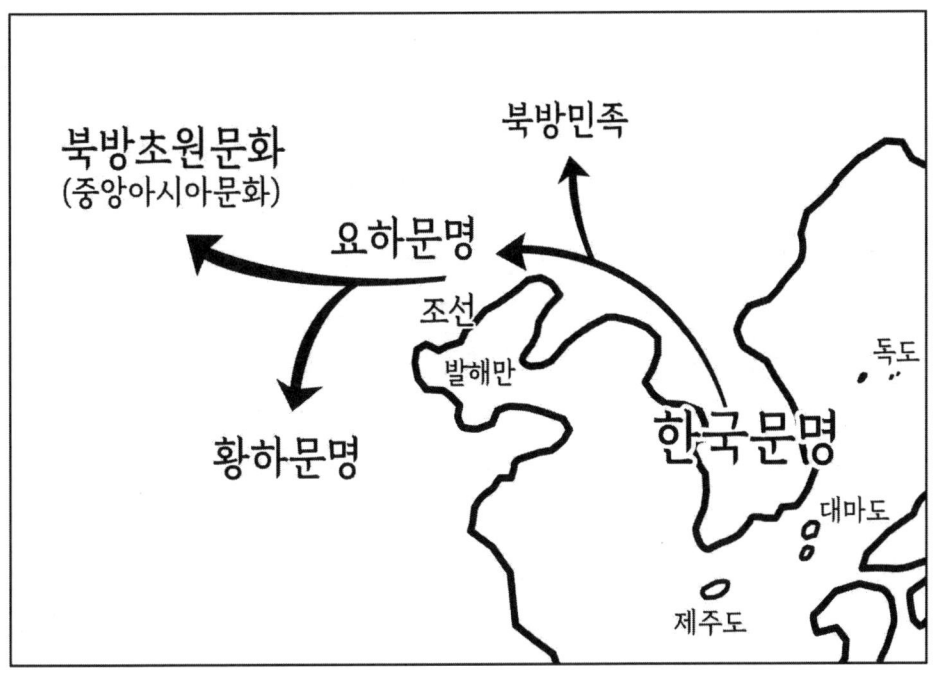

## 11, 빅브라더.

먼저 한국과 차이나(China) 간의 오랜 역사적 관계를 간략히 살펴보면,

우선, 차이나(China)가 산업 현대화에 진입해 패권을 지향하나, 그들이 발전하면 할수록 어려움이 수반되는 중대한 자체 결함이 있으니 그것은 자국 표의글자 한자(漢字)이다.

차이나(China)는 19세기 말, 중화민국 초대 총통 원세개(Yuán Shìkǎi)가 자국 문맹 퇴치를 위해 한국 글자 "한글"을 차입해야 한다고 주장한 이래,

차이나(China) 현대 여명기의 개혁가 루쉰(Lǔ Xùn)을 위시하여, 공산당 수뇌부에서 "차이나(China)가 선진국에 들어가려면 반드시 표음문자를 도입해야 한다"고 했듯이, 과거 차이나(China) 문맹 원인이 20십만 자가 넘는 자국 글자 한자(漢字)에 있음을 통감했고, 이 극복을 위해 획을 축소시킨 간자체를 만들었으나 임시방편에 불과 했다. 현재는 물론이고 앞으로 더욱 인터넷을 빼고 성립될 수 없기에 그 자판에 한자(漢字)라는 그 수많은 표의 글자 하나하나를 가려내 입력해야 하는 불편과 시간상의 비효율성 때문에 시대에 적응할 수 없다. 1개 글자를 입력기 위해 글자마다 뜻이 다른 국가지정 3,500개 글자를 일일이 검색하여 입력해야 하는 굼벵이 수고 때문에, 정보가 넘쳐나고 속도가 중요해진 인터넷 시대에 자국 표의문자 한자(漢字)는 독이 된 것이다. 그래서 새로운 글자를 만들든가, 아니면 세계 공영 글자 "영어"를 사용해야 한다. 그러나 새 글자를 만드는 것이 어렵고, "영어"를 도입하면 자기 정체성이 훼손된다. 그런데 이 난제를 단 번에 극복하는 방법이 바로 한국 글자 "한글" 탈취이다. "한글" 24글자는 무려 11,000개의 소리를 표현할 수 있고, 일본 가나는 300여개, 중국 한문은 400여개를 표현할 수 있다고 하는데 "한글"은 원래 28자이니 이를 복원하면 세상의 모든 소리를 적고 표현할 수 있다. 차이나(China)가 과거에 한국이 저희 속국이었고, 지금 한국 문화 모두가 저희 것이라고 선전하는 목적에 이 "한글"이 있다.

한국은 1만년의 역사를 가지고 있음에도 1만년은커녕 2천년으로 축소되고 있는 실정이어서 나름 중심을 가지고 한국 역사를 큰 줄기로 나열하면,
1, 원조선(原朝鮮; BC2333년~BC108년), 차이나(China) 동북부 발해만 안쪽 물가에서 건국.
2, ①부여(夫餘; BC3세기~AD494년), 현 차이나(China) 동북부 만주지역에 존립.
　②고구리(高句麗; BC37년~AD668년), 한반도 중부 이북과 차이나(China) 만주에 광활한 영토를 형성. 현재의 한국 KOREA가 여기에서 왔음.

③백제(百濟; BC18년~AD660년), 한반도 중서남부와 차이나(China) 동북부 발해만에서 그 연안을 따라 내리며 광대한 영토를 가졌던 해양제국.

④가야(伽倻; BC1세기~AD562년), ①부여가 ②고구리에 멸망되면서 그 유민이 한반도 남부로 내려와 백제와 신라 사이에 존립하다가 ⑤신라에 병합됨.

⑤신라(新羅; BC57년~AD935년), 한반도 동남부에 존립하다가 차이나(China) 통일 왕조 당(唐)나라와 연합해 백제(百濟)와 고구리(高句麗)를 멸하고 3국을 통일하면서 한반도와 만주 일대에 존립한 1000년 왕조.

2-1. 대진(大震; 668년~926년, 한자 표기 발해;渤海), 2-②고구리 멸망 후, 그 유민 대중상과 대조영 부자(父子)가 ②고구리를 잇는 후고구리를 세운 후 나라 이름을 대진(大震; 한어,渤海)으로 정한 다음 만주와 러시아 연해주 지역에 가장 광대한 영토를 만들면서 238년간 존립.

3. 고리(高麗; AD918년~AD1392년), ②고구리를 계승하며, ⑤신라에 이어 474년 간 유지.

4. 조선(朝鮮; 1392년~1910년, 고리(高麗)를 폐하고 518년 유지되다가 일본에 나라가 먹혀 망함).

5. 일본 강점기(1910년~1945년).

6. 미(美)군정(1945년~1948년).

7. 한국과 북한(1945년~현재).

〈본문에서 1-원조선(原朝鮮) 표기를 한국에서는 고조선(古朝鮮)으로 통칭하나 그것은 차이나(china)의 명(明)나라를 사대한 근대 4-조선(朝鮮)을 주체로 보는 시각이어서 본문에서는 한국의 시작이 애초에 조선(朝鮮)이었으니 그 원형을 살려 원조선(原朝鮮)으로 필자 임의로 표기함. 그리고 2-②고구리(高句麗)와 3.고리(高麗)는 글자가 같지만 발음은 현재 한국에서 '고구려'와 '고려'로 통용되고 있으나, 그 명칭은 본래 '고구리'였다가 '고리'로 바뀌었으니, 3.고리(高麗) 또한 '고려'가 아니라 '고리'여야 하고, 그것이 지금의 한국 나라명 korea로 이어졌음에도 현재 한국에서 이 발음을 '고구려'와 '고려'로 하는 것은 사대주의 4.조선(朝鮮)이 자국 정통성을 훼손하려고 나라 이름에 차이나(china) 한자 발음을 도입해 그것이 지금껏 이어진다고 여겨 본 문에서는 필자 주관대로 원래의 용어 '고구리'와 '고리'로 사용 함. 이것이 어째서 중요한가 하면, 4.조선의 사대 의존주의가 지금까지 자기 정체성 훼손 용어로 이어져 한국이 미국의 종속을 벗어나지 못해 한반도에서 핵전쟁이 유발된다고 믿기 때문〉.

한국은 1만년 역사를 가진 나라이면서도 고대 기록이 별로 없다. 그 원인은 AD14세기 차이나(China) 대륙의 명(明)나라를 상국으로 받든 4.조선(朝鮮)으로부터였다. 2,000년여년 전 한반도 중부 이북을 위시해 현재의 차이나(China) 동북방지역 만주를 크게 차지했던 고구리(高句麗)가 있었고, 한반도 중부 이남 서부지역을 비롯하여 차이나(China) 동부 해안을 따라 내리며 대만을 지나는 동남아시아 일부와 일본에 이르기까지 광대한 영토를 가졌던 해양제국 백제(百濟)가 있었으며, 한반도 중부 이남 동쪽에 신라(新羅), 그 둘 사이에 가야(伽倻)라는 6개 동맹체 국가가 있었다. 신라(新羅)가 가야(伽倻)를 먼저 멸하고 나서, 차이나(China) 정복왕조 당(唐)나라와 연합하여 백제(百濟)와 고구리(高句麗)를 멸하여 3국을 통일한 후, 신라(新羅)는 통틀어 1,000년간 유지 되다가 고구리(高句麗) 후예를 자처한 고리(高麗)에게 망한다(AD918년). 고리(高麗)는 474년간 사직을 이었고, 그 다음 왕조가 근대 4.조선(朝鮮; AD1392년)인데, 그 시조는 원래 3.고리(高麗)의 장수였으나 고리(高麗)의 왕이 차이나(China) 정복 왕조 징기스칸의 나라 원(元)나라를 치라고 5만의 군사를 주었으나 왕명을 거역하고 반란을 일으켜 세운 나라이다. 14세기 당시 차이나(China) 대륙은 몽골 원(元)나라가 쇠하면서 신흥 왕조 명(明)나라가 들어서고 있던 시기였다. 조선(朝鮮)은 애초 전쟁을 겁내 왕명을 거역한 장수가 세운 나라여서 차이나(China) 대륙에 명(明)나라가 들어서자 무(武)를 버리고 문(文)을 숭상하며 명(明)나라를 상국으로 받들며 사대했다. 차이나(China)의 명(明)나라는 AD1368년부터 1644년까지 276년간 유지되다가 쇠하여 청(淸)나라로 바뀌는 과정에서, 조선(朝鮮)은 신민의 도리를 지킨다며 신흥 세력 청(淸)나라와 전쟁을 했다가 패해 상국이 명(明)나라에서 청(淸)나라로 바뀌면서 모두 518년간 차이나(China)의 속국으로 유지되다가 1910년 일본에 먹히면서 망한다. 그 후 일본이 2차대전에서 패하자 연합국 카이로 선언에 입각하여 한반도는 식민지에서 벗어났으나 일본의 2차대전 일본의 침략전쟁 죄과를 대신 뒤집어쓰고 한국과 북한으로 갈라진다. 한국이 독립 한 후, 지금껏 내부 혼란이 이어지는 것은 미(美)군정이 시작된 후, 일제부역 민족 배반자들이 벌 받지 않고 영화를 누렸기 때문이다. 그 출발이 일제 한국인 우매화 목적의 역사 훼손이었다. 애초 한국 고대 역사서는 자기 정체성을 부정하려는 사대주의 조선(朝鮮) 왕조가 고대 역사서를 수거해 불살랐고, 그 후 일본 식민지가 되면서 20만권에 이르는 고대 역사서가 다시 한 번 더 소각되면서 한국 고대사 기록은 대부분 사라졌다. 한국에 있어 상국 사대는 고대서 자진 소각처럼 자기 정체성을 스스로 파훼 하는 것이 기본이다. 그러고 나면 저희끼리 사생결단하는 내쟁을 만들고 그러면서 파멸을 맞는다. 이것은 물체가 위에서 아래로 떨어지는 지구 물리력처럼 어김없는 사회과학적 철칙이다. 그것이 지금 한국에 그대로 이어지고 있다. 자국 역사서 자진 소각은 자기 부정에 속한다. 그것이 일본 35년 식민지 기간에 일제에 부역한 민족 배반자들이 고스란히 살아남아 한국 강단 사학계를 장악하는 바람에 그대로 유지되었고 그 민족배반 후예들이 사회 각계 요직을 차지해 나라의 규범이 무너져 혼란이 생겼다. 원래 일본의 문화는 모두 한국(한반도)에서 전수된 것이다. 그러한 일본이 조선인(한국인)을 원활히 통치하기 위해서는 한국인 자의식 훼손이 먼저였으니 그 작업 부서가 식민지 조선총독부 산하 '조선사편수회' 였다. 일본은 2차대전 말기에 전세가 기울며 물자가 부족해지자 일반 가정의 쇠붙이 숟가락까지 수탈해 가는 그 마지막 순간에서도 한국인(한민족) 정체성 말살 목적의 '조선사편수회' 자금은 한 푼도 깎지 않았다. 그것은 지진이 일상인 일본과 달리 한반도는 지진에서 완벽히 안전하여 한반도를 자신의 땅으로 만들기 위해서는 한민족 우매화 공정이 최선등 시무였고, 일본 문화 그 모든 것이 한국으로부터 전해 받은 열등감 극복도 중요하여, 오늘이 아니면 내일이라도 반드시 이루어야 일본의 정한(征韓) 사명에서였다.

지금 한국에 고대사 기록이 많지 않고, 비서(秘書)로 남긴 책자에 한국 역사가 1만년으로 되어 있으나 일제부역 민족 배반자 후예 그 오열들에게 교육 받은 한국인부터 이를 안 믿고 있다. 고대 역사서라는 것이 모두 시간이 지난 후대에 쓴 것이고, 8,000년 이상 올라가는 동북아 역사의 시작은 동이족(東夷族)으로부터였고, 그 뿌리는 엄연히 고대 한국인(한민족)이다. 이것을 한국인이 자신 있게 말 못하는 사이에 차이나(China)가 그 역사를 훔쳐갔다. 근대 4.조선(朝鮮)이 500여년간 명·청에 속국이었던 것을 세계에 선전하는 그 저의에 마지막 남은 동이족(東夷族) 흡수 공정이 있다.

인류가 처음 아프리카에서 나온 후, 네안데르탈인과 크로마뇽인으로 갈리고 그 합성 데니소바인으로 형성됐다고 하는 인류 발달사의 모든 백가쟁명을 떠나 고대 인류는 지금으로부터 2만 전에 도래한 지구 마지막 빙하기에 99%가 죽었다. 현생 인류는 그때 가까스로 살아남은 1%의 후예이다. 그 1%는 동굴 속에서 불을 피워 살아남았다. 동굴이 없는 지역 인류는 그때 모두 사라졌다. 그 동굴이 한반도 중부지방 물가에 2,000여 기가 있었으니, 거기에서 살아남은 사람들이 대략 1만여년 전에 해빙기가 도래하면서 강가에 모여 군락을 이루며 쌀농사를 짓기 시작했다. 한반도 중부 소로리에서 발견된 볍씨는 서울대학교와 미국 지오크론(Geochron Lab)연구실로 보내져 1만3000년~1만5000년 전으로 판명되었으나, 그 판독에는 볍씨가 쉽게 부스러지는 변성을 막기 위해 화학물질로 보존 처리한 흠결이 있어서, 다시 화학 처리 하지 않은 순수 볍씨를 미국 아리조나대에 보내 측정한 연대는 각각 1만2520년(±150년)과 1만2552년(±90년)이었다. 그 시기는 신석기 빙기의 끝 무렵인데 한반도에서 아열대 식물로 알려진 벼가 과연 추운 기후에서 자랄 수 있었을까?에 대한 의구심과 그 벼가 야생벼인지, 재배벼인지에 대한 의문도 있어서 한국 국립 작물시험장에서 냉해실험을 통해 벼가 자랄 수 있는 온도를 실험한 결과, 지금까지 자연 상태에서 벼 최저 발아온도가 섭씨 20도로 알려졌지만, 13도에서도 70% 정도가 발아되는 연구 결과가 나왔다. 이 탄소 측정 볍씨는 재배벼 특징을 갖고 있는 것으로 밝혀졌고, 또 다른 연구로는 그것이 재배벼 이전의 순화 벼인 것으로 국내외 학계에 발표되었다. 지금까지는 벼 기원지에 관하여 여러 주장이 있지만 차이나(China)를 중심으로 발전되었다는 것이 일반적이었고, 주로 황하 유역에서 출토된 볍씨들이 가장 오래된 것으로 알려지다가 점차 양자강 유역 볍씨가 그보다 오래된 것으로 인정된 호남성 도현 옥섬유적에서 출토된 볍씨 연대가 가장 높은 1만1천년 전으로 밝혀졌다. 그런데 이런 차이나(China) 볍씨 특징은 장립벼 계통이고 한국에서 나온 것은 단립벼이다. 장립벼는 단립벼보다 최소 2~3천년 뒤에 나왔고 한다. 이것은 한국의 벼농사가 차이나(China)보다 그만큼 앞선다는 증거이고 농사가 그만큼 앞선다는 것은 문명이 그만큼 앞선다는 말이기도 하다. 그런데 지구 마지막 빙기에 고대 한국인들이 동굴 2,000여 곳에서 살아남을 수 있었던 그 동굴이 중국 양자강 일대에 고작 100여개 정도여서 그 정도로는 작은 씨족 사회를 만들 뿐 문명을 이룰 수는 없다. 그러나 한반도 2,000여개 동굴에서 살아남아 강가에서 농사를 지으며 인구가 폭발해 문화를 형성한 한반도 고대인에게 그들의 터전은 3면이 바다로 둘러싸인 반도 조건 때문에 그 늘어난 인구가 지구 해빙기를 맞아 서부 바닷가 평야 지대를 따라 북쪽으로 올라가게 된 것은 자연의 이치이다. 그 북쪽에 강이 많아 물가에 자리 잡은 지역이 지금의 차이나(China) 동북부 해안 발해만 안쪽 요하, 대능하, 난하 등 요하문명지이고, 그곳에서 인구가 사방으로 퍼지며, 바로 밑 해안가를 끼고 올라간 강역(江域)에서 문명을 이룬 것이 세계 4대 황하문명지이다.

한국의 공식적 역사는 지금으로부터 4,350여년 전, 차이나(China) 북동부 홍산 · 요하 문명지 발해만 안쪽 요동반도 험독 삼차하에서 처음 나라를 세워 하늘을 우러르며 이웃과 우애 좋게 살던 홍익인간의 나라 원조선(原朝鮮)으로부터 내린다. 차이나(China) 선진 고대 역사서 '산해경(山海經)'에 그 나라 이름이 "조선천독(朝鮮天毒)"으로 명기되어 있고, 천독(天毒)은 곧 천축국(天竺國)을 말한다. 도덕(道德)을 귀하게 여기고 남을 친근히 사랑하며 문자·서책·금·은·동전·화폐가 있었다. 부도(浮屠, 불교)는 이 나라에서 나왔다.고 함에도 한국에서 이에 대한 연구는 아직 미미하다. 사정이 이러하여, 고대 조선(原朝鮮) 이전에 이미 수 천 년 배달신시국(倍達神市國)이 있었다는 한국 비서는 환타지 소설로 취급되고 있다.

한국 역사 시작은 BC2333년이라고 한국 역사서 '삼국유사'에 나와 있고, 그 시기가 차이나(China)의 상(商)나라 요임금 때라고 하지만, 그 책을 지은 사람이 AD13세기 한반도 고리(高麗) 때의 승려 신분으로 차이나(China) 고대역사서 위서(魏書)와 당시 세간에 전해지는 이야기를 모아 집필한 것으로 원본은 없다. 후에 나온 영인본이 있으나 그 편찬은 중국 명(明)나라를 상국으로 사대한 근대 조선(朝鮮)에서 중정(重訂: 책의 내용을 거듭 고침)된 연유가 있어 그 내용에 대하여는 논란의 여지가 많다. 반면 같은 시기 고리(高麗)의 왕명으로 집필된 한국의 정통 역사서 '삼국사기'는 10여명의 학자가 기술하여 기대(紀代)는 정확하지만 그 집필 책임자가 차이나(China) 사대주의자여서 그 기술 범위에 일정 부분 축소 누락된 부분이 있으나 기록된 사실 유무와 연도는 차이나(China) 역사서와 교차 검증으로 정확하다. 한편 일본 역사가 2,000년에 불과함에도 2,600년으로 늘였듯이, AD20세기 초 일본이 한국을 강제 병탄한 후, 한국 역사를 2,000년으로 축소시키고자 역사를 왜곡시켰고, 지금도 일본에 충성하는 한국 강단사학 일본 오열들이 연대가 정확한 '삼국사기' 때문에 오히려 일본 역사서의 허구가 드러나자 일본을 대신해 한국 정통 역사서가 위서(僞書)라면서 매도하는 중이며, 그들이 한국 학교만이 아니라 뿌리를 내려 한국 사회 요직을 장악하고 있어서 역사 왜곡만으로 끝나는 게 아닌 국민의 가치관 변질이 생겨났다. 거기에다 미국 전위병 한국 기독교가 예수보다 나이 많은 한국 역사를 용서 못하여 한국 역사 왜곡만이 아닌 사회 혼란이 야기 되었다. 사정이 그러하여, 한국 비서(秘書)에 한국 역사가 1만년으로 기록되어 있는 것을 많은 한국인들이 주변 눈치 보느라 엉터리 환타지 소설이라며 부정하는 중에 있으나 그 기록에 대한 진위 여부를 살펴보면, BC1734년 7월 중순 저녁 서쪽 하늘에, 왼쪽에서부터 오른쪽으로, 화성·수성·토성·목성·금성 순서로 5개 별자리가 일렬로 섰다고 되어 있는 천문 기록을 컴퓨터에 대입하니 겨우 1년 차이밖에 없을 정도로 정확했다. 기록이 그러함에도 많은 한국인들이 아니라하니 러시아 역사학자 '유 엠 뿌친'은 "다른 나라는 없는 역사도 만들어 내는데 한국은 있는 역사도 지운다"고 한국인을 경멸했던 것도 이로부터이다. 한국의 1만년 역사를 사대주의 근대 조선(朝鮮)에서 없앴고, 그 조선(朝鮮)이 일본에 먹혀 망한 다음 35년간 일본 식민지가 되면서 한국인 정체성 말살 정책으로 그나마 남아 있던 한국 고대서 20만권이 압수되고 불태워짐으로써 한국 고대 역사는 대부분 사라졌으니 그 후 한국 역사는 일본이 원하는 대로 재단되었다. 그들의 숙원 한국인 정체성 비하와 염오(厭惡)가 그로 완성되면서 한국으로부터 문화가 유입되어 성립된 자신의 원초적 열등감도 희석되었다. 그런 과정 속에 더 나빴던 것은 2차대전 연합국 승리로 한반도가 해방된 후, 미군이 이 땅에 들어와 3년간 통치 하면서 일제에 부역한 한국인 배반자들을 관료로 초빙해 우대하면서 일본에 충성한 한국인 민족배반자들이 신생 독립국가에서 권력을 잡고 더 출세하였으니, 나쁜 짓을 하면 벌 받는 것이 아니라 영화가 보장된다는 가치관 변질이 생겨나 한국사회 갈등과 타락의 결정적 단초가 되었다. 그 출발이 미국이 주도한 '도쿄재판' 일제 전범 꼭지 "천황 면책"으로부터였다. 일본 제국주의 압제에서 해방된 한국독립이 80년이 가까운 현 시점에서도 한국 교단에서 일제가 만든 식민사관을 학생들에게 가르치고,

미국 전위병 한국 기독교인들이 대거 학교를 세워 경영하거나 장악하여 한국 역사가 일본의 가짜 2,600년 역사와 예수 탄생 2,000년에 맞도록 조종되어 한국 1만년 역사는 허구가 되었다. 그로 많은 한국인이 자신이 누구인지 함부로 말하지 않기로 다짐한 자기검열이 만들어졌고, 그것도 모자라 옆 사람 감시 눈총까지 생겨났다. 그 결과가 사기꾼이 만연한 부패사회이다. 이것을 척결하기 위한 첫발이 엄한 사회 규범이고 그것은 징벌죄 없이 고칠 수 없다. 그런데 한국에서 권력자 중심은 대개 민족배반자 후예이거나 조선의 형식 관념을 잇는 민주주의 투사여서 올바른 질서와 규범을 위한 엄한 법은 언감생심이다. 그런데 그 폐해의 뿌리가 엉뚱하게도 옆 사람을 보듬는 한국의 정체성 우애주의 상생 측은지심에서 발로하는 원인도 있어 개혁은 더욱 요원하다. 한국은 그 우애주의가 있어서 나라의 위기 때마다 단합해 견뎌냈지만, 반면, 그 느슨함이 지금의 지헌 권력자 짬짜미 전독을 만들어 사회가 타락한 부분이 크다.

지금으로부터 2만여년 전, 지구 마지막 빙하기에 북위 40° 지역 위쪽에 살던 인류는 모두 사라졌다. 그 새로운 시작이 한반도 중부 2,000기 동굴에서 살아남은 사람들이다. 한국 소로리 볍씨가 말하듯, 1만5,000년 전에 고대 한국인은 한반도 중부 지방에서 농사를 지어 인구가 폭발해 그때 한국문명을 만들고 나서, 3면이 바다로 막힌 한반도에서 낮은 평야지대 서부 해안가를 따라 북쪽으로 올라간 발해만 안쪽 물가에 처음 나라를 세운 후, 계속 물가를 따라 사방으로 퍼진 그 한 부류가 황하 유역으로 들어가 차이나(China) 시조국 상(商)나라를 세웠다. 황하문명이 실제로는 발해만 물가 인류문명 시작 요하문명으로부터 내렸고, 그것은 애초 한반도 중부에서 해안지대를 따라 올라온 동이족(東夷族) 즉 고대 한국인으로부터였다. 지금의 차이나(China) 홍산·요하지역을 위시하여 한반도에 걸쳐 널리 퍼진 무수한 고인돌 군집과 출토되는 비파형 동검, 그리고 빗살토기〈이 빗살무늬는 현재 세계적으로 통용되고 있는 비(雨)가 아니라 한국의 광명사상 햇살을 의미하지만 논란을 피하기 위해 기존 학설을 따른다〉가 인류 문명의 시작을 말하고, 그것은 지구 마지막 빙기에 한반도에 널린 2,000기 동굴에서 살아남아 농사를 짓기 시작한 인류 최초 문명의 흔적이다. 특히 고대 문명의 증표 '고인돌'은 한반도에 10만여 기에 달할 정도였고, 그것은 한국 이외 지역에서는 크게 발견되지 않는다. 비파형 동검도 차이나(China)의 그것과 형태와 재료 성분이 다르니 그 모든 것이 그들보다 먼저였다. 황하문명보다 수 천 년 앞선 한반도문명이 발해만 안쪽 요하문명으로 이어져 만개함으로써 그것이 사방으로 퍼지면서 그 한 지류가 황하문명으로 이어졌다. 한국 고대문명은 지금의 차이나(China) 동북부 발해만 안쪽 물가에 처음 나라를 세운 원래의 한국 시조국 "조선(原朝鮮; BC2333년~BC108년)"으로 이어지며, 인류문명은 이 요하 지역에서 퍼져나간 여러 민족 간의 치열한 각축으로 시작되었다. 한반도에서 인구가 늘면서 출발한 그 한 갈래가 황하문명을 이루면서 그곳에 차이나(China) 시조국 하(夏)나라와 상(商=殷)나라를 세운 사람들이 고대 한국인 동이족(東夷族)이었으나 그들은 시간이 가면서 차이나(China) 화하족으로 흡수되었고, 한편 북방으로 퍼진 여러 세력이 민족을 형성한 후, 끊임없이 차이나(China) 중원을 침범하며 전쟁을 치룬 당시의 그 한 갈래 선비족(鮮卑族)이 차이나(China) 중원에 난립해 있던 5호 16국을 통일한 북위(北魏, AD386년~534년) 왕조를 계기로, 북방 민족이 시간을 두고 계속 남하하면서 새로운 왕조를 세우는 과정 중에 징기스칸 몽골족이 차이나(China) 대륙을 정복해 100여 년간 통치했고, 그 후에 다시 동북지역의 여진족 청(淸)나라가 차이나(China) 대륙을 가장 넓게 정벌해 광대한 영토를 만들면서 1644년부터 1912년까지 286년 간 다스렸다. 통시적 관점에서 차이나(China)의 정통 민족 화하족(한족) 역사는 북방민족에게 끊임없이 정복당한 복속의 역사였다. 애초, 차이나(China) 개국 신화 태호 복희씨가 동이족(東夷族)이며, 현재 차이나(China) 정부에서 황제(黃帝) 헌원과 농사의 신(神) 염제(炎帝)를 자신의 시조로 하다가 지금은 전쟁의 신(神) 치우천황(蚩尤天皇)까지 끌어들여 3황제를 차이나(China)의 시조로 하고 있으나, 비밀도 아닌 비밀을 말하자면, 그들 모두가 동이족(東夷族)이다. 차이나(China)의 양식 있는 학자들이 3황을 실재하지 않은 신화로 보았던 이유는 그들이 화하족(華夏族) 인물이 아니어서 그랬던 것뿐이다. 한국의 한 재야 사학자는, 차이나(China)의 양식 있는 학자들이 20세기 초 자국 고대 역사에 대하여 의문을 품고 연구한 고사변(古史辯) 학파의 양관이라는 학자가 "하(夏)나라 시조 우(禹)와 그의 아들 계(啓)는 원래 동이(東夷)의 신(神)이라 했고, 임혜상의 "중국민족사"에서 진, 초, 오, 월 등도 동이(東夷)의 나라이며, 차이나(China)의 역사학자 서량지(徐亮之)는 자신의 저서 "중국사전사화(中國史前史話)"에서,

1, 회색 질그릇의 문화는 동이(東夷)문화이다.

2, 배와 노, 활과 화살은 동이(東夷)가 창시했다.

3, 중국의 역법은 동이(東夷)에서 창시된 것이다.

4, 동이(東夷) 음악교육은 중국 역사 이전에 있었다.

5, 황제족은 부족연맹시대 동이(東夷)로부터 스며들었다.

6, 전욱은 동이(東夷)에서 출생하였다.

7, 우순은 맥족(貊族;한국민족) 및 동이(東夷) 도자기의 개량자이다.

8, 순(임금)은 제풍에서 출생하여 명조에서 돌아가시니 동이(東夷)사람이다.

은,주 이전 내지 당대의 동이(東夷)는 그 활동 무대가 오늘날 산동성 전부를 포괄하였고, 하북성 발해연안. 하남성 동남. 강소성 서북. 안휘성 중북. 호북성 동쪽 모퉁이 요동반도 한반도 등 광대한 구역임을 알 수 있다. "차이나(China)에서 이용하는 농사 달력의 가장 오랜 근원은 멀리 동이족(東夷族)에서 만들어졌고, 차이나(china)의 허다한 악기와 춤은 모두 그들이 창조한 것이며, 동이족(東夷族)인 순임금은 음악의 대가였다,고 말한다. 그 것을 지금 차이나(China) 공산당정부가 부정하며, 아예 한국 역사와 문화

모든 것이 자기네 것이라고 하는 그것은 지금만 그런 것이 아니고 수천 년 전부터 있어왔던 일이다. 차이나(China) 시원은 엄밀히 동이족(東夷族)으로부터였으며, 그 사람들은 지금의 차이나(China) 인구 92%라 하는 화하족(華夏族=漢族) 조상이 아니라 한국의 고대 조상인 것이 진실이다. 지금도 한자(漢字) 사전에 이(夷)를 오랑캐(야만인)으로 표기하듯이, 불과 얼마 전까지 차이나(China)에서 동이족(東夷族)을 동쪽에 사는 오랑캐(야만족)라며 타민족으로 분류해 오다가 공산당 동북역사공정이 시작되면서 자민족으로 편입시켰지만, 고대 동이족(東夷族)은 표의글자에 나타난 형상 그대로 차이나(China) 동쪽에 살면서 활을 든 오랑캐(야만인)이다. 그런데 고대에 활(弓)은 아무나 가질 수 있는 물건이 아니었다. 당시에 활(弓)은 지금의 첨단 미사일에 준한다. 그런데 그 시대에 화하족(華夏族=漢族)은 활이 없었다. 그것을 현대에 대입하면, 이쪽은 첨단 기관총과 미사일로 무장한 반면 저쪽은 돌도끼를 가진 차이이다. 그래서 동이족(東夷族)은 오랑캐(야만인)가 아니라 상위 신분의 현자(賢者)였다. 그 동이족(東夷族)은 이웃 상생과 풍류를 중시한 민족이어서, 그 느슨함 때문에 수천 년 시간이 지나면서 활(弓)을 가진 주인이 하인이 되고, 하인이 주인으로 바뀌면서 지금은 그 모두가 차이나(China) 화하족(華夏族)으로 일원화 되었다.


한국은 지금 일제로부터의 해방 80년이 가깝도록 식민사학 부역자가 한국 교육계를 장악한 상황이어서 일본이 한민족을 비천한 민족으로 만들려는 의도의 역사 왜곡을 여전히 가르치는 중이고, 이에 맞서서 소수의 한국 민족사학자들이 올바른 한국 역사를 말하며 고군분투 중인 바, 그분들이 말하는 한국의 정체성 고대사를 보면, 차이나(China)의 고대 기록이 말하는 동이족(東夷族)은 진(秦)나라 사관들이 편찬한 세본(世本)에 이모(夷牟)가 화살을 만들고, 휘(揮)가 화살을 만들었다,는 기록을 비롯하여, 소호(少皞)가 반

(般)을 낳았는데, 그가 처음으로 활(弓)과 화살(矢)을 만들었다,는 것과, BC239년 진(秦)나라 때의 재상 여불위(呂不韋)가 조(趙)나라 도읍지(都邑地) 한단(邯鄲)에서 전국의 유생 3,000명을 모아 편찬한 여씨춘추전(呂氏春秋傳)에서 이모(夷牟)는 황제(黃帝) 때, 반(般)은 소호(少皥) 때, 이예(夷羿)는 하(夏)나라 때의 사람인데 이들은 모두 동이족(東夷族)이라고 적었으며, 고대 한자(漢字)의 뿌리를 설명하는 설문해자(說文解字) 이(夷)조에서 이(夷)는 동방의 사람을 뜻하는 말로 큰 대(大)와 활 궁(弓)을 합한 것이다,고 했으니 그것은 원래 현자(賢者)를 가리키는 일반적 고유명사였음을 알 수 있다. 또 다른 어느 한국 재야 사학자가 말하기를, 중화인민공화국의 역사학자 부사년(傅斯年)은 이하동서설(夷夏東西說)에서 황하문명의 주역은 이(夷)족이었다. 역경(易經)의 이치는 이(夷)족(태호 복희씨)의 두뇌에서 나온 산물이며, 동이족(東夷族)인 소호(少皥)씨가 처음으로 활과 화살을 차이나(China)에 전하였다,고 했고, AD100년 동한(後漢)의 허신(許愼)이 편찬한 설문해자(說文解字) 철(鐵)조에 이르기를 철(鐵)의 옛글자는 銕(철)이었으니 이는 철(鐵)이 이(夷)민족 즉 동이족(東夷族)에서 왔음을 뜻한다,고 한다.

이러한 기록들은 당대로부터 많은 시간이 지난 시점의 화하족(華夏族) 사가들이 역사를 자기네 것으로 오역했음에도 완전히 그렇게 못하여 동이족(東夷族) 흔적을 남겼다. 분명한 것은, 고대 동이족(東夷族)은 농사를 지었고, 활(弓)과 철(鐵) 그리고 글자를 가졌던 반면에 차이나(China) 화하족(華夏族)은 그것이 없었다. 차이나(China) 사학자 부사년(傅斯年)은 황하문명의 주역은 동이(東夷)족이었다면서 그 분포를 차이나(China) 대륙 동쪽 해안가 특히 산동반도 지역으로 비정했지만 사실 그것은 정확한 규명이 아니다. 동이족(東夷族) 중심은 고대 조선인(朝鮮人;한국인)이었고, 그 강역은 황하 하류 산동반도만이 아니라 그 위쪽 발해만 안쪽 난하, 대능하, 요하 물가이자, 그 출발은 한반도였으며, 인류 최초 문명지 요하는 한국의 시조국 원조선(原朝鮮)이 발현한 곳이다.

차이나(China) 선진 문물이 모두 동이족(東夷族)에서 시작되었고, 그들이 조선인(朝鮮人)이었다는 것은 그동안 양식 있는 차이나(China) 학자들과 어른들에게는 상식이었으나 지금 공산당 동북공정으로 모두 지워졌다. 차이나(China) 국수주의 사학자들이 동이족(東夷族)을 이용해 한국이 그들의 일부라고 주장하고 있지만, 여하튼 동이족(東夷族)은 차이나(China) 정통민족 화하족(華夏族) 또는 한족(漢族)이 아니라는 것은 변할 수 없다. 한국에 있어 이것이 왜 중요한가 하면, 아시아 극동 지역 역사가 이 지역 사람들 간의 단순한 정통성 문제가 아니라 차이나(China) 공산당 팽창주의를 비롯해 일본의 역사 날조 한반도 남부 경략이 한국 침략을 위한 실지회복주의(Irredentism) 근거로 활용되고, 그 실질적 목적이 한민족 소멸에 있기 때문이다. 지금 차이나(China) 정부에서 3황을 화하족(華夏族) 시조로 만들고, 고대 하(夏)나라(BC2070년~BC1600년)를 자신들의 시조국으로 하고 있으나, 차이나(China)의 권위 있는 학자들이 하(夏)나라를 실체 불분명한 존재로 치부하다가 지금은 입 다물게 되었지만, 그들의 진정한 시조국은 유물로 입증되는 상(商)나라(BC1600년~BC1046년)이며, 그 상(商)나라는 여러 차례 옮긴 마지막 수도 이름을 따서 은(殷)나라라고도 한다. 상(商)나라는 황하 하류에서 554년간 나라를 영위하다가 주(周)나라(BC1046년~BC256년)에 멸망되는데, 이 주(周)나라가 지금 차이나(China) 인민 92%라고 하는 화하족(華夏族)의 시원이 된다. 그러나 그 주(周)나라 이전에 상(商)나라가 있었고, 또 그전에 차이나(china) 최초 국가 하(夏)나라가 있었으나 여씨춘추전(呂氏春秋傳)에서 이예(夷羿)가 화살을 만들었고, 그가 동이족(東夷族)이면서 하(夏)나라 사람이라고 했듯이, 하(夏)나라 역시 동이족(東夷族)의 나라였고, 학계에서 유물로 인정하는 상(商)나라는 확실한 동이족(東夷族)의 나라이면서, 그들은 거듭 말해 고대 조선인(朝鮮人)이다. 차이나(china) 역사는 BC1046년 상(商)나라가 주(周)나라에 멸망되고 나서, 그 망국민이 그곳에 남거나,

흩어지거나, 아니면 발해만 물가 고향으로 쫓겨 감으로서 그때부터 본격적으로 차이나(china) 역사가 시작되었다고 해야 옳다. 고대에 동이족(東夷族) 즉 조선(朝鮮)이라는 상징성은 차이나(China)에 있어 모든 선진 문화의 시발점이자 태두를 의미했다. 예수를 포괄적으로는 중동인이랄 수 있지만 이스라엘 사람이라 해야 정확하듯이, 지금 차이나(China) 공산당 정권이 동이족(東夷族)을 단순히 자국 동쪽 지방에 살던 자국민으로 만들었지만, 고대 역사에 등장하는 동이족(東夷族)은 조선인(朝鮮人;한국인)을 지칭하는 고유명사였다. 원래 화하족(華夏族=漢族)은 지금의 황하 하류 낙양 지역에 거주하던 작은 단위의 민족이었다. 다만 그들의 사상이 자기들만이 세상의 중심이고 주변의 모든 민족이 오랑캐(야만인)라고 정의한 그 정신이랄까 고집이 있어 지금의 광대한 지역을 차지하여 현재의 차이나(China)가 만들어졌다. 그러나 그것은 그들이 쟁취하여 만든 것이 아니다. 모두 북방 이민족(異民族)이 쳐들어 와 그 땅을 정복한 후 화하족(華夏族)을 통치하는 과정 중에 화하족(華夏族)에 편입되거나 그 문화에 동화되면서 그들 것으로 된 것이다. 거기에는 물론 화하족(華夏族)만이 "세상의 중심"이라는 주관적 사관이 있었기 때문인 것은 분명하다. 그리고 지금도 그것이 계속되고 있는 그 나출이 세계 정복 공정 '일대일로'이다. 그들의 4,000년 역사 거의 모두가 북방 이(異)민족에게 짓밟히며 힘들게 살아온 시간이었음에도 모질게 살아남아 주체가 된 것은 오로지 자기중심적 실용주의 덕이겠으나 반면 그 때문에 세계로부터 기휘와 경원의 대상이 되었다. 잦은 난리로 앞날이 어떻게 될지 알 수 없었던 숱한 이(異)민족 침략과 도둑떼 창궐, 그 조건이 이웃을 못 믿어 높은 담장 문화를 만들었다. 여러 북방민족이 대륙을 침범하여 그때마다 더 큰 통일 왕조가 세워졌지만 시간이 지나면서 모두 망하면서 그 땅을 차지한 차이나(China) 하화족(한족) 역사, 그 시작과 완성의 마지막 퍼즐이 완전한 동이족(東夷族) 흡수 즉 한국 소멸이다. 그들에게 있어 동이족(東夷族)은 송(宋)나라(AD960년~1279년) 황제 태종 칙명으로 편찬된 '

태평어람'에 동이(東夷)는 곧 조선(朝鮮)이라고 적시했듯이, 고대의 동이족(東夷族) 주체는 상(商)나라가 있었던 황하 하류 지역과 산동반도를 비롯한 동부 해안 지역과 발해만 안쪽 물가를 지나 만주와 한반도에 이르는 한국문명권 사람들로 AD108년 한국 시조국 원조선(原朝鮮)이 멸망한 후, 거기에서 여러 북방민족으로 갈리면서 몽골을 비롯한 중앙아시아로 퍼져나갔다. 차이나(China)를 최초로 통일하여 만리장성을 쌓은 진시황 선조도 원래 상(商)나라 사람이면서 삼감의 난(三監之亂) 이후 서쪽으로 간 동이족(東夷族) 소호(少皞)씨 사람이다. 1973년, 진시황릉을 재조사한 바 있는 전 북경대 화춘구교수(당시62세)가 "진시황은 동이족(東夷族)이었고, 유적은 모두 동이족(東夷族)의 것임을 확인하였다"고 한 이후 당국에 먼저 보고하지 않았다는 이유로 1년간 감금되었다가 하남지방 관리직으로 전출되고 난 그 5년 후 1980년에 폐암으로 사망했는데, 이 사람은 강단 있게 "차이나(China) 대륙에서 우리 화하족(華夏族; 漢族) 역사는 천년이 안 된다. 우리 역사 4천년중에 조선(단군조선;檀君朝鮮)의 역사가 3분의 2가 넘으니 중국역사는 동이족(東夷族)의 역사이다"며, "당국은 역사조작을 하려하는데 그것은 손바닥으로 하늘을 가리는 행위"라고 했던 소신이 육성 녹음되어 있다고 한다. 차이나(China)를 최초로 통일하고 만리장성을 만든 진시황의 본명은 '정(政)'이고 조상의 성은 '영(嬴)'인데 그 성은 짐승을 길들여 순(舜)임금에게 바친 공로로 하사받았고 한다. 순(舜)임금은 요(堯)임금과 함께 치세를 잘 한 고대 차이나(China) 통치자 5제 중의 한 사람으로 『맹자(孟子)』 8편에 따르면 "순(舜)은 제풍(諸馮)에서 태어나 부하(負夏)로 이사하였으며, 명조(鳴條)에서 죽었다. 제풍, 부하, 명조는 모두 동이(東夷)의 땅이며 순(舜)임금은 동이(東夷) 사람이다"는 기록이 말하듯, 차이나(China) 차세대 작가 리우웨이(刘韡)는 그의 저서 『황제의 나라』에서 차이나(China)를 최초로 통일한 "진(秦)나라 사람은 동이족(東夷族)의 한 분파이며, 황하 하류 동해(東海) 바닷가에서 유목생활을 했다"고 했고, 역사 저술가 저우스펀(周時奮) 또한 "진(秦)나라는 역사가 유구한 동이족(東夷族)의 한 갈래에 속하는데, 황하 하류에서 유목 생활을 하며 살았다"고 같은 말을 했다. 진시황 능묘가 동쪽을 향하고 있는 점도 진시황이 동이족(東夷族)임을 가리킨다. 차이나(China) 역대 제왕의 무덤은 대체로 북쪽에 앉아 남쪽을 향하고 있으나 진(秦)나라 왕들은 선조 때부터 진시황에 이르기까지 무덤이 모두 서쪽에 앉아 동쪽을 향하고 있다. 심지어 진시황의 부장묘들과 병마용 군사까지도 모두 동쪽을 향하고 있다. 진시황의 능원 이외에도 함양 도성의 궁전과 이궁 별관도 모두 이 법칙을 따르고 있듯이, 진시황이 차이나(China)를 처음 통일하고 나서 궁궐이 있는 함양을 놔두고 굳이 동쪽 먼 길을 행차해 산동성 태산에 올라 봉안제를 올린 것도 동이족(東夷族)이어서 그랬다고 해석된다. 그 또 다른 예가 동이족(東夷族) 고유문화 상투이다. 『황제의 나라』에서 "진(秦)나라 사람들은 여섯(6)을 길한 숫자로 여겼으며, 군사가 머리를 빗을 때도 먼저 머리카락을 세 가닥 또는 여섯 가닥으로 나누어 각각 변발을 땋은 다음 끌어올려 상투를 만들었고, 관모(冠帽)를 써야 하는 사람의 경우에는 상투 위에다 관을 썼다"고 했는데 상투를 틀어 올린 민족은 하늘을 받든 천손민족 동이족(東夷族)만의 표징이었다. 1910년 한반도 근대 조선(朝鮮)이 일본에 먹혀 망한 후, 일본 "천황"이 상투를 자르라는 단발령을 내리자 조선인(한국인)들은 민족의 정체성 상투를 자르느니 차라리 내 목을 치라고까지 했다. 그토록 동이족(東夷族)에게 상투는 목숨과도 같은 것이었다. 한국인 조상은 상투를 틀었고, 모두가 백옥 같은 하얀 옷을 입었다. 그것이 가리키는 바는 AD108년 원조선(原朝鮮)이 망해 여러 나라로 갈려 천산(遷散)된 여러민족 중 한민족은 그 한 갈래 제사장의 후예였음을 가리킨다. 하늘에 제사를 지내는 제사장 후예가 싸움을 즐길리 없고, 항상 흰옷을 입었으니 피를 좋아할 리 없다. 그 이유로 970;0 한국의 참혹한 피침 역사가 만들어졌을 뿐만 아니라 나라를 일본에 빼앗겼던 것도 모자라 지금은 아예 동족상잔 "핵전쟁" 민족소멸을 자진하고 있다. 근대(近代) 조선(朝鮮) 창건

이래 상국 발치에 엎드려 안전하게 살고자 한 그 의존의 급부이다. 차이나(china) 고대 문헌에 상투를 튼 모습은 모두 동이족(東夷族)이었고, 차이나(China) 공산당 역사 왜곡이 시작되기 전까지 송(宋)나라 '태평어람'을 비롯하여 양심 있는 학자들이 말했듯이 동이족(東夷族) 주체가 조선인(朝鮮人)이었던 것은 변함이 없다. 더 분명한 사실은 동이족(東夷族)은 새(鳥) 토템의 나라였고 그것은 온존히 한국 정통성을 가리킨다. 차이나(china) 화하족(한족)에 새(鳥) 토템은 없다. 그들의 고대 사서 《사기》 열전에 나오는 유명한 백이(伯夷)와 숙제(叔齊) 이야기는 두 임금을 섬기지 않고 충절을 지킨 의인을 가리켜 지금껏 차이나(China)에서 충절의 표상으로 남아 있으나 두 사람은 원래 상(商)나라 말기 변방의 작은 영지인 고죽국의 후계자였다. 고죽국의 영주인 아버지가 죽자, 이 둘은 서로에게 자리를 양보하며 끝까지 영주의 자리에 앉지 않으려 했다. 이때 상(商)나라 서쪽에는 훗날 서주 문왕(文王)이 되는 희창(姬昌)이 작은 영주들을 책임지는 서백(西伯)이라는 자리에 있었다. 희창(姬昌)이 죽고 그의 아들 희발(姬發)은 군대를 모아 상(商)나라에 반역하려고 그의 부하 강태공을 시켜 뜻을 같이하는 제후들을 모아 전쟁 준비를 했다. 그러자 백이(伯夷)와 숙제(叔齊)는 희발(姬發)을 찾아와 "아버님이 돌아가신 후 아직 장사도 끝나지 않았는데 전쟁을 할 수는 없다. 그것은 효가 아니다. 주(周)나라는 상(商)나라의 신하 국가인데 어찌 신하가 임금을 시해하려는 것을 인(仁)이라 할 수 있겠는가"라고 하자, 이에 희발(姬發)은 크게 노하여 백이와 숙제를 죽이려 했으나, 강태공이 이들은 의로운 사람들이라며 감싸 죽음을 면했다. 희발(姬發)은 상(商)나라를 멸하고 주(周)나라의 무왕(武王)이 되었다. 백이와 숙제는 상(商)나라가 망한 뒤에도 상(商)나라에 대한 충성을 버릴 수 없고, 고죽국 영주로 받는 녹봉 역시 받을 수 없다며 수양산으로 들어가 고사리를 캐먹고 살았다. 그때 왕미자라는 사람이 그들을 찾아와 탓하며, "그대들은 주(周)나라의 녹을 받을 수 없다더니 주(周)나라의 산에서 주(周)나라의 고사리를 먹는 것은 어찌된 일인가"라고 힐문하자 두 사람은 고사리마저 먹지 않았고 마침내 굶어 죽는다. 지조를 지킨 두 사람은 동이족(東夷族) 즉 조선인(朝鮮人)이었고, 고죽국(孤竹國)은 원래 한국의 시조국 "원조선(原朝鮮)"의 번국이었다. 문헌에서 고죽성(孤竹城)은 지금의 차이나(china) 요서군(遼西郡) 영지현(令支縣), 하북성(河北省) 노령현(盧龍縣) 일대, 또는 산해관(山海關) 부근, 조양현(朝陽縣) 서남 지구 등으로 나타난다. 세력 범위가 난하(灤河)에서 대릉하(大凌河)에 걸치는 발해만 일대이고, 그 중심지를 대릉하 상류의 요령성(遼寧省) 객좌현(喀左縣)으로 추정 한다. 구당서(舊唐書)에 이르기를 "고구리(高句麗; 한국 정통 고대국가)는 본래 고죽국(孤竹國)이다. 주(周)나라에서 기자(箕子)를 봉하여 조선(朝鮮)이라 했다.(高麗本孤竹國 周以封箕子爲朝鮮, 舊唐書 裵矩傳) 즉 수·당 시대에는 고죽국(孤竹國)을 고구리(高句麗)로 파악하고 있었다. '고구리'는 '고리' 또는 '코리'이고 이는 지금의 한국 나라 이름 KOREA의 원형이다.

한국의 한 민족사학자는 AD11세기 북송(北宋) 때 군사제도와 군사 이론을 기록한 무경총요(武經總要)라는 책에 지금의 베이징(北京) 북동쪽과 고북구(古北口) 사이에 흐르는 조백하(潮白河)가 과거에 "조선하(朝鮮河)"였던 기록이 있음을 말한다. 북송(北宋)의 수도는 하남성(河南省) 개봉(開封)이었고, 요(遼)나라의 중경(中京)은 지금의 내몽골 자치구 적봉시(赤峰市) 영성현(寧城縣)에 있었다. 오늘날의 베이징(北京)이 북송(北宋) 때에는 변방이었으며, 요(遼)나라 때에는 남경(南京)이었다가 후에 연경(燕京)으로 고쳐 불렀다. 무경총요(武經總要)에는, 연경(燕京)에서 요(遼)나라의 중경(中京)을 가려면 고북구(古北口)를 지나야 하며, 그곳은 화북지방과 내몽골지역을 이어주는 중요한 통로로서 이곳을 가려면 반드시 건너야 하는 강이 "조선하(朝鮮河)"라고 했다. 무경총요(武經總要)는 AD1044년에 편찬된 관찬병서(官撰兵書)이고, 이때는 이성계가 AD1392년에 세운 한반도 조선이 세워지기 348년 전이었으니 그 책에 "조선하(朝鮮河)"가 등장하는 것은 그 지역이 한국의 뿌리 원조선

(原朝鮮)의 땅이었음을 말한다.

한국 고대 유물에서 발견되는 빗살무늬(햇살무늬) 토기가 중앙아시아와 유럽을 거쳐 북유럽 핀란드에서도 발견 되는데 탄소측정 결과 한국의 그것은 BC1만년까지 올라가나 중앙아시아를 길게 띠를 형성해 핀란드까지 이어진 그 길에서 발견되는 그것은 대체로 BC5,000년을 넘지 못한다. 그 연대만으로도 빗살무늬(햇살무늬) 토기가 한반도에서 시작되어 북유럽에 당도했음을 가리킨다. 그 본격적 이주를 서울대학교 고(故)신용하 교수는 한국의 시조국 원조선(原朝鮮)이 2,000년 전에 패망한 후, 그 유민이 흩어지면서 서쪽으로 간 일파로 해석하면서, 고대 유럽에서 대제국을 형성했던 "아발론 제국"도 원조선(原朝鮮) 유민 후예가 세운 나라로 보는데, 그들의 거주지였던 에스토니아 발마(Valma) 지역에서 빗살무늬(햇살무늬) 토기가 발굴되는 것을 그 근거로 한다. 한반도에서 시작되어 중앙아시아를 거쳐 북유럽으로 길게 이어진 이 토기 출토 지역을 "초원의 띠"라고 명명한 이 길 이외에 유럽이건 어디건 빗살(햇살)무늬토기는 나오지 않는다. 신용하 교수는 한편 어원에서 발견되는 한민족 흔적을 조명해 자신의 가설을 뒷받침한다. 핀란드를 가리키는 현지어가 '수오미(Suomi)'인데 '호수와 늪의 땅'이라고 한다. 신용하 교수는 이것을 원조선어(原朝鮮語) 소택지(沼澤地; 늪, 물가) 즉 '수오마'가 '수오미'로 변형된 것이라고 했는데, 한민족 원조선(原朝鮮)의 시작점이 인류 시원 고대 문명지 발해만 안쪽 요하, 대능하, 난하 물가이니 이 연결이 가능해진다. 유럽 중세 교회 기록에 '수오미' 지역 근방에는 이민족들이 살고 있었으며 그들은 철기를 사용해 농사를 지은 평화로운 민족이었고, 그들은 독특한 신앙 체계가 있어서 타라피타(Tharapita)라는 신(神)을 믿었다고 한다. 신용하 교수는 이 신(神)이 한국의 시조 단군(檀君)이라고 정의한다. 그러나 이런 가설을 서양 학자들은 인정하려 들지 않을 것이다. 유럽문명 발달사에 아시아 문화가 유입됐다는 것이 불편해서일 것이다. 역사 문제에 있어서 자기중심주의는 백인이든, 중국인이든, 일본인이든 마찬가지이다. 〈본문에서 말하는 빙하기 한반도 2,000기 동굴에서 살아남아 시작된 '한국문명' 주장도 모두 신용하 교수님 지론으로 그분은 이 학설을 후학들이 정립해 주길 유언처럼 남기셨다〉.

한반도에서 시작된 천손민족 "홍익인간" 우애사상,, 작가이자 비평가로 유명한 클리프턴 패디먼(Clifton Fadiman)은 20세기에 발간된 모든 책 중에서 다음 100년 간 계속해서 읽힐 것으로 장담한 책이 아놀드 토인비의 '역사의 연구'라고 했는데, 12권으로 이루어진 그 책은 토인비가 40년에 걸쳐 집대성한 것으로 인류의 사라진 문명에서부터 현대에 이르기까지 모든 역사를 망라한다. 토인비는 인류 문명 흥망성쇠를 관찰하고 나서 고대 한반도 단군왕검(원조선;原朝鮮) 건국이념 "널리 인간을 이롭게 한다"는 우애주의 "홍익인간"을 가리켜 인류가 지향해야 할 가장 위대한 사상이라고 정의했다.

일제 식민지 시대의 한국 독립운동가이자 역사학자인 단재 신채호 선생은 자신의 저서 '조선상고사'에서 원조선(原朝鮮)을 3개의 강역으로 나누어 지금의 차이나(china) 만주에 원조선(原朝鮮)의 중심이 되는 진조선(辰朝鮮)이 있었고, 난하에서 요동반도에 이르는 발해만 물가에 번조선(番朝鮮), 한반도에 막조선(末朝鮮)이 있었다고 했는데, 신용하 교수님의 주장대로라면 원조선(原朝鮮)의 시작을 번조선(番朝鮮)으로 봐야 함이 옳을 것이다. 그곳은 BC7,000년까지 올라가는 인류문명의 시발지이다. 인류 이동은 반드시 물가를 따라 군집을 이루었듯이, 지구 마지막 빙하기에 한반도 2,000기 동굴에서 살아남은 고대 한민족이 농사를 지어 인구가 팽창하면서 서해안을 따라 북상해 발해만 안쪽 요하, 대능하, 난하 지역에서 인류 최초의 문명을 이룬 다음 계속 물가를 따라 퍼지면서 여러 민족이 형성되었다. 그렇게 해안가를 따라 이동한 동이족(東夷族) 한 갈래가 정착한 곳이 산동반도였고, 그 지역 강(江)을 따라 내륙으로 들어가 정착한 곳이 황하문명지이다. 한반도에서 출발한 인구가 위로는 만주와 몽골지역으로 퍼져나갔으며 서쪽 중앙아시아를 넘어 유럽에 당도했다. 지구 마지막 빙하기에 날씨가 풀리면서 한반도 중부지역 2,000기 동굴에서 살아남아 강가에서 농사를 지으며 북상해 정착한 곳이 발해만 요하 문명지이고, 거기에서 계속 강을 따라 퍼져나간 사람들이 아시아 북방민족이 되었고, 남쪽으로 내려가면서 만난 강을 따라 내륙에 정착한 곳이 황하문명지이니 지금 차이나(china)에서 사용하고 있는 표음글자 한자(漢字)도 그 뿌리는 인류 최초로 활을 사용한 동이족(東夷族) 즉 고대 조선(한국)에서 나왔다.

동양 사상 유학의 태두 공자가 죽을 때, 자신이 노(魯)나라 사람이 아니고 은(殷; 상商)나라 사람이라고 평생 감춰온 정체를 커밍아웃 했듯이, 은(殷; 상商)나라는 동이족(東夷族)의 나라이고, 그 뿌리가 고대 조선(朝鮮)에 있듯이, 그 역시 천손민족 후예였다. 차이나(china) 고대서 춘추좌씨전(春秋左氏傳)에 공자의 스승 담자(郯子)가 노(魯)나라에 내조하였을 때, 임금 소공(昭公)은 자기 조상 소호(小皞)씨가 새 이름(鳥名)으로 관명을 삼았는데 어떤 용무(何故也)입니까?를 묻는다. 담자가 답하기를, 그 일은 오조야(吾祖也)라, 즉 소공(昭公)의 조상에 관한 이야기라고 말한다. 옛날에 황제(黃帝;헌원)씨는 구름(雲)으로써 강령을 삼았으니 운사(雲師)라고 하고, 염제(炎帝)씨는 불로써 기강을 삼은 연고로 화사(火師)가 된다. 그 다음 공공(共工)씨는 물로서 수사(水師)가 되고, 태호씨(太皞伏羲氏)는 용으로 기강을 삼으니 용사(龍師)가 된다. 내(我) 고조인 소호(小皞)씨는 지(鷙; 맹금, 솔개)를 기강으로 삼아 조사(鳥師)가 된다,고 말한다. 그 대목에서부터 공자가 동이족(東夷族)이었고 그가 태어난 산동반도 곡부(曲阜)를 위시한 황하 하류 일대가 동이족(東夷族)이 살던 지역이었음을 가리킨다. 한국인은 애초부터 새 토템 민족이었듯이, 고구리(高句麗) 사람 모자에 새 깃털이 꽂혀 있고, 아메리카 인디언이 새 깃털로 머리를 장식한 것이 모두 같은 한민족이어서 그러했다. 하늘과 인간을 이어주는 전령, 그것이 세 발 달린 검은 새 삼족지(三足鷙)였다. 지(鷙)는 맹금, 솔개이지 현재 한국인이 믿고 있는 까마귀 오(烏)가 절대로 아니다. 그것은 고대에 차이나(china) 화하족(華夏族) 신(新; AD8년 ~ 23년)나라 왕망(王莽)이 오역한 것을 사대주의 조선(朝鮮)과 일본인이 받들어 모시며 까마귀(烏)로 바꾼 것을 한국 사람들이 지금껏 지키는 바람에 한국인은 자기가 누구인지 모르고 솔개든 까마귀든 색깔만 검으면 다 같은 새(烏)로 알게 되어 저 잘났다며 서로 물어뜯고 싸우게 되었다. 한민족 토템사상, 하늘을 잇는 전령 삼족새(三足鳥)는 까마귀 오(烏)가 아니라 솔개 지(鷙)이다. 전령은 동서고금을 막론하고 소수 인원이 소식이나 명령을 전하는 것이 변함없는 임무인데 어떡게 떼거리로 몰려다니며 까악~까악~ 시끄럽게 오두방정을 떠는 까마귀가 전령이 될 수 있는가. 그 무지 때문에 지금 한국에서 천손민족 정체성은 사라졌다. 그 시작이 근대 조선이 차이나(China) 명(明)나라를 사대하면서부터이고 그것이 억울해 억장이 무너진다 해도 한국은 주인만 바뀌었을 뿐 지금도 여전히 미국에 종속 되어 있으니 조상을 탓할 일만은 아니다. 지금 한국에서 자신들의 시조 단군(檀君)을 실재 인물로 보는 사람은 별로 없는 것이 현실이다. 현재 한국 대학생 95%가 나라의 시조 단군(檀君)을 실재하지 않은 신화(神話) 속에 인물, 즉 전설의 고향 TV드라마 주인공으로 알고 있다. 일본에 나라를 빼앗긴 식민지 시절에도 단군(檀君)은 실존 인물이었는데, 미국에 종속된 후 이 땅에 기독교 시뻘건 십자가로 뒤덮이면서 단군(檀君)은 이단으로 매도되어 TV드라마 스토리로 정리 됐다.

단군(檀君)을 부정하는 것은 자신의 정체성을 부정하는 것이고, 그것이 부정되면 상국 똘마니 하인으로 살다가 망해야 한다. 조선이 이미 그 길을 걸었다.

고대 황하 하류지역 노(魯), 제(齊) 나라가 있던 산동지방은 진시황 선조가 그곳에서 유목을 하며 살았던 바처럼 특히나 동이족(東夷族)이 모여 살던 곳이었으니, 그 땅에 살던 조상에 대해 알려준 공자(孔子)의 스승 담자도, 그 임금 소공(昭公)도, 그 조상 금천 소호(小皞)씨도 모두 동이족(東夷族)이었던 그들은 고대 조선인(한국인)이다.

홍사(鴻史) 동이열전, 공자의 7대 후손으로 위(魏)나라 재상이었던 공빈(孔斌)이 말하기를, "동방에 오랜 나라가 있으니 이름 하여 동이(東夷)라 한다. 처음에 신인(神人) 단군(檀君)이 있었는데 마침내 아홉 이족(夷族)의 추대에 응하여 임금이 되셨다. 요(堯)임금과 더불어 병립하였다. 그 나라는 비록 크지만 남의 나라를 업신여기지 않았고, 그 나라의 병사는 강하지만 다른 나라를 침략하지 않았다. 나의 선조 공자(孔子)께서 동이(東夷)에 가서 살고 싶어 하셨으며, 누추하다고 여기지 않으셨다. 내 친구 노중련(魯仲連)도 동쪽 해안 동이(東夷) 지역에 가고 싶어 하고, 나도 역시 동이(東夷)에 가서 살고 싶다. 왕년에 동이(東夷) 사절단이 우리 위(魏)나라에 입국하는 것을 살펴보니, 그 몸가짐이 대국인(大國人)다운 금도가 있었다."〈한국 민족사학자 강의에서 발췌〉

동이(東夷)의 원형이 동쪽에 살며 활을 쓰는 현자(賢者)를 뜻하니 인간의 미토콘드리아 유전자가 여성을 통해 내리듯, 한국인 여성들이 지금 올림픽 양궁 부분에서 36년간 9연승을 하고 있는 것이 그것을 대변한다. 인류 최초로 활을 만든 그 피가 몸에 흐르기 때문이다. 인류 문명 시원 단군(檀君)의 나라 "원조선(原朝鮮)",, 예부터 하늘을 받들며 이웃과 우애로웠던 한국의 본연, 그것이 600년 상국 사대 종속에 치여 변질되었다. 문제는 차이나(China) 공산당 정권이 이것을 부정하려고 한국 흡수를 기도하는데도 한국인은 유유자적하다는 것,

전에는 한반도 곳곳 사람 발길 닿는 곳이면 어디든 하늘의 전령 솟대가 있었다. 그것은 하늘과 천손민족을 잇는 전령 새 토템 한민족의 고유한 정신세계이자 정체성이었다. 마을 집집마다, 그리고 길목 어디나 새(鳥) 솟대를 세워 하늘을 바라보며 올바른 행동거지 기준을 삼았다. 그것을 미국이 앞장세운 기독교가 들어와 미신이라며 모조리 뽑아버렸다. 하늘을 받들면 사람의 마음이 깨끗해진다. 거짓을 싫어하며, 이웃과는 우애로워진다. 그것이 기독교 십자가로 바뀌어 그 짬뽕 정신세계에 매몰되어 한국인은 저희끼리 물어뜯고 싸우게 되었으니 그것이 조선과 같은 망조를 부르고, 저희만 망하면 상관없으나 세계를 해코지 하는 물귀신이 되어 문제가 되었다. 그 민폐 현실기피가 어디로부터이겠는가. 주관이 억탈된 종속 신민의 본분이어서 그러하다. 지금 한국 젊은이가 자기 나라꽃 무궁화를 실제로는 한 번도 본 적 없을 게 현실이듯, 민족의 정체성 솟대는 더더구나 본 적 없다. 아니 솟대가 무엇인지도 모른다. 원래 한국인에게 새(鳥)는 하늘을 잇는 다리였다. 그래서 고대에 나라를 창시한 임금이 모두 새 알에서 나왔다. 반면 차이나(China) 전통에 그런 새(鳥) 토템은 없다. 지금 차이나(China) 당국이 홍산, 하가점, 홍륭와, 사해, 등에서 BC3000년~ BC7000년에 이르는 고대문명 유물을 발굴하여 그것이 모두 자신들의 것이라고 하는데 그 원형이 한반도에서 나온다. 그 원류가 모두 동이족(東夷族) 조선(朝鮮)의 것이다. 사서(史書)보다 더 정확한 것이 유물이고 그것을 과학으로 밝히는 것이 실증역사이듯, 현대 과학은 차이나(China) 역사가 고대 한국에서 시작되었다는 증거를 시간이 갈수록 드러낼 것이어서 그 열등감과 그보다 더 중요하며 급박한 인터넷 시대 최대 장애물 자국 3,500개 표의 글자 "한자(漢字)" 극복이 시급하고, 그 해결 수단이 "한글" 탈취밖에 없으니 고대에 이미 동이족(東夷族)을 흡수 해 한자(漢字)를 자기 것으로 만들었던 것처럼 그들의 완전한 "한글" 탈취는 결국 한민족 소멸뿐이다. 사정이 그러함에도 진리 외적인 것에서 진리를 찾는 고래의 한국인 인식은 그들 경제에 한 다리 얹어 물건을 팔아 득을 보겠다고 독이 든 사과에 침 흘리고 있다. 한국은 공산품 중간재를 차이나(China)에 팔고 그들은 그것을 완성품으로 만들어 저렴한 가격으로 세계에 팔아왔다. 그 중간재 수출로 그동안 한국이 이윤을 남겼지만 이제는 그들의 기술이 발전하여 그것을 자신들이 만든다. 한국과 차이나(China) 간에 이미 무역 역조가 발생했고 그 적자는 갈수록 커질 것이다. 다만 차이나(China)가 아직 극복 못한 것이 '반도체'여서 그것 때문에 지금은 겨우 수지 균형이 이루어지고 있지만 그들이 첨단반도체를 자체 개발하든, 아니면 대만 흡수를 통하든, 문제가 해결되면 그들이 한국에서 사들일 물품은 없다. 반면 한국은 그들의 막대한 인구가 만드는 저렴한 가격의 물품을 들여와야 한다. 시간은 저들 편인데 한국에서는 저들과 무역을 지속해야 한다고 아우성이다. 그 무지함에 허우적거릴수록 늪에 빠지는 것을 모른다.

지금 차이나(China) 공산당 정권이 청(淸)나라를 잇는다고 하는데, 청(淸)나라 시원은 금(金)나라이고, 금(金)은 AD8세기 한국의 직계 정통 왕조 통일신라(新羅)가 망한 후, 그 왕족의 후손이 만주에 세운 나라였다. 청(淸)나라가 대륙을 정벌하고 화하족(한족) 문화를 말살해 현재의 차이나(China) 문화는 대개 북방에서 유입된 것이니 화하족(한족) 문화 정통성을 엄밀히 정의하면 1911년 신해혁명 이후라 해야 옳다. 그때 그들 지도자 손문 선생은 '멸만흥한(滅滿興漢)' 즉 청(淸)나라 여진족(女眞族)을 멸하고 한족(漢族)을 부흥시키겠다는 자기 정체성을 외쳤다. 그것을 공산당 정권이 차이나(China)라는 거대한 일원체로 바꿨다.

AD1194년, 삼조북맹회편(三朝北盟會編) 3卷 남송(南宋) 서몽신(徐夢莘), 여진(女眞;청(淸)나라)은 옛 숙신(肅愼)의 나라이고, 본래 고구리(高句麗; 한국 정통 고대 왕조) 시왕 주몽(朱蒙)의 후예이다.

AD1126년, 북방 오랑캐 금(金)나라 군대가 차이나 본토 송(宋)나라 수도 개봉으로 쳐들어가 그 황제 휘종(徽宗)과 흠종(欽宗)이 금(金)나라에 잡혀간다. 이것이 차이나(China) 역사에 치욕으로 남는 정강의 변(靖康之變)이고, 이 변을 피해 남쪽으로 피난해 세운 나라가 남송(南宋)이며, 이것을 구분하기 위해 원래의 송(宋)을 북송(北宋)이라 한다. 이때 남송(南宋) 초대 황제 고종(高宗)의 명을 받은 홍호(洪皓)라는 관리가 북송(北宋) 두 황제 석방 교섭을 위해 금(金)나라에 갔다가 되려 자신도 억류되는 일이 생긴다. 그는 잡혀 있는 동안 그곳 귀족 자제를 가르치며 대신들과 친분을 쌓는다. 그렇게 15년 억류 생활을 하다가 남송(南宋)으로 돌아왔고, 포로 생활을 하면서 알게 된 금(金)나라 사정을 집필한 책이 송막기문(宋漠紀聞)이고, 거기에 "금(金)나라 여진(女眞)의 추장은 신라인(新羅人;한국인)인데 완안씨(完顔氏)라고 불렀으며, 그것은 한어(漢語)로 왕이라는 말과 같다"고 적었다. 금(金)나라는 청(淸)나라의 전신이다. 차이나(China) 역사상 최대 정복 왕조 여진(女眞)의 주체가 한국 고대 정통 통일왕조 신라(新羅)임을 분명히 했다. 청(淸)나라 건륭황제 지시로 AD1778년 편찬된 '흠정만주원류고(欽定滿洲源流考)'에서도 금(金)나라 국호에 대해 말하기를 "사서에 전하는 것을 보면, 신라(新羅) 왕의 성은 김씨(金氏)로서 수 십 대를 이어왔으니 금(金)나라가 신라(新羅)에서 나온 것은 의심할 바가 없다. 건국한 나라의 국호 금(金)도 마땅히 여기서 가져 왔다"고 했고, 또한, 금사(金史) 본기에, 금(金)나라를 건국한 아골타(阿骨打)는 도성인 상경임황부(上京臨潢府)에 단군묘(檀君廟)를 세우고 해마다 10월3일이면 개국시조 단군(檀君)에게 올리는 제사 개천홍성제묘(開天弘聖帝廟)를 친히 주관하였다.고 적었다.

그 '흠정만주원류고(欽定滿洲源流考)'에 통일신라의 9주(州)가 현재의 요서와 만주지역, 동쪽으로는 길림, 서쪽으로는 광녕에 이르고 해주와 계주를 지나 조선(한반도)를 포함한다고 했다. 그것이 일제 식민지 시대에 다 없어지고 한반도 중부 한강 이남으로 축소되었다. 한국은 100년 전에 일본이 만들어준 한국인 비하 목적의 역사 왜곡을 여전히 고수한다. 일제에 충성한 민족배반자들이 벌 받지 않고 권력을 장악했기 때문이다.

청(淸)나라 건륭제(AD18세기) 때의 청사고기(淸史古記)에, 여진족(女眞族) 시조의 성은 환(桓)이며, 휘는 검(儉)이시다. 신시(神市) 천황 환웅(桓雄)의 아들로 93년간 재위하셨다. 개천홍성제(開天弘聖帝) 무진 원년 겨울 10월 3일에 등극하여 국호를 진단(震檀)이라 정하셨다. 경인 23년 임금께서 평양(平壤)으로 도읍을 옮기시고, 나라 이름을 조선(朝鮮)이라 하였다. 그 여진족(女眞族)의 나라는 한국 고대 정통 왕조 고구리(高句麗)의 시왕 주몽의 후예로서 단군(檀君)을 시조로 모셨고, 개국일이 10월 3일이듯, 한국도 수 천 년 변함없이 단군(檀君)을 시조로 모시며 지금도 그 날을 개국일 휴무로 기린다. 그렇게 청(淸)나라 여진족(女眞族)은 한국(韓國;KOREA)과 한 조상에서 갈린 핏줄이다. 지금 차이나(China) 국민의 92%라고 하는 화하족(한족)과는 아무런 관계가 없다. AD14세기말, 한국의 전 왕조 근대 조선(朝鮮)을 세운 이성계도 사실은 여진족(女眞族)이다.

한국의 뿌리 국조가 단군(檀君)이며, 4,350여 년 전에 처음 나라를 연 10월 3일은 현재도 한국이 나라 개국 국경일로 지내듯이, 한국은 원조선(原朝鮮) 개국 이래 그 적통은 부여-고구리+백제+가야+신라-통일신라+발해-고리-조선-한국으로 이어지며, 그 가장 높은 곳에 시조 단군(檀君)이 있고, 한반도에서 한국 정통 통일왕조 신라(新羅)의 다음 왕조 고리(高麗)가 들어설 때, 당시 망한 신라(新羅) 왕손이 만주에 세운 나라가 금(金)나라이고, 금(金)은 차이나(China) 최대 정복 왕조 청(淸)나라 전신이며, 청(淸)나라 여진족(女眞族)은 차이나(China) 유사 이래 최대 영토를 만들면서 대륙 통치 250여 년 간 자신의 정체성을 지키기 위해 차이나(China) 화하족(한족)과의 결혼을 용납하지 않았다. 그래서 청(淸)나라 여진족(女眞族)은 혈연적으로 차이나(China) 92% 하화족(夏華族=漢族)과 큰 연고가 없다. 애초, 차이나(China)는 한국 고대 조상 동이족(東夷族)이 상(商)나라를 열어 시작됐고, 지금 광대한 영토를 갖게 된 그 땅은 청(淸)나라가 만들었으며, 그 청(淸)은 한국과 동일한 고구리(高句麗)의 시조 주몽의 후예이면서 한국의 민족 시조 단군을 모셨던 겨레이다. 차이나(China) 화하족(한족)은 자기 정체성을 찾겠다고 멸만흥한(滅滿興漢)을 외쳤음에도 지금 청(淸)나라를 잇는다 하니 그 배리 때문에 그들의 정통성에 치명적 하자가 생긴다. 그 이율배반 해소는 결국 한국 소멸밖에 없다. 그 1차 공정이 만주와 한반도 북부에 존립했던 고구리(高句麗) 역사 자국 편입이며, 그 포괄적 작업이 한국의 문화 그 모든 것이 자기네 것이라고 세계에 선전하는 한국 흡수 정지작업이다.

BC108년, 원조선(原朝鮮)이 차이나(china) 한(漢)나라와의 전쟁에서 패해 나라가 망하면서 사방으로 흩어진 한국인의 뿌리 원조선(原朝鮮) 유민이 북만주에 부여(夫餘; BC3세기~AD494년)를 세우고 나서, 계속 갈려 나온 나라가 만주와 한반도를 아우르는 한국의 정통 왕조 고구리(高句麗), 백제(百濟), 신라(新羅), 그리고 부족 연맹체 가야(伽倻)였다. 만주 대륙을 크게 정복한 고구리(高句麗)가 남긴 천문기록을 컴퓨터에 입력하여 밝혀진 그 강역은 북만주와 내몽골 지역이었다. 고구리(高句麗)와 백제(百濟)는 번창하여 100만명의 군사를 거느렸으며 차이나(china) 중원으로 내려가 오,연,제,노를 복속하여 황하 일대의 광대한 영토를 차지했다. 애초, 고구리(高句麗)의 시왕 주몽(朱蒙)의 두 왕자가 왕위 계승에서 밀려나자 아버지의 나라 고구리(高句麗)를 떠나 세운 나라가 백제(百濟)이듯, 그 백제(百濟)가 처음에 자리 잡은 곳이 지금의 차이나(China) 발해만 대능하 강(江)가로 봄이 옳다할 것이다. 컴퓨터로 살핀 천문기록이 그렇게 나온다. 차이나(China) 고대서 양서(梁書)에 이르기를, 백제(百濟)의 성(城)이 동·서에 2개라고 했듯이, 그 본성(本

城)이 발해만 강(江)가를 아우르는 내륙에 있고, 종성(從城)이 지금의 한국 중남부 서부지역이라고 해야 옳다. 본성(本城)이 대륙에 있었다는 증거는 지금의 베이징 북쪽에 있던 북위(北魏)의 30십만 기마 병력이 백제(百濟)에 쳐들어 왔으나 백제(百濟)가 이를 물리쳤다고 하는 기록에서 보듯, 한국 정사는 백제(百濟)를 한반도 중서부 지역으로 비정하고 있으나, 백제(百濟) 본성(本城)이 지금의 한반도 중남서부에 있었다고 하면, 그 중간에 고구리(高句麗)가 가로막고 있었으니 북방 유목민족 30십만 기마 병력이 백제(百濟)를 공격 하려면 중간에 있는 고구리(高句麗) 육로를 피해 배를 타고 서해 바다를 건너 쳐들어 와야 한다. 과연 그 시절에 대륙을 말 달리던 북방민족 30만 기마 병력이 그에 따를 말(馬)과 병참 물자를 수 천 척 배에 싣고 서해 바다를 건너 한반도 중서부로 쳐들어왔다는 것이 말이 되겠는가. 북방 기마민족과 배는 연결 고리가 없다. 북위(北魏)는 대륙을 말달리던 기마민족이었으니 육로를 통해 쳐들어왔다. 백제(百濟)가 그 길 안내를 하겠다고 했던 것을 보더라도 백제(百濟)는 지금의 베이징 너머에 있었던 북위(北魏)와 만주의 고구리(高句麗) 중간 지역에 있었다고 해야 맞는다. 백제(百濟)가 한반도 중서남부에 있었다면 서해 바다를 건너가 길 안내를 한다는 것은 말이 안 되기 때문이다. 당시의 차이나(China) 수서(隋書)에서 백제(百濟)는 원래 십제(十濟)였으나 100명의 신하와 백성이 서해를 타고 내려가 한반도에 나라를 세웠다고 하는 것으로도 그 위치가 비정된다. 그렇다면 현재 한국 중서남부에 한정되어 있는 백제(百濟) 영역은 그 시조 비류의 동생 온조가 다스린 대륙백제(大陸百濟) 22개 담로국(분국) 중에 하나로 봐야 함이 옳다할 것이다. 백제(百濟) 본성이 발해만 갈석산 부근에 있었고, 22개 담로국(분국)을 그 왕의 혈족들이 나누어 통치했으며, 한반도 백제(百濟)는 그 시조 비류의 동생 온조가 다스린 후국 중에 하나였고, 일본 또한 백제(百濟) 왕가 혈족이 통치한 22개 분국 중의 하나였다. 한국의 한 민족사학자는 대륙 백제(百濟)가 BC18년에서 AD396년까지 발해만 안쪽에 존립하였으며, 비류(沸流)백제는 고구리(高句麗) 광개토대왕 침입으로 나라가 망하면서, 그 동생 온조가 세운 한반도 백제(百濟)가 본성이 되었고, 비류(沸流)백제는 22개 담로국 중에 하나였던 일본으로 건너 가 일본이 비로소 나라 형태를 갖추어지기 시작 한 그 비류(沸流)백제의 마지막 왕이 일본 15대 응신(應神)천황이라고 말한다. 일본인 사학자 와타나베 미츠토시(渡邊光敏) 역시 그의 저서 「일본천황 도래사」에서 일본 천황가가 건국신(建國神)으로 모시는 대상은 고구리(高句麗) 시조 주몽과 그의 아들 비류(沸流)라고 하는 것에서 이 주장이 설득력을 갖는다. 이것이 왜 중요한가 하면, 백제(百濟)의 발원지를 찾아야 한국인의 고향을 제대로 볼 수 있고, 당시 일본이 백제(百濟) 22개 담로국 중에 하나였음에도 지금에 이르러 그 시대에 일본이 한반도 남부를 정복해 경략했다는 엉터리 임나일본부설 역사 조작을 무산시킬 수 있기 때문이다. 그 당시에 일본이 한반도 남부를 경략했다는 일본 정통 고대국가 야마토(大和)는 당시 철(鐵)도 없고, 말(馬)도 없으며, 일본을 통일하지도 못한 일개 작은 지방 국가였다. 그런 형편에 당시 차이나(China) 연안을 따라 내리며 거대한 영토를 차지하고 22개 담로(분국)을 거느린 황제국 백제(百濟)가 일본 시조국 야마토(大和)의 상국이었음에도 오히려 야마토(大和)가 백제(百濟)의 항복을 받아내 한반도 남부를 복속했다는 것을 어떡케 해석해야 하겠는가. 그것은 마치 걸음마를 뗀 젖먹이 어린 아이가 대학생 권투선수를 한방에 거꾸러뜨렸다는 것과 같다. 애초, 해가 뜨는 일본이라는 나라 명 자체가 차이나(China)에서 한반도 백제(百濟)를 지칭하는 용어였다.

동양미술사전공 미국 여성학자 죤 카터 코벨(John Carter Covell · 1910~1996)박사는 그의 저서에서 "'일본서기'에 일본이 한국 남부를 식민지로 삼아 경략했다는 AD369년 당시의 백제(百濟)는 군사적으로나 정치적으로 정점에 올라 있는 시기였다. 백제(百濟) 근초고왕이 광활한 만주의 주인 고구리(高句麗) 수도 평양에 쳐들어가 고국원왕을 죽였다. 일본 사회는 이 당시 아주 미약한 존재에 지나지 않았으며, 한반도 남부를 경략했다는 무녀왕 1년은 진구황후와 그의 군사, 즉 한반도에서 건너간 야심가들이 일본에 막 속국을 건설하고 있을 무렵이었다."고 밝혔다. 당시 일본에는 철(鐵)도 없고 말(馬)도 없었다. AD6세기 차이나(China) 장강 일대를 통치한 양(梁)나라가 주변 12개국에서 파견되어온 사절을 그림으로 남긴 해설집 '양직공도(梁職貢圖)'를 보면 일본 사신의 행색은 옷을 만들 줄 몰라 천을 그냥 몸에 두른 형태였고 신발도 없는 맨발이었다. 일국의 사신 몰골이 그러할 진데 그 백성이야 오죽 했겠는가. 당시의 일본은 그냥 미개인이었다. 일본이 주장하는 고대 한반도 남부 경략 임나일본부설은 20세기 초 일본이 한반도를 식민지로 만든 이후에 한국인 열등화 목적으로 지어낸 역사 조작임에도 일본이 여전히 이것을 주장하는 저의는 포기한 적 없는 일본의 정한(征韓) 야욕 실지회복주의(irredentism) 외에 다른 것은 없다. 한국 정통 정복 왕조 고구리(高句麗)가 만주를 석권하고 강대한 국가를 만들었을 때, 해양제국 백제(百濟) 또한 황색 국기를 사용해 황제국을 자처했다. 그 틈바구니, 한반도 중남부 백제와 신라 사이에 존재했던 가야(伽倻; BC1세기~AD6세기)는 6개 부족 동맹체였지만 실제에 있어 이들은 백제(百濟)와 고구리(高句麗)보다 더 발달된 철기문화를 가지고 있었다. 그 철기 유물만으로도 가야(伽倻)의 원류가 고구리(高句麗)보다 앞섰던 부여(夫餘) 세력으로 봐야 한다. 한반도 남부 김해 대성동 고분에서 발굴되는 가야 유물과 똑같은 것이 만주에서 발견되고 또 그것이 일본에서도 나온다. 가야(伽倻)는 결국 신라(新羅)에 병합 됐지만, 그전에 일본에 건너가 일본을 개국한 나라였다. 그럼에도 일본은 역사를 사실대로 보지 않고 자국 생성이 자국에서 독자적으로 생성되었다는 국수주의 정치논리로 말하며, 지금도 2차대전 만행을 반성 않듯이, 고대 역사를 왜곡하고 억지를 부리는 그 의도는 자신의 열등감을 감추고, 동시에 포기 않는 염원 정한(征韓) 규간(窺間; 기회를 노리다) 말고 다른 것은 없다. 그 시절 고구리(高句麗)가 차이나(china) 대륙 수(隋)나라 100만 대군을 13만 병력으로 박살내고, 이어 계속된 당(唐)나라 수십만 병력을 그보다 훨씬 적은 병력으로 물리쳐 그때 살아 돌아간 차이나(china) 침략군 병사는 겨우 2~3천명이라 한다. 한국인 일본 오열이 장악한 한국 교단에서는 학생들에게 그 전쟁터 살수(薩水)가 지금의 북한 평안도로 가르치고 있지만 그곳은 발해만 안쪽 한국의 고향 녘 요동반도의 청수(淸水)로 보는 민족사학도 있다. AD12세기 고리(高麗) 학자 김부식이 왕명을 받고 10명의 사관과 함께 편찬한 한국 정통 고대서 '삼국사기'에 (김부식이 차이나(China) 사대주의자였음에도) 고구리(高句麗)와 백제(百濟)가 융성했을 때, 그 병력이 100만에 달했으며, 고구리(高句麗)는 차이나(China) 대륙 유,연,제,노, 4국을 요(撓)했고, 백제(百濟)는 오,월을 침(侵)했다고 했듯이, 고구리(高句麗)와 백제(百濟)는 만주와 한반도에 국한되어 있던 나라가 아니다. 이 요(撓)를 한국에서는 단순히 '어지럽히다'로 해석하지만, 한국의 한 고서전문가가 대만 번자체 옥편에서 찾은 바에 의하면, 요(撓)의 원 뜻은 '굴복(屈服)시키다',이며, 침(侵) 역시 단순히 침입했다가 아니라 '빼앗아 가졌다'는 뜻이라 했다. 당시의 차이나(China) 유,연,제,노 4국 영역은 산동반도를 포함한 황하 문명권 대부분이었고, 백제(百濟)가 복속한 오,월은 장강 이남을 망라했으니 백제(百濟) 또한 차이나(China) 대륙을 정복한 황제국이었다. 고구리(高句麗)와 백제(百濟)는 한국의 직계 정통 국가이니 한때였지만 차이나(China) 대륙 대부분이 고대 한국에 복속되어 있었다. 그때 일본의 야마토 왕조는 철(鐵)도 없고, 말(馬)도 없고, 변변한 의복도 없었다. 일본에서 한반도의 그것과 똑 같은 형태의 유물이 대량 출토되는 것은 일본이 만든 것이 아니라 한반도에서 유입된 것이며, 일본에 처음 나라를 세운 것은 한반도 가야(伽倻) 도래인이었고, 이어 광대한 해양세력을 구축하고 22개 담로를 거느린 백제(百濟)가 일본에 본격적으로 진출해 분국을 세워 그 혈족이 통치한 왕가(王家)가 지금 일본이 만세일계라며 받드는 "천황가(天皇家)"이다. 일본은 한반도 가야(伽倻)의 도래에서 시작된 후, 이어 백제(百濟)가 진출하면서 국가 형태를 갖추게 되었고, 일본 "천황가"는 그 땅이 백제(百濟)에 복속된 후 지금까지 이어진 백제(百濟) 왕가 후손이다. 당시 일본에서 나라의 형태조차 갖추지 못한 일개 지역 부족국가 야마토(大和)가 황제국 백제(百濟)에 쳐들어가 백제왕(百濟王)을 항복시켜 한반도 남부를 경략했다는 환타지소설 일본 역사서 '일본서기'는 북한 학자 김형석 말대로 한반도의 고구리·백제·신라·가야 4국이 일본에 세운 분국끼리의 전쟁이야기일 뿐이다. 그런데도 한국에서 이것을 함부로 말 못하는 이유가 보안법 때문이니 북한 학자 주장을 함부로 떠들다가는 실정법 위반으로 감옥에 갈 수 있고, 사회적으로 눈총 받을 수 있기 때문이다. 자가 검열이 그렇게 생겨난다. 그 배경에 이 나라의 교육계를 장악한 민족배반 한국인 일본 오열이 있고, 그 보다 높은 곳에 한민족 자의식을 반기지 않는 미국이 있어 그러하다.

발해만 안쪽 요동반도 험독 삼차하에서 한민족이 처음 나라를 세워 만주 벌판을 말 달리며 차이나(China) 대륙을 점유하다가 차츰 밀려나 한반도에 고정된 한민족 영토, 1894년 청일전쟁에서 패한 청(淸)나라 전권대사 이홍장이 일본 시모노세키에서 막대한 전쟁 배상금을 일본에 지불할 때 일본 요구대로 청(淸)나라 속국이었던 조선(한국)의 압록강 너머 간도 땅을 일본에 넘겨버렸다. 당시 이것이 청(淸)나라 안에서 문제가 되자 이홍장은 "그 땅은 원래 우리 것이 아니고 조선의 땅이니 억울해할 것 없다"고 했다. 그런데다가 6.25한국전쟁 후, 북한 1대 교주 김일성은 그 전쟁에 차이나(China) 인민지원군이 참전하여 북한이 살아남은 그 은공에 보답하겠다며 민족의 영산 백두산마저 반으로 잘라 차이나(China)에 바쳤다. 고향을 잃어버린 한국 1만년 역사, 한국이라는 나라명 자체가 고구리(高句麗)에서 고리(高麗)로 이어져 코리아(KOREA)가 되었음에도 고구려와 고려로 발음해 그 원류를 스스로 부정하고, 현재 한국의 대학생 95%가 일제 식민사관과 미국 기독교 영향력에 순치되어 자국의 시조 단군(檀君)을 지어낸 이야기 허구로 치부하듯이, 이를 기화로 차이나(China) 공산당 정권은 고구리(高句麗)는 물론이고, 한국의 시원이자 정체성 원조선(原朝鮮)도 차이나(China) 역사로 편입시켰다. 그리하여 한국은 고대부터 차이나(China)의 일부분이라는 구도가 완성되었다. 한국이 비록 차이나(China) 명(明)·청(淸)에 걸쳐 500년간 속국이었던 것이 사실이고, 그들이 그것을 세계에 선전 중이나, 차이나(China)가 역사를 매개로 패권 지위를 확보하겠다면 역사에 대하여 말하지 않는 것이 좋다. 왜냐하면, 그럴수록 수 천 년에 걸친 이민족 치하의 굴종 역사가 드러나기 때문이다. 차이나(China) 역사에서 지금 그 인민의 92%라고 하는 화하족(한족)이 그 땅에서 주인이었던 예는 별로 없었다. 근대 조선(朝鮮)이 사대한 명(明)나라조차 그 시조 주원장은 회족(回族) 즉 이슬람 사람이고, 차이나(China) 정통왕조 진(秦),수(隋), 당(唐), 원(元), 청(淸)나라가 모두 동이족(東夷族) 북방민족이며, 특히나 현재의 차이나(China) 공산당이 청(淸)나라를 잇는다고 하는 그 청(淸)은 한국의 시원 원조선(原朝鮮) 숙신(肅愼)에서 말갈(靺鞨), 그리고 여진(女眞)으로 이어진 한국 정통 왕조 고구리(高句麗)의 후예이다. 거기에 더하여 몽골족이 차이나(China)를 정복하고 세운 원(元)나라는 차이나(China) 화하족(한족)과는 애초부터 원수지간이었다. 그 몽골군은 잔인하기로 유명하다. AD13세기 몽골 군대가 차이나(China) 대륙을 정복하고 100년 동안 통치하면서 많은 화하족(華夏族=漢族)을 죽였고, 그들 결혼 초야권도 몽골족이 가졌다. 화하족(한족) 말살 정책이었다. 이어 AD17세기 청(淸)나라가 들어선 후 250년간 차이나(China)를 통치하면서 화하족(華夏族=漢族) 정체성은 완전히 말살됐다.

차이나(China) 간쑤성(甘肅省) 란저우(蘭州)대학 생명과학학원 셰샤오둥(謝小東) 교수가 13억 중국인 가운데 92%를 차지한다는 화하족(華夏族=漢族)이 최근 조사 결과 '유전학적으론 현존하지 않는 제3의 혈통'이라면서, "순수한 혈통의 화하족(華夏族=漢族)은 현재 없다"고 밝힌 DNA연구 결과를 얼마 전 차이나(China) 언론이 보도한 바 있듯이, 그는 이어 "오래전부터 '화하족(華夏族=漢族)은 중원(中原)에 살고 있다'고 생각돼 왔으나 이는 특정 시기의 다른 종족과 구별하기 위해 만든 지역적 구분일 뿐"이라면서 예를 들어 BC 11세기 현재의 산시(陝西)성 시안(西安)에 수도를 정한 서주(西周)는 한족 정권에 속하지만, 그 이후인 춘추전국시대에 같은 지역에 세워진 진(秦)은 소수민족인 '서융(西戎:서쪽 오랑캐)'이 주류였다는 것을 밝혔다. 그런데 이 글에서 이미 언급했듯이 실제에 있어 진(秦)은 단순한 서융(西戎)이 아니라 동해 바닷가 산동반도 부근에서 살다가 서쪽으로 간 동이족(東夷族)이다. 그는 이어 차이니즈(Chinese)들이 자신들을 "염제(炎帝)와 황제(黃帝)의 자손(炎黃子孫)"이라고 주장하지만 연구 결과 그 발원지도 그들이 오랑캐로 치부해 왔던 '북적(北狄)' 지역이었던 것으로 연구 결과 드러났으며, 발원지는 모두 현재의 간쑤(甘肅)성과 산시(陝西)성에 걸쳐 있는 황토 고원지역으로 이 두 곳 모두 화하족(華夏族=漢族)의 본거지가 아닌 것은 물론이고 주요 거주지역도 아니다,고 밝혔다. 셰샤오둥(謝小東) 교수는 연구 결과 오히려 차이나(China) 북부에서 남부로 이주한 객가족(客家族)이 고대 중원인의 문화전통을 계승한 것으로 밝혀졌다,면서 이들의 고어(古語), 풍속 및 습관에서 나타나는 역사의 흔적을 보면 그들이야말로 진정한 중원인이라고 강조했다. 차이나(China)에서 객가족(客家族)이라면 '타향에 사는 사람들' 즉 짚시라는 의미가 있다. 결론적으로 차이나(China) 역사에서 화하족(華夏族=漢族)이 주인이었던 시기는 짧고 대부분 이민족 밑에서 3등 국민 아니면 4등 국민으로 살아오는 동안 소멸되었다. 그럼에도 인정해야 할 것이 승리자는 그 지역에서 살아남은 그들이라는 것, 그렇다면 차이나(China) 화하족(華夏族=漢族)이 실제로는 존재하지 않음에도 그들 스스로 92%라고 하는 그 결집력은 과연 어디에서 오는 것일까. 자기들 말고는 모두가 오랑캐라는 중화사상이 그 뿌리이면서, 결정적으로는 19세기 영국의 침략 "아편전쟁"과 20세기 일본의 "난징 대학살" 그 외세로부터의 피해의식에서 온다.

단군(檀君)을 시조로 하는 원조선(原朝鮮)이 BC108년에 망하면서 갈려나간 여러 북방민족이 차이나(China) 대륙을 정복하고서도 종국에 가서는 화하족(華夏族=漢族)으로 편입되었듯이, 만주에서 발원하여 거대한 차이나(China) 영토를 만든 청(淸)나라 여진족(女眞族)도 화하족(華夏族=漢族)으로 흡수 되면서 자신들이 지켜온 시조 단군(檀君)도 사라졌다. 이것은 4,300여년에 걸친 동이족(東夷族) 소멸 과정일 뿐, 그 동이족(東夷族) 한 줄기 북한은 국제사회 '경제봉쇄'로 경제가 파탄 나 실제로는 차이나(China)에 이미 접수된 상태이고, 그 마지막 퍼즐이 민족 정체성이자 자신들의 시조 단군(檀君)을 스스로 지우는 한국이다. 문제는 차이나(China) 팽창주의가 동이족(東夷族) 소멸에 있지만은 않다는 것, 그들이 비록 오랜 시간 이민족 치하에서 3등 국민으로 살아왔지만, 그 중간 중간에 그들 스스로 대제국을 만들기도 했고, 결국 오랜 세월 자신을 지배한 이민족을 자민족으로 흡수 시켰으니 그들이 바라보게 된 것이 세계를 향한 더 큰 제국이요, 더 높은 권력이다. 미국을 넘는 세계 패권 야망,, 그 불을 지핀 것이 미국이다.

## 12, 당랑포선.

　　차이나(China)가 지금 동지나해 JDZ 해저 유전 지대와 인도·태평양 제해권을 포함하여, 미국과 한 판 뜨겠다는 의도가 "차이나(China)는 하나!" 대만 복속이니 대만이 그들에게 흡수되면 그 바다가 막혀 당장 한국부터 목이 졸린다. 무역으로 먹고 사는 한국의 모든 산업 물동량을 비롯해 석유 한 방울 나지 않는 한국은 그 길이 아니면 산업은 둘째 치고 당장 먹을 식량부터 차단당해 생활 전반이 마비된다. 한국이 차이나(China)로 흡수될 조건이며, 1만년 역사가 마감될 상황이다. 그것은 그들이 남지나해 9단선을 주장할 때부터 시작해 스리랑카 함반토타 항구가 그들 수중에 떨어질 때 이미 정해진 사안이다. 한국은 멱살이 잡혔고, 대만 흡수와 동시에 교살이 진행 될 상황임에도 이것을 걱정하는 한국인을 보지 못했다. 오로지 미국을 믿고 의지해야 하기 때문이다. 역사적으로 상국을 믿다가 곤욕을 치루고, 그때 죽어나간 남자들보다 살아남은 여성들이 참혹한 욕을 당했음에도 그 역사로부터 배운 게 하나도 없다. 그렇게 잡혀간 나이 어린 성노예 유인납치여성들(pilliged girls)을 일본인이 "위안부(창녀=똥치)"라 말하는 것을 그대로 따라 복창하는 한국인 무개념도 그 때문이고, 차이나(China)가 세계에 대놓고 한국은 자기네 "속국"이었다고 선전하는 그 목적이 이 나라 땅덩이만이 아니라 당장 시급한 자국 디지털 진입 열쇠 "한글" 탈취에 있어도 이것을 말하는 한국인은 없다. 왜 그런가 하면, 한국은 그때나 지금이나 종속이어서 스스로 미래를 대비할 수 없기 때문이다. 차이니즈(Chinese)들이 자국을 중국(中國)이라고 하는 명칭에 그들이 세계의 중심이고 나머지는 모두가 오랑캐(야만인)라는 의미가 있다. 그럼에도 한국인 그 누구도 이에 대하여 반발하거나 토를 달지 않고 중국(中國)을 중국(中國)으로 받들어 모신다. 과거 주인에 대한 예우를 다하느라 스스로 오랑캐(야만인)를 자처한다. 저들이 한국의 영토 침탈은 물론이고, 한국의 모든 문화와 역사를 비롯해 한민족 자체를 소멸시키려 함에도 유유(悠悠, 愉愉, 幽幽, 儒儒, 唯唯)하다. 위기를 위기로 볼 줄 알았다면 한국 역사 970:0 일방 피침도 없었을 것이고, 지금까지 종속이 이어지지도 않았을 것이다. 그래서 한국인은 어쩌면 그 피투성이 역사 피학대 짜릿한 '편달과 몽둥이찜질 극강의 희열을 고대하고 있는 것은 아닌지 궁금해진다. "이 땅에서 어이하여 전쟁이 터지지 않느냐고요? 심심하게 왜 이렇게 조용하냐고요,,?!!" 평화가 복에 겨워 몸이 근질거리는가보다. 그러나 정말로 그것을 기다리는 것인가. 이번에 터질 전쟁은 지금까지와 다르다. 북한발 "핵전쟁" 민족멸망이고, 그 다음 순서는 차이나(china)로의 흡수 완전한 동이족(東夷族) 소멸이다. 사정이 그러함에도 이 나라는 진보, 보수로 갈려 기생 평화주의 한반도 "비핵"을 뽐내며, 열심히 저희끼리 물어뜯고 싸우는 것만을 제 할 일로 안다. 1945년 일본에 투하된 핵무기 위력이 어떠했는지 알면서도, 현재의 우크라이나 전쟁을 쳐다보며 전쟁은 총포탄 쏘는 국지전이지 절대로 "핵전쟁"이 될 수 없다는 저 혼자만의 굳센 믿음, 그러나 국제사회 '경제봉쇄'로 북한이 한계에 다다를 때 한국은 김정은 권부의 이판사판 "너 죽이고 나도 죽겠다,,"는 막가파 핵미사일 투발 제1번 타깃이 된다. 한국인은 미국이 있으니 자국 땅 "핵전쟁"도 미국이 알아서 잘 해결해 줄 것이라고 믿는 것인가. 설혹 "핵전쟁"이 아니고 총포탄 쏘는 국지전이라 해도 경제적으로 북한이 잃을 것은 1이고, 선진국에 진입한 한국은 100이다. 거기에서 승리를 한다 해도 그것은 나라 망하는 승리일 뿐, 그 전쟁으로 초토화 된 한반도를 차이나(china)가 거저먹게 된다. 그 소유권 정지 작업이 한국은 고대부터 자국의 일부라는 차이나(china)의 역사 조작이듯, 진실 외적인 것에서 진실을 찾는 한국인 고래의 현실기피 문질, 조선(朝鮮)이 그랬던 것처럼, 문치주의 어쭙잖은 사변으로 세상을 재단해 저희끼리 물어뜯고 싸우는 것만을 용기로 아는 상국 의존 비굴 신순 충성심 그 댓가이다.
-----
편달: (鞭撻; 채찍으로 때림).

17세기 아메리카 신대륙에 들어온 유럽인이 그 신천지에서 돌도끼 들고 저항하는 아메리카 인디언 남녀노소를 가리지 않고 무참히 쓸어버린 똑같은 논리, 힘 약한 민족이 과분하게 가진 보물은 강탈되기 마련이다. 그 엄연한 현실을 한국은 미국 핵우산 밑에서 안전하다며 자기 최면에 걸려 있다. 그렇게 끈질긴 한국인 600년 종속 의존주의 천형을 박정희 대통령이 혼자 깨부수려 했으니 그 양반이 얼마나 정신 나간 사람이었겠는가. 믿었던 부하에게 총 맞을 수밖에 없는 이유이며, 500년 종속이 600년으로 이어졌고, 그것이 1,000년으로 이어진다 해도 조선이 간 길을 다시 가는 그 이유이다.

과거 잘못을 인정 않는 일본 침략주의 정한(征韓) 야욕과 한국 흡수 한민족(=東夷族) 소멸을 꿈꾸는 차이나(China) 팽창주의, 그리고 국제사회 '경제봉쇄'로 반드시 도래할 북한 김정은 세습 독재의 말로, 그 최후의 발악이 핵미사일 발사를 가리켜도 이번에 새로 집권한 한국 보수 대통령은 미국 똘마니 첨병 임무를 다하려고 북한 "선제공격(KILL CHAIN)"을 대내외에 천명했다. 그 때문에 북한 권부가 한국을 향해 핵미사일을 쏠 때 정당방위라는 당위성이 부여됐다. 한국인은 6.25한국전쟁 이후 그 잠시 동안의 평화가 정말로 지루하고 몸 근지러운가 보다. 한국이 지금 자주국방을 하겠다면서 첨단 무기 개발에 진력 하는 것은 좋게 봐야 상대가 누구이든 전쟁을 하겠다는 취지이다. 그것이 과연 올바른 자주국방인가. 그 전쟁에서 승리한들 남는 것은 폐허와 민족 소멸뿐이다. 너무나 분명히, 전쟁을 하지 않고 평화를 지키는 것이 승리이지 전쟁을 하여 팔다리와 모가지가 잘리며 이

기는 것이 승리가 아님에도 전쟁을 하여 이기든 지든 상대방 코피 정도는 터뜨릴 수 있다는 자신감은 상국 총알받이로 죽겠다는 충성심 부복 의리인 것 말고는 달리 생각할 수 없다. 전쟁을 방지하기 위해서는 한국이 자체 "핵무장"하고, 이 땅에서 미군을 철수시킨 다음 남북한이 주관적으로 협상하는 것 말고는 없다. 그것만이 한반도 평화와 안정을 보장한다. 항상 진리 외적인 것에서 찾는 가짜 진리 때문에 파탄을 자초하면서도 절대로 그 버릇을 못 고치는 조선으로부터의 고질병, 그것이 지금에 이르도록 변함없는 이유가 무엇 때문이겠는가. 미국의 이기심과 한국의 기생 의존주의 합작품 한국 땅 "미군주둔" 차꼬로부터이다. 그런데 그것은 한국만이 아니라 세계 재앙과 연결되어 있으니 어쩔 것인가. 그래서 피해 당사자가 될 세계의 인민 역시 이 상황을 알아야 한다.

1950년 1월 미국은 일본을 주축으로 하는 에치슨라인을 그어 한국을 자국 태평양 방어선에서 배제시키면서 한반도에서 미군을 철수시킨 5개월 후 한국은 나라가 초토화 되는 6.25한국전쟁을 맞는다. 한국인은 그 후유증으로 "미군철수"는 곧 "전쟁"이라는 무서운 트라우마가 생겨 운신에 제약이 걸렸다. 그러나 이것이 소련을 경계하기 위해 유럽을 부흥시킨 '마셜정책'처럼, 일본을 부흥시키기 위해 한국을 희생시킨 미국의 암수였음을 이제는 깨쳐야 한다.

북한은 그 인민 300만 명이 굶어 죽은 조건에서도 한민족 정통을 자처하고, 남한은 민족 정체성을 포기하고 얻은 경제 부흥으로 정통을 자처한다. 이 둘이 가진 상대적 하자(瑕疵)와, 그 반대의 자부심은 얼마든지 합의를 도출 할 수 있다. 그러나 여기에는 열강의 간섭이 배제되어야 하는 절대 조건이 있다. 서로 흠결 있는 이 둘의 정체성 중립(證立)에 북한의 그것은 김일성 세습 권력 유지 박민 악정에 이용되어 진실일 수 없고, 한국은 친일 민족배반자 전위병 일본 오열 강단사학자조차 척결 못하고 현재 미군이 한국 땅에 주둔하며 전시작전권도 갖지 못한 한국의 의존 기생주의 때문에 흠결이 있다. 이 극복은 북한의 전 수괴 김정일 대원쑤님이 승하 하면서 그의 아들이자 현 북한 꼭지인 김정은에게 남긴 유언이 경계할 대상은 한국과 미국이 아니라 차이나(China)라고 한 것에서 찾을 수 있다. 한국과 북한이 손잡고 오히려 차이나(China) 팽창주의를 전면에서 막아내는 미국 태평양 방어선 첨병 조건, 북한이 미국의 적이 아니라 오히려 차이나(China) 팽창을 최전선에서 막는 든든한 우군 구도, 그것은 남북한이 같은 한민족이어서 가능하다. 미국은 이 함수를 절대로 반기지 않을 것이다. 그 사회에 선린 민족주의 자체가 없고, 인디언 살육과 흑인 노예제 탐욕을 기반으로 나라가 만들어져 애초에 상생 우애주의를 알 리 없어 그렇다. 그런데 문제는 미국의 그 이기심 때문에 북한 대륙간핵미사일(ICBM)과 잠수함 핵미사일(SLBM)이 한국과 일본만이 아니라 미 본토를 정조준 한다는 것, 그리하여 그 보다 더 막강한 미국의 보복 세계재앙이 기다리고, 거기에 그 보다 더 무서운 변수가 있다는 것, 그럼에도 이것을 아무도 알려 하지 않는다는 것,

위험을 애초에 제거하는 '호모부가(毫毛斧柯), 이것은 한국 땅 "미군철수" 전제의 남북한 자주 협상 외에 다른 방법은 없다. 이데올로기보다 상위의 한국인 우애 민족주의, 그 민족주의는 독일이나 일본처럼 남에게 피해 주는 자기중심적 독선체가 아니다. 한민족의 그것은 고대에 나라가 세워질 때부터 홍익인간 이웃 상생 친화민족주의였다. 그것을 저희가 자력으로 되찾을 때만이 남북한이 손잡고 차이나(china) 팽창주의와 포기한적 없는 일본 제국주의 정한(征韓) 야욕을 막아 이 지역 발 세계적 위기를 해소할 수 있다. 이데올로기 편 가르기로는 절대로 해결 불가능하며, 오히려 그것 때문에 한반도 핵전쟁이 초래된다. 그 생기가 미국의 패권 이기심이고, 한국인 의

존 사대 기생주의이다.
-----

호모부가: (毫毛斧柯; 화근(禍根)은 크기 전에 없애야 함을 이르는 말).

주한 "미군 철수"의미는 한국이 미국을 배격하거나 척을 지겠다는 것이 아니다. 6.25한국전쟁 민족상잔은 엄연히 북한 김일성이 일으킨 것이고, 한국인 대부분은 과정이야 어떻든 미국이 일본으로부터 나라를 찾아주고, 6.25한국전쟁에서 같이 피 흘려준 고마움을 잊지 않으며, 현실적으로도 미국을 등져 이로울 것이 없다. 한국 1만년 역사가 차이나(China)에서 밀려나 점차 축소되어온 과정이니 저들이 흥할 때마다 한민족은 피해를 당해 왔다. 저들의 전통 무기는 언제나 떼거리 인해전술이었다. 그래서 차이나(China)의 '일대일로'가 무엇을 의미하는지 잘 아는 한국은 미국과 척을 질 이유가 없다. 그러나 그것이 변함없는 똘마니 임무라면 이제는 거절해야 한다. 한국이 살아남겠다면 북한 위기 해소가 우선이며, 그러기 위해서는 외세를 배제한 두 나라 간의 자주적 협의가 필수이다. 결단코 이데올로기 나팔수 무장해제 삐끼(호객행위) 역할의 "비핵"이 아니다. 한국의 자주권 자체 "핵무장"과 "미군철수"만이 남북한이 손잡고 이 지역 위기를 막는다.

2018년 6월 싱가포르에서 열린 북미회담에서 북한 꼭지 김정은과 전 미국 대통령 트럼프가 현재 휴전 중인 한국전쟁 종료를 선언하려 했을 때, 한반도 전쟁을 염원하는 일본 아베 전(前)수상의 끈질긴 방해 공작과 트럼프 보좌관들 동조로 무산되었다. 당시 백악관 국가안보보좌관 죤 볼턴 회고록 〈그 일이 일어난 방〉이 증거 하듯, 일본의 바람이 오로지 한반도 혼란과 전쟁에 있는 고래의 정한(征韓) 염원, 설혹 일본에 평화를 원하는 이성이 있다 해도 주변 불안 여건을 빙자한 일본 재무장 기치 앞에 일본의 전통문화 "이지메"가 작동하여 힘없이 묻히게 마련인 일본의 순응 지성은 결국 침략주의 위장 방패막이만 된다. 일본의 정한(征韓) 야욕 필요조건 한반도 분쟁과 혼란, 그것을 부추기는 일본 우익 기조는 자민당 내의 정권이 바뀐다하여 변할 사안이 아니다. 지금껏 일본 도심 거리에서 "좋은 한국인이든 나쁜 한국인이든 가리지 말고 목을 쳐야 한다!"고 확성기로 떠들며 행진하는 무리가 있고, 그 기반 위에 일본 집권당이 유지되며, 일본의 서점 중심 섹션에 혐한 서적이 쌓여 있으며, 그것이 베스트셀러가 되는 현상이 (한국에는 그 상대적 책이 단 한 권도 없다) 결국은 국가동원령을 기다리는 그들의 2차대전 구몽, 피와 강간이 그리운 그 폭란 기대감이라고밖에 다른 설명은 곤궁하다. 1923년 일본 간토 대지진 당시 소위 자경단이라 일컫는 일본 민간인은 한국인을 눈에 보이는 대로 족족 잡아 죽였다. 한국인이 이를 피하려고 일본 옷을 입으면 혀 짧은 일본어 "십오원 오십전(주고엔 고짓센)"을 말하게 하여 그 발음이 불가능한 한국인을 가려내어 남녀노소 불문 임산부까지 6,000명 이상을 칼과 죽창으로 찔러 죽였다. 그런 사례가 부지기이다. 2차대전 일본 패전 당시 일본에 끌려간 한국인을 일본 당국에서 귀국 시켜준다고 선전하여 배에 잔뜩 실은 8,000여명의 한국인을 바다 한가운데에서 그 배를 폭파시켜 모조리 수장시켜 버렸다. 일본은 그 폭발을 미국이 설치한 기뢰 때문이라고 하나 그 폭발 직전에 함선 고위 장교 일단은 보트로 빠져나갔고 폭발 부위는 기뢰폭발 외부 타력 물리력과 반대로 안에서 바깥쪽이었다. 배 안에서 폭탄을 터뜨려 침몰시켰다. 그 귀국선에는 노인과 어린 아이를 포함한 한국인이 가족 단위로 타고 있었다. 전쟁이 끝났으니 한국인을 고향에 데려다 주겠다는 일본인 감언에 속아 의심 없이 탑승한 만고에 순진하고 어리석은 한국인 우애주의 빙신(憑信; 남을 믿고 의지함), 일본인 침략 살월 본성에 매번 당하면서도 돌아서면 금세 잊어버리는 기억상실 유전병,, 일본인의 친절한 미소에 숨어 있는 사구(邪構)에 수많은 세월 누차 당하면서도 이를 반복하는 한국인 향방부지 업보이다. 1919년 3월1일 한반도에서 태극기를 들고 일어난 전국적 비무장 만세운동을 계기로 한·만 국경지대에는 수많은 한국독립군 부대가 편성되어 활발한 독립 전쟁을 전개하고 있었다. 조선독립군은 만주로 망명해 오는 청년을 수용해 군사 훈련을 실시하는 한편, 동포들의 의연금으로 체코제 최신식 소총과 기관총을 대량 구입함으로써 전투력이 급속히 향상되어 일본 군경과 맹렬히 전투를 벌이고, 또 일본 식민 통치기관을 습격, 파괴함으로써 큰 전과를 올린다. 1920년 10월 일본은 만주 침략의 구실을 만들기 위해 훈춘사변(琿春事變)을 일으킨 후 간도에서 한국독립군을 소탕한다는 명목으로 마을주민을 학살하자 재만 독립군은 일본군의 추격이 미치지 않는 깊은 산속이나 러시아 국경지대로 부대를 이동시켜 일본군의 작전은 차질을 빚었다. 더욱이 청산리에서 한국 독립군에 의해 일본군 사단 병력이 몰살당하자 일본군은 그 보복으로 조선 민간인을 대상으로 무차별 살육 잔치를 벌였다. 일본군은 조선인 마을을 포위한 뒤 사람들을 한자리에 모아 놓고 총검으로 찔러 죽였고, 부녀자들을 보이는 대로 살해한 후, 모든 민가를 소각하고 가축을 약탈함으로써 마을을 폐허로 만들었다. 만주 화룡현 장암동(和龍縣獐巖洞)에서는 28명의 기독교인을 총살했으며, 연길현 의란구(延吉縣依蘭溝)에서는 30여 호의 전 주민을 몰살하고 어린 4형제를 불타는 가옥 속으로 던져 태워 죽이기도 했다. 연길현 와룡동(延吉縣臥龍洞)에서는 거주하는 교사를 붙잡아 얼굴 가죽을 모두 벗기고 두 눈을 빼내어 누구인지 식별할 수도 없게 만들었다. 어린아이를 칼로 찔러 죽이고 시체를 불태웠으며, 어린 소녀를 강간한 뒤 죽였다. 그것은 차이나(china) 난징에서 6주 만에 민간인 30만명을 총칼로 죽인 대학살 전초전이었다. 1920년 10월 9일부터 27일간 간도지역에서 학살된 한국인만 3,469명이었다.
〈한국민족문화대백과사전 경신참변(庚申慘變)〉에서 발췌.
그렇다면 3~4개월 동안 계속된 학살로 죽은 한국인 수는 얼마였겠는가.

1894년, 조선 왕조의 무능과 부패가 극심해져 핍박받던 조선 농민이 항쟁을 시작했다. 이에 조선 왕정은 상국 청(淸)나라에 군사를 요청했고, 그때

청·일전쟁에서 승리한 일본이 텐진조약을 빌미로 조선에 들어와 조선 농민을 살육하기 시작했다. 작전명 '토끼몰이',, 일본 군부에서 항쟁 조선인을 전부 죽이라는 명령이 떨어져 일본군은 그 농민을 한반도 중부에서 바다로 막힌 남부로 몰며 무참히 죽였다. 항쟁 농민 손에 든 무기라는 것이 낫과 곡괭이가 대부분이었고, 일본군은 총과 대포로 무장하고 있었다. 일본군은 항쟁 조선 농민과 무고한 농민을 구분할 수 없었고, 그것은 애초 조선에 들어온 목적과도 별개였으니 눈에 띠는 조선 농민을 닥치는 대로 죽였다. 어림잡은 그 수가 30만 명 이상이고, 그 후 일본의 식민지가 된 조선인(한국인)이 일본의 2차대전 노역에 동원되어 희생된 사람을 포함하면 100만 명 이상이다. 여기에 군인으로 끌려간 수는 포함되지 않는다. 그 일본은 또 차이나(china) 난징에서 한 달 만에 그 시민 30만 명을 죽였다.


한·일 '독도' 분쟁,

한국령 '독도'는 한국 기록은 차치하고, 17세기 일본 막부 태정관 문서에 이미 조선(한국) 땅으로 규정하고 있어 그때부터 일본에서 자국민이 허가 없이 함부로 도해하면 막부(정부)에서 목을 치는 엄한 벌이 있었던 동해바다 끝 '독도'는 많은 증거자료가 한국령을 적시하고 있다. 그러나 그 섬은 한국 본토에서 너무 멀리 있어 행정력이 미치지 못했고, 그것을 기화로 일본 어부가 몰래 넘어와 마구잡이 어로작업을 했다. 그래서 그 섬에 지천이었던 강치(물개)가 멸종됐다. 한국은 1900년 대한제국(한국) 고종 황제 칙령으로 이 섬이 한국령임을 다시 선포했다. 그러나 1905년 일본에 외교권을 빼앗기는 시점에서 일본 메이지 정부가 '독도'를 자국 영토로 선포했고, 이미 나라가 기울어 그 존치마저 어려운 형편에 조선(한국) 조정은 아득히 먼

바다 '독도'에 신경 쓸 여력이 없었다. 일본이 이 섬에 대하여 자국령이라고 주장하는 역사적 근거라고 해봐야 겨우 이것뿐이며, 그 법적 지위가 1951년 미·일 샌프란시스코 강화조약 약정서에 한국령으로 기술되지 않았다는 자의적 해석뿐이다.

1951년 9월, 미국 주도로 진행된 2차대전 연합군 수뇌가 패전국 일본의 지위를 명확히 하기 위해 참전국 중 48개국이 서명한 미·일 샌프란시스코 강화 조약이 발효 된 후, 그때 연합군 최고사령부에 의한 미국의 일본 군정기가 끝나고 일본은 주권을 회복한다. 일본이 전쟁에 패한지 6년만이고, 조약 밑그림이 나온 지 4년 6개월, 카이로 선언 이후 거반 8년만이었다. 조약 1장은 전쟁 종료와 일본의 주권회복에 관한 것이고, 2장은 일본이 점령했던 영토 포기에 관한 것이다. 일본이 '독도'를 자국의 고유 영토라 우기는 근거가 이 2장에 담긴 일본 영유권 포기 불명확성이다. 그 원문에 "일본은 한국의 독립을 인정하고, 제주도, 거문도, 울릉도를 포함한 한반도와 그 부속 도서에 대한 모든 권리, 자격을 포함한 영유권을 포기한다."고 명시했으나 '독도'는 없었다. 이에 일본은 '명기되지 않았으니 일본 영토'라는 논리로 지금까지 도발하고 있다. 그 조약 체결 당사국은 일본 대 연합국이었고, 연합국 입장은 곧 미국 입장이었다. 조약 초안도 미국이 작성했다. 해제된 미(美)정부기밀문서 1949년 10월 초안에는 일본의 영유권 포기 대상에 '독도'가 명기되어 있었다. 이것은 1943년 미국, 영국, 중화민국의 3개 연합국 대표가 이집트의 수도 카이로에서 발표한 공동선언과 맥락을 같이 하는 것으로, 연합국은 승전하더라도 점령지에서 자국 영토 확장을 도모하지 않을 것이며, 전범국 일본은 제1차 세계 대전 후 침탈한 영토를 모두 반환 하며, 한국에 대해서 자유 독립국가로 승인한다,고 하는 약정에 기초한다. 그런데 초안이 나온 그 2개월 후인 11월 4일 수정안에는 '독도'가 일본의 영유권 <u>포기</u> 대상이 아니라 <u>유지</u> 대상으로 바뀐다.

도대체 그 사이에 무슨 일이 있었는가. 당시의 동경 맥아더 사령부 정치 고문 윌리암 시볼드(William Joseph Sebald)의 보고서에서 단서를 찾을 수 있다. 그 골자는 "조약 초안에 일본의 이익을 위축 시키는 조항이 많으니 이를 삭제, 수정해야 한다"는 것이었고, 그래서 '독도'는 일본령으로 다시 등재됐다. 당시의 한국은 북한군 기습 침공으로 나라가 초토화 된 6.25한국전쟁이 한창이었고, 그 전쟁 전에 한국 초대 대통령 이승만이 "대마도"가 역사적으로 한국령이었으니 일본은 반환하라는 요구가 최대 이슈였으나, 북한군 기습 남침에 대해 아무런 준비가 없었던 한국은 UN군 참전으로 전선이 밀렸다가 미는 중이어서 "대마도"든 '독도'든 일개 섬에 대하여 신경 쓸 경황이 없었다. 당시 한국전쟁을 주도하고 있던 미국은 한반도를 포기하지 않는 이상 한국령 '독도' 문제가 나중에 커다란 이슈가 된다는 것을 모르지 않았을 것이다. 이에, 맥아더 사령부는 '독도'를 일본령으로 지정했다가 나중에 문제가 될 것을 염려해 그 이듬해 나온 수정안에 일본의 '독도 포기' 사항을 다시 집어넣었다.. 그러자 맥아더 사령부 정책보좌관 윌리엄 시볼드의 친일 행각이 다시 발휘 되었을 것은 충분히 유추된다. 결국, 조약 최종안에는 한국 영토로 제주도, 거문도, 울릉도만 명기되고 '독도'는 빠졌다. 미국은 민감한 사안에 대하여 "이해 당사자들끼리 알아서 하라"는 식으로 손을 뺏고, 한국과 일본은 70년이 지나는 지금까지 이 문제를 두고 첨예하게 대립하고 있다. 그렇다면 재(再)수정안에 일본 '독도' 포기 문구가 있었음에도 그것을 누락시킨 이유를 어디에서 찾아야 할까. 그것은 일본이 "대마도"를 지키기 위한 시선 돌리기 대체물 필요 때문이다,라고 하면 아귀가 맞는다. 한국이 미·일 샌프란시스코 강화 조약 체결 전부터 "대마도" 반환을 요구하고 있었던 사안의 경중을 따져 볼 때, 넓은 동해바다 가장 끝에 있는 '독도'는 그 중요도에서 한,일 두 나라의 좁은 해협 국경 기준선 "대마도"에 비할 바가 아니다. 그때부터 '독도'가 성동격서 수단이 되어 일본이 북 치고 장구 치면 거기에 덩달아 춤춘 한국인은 "대마도"를 잊어버리고 오로지 '독도'에 꽂혀 그 섬을 점유했으니 저 잘난 줄 알며 지금껏 일본과 게거품을 흘리며 멱살잡이하고 있다. 그것이 가능했던 것이 동경 맥아더 사령부 정책실무관 윌리암 시볼드의 '친일'과 "한국은 일본을 보호하는 역할로서만 필요하다"고 했던 미 태평양 사령관 존 헐(John E. Hull)의 지침이 있어서였다. 과거 한국에서는 윌리암 시볼드가 "일본 여성 '마타하리'에 홀린 사람"이라는 말이 있었다. 한국 분단은 애초 패전을 앞둔 일본이 미국과 협상하면서 만들어진 것이지만, 한국전쟁 6.25는 일본을 기준으로 하는 미국의 태평양 방어선 에치슨라인을 선언하면서 유발된 것이 사실이고 보면, 한국에 대하여 정보가 부족했던 당시의 미 국무부 사정상 이 사람의 의견으로 그것이 성안됐다고 여겨진다. 미국이 샌프란시스코 미·일 강화조약을 맺으면서 이를 '평화조약'이라고 명명한 그 '평화'는 한국에 있어 공산진영 '대립'을 의미한다. 한국 분단과 한국전쟁, 그 후 현재에 이르는 70년 이상의 휴전 상태가 그것이다. 미국에 있어 일본은 태평양 방파제 최전선 병참기지이고, 한국의 필요는 일본을 보호하는 충격 완화 용도의 테트라포드(Tetrapod) 이데올로기 최전선 첨병으로서의 역할뿐, 전범국 일본에 그어졌어야 할 분단선이 침략 피해 당사국 한국에 그어진 이유이다. 국제 관계에서 지켜야 할 국제 규범이나 신의 따위는 애초에 없었다. 힘과 자국 이익중심주의가 우선한다. 거기에 무릎 꿇은 한국은 그로 파생된 한·일 '독도' 분쟁 "대마도" 시선 돌리기 장단에 춤추며 가장 중요한 자국 국경 기준선 "대마도"를 포기하고 잊기 위해 지금껏, 그리고 앞으로도 '독도' 수호에 열일 해야 한다.

한국인의 지극한 '독도' 사랑이 실제로는 자국령 "대마도" 포기를 위한 변명이며, 일본 장단에 춤추는 그 실체가 상국 결정에 따른 신순 알아서 기기가 본질이듯, 일본이 걸핏하면 북 치고 장구 치며 '독도'를 도발하는 것은 자국에 이슈가 생길 때마다 자국민 시선을 돌리기 위한 프로파간다 선동이기도 하지만 한편으로는 한국인의 "대마도" 반환 기억상실 굳히기 이중 책략이니 한국인이 이것을 깨쳐야 하는 것은 이것이 진실의 문제이고, 용기의 문제이며, 그러한 현실기피가 한국 땅 "미군주둔"을 고정해 종속이 유지되는 그 결말이 파멸을 유인하기 때문이다. 그러니 한국사람 특히 젊은이가 용기를 가지고 진실을 바로 보겠다면 일본의 '독도' 이슈에 일절 대응 말아야 한다. 그 소동에 대응하면 할수록 "대마도"는 아득히 멀어져 간다. 무대응이 진정한 용기이다. 대신 그 섬에 일본이 멸종시킨 '강치'를 복원시켜야 한다. 그러면 논란은 깨끗이 사라진다. 한국의 그런 무대응에 열받은 일본이 전쟁을 일으키면 그에 맞게 전쟁을 하면 되는 것이고, 그럴 때 사상자보다도 복원된 '강치'가 다치거나, 죽거나, 다시 멸살 되면 그 책임은 모두 일본 몫이 된다. 강치 몇 마리 죽거나 다치는 것만으로도 일본은 국제 사회 비난을 면치 못한다. 한국에서 이 '강치' 복원 주장이 오래전부터 있었음에도 일절 회피되는 것은 한국 사회 곳곳에서 권력을 잡고 암약하는 한국인 일본 오열 탓도 있지만 한국인 스스로가 진실을 바로 볼 용기가 없기 때문이다. 그러니 일본과 '독도' 문제로 열심히 핏대 올리는 한국인 애국 열열한은 일본 오열 앞잡이 민족배반자이거나 아니면 그 하수인, 그도 아니면 상국 의중을 살펴 알아서 기는 비겁자일 수 있다. 왜냐하면, 자신의 안전이 확보된 조건의 용기이기 때문이다. 비굴을 나라 사랑으로 변치해 용기로 포장하는 자랑스러운 비주 애국심, 그 모든 것이 자기 나라를 자기가 지키지 않고 상국에 기대 편히 살겠다는 조선 이래의 의존 사대주의 고수, 자의식과 자주권을 포기한 댓가이다. 나라의 진정한 자주국방과 민족의 천형 종속을 깨겠다고 혼자 몸부림치다가 암살당한 박정희 대통령을 향해 던진 대학생 데모 화염병도 그와 같다. 그 미늘이 옛날에는 아름다운 도덕과 윤리였고 지금은 세계 평화 "비핵"으로 비굴을 용기로 전치한 가짜 민주주의 트로피이다. 그 공통분모 의존과 상국사대, 미국 종속 조건에서 이 나라의 완전한 자주국방 "핵무장"은 박정희 대통령 장기집권 철권통치 없이 불가능했다. 한쪽은 물이고, 다른 쪽은 불이었다. 두 개를 섞어 둘 다 가질 수 없으며 둘 중의 하나를 선택해야 했다. 박정희 대통령 장기집권을 감수하여 나라의 완전한 주권을 완성하든가, 아니면 조선이 물려준 똘마니 본분 비주 비굴 기생 민주주의를 택해 종속을 계속하든가 둘 중의 하나였다. 그때 국민은 하던 대로 심간 편한 상국 신순 엎드려 기기를 택했다. 그래서 역사가 어김없이 다시 돌아온 그 부채가 북한 "핵무기" 상파 방사능 낙진 한국 초토화 상황이며, 차이나(china)의 대만흡수에 따를 한국 무역로 횡색(橫塞;길이 막힘) 교살, 그리고 한국 젊은이 결혼기피 민족멸절 조건이다. 그래서 지금은 그 부대낌에 지쳐 아예 위기를 위기로 보지 않게 되었다. 북한은 둘째 치고, 대만이 차이나(china)에 떨어지는 날 한국은 곧바로 목이 졸린다. 그것이 1만년 역사 한민족 소멸을 가리켜도 이를 걱정하는 한국인은 거의 없다. 그것은 AD11세기 송(宋)나라가 무인 세력을 억제하기 위해 문치정책을 쓰다가 천자 두 부자(父子)가 금(金)나라에 잡혀간 차이나(china)의 국치 정강의 변(靖康之變) 이래, 나라 망함도 불사하는 형식 관념주의 근간 송(宋)나라 성리학만을 최선의 가치로 받들어 모신 조선(朝鮮)으로부터의 유전병이어서 고칠 수도 없다. 도덕과 예절로 포장된 빛나는 빈 깡통 트로피, 총포탄 쏘고, 핵미사일로 무장한 현대 전쟁터에서 곰방대 물고 도포자락 휘날리며 나라 망한 조선의 윤리와 도덕 주둥이 논박으로 적을 물리치겠다는 어마 무시한 조선의 유물 위선 평화주의 "비핵",, 한국의 이 기생주의 실체를 이미 트럼프 보좌관 죤 볼턴이 갈파해 한국인을 조현병 환자라고 조롱했다. AD 993년, 거란 30만 대군 침공을 고리(高麗; 한국)의 문관 서희가 적장을 만나 엄중한 '궁문으로 적을 물리쳤다 해도 그래봤자 임시방편에 불과했다. 문제의 본질을 해결하지 않으면 병은 다시 도질 뿐, 조선의 치열한 '논구(論究)가 상대방 말꼬리 잡기에 불과한 그 문치 최선등 본질이 상국 '붙좇음 의존주의 지불 비용임을 알지 못하고 저희끼리 물어뜯고 싸우면서 평화롭게 대대손손 잘 살 수 있다고 믿는 헛발질이 그때나 지금이나 변함없는 민족의 고질병 상국 기생주의요, 그 유지와 대속(代贖)이 한반도 "비핵"이다.

-----

궁문: (窮問; 엄중히 따져 물음).
논구: (論究; 사물의 이치를 깊이 따져 논함).
붙좇다: (존경하거나 섬겨 따르다).

한국에 지금 탈북자가 많이 들어와 있고, 그 사람들이 한국에서 열심히 돈을 벌어 북한 가족에게 돈을 보내는 중이며, 세계에서 가장 가난한 북한 주민에게 한국의 부유하고 자유로운 생활 정보가 스마트폰 칩과 USB 등을 통해 속속 전해지고 있는 마당에 자유가 억압돼 있고 먹을 것과 생필품이 극도로 부족한 북한 주민이 참을 때까지 참다가 결국 한계에 이르러 인민 폭동 무장 봉기가 일어나 북한 세습 교조 정권이 타도되는 마지막 순간에 위대한 김정은 대원쑤님께서 저만 살겠다고 북한을 차이나(china)에 넘겨버려 현재의 휴전선이 한·차 국경선으로 바뀌면 차라리 좋다. 그런데 북한이 저 살기를 거부하고 "오냐! 같이 죽자!"며 대륙간 핵미사일 단추를 누르면, 그에 상응할 미국의 보복 응징은 그 몇 배가 되어 한반도 초토화는 물론이고 그 지진파로 세계는 재앙을 맞는다. 미국 주도 국제사회 북한 '경제봉쇄'로 지금 북한이 차이나(china)에 예속된 현실에서, 그리고 그런 조건이 아니어도 한국 보수 정권이 한·미·일 군사 공조를 약속했으니 대만에서 전쟁이 터지면 미국은 그 전장에 한국군을 선발대로 투입할 계획이며, 한국은 전시작전권이 없어 상국이 시키면 시키는 대로 해야 한다. 노무현 대통령이 그것을 거부하다 미운털이 박힌 기화로 죽었으니 이를 거역할 한국인은 없을 것이다. 그럴 때 차이나(china)가 그 보복으로 북한을 시켜 한국을 공격하도록 하면 북한 장사정포 사정거리 안에 있는 서울은 포탄이 비 오듯 날아오는 상황이며, 북한의 대륙간 핵미사일은 둘째 치고, 그들이 가진 600mm 방사포만해도 핵탄두를 장착해 한국 전역을 타격할 수 있다. 거기에 더 나쁜 조건이 있으니 한국 도시는 집집마다 가정 연료가 가스관으로 아주 촘촘히 도시 전체가 신경 세포망처럼 연결되어 있어서 북한 포탄 몇 개만으로도 서울은 불바다가 된다. 건물은 물론이고 길가에 세워둔 자동차가 폭탄이 되어 줄줄이 폭발하며, 1천만 명 이상의 인구가 밀집해 있는 서울은 후라이드 치킨 기름가마솥이 된다. "핵무기"를 쓰지 않아도 한국 도심은 알아서 초토화 된다. 그럼에도 충성심 강한 한국은 상국 명령에 따라 대만에서 차이나(china)와 전쟁을 해야 하고, 동시에 북한과 자국 땅에서 "핵전쟁"을 치러야 하며, 그럴 때 한·일 군사조약에 따른 일본 자위대가 편안히 한국에 들어오게 되어 있으니 그건 또 어쩔 것인가. 일본 자위대가 아무 제약 없이 한반도에 들어온다? 그것만으로도 북한은 한국인을 민족 배반자로 규정하여 핵무기 발사 "한국인 몰살"에 죄책감이나 거리낌이 없어진다. 이런 조건에서 한국인은 살아남을 자신이 있는 것인가. 이것을 피하겠다면 주한 "미군철수" 남북한 자주 협상뿐인데 한국에서 이것을 함부로 말하다가는 반공법으로 감옥에 갈 수 있다. 본질 빗기기 한국인의 '독도' 사랑, 그 애국심이 깊을수록 "대마도"가 멀어지듯, 의존 비주 민주주의를 자랑스럽게 뽐내며 평화주의 "비핵"을 세계만방에 소리 높여 외칠수록 한반도 "핵전쟁" 민족멸살이 무르익는다.

한국인은 조선의 성리학이 나라를 망친 것을 누구나 알지만 그 성리학이 지금 민주주의로 교묘히 변치해 과거에 나라 망친 그 행태가 그대로 반복되고 있는 것은 모른다. 박정희 대통령이 겁 없이 속국 주제에 나라의 완전한 자주를 도모하다가 상국 눈 밖에 나 어떤 식으로 죽었는지 잘 알기 때문이다. 한국인은 극단의 상황은 피하고 싶으신가. 그러나 나라는, 그 국민은, 그러한 극단을 대비해야만 살아남는다.

얼마 전, 인도와 차이나(china)가 국경지대에서 전투가 벌어져 사상자가 생겼는데 몽둥이 패싸움이었다. 이 시대에 군사 전투 무기가 총칼도 아니고 몽둥이였다. "핵보유국" 간에는 그렇게 함부로 과학 무기를 사용하지 않는다. 확전을 서로 기피하는 "상호확증파괴" 그 억지력 때문이었다.

차이나(china)는 미국을 넘는 슈퍼 파워 패권 야심을 가지고 군비 증강 중에 있고, 일본 또한 30년 전에 미국의 허락을 받고 프랑스로부터 핵무기 제조 원료 플르토늄 3,000톤을 도입하여 벌써부터 준 핵무장 국가가 됐음에도 한국은 화염병 던지던 민주 진보진영 대통령이 세계를 향해 평화주의 한반도 "비핵"을 주창하고, 보수가 정권을 잡은 지금은 비핵국가 주제에 핵무장국 북한을 선제공격(KILL CHAIN)하겠다고 공언 했다. 그것이 한반도 핵전쟁 민족멸절을 가리켜도 상관없다. 누가 누가 잘하나, 오로지 미국 눈에 들어 귀여움 받고 자는 것뿐이다. 40년 전에 박정희 대통령이 이런 상황을 미리 예견하고 한국 자체 "핵무장"을 완성하려다 부하 총 맞고 죽었다. 그때나 지금이나 한반도 전쟁 방지는 상호확증파괴 "핵무장"으로만 성립된다. 박정희 대통령의 그것은 1차로는 완전한 국토방위가 우선이었지만 2차로는 상국 의존탈피, 나라의 주권을 찾아 외세 간섭을 배제하고 자기 힘으로 자국을 지키겠다는 그 궁극의 목적은 민족의 600년 천형 종속타파였다. 전자가 중요하나 후자가 더 중요했음에도 한국 국민은 600년 엎드림 그 익숙함에의 탈피가 두려워 제 발로 일어서기를 거부했다. 제 발로 걷거나 뛰다가 넘어져 무릎 깨질 것이 무서워 그냥 해오던 대로 엎드려 기는 안전한 쪽을 택했다. 그러나 과연 그것이 옳았는가. 그것이 안전을 보장하는가. 상국을 향한 영원한 복종 일편단심 처의(處義; 의리를 지키다) 조선으로부터의 고질병, 그것은 미군이 이 땅에 주둔하는 한 절대로 극복하지 못한다. 세상에 공짜 없듯이 혁명은 고통 없이 찾아오지 않는다. 피를 흘려야 한다. 그러나 현재 한국이 가지고 있는 첨단 공업기술과 자본만으로도 피를 흘릴 필요도 없이 자체 "핵무장"하고 이 땅에서 미군을 내

보낼 수 있다. 현재의 한국 과학기술로 핵실험도 필요 없다. 그냥 자기 손으로 만들면 되고, 미군더러 "나가라!"고 외치기만 하면 된다. 그럼에도 그 소리치는 것조차 내 몸 다칠까 무서워 벙어리 앉은뱅이로 살고자하기 때문에 한국 사회는 그 댓가로 하세월 저희끼리 물어뜯고 싸우며 끝까지 진실을 외면하지만 그 종국은 꼼짝없는 파멸이다. 물이 위에서 아래로 흐르듯, 이것은 자연의 순리요 사회과학적 이치임에도 종속을 유지하면서 안전한 나라를 만들겠다는 어마무시한 망상, 조선이 그로 망했음에도 그 길을 붙좇는 상국 신종 배행 신하의 도리 저희끼리 물어뜯기 파쟁, 그것이 나라 망조 외통수임을 피 흘려 경험했음에도 못 고친다. 지난번의 진보 진영 대통령 후보 이재명씨가 그전의 지방선거 유세에서 한국 핵무장을 가리켜 "미친 생각"이라고 했듯이, 그 의미는 이 나라에서 진보든, 보수든, 정치인은 상국 신종 배행을 어기고 살아남을 수 없음을 뜻한다. 그 매개가 전에는 유교 성리학이었고, 지금은 아름다운 망토로 위장한 상국 의존 가짜 비주 민주주의이다.

\*\*\* 박정희 대통령은 핵무장이 완성되는 1981년에 한국 자체 "핵무장 완성"을 대내외에 선포하고 대통령 자리에서 물러나려 했다. 그러나 그분이 그것을 완성하고 자리에서 물러난다고 하여 600년 의존 기생주의가 몸에 밴 이 나라 정치인과 그 국민이 나라의 완전한 자주권 "핵무기"를 온존이 지킬 수 있었겠는가. 어림도 없다. 우크라이나가 "핵무기"를 폐기한 이유로 지금 전쟁이 터져 수많은 병사와 민간인이 죽고 그 국민 수백만 명이 난민이 되어 외지를 떠돌게 된 것은 외면한다. 그들은 나중에 서방으로부터 원조 받은 전쟁 비용도 갚아야 한다. 그 모든 것이 갖고 있던 "핵무기"를 포기하고 비무장 즉 "비핵"을 택했기 때문이다. 그래서 강단 있는 꼴통 자주주의자 박정희 대통령이 더 오래, 아주 오래~~, 천수를 다하실 때까

지 집권해 이 나라를 최선봉에서 보호해야만 이 나라가 안전하고, 민족의 불치병 종속을 벗는 유일한 길이었다. 그분도 그것을 알고 계셨겠지만, 그래도 "핵무장"이 완성되는 1981년 거기까지만 하시고 물러나는 것만이 자신이 할 수 있는 최선이라고 마음먹으셨나 보다. 그럼에도 화염병 데모부대 철부지 학생들이, 아니 그 무지몽매한 국민들이, 그 새를 못 참고 염병 자발을 떠는 바람에, 이 나라 유사 이래의 통한의 피침 점철역사 그 완전한 극복 "핵무장" 완성 목전에, 믿었던 부하 총 맞고 죽었다. 그렇다면 그 총은 그 배반자가 쏜 것인가, 천만의 말씀, 그 배반자는 손가락만 당긴 것이고 그렇게 되도록 아우성 친 것이 나라의 자주를 거부한 비주 기생 민주주의 전위대 학생 화염병 투척이었고, 그것을 용인한 그 국민이었다. 미국이 무엇을 원하는지 이미 알았기 때문이다. 홀로 서기가 무서워 영원히 엎드려 기기로 작정한 그 국민의 암묵적 합의요, 도끼로 제 발등 찍는 속민의 상국 신순 '경명(敬命)의 도리 그 실천이었다. 그래서 박정희 대통령은 천하의 나쁜 놈 독재자 호색한으로 낙찰되었다. 그 결과, 청와대 비밀 금고에 보관 중이던 "한국 핵개발 프로젝트" 노란 서류봉투 2개는 감쪽같이 사라졌다. 그것이 어디로 갔겠는가. 어디로 가긴,, 상국 대통령 테이블에 올려 졌지 제까짓 게 가면 어디로 갔겠는가. 그 공로로 광주에서 공수부대가 자국 시민을 몽둥이로 때려죽이고, 기관총으로 시민을 향해 갈긴 모리배 두목 시악질이 용인되고, 은상(恩賞)도 내려 그 수괴는 한국 대통령 한 번 해 먹었다. 그러자 그 직속 똘마니 하나가 자기도 대통령 한번 해보겠다고 한국 "비핵"을 선포해 이 나라 민족 자의식에 2중 수갑을 채웠다. 그러자 그것이 부럽고 아니꼬웠던 민주투사들이 저희도 질세라 보수의 상국 헌상 "비핵"을 은근슬쩍 가로채 저희 것으로 만들어 찬양함으로써 지들도 한 자리 해먹었다. 그 대가로 한국의 자주권은 '유의막수(有意莫遂)하다. 감히 입 밖에 꺼내는 것도 절대 금기이다.

지금 국민 70%가 "핵무장"을 원하고 있음에도 박정희 대통령을 그때 시살

한 이율배반 때문에 아무도 속내를 말할 수 없다. 생각은 머릿속에만 있어야지 그 누구도 입으로 꺼내 발설하면 안 된다. 국민 누구나가 나라의 자주를 원하면서도 그것은 상국 역린에 해당하여 입 다물기로 동의 했고, 그 울화를 주체 못해 국민은 진보와 보수로 갈려 저희끼리 물어뜯고 싸우게 되었다. 그래서 이 나라에서 다시는 국민을 위해 총대 멜 정신 나간 리더는 나오지 않게 되었다. 마라강에 먼저 뛰어드는 놈은 또라이가 될 뿐이니 뒤에서 자기 영달과 사욕만을 위해 경진하기로 '속타점했다. 그로 생겨난 것이 지헌 법조인과 금융업자 그리고 부동산업자가 결탁한 넘사벽 집값이요, 사기범죄가 판치는 부정사회 현상이며, 그 타깃은 주로 세상 물정 모르는 사회 초년 젊은이들이다. 그에 대한 젊은이 반발이 결혼기피 출산 거부이다. "그래!, 해 볼 테면 해보자고,," 1만년 민족 소멸을 인질로 잡은 극단의 앙갚음이다.

-----
알음장: (눈치로 은밀히 알려 줌).
경명: (敬命; 천명(天命)을 삼가 받듦).
유의막수: (有意莫遂; 마음은 간절하여도 뜻대로 되지 않음).
속타점: (속打點; 마음속으로 어떤 것을 정하여 둠).


북한 인민 300만 명이 굶어죽은 제노사이드, 그 때가 민족 통일의 절호기회였다. 그러나 이 땅의 민주 진보 꼭지 김대중씨가 대통령이 되어 "통일은 비용이 많이 들어 분단이 유리하다"며 그 천우의 기회를 날려버리고 구휼 명목으로 돈을 보내 목숨이 경각에 달린 세습 독재정권을 "핵무장"시켜 그 권력을 살렸다. 북한 인민을 위하는 것 같아도 실상은 북한 세습 정권을 유지시키기 위한 민족 분열 굳히기였다. 한국에서 그때까지 간절했던 민족의 염원 "통일" 화두는 그 후 감쪽같이 사라졌다. "통일은 손해"라는 신성불가침 테제가 생겨나 하나였던 한민족은 북한족과 남한족으로 갈렸다. 1만년 역사의 한민족은 차이나(china) 만주 대륙에서 말달리다가 차츰 쪼그라들어 한반도에 갇힌 후, 그마저도 허리가 잘렸고, 그 분단도 끝이 아니어서 이 나라 정치가, 아니 이 나라 국민이, 민족 소멸을 제 눈으로 보지 못해 안달하고 있다.

그런데 한국인이 민주주의를 성취했다고 자랑스러워하는 그 바탕에 한국인 "저항의식"이 있었다. 길거리에서 화염병을 던지며 그 "저항"이라는 단어에 국민은 한없이 매료되었다. 한민족이 외세에 수 없이 침략 당하고 내부적으로는 양반 권력자에게 핍박 받은 그 반발과 피해의식이 용기로 치환된 저항의식 그 산물 한국 민주주의 성취, 그러나 실제에 있어서 저항은 개뿔, 그렇게 찾은 한국 민주주의는 상국 권위에 무릎 꿇은 알아서 기기 신종 간살이 진면목인 것을 그 국민이 모르고, 그것이 상국을 숭상한 조선의 사대주의 조상님이 후손에게 뒤집어씌운 차꼬 레칫 형구인 것을 알 리 없어 비굴을 용기로 믿으며 안개 속을 헤맨다. 한국인은 그 저항의식이 있어 자국 소시오패스 초대 대통령을 쫓아냈다. 그런데 그 승리에 도취되어 이 나라의 산업을 일으키고, 나라의 완전한 자주국방을 이루려는 박정희 대통령까지 내쳤다. 그런데 그것이 자살골이었음을 그때도 몰랐고 지금도 모른다. 당시의 학생들 화염병 투척이 한국 내부분열을 매개로 입신하려는 민주 진보 정치인과 저 잘난 체 하는 지식인 농간인 것을 몰랐고, 북한의 사주가 있었던 것도 몰랐고, 그 뒤에 숨은 상국의 속민 이이제이 우매화 목적의 분열정책이었던 것도 몰랐던 그 치기가 순수한 애국심이었다 해도, 이 나라에 지금껏 민족배반 일본 오열이 지식인으로 득세하고, 미국 앞잡이 기독교가 정치를 조종하는 현실에서, 진보든 보수든, 분열과 혼란을 매개로 이익을 꾀하는 정치세력과 그것을 이용하는 선동 보수언론, 그리고 박정희 대통령이 만든 경제 동력 재벌 효율성에 대한 적개심, 그 극렬 노조의 국가 미래 차환(借換) '순환적정의를 "저항"이라 할 수 없음에도 그것이 최선의 가치로 포장되어 지금껏 변하지 않는 것은 정치인이 국민을 단합시키고 앞으로 나아가야 하는 진정한 진보는 가시밭길에 해당하여 어렵고, 반대로 용기를 도용한 국민 분열 프로파간다 선동은 아주 쉽고 눈에 띠어 효과적이기 때문이다. 그 본질은 미국 민주주의 체계 그 발치에서 영원히 똘마니로 살겠다는 의존 기생주의인 것 말고는 없다. 민주주의는 자결성이 확보되었을 때 갖는 것이지 진실을 회피하는 비겁자들이 감히 가지겠다고 해서 갖는 것이 아니다. 그렇게 취득한 가짜 비주 민주주의는 개싸움 물어뜯기로 그 비용을 치러야 한다.
-----
순환적정의: (循環的定義; 어떤 개념을 다른 동일한 내용의 말로 바꾸어 말하였을 뿐이어서, 언뜻 보기에는 정의가 된듯하나 사실은 아무런 내용이 없는 거짓 정의).

한국 사회가 지금 그나마 안정을 찾고 경제적으로 먹고 살만해진 것은 자주주의자 박정희 대통령이 경제개발 기틀을 만든 후, 그분을 뛰어넘는 1등주의 "삼성" 고(故)이건희 회장님이 있어서 가능했던 그분은 한국 유사 이래 처음 보는 위대한 한국인 정복자 알렉산더대왕이었다. 그럼에도 진리 외적인 것에서 진리 찾는 한국인 헛발질이 어김없이 발동하여 그 적자를 감옥에 보냈다. 알아서 기는 "대마도" 포기를 "독도" 수호라는 빛나는 가짜 용기로 치환하여 저 잘났다고 뽐내는 민족의 비굴 유습대로 국민의 자긍심을 찾아준 "삼성 1등주의" 그 고귀한 자의식을 짓깔아 애초에 변질된 민주 법치국가 그 잘난 죄형법정주의를 뽐내려고 "삼성" 후계자 손목에 수갑을 채웠다. 그 진짜 속내에 박정희 대통령이 만든 재벌 효율성 흠집 내기가 있다. 그 하나를 위해 나라의 실질적 기둥을 자기 손으로 망가뜨렸다. "삼성=감옥소",, "삼성"이 생산하는 모든 제품에 더러운 감옥소 부정 이미지를 새겨 넣어 세계에 알렸다. 한국인은 그래서 과연 즐거우신가. 한국인 특기 논점 바꿔치기, 비굴을 용기로 전치하는 희한한 재주, 이 나라의 유구한 굴종주의가 꼴답잖은 법치주의를 빌려 눈엣가시 1등 자의식을 길들이기 위함이었다. 나라 바깥세상이 죽느냐 사느냐 살벌한 전쟁터임에도 끝까지 세상을 관념 사변으로 재단하는 자아도취 문치 안방풍월, 조선으로부터 면면히 내리는 왜곡된 징비 그 '추찰(推察)에의 '위리(圍籬)였다. 명목은 분식회계였지만 그 속은 "삼성"의 노조불허 원칙이 고까웠던 민주진영의 앙갚음과 박정희 대통령이 만든 재벌 기업 그 엄청난 효율성 흠집 내기가 목적이었고, 표면적으로는 이 나라 극렬 노조의 불타는 적개심이었으나, 깊게는 조선의 계급주의 사농공상천(士農工商賤) 중에서 사(士)가 무시되고 미천한 상(商)이 꼴답잖게 설치는 것이 못 마땅한 그 앙갚음이었다. 그러나 웃고픈 것은 지금의 지헌 권력이 절대로 사(士)가 될 수 없음에도 그러하고, 심지어 "삼성"은 박정희 대통령이 전적으로 후견한 회사가 아니었음에도 그러하다. "삼성"은 자사 반도체 역사가 말해주듯, 속말로 맨땅에 헤딩하며 스스로 역경을 헤쳐 지금에 이른 회사이고 "삼성"의 성공은 '노조 불허 원칙'이 있어 가능했다. 밖에서 싸워 안을 살찌게 하였고, 국민의 비루함을 떨어내 자긍심을 고양했으나 안에서 서로 물어뜯고자 하는 민족의 분란 유전병이 발동하여 자기 몸에 칼질을 했다. "삼성"은 노조가 없어도 직원에게 국내 최고 수준의 급료와 복지를 제공해 왔다. 세계를 석권하며, 그 이익금으로 기대 이상의 보너스를 지불했다. 세계 1등 성과급, 그 얼마나 달콤한가,, "삼성"은 직원 배곯지 않게 하려고 그 어렵던 시절부터 창업주 이병철 명예회장은 공장 노동자를 위시한 전 직원에게 삼시 세끼 밥부터 멕여 왔다. 밥이 해결된 지금의 시선에서 그게 별것 아닌 것 같아도 그때부터 지금까지 이어지고 있는 그것은 아무나 할 수 있는 용단이 아니다. 노동자를 아껴야만 실천 가능하다.

-----

추찰: (推察; 미루어 생각하여 살핌).
위리: (圍籬; 유배된 죄인이 거처하는 집의 둘레에 가시로 울타리를 치던 일).

얼마 전 발표된 일본 신문 닛케이 발표에 의하면, 2021년 기준, 일본 이공계 학부 졸업생 월급이 21만엔(한화 약200만원, 미화 약1,500불)인데 당시 직원 채용 공고를 낸 JASM(대만과 일본 합자 일본 구마모토 공장)은 월 28만엔(약 260만원, 약2,000불)이었고, 석사학위 졸업생은 32만엔, 박사학위자는 36만엔, 보너스로는 기본급의 2달치가 1년에 두 차례 지급되며, 개인성과에 따른 인센티브도 있다, 는 발표가 있자 일본 반도체 관련 기업들은 자사 인재 유출을 걱정할 정도로 일본에서 JASM 급료는 높았다. 한편, 급료가 가장 많은 대만 현지 TSMC의 경우도 반도체 석사학위 신입사원은 동년 기준 54,000 대만달러(한화 약211만원, 미화 약1,600달러), 사무직은 한화 112만원(미화 약900달러), 일반 대학원 졸업자는 124만원(미화 약950달러)이다. 한국에서 이것을 어떻게 봐야 하는가. 2021년 "삼성전자" 직원 평균 연봉은 1억4천만원(약10만불), 월급으로는 1,240만원(미화 약 8,330달러)이며, 다음해에 9% 인상이 예정되어 있다. 임원과 엔지니어 월급은 차치하고, 현재 고등학교졸업 6년차 "삼성전자" 직원 연봉이 약 9,000만원(약7,000달러)라고 한다. 단순 직무 고졸 사원 급료가 일본과 대만의 석사 출신 엔지니어에 보다 대략 3-4배 높다. 그런데도 노조가 필요하다고 어기대는 이유가 무엇인가. 사업장 모든 곳에 노조가 있어야 한다는 민주 진보 진영의 기조는 결국 조선의 유전병 책상물림 관념 형식주의가 발동된 것이고, 더 높은 급료를 달라고 할 명분도 없으니 결국 판을 깨자는 것 말고 다른 설명은 구차하다. 그래서 귀족노조가 생겨난다. 그런데 그것도 좋다. 그런 대우도 성에 안차 나라 밖으로 기술을 유출해 저 혼자 한몫 잡으려 드는 것이 문제이다. 그것은 애초 비주 민주주의 투사들이 한국 재벌을 가리켜 노동자 피를 빠는 흡혈귀 절대 악으로 규정해 그것을 박정희 대통령 독재에 묶어 반드시 타도해야 할 민주주의 투쟁의 대상으로 만든 그 결과이다. 그 속내에 조선의 양반 권력자 횡포에 고통 받은 억울함과 일제 식민지 시절 일본인에게 당한 원한에의 앙갚음이 있다 해도, 본질적으로는 이기심과 사변에 매몰되어 사리분별을 못하는 것이 실체이다. 물론 악덕 기업에게 강성노조가 필요한 것은 당연하다. 현재 세계를 석권하며 일감이 밀려 있는 한국 조선(造船) 사업장 기능공 월급이 220만원에서 250만원(약 1,700~1,900달러) 사이라고 한다. 이 사람들 월급은 마땅히 그보다 높아야 한다. 그 요구가 관철되지 않을 때 파업이 필요하다. 파업은 노동자의 권리이고 법으로 보장 되어 있다. 그러나 한국에서 사용자는 이 해결을 위해 파업으로 인한 막대한 생산 손해비용을 파업 주동자에게 뒤집어씌우는 민사 청구가 빈발하여 서로 물러설 수 없는 극단을 치닫고 있다. 현실이 그러 하여, 대중 일반이 약자인 노동자 편을 들어 국내 최고 급료와 복지를 제공하는 "삼성"에도 노조가 있어야 한다면, 그것은 조상이 물려준 관념 형식주의를 지키겠다는 사변일 뿐, 한국의 노조 특기가 '너 죽고 나 죽자'는 막가파식 극렬전투에 있지만 정말 같이 죽자는 것이 아니라면 노조 없이 사용자와 노동자가 싸우지 않고 서로 원원 하는 길을 찾아야 함에도 그것이 한국에서 어려운 이유가 자경(自敬)을 스스로 포기하고 의존 민주주의를 쟁취한 이 나라 화염병 투사들의 그 가짜 트로피 어쭙잖은 '교과(驕誇)가 기업에 적용됐기 때문이다. 실제에 있어서 그 목적은 이 나라 국민을 잘 살게 만들어준 박정희 대통령 노고 지우기에 있으니 그분이 역적이 되어야하는 이유는 저희처럼 상국에 엎드려 기지 않고 감히 뻗댔기 때문이다. 주제넘게 조선 600년 이래의 민족의 유구한 부복 사대주의에 반하는 용서 못할 역린 그 개김이 못내 꼴답잖은 것이다. 나라의 종속은 정치에 국한하지 않고 경제에 연동하며, 그것은 또 국민 일반의 인식을 오염시켜 진실을 왜곡한다. 한국 정치가 밖을 보지 않고 안에서만 사생결단하는 동기이다. 종속 비용은 현금 지불만으로 끝나지 않는다. 무형지불비용 폐해가 훨씬 더 크다. 그로 어렵게 생기된 한국의 자긍심 빛나는 "삼성 1등 주의"는 좀 먹었다. 한국 600년 비굴주의가 저 잘났다며 "삼성" 1등 트로피에 더러운 전과자 이미지를 씌워 세계를 향해 스스로 알아서 겼다.

-----

교과: (驕誇; 교만하게 뽐냄).

"삼성" 반도체 업적, 그 반도체라는 것을 인터넷 기사에서 빌리면, 인류 현대사의 가장 위대한 발명 황금의 쌀 반도체는 트랜지스터를 시발로 하며 진공관보다 부피는 작지만 속도가 빠르고 전력 소비량은 적어 복잡한 회로를 소형화하기에 적합한 것으로, 2차대전이 끝난 1947년 미국 벨연구소(Bell Lab)는 저마늄(Germanium, Ge)을 이용해 전도율이 전환되는 증폭기를 개발했는데 이것이 세계 최초의 트랜지스터이며, 이것을 기반으로 컴퓨터 '트래딕(TRADIC)'이 발명된다. 여기에는 약 800개의 트랜지스터와 1만여 개의 저마늄(Germanium) 수정 정류기가 각각 사용됐으며, 처리 속도는 진공관 컴퓨터와 비슷했지만 크기는 에니악의 300분의1이라 하며, 1958년 텍사스 인스트루먼츠(Texas Instruments)사에서 집적회로(Integrated Circuit, IC)를 세계 최초로 개발한다. 트랜지스터가 진공관을 대체하며 전자 제품의 크기를 줄였다면, 집적회로는 트랜지스터를 서로 연결하는 전선을 없애 전자 장비의 크기를 획기적으로 줄였고 성능도 크게 향상시켰다. 이것이 컴퓨터 반도체 칩 산업의 시작이었다.

당시 미국과 소련(러시아)은 이데올로기 냉전 상황에서 군사용 컴퓨터를 적극적으로 개발했고, 그 여파로 상업용 컴퓨터 시장도 함께 발전한다. 처음엔 주로 업무용 컴퓨터가 생산됐지만 반도체 성능이 향상되고 가격이 낮아진 후 개인 컴퓨터가 양산 보급되면서 본격적 반도체 생산이 시작됐고 더불어 인터넷이 활성화된다. 이 당시의 미국과 소련 냉전 구도에서 미국은 유럽만이 아니라 동아시아 공산권 확장 저지에 높은 정치적 비중을 두고 있었다. 그래서 미국은 일본을 부흥시켜 자국 안보 비용 부담을 줄이기 위해 일본에 최대한의 편리를 제공한다. 그래서 일본은 1950년 한국전쟁 당시 미군 무기생산과 병참부분을 담당하여 자본을 형성한 뒤 전자 산업에 치중하여 미국에 이은 세계 경제 2위에 올라선다. 당시 미국은 일본을 부강케 하려고 '공정경쟁국 독점 규제법'이라는 것을 만들어 1951년 자국 AT&T 자회사인 웨스턴 일렉트릭 반도체 특허 기술을 강제적으로 공개토록 하여 미국 반도체 첨단 기술은 아무런 제재 없이 일본으로 넘어간다. 일본은 이에 힘입어 소니, 도시바, 파나소닉, 샤프, 등 거대 기업이 만들어지며 전기, 전자 부분에서 세계를 석권해 '70~80년대 반도체 부분 세계 10대 기업에 일본기업 6개가 들어가는 경제 호황을 맞는다. 그러자 미국 반도체 산업이 위축되면서 인텔은 메모리 반도체 D램을 포기하고 CPU로 전환했고, 그것이 지금에 이르도록 생산보다 설계에 중점을 두게 되었듯이, 그런 요인으로 미국 반도체 제조부분이 퇴보한다. 그때 반도체 특허를 공개한 미국 RCA(Radio Corporation of America)가 1986년 파산하면서 매국에 준할 이러한 상황을 더 이상 두고 볼 수 없었던 미국의 전기, 전자, 반도체 회사 성토가 미 의회를 향해 빗발쳤고, 미 당국은 일본이 너무 커진 것을 억제하기 위해 강제로 '미일 반도체 협정'을 맺는다. 그 골자에 '기업비밀공개'가 있었고, 이어 '프라자 합의' 환율조정이 이루어져 일본 반도체 산업은 침몰한다. 미국의 일본 반도체 산업 죽이기 그 독침 역할 '생산원가 및 영업비밀' 제공 요구, 그것이 지금 한국의 "삼성"과 "SK"를 비롯하여 대만 TSMC에 요구됐다. 현재는 물론이고 미래 산업이 반도체 없이 성립될 수 없는 그 제조분야에서 미국은 일본을 지원하다가 뒤졌으며 지금 공정한 경쟁으로 이를 만회할 수 없다. 그 해결 방안이 메모리반도체 세계 70% 점유 한국의 "삼성"과 "SK", 그리고 파운드리 60% 세계점유 대만 'TSMC' 공장 미국 유치이며 그에 따른 '영업비밀' 헌납 요구이다. 차이나(china)가 엄청난 자본을 들여 반도체 굴기를 실현하려 했으나 고급 기술자 스카웃만으로 되지 않아 좌절한 그 해결 방법이 무엇이겠는가. 힘으로 뺏는 것 이상의 간단한 방법은 없다. 그래서 "차이나(china)는 하나!"라는 대만복속 명제로 TSMC를 노리는 그들의 "민족 일체성" 기치는 외부 내정 간섭 불허라는 방어막을 만들어 대만 반도체 기술을 그냥 가져올 수 있고,

그보다 더한 이권이 그 너머의 바다에 있다. 그곳에서 미국을 물리면 태평양 제해권과 아시아 걸프만 '오키나와' 유전이라는 막대한 이득이 손에 들어온다. 세계 최대 석유 수입국 차이나(china) 입장에서 이것은 절대로 포기할 대상이 아니다. 그러자 대만 TSMC의 중요도를 알게 된 미국 조야에서 첨단 반도체 기술이 차이나(china)에 넘어가는 것을 막기 위해 차이나(china)가 대만을 침공하면 미국이 대만 TSMC 반도체 공장부터 파괴해야 한다는 말이 나왔다. 그렇게 여러 가지 이권이 걸린 그 바다는 한국에 있어 무역로 외통수 목줄에 해당한다. 차이나(china)가 2027년까지 대만을 복속하겠다는 계획은 곧바로 한국 교살을 의미한다. 그럼에도 한국에서는 이에 대한 위기 인식 자체가 없다.

진보는 앞으로 전진 하겠다는 것이고 그것은 용기 없이 실현될 수 없다. 그때 박정희 대통령을 향해 던진 화염병이 나라의 자주를 기피한 역사바로세우기 거부, 상국 복시 비굴을 용기로 위장한 비겁함이 본질이고, 그것은 조선으로부터의 유물이니 이 나라에서 진실과 용기는 애초에 있지도 않았다. 그때의 자주권 포기가 현재의 위기를 초래했고, 그것도 모자라 한국 멸망을 넘는 세계적 위기상황을 만들었다.

그런데 한국의 위기는 그러한 외부적인 것 말고도 주택시장 변질에 따른 젊은이 결혼 기피 인구감소라는 내적 요인도 있으니 어쩔 것인가. 그 원인이 부동산 매매 차익을 기대하는 국민의 불로소득 열망 그 타락에서 기인하니 이것은 자본주의 시장 질서로는 제아무리 신박한 제도를 만든다고 하여 개선될 사안이 아니다. 그 체계의 현행법으로는 부동산 투기를 막지 못하기 때문이다. 그래서 탐욕으로 변질된 한국 주택문제는 자본주의 본성 불로소득 요인 자체를 없앨 때만이 찾아지며 그것은 누군가가 총대를 메지 않는 한 실현될 수 없다. 이것은 미국 자본주의를 적으로 해야만 답이

나오는데 과연 상국 자본주의 체계를 거역하면서 이를 실천할 한국인 리더가 있겠는가. 그러나 젊은이 출산 포기 한국 1만년 역사 민족멸절이라는 대명제 앞에 그보다 더 중요한 것은 없으니 국민의 인식 전환만 있으면 이 해결은 이미 한국에서 실시되어 세계의 모범이 된 '학교무상급식'과 마찬가지로 자본주의 이윤 체계를 파괴하는 신혼부부 아파트 무상공급으로 찾을 수 있다. 정부가 집을 지어 젊은이에게 무상으로 제공한 후, 아기를 2명 이상 낳을 때 아파트 소유권을 양도해 주고, 양육 보조금과 대학교 학자금도 무상 제공하는 방식 이외의 답은 없다. 그리고 그것은 직접세금으로는 할 수 없다. 이것은 공허한 이상주의가 아니며 지극한 현실적 답안이다. 한국은 맹목적으로 상국을 따라야 했기에, 자본주의 이문만을 탐해 주택이 거주공간이 아니라 투기의 대상이 되면서 집값은 천정부지로 뛰어 사회 초년 젊은이는 그 벽이 너무 높아 애초에 희망을 잃었다. 한국의 서울 강남지역 노른자위 부동산 가격은 뉴욕 맨해튼보다 비싸며, 홍콩과 도쿄보다도 높다. 한국의 1인당 실질 GDP가 미국 절반에 해당함에도 그러하다. 더구나 거기에는 일반 상식을 뛰어넘는 사기 범죄가 횡행하는 실정이어서 현행 한국 법으로는 그것을 억제할 방법이 없어 그 때문에 좌절한 젊은이가 있고, 그런 조건에서도 어떡케든 살아보려고 한푼 두푼 착실하게 월급을 모아 집을 사기 전 단계의 전세자금을 마련하면 그 돈을 또 주택업자 사기꾼이 노린다. 그것은 나이 어린 소녀 강간과 같다. 일본이 앳된 한국 소녀를 납치하거나 유인 약취해 성노예로 만든 그 비열함을 한국인이 일본 식민지 시절에 배워 그대로 답습한 것이다. 경험 없고 순진한 사회 초년 젊은이를 더러운 기성세대가 노리는 것이 한국의 현실이다. 법이 순진한 사람들을 지켜주지 않으니 이 꼴 저 꼴 보기 싫은 젊은이는 결혼을 포기하고 저 혼자 편히 살기로 작정했다. 그 결과 한국 출생아 율은 세계적으로 꼴찌이다. 사회 타락에서 기인하는 이 부정체계의 주체가 집을 가진 한국 보수 집단이고, 이것을 고쳐야 하는 게 진보의 몫인데 그들이 화염병을 던져 성취한 민주주의가 실제로는 의존주의 비굴이 본질이어서 능력 밖이니 이 심각한 민족멸절 문제를 풀 용기는 애초에 있지도 않았다. 그래서 자신의 한계를 아는 그들은 보수 왼쪽 곁에 찰싹 붙어 이름만 진보 좌파가 되었다. 보수에 편승하면서도 이름은 진보가 되었으니 이 얼마나 편한가. 그것은 자기네 의무 진보와 혁신을 포기한 배신행위이다. 그렇게 몸뚱이 편해진 만큼 대신 얻는 것은 없다. 한국에서 어느 교수가 "한국은 서구 자본주의 태동 250년 역사 이래 가장 불평등이 심한 국가"라고 했지만 그 교수의 맹점이 자신들이 젊어서 박정희 대통령을 향해 던진 화염병에서 기인한다는 것은 아닌보살 한다. 그때의 화염병 투척이 나라의 자주권 포기였고, 그로 생겨난 미국 자본주의 추종, 그 댓가가 사기범죄 대국 한국 사회 타락이었다. 승자 우선이 본질인 미국 자본주의 그 본연은 사악함이다. 한국 진보가 자신들이 만든 학교무상급식 '파레콘(parecon)에서 답을 찾았고, 그 전에 박정희 대통령이 세계에서 가장 아름다운 '한국의료보험제도'를 만든 그 공평성에서 진리를 확인했음에도 변죽만 울려 나라를 위기에 빠뜨리는 것은 진실을 마주볼 용기 없는 현실도피 600년 비굴 문질 그 비겁함 때문이다.

------

파레콘: (parecon; 자본주의 경제 체제도, 계획 경제 체계도 아닌 새로운 경제 체제. 공평성, 다양성, 자율 관리, 생태적 균형 등을 기초로 경제 정의를 실현하고자 한다).

그 모든 것이 한국 땅 "미군주둔" 무형 지불비용인데 한국인에게 이 극복은 6.25한국전쟁 트라우마가 있어 "미군철수!" 그 한마디 외치기만 하면 될 일을 주변 눈치 보느라 입 다물었으니 이럴 수도 저럴 수도 없다. 이것을 타파하려다 비운에 가신 박정희 대통령과 그분을 넘어 조선 이래 보도 듣도 못한 1등 자존감을 국민에게 심어준 한국의 위대한 알렉산더 대왕 "삼성" 고(故)이건희 명예회장님의 살아생전 '건몸이 그래서 송구스럽고 한편 안쓰럽다. 그 모든 것이 나라의 주권을 스스로 포기해 생긴 일이니 어쩌겠는가. 그것은 정치에 국한하지 않고 경제에 연동하기 마련이어서 재벌을 염오하는 민주 진보투사 등살에 못 이긴 "삼성" 후계자는 기업을 더 이상 자식에게 물려주지 않겠다고 항복 선언을 했다. 한국인은 과연 "삼성" 대(代)를 끊어 속 시원하신가. 재벌해체에 한 발 다가섰으니 즐거우신가. 지금은 세계가 경제전쟁 중이며 그 주력은 대기업이 될 수밖에 없다. 그 대기업 밑에 수많은 중소기업이 달린다. 일본의 대기업 몰락이 책임지지 않는 전문 경영인 결단력 부족에서 생겨나 지금 나라 경제가 급속히 추락하고 있듯이, 한국에서도 벌써 전에 '기아자동차'가 명목 번지르르한 전문 경영인 좋아하다가 한방에 훅- 갔다. 한국인이 재벌 오너 자제의 전횡을 못 참아 재벌 타도와 세습경영을 배척하겠다면 그것은 각자의 자유이지만 동과 서를 구분 못하는 그 일괄 형식주의 사변 때문에 세계를 상대로 싸워야 할 대기업을 스스로 망치고 있는 것쯤은 알아 두는 편이 좋을 것이다. 미국 자본주의 승자 독식 본질을 모르고 조선(朝鮮)의 자랑 백옥 같은 윤리, 그것이 실제로는 껍데기 그럴듯한 수수깡이었음에도 그것만이 최선이라며 자본주의 적자생존 정글 속 기업경영에 조선의 윤리를 대입한 그 후과이다. 한국이 이만큼 성장한 것은 재벌을 앞세운 박정희 대통령의 실용주의와 거기에서 꽃핀 "삼성" 1등주의 가업 승계가 있어서였다. "삼성"에 가업승계가 없었다면 지금 세계를 석권하는 "삼성"은 절대로 존재할 수 없다. 한국인이 자랑스러워하는 영국 프로축구 프리미어리그 득점왕 "손흥민"처럼, 제대로 된 운동선수를 키우기 위해 조기교육이 필요하듯이, 재벌 기업경영도 어려서부터 밥상머리에서 단련 된다. 이제 그것이 꺾였다. "삼성"은 지금의 성공을 있게 해준 "무노조 원칙"이 무너졌고, 그 보다 더 중요한 "가업 승계"도 포기했다. 거기에 독점이라는 나쁜 요소가 있다 해도 반대로 경영 구심점과 책임감 그리고 오너 결단력(Decision making)이라는 좋은 점도 있다. 일본이 세습사회이면서도 엉뚱하게도 대기업 세습을 반대하다가 세계를 석권하던 반도체 및 가전산업이 모조리 몰락했듯이, 한국에서도 전문경영인 좋아하다가 가아(KIA)자동차가 한순간 망해 현대자동차로 넘어갔다. 과연 한국인은 반도체기술로 세계를 석권한 "삼성" 1등주의 대(代)를 끊어 잘 될 자신이 있는가. 참말로 속 시원하신가. 박정희 대통령 필사의 염원 600년 천형 종속 타파와 나라의 완전한 자주권 "핵무장" 좌절이 그렇듯, 사다리 위에 있는 사람 흔들어 추락시켜야 직성이 풀리는 한국인 자해 문질, 그것이 어디로부터이겠는가. 알아서 기는 종속 신민의 마땅한 그 의무와 의리에서 기인한다. 이번 한국 대통령 선거에서 보수 대통령이 선출됐다. 그러자 그 선거캠프에서 즉각 "삼성"이 자기네 선거운동을 돕지 않았다는 볼멘소리가 나왔다. 그것은 "삼성" 후계자를 다시 감옥에 처넣겠다는 협박에의 다른 용언이다. 감옥소에서 임시로 풀려난 "삼성" 후계자 이재용 부회장은 더 이상 한국 똘마니 정치판 노리개가 되기 싫어 그들과 거리를 두고 싶었을 것이다. 그러자 보수에서 그것이 고까웠다. 진보가 감옥에 잡아넣어 다녀왔고, 저희가 다시 권력을 잡았으니 알아서 기지 않으면 이번에는 저희가 다시 보내겠다는 참말로 재수 없는 협박 시그널이다. 차이나(china)가 막대한 인력과 천문학적인 돈을 투자해 반도체 육성에 매진하고, 경쟁사 대만 TSMC는 둘째 치고, 미국이 한국 첨단 반도체 기술을 약취하려고 갖은 모사를 꾸미는 현실에서 이 나라 정치권은 "삼성"을 호구로 만들어 삥 뜯을 생각뿐이다. 고(故)이건희 "삼성" 명예회장님께서 "한국 경제는 1등인데 정치가 4등"이라고 하셨던 그 4등이 4등으로만 그치는 것이 아니고 1등을 망치기 때문에 문제이니 어쩔 것인가. 한국 경제는 박정희 대통령 수출 정책으로 해외에 물건을 팔며 그들과 치열하게 경쟁하며, 때론 협력하면서, 그 몸은 물론이고 정신이 강건해졌다. 현실을 알고 실용을 익혔다. 반면 한국 정치는 600년 종속이 그대로여서 하염없이 상국 발치에서 엎드려 기느라 지진아가 되었다. 나라 경제가 커졌듯 몸집은 청년이 됐는데 정신은 젖먹이 유아 상태이다. 20살 먹은 청년

이 엄마 젖 달라고 아무 때나, 아무 곳에서나, 징징거린다. 자기 두 다리로 일어서는 걸 포기한 댓가이다. 그래서 어리광을 부리거나, 심통을 부리거나, 땡깡 부리는 것만을 제 할 일로 안다. 미국이 "삼성" 반도체 공장을 자국에 설립하도록 한 정책에는 한반도에서 전쟁이 터지면 그것은 "핵전쟁"이 될 터여서 한반도 초토화가 예정되어 있으니 그에 따를 반도체 대란을 미리 대비 하겠다는 명목도 있지만, 실제로는 "삼성" 첨단반도체 제조부분 기술 탈취가 목적인 것을 아는 사람은 다 알고 있다. 내외적으로 타깃이 된 "삼성"의 주력 분야 메모리 반도체는 시장이 한정된 반면 파운드리 시스템 반도체시장은 무한 확장성을 갖는다. 이것을 아는 "삼성"이 그 분야에 도전장을 냈지만 "삼성"은 자체 '스마트폰'과 '컴퓨터' 등 전자제품을 생산하고 있어서 경쟁사는 자기네 설계 정보를 누출해 가면서 "삼성"에 주문을 넣지 않는다. 지금 "삼성"이 파운드리에 매진하고 있지만 그것은 자체 가전사업부를 포기하지 않는 이상 그 이율배반 때문에 한계가 있다. "삼성"은 지금 안 되는 것을 되게 하려고 열심인데 열심히 한다고 해서 모두 잘 되는 것은 아니다. 대만 TSMC가 "고객과 경쟁하지 않는다"는 모토로 파운드리 시장을 석권했듯이, 그 핵심은 고객사의 성공을 돕는 것에 있는 반면 "삼성"은 그들과 경쟁관계에 있다. 이 대목에서 "삼성"의 맹점이 생겨나는 것으로 이것은 초격차 기술이 있다고 하여 해소될 문제가 아니다. 이율배반이라는 한계가 있다. 그래서 이럴 때 한국 정부가 나서야 하는 것으로, 예를 들어 "삼성" 국내 경쟁사. 아니면 별도의 회사를 만들어 파운드리 분야에 진출시켜야 고객사는 안심하고 "삼성" 경쟁회사에 주문을 넣게 되면서 한국은 양 날개를 단다. 그런데 한국에서 이런 것을 미리 알아서 준비하는 정치인이 있겠는가. 뼁이나 뜯고, 상국이 만들어 주신 진영 논리에 충실 하느라 저희끼리 물어뜯는 것만 제 할 일로 아는 한국 정치인이 나라의 미래를 대비한다고?!., 그런 예는 보지 못했다. 한국에서 박정희 대통령과 노무현 대통령 최후가 어땠는지 잘 알고, 막대한 돈을 희사한 독립투사가 이국만리 비새는 허름한 셋방에서 굶어죽고, 그 후손들은 거지가 되었으며, 이순신 장군이 마지막 전투에 갑옷도 입지 않고 출진 할 수밖에 없었던 이유를 너무나 잘 알기에 저 잘났다고 설레발치는 멍청한 짓은 스스로 삼가기 때문이다. 그 모든 것이 미군이 이 땅에 주둔해 오는 의존의 급부 무형의 종속 지불비용인데 국민이 그 진실을 알려하지 않으니 어쩌겠는가. 미군이 이 땅에서 자진해 물러갈 리 없으니 앞으로도 한국이 종속을 벗어날 방도는 없다. 현실이 그러해서 "1등 정신" 때문에 도드라져 정(釘) 맞을 수밖에 없는 "삼성"은 한국에서 시시 때때로 보수가 돈을 내라 하면 살기 위해 돈을 내야하고, 그러면 그것을 꼬투리로 진보가 다시 감옥에 보내고자 할 터이니 4등 똘마니 한국 정치판에서 "삼성"은 이래도 죽고 저래도 죽게 되어 있다. 그래서 "삼성" 후계자는 이러한 한국 정치 현실과 자신에게 씌워진 감옥소 부정 이미지를 씻기 위해 스스로 "<u>한국 대통령</u>"이 되거나, 아니면, 가업 대물림 "경영 포기 선언"을 취소하고 본사를 밖으로 옮겨 대(代)를 이어 1등 횃불로 남아야 한다. 이 나라의 형식 관념 윤리가 가업 승계를 허용 않고, 노조 불허는 더더욱 용납 않기에 "삼성"이 살겠다면 밖으로 나가는 수밖에 없다. 한국에서 재벌 상속자 막무가내 전횡이 흔하다 하여 실적을 내고 있는 우량기업 "삼성"도 같은 취급을 받아야 하는 것은 실질을 염오한 조선의 굴복주의 유물일 뿐, 이미 사기범죄가 판을 치는 한국 사회 현실에서 오너 배제 전문 경영인 선용을 믿어봤자 리스크만 발생하니 "삼성"은 밖에서라도 가업 승계를 이루어 무슨 일이 있어도 1등 정신을 지켜야 한다. 안에서건, 밖에서건, 그것이 한국의 정신적 기둥이요 실질적 미래이기 때문이다.

차이나(china) 칭화대 반도체 권위자 웨이샤오쥔(魏少軍)교수는 자국 반도체 개발 초기 엔지니어 종사자가 30만 명이었으나, 2020년에 필요한 인원이 70만 명이라고 했고, 한국 대학에서 1년에 700명을 배출하는 반도체 전공 석사를 저들은 매년 15,000명 이상을 배출한다. 한국이 수천 년 간 차이나(china)에 당해온 끔찍한 인해전술,, "삼성"은 그것을 오롯이 혼자 감당해야 한다. 그런데도 정치권에서는 삥 뜯을 궁리나 하고, 수틀리면 감옥소에 보내버리겠다고 협박이나 하니 "삼성"은 현실을 직시해야 한다. 박정희 대통령이 얼마나 멍청한 사람이었는지를 깨쳐야 한다. 한국의 경제개발 그 모든 기반을 만들고, 헐벗은 이 나라 산야를 푸르게 하고, 세계에서 가장 아름다운 한국 의료보험제도를 위시하여 이 나라 국민이 잘 살도록 모든 것을 만든 것은 괜한 짓이었다. 세계를 석권하는 한국의 조선(造船) 분야를 비롯해 그 배와 자동차를 만드는 강판 등 국가 경제 발전에 가장 기본인 철(鐵)을 만들기 위해 모래밭 황무지에서 맨땅에 헤딩하며 세운 포항제철소, 그것도 멍청한 짓이었다. 산업 발전 제1조건 도로망, 박정희 대통령이 처음 경부고속도로를 만들려 했을 때, 이 나라의 빛나는 민주투사들이 그 공사현장에 떼 지어 몰려가 드러누웠다. 그 공사가 이 나라 강토 맥을 끊는다면서 저희끼리 몸을 결속하고 공사판 한가운데에 자빠져 드러누웠다. 나라의 발전과 부강보다 자신들 정치 입신이 더 중요한 국민 선동 프로파간다, 실상은 그것이 상국에 아첨하는 알아서 기기 속민의 도리였기 때문이다. 그럼에도 박정희 대통령은 기어이 고속도로를 완성해 이 나라 산업 유통 혈관을 만들었다. 보통 사람 같으면 꼴답잖게 잘난 척하는 그 민주투사들 꼬라지 보기 싫어서라도, 아니 재수 없어서라도 때려치웠을 일을 그 양반은 왜 그렇게 고집스럽게 밀어붙이셨는가. 자신의 일본군 복무 오명을 씻고, 이 땅에서 두 번 다시 자신과 같은 불행한 사람이 나오지 않도록 하겠다는 그 유일한 해법이 경제자립과 나라의 자주권, 그로부터의 종속탈피인 것을 알았기에 미래를 위해 욕을 먹더라도 총대를 메야 했다. 국민을 위한 자기헌신 <u>정반합에의 양기</u> 그 하나를 위해서였다. 그 꼭대기에 한국의 자주권 한국 자체 "핵무장"이 있었다. 그러나 언감생심 이룰 수 없는 개꿈이었다. 그때나 지금이나 나라의 종속으로 자의식이 퇴화되어 자주가

뭔지 모르기 때문이다. 아니, 현실적으로는 600년간 퇴화된 자기 두 발로 일어서는 게 정말로 무서운 것이다.


한국인이 자기 나라 최 인접 국경 영토 "대마도"를 버리기 위해 동쪽 끝 절해고도 '독도' 사랑으로 오두발광 떠는 것처럼, 비굴을 용기로 바꾸는 희한한 재주, 한국인 중에, 특히 이 나라의 젊은이는 자신이 살아오면서 나라꽃 "무궁화" 실물을 본 적은 별로 없을 것이다. 그 꽃은 사꾸라 벚꽃처럼 며칠 잠깐 피었다가 언제 졌는지도 모르는 그런 가벼운 꽃이 아니다. 봄에 피어나 뜨거운 여름 햇살을 견디고 가을 찬 서리 비바람을 맞으면서도 지지 않고 끈질기게 피어있는 꽃이다. 이 땅에서 이 민족과 함께 고난을 같이 해온 이 민족의 정체성이다. 그 꽃이 어느 새 모조리 사라졌다. 이 땅에 지천이던 그 꽃을 누군가가 모조리 뽑아버렸다. 그 후 이 나라 민족의식도 사라졌다. 그래서 저희끼리 물어뜯고 싸우면서도 왜 그래야 하는지 모른다. 자의식이 상징으로 형성되고 그것이 자존심으로 표출되는데 그것이 누군가에게서 제거되어 그 때문에 서로 싸우면서도 왜 그래야 하는지 알지 못하고, 알아서도 안 된다. 자기 나라 상징이 얼마나 중요한지, 그리고 자국 화폐에 새긴 초상이 국민 의식에 어떤 영향을 끼치는지 그런 정체성에 대하여 절대로 알면 안 되는 속민의 도리, 그 멍청한 '함구(含垢; 욕된 일을 참고 견딤)가 자의식을 거부해 그것이 자주권 기피로 이어져 파탄을 초래하는 것을 모른다.

지금 한국사람 중에서, 특히 젊은이는, 박정희 대통령이 일본군에 복무했으니 이 땅에서 무궁화가 사라진 것도 그 양반 노고로 알겠지만 천만의 말씀이다. 이 나라 민주 투사들이 일본 오열 민족 배반자들과 손잡고 이 땅에 지천이던 무궁화를 모조리 뽑아버렸다. 그 일본 오열이 보수에만 있는 것이 아니다. 양쪽에 다 있다. 서울대 이병도가 이 나라 진보의 태두로 활약하며 한국 역사 왜곡에 앞장을 섰고, 고려대학교 신석호가 보수 편에서 일본 오열 한국인 정체성 파탄 임무를 가열 차게 실행했다. 지금 그 제자들이 한국 사회 곳곳을 장악하고 이 나라 자의식 박멸에 매진하고 있다. 거기에 자신들의 출세가 보장되기 때문이다. 한국의 실제 권력 일본 오열 민족배반자들 지시로 박정희 대통령 사후 한국 정치판에서 진보든 보수든 '민족'이란 말을 절대로 쓰면 안 됐고 대신 '민주'만 허용됐다. '민족'이란 단어에 어른 말 안 듣는 방자함이 들어있기 때문이다. 한국 국민은 이 나라에서 무궁화가 사라진 것이 박정희 대통령 구근(劬勤; 힘써 일함)으로 뒤집어씌워 책임전가하고 싶겠지만 유감스럽게도 유튜브에 서울대 신용하 교수님이 박정희 대통령으로부터 민족성 회복 역사 정립 요구를 닦달 받은 증언이 있다. 그분 필사의 염원이 "민족중흥"이었음을 호도하지 말라. 그때 국민 일반은 먹을 끼니가 없어 이름 모를 산나물을 삶아먹고 부황이 들고도 병원 치료는 언감생심이었다. 그때 나무껍질 속을 긁어 먹은 그 나무는 말라비틀어져 그것을 장작으로 패 구들장 덥힌 대가로 이 나라 산야가 시뻘건 벌거숭이로 변했던 시절에 맨땅에 헤딩하며 산업화를 이룰 수 있었던 동력이 "민족중흥"이었다. 민족정신이 있어 그 어떤 어려움도 견뎌낼 수 있었다. 그 속내는 나만 잘 먹고 잘 살겠다는 것이 아니고 너와 나 그리고 이 땅의 후손이 풍족하며 더 이상 외세로부터 침략당하지 않고 안전하게 서로 도우며 우애롭게 살기 바라는 염원에서였다. 그 분명했던 민족 부흥 기치가 민주주의를 도용한 민주투사들 민족정체성 파훼 설레발로 사라졌다. 한국의 산업기반 모든 것을 그분이 만들고, 세계가 부러워하는 아름다운 한국 의료보험 시스템도 그분이 만들었음에도 그것을 감사해 하기는커녕 그것을 누가 만들어 주었는지조차 모른다. 알면 안 되는 것을 알기 때문이다. 그것만이 상국에 대한 충직한 신민의 도리이며, 반대로 그것을 기억하고 기리는 것은 상국에 대한 불경이요 역린인 것을 스스로 알기 때문이다. 그들이 던진 휘발유 화염병 투척, 그것은 역사바로 세우기를 거부한 상국 신순 알아서 기기 "땡깡"이었을 뿐, 박정희 대통령은 자신의 일본군 복무를 부끄러워하여 다시는 이 나라의 후대가 나라를 배반하는 일이 생기지 않도록 경제개발을 넘어 나라의 완전한 주권 "핵무장"을 완성하려다 실패한 것은 겨우 먹고 살만해진 국민의 어리석은 교만과 현실기피 600년 비굴 문질 오두방정 때문이었다. 박정희 대통령 시절 이 나라 강산에 아름다운 무궁화가 지천이었다. 정말로 가는 곳곳마다 애국가 가사처럼 무궁화 삼천리 화려한 금수강산이었다. 하다못해 도로변 화단 꽃나무까지 무궁화였으나, 어느 날 민주주의 외침이 창발하면서 "무궁화에 진드기가 많아 지저분하다"며 모조리 뽑아버렸다. 거기에 일제 사주가 없었겠는가 아니면 속민 우매화 목적의 상국 눈초리가 없었겠는가. 상국을 대리하는 완장 찬 민족배반 색구(色驅)들이 십자가 이외의 상징을 용서 못해 한국의 상징물 그 모든 것이 미신이라며 모조리 없애버리고 그것도 모자라 초등학교 교정에 세운 단군할아버지 목을 쳐버려 그때부터 한국인 정체성은 완전히 사라졌다. 그래서 민족의 시조 단군(檀君)을 신화도 못 되는 시시한 TV연속극 '전설의 고향'으로 만들어버려 1만년 배달민족 한국 역사는 2,000년으로 축소되었다. 역사가 일본보다 더 많으면 안 되고, 미국 역사가 겨우 3백년에도 못 미치니 역사를 내세워 자부심을 갖는 것이 망발인 것을 스스로 알기 때문에 고귀한 한민족 정체성 광명사상 우애주의 배달겨레는 오토바이 튀김 닭, 아니면 짜장면 배달(配達)민족으로 낙점되었다. 한국의 발달된 빨리빨리(8282) 배달(delivery)문화,, 그것은 소비자 주문으로 활성화 된다. 주문을 하지 않으면 망한다. 그런데 "배달의 민족"이라는 타이틀의 배달회사 영업이 아주 잘 되는 것은 한국인이 자기 정체성 비하를 재미있어 하기 때문이다. 그것은 이미 그 이전에 민족의 시조 단군 참수와 함께 무궁화, 솟대, 하늘의 전령 솔개, 등 한국의 정체성이 이 땅에서 사라지면서 한국인의 자의식 지킴이 자기 자신을 위험하게 만든다는 것을 알면서 생긴 결과이다. 그래서 1만년 유구한 천손사상 홍익인간 상생 우애주의도 같이 망가졌고, 새 토템 민족의 정체성 솟대가 사라지면서 하늘의 전령 검은 새 솔개는 일본의 상징 재수 없는 까마귀로 바뀌었다. 위대한 인류자산 민주주의만이 최고라며 주제넘게 '민족'을 말하면 즉시 눈총 받았다. 함부로 민족 자부심을 말하면 푼수데기 "국뽕"이라며 눈총 받았다. 과연 그런 자주성 파괴를 박정희 대통령 시절이라면 감히 생각이나 했겠는가. 이 나라 젊은이는 사쿠라 왕벚꽃 원산지가 한국의 제주도라고 말 하지 마시라, 그것은 싸움에 진 개가 멀리 도망 가 꼬랑지 감추고 짖어대는 넋두리요 깨갱거리는 비참한 신음소리에 불과하다. 이 땅에 "무궁화"를 복원하지 않는 이상, 이 나라는 상국이 채운 차꼬를 벗을 수 없고, 그래서 종속 기생주의를 벗을 수 없으며, 그 때문에 정치는, 아니 그 국민은, 진영 논리에 발목 잡혀 끝없이 서로 물어뜯고 싸워 나라는 파멸로 갈 수밖에 없다. 한국 1만년 역사 종결,, 그것이 종속 의존주의 현실기피 비겁함에서 온다. 지금 넷플릭스 "오징어 게임"으로 세계인에게 관심 받은 테마 "무궁화꽃이 피었습니다"의 한국 꽃 "무궁화"는 이 나라에 없다. 눈을 씻고 찾아봐도 찾을 수가 없다. 천연기념물이 되었다. 그것이 엄연한 현실이고 그것을 되찾으려는 국민의 의지는 고사하고 그럴 인식 1도 없는 게 한국의 현실이다. 어쩌다 이렇게 됐는가. 그 복원은 자아 회득 주관성을 불러 그것이 결국 나라의 진정한 독립으로 이어지는 것을 그 국민이 이미 알기에 알아서 기느라 모르는 척 생 까는 것 말고 다른 이유는 없다. 상국에 대한 불손이 무엇인지 이미 알기 때문이다. 그러나 무궁화 파훼가 나라의 소멸로 이어지는 필정임을 아는 한국인이 과연 이 땅에 단 한 명이라도 있을까. 한국 젊은이는 그럼에도 세계가 환호하는 "무궁화꽃이 피었습니다"가 자랑스러우신가. 이 땅에서 완전히 뽑혀나가 흔적도 없는 게 현실임에도?,, 이 나라 산야에 바다처럼 지천이던 "무궁화"를 지금의 한국 젊은이는 태어난 이래 본 적 없다. 그것은 그냥 없어진 것이 아니다. 누군가가 모조리 뽑아버렸다. 그리고 그것을 일본인이 직접 하지 않았다. 미국도 직접 명령을 내리지 않았다. 한국인이 알아서 스스로 뽑도록 알음장 했을 뿐이다. 그 꽃나무를 뽑아버린 당사자는 엄연히 한국인이고, 그 실무자는 "민족주의"를 염오(厭惡)하며 '민주주의'만이 최선이라고 외친 이 나라의 비주 기생주의 민주투사들과 그 추종자들이다. 한국 갈등의 원천 역사 왜곡 속민 우매화를 위한 상국의 가스라이팅, 그 시작과 완성이 이 땅에 지천이던 무궁화 뽑아내기부터였다. 그 전위병들이 진보, 보수에 다 있다. 지금 겨우 그림이나 영상으로만 볼 수 있는 한국의 나라꽃 "무궁화",, 한국인이 그럼에도 "무궁화꽃이 피었습니다"가 자랑스럽다면 그것은 권위에 굴복한 패잔병의 전향선언 즉 민족배반이다. 그 일등 공로자가 화염병 던져 이 나라의 자주권을 박살낸 자칭 민주 진보세력이며, 그들이 '민주주의'를 내세우기 위해 '민족주의'를 얼마나 혐오했는지 사실을 제대로 알지 못하면 이 나라는 혼돈 속에 저희끼리 물어뜯다가 파탄을 맞아야 한다. 진리 외적인 것에서 찾은 가짜 진리 한국 민주투사 공적,, 그런데 상대편 보수 역시 그에 못지않은 전력이 있으니 그 시작은 일제 부역 민족배반자들로부터였지만, 본격적 그 형성은 자본이 축적되면서 생겨난 그 중심은 박정희 대통령 산업개발 최전선 일꾼으로부터였다. 하지만 그분 시살 후, 애초 일본에 나라를 팔아먹은 민족배반자 떨거지와, 1980년 광주에서 자국 시민을 향해 캐러버60 기관총을 갈긴 깡패 세력과, 미국 전위병 기독교 정치 야합 모리배 세력이 현재의 한국 보수이며, 그 꼭대기에는 정당 공천으로 권력을 잡은 지헌권력이 있고, 그들에게 따리 붙은 금융과 부동산 관련 부패무리들을 위시해서 서민 전셋돈을 노리는 사기꾼들이 있다. 그들이 부동산으로 사회 질서를 망가뜨리자 이 꼴 저 꼴 보기 싫은 젊은이 반발과 좌절이 결혼포기 출산거부로 나타난 민족멸절 상황이 지금의 한국 현실이며, 거기에 더 웃기는 것은 한국 보수가 재산을 가진 사람들 집단이고, 자신의 이익을 도모하는 세력임에도 실제에 있어 그 추종 기반 세력은 집 한 채 없는 셋방살이 서민들이다. 자신의 피가 빨리는 것을 감수하면서 보수 돌격대 앞장을 선다. 그 무지함이 그것만으로 그치는 게 아니어서 한국 국민 모두가 미국 패권을 위해 이데올로기 돌격대 총알받이를 자처한다. 그 모든 어긋남이 문제의 본질을 바로보지 않기 때문이다. 그 극복은 한국 애국가 "무궁화 삼천리 화려강산,," 그 사실과 다른 엉터리 거짓 가사를 "무궁화 뽑혀나간 반 토막 초라한 강산,,"으로 바꿔야만 찾을 수 있다. 사실을 사실대로 말해야 한다. 이것이 왜 중요한가 하면 진실을 인정하면 개선책이 나오지만 그것을 회피하고 덮으면 거짓은 계속되고 그 댓가로 부정과 부패 그리고 저희끼리 물어뜯기 교열 난작만 하릴없어 그 결과로 파탄이 오기 때문이다. 그럼에도 진실 바로보기가 무서워 허구의 한국 애국가 "무궁화 삼천리 화려 강산,,"을 소리 높여 부르는 이 나라 국민의 뜨거운 나라 사랑은 그래서 공허한 형식 관념 가짜 국뽕을 양산하고, 그 위선 때문에 이 나라는 종속을 벗지 못해 조선(朝鮮)이 간 길을 다시 간다. 그 프레임 족쇄가 이 땅의 "미군주둔"이다. 그것이 국민의식을 강간하여 종속이 고정되는 그 순환에 부대끼며 국민은 저희끼리 물어뜯으며 대속(代贖; 3,종이 주인 대신 벌을 받던 일)을 자처해야 한다. 이 극복은 진실을 바로 보는 용기 없이 이룰 수 없다. 박정희 대통령이 어째서 비명횡사 할 수밖에 없었는지 사실을 사실대로 말한 다음, 그분의 자주정신을 기리지 않으면 이 나라는 종속을 벗을 수 없다. 비주 민주주의 그 파생 가짜 평화주의 "비핵"은 AD17세기 청(淸)나라 황제에게 엎드린 삼전도 굴욕 삼배구고두(三拜九叩頭) 항복 의전일 뿐, 그로 계층 간 불평등은 심화되고 난작 교열만 계속된다. 지금 북한 "핵무기"가 한반도 초토화 민족멸절을 가리켜도 유유자적 남의 일이 된 것도 그 때문이다. "무궁화꽃은 이제 이 나라에 없습니다"가 마음에 안 들면 "무궁화를 심어야 할 것"이 아니겠는가. 이 땅에 도배된 일본의 상징 사쿠라 벚나무를 모두 뽑아버리지 않으면 한국 정체성은 회복되지 않는다. 그것이 종속과 연결되어 있고, 그 종속이 나라를 파탄 내는 것은 자연의 이치요 사회과학적 이치이다. 제대로 총 한

번 쏴보지 못하고 나라가 일본에 먹힌 조선(朝鮮)이 그것을 증명했다. 그 시대 사람들이 못나서 그렇게 된 것이 아니다. 사대주의 상국 종속 시스템이 그렇게 만들었다. 박정희 대통령이 헐벗은 이 나라 산야를 푸르게 만들었음에도 지금의 젊은이는 산림학자 현신규 박사가 있어서 이 나라가 푸르게 되었다고 말한다. 과연 그게 옳을까. 진실을 말하면 왠지 불이익을 당할 것 같은 자기 검열이 작동한 것이다. 한국 600년 현실도피 유습, 나라의 위기가 모두 거기에서 출발한다. 나라의 조림은 일개 학자 학문으로 되는 것이 아니다. 올바르며 강력한 정치 리더쉽이 만든다. 한국 사람이 지금 몽골 사막에 조건 없이 조림 사업을 펼쳐 축구장 3,000개 면적의 사막을 푸르게 만들었으니 이 땅에 사라진 "무궁화"를 복원하는 것은 어려운 일이 아니다. 그럼에도 한국인은 "무궁화"를 복원 할 수 없다. 절대로 불가능하다. 그것은 산수 조림의 문제가 아니라 민족 정체성 회복의 문제이고, 그 생기가 결국 "미군 철수"를 연동하는 것을 알기에 제 발로 일어서는 게 무서운 국민이 서로 모르는 척 입 다물기로 결론을 내렸기 때문이다. 종속은 그렇게 속민이 알아서 기면서 자체로 고정된다. '독도'에 일본이 멸종시킨 '강치'만 복원하면 일본의 사악한 성동격서 '독도' 도발은 아무런 효력이 없어진다. 그 간단한 일조차 한국인은 할 수 없다. 그 해소의 다음 차례는 잃어버린 영토 "대마도"가 될 터인데 상국 하령으로 일본 땅이 된 "대마도"를 되찾겠다는 것이 불손인 것을 이미 알기에 한국인이 일본의 '독도' 도발에 극렬히 범노하는 것은 한·일 양국이 서로 필요해 떠드는 육갑떨기일 뿐, 그래서 그 원인 개선을 위한 민족 자의식 "무궁화"는 언감생심 복원할 수 없다. 거기에다 그보다 훨씬 더 쉬운 민족 자의식 시발점 한국 지폐 독립투사 새김은 더더욱 감히 할 수 없다. 그것이 나라의 진정한 독립으로 이어지는 첫발임을 이미 알기에 자기 두 발로 일어서서 걷는 게 두려운 마마보이에게 민족 자의식은 절대적으로 기피대상이기 때문이다. 지금 한국 진해 해군사관학교에 가면 100년이 넘은 웅장한 사쿠라 벚나무가 있고 그 도시 전체가 사쿠라로 뒤덮혀 있다. 해군사관학교 출신들은 물론이고 그 시민들은 그것을 자랑으로 여긴다. 아니 한국인이 자랑으로 여긴다. 그런데 그것은 과거에 이 나라가 일본에 먹힌 식민지 시절에 일본인들이 그곳을 해군 기지로 만들면서 자기네 상징으로 심은 나무이다. 그렇다면 어느 날 일본인들이 이 땅에 다시 들어와 "봐라! 이것은 오래 전에 우리가 심은 나무이니 이 땅은 원래 일본 것이다. 그래서 고대에 왜(倭; 일본)가 한반도 남부를 정벌했던 임나일본부 역사도 실재 했던 사실이고, 백제와 신라가 일본에 조공했던 것도 사실이니 지금의 한국 땅은 원래 일본 것이다"며 실지회복주의(irredentism)을 말할 때 무슨 대꾸를 하겠는가. 이 땅을 도배한 일본의 상징 사쿠라 벚나무를 모조리 뽑아 버려야 하는 이유이다.


**\*\*종속이 산업에 미치는 상징성,**

디지털 기술 도래와 석탄 에너지 환경문제 등 시대 조건 변화로 앞으로 전기차 시대가 본격적으로 열리면 자동차 생산은 부속이 간단해져 대형 플랜트 시설이 필요 없으니 중소기업도 쉽게 진입하는 조건에 있다. 그럴 때 메이저회사는 세련된 디자인과 여러 가지 복잡한 기능을 섞어 가격을 올리겠지만 반대로 중소기업은 가성비로 맞설 터이니, 그로 글로벌 자동차 회사는 고급 이미지의 특별한 몇 개 회사로 정리 되며, 반면 중소기업은 하늘에 별처럼 무수히 많아진다. 저가(低價) 차량이 넘쳐날 조건인 반면 고급차는 온갖 장비와 디자인으로 무장하여 더욱 비싸질 것이다. 그럴 때 고급화 지향에 없어서는 안 될 필수 조건이 꼭대기 이미지 심볼이다. 그 심볼에 있어서 반듯한 정원은 과학의 출발이어서 최상위 지배자를 뜻하고,

눌려 납작해진 타원은 피지배층 즉 서민을 의미한다. 독일 자동차 로고가 모두 정원인 이유이며, 서민 대중차를 표방한 미국 포드자동차 대표 로고가 타원형인 바로 그 적확한 예이다. 그런데 한국인이 잘 아는 어느 자동차회사 로고는 눌린 타원형 안에 찌그러진 이미지를 하나 더 집어넣어 두 개의 피압제를 표시했다. 그것은 서민 보다 못한 그 아래 계급 즉 노예를 뜻한다. 이 상징성 이미지 중요도를 모르거나 무시하여 이 회사는 그 비천한 문장 하나 때문에 국제시장에서 제아무리 성능 좋은 고급차를 생산한다 해도 상위 그룹에 들어갈 수 없다. 삐까번쩍 고급차를 만들수록 언밸런스가 생기기 때문이다. 이마에 천출 노예 낙인이 찍혀 있고, 머리칼은 천둥벌거숭이인데도 머리 위에 고급 모자를 쓰고 명품 의상을 걸쳤다고 상류사회 귀족이 될 수는 없다. 자동차에 있어서 차량 제조 기술력이 일정 수준에 이르면 기술보다 중요한 것이 회사 이미지인데 그것은 사상으로 만들어지며 그 사상은 대표 문장으로 표현된다. 이 회사는 이 개념을 모르거나 모르는 체 하여 스스로 험난한 길을 가고, 그 회사를 아끼는 구매자들도 그것을 묵인하여 이 회사는 미래를 진흙탕 속으로 전타했다. 자동차는 엄연히 신분 계급장임에도 그 의미를 자의로 해석하여 개발도상국 시절 미흡한 기술에서 벗어나기 위해 애썼던 장인정신을 뽐내려고 찌그러진 심볼을 고수하지만 그런 노고가 있다하여 상류사회에 초청되지 않는다. 숲속에서 산을 볼 수 없듯이, 무엇이 잘못인지 알지 못하니 개념도 없다. 개발도상 기술 단계를 넘어서면 기술은 평준화 되고 기술보다 중요한 사상이 디자인으로 나타나 그것은 결국 대표 문장으로 모여져 구매력의 척도가 된다. 그럼에도 그것을 머리로는 안다 해도 본 적이 없으니 무슨 말인지 모르고, 모르는 것을 만들어봤자 그게 그거여서 함부로 바꿀 수도 없다. 거기에 선대 창업자를 기리는 오너의 효심도 있을 것이다. 그래서 그것이 자긍심이 아니라 열등감임을 깨닫지 못한다. 한국이 매양 진리 외적인 것에서 진리 찾는 그것과 같다. 자동차는 단순한 운송 수단이 아닌 사회 계급장이며, 계급이 높을수록 거기에는 파워, 권위, 신뢰, 신중, 결단, 그리고 가장 중요한 안정성이 요구되나 그 회사 찌그러진 언밸런스 표식으로는 이것을 충족하지 못한다. 지금은 덤핑으로 출발한 아날로그 내연기관 시대 끝자락이면서 디지털 전기차 시대 진입 단계여서 어찌어찌 먹히고 있지만 디지털 시대가 본격적으로 도래 하고, AI인공지능 시대가 펼쳐지면서 돈 많은 사람은 소수가 되어 더욱 잘 살고, 중산층은 무너져 많은 사람이 빈곤 세대로 전락될 앞으로의 세상은 그 비율대로 거리에는 저렴한 전기차가 넘쳐나게 된다. 그럴 때 이 회사는 그 하자 문장 때문에 상위 그룹에 못 들어가고 그렇다고 저가 시장에서 이전투구 할 처지도 아니어서 중간지대에서 길을 잃는다. 아이러니한 것은 왜 그렇게 되는지 이유조차 모른다는 것, 그것은 마치 이 나라가 파멸을 향하면서도 어째서 그렇게 되는지 모르는 것과 같다. 장례식장에 울긋불긋 화려한 파티복을 입고 참석할 수 없고, 반대로 결혼식장에 조의를 표하는 검은색 옷차림과 리본을 하면 안 되듯이 색깔에 의미가 있다면 형상에도 뜻이 있다. 눌려 찌그러진 타원은 피압제 서민을 가리키는데 그것이 두 개이니 그보다 아래의 천민을 가리키는 의미는 절대로 침소봉대한 억지이거나 모함이 아니다. 이 회사는 앞에 무엇이 기다리는 지 아무도 모르는 디지털 시대 초입에서 소비자를 막차에 태웠다. 그래서 그 동안의 2류 저가 판매 적자 분기점 어닝쇼크를 극복해 막대한 이익을 남겼다. 대신 소비자는 목숨을 볼모로 바가지를 썼다. 그러나 과연 그게 언제까지 통할까. 자동차기술이 어느 수준에 이르면 굴러다니는 것은 마찬가지인데 소비자가 왜 굳이 비싼 자동차를 사겠는가. 자동차는 사회 계급장이고 그 가치는 외장 그럴듯한 디자인과 메커니즘만으로 그치는 게 아닌 상위의 철학 개념이 있고 그 꼭대기에 인류 최선의 가치 도전정신이 있다. 그런데 이 회사 창업주의 정체성이 오롯이 도전의식이었다. 그것이 자식에게 후계되면서 사라졌다. 그것은 이 나라 국민이 이 땅에서 나라꽃 무궁화가 사라져 천연기념물이 되었음에도 무궁화 삼천리 화려 강산이라며 애국가의 허구를 진실이라며 찬양하는 가짜와 닮았다.

회사 문장이란, 예를 들어, 애플 로고는 사과 한 입을 베어 먹은 형상이어서 일견 지저분하다. 그런데 그 의미는,

사과 = 사탄,
한 입 먹기 = 치명적 유혹,

그것은 신화를 빌려 인류의 시작이라는 가장 높은 위치를 가리키면서 거부할 수 없는 유혹, 누구나 갖고 싶은 욕망을 표현 한다.

벤츠 로고는 나치 하켄크로이츠처럼 수레바퀴를 가리켜 인류 과학의 가장 높은 꼭대기 상징성을 가지면서 동시에 정원으로는 가장 정밀한 기계 메커니즘을, 그리고 삼각 다리는 가장 편한 안정성과 인간의 건강한 신체 그 중에서도 중심부위가 강조되어 섹시함을 어필한다.

도요타 자동차는 물소의 뿔로서 쇼군의 권위를 표시 하는 동시에 여성의 중요부위를 대입해 섹시함을 표현하고는 아예 거기에 치골까지 만들어 노골적 유혹을 만들었다. 그것으로 세계판매 1위를 달성했으니 AV 대국다운 위용이었다.

나이키는 군더더기 없는 날렵함과 예리함 그리고 매끈함으로 원 나잇 속전속결 섹시함을 어필하며 로마 신화를 빌려 최상위를 표현한다.

그와 같이, 현대 제품 판매에 있어 꼭대기 심볼로 나타내는 사상성과 섹시

함은 업계 1등을 향한 필요불가결 사안이다. 그러나 한국은 오랜 종속 역사가 만드는 족쇄 때문에 이 상징성에 무지하다. 그 파급이 무궁화 멸종이고, 그 변명이 사쿠라 원산지 왕벚꽃 한국 제주도 기원설이다. 세계의 모든 자동차 회사가 자사의 고급차일수록 대표 문장을 눈에 잘 띄도록 자랑스럽게 드러내는 반면에 저렴한 소형차는 별도의 표식을 붙인다. 왜 그러겠는가. 저가 제품 싸구려 이미지가 대표 상징성을 훼손하기 때문이다. 그런데 이 자동차회사는 거꾸로 자사 고급차에는 정체불명 로고를 붙이고 저가 차량일수록 자랑스럽게 자사 대표 문장을 붙인다. 왜냐하면 자사 대표 문장이 천박하다는 것을 스스로 알기 때문이다. 문제는 그것을 알면서도 고칠 인식이나 의지가 없다는 것, 그 때문에 사상성 부재 도전정신 결핍을 드러내 그에 맞는 계급이 정해진다. 세상에는 형이하적 물질보다 형이상학적 가치를 더 중히 여기는 사람도 많다. 이 회사는 그것을 간과하여 구매자 범위를 스스로 제한했다. 그 인식의 출발이 성안의 장수요, 귀한 집 도련님 응석으로부터인 것을 아는 사람은 별로 없을 것이다. 그것은 마치 한국 지폐가 조선의 종속주의자로 도배되어 있어도 그 의미 따위 알 바 없고, 나라꽃 무궁화가 이 땅에서 사라지고, 인구가 소멸되고 있어도 아무런 감흥이 없는 것과도 같다. 그것은 마라강에 먼저 뛰어드는 미친 짓을 하지 않겠다는 자기 몸조심에서 출발한다.

한국인이 믿고 의지하며 따르는 미국의 정체를 바로 보아야 할 것이 그들이 있는 곳에 분열과 전쟁이 있다는 것, 역사적으로 그들은 자신이 주도한 여러 나라 전쟁에서 모두 패해 쫓겨 나왔음에도 한국에서만 성공했다. 무슨 연유인가. 미군이 2차대전 승전국으로 이 땅에 들어와 당연히 처벌받고 퇴출되어야 할 일제 부역 한국인 민족배반자를 우대한 속민 분열과 갈등 목적의 가치관 훼손이 완성됐기 때문이다. 그 이이제이 정책으로 미국의 한국 지배는 성공했다. 그러나 과연 그것이 성공일까? 레이스는 아직 끝나지 않았다. 1945년 히로시마의 100배 위력이라고 떠드는 북한 "핵미사일"이 어느 날 한국을 향할 때, 한국만이 아니라 일본을 포함하여, 최소한 미국 대도시 몇 개는 타깃에 들었으니 미국의 속지 분열 정책이 한국에서만 성공했다는 결론은 아직 이르다.

한민족은 차이나(china)와 일본 사이에서 쉼 없이 침략 받으며 용감히 싸워 물리쳤고, 때론 그 힘에 굴복 하며 유구한 세월 어떻든 나라를 지켜왔다. 그것이 지금에 이르러 차이나(china)가 자국 경제 신장을 기화로 국수주의로 무장해 이 나라를 노리고, 포기한 적 없는 일본의 정한(征韓) 염원은 한국에서 전쟁이 터지기를 오매불망 빌어마지 않는 그 노출을 트럼프 정책 보좌관 죤 볼턴의 〈그 일이 일어난 방〉이 증거 하듯, 한국은 옛날부터 열강 샌드위치 먹잇감이었다. 그러한 주변 여건과 오랜 세월 수많은 외세침략으로 피 흘린 한반도역사가 주문하여 응집된 한민족 천추의 원한이 6.25한국전쟁 흉융 당사자 북한에서 "주체사상"으로 응집되어 그 인민 2천만명 중에 3백만명이 굶어죽는 극단의 기아선상에서도 그들은 그럼에도 "외세에 더 이상 휘둘리지 않겠다"며 김일성 세습 권력 박민(剝民) 악정도 감수하지만 결국 한국의 눈부신 경제 성장과 풍요, 그리고 만개한 개인의 자유를 더 이상 아니라고 부정 못할 배반당한 그 실망이 폭동으로 바뀌는 순간, 아니면 그 군부가 그것을 용서 못해 쿠데타가 일어나는 순간, 애먼 한국을 향한 북한 김정은 오토크러시(autocracy) 세습 정권 마지막 발악 "너를 죽이고 나 또한 죽겠다!",, 그것이 가리키는 결말은 꼼짝없는 한국 소멸이다.

자살 폭탄 테러는 폭력을 통해 원하는 바를 얻겠다는 정치행위이고, 그 행위자는 다른 방도가 없는 마지막 수단으로 헌신을 표방한다. 그러면서 그 규모는 한정적이다. 그 주체가 약자이니 그것은 상대방보다 주변에 보내는 메시지 즉 비명이다. 그 상징적 예가 2001년 9월 뉴욕 무역센터 비행기 충돌 9.11 사태였다. 그때 미국인은 그 무참한 파괴 행태를 보면서 "왜 우리를 이토록 미워하는가?"라며 분노했을 것이다. 그것을 그대로 북한에 대입하면, 북한 주민은 미국을 향해 "왜 우리를 가만두지 않는가?"로 되묻는다. 북한 입장에서 그 인민 300만명 아사(餓死)는 엄연히 미국의 "경제봉쇄"에서 왔다. 미국은 그에 대한 답이 준비 되어 있는가. 그런 조건에서 김정은의 마지막 발악 핵미사일 미(美)본토 투발은 원하는 바를 얻겠다는 정치행위가 아니다. 메시지, 비명도 아니다. 그냥 원한 서린 제노사이드 보복 동반자살일 뿐이다. 세계가 알아야 할 것이 저들이 궁지에 몰리면 저만 죽으려 하지 않는다. 반드시 동반자살 동귀어진을 모색한다. "너희가 우리 인민 300만명을 죽였으니 나는 그 몇 배로 갚겠다!",,, 과연 이 철천지 원한을 해결할 정치 수단이 존재 하는가. 그 답은 오직 하나 한국 자체 핵무장 전제의 주한 "미군 철수" 남북한 당사자 해결뿐이다. 이것은 주권(군권)을 포기한 한국 평화주의 "비핵"으로는 절대로 성립되지 않는다. 그 정체가 비굴이고, 북한은 그 비굴을 타파해 민족의 자주성을 찾겠다는 "주체사상"으로 유지되기 때문이다.

한국에서 "무궁화"와 함께 사라진 한국인 정체성, 그 회복은 한국 지폐에 새겨 넣는 일제 항거 한국 독립투사 초상 없이 찾을 수 없다. 현재 한국 돈에 찍힌 인물은 모두 조선시대 사람이며, 성리학 태두 이황과 이이가 기본적으로 통용되는 1,000원권과 5,000원권에 찍혀 그때 논쟁과 파쟁으로 나라 망친 대결 구도가 지금 한국에 그대로 재현되고 있다. 당시 백성의 사상과 운신의 폭을 옭아맨 조선의 성리학은 자연의 존재법칙을 이(理)와 기(氣)로 규명하려는 이원적(二元的) 철학으로, 많은 사람들이 이(理)를 눈에 보이지는 않으나 우주 삼라만상을 만들고 움직이는 본질로서 형이상학적 개념으로서 이것을 쉽게 사람의 마음(心)이라 하고, 기(氣)는 우주의 생성물이 현실적인 모습을 구성해 눈에 보이는 물질로서 형이하학적 개념으로 알았다. 그러나 실상 조선의 이것은 서양철학에서 말하는 본체와 현상의 개념이 아니고, 동과 부동의 작용면을 가리켜 둘 다 본체로서 이성적 사유 또는 직관에 의해서만 포착되는 초경험적이며 근원적 영역의 형이상자(形而上者)를 가리킨다,고 말한다. 결국 관념이다. 이런 사상은 AD 12세기 차이나(china) 송(宋)나라 주자에 의해 시작되어 조선(朝鮮)에서 심화된 것으로, 이(理)를 주(主)로 보는 주리파(主理派)와 기(氣)를 주(主)로 보는 주기파(主氣派), 이(理)와 기(氣)를 다 같이 동(動), 즉 발(發)이라고 보는 이황의 이기호발설(理氣互發說)과 기대승의 이기공발설(理氣共發說) 등 듣기만 해도 머리가 어지러운 백가쟁명이 생겨났고, 이를 보다 못해 이기절충론(理氣折衷論)까지 나왔으나 결국 이것도 아니라며 조선후기에 이르러서는 극단적 유리론(唯理論)과 유기론(唯氣論)으로 빠진다. 이렇게 실용은 없고, 집구석에는 당장 먹을 끼닛거리가 없어도 서로 자기가 옳다며 조선이 수백 년간 서로 주둥이로 물어박지른 그 주제는 한마디로 '닭이 먼저냐 알이 먼저냐'였다. 실존주의 자체가 생겨나지 못했기 때문이다. 한국인의 보편주의 윤리 인식,, 그것이 한국인 피에 그대로 내린 폐해가 한국 이데올로기 돌격대 역할의 진보와 보수 편 가르기 혁장 교열 난작이요 변함없는 상국 엎드림이다. 조선사회가 백성의 운신을 제한하고 사상을 일원화시켜 장사꾼 이문을 경시해 주어진 조건에서 얌전히 살아가도록 인식을 강제한 것이 농사 제일주의 '농자천하지대본'이었고, 그 기반에서 지식인 언힐로 계급사회를 구축한 프레임이 도덕과 예의를 생활 가례에 적용한 '수신제가 시국평천하' 윤리관이었다. 그러나 그 윤리마저 실시 방법을 놓고 서로 싸우게 된 그 모든 것의 본질은 저 잘났다며 입으로만 떠드는 사변 현열 탐위 수단이었고, 상국에 엎드려 기며 누가 누가 잘하나 그 충성심 경쟁이었다. 그 유지가 지금 한국 돈에 찍혀 여전히 국민 의식을 억압하고 있다. 한국 돈 가장 높은 고액 5만원권을 차지한 신사임당은 조선 성리학 주기론(主氣論)의 대표 인물이라 할 5천원권 초상 율곡 이이(李珥)의 어미인데, 저 여자가 산수화에 능하고 그 자식에게 '까마귀 노는 곳에 백로야 가지마라'고 가르친 고매함이 있어 가장 높은 자리에 앉혔다고는 하지만, 굳이 그런 고답적 젠 체를 한국의 정신적 최상위 표상으로 해야 하는 이유가 무엇인가. 저 여자의 아들 이이(李珥)가 스스로는 검소하고 허례와 허식을 비판한 변법경장(變法更張)으로 사회 개혁을 말해 추앙받을 요인이 있다 해도 조선의 개혁주의자 정여립은 이이(李珥) 문하에 서인들만 들락거리는 것을 보고 그를 분파 패당주의자로 여겨 서인에서 동인으로 간 것처럼 그래봤자 그는 껍데기 그럴듯한 분열주의자인 동시에 사대 종속주의자였다. 그가 성리학을 창시한 송(宋)나라 주자(朱子)에 대하여 "아침에 눈을 뜨면 주자의 고마움으로 시작하고, 밥을 먹어도 주자의 고마움을 생각하며, 잠자리에 들고, 꿈을 꾸면서도, 주자의 고마움을 잊지 않는다고 했다. 당연히 변솟간에서 해우를 하면서도 그 고마움을 잊지 않았을 것이다. 그 시대 양반 권력자가 사상을 빌어 상국을 흠모한 그 실제적 피해자는 조선 백성이었고, 조선 인구 절반에 달했던 노비였으며, 특히 억압당한 그 시대 여성이었다. 조선 500년 동안 저희끼리 주둥이 언힐로 물어뜯고 싸운 종속 구도를 깨려한 유일한 사대부 인물이 16세기 "세상 만물에 어찌 주인이 있으랴"며 신분 철폐를 주창하고 거기에 임금이라 하여 다를 수 없다고 말한 공화주의자 정여립이었지만 그 사상은 실패하여 가문은 멸문지화를 당했고, 그 여파로 1천여명의 선비가 참수를 당한 조선 최대의 사화(士禍)가 일어났다. 그 공포심이 지금껏 이어져 정해진 길을 벗어나면 위험하다는 자기 검열로 남아 이 나라의 국민 인식을 억제하고 있다. 그 고정을 위한 감시의 눈초리가 한국 지폐에 새겨진 조선의 사대주의자 일괄 새김이다. 조선의 치열한 윤리 보편논쟁이 생활 가례에 적용돼 그 실시 방법을 가지고도 저희끼리 물어뜯고 싸운 과녁 빗나간 관념 사변이 모두 상국을 향한 충성심 경쟁이었고, 그로 얻는 소수 권력자 신분 유지 수단에 불과했듯이, 그 굴종주의 대표

주자를 잘 키웠다고 그 어미를 한국 지폐 가장 높은 자리에 앉혔으니, 브라질에서 나비 한 마리 날개 짓이 지구 반대편에서 허리케인이 된다는 나비효과처럼, 모든 것이 서로 영향을 주고받는 현대 자본주의 세상에서 돈보다 더 중요한 것이 없음에도 조선의 난작 교열 패당 인습이 지폐에 아름답게 새겨져 상국 복시(服侍/伏侍; 삼가 받들어 모심) 전통이 지금껏 유지되는 것을 한국 국민이 알려 하지 않는 이유는 자기 몸조심 현실기피 때문이다. 관습이란 그렇게 무섭다. 그래서 한국인이 돈을 벌고 싶어 하면 할수록 지폐에 새겨진 굴복과 '작척 분열 이미지가 한국인 무의식에 스며들어 혼돈과 배반을 조장해 자신이 어디에 있고 무엇을 하는지도 몰라 그 때문에 사회는 사기범죄 대국이 되어 민족멸절을 자초한다. 도대체 무슨 이유로 저 여자가 "한글"을 만든 위대한 세종대왕님 보다 위에 있어야 하는가? 그리고 그 국민은 어째서 그것이 궁금하지도 않으신가. 저 여자가 말한 '까마귀 노는 곳에 백로야 가지마라'이상주의처럼 당시의 사대부가 상업 이윤을 천시하며 고결하게 살고자 했다고 조선이 깨끗했냐 하면 절대로 그렇지 않아서 특권층 전횡이 극심하여 백성은 피눈물을 흘렸다. 실제로는 벼슬아치 사또 밑에 있는 아전 횡포가 더 극심했다. 그 사법제도가 병조 · 형조 · 한성부 · 사헌부 · 승정원 · 장례원 · 종부사(宗簿寺) · 관찰사를 비롯하여 비변사(備邊司) · 포도청까지 그 수령은 이른바 직수아문(直囚衙門)이라 하여 범법자를 직접 수금(囚禁)하고 조사할 수 있었듯이, 실무자 권력 남용과 집중을 서로 견제하고 감시하여 그 집행이 서릿발 같이 엄격했음에도 오히려 그것이 저희끼리 물어뜯는 파쟁의 동기가 되어 나라는 부패로 망했다. 성리학 때문만이 아니다. 그것은 수단이었을 뿐, 본질은 나라의 종속이고, 그것이 사다리를 형성하여 윗사람을 무조건 따르도록 만든 순응의 결과이다. 그 꼭대기는 오로지 상국 단 하나뿐이어야 하기 때문에 알아서 기느라 자국에서 똑똑한 리더가 나오면 반드시 저격하는 것이다. 박정희 대통령이 총 맞아 죽고, "삼성" 후계자가 감옥에 가야하며, 이순신 장군이 갑옷을 벗고 전장에 나서야 하는 이유이다. 유교에 근면함이 있고, 세상 이치 탐구라는 사상과 그에 대한 철저한 교육이 있어 그것이 지금 한국 경제발전의 기반이 되었다 해도 그래봤자 나라의 종속은 모든 것을 패망으로 종귀일철 할 뿐, 의존이 부르는 절대 불변의 사회과학적 자연의 이치가 그러하다. 한국인은 지금 급속한 경제 성장에 취해 진실을 못 보고 있으나, 진리 외적인 것에서 진리를 찾는 600년 민족의 천성은 변함없으며 그 때문에 자국만이 아니라 세계를 위험에 빠뜨리고 있다.

-----

작척: (作隻; 서로 원한을 품고 원수가 되어 시기하고 미워하다).

한국의 위기는 조선(朝鮮)의 사대부 권력 전횡이 지금 지헌법조로 바뀌어 검사는 기소독점이라는 무소불위 권력을 휘두르며, 그것도 모자라 공천제도라는 정치입문통로를 통해 정치를 장악한 독점 전독(專獨)에서 출발한다. 독점은 부패가 필정이어서 지금 검사 전횡이 부동산 개발업자와 그 알선책, 그리고 은행 대부업과 짬짜미로 연결 되어 집값 폭등이라는 사회 불안을 야기한 그 반발이 젊은이 결혼포기 인구감소로 나타났듯이, 과거 조선에서 여러 행정 부서가 서로 부정을 감시했음에도 부패로 망했는데 지금 한국에서 기소권이 검찰로 일원화 된 그 독점 때문에 한국사회는 썩어 외통수 파멸의 길을 가고 있다. 어째서 그것을 못 고치는가. 과거 일제 강점기 일본의 비국민 단속 억압 효율성이 그대로 이어졌고, 2차대전 승전국 미군이 이 땅에 들어와 민족배반자를 선용함으로써 민족의 가치관이 변질됐기 때문이다. 이것은 강력한 징벌제도 없이 고쳐지지 않는다. 자본주의 사악함 앞에서 농사짓던 시절의 교화 근대 죄형법정주의는 아무런 효과가 없다. 그 느슨함이 부패를 조장한다. 그 개선은 검찰과 사법 간부에 한하여, <u>변호사 전직을 불허</u> 하고, <u>재산몰수죄</u>를 병행하는 징벌제도를 만들어 그들에게 비리가 있을 시 가장 엄중하게 처벌하고, 이것을 감수하겠다는 사람에 한하여 간부 승진 자격을 주고 대신 충분한 보수와 근속을 보장해야 하는 것으로, 또한 이런 부정은 법조인만이 아니라 고위직 공무원이 퇴직을 하고 관련기관에 초빙되면서 짬짜미가 확산되기에 이것은 공무원에게도 적용되어야 한다. 한국이 맑고 정의로운 사회를 만들겠다면 공무원 고위직을 필두로 특히 법조인에게 엄한 잣대를 적용해야 하는 것으로, 한국 사법부의 짬짜미 솜방망이 판결이 나라의 질서를 교란시키는 그 1차적 원인은 법조인 자신들의 권력 남용행위는 뇌두고 범죄인에게만 엄한 벌을 내리기 미안한 일말의 염치가 발동하기 때문도 있다. 법조인에게 가장 엄한 "징벌죄"를 적용한다는 것은 반대로 그 신분에 맞는 명예와 자부심을 부여하는 동기가 되어 범죄인 엄한 처단에 거리낌이 없어진다. 그런데 그러기 위해서는 국민의 자의식과 나라의 긴장감이 전제되어야 하는데 한국 땅 "미군주둔"은 이것과 상치하여 이 성립은 불가능하다. 한국인이 오해하고 있는 중요한 오류 중의 하나가 헌법이 보장하는 평등권이 모든 사람에게 똑같이 적용되어야 한다고 믿는 것에 있다. 정부 고위직 인사라든가, 돈이 많은 사람은 그렇지 않은 사람과 이미 불평등 조건인 만큼 처벌 기준점을 일반 서민에 두어야 하는 것을 간과하기 때문이다. 예를 들어, 교통위반 범칙금조차 그 액수가 부자에게는 푼돈이지만 가난한 사람에게는 아픔이듯, 자본주의 사회에서 일괄 벌금 평등권 자체가 불공평이나 이것은 국민의 자의식이 있어야만 인정된다.

얼마 전, 검사 출신이면서 한국 검찰 조직을 비판한 어느 여성변호사는 "검찰이 국민을 위한다는 것은 미사여구에 불과하고, 검사는 검찰총장이나 청와대에서 내려오는 하명 사건을 깔끔하게 처리해 자신의 다음 자리를 만들어 가고, 사건은 피의자 고소인이 누군지, 피의자 고소인의 변호인이 누군지에 따라 결과가 달라진다"면서, "검사는 처벌받지 않는다", "검사는 검찰권을 자신을 위해 쓴다"고 비판 했듯이, 한국에서 오랜 시간 이 폐해를 고쳐야 한다고 말하면서도 못 고치는 이유가 무엇이겠는가. 한국인은 믿고 싶지 않겠지만, 이것이 세상에 공짜 없는 종속 비용인 것을 모르거나, 인정하지 않거나, 아니면 알면서도 회피하기 때문이다. 국민의 자의식이 만드는 깨끗한 사회가 상국에 대한 역린인 것을 이미 알기 때문에 스스로 알아서 기며 혼란을 자초하는 그 대속인 것이다. 이 극복은 박정희 대통령 철권통치 "정반합을 위한 양기", 그게 아니면 국민이 외치는 "미군철수" 자의식과 그로부터의 긴장감뿐인데, 그것이 무서워 기피한 국민의 그 대체가 자주권 포기 비주 민주주의 신봉이고 그에 따른 파멸이니 어쩌겠는가. 이것을 고치겠다면, 젊은이 국회의원 후보가 나와서 사자후를 토해야 한다. 기존의 체계를 바꾸겠다는 것은 결국 상국 체계에 반하는 것이어서 선배가 포기했기 때문에 지금의 젊은이가 나서지 않으면 이 나라에서 개혁은 요원하다. 그런데 이것은 말은 쉬워도 현실적으로는 어렵고 막막하니 그 가장 쉬운 첫걸음이 <u>한국 지폐 독립투사 새김</u>이다. 그것이 엉킨 실타래를 푸는 절대적 실마리이다. 자국 지폐에 독립투사를 새겨 넣으면 저절로 국민의 자의식이 창발 된다. 이 쉬운 것마저 못하면 그런 국민이 나라의 미래 따위 어떡케 되거나 말거나 속상해할 자격은 없다. 자신의 두 다리로 일어서는 것은 결국 "미군철수"를 연동하기에 그것은 1950년 6.25 한국전쟁 그 끔찍한 트라우마가 있어 무섭고, 그래서 조선(朝鮮)이 물려준 복보(匐步; 엎드려 김)가 속 편해 상국 신순 배행 그 비겁한 인순(因循)을 따르기로 한 국민의 합의가 한국 지폐의 굴종주의자 새김이다. 이 타파는 한국 지폐에 독립투사 새김 없이 이뤄낼 수 없다. 현재 한국 지폐 가장 높은 자리에 앉아 있는 종주 대리 감시 역할의 저 여자와 그 똘마니 초상을 폐기 하고 항일 독립투사로 바꾸지 않으면 한국은 영원히 종속을 벗지 못하고 그로 파멸이 예정되어 있으니 이것을 깨치고 외쳐 실천해야 하는 것이 젊은이이다.

한국 현대사에 독립운동을 한 인물은 차고도 넘치나 반드시 모셔야 할 대상이라면 이회영 6형제, 그 중에서도 많은 재산을 헌납하고 이역만리 지나 허름한 셋집에서 돌아가신 영석 이석영 선생이 마땅하다. 당시에 그 6형제 독립운동가들이 지금 한국에서 가장 비싼 서울 노른자위 땅 명동 일대를 소유하고 있었고, 이석영 선생 땅은 경기도 남양주 일대를 망라하여 서울80리 길을 선생 땅을 밟지 않고 갈 수 없었다고 하는 그 6형제가 독립운동에 헌납한 금원이 당시 급하게 처분하느라 제값을 못 받아서 그렇지 현재 지가로 환산하면 6조원(50억달러)이라고 한다. 그렇게 마련한 돈으로 만주에 신흥무관학교를 세워 독립군 3,500명을 양성하는 등 모두 독립운동에 쓰고 자신은 노쇠한 몸으로 차이나(china) 이역만리 비가 새는 허름한 셋집에서 병환과 굶주림으로 돌아가셨다. 그 헌신을 기리지 않으면 한국인의 애국심은 먼지 쌓인 창고 한 구석 관념 박제로 남는다. 독립운동은 사실 마음만 먹으면 아무나 할 수 있는 범주였다. 그러나 그런 막대한 재산을 전부 독립운동에 바쳐 노블레스 오블리주를 실천한 사람은 한국 역사를 통틀어 흔치 않다. 연해주에서 많은 재산을 희사해 독립운동에 매진한 최재형선생도 있지만, 이석영선생의 고귀하며 안타까운 희생이 중요한 것은 현재 무차별 자본주의 도래로 한국인 의식이 오염된 현실에서 돈이 전부가 아닌 한국의 정체성 그 규범으로서 빛이 되어야 하기 때문이다. 미군이 이 땅에 주둔하는 한 한국 독립운동은 여전히 미결이다. 박정희 대통령 필사의 염원 한국 자체 "핵무장"이 나라의 방호를 넘어 민족의 천형 종속타파 자주독립에 있었음에도 좌절된 것은 국민의 자의식이 거기에 미치지 못했기 때문이고, 이 글에서 종속 타파 그 핵심 주한 "미군철수"를 제 아무리 떠든다 한들 공염불에 그치며, 동해바다 '독도' 강치 복원을 입 아프게 떠들고, 이 나라에서 사라진 "무궁화" 심기가 왜 중요한 지 눈물로 호소해도 허사일게 뻔한 그 이유가 진리 외적인 것에서 진리 찾는 조선(朝鮮)의 종속 유전병이 한국인 피에 내리기 때문이다. 미군이 이 땅에 주둔하는 한 아무 것도 변하지 않는다. 이것은 화를 내고 소리쳐야만 바꾼다.

조선의 부복 형식주의가 민족의 고질병 위선과 변명을 만들어 종속이 유지되는 그 형구를 깨는 현실적 방법이 한국 지폐 독립운동가 새김 민족 자의식 회득 말고는 없다. 미군이 이 땅에 들어온 후, 민주주의라는 거짓 아름다움으로 민족 정체성을 말살해 국민의 자의식은 사라졌으니 앞으로 본격적으로 도래할 지폐 없는 카드사회를 핑계로 그런 골치 아픈 초상 따위 없어도 그만이라고 하면 그 미결로 이 나라의 자의식 회복 기회는 영영 사라지고 상국 발밑에서 엎드려 기다가 파국을 맞아야 한다. 2차대전 후, 나라를 엉겁결에 공짜로 찾은 급부로 조선의 사대주의 상국 복시가 그대로 이어진 어리석은 굴종문질 "꿩 대가리 전략",, 그것이 파탄을 초래해도 힘든 것 기피하고, 공짜 좋아하다가 반드시 망하는 사회과학적 자연의 법칙을 몰라 파멸을 자초하는 그 정체는 진리 외적인 것에서 찾은 진리, 스스로 자처한 그 국민의 의지박약 '빙신 그 나약함이다. 문제는 한국인이 그것을 모르지 않다는 것, 무궁화가 이 땅에서 사라졌음에도 "무궁화 삼천리 화려강산,,,"이라며 사실과 다른 가짜 애국가를 노래하는 위선이 사회 부패를 불러 파탄이 초래되는 것을 눈곱만치라도 의식이 있는 사람이라면 알고 있을 것이다. 국민 70%가 자체 핵무장을 원하면서도 그것을 함부로 말하면 안 되는 몸조심 분위기, 왜 그러한가. 나라가 어떡케 되거나 말거나, 내가 불이익 당할지 모를 눈초리 "왕따"가 더 무서운 것이다. 국민의 그 비굴함을 위장하는 단 하나의 방법이 전두환과 박정희 동치이다.

------

빙신: (憑信; 남을 믿고 의지함).

박정희 대통령 기념관은 오랫동안 서울 시민이 버린 쓰레기 매립지에 세워져 있다. 쓰레기 더미 위에 핀 꽃 한 송이, 그 의미가 무엇이겠는가. 그것은 상국에 대든 독재자 호색한에 대한 그 국민 스스로의 징벌인 동시에 자신을 향한 경종, 상국에 엉기면 죽는다는 단두대 퍼포먼스이다. 그 기념관을 그 자리에 세운 사람이 박정희 대통령 딸이었다. 그 여자가 자기 아버지를 죽게 만든 요물이었고, 그 쓰레기 더미에 기념관을 세운 것이 무슨 의미인 줄도 모르는 백치였다. 필자는 저 여자가 박정희 대통령 적자를 마약 중독자로 만들었다고 믿고 있다. 분명히 그랬을 것이다. 그 어린 동생은 아무 것도 모르고 누나가 슬쩍 건네준 비타민 알약, 또는 맛있는 음료에 섞은 독약을 모르고 몇 번 받아먹은 죄로 마약 중독 올가미에 걸렸을 것이다. 저 여자가 먼저 일본 순사 앞잡이 출신 최태민 목사 마약 올가미에 걸려들었다는 말이 세간에 돌았던 것으로도 아귀가 맞는다. 그 시절 그 누가 감히 박정희 대통령 외아들을 마약중독자로 만들 수 있었겠는가. 절대로 저 여자 말고는 없다. 국민이 그것을 바라보며 그런들 어떻고 저런들 어떠리,, 이미 망조 든 집안,, 그렇게 박정희 대통령 집안 쇠락이 국민은 재미있고 고소할지 몰라도 대신 본인들은 미국 종속 차꼬를 절대로 벗을 수 없고 그 때문에 나라는 "핵전쟁" 불구덩이를 면치 못한다는 것은 알아야 할 것이다. 박정희 대통령 집안 쇠락이 바로 이 나라 멸망과 같은 연장선상에 있다. 자주권 실패가 궤를 같이 하기 때문이다. 그것을 국민은 몰라야 한다. 박정희 대통령 염원이 "민족중흥"이고 완전한 "자주국방"인데 그것이 실패했고, 그분 시살은 상국이 무엇을 원하는지 국민이 알아서 실행한 것이어서 본질에서 같기 때문이다. 박정희 대통령이 나라의 자주를 원하다가 실패한 것은 그 국민이 두 발로 일어서는 것을 포기했기 때문이듯, 그 보공으로 지금 한국에서 첨단무기를 개발하였으니 자주국방을 이뤘는가. 당치도 않은 말씀, 그것은 상국 돌격대 총알받이로써 최전선에 나서겠다는 것에 불과하다. 문제는 그것이 모두 죽는 "핵전쟁"이라는 것, 그러니 죽을 때 죽더라도 나라 멸망이 그 잘난 민주주의 쟁취 화염병 데모 나라 자주권 거절에서 왔다는 것쯤 알고 죽으면 그래도 모르고 죽는 것보다는 덜 억울할 것이다. 한국 자주국방의 본연은 전쟁을 하여 승리하겠다는 것이 아니라 <u>전쟁 방지</u>에 있다.

한국에서 얼마 전까지 사람은 왼쪽으로 가고 자동차는 오른쪽으로 갔다. 그것이 어느 날 사람도 오른쪽으로 가는 정책으로 바뀌었다. 그렇다면 사람이 오른쪽으로 가기로 했으니 마땅히 자동차는 왼쪽으로 가야할 것이 아니겠는가. 그런데 지금껏 자동차가 왼쪽으로 가야한다는 말은 일절 없다. 그 의미가 무엇이겠는가. 사람이 왼쪽으로 가고 자동차가 오른쪽으로 간다는 것은 사람 앞에 어떤 자동차가 오는지 눈으로 볼 수 있어 만약 그 자동차가 차선을 이탈하기라도 하면 보행자는 그 대비를 할 수 있다. 미래를 준비할 수 있는 것이다. 그런데 사람도 자동차도 모두 오른쪽 한 방향으로 가면 뒤에서 무슨 차가 오는지 알 수 없다. 그 차가 음주운전으로 사람을 뒤에서 덮쳐도 보행자는 죽는 순간까지 무슨 일이 벌어지는 지 알 수 없다. 사람과 차량이 한 방향으로 가는 일방통행, 이것이 얼마나 멍청하고 중요한 지를 말하는 한국인은 단언컨대 이 나라에 한 사람도 없다. 왜냐하면 상국이 속민 우매화를 위해 만들어 주었기 때문이다. 그래서 이미 부상당해 있던 한국인 자의식은 확인 사살되었다. 양떼가 된 것이다. 목동이 뒤에서 채찍을 휘두르며 어느 한 방향으로 몰면 양떼는 무조건 그쪽으로 가야 한다. 상국의 속민 우매화가 완성된 것이다. 시키면 시키는 대로 해야지 감히 토 달면 안 된다. 상국 통치 메커니즘은 그렇게 촘촘하다.

사나운 개 두 마리에게 뼈다귀 하나 던져 주면 둘은 사생결단을 한다. 물어뜯으며 싸워 피를 흘린다. 그들에게는 오로지 원초적 본능뿐이다. 왜 그래야 하는지를 생각 하면 안 된다. 그렇게 싸워 승리한 개는 쟁취한 뼈다귀 트로피를 앞에 놓고 턱을 하늘 높이 들어 올려 위용을 뽐낸다. 반대로 패배한 개는 구석으로 도망쳐 신음을 토한다. 물론 두 마리 다 온 몸이 상처투성이다. 거기에서 당신은 어느 쪽인가. 승리자인가 패배자인가. 아니면 뼈다귀를 던져준 쪽인가.

박정희 대통령 일본군 복무 다카기 마사오, 그 뼈다귀 하나 던져 주면 한국인은 저희끼리 사생결단 한다. 사나운 이빨에 살갗이 찢기고 피가 흐른다. 이것을 재미있게 바라보는 쪽도 있지만 꺽꺽 통곡하는 사람도 있다. 한국인이 박정희 대통령을 비난하는 것은 각자의 자유이다. 그러나 그 대가는 영원한 한국 종속이고 세상에 공짜 없는 그 결말은 나라 패망이다. 박정희 대통령을 죽인 배후 주범은 엄밀히 상국 미국이고, 한국인의 박정희 대통령 비난은 상국에 대한 영원한 굴복 충성 맹서이다. 그것이 지금 파멸을 유인하고 있음에도 눈에 보이는 경제 성장에 취해 앞을 못 본다.

미국 패권주의 목적은 세계의 모든 재화가 월가로 모여들게 하는 세계 경제지배에 있으나 그 실권은 헤지펀드(hedge fund)가 장악했다. 한국의 어느 경제학 교수는 2010년 상반기 세계 각국에서 암약하는 골드만 삭스 인원이 3,500명에 달하고, 현재 그 인원이 1만 명에 이르며, 2020년 10대 헤지펀드 매니저 1인 평균 연수입이 20억 달러(2조8천억원)라 한다. 그 집단은 규제를 피하기 위해 100인 이하의 소수로 재편 중이면서도 재정 규모는 더 커졌다. 이들이 한 국가의 경제를 타깃으로 할 때, 예를 들어, 10억 달러어치 미국 국채를 매입한 다음, 그것을 목적 국가의 은행에 담보로 맡기고 당사국 돈으로 대출을 받아 현지에서 달러를 매입한 후, 그 돈으로 미(美)국채를 사들여, 그것을 해당 국가에서 담보 대출을 받아 다시 달러를 사는 식으로. 그것이 반복되면 표적이 된 그 나라는 달러가 소진되어 디폴트 상황에 빠지며, 그럴 때 국제구제금융 IMF가 해당국에 돈을 빌려주면서 헤지펀드는 그 나라의 전기, 수도, 교통, 금융 등 기간산업에 빨대를 꽂아 그 국민은 가마우지 노예가 된다. 한국인은 1997년에 발생한 자국 IMF 경제 환란이 무분별한 단기채 차입 때문으로 알지만 헤지펀드들의 정교한 작업으로 이루어졌던 것이 진실이다. 미래는 미국 중심의 헤지펀드와 차이나(china)의 세계 정복공정 '일대일로'로 결판날 것이다. 헤지펀드는 민주주의라는 자본주의 틀에서 공룡이 되어 가지만 차이나(china)는 14억 인구 기반의 공산주의 1당 체제로 불가사리가 된다. 4,300년 전 황하 하류 한 귀퉁이에서 출발해 수 천 년 굴욕을 견디며 결국 거대한 인구와 영토를 만든 그들의 타깃은 당장의 성패에 있지 않다. 그리고 당장의 세계 리스크는 그것만이 아니라 우크라이나 전쟁이 실제로는 미국의 교묘한 함정이었던 것을 몰랐던 러시아의 분노와, 국제사회 '경제봉쇄'로 막바지에 몰린 북한 최후의 선택 "핵미사일" 발사, 그 돌발적 변수도 있다.

## 13, 힛트맨.

　　1961년 10월 31일, 북극해 노바야제믈랴 제도(구소련 영토) 상공에서, 시커먼 물체가 커다란 낙하산에 매달려 낙하 하던 중, 순간 하얀 섬광이 번쩍이며 강열한 빛이 일대를 순식간에 집어삼켰다. 그리고 잠시 뒤 엄청난 굉음이 울려 퍼지고 거대한 버섯구름이 하늘로 치솟아 사방으로 퍼져 나갔다. 이데올로기 냉전이 한창이던 때의 구소련 "챠르봄바" 수소폭탄 실험이었다. 60년만에 기밀 해제되면서 러시아가 최근 이를 공개한 정보에 따르면, 이 폭발력은 50메가톤, TNT 5000만톤 위력, 실험 장소였던 광활한 들판은 반경 35km 내의 모든 것이 파괴됐고, 1000km 떨어진 핀란드의 유리창도 깨졌다. 폭발로 인한 버섯구름 규모도 폭 40km에 달했고 높이는 67km에 달했다. 에베레스트산 높이 7배, 히로시마에 떨어져 초기 4개월간 사망자 16만6000명을 숨지게 한 미 공군 B29 원자폭탄 리틀보이 화력의 3,333배로 알려졌다. "챠르봄바"는 길이 8m 직경 2m에 불과 했지만 땅에 떨어질 경우 광대한 지진 피해가 우려돼 낙하산에 매달아 4.2km 공중에서 폭파됐음에도 규모 5.0 지진이 발생했고 지진파는 지구를 세 바퀴 반이나 돌았다. 그것이 100메가톤급으로 계획되었다는 것을 감안하면 실험 당시보다 훨씬 핵기술이 발달한 지금에 이르러서는 수백메가톤급 수소폭탄 개발이 얼마든지 가능하며, ICBM 탄도미사일 기술도 발달하여 한발에 여러 개의 수소폭탄을 장착해 종말단계나 그 이전단계에서 분리 사출하면 훨씬 더 넓은 범위에 더 끔찍한 피해를 줄 수 있다. 이런 가공할 위력을 확인한 미국은 핵무기 경쟁이 인류 멸망으로 이어질 것을 의식해 영국, 구소련과 함께 핵실험금지조약(PTBT)에 서명했다. 그리고

1996년 UN총회에서 "포괄적핵실험금지조약(CTBT)" 〈모든 장소에서 어떤 핵실험도 금지〉이 채택됐지만 미국, 중국, 이스라엘, 이란, 이집트는 비준이 각하됐고, 북한, 인도, 파키스탄은 서명을 거부했다. 그리고 그 전에 구소련이 해체되면서 거기에 참여했던 과학자 일부가 북한에 초빙되어 "수소폭탄" 기술이 이전되었다. 북한은 핵폭탄 개발에 돌입했고, 이에 미국은 북한 '경제봉쇄'를 단행해 그 인민 300만명이 굶어죽는 위기 상황이 도래했으나 그때 마침 한국에서 김대중 정부가 들어서면서 구휼 명목으로 북한에 돈을 보내 그것으로 북한은 "핵무기"를 완성했고 결국 대륙간핵미사일(ICBM)과 잠수함 핵탄도미사일(SLBM)까지 취득했다. 그 북한을 상대로 일본이 '적 중심 선제타격'을 운운하며 황홀경에 취해 있고, 한국 진보는 그것이 세계 평화에 해로우니 버리라며 사탕 몇 알로 북한을 구슬리는 중이나 리비아에서 핵무기를 포기한 카다피의 말로가 어떠했고, 그것 때문에 우크라이나가 어떤 지경이 됐는지 잘 아는 그 사탕발림이 과연 가능할 것이며, 설혹 북한이 그것을 버린다하더라도 간교한 일본은 차치하고, 북한 너머에 그보다 더 무서운 차이나(china)가 이빨을 드러내고 있는 한국 입장에서 속마음과 달리 입으로는 "비핵" 평화주의가 최선이라고 외치는 그 변함없는 책임회피 문질 사변과 위선, 상국 의중을 살펴 알아서 기는 배행주의는 차라리 코메디라고 해야 속 편하다. 지금 차이나(china)와 일본이 같이 주장하는 고대 한반도 점령설 역사 왜곡은 이 나라를 먹겠다는 정지작업이요, 그 노골적 의사표명이다. 그것은 선전포고에 준한다. 그럼에도 한국이 대내외적으로 주창하는 것은 세계평화 도덕관념 형식논리 그 명분이다. 실제로는 국민 70%가 핵무장을 원하면서도 입으로 말 한마디 못하고 속으로만 끙끙 앓는 나약함, 왜 그러겠는가. 조선으로부터 물려받은 속민의 도리요 체면을 중시한 그 위선 말고 다른 이유는 없다. 북한 핵무기는 김일성 세습권력 보호막이지만 그 명목은 한민족 피침역사 극복 열강 외세 타도를 내세우고 있다. 그에 비한 한국은 상국 우산 속에서 세계 평화를 구현하겠다는 가짜 인본주의이다. 이것은 현실기피 도망에 불과하여 결국은 파멸을 맞게 되어 있다. 그렇게 진실을 포기한 이유 때문에 주변의 먹잇감이 된 한국의 그것은 진리 외적인 것에서 찾은 진리일 뿐, 그것이 나라의 종속에서 오고, 그 정체가 국민의 현실기피 그 변명과 위선에서 오는데도 진실을 끝까지 보려하지 않는다. 그 출발이 이 나라 미군주둔에서 온다. 파멸을 향하는 이 극복은 오로지 "미군철수" 전제의 민족자의식뿐이다. 그것을 해결하지 못하면 "핵전쟁" 민족멸살이 정해져 있는데도 한국인은 아무도 이 말을 하지 않는다.

미국 주도 국제사회 북한 '경제봉쇄'로 세계 종말 불꽃놀이가 예약된 구소련 수소폭탄 챠르봄바 후예, 지금 북한이 말하는 히로시마 100배 위력의 핵미사일이 하늘로 날아오르면, 도달될 그곳에 장대한 버섯구름이 피어오르며 방사능 공중파가 세계로 퍼진다. 미국은 이에 대한 보복 차원에서라도 그보다 더 강력한 공격을 할 것이고 그리하여 세상을 아름답게 비추던 태양은 하얀 섬광에 가려 사람들은 타는 갈증에 몸부림친다. 1941년 12월 7일, 일본군 하와이 '진주만' 기습은 엄연히 미국의 '경제봉쇄'에서 왔다. 그것은 미국이 2차대전 참전 명분을 얻기 위한 의도된 '화받이'였고, 활인을 위한 피 흘림이었으나 사건 자체로는 미끼였고 함정이었다. 그때의 '경제봉쇄'가 지금 그대로 북한에 적용되어 제2의 진주만 폭격이 예고되는 지금이 그때와 다른 것은 "핵전쟁"이다. 이것이 진실이고 진실을 바로 보지 않으면 돌아오는 것은 한국만이 아닌 인류 파멸이다.
-----
화받이: (불행한 사고나 피해를 당함).

미국의 2차대전 참전 동기가 된 일본군 하와이 '진주만' 폭격,, 일본에 있어 그것은 어쩜 패권 미국과 일전을 벌인 최소한의 자부심이 될 수도 있겠지만, 당시 미국이 석유와 철강 등 일본에 가장 필요한 전략 물자를 차단하면서 그 다음 상황을 전혀 대비하지 않은 저의는 무엇이겠는가. 일본은 이미 1930년에 히라타 신사쿠 해군 제독이 '우리가 싸운다면(if we fight)'이라는 신문 기고에서 일본이 태평양으로 나아가기 위해서는 하와이 '진주만' 군항을 먼저 폭격해야 한다고 밝혔고, 일본이 식민지를 넓혀 인도차이나를 침략한 시기에 일본인 가와시마 세이치로라는 사람은 '미국정책 반대 의견'이라는 기고를 통해 "일본은 미국의 샌프란시스코, 로스앤젤로스 등 서부지역을 빼앗아 일본 땅으로 만들고 그곳에 일본인이 살게 할 수 있다. 하지만 그 전에 하와이 '진주만' 미국 함대를 파괴해야 한다",고 대놓고 떠들었다. 일본에 있어 '진주만' 군항 파괴는 누구나 알고 있는 대미 전쟁 개시 타격 1순위 대상이었다. 그렇다면 과연 미국 정보부가 이것을 놓치고 있었을까. 2차대전 초기 도버해협을 마주보는 프랑스 북단 됭케르크에서 벨기에군과 영국 원정군, 프랑스군 등을 포함한 40여만 명의 고립된 병사 구출 작전이 벌어졌고, 프랑스 파리가 독일에 함락되면서 영국은 미국 참전을 긴급히 요청했으나, 당시 미국에는 자국 독립 이래의 일관된 기조 먼로주의가 있었다. 일례로, 당시 미 의회 '군수산업 조사특별위원회'에서 활동한 상원의원 제럴드 나이(Gerald Nye; 1829~1971)는 미국의 1차대전 참전은 유럽에 제공한 "전쟁물자 대금회수" 때문이었다고 결론지은 바 있다. 미국의 그 참전은 경제논리였고, 먼로주의는 건국 이래의 철칙이었다. 2차대전 초기의 긴박했던 상황을 보여주는 미국 영화 다크스트 아워(Darkest Hour)에서 됭케르크 사태를 놓고 오간 영국 '윈스턴 처칠' 수상과 '프랭클린 루스벨트' 미(美)대통령 간의 핫라인 통화 장면은 유럽에서 일어난 전쟁에 대한 미국의 고립주의가 어느 정도였는지 잘 보여준다. 당시 루스벨트는 미(美)국민에게 '먼로주의 고수'를 외치고 대통령이 된 사람이었다. 그때 처칠이 얼마나 외로웠겠는가. 세계 현대사에서 처칠의 고집불통 신념이 없었다면 역사가 어떻게 바뀌었을 지에 대하여 생각을 해 보면 새삼 감사한 마음 금할 수 없다. 한국이 일본 식민지에서 독립할 수 있었던 것도 따지고 보면 영국인 민초들이 민간 선박, 보트 등을 이용해 됭케르크에서 고립된 병사를 구출해낸 그 용기로부터라 해도 틀리지 않다. 그저 고마울 뿐이다. 당시의 전시 현황은 유럽에서 히틀러가 승승장구 중이었고, 영국은 독일 U보트(잠수함) 공격으로 보급선이 침몰해 물자와 식량이 바닥났고, 하늘에서는 독일 폭격기 공습이 연일이었다. 한편 아시아에서는 일본이 차이나(china)를 넘어 인도차이나를 점령하고 호주를 위협하는 실정이었고, 그 일본은 한 발 더 나아가 미(美)서부지역 캘리포니아를 침공해 자국령으로 만들겠다고 공공연히 떠드는 상황이었다. 미(美)당국은 이것을 더 이상 두고 볼 수 없었을 것이다. 그러나 문제는 자국 먼로주의였다. 미국 수뇌부는 참전의 동기가 필요 했다. 그래서 1941년 12월 7일 일요일 아침의 하와이 진주만 그 평화로우나 허술하기 짝이 없는 미군 방비는 2차대전 참전을 위한 미국의 팔방허무자세 즉 미끼였다. 전쟁이 끝난 후, 동경재판에서 일본 전범 측 미국 변호사의 증인소환요구로 법정에 출두한 미군 고위 정보장교는 당시 일본군 침공을 감지했고, 사전에 루즈벨트 대통령에게 보고했으며, 다만, 장소가 어디인지는 정확히 몰랐다고 진술했다. 장소를 몰랐다? 그것은 말장난에 불과하다. 장소라면 가리키는 곳은 한 곳 뿐이다. 그곳이 어디인지는 누구나 안다. 그래서 일본군은 하와이 '진주만'을 폭격해 미(美)해군 병사 2,400여명과 정박 중인 전함을 쓸어버렸다. 토라,, 토라,, 토라,, 호랑이를 뜻하는 그 세 번의 긴급타전은 일본군 '진주만' 기습 성공을 대본영에 알리는 암호였고, 그렇게 일본은 미군 전함 다수를 파괴하고 그 병사들을 단숨에 학살함으로써 전쟁 서막의 유리함을 얻었다. 그러나 대신 미국은 그 기습 펀치 하나에 코피 터지고 나서 웅크리고 있었던 기지개를 켰다. "나는 가만히 있었는데 저놈이 내 코뼈를 부러뜨렸단 말이지,," 그리하여 응집된 미국인의 분노,, 드디어 미국은 먼로주의를 깨고 2차대전 참전 명분을 얻었다. 원래 목적은 일본보다는 유럽이었고 히틀러였다. 그 참전을 위한 자국민 의사 도출과 대의명분을 위하여 미국은 전함 몇 척과 자국 병사 다수를 희생시켰다. 이를테면 미끼를 던졌고 일본은 깊이 물었다. 그 증거는 미(美)항모가 고스란히 살아남은 것으로도 알 수 있다. 전함 몇 개 부서지는 것은 미국 공업력에 비추어 왼손 잽 한대 맞은 것에 불과했다. 무고함을 가장한 함정 유인, 야마모토 이소로쿠 일본 함대사령관이 비행기를 타고 태평양 격전지를 순찰하는 도중 미(美)전투기 피습으로 전사했고, 2차대전 분기점 미드웨이 해전에서 미군이 승리할 수 있었던 그 바탕에 미군이 일본군 암호를 이미 해독하고 있음으로서였다. 태평양 일본군 작전명령 예하 기지 무선타전은 벌써부터 미군정보부 부처님 손바닥 안이었다. 그리하여 일본군 하와이 진주만폭격도 미군이 몰랐을 리 없는 그 맹점 때문에 동경재판에서 일본의 '진주만' 폭격은 기습이 아닌 합법적 전쟁행위로 낙찰되었다.

2차대전 당시의 일본 제국주의자들이 공공연히 미국 서부지역을 정벌하겠다고 선전하며, 그 전제 조건이 하와이 '진주만' 군항 파괴라고 대놓고 떠드는 상황에서의 미국의 무방비 대처,, 필자는 누가 동쪽을 가리키면 서쪽을 보는 것에 재미 들린 사람이라 야마모토 이소로쿠 함대사령관의 비행기 태평양 전선 순시 도중에 발생한 미(美)전투기 피격 전사도 실제로는 임무를 가장한 자살이었다고 믿고 있지만, 여하튼, 2차대전에서 미국 참전의 동기가 된 '일본 전략물자 봉쇄'가 지금에 그대로 북한에 적용되면서 진주만 제2 버전 한반도 "핵전쟁"이 예약되었다. 그때와 다른 것은 북한이 가진 ICBM과 SLBM 핵미사일 발사에 따를 그 공방 세계 종말적 상황이다. 그때의 미국 미끼는 소박한 자국 수병 2,400명이었고, 그 규모가 한정된 하와이 군항 파괴 국지전이었지만 북한 '경제봉쇄'는 세계 재앙이 예고되는 대륙간 핵탄도탄미사일 인류 종말 게임이다. 북한 수소폭탄은 1961년 구소련 "챠르봄바"에서 왔고, 그때의 "챠르봄바"는 4km 공중에서 폭파 됐음에도 진도5의 지진이 일었고 지진파는 지구를 세 바퀴 반이나 돌았다. 그것이 공중이 아니라 지표면이며, 그 폭발이 북한이 가진 핵무기 전부를 일시에 쏟아 붓는 총력전 위력이며, 당연히 북한의 그것을 훨씬 넘는 미국의 핵미사일 징벌적 보복이 실행 될 때 과연 이 지구라는 행성에 어떠한 일이 벌어지겠는가. 북한 핵무기 화력과 그 보유수를 낮잡는 전문가도 있으나 원자폭탄과 수소폭탄 자체가 체급이 다르다. 북한 "핵무기"는 지금 이 순간도 발전 중이며 그 수도 늘고 있다. 그것이 국제사회 북한 경제봉쇄로 파국에 몰린 북한이 한국과 일본 그리고 미국을 향해 일시에 발사되면, 그 보다 더한 미국 응징에 따를 조건은 전쟁 당사국은 물론이고 인류는, 아니 지구상의 모든 생명체는 파탄을 맞는다.

세계 핵무기 전략은 멸망을 전제로 전쟁을 서로 기피하고 자중하여 같이 살아남자는 "상호확증파괴"에 있다. 그런데 국제사회 '경제봉쇄'로 북한 인민 생활이 처참해져 한계에 이르면 그 주민의 민주화 폭동, 또는 군부 쿠데타가 일어나 북한 권력 붕괴상황이 닥칠 것은 정해져 있다. 북한 '경제봉쇄'로 그 인민 300만명이 굶어 죽었을 때, 당시의 북한은 "핵무기"가 없었고 정보도 차단되어 그 인민은 나라 밖 사정을 알지 못했다. 그래서 얌전히 그 자리에서 굶어죽었지만 IT시대 정보가 널린 지금은 상황이 다르다. 이데올로기로 갈려 원수가 됐지만 같은 민족이며 같이 출발한 한국은 자유와 풍요가 넘치는데 자신들은 또 다시 굶어죽어야 하는 상황에 닥치면 그동안 "주체사상"을 지키겠다고 참고 있던 인내가 폭발하면서 그 분노는 모두 세습권력 꼭지 김정은을 향한다. 그럴 때 그 정권이 곱게 죽지 않고 "오냐! 모두 같이 죽자"며 핵미사일 단추를 누르면,, 그 공방으로 세계는 재앙을 맞는다. 북한 정권 이판사판 "너 죽이고 나 또한 죽겠다!!",,

과연 국제사회는 이에 대한 대비가 있는가. 1만 년 전 해 돋는 한반도에서 처음 인류 문명을 연 우애주의 "배달 신시국"의 나라 한민족이 인류의 마지막을 장식하게 되었다. 한국 역사가 오랜 세월 주변으로부터 고통받아 온 참혹한 피침 연속이었음을 세계는 유념해야 한다. 북한 꼭지 김정은이 파국을 맞아 직속 부하에게 "한민족 자주권 '주체사상'을 완성하려 했으나 실패했다. 이것은 이 땅을 피로 지킨 선열의 준엄한 명령이니 이행하라!"고 할 때 이를 거역할 부하가 과연 존재할까. 그런 북한 사정을 무시하고 미국은 일본이 미끼를 물었던 '진주만 공습' 그 소박한 총포탄 국지전 프로펠러 전투기 시대의 '경제봉쇄'를 수소폭탄 조건에 그대로 적용하여 인류 멸망을 예약했다. 그 의도는 북한 주민으로 하여금 극도의 경제 어려움을 참지 말고 너희가 스스로 너희 꼭지를 제거하라는 상국 고래의 통치수법 속민 이간질 이이제이(以夷制夷)에서 발로하나 변수는 한민족 역사가 주변 열강에 수없이 침략당해 온 그 원한에의 응집과 반발심이다. 그래서 국제사회 "경제봉쇄"로 북한 인민 300만명이 굶어죽는 조건에서도 그 정권은 망하지 않았다. 대신 미국에 대한 철천지원수 증오심만 높아졌다. 미국이 주도하는 북한 "경제봉쇄"는 아날로그 시대라면 몰라도 대륙간 핵탄두미사일 조건에서는 맞지 않다. 50년 전, 한국에서 박정희 대통령이 자체 "핵무장"하여 자주국방을 이루고자 했을 때, 미국은 그것을 반동이요 패권에 대한 불경으로 간주하여 문치 기생주의 한국 민주투사 똘마니들을 시켜 골칫거리 난제를 한국인 자체로 해결했지만, 그것은 이미 대륙간 핵미사일과 핵잠수함 발사체를 가진 지금의 북한과 같은 조건일 수 없다. 혹시, 북한도 한국처럼 그 직속 부하가 자기네 꼭지 김정은을 곁에서 갑자기 쏴 죽인다면 해결 가능하다는 일말의 기대를 가질 수는 있지만 북한에 피맺힌 한민족 역사 그 극복의 결집체 "주체사상"이 있는 이상 그런 기대는 리볼버권총 6개 실린더에 든 5개 총알 AK룰렛 생잔확률 1/6 기대에 불과하다. 세계 존망을 그런 어리석은 '고주 격발에 걸 수 없다.

------

고주: (孤注; 노름꾼이 남은 돈을 한 번에 다 걸고 마지막 승패를 겨룸).

과거 한국 박정희 대통령 핵무장은 1970년대에 캄보디아와 월남(베트남)에서 공산주의 승리로 인민 대량 학살 킬링필드가 자행되면서 난민 보트피플이 바다를 떠돌 때, 지금의 북한 꼭지 김정은의 조부 김일성 교주 6.25 한국전쟁 흉융 당사자가 이에 곁묻어 중국과 구(舊)소련을 찾아다니며 제2 한국전쟁 지원요청 오두발광을 떨었다. 그때 미국은 아무런 준비 없는 한국에서 미군을 철수시키고 있었다. 1950년 6.25한국전쟁 발발 5개월 전의 미군 일방철수 상황과 똑같았다. 과연 그럴 때 박정희 대통령이 할 일이 무엇이겠는가. 욕먹을 것을 각오하고, 혼자 총대를 메야만 나라를 구할 수 있는 조건이었다. 국민의 자의식과 나라의 자주권을 애초에 모르는 상국의 충견 기생주의 한국 비주 간살 민주주의자들에게 나라를 맡길 수 없는 상황이었다. 아프칸 미군철수 직전에 그 나라 대통령이 잽싸게 돈 챙겨 해외로 튄 것처럼, 박정희 대통령도 저만 살겠다고 제 앞가림만 했다면 미국이야 좋았겠지만 그분은 비록 일본군 출신이었으나 군인이었다. 역사와 전통을 가진 어느 나라나 마찬가지겠지만 한국에도 임전무퇴 전통이 있다. 군인이 위기에서 도망가는 것을 치욕으로 안다. 그것이 한민족 역사 중 최소 2여천년 이래의 외세침략 점철을 이겨낸 힘이다. 그것이 지금 이 땅에 미군이 들어와 80년에 가까운 세월 똘마니 노릇을 하느라 완전히 변질되었다. 그 때문에 지금 박정희 대통령 완전한 나라 방호 자주정신이 지금 부관참시 당하고 있지만, 그분이 태어났을 때 자신의 조국은 이미 일본에 먹혀 없어졌고, 한국 말(言)과 한국 글자도 쓰면 안됐고, 이름도 일본식으로 바뀌어 모든 것이 일본화 되어있었다. 물론 그런 상황에서도 대한독립군을 택하지 않고 자신의 영달을 위해 일본군에 입대한 씻지 못할 잘못은 분명히 있다. 그러나 그것을 용서 못하겠다는 것은 실질을 염오한 조선의 형식주의 윤리 좇음에 지나지 않는다. 문제는 상국이 속민의 그것을 반겨 자중지난에 이용한다는 것, 한국인 고래의 백옥 같은 윤리 최선등주의, 그것이 조선(朝鮮) 500년 동안 서로 물어뜯으면서 세월 보낸 처절한 개싸움의 동기였고, 그 본질이 상국에 대한 충성 맹서에 불과했음에도 한국은 여전히 거기에 매달린다. 조선(朝鮮)이 인간의 기본생존조건인 상업을 천시하며, 고답적 젠 체 도덕과 윤리만을 일의적(一義的)으로 고집한 실용성 기피 책상물림 사변과 부패로 나라가 망했음에도 그것을 독재 프레임 비윤리에 전가해 자주주의자 박정희 대통령의 고육지책 "정반합의 양기"를 싸잡아 모독하고 매장했다. 그래서 한국인의 자의식도 같이 사라졌다. 대신 나라가 썩어 망한 조선(朝鮮)의 형식주의와 껍데기 윤리 최선등 기조는 이어져 기생 평화주의 "비핵"이 최선의 기치로 칭송되었다. 심적으로는 국민 70%가 "핵무장"을 원하면서도 그러하다. 그 실체는 상국을 향한 꼬랑지 흔들기, 그러면서도 저 잘난 체하는 위선과 비겁함 말고는 없다. 지금 한국 젊은이는 박정희 대통령 일본 이름 '다카키 마사오' 그 흠집을 술안주삼아 재미지게 비웃지만 한국 민주주의 진보의 상징 김대중 전 대통령의 일본 이름이 도요타 다이주(豊田大中)였고, 일본 "천황"에게 폭탄을 던진 독립투사 이봉창의사 이름이 기노시타 쇼조(木下昌藏), 가명은 아사야마 쇼이치(朝山昌一)였다. 일제 식민지 지배하의 한국인 누구나 예외 없이 일본이름을 가져야 했으니 당신들 할아버지와 그 윗세대 모두 일본이름을 가졌다. 자신이 원해서 그런 것이 아니고 일본이 강제하여 그랬다. 나라가 없어 생긴 일이었다. 박정희 대통령이 자기 잘못을 부끄럽게 여겨 후대가 다시는 자신과 같은 민족 배반의 길을 가지 않게 하려고 애썼다면 품어야 한다. 그것이 실질이다. 조선의 윤리가 실질을 천시하다가 망했듯이, 지금도 그것이 그대로 내려 그 때문에 여전히 진리 외적인 것에서 진리를 찾으며 그렇게 찾은 가짜 진리 때문에 국민은 그때나 지금이나 상국에 엎드려 기며 이데올로기 최전선 총알받이를 자처하며 나라는 파멸을 향하고 있다. 그럼에도 한국인이 박정희 대통령 흠결을 용서 않겠다면 그것은 각자의 자유이지만,

그 대가는 영원한 상국 엎드림이고 그 결과는 한반도 초토화 민족멸절이다. 한국인이 박정희 대통령을 침 뱉는 한. 한국은 절대로 미국 종속을 벗을 수 없고, 그 결말은 자국만이 아닌 인류 재앙이다. 그 전위병이 한국 정치 진보, 보수 가릴 것 없는 상국 똘마니 '근반들이요, 그로부터의 국민 편 가르기 진영 논리, 정정당당하게 주먹 싸움도 못하는 주둥이로 물어뜯기 파쟁 난작 그로부터의 공멸이다.

-----

근반: (跟伴; 예전에, 주인을 따라다니던 하인).


공산 대 민주 이데올로기가 첨예했던 1970년대의 냉전시기, 아무런 준비 없는 한국에서 미국은 주한 미군7사단 2만명을 일방 철수시켰다. 그런 조건에서 한국이 살 길은 박정희 대통령 경제개발만으로 다가 아니었다. 당면한 최선등 시무는 나라의 완전한 방호 "핵무장"이었다. 그러나 안타깝게도 그것은 법률이 정한 대통령 임기 안에 만들 수 없다. 그러니 어쩌겠는가. 나만 잘 살겠다고 나라 사정을 내팽개쳐야 하겠는가. 그럴 수 없었다. 박정희 대통령 장기집권은 이 나라를 지키고, 국민을 잘 살게 하며, 자유무역주의 세상에서 주권을 갖고 당당한 세계의 일원으로 살아남기 위한 고육지책인 동시에 조선 이래의 상국 의존 600년 비굴 천형 타파를 위한 필요악이었다. 그런데 국민은 일본식민지 시절 일본에 끝없이 저항한 그 저항만을 최선의 가치로 알았다. 저항의 목적을 잃어버리고 저항만을 위해 저항했다. 주객이 전도되어 상국에 이용당하는 줄 몰랐다. 그 출발이 이 나라의 오랜 고질병 상국 의존 기생주의에서 오는 것을 몰라 역사는 그렇게 반복된다. 지금도 나라의 자주를 원하면서도 제 발로 일어서는 것을 두려워하여 자주국방 홀로서기 그 필요불가결 조건 "미군철수",, 그 말 한마디조차 제 입으로 꺼내는 것이 금지된 국민의 암묵적 합의는 지금은 더 쪼그라져 "미군주둔"이 이 나라의 안전을 보장하며, 그것만이 살 길로만 알게 되었다. 의존과 예속이 어떤 결말을 부르는지 이미 조선이 증명 했음에도 여전히 그 저급한 엎드림을 세계 질서라는 아름다움으로 포장해 칭송하고 있다. 지금 한국사람 중에 그때 "핵무장"을 이루지 못했어도 그동안 아무 일 없었고 여전히 잘 먹고 잘 살고 있지 않느냐,는 부류도 있을 것이다. 그것이 바로 사변 형식 관념주의 유산의 변명과 우매함이요, 그 실체가 바뀌지 않는 민족의 천형 현실기피 그 비겁함이라고 말하겠다. 빚이 있으면 갚아야 하며, 호미로 막을 일을 게을리 하면 가래로 막아야 한다. 거짓이 더 큰 거짓을 부르듯, 그때 해결 못한 숙제에 복리이자가 붙어 지금 북한 핵미사일로 한반도 초토화 민족멸절을 넘어 인류재앙 조건이 되었다. 문제는 위기를 위기로 보지 않는다는 것, 그것이 속민의 도리이자 숙명이어서 군권 포기가 주권 포기인데 그것을 평화와 안전을 위한 비용이라면서 나라의 위기 상황을 남의 일로 치부하며, 지금 당장은 등 따습고 배부르니 그것이 영원할 것이라고 스스로를 속이는 "꿩 대가리" 유습이 지금 더 나쁜 상황을 가리켜도 현실도피만 한다. 한국의 자주권 "핵무장" 실패,, 그때로부터 40여년이 더 지난 그 동안의 시간은 한국 1만년 역사에 있어 눈 깜짝할 순간에 불과하다. 그때의 미결로 한국의 처절한 외세 피침 역사는 엉뚱하게 같은 민족끼리 싸워 같이 죽는 종말 조건을 만들었고, 그러한 민족상잔 배반 행위가 세계를 위험에 빠뜨리고 있어도 이를 부끄러워하거나 미안해하지도 않는다. 가짜 비주 간살 비굴 민주주의를 아름다움으로 포창하며 상국의 이데올로기 최전선 돌격대 충성만을 자랑스러워한다.

1994년 북한 핵 개발 정보를 입수한 미국은 북한 기습공격 준비를 마쳤다. 미국이 핵미사일로 선제공격해 한반도가 초토화 되는 조건의 제2의 6.25한국전쟁이었고, 그 상황 시뮬레션 결과는 사상자 1천만명 이상이라는 결과가 나왔다. 그때 한반도가 초토화될 긴박한 상황에서도 한국 대통령은 그에 대하여 아무 것도 아는 바 없이 밥 잘 먹고 편안한 잠자리에 들었다. 전쟁은 속민의 지위와 상관없이 상국 판단만으로 비밀리에 실행된다. 시간이 흐른 뒤, 한국에서 노무현 대통령이 취임하고 나서 그런 사실을 알고 나서 놀라 자빠져 한·미 전시작전권을 되찾으려 했지만 지금껏 공염불인 것이 한국의 엄연한 현실이다. 나라에 군대는 있는데 군권이 없다. 그것이 없으면 전쟁 시 상국 명령대로 최일선 돌격대 임무만을 다해야 한다. 시키면 시키는 대로 명령에 따라야 하는 임무는 결국 총알받이뿐이다. 이에 노무현 대통령이 미국에 전시작전권 회수를 강하게 요구하자, 완장 찬 한국인 상국 앞잡이 보수 색구(色驅)들이 노무현 대통령을 다구리 깠다. 한국의 실질 권력 보수언론, 지헌 법조, 미국 유학 경력의 지식인 등, 요직을 점거한 상국 따까리들이 한 목소리로 한국 전시작전권 회수가 상국 역린 하극상이라며 감히 주제파악 못하고 자주를 탐한 노무현 대통령을 규탄했다. 속민 주제에 군권을 갖겠다니,, 어불성설이었다. 그들의 그러한 인식은 나라의 종속이 자신들 권력유지 분탕질에 유리하기 때문이다. 그리고 홀로 서기가 무서워 그것을 포기한 그 국민의 내심도 마찬가지였다. 한국 보수 언론이 노무현 대통령 임기 내내 프로파간다를 시전 하고, 그분 퇴임 후에도 어떡해서든지 감옥에 보내려고 수작 부리자 이 꼴 저 꼴 보기 싫은 노무현 대통령은 고향 뒷산 높은 부엉이바위에서 뛰어내렸다. 일생을 진정한 진보 좌파의 길을 걸은 같은 성씨의 노회찬씨도 고층 아파트에서 뛰어내렸다. 보수는 그렇게 목적한 바를 얻었고, 상국 의존 기생주의는 그로 더욱 강건해졌다. 상국에 기어오르면 죽음을 면치 못한다는 강력한 시그널, 그 성립은 이 나라의 실세 상국 똘마니 보수 패거리 때문만이 아니다. 그 뒤에 제 몸 다치는 게 두려운 그 국민의 비겁한 자기검열과 위선이 있음으로이다.

1994년 미국이 검토한 북한 핵무기 개발 호모부가(毫毛斧柯) 제2한국전쟁 계획은 당시 북한이 핵무기를 갖지 못한 개발 초기 단계임에도 그 시뮬레이션은 한반도에서 1천만 명의 사상자가 발생되는 상황이었다. 그것이 지금 북한 "핵무장" 완성으로 1천만명이 아니라 한반도 완전한 초토화 민족 멸살, 그리고 그것을 넘는 세계재앙 조건이 되었다. 그렇게 종말적 상황에 처해서도 한국은 끝까지 주권(군권)을 상국에 맡기고 이데올로기 첨병 돌격대 임무를 다하려는 그 변명의 평화 도용 "비핵"은 나라가 망하든 말든, 민족이 소멸되든 말든, 상국 눈 밖에 나는 것만이 두려운 조선(朝鮮)으로부터의 사대 비굴 유지 그 하나말고는 없다. 그 충성심은 AD17세기 조선(朝鮮)이 만주족 청(淸)나라에 패하여 인질로 끌려간 사대부 김상헌이 그 황제 앞에서 그 동안 모셔온 상국 명(明)나라에 대한 신하의 의리를 끝까지 지키고자 오랑캐 왕에게 머리 숙이지 않겠다며 "내 목을 치라!!"고 한 그 용감한 비굴 지조 그대로이다. AD16세기 말, 일본이 내전을 종식하자 조선(한국)은 그 칼끝이 어디를 노리는지 알아보려고 일본에 사신단을 보냈으나 나라 안위보다 정적 반대가 중요해 "전쟁 안남"으로 결론지어 그 즉시 일본에 침략 당해 조선 백성 1/8, 100만명 이상이 살육 당한 그 시발점 저희끼리 물어뜯기 언힐 패당, 백성의 생명보다 중요한 주둥이 논쟁 민족의 자중지란 지리멸렬은 조선의 자랑 형식 사변 문치 최선등이라는 종축성으로 지금도 면면히 내린다. 이 나라 문치가 바로 굴복주의 상국 신순의 출발점이었다. 그 문치를 거부한 18세기 조선 22대 정조대왕이 먹물 조금 먹었다고 젠 체하는 사대부 굴복주의를 혁파하려다 요절했다. 독살이었을 것이다. 정조대왕은 조선 임금 아래 백성은 사대부든, 서얼이든, 그리고 노비든 모두가 공평하다 했으나 문관 사대부는 거꾸로 조선의 임금도, 사대부도, 조선의 백성도 모두 같은 상국 신민이라 했다. 전통적으로 상국 명(明)나라를 받들며 오랑캐라며 무시하던 청(淸)나라 침입에 패하여 주인이 바뀌면서 임금은 차이나(china)의 청(淸)나라 황제 한분이며, 그 나머지는 속지 왕이든, 사대부든, 그 백성이든, 모두가 같은 오랑캐 똘마니로 낙점됐다. 그러면서도 몰래 궁궐 깊은 곳에 대보단(大報壇)이라는 사당을 지어 망한 옛 주인 명(明)나라 황제를 200여 년간 모셨다. 종속 신민의 의리는 그렇게 끈질기다. 그것이 지금에 이르도록 하나도 변하지 않았다. 나라의 자주권 상납, 그 의존성, 그것이 문치주의 본질이며, 그것이 지금도 면면히 이어지는 한국 민주 진보진영의 평화 도용 이상주의 젠 체, 영원한 굴복주의 지향이 한국 "비핵"이다. 그것을 국민이 모르는 척 하기 때문에 자주주의자 박정희 대통령이 욕을 먹어야 하고, 노무현 대통령도 비명횡사해 나라의 엎드림은 불변으로 고정됐다. 많은 한국인이 노무현 대통령이 투신자살한 후 "그분을 지켜주지 못해 미안하다"고 안타까워했다. 참말로 육갑도 가지가지이다. 노무현 대통령이 부엉이 바위에서 뛰어내리도록 등 뒤에서 밀어버린 배후가 바로 이 나라 국민이었다. 보수 지헌권력과 그 언론만의 짓이 아니다. 제 몸 다치지 않으려는 그 국민의 외면이 그분을 죽였다. 자의식을 상납한 속민의 자진 납세이자 세상에 공짜 없는 그 대속(代贖)이었다. 그럼에도 자신은 빠지고 그 범인을 이 나라 보수 지헌 전독(專獨) 세력과 그 언론 탓으로 돌려 책임을 회피했다. 표면적으로, 노무현 대통령은 이 나라 보수가 죽였고, 박정희 대통령은 민주 진보가 죽였다. 그러나 도진개진, 실제로는 그 국민이 죽였다. 두 대통령이 비명횡사한 이유는 오로지 두 분이 자주주의자였기 때문이다. 이 나라에서 자주는 완장 찬 상국 '색구 똘마니 권력이 용납 않고 실제로는 그 국민이 용서 않는다. 그것이 600년 전에 조선을 창업한 '이성계가 만들어 한국인 피에 면면히 내리는 엄혹한 굴종 DNA 유전병이다.

-----

색구: (色驅; 높은 벼슬아치의 하인들 가운데 우두머리).
이성계: 1392년 한국 전 왕조 조선(朝鮮) 개국자.

그때의 박정희 대통령 "핵무장"과 지금의 북한 "핵무장"은 그 취지가 달라도 완전히 다르니 북한 핵무장은 김일성 일가 세습 전단(專斷) 독재 유지 수단에 불과하고, 박정희 대통령 핵무장은 오로지 이 나라와 국민을 지키고 종속을 벗어나기 위함이었으니 그 차이에서 북한이 막장에 이를 때 핵미사일이 발사된다. 한국의 완전한 자주국방 좌절, 미군이 이 땅에 주둔하는 조건에서의 한국 자주국방 모멘텀은 모두 가짜이다. 그 시작이 이 나라의 철없는 데모 학생 화염병 투척이었고, 그로 권력을 잡은 민주진보 투사 김대중 전 대통령의 북한 "핵무장" 개발 원조이다. 당시 미국의 경제봉쇄로 북한 인민 300만명이 이 굶어 죽는 상황에서 구휼 명목으로 보낸 현금 출연(出捐), 그것은 상국 신순과 결이 다른 행태의 민족 갈라치기였다. 그럼에도 그것으로 노벨 평화상을 받았다. 그러나 원인이 있으면 결과가 있다. 그 밑장 빼기 사기도박 비주 민주주의 트로피는 한민족 멸절을 넘는 세계 재앙과 연결되었다. 그런 위험을 애초에 차단하려 했던 박정희 대통령 고육지계 정반합(正反合)을 위한 양기(揚棄)를 그 국민이 비겁하여 끝까지 아니라 하고 있으니 그 댓가로 국민은 가짜 평화주의 "비핵"을 고수하며 그에 따른 처참한 결과를 맞아야 한다.

한국만이 아니고 세계적 재앙 조건이 된 이 상황은 주한 "미군철수"없이 극복될 수 없고, 거기에는 당연히 한국의 완전한 자주국방 "핵무장"이 필수이다. 한국 홀로 서기 그 긴장감만이 내부를 안정시키고 북한과 자주적으로 협상해 북한을 개방사회 일원으로 이끌어냄으로써 한반도는 물론이고 세계의 안전이 도모된다. 한국 땅 "미군주둔" 조건에서 북한을 사탕 몇 알로 꾀어 무장해제를 유도해 같이 엎드려 기는 것으로 문제를 해결하겠다는 것은 어려서 화염병 던지던 민주투사 진보진영의 철없는 생쑈 그 2막이요, 그 정체는 유구한 상국 복시(服侍/伏侍) 알아서 기고자 하는 사대주의 유물이자 600년 민족의 천형 현실도피 답습이다. 그래서 궁금하다. "한반도가 비핵화 되면 정말로 이 땅에 평화가 오고 나라가 안전해진다는 것인가?" 절대로 그렇지 않다는 것을 너도 알고 나도 안다. 한국 "비핵"의 결과는 북한 또는 차이나(china)에 의한 한민족 소멸뿐, 한국 민주주의 신봉자들이 굳게 믿어 의심치 않는 동아줄이 국제사회 정의 연대이겠지만 선택권 없는 북한 동귀어진이나 차이나(china) 팽창주의 앞에서 그런 것은 존재하지 않는다. 그 오판이 조선의 책상물림 사변 문치 최선등 의존주의에서 오는 것을 600년 세월이 흘러도 여전히 모른다. 한국인이 알아야 할 것이 한국 땅 "미군주둔"이 오히려 북한 3대 세습정권 유지의 동력이라는 것, 그것이 있어 북한 세습 권력이 성립되고 인류재앙이 거기에서 출발한다는 것, 한국에 미군이 주둔하는 조건에서의 북한 "핵 포기"는 곧장 그 사회 구심체 "주체사상" 약화로 이어져 그 권부 존재 이유가 사라지면서 그동안 참고 있던 그 인민의 반발이 그 권부를 리비아 카다피, 루마니아 차우세스크 꼴 내게 마련이어서 그 권부는 그 상황을 모면하기 위해 "같이 죽자!!"며 제2 6.25한국전쟁을 도발하게 되어 있다. 설혹 얌전히 무너질 수 있다 쳐도 그 뒤에는 차이나(China) 팽창주의가 있고, 다른 한쪽에 여전히 포기하지 않는 일본의 염원 정한(征韓)도 있다. 일본이 북한 적기지 '선제타격'을 넘어 북한 권력 '중심타격'을 운운하는 상황에서, 한국 진보진영은 상국 비위 맞추겠다고 평화주의 "비핵"을 떠들고, 반대로 보수는 북한 선제공격 "킬 체인(Kill Chain)"으로 북한을 약 올려 한반도 "핵전쟁" 초토화 민족멸절을 유인하고 있다. 나라가 망하든 말든, 상국에 꼬랑지 흔드는 것만이 종속 똘마니 본분이니 어쩌겠는가. 그것은 조선의 굳건한 상국사대주의에서 내려 일제에 부역한 민족배반자들이 이 나라가 독립한 후에 오히려 얼마나 더 잘 살았는지를 목격한 가치관 변질에서 온다. 자신의 확실한 출세 보장카드 민족배반, 그래서 나라가 망하는 것 이상의 기회는 없다. 그런데 어리석은 것이, 지금의 조건은 민족 배반으로 얻는 그런 개인의 출세나 영화가 아니라 1945년 일본에 떨어진 리틀보이 100배 위력의 수소폭탄 핵미사일 상파 일시 타격 한반도 초토화 민족멸살 상황이다. 이것은 자결권을 포기한 한국인 의존주의 타자성에서 오기 때문에 그 출발지 "주한 미군철수" 없이 절대로 해결되지 않는다. 그럼에도 종속 신민은 진실 외적인 것에서 진실을 찾아야 하기 때문에 이 상황을 스스로 극복할 수 없다. 그래서 나라 파멸이 남의 일이 되었다. 나라 안전은 진실을 마주볼 용기 없이 확보되지 않으며, 그 안전은 최악의 사태 대비까지이다. AD16세기 일본군 침략으로 조선(朝鮮) 백성 800만 명 중 100만 명 이상이 살육당할 당시, 임금이 믿었던 것이 오로지 상국 명(明)나라 군대였으나 안타깝게도 침략자 왜군(倭軍;일본군)은 '얼레빗'이요, 조선(朝鮮)을 돕겠다고 들어온 상국 명(明)나라 군사는 '참빗'이어서 일본군 보다 오히려 상국 군사에게 더 촘촘히 수탈당한 그때의 백성만 비참했다. 당시 조선(朝鮮) 백성은 먹을 것이 없어 상국 명(明)나라 군사가 조선(朝鮮)에서 수탈한 산해진미로 거나하게 술판을 벌이고 술에 취해 땅바닥에 게워낸 오버히트 토사물을 배고픈 조선인들이 핥아 먹었다. 위기 때마다 과녁을 비끼는 이 나라 권부의 상국의존 기생주의 댓가는 언제나 그 인민의 고통이다.

1945년 2차대전이 끝나고 나서, 미군이 이 땅에 들어와 군정을 시작한 3년 후, 한국은 독립했지만 곧바로 터진 북한 남침 6.25한국전쟁 당시에 미군소속이지만 병적 없는 한국 민간인 8240 KELO 특수부대가 있었다. 그 인원은 한창 때 5개 연대 30개 부대 인원은 42,000여명에 달했다. 미군은 그 중에 수천 명을 북한에 참전한 차이나(china) 후방 만주지역에 귀환 계획도 없이 투입시켜 임무를 마친 다음 그 적지에서 몰살당하도록 냉정히 조치한 한국 병사 소모품 작전이 있었다. 일제 강점기 치하에서 한국인이 끈질기게 항거하며, 안중근 의군장군이 일본의 정한(征韓) 실무 꼭지 이등박문을 만주 하얼빈 역에서 저격하고, 상해 홍구공원에서 천황절 행사를 주관한 일본군 대장을 도시락 폭탄으로 척살하고, 한국인 범부가 일본에서 "천황"에게 폭탄을 던지고, 수많은 민족지사가 일본 경찰서를 폭파하는 등 끊임없이 항거하며, 만주 봉오동과 청산리에서 한국독립군이 일본군

1,200여명을 주살하는 등 한국인 독립의지와 그 공적이 있었음에도 미군 수뇌부는 훈련 명목 하에 2차대전 종료까지 한국독립군을 한곳에 모아 줄 창 훈련만 시켰다. 그것은 한국이 2차대전 승전국이나 참전국으로 격상 되는 것을 원치 않았던 미국의 2중 전략이었다. 그래서 개나 소나 참여한 2차대전 58개국 참전국 명단에서 한국은 제외됐다. 그 훈련 집체는 연합 국 승전 후, 공산 대 민주 이데올로기 점령지 통치를 먼저 계산한 미국의 사전 포석, 한국독립군을 한 곳에 잡아두기 위한 인질 퍼포먼스였다는 것 외에 다른 해석은 구차하다. 가슴에 훈장을 달면 나중에 부려먹기 곤란한 이유였다. 훈련 관할이 당시 막강한 미육군정보국 OSS(CIA전신)였기에 그 러하다. "2차대전 한국 항일 공적 전혀 없음", 일제에 항거한 한국 독립운 동이 무효가 된 것이다. 그 때문에 일본에 그어졌어야 할 분단선이 이 나 라 허리에 그어져 한민족은 공산 대 민주 이데올로기 선봉 검투사로 갈려 자기 땅에서 민족상잔 초토화 6.25한국전쟁을 치렀고, 그 전쟁이 70년이 지나도록 끝나지 않다가 국제사회 북한 '경제봉쇄'로 한반도 1만년 역사 마감 "핵전쟁"이 예약되었다. 그럼에도 북한을 상대로 '경제봉쇄' 외에 다 른 작전화 자체가 달갑잖은 미국은 영화 "캐스트 어웨이" 톰 행크스처럼 극동지역 황량한 4차로에서 길을 잃었다. 어디로 갈 것인가. 이정표에 다 음과 같이 적혀있다.

동, 한국 평화주의 북한 핵 포기 '영혹(佞惑) 시계 제로,
서, 주한 미군철수, 남북한 화합 차이나(china) 팽창 공동 방어,
남, 미국 발 선제타격, 핵미사일 북한(with 한국) 초토화,
북, 북한 발 선제타격, 핵미사일 한.미.일 상파,

그 서쪽 길에 한국이 북한과 손잡고 이 지역 차이나(china) 팽창주의를 막 는 최선책이 있고, 더하여 미국은 일본이 위조한 지도로 미국으로부터 '오

가사와라'를 할양받은 그 위계에의 징벌로서 그 섬들을 환수해 사우디아라비아 10배 가스전, 미국 석유매장 4,5배에 달하는 아시아 걸프만 유전을 미국령으로 만드는 덤이 있다.

미국이 한국에서 "미군철수"를 단행하면, 한국은 자신을 지키기 위해 "핵무장" 할 것이니 한국은 그로 자주권을 갖는다. 동시에 한국 땅 "미군철수"는 외세 간섭 타파를 내세워 세습권력이 유지되는 북한 독재정권 구심점 "주체사상"의 존재성을 약화시킨다. 그로 한반도 평화가 시작된다. 그럼에도 한국에 미군이 주둔하는 것은 이데올로기로 위기를 조장해 자국의 이익을 도모하는 미국의 패권 비즈니스 때문이다. 미국 의료보험 체계와 리먼브라더스 금융 사태를 비롯한 재소자 대량 수감 민영감옥소 확산 등 미국의 특권층 이익 창출 수단을 보면 "미군주둔" 실체가 무엇인지 보인다. 그래서 한국 땅에서의 "미군철수"는 북한 "주체사상" 그 신격을 약화시켜 인간의 기본적 삶이 목마른 그 인민은 그 권부에게 선진국이 된 한국과의 협동을 종용하게 된다. 현 북한 꼭지 김정은의 부친이면서 선대 통치자였던 김정일 대원쑤님이 살아생전에 한국에 미군이 주둔하는 것을 찬성하며, 조심해야 할 대상이 오히려 북한 동맹 차이나(china)라는 유언을 남겼다. 그렇다면, 북한 "주체사상"이 외세 타파 민족의 자주성을 기치로 하면서 한국에 미군이 주둔하는 것을 찬성하는 그 이율배반을 어떡케 해석해야 하겠는가. "미군주둔"이 북한 세습 독재정권 성립과 그 유지를 보장하기 때문이다. 한국 땅 "미군주둔"이 한국의 갈등과 혼란의 발화점이었다. 그래서 한국에서 미군이 철수하면 북한 독재 세습권력 존재 이유가 소멸된다. 한국인이 그러한 진실을 모르지 않을 터임에도 말 못하는 나약함 때문에 한반도 핵전쟁 민족멸살을 넘어 세계 재앙이 초래되는 것을 한국인이 먼저 알아야 하고, 북한 핵미사일 중심 타깃이 된 미국시민도 알아야 하며, 한반도 발 핵전쟁이 세계재앙이 될 세계의 인민 또한 알아야 한다. 문제의 근본적 해결점 "미군 철수" 그것만 이뤄지면 한국은 그 안보 공백을 위기감으로 극복해 내부가 안정되며, 남북한이 서로 살아남기 위해 손잡고 차이나(china)를 견제하게 되며, 그 때문에 오히려 더 강력한 미(美) 태평양 방어선이 만들어진다. 이 함수를 미국은 절대로 인정하지 못할 것이다. 왜냐하면, 애초 인디안 살육과 흑인노예 노동력 착취로 성립된 그 나라의 시발점 탐욕과 이기심이 눈앞의 조그만 손해조차 용납 않기 때문이다.

한국과 북한은 이데올로기 시대적 조건으로 어쩔 수 없이 적대관계가 되었지만 공통의 적이 차이나(china)인 것은 이 민족 수 천 년 피침 역사가 부여하는 절대 명제이다. 미국에 있어 이 얼마나 편한 조건인가. 그러나 도랑 치고 가재 잡는 이 전략이 겨우 미국의 몇몇 무기업자들 짬짜미와 일본 뇌물 먹은 정치관료 및 싱크탱크, 그리고 한국의 유구한 의존 기생주의에 발목 잡혀 불가 된다. 북한 핵미사일은 1945년 일본에 떨어진 그 정도의 소박한 규모가 아니다. 차르봄바 후예이다. 그것이 ICBM과 SLBM에 실려 한·미·일을 고루 겨냥한다. 과연 이것은 피치 못할 사안인가. 그래서 서쪽 길이 중요하다. 미국의 북한 '압복 '경제봉쇄'는 악만 남은 "핵보유국" 북한의 반발을 유인하며, 그것은 미국은 물론이고 세계 재앙으로 가는 인류 자살게임이다.

-----

압복: (壓服/壓伏; 힘으로 눌러서 복종시킴).

한반도 자체 위기만이 아닌 또 다른 외부 위험 차이나(china) 팽창주의,, 이 방비는 일본이 과거 자국령 '오가사와라'를 돌려받기 위하여 미국에 제시한 위조지도에서 실마리를 찾아야 한다. 일본이 한국령으로 명기된 지도의 "대마도"를 자국령으로 변조한 가짜 지도로 그 섬 반환이 성립되었으니 거기에 신의원칙 위반이라는 하자가 생겨 조약 원인무효 귀책사유가 발생한다. 일본의 이 위계가 밝혀져도 아무런 제재 없이 지나가면 그것은 현장에서 걸리지 않은 범죄는 모두 무죄라는 판례가 되어 세계 경찰국 미국의 패권은 훼손되고 그로 태평양 동맹도 약화된다. 당시 일본이 자국 영토반환 요구의 근거로 제시한 18세기 일본인 '하야시 시헤이' 제작 "삼국접양지도" 프랑스판, 그 원본에 '오가사와라'는 일본령으로 되어 있지만 "대마도"는 선명한 색칠로 한국령임을 표시하고 있었다. 일본은 그것을 자국령으로 변조한 위조지도를 제시해 미국으로부터 '오가사와라'를 반환 받았고, 동시에 한국령 "대마도"도 '거탈(據奪)'했다. 이것은 '오가사와라'가 일본령이냐 아니냐의 문제가 아니다. 미국의 '오가사와라' 양도는 국제 사회 신의원칙에 입각한 행위였으나, 일본의 위조 지도 제출은 그 신의를 위반한 귀책 징벌 사안인 것이 키포인트이다. 그래서 미국이 '오가사와라'를 회수하고 그 연장선상에서 양도한 '오키나와' 또한 그 징벌책임으로써 회수하는 동시에 그 위조 대상물 "대마도"도 원래의 주인 한국으로 귀속되어야 한다. 그 당위는 국제 규범 징벌적 몰속행위로서 정당하다.

-----

거탈: (據奪; 거짓 문서로 남의 것을 빼앗음).

일본의 신의성실위반 징벌로서 미국이 '오키나와' 해역 아시아 걸프만 유전지대를 회수하면, 그곳에서 나오는 막대한 석유 수익금으로 자국을 풍요롭게 할 수 있다. 경제적으로나 군사적으로나 이익이 막대할 이 지역 유전지대 미국 환수, 미국이 필자의 이 공로를 인정한다면, 그곳 유전수익금이 미국의 불확실한 미래 대비에 사용되기를 희망한다. 미래는 세계 어느 나라를 막론하고 IT, AI 첨단 기술 발달로 인간 노동을 로봇과 인공지능이 대신하게 되어 있어 많은 사람이 직장을 잃고 길거리 노숙자로 전락될 조건에 있다. 이 대비를 위한 실험이 필요함에도 세계 그 어느 나라도 코앞에 당면한 이 대비를 방치하고 있으니 미국이 먼저 '오키나와' 해역 석유 수익금으로 사회복지 샘플을 만들면, 노동자 대량 실업 시대가 본격적으로 도래 할 때 당황하지 않고 대처할 수 있고 세계의 여러 나라 또한 그 시범을 보고 혼란을 방지할 수 있다. 미국은 처음부터 낙오자에게 냉정한 사회였다. 감옥소 재소자 대량 수감처럼, 실제로는 일부러 사회 약자를 낙오자로 만들어 특권층 이익을 보장해 왔다. 그러나 앞으로 닥칠 미래사회는 선악과 인종, 그리고 성실함과 게으름 따위 가리지 않고 시민 일반 누구나 낙오자로 전락시킬 조건에 있다. 그 탈락자가 그동안 얼마나 열심히 근면하게 사회생활을 해왔는 지와 상관없이 IT, AI 인공지능 시대 조건은 무차별적으로 시민 일반을 실업자로 만들고 노숙자를 양산한다. 그럴 때 가장 먼저 직격탄을 맞을 피해 대상은 은행에서 돈을 빌려 집을 산 사람들이다. 레드노동자, 화이트 노동자, 백인, 유색인 등 인종을 가리지 않는다. 미국 사회 상위 1%가 미국 전체 부의 50%를 차지한 불평등은 시작에 불과한 것을 미국 시민이 알아야 한다. 미국이 이 미래 사회에 대하여 아무런 준비 없이 있다가 노동자 대량 실업사태 홈리스 상황에 직면하면 총기 휴대가 자유로운 조건 때문에 쉽게 시민폭동이 일어나며, 그것은 미국만의 일이 아니어서 결국 세계가 혼돈에 빠진다. 거듭 말해, 그 상황이 코앞인데도 어느 누구도 이를 대비하지 않고 있다. 노스트라 다무스 예언 중에 기계가 인간을 대신해 인간이 할 일이 없어져 집단 수용 형태로 놀면서 행복하게 산다고 한 것이 이것일 것이다. 인간의 노동을 대신하는 새로운 미래 물결 AI인공지능 사회, 탈락자에게 냉혹한 미국은 이 대비가 시급함에도 그 인식조차 없으니 그 최소한의 샘플이라도 만들어 놔야 최악을 대처할 수 있다. 미국은 달러를 제 마음대로 찍어낼 수 있으면서도 이민 사회라는 한계성으로 인해 낙오자 복지에 인색할 수밖에 없다. 그 미국이 달러를 찍어내지 않고도 자국 석유 매장량 4.5배, 천연가스 사우디아라비아 10배에 달하는 아시아 걸프만 '오키나와' 해역 석유 이익금으로 이 복지제도를 만들면 그곳 회수에 대한 정당성과 함께 또 다른 리더쉽으로서의 국제사회 횃불이 될 수 있다. 물론 거기에는 일본의 반발도 있을 터이니 그 판단은 뇌물 먹지 않은 미국 시민의 몫이다.

## 14, 생존모색.

　　넷플릭스 다큐멘터리 '플린트 타운'은 미국 미시간주 디트로이트 북서쪽에 위치한 공업 도시를 배경으로 그곳은 한때 자동차 산업으로 번성했으나 지금은 관련 산업 쇠퇴로 실업이 증가하면서 인구가 줄고 빈집이 늘어나면서 마약과 범죄가 만연해진 반면 경찰 예산은 삭감되어 악명 높은 범죄 도시로 전락한 현실을 보여준다. 경찰 행정이 한계에 이르자 흑백 인종갈등 양상도 나타난다. 그 영상 속 노동자 한 사람은 연봉 8만달러였던 것이 차츰 줄어 2만달러가 됐다고 울분을 토했다. 그런 현상은 이미 그 전에 미국 섬유산업에서 일어난 일로 인건비가 낮은 신흥 개발국으로 공장이 옮겨감으로써 일어난 현상이었다. 아시아 제조 산업이 부흥하면서 일본과 한국 그리고 지금은 인구 대국 차이나(china)가 주력이 되었지만 그 뒤에는 베트남과 인도가 기다리고 있다. 거기에다 미국 자체 문제도 있어서 리먼브라더스 서브 프라임 모기지 금융 사태로 발생된 그 피해 대상은 은행에서 돈을 빌려 집을 산 사람이었고, 그 때문에 무수한 가정이 살던 집에서 쫓겨나 길거리에 나 앉았다. 책임져야 할 금융 관계자에 대한 처벌은 없었으며, 그에 따른 막대한 손실은 국가가 돈을 찍어 보전해 주었다. 이것은 미국 사회가 갈수록 정글 사회로 변해간다는 신호이고, 그 1차 먹이는 은행 대출로 집을 산 노동자 서민이다. 앞으로 진행될 자율주행 전기차 산업은 노동자 일터를 더욱 축소시킬 예정인데 이는 자동차산업에 국한된 일이 아니다. IT, AI인공지능 발달로 사회각층 여러 분야에서 실업자가 양산되고 이로 생긴 빈곤층이 주택 대출금을 갚지 못해 길거리로 내몰리게 된다. 애초 미국을 부강하게 만들고 민주주의를 꽃피운 동력은 근면과 정직을 앞세운 기독교 정신이었다. 그러나 그렇다고 해도 그 실제적 동력은 인디언 말살과 흑인노예 노동력 착취에의 탐욕과 이기심이었듯이, 이데올로기 냉전 시대에는 그것이 어느 정도 균형을 이뤄 억제되었지만 공산주의가 무너지고 자본주의 세상이 되면서 탐욕 본성이 이빨을 드러내 브레이크가 파열되었다. 이 현상은 서구사회를 구성하는 근간이 개인주의 여서 기독교 계율로도 막지 못한다. 미국의 빛나는 자유가 오히려 자본주의 사악함을 보장하기 때문이다. 서구 사회 출발점 기독교 규율 첫머리에 "나 이외의 신을 믿지 말라"는 그 절대 기준에서 오히려 탐욕과 이웃 배척이 잉태된다. 그 보장이 미국의 승자우선주의이다. 그것은 일견 리더쉽을 창발 해 풍요와 진보를 약속하지만 그 내면의 탐욕과 사악함은 악화가 양화를 구축하듯, 결국 미국은 소수의 가진 자와 다수의 못 가진 자로 양극화시켜 중산층이 사라지게 되어 있고, 그럼에도 미국은 승자우선주의를 버릴 수 없으니 기다리는 것은 극단적 양극 사회 그 증오심이다. 그래서 그것을 알면서도 그 길을 갈 수밖에 없기에 노동자 보호정책이 대두된다. 하지만 그것은 빵 한 조각, 한 끼 식사 구휼로 극복될 수 없는 규모의 문제 즉 예산과 충돌하고, 그것은 레이스 탈락자를 바라보는 그 국민의 인식 전환 없이 성취될 수 없다. 보편적 사회복지에 대한 동의가 전제되지 않으면 예산은 집행되지 않는다. 그 최대 장애가 이민으로 시작된 미국의 원인적 한계, 겉으로는 아닌척하는 인종 경계성의 그 뿌리 백인 기득권이다. 그 극복은 이웃 선린 포용성에 있고, 그 도출은 미국을 위협하는 차이나(china) 팽창주의보다 더 거대한 물결, 로봇과 인공지능이 만드는 잉여인간 홈리스 양산이라는 위기 인식으로 이끌어 낼 수 있다.

미국의 승자우선주의, 넷플릭스 다큐멘터리 "수정헌법 제13조" 영상에서는 1865년 흑인 노예 해방을 법으로 명시 하면서 거기에 "정식으로 기소되어 판결로서 확정된 사람"을 예외로 하는 조항을 첨부해 이것이 자유의 나라 미국을 전과자 대국으로 만든 현실을 보여주고 있었다. 미국 인구는 전 세계의 5%에 불과하지만 죄수 인구 비율은 25%에 달하며 그 수가 2014년 기준 230만명이라고 하는 그 인원의 실제 정체는 무노임 노동자이다. 신이 아닌 이상 인간이 완전할 수 없으니 인간이 만든 법도 완전할 수 없다. 그래서 어느 사회든 법을 잘 아는 사람들이 그 맹점을 이용해 이득을 챙기는 특권 계급이 생겨난다. 흑인 노예제도가 원래 미국의 남부 생산부분을 담당한 경제문제였듯이, 지금에 이른 그 대체가 교도소 범죄인 대량 수감이다. 그 실상을 보면, 중범죄를 저질러 장기 복역하게 될 범법자 수는 한정적이어서 그 정도로는 그들이 원하는 이익 창출을 충족하지 못한다. 그래서 경범죄 시민을 체포해 결국 중요 범죄자로 만들어 교도소 "대량 투옥"이 완성됐다. 그 간편한 노동력 착취 미국 230만명 교도소 수감자 1/9은 종신범이라 한다. 이들의 노역은 거의 무보수여서 여기에서 달콤한 이권이 생겨난다. 그리하여 관영 교도소만으로는 수용 인원을 감당 못해 민영 교도소가 늘어났다. 아니, 민영 교도소 재소자 충족을 위해 재소자 대량 수감과 종신 범죄자를 만들었다. 그것이 모두 세금으로 운영되고 그 부담은 국민의 몫임에도 그 노역 이익금은 특정인 주머니로 들어간다. 그 본질은 미국이 애초 인디언 살육과 흑인 노예 착취로 성립된 사악함 그대로이다. 지금 재소자 대량투옥이 중범죄자이든, 경범죄자이든 법을 어긴 사람에 한정되어 있지만 앞으로 닥칠 미래 사회는 블루칼라이든, 화이트칼라이든 노동자 전반을 먹이로 할 것이니 미국의 승자 우선주의는 더 많은 실업자 홈리스를 양산하고 그럴수록 마약 범죄는 늘고 그 반대편에서 이득을 챙길 특권층은 소수로 집약되며 불가사리 공룡이 된다.

넷플릭스에서 보여주는 또 다른 예에서, 미국의 한 중년 부인이 윌슨병에 걸렸는데 그 병은 유전적 요인으로 인체의 간이 구리 성분을 처리하지 못해 특히 간과 뇌에 축적되어 문제가 되는 것으로 치료제 사이프린

(SYPRINE) 약값이 한 달에 30달러였으나 어느 날 갑자기 2만달러로 올라 1년 약값이 29만9천 달러(2021년 환율 한화 약4억원)로 인상 되어 환자는 칼날 위에 선 반면 제약회사 주식은 급등하여 투자자 이익이 극대화 된 것을 보여주고 있었다. 이 회사는 여기에 그치지 않고 독점 약품 권리를 가진 군소 제약회사 100여 곳을 찾아 인수한 다음 그 회사 연구개발 부서를 없애고 기존 약값을 많게는 700배까지 올려 이득을 취했다. 같은 방식으로, 한국에도 제법 알려진 마틴 슈크렐리(Martin Shkreli)는 독점 판매권을 확보한 에이즈 치료제와 기생충약을 50배 이상 올려 비난의 대상이 되기도 했지만 그는 약값 인상으로 처벌받지 않았을 뿐더러 오히려 그것이 자본주의 본질이라며 헤죽헤죽 웃으며 대중을 비웃었다. 미국 승자우선주의가 만들어 낸 그 표본이었다. 그런 현상은 약품에 한정된 것이 아니어서 미국을 위시해 유럽에서 수많은 여성들이 피임 장구 수술을 받고 그 부작용으로 몸이 망가져 한 미국여성은 회사에서 해고되어 생활비가 떨어졌고, 그로 주택 불입금을 내지 못해 살던 집에서 쫓겨나 어린 자식들을 위탁가정에 보냈고 자신은 망신창이가 된 몸으로 길거리로 내쫓겼다. 넷플릭스 영상은 거기까지만 보여주고 있어서 그 여성이 그 후 어떡케 됐는지는 알 수 없다. 그렇게 인간의 건강을 볼모로 이익을 극대화 하는 약품 및 의료 장구 악질적 사업 방식이 사회 문제가 되자 이것을 해결하고자 미국 현역 여성 국회의원이 나섰으나 미국 법률로는 오히려 불법성 없음만 확인되었고, 그녀는 '미식품의약국(FDA)이 거대 제약회사에 점령당했다'는 한탄만 토로했다. 한국이나 미국이나 정부기관 고위인사가 자리에서 사임한 후 곧바로 관련 메이져 회사에 초빙되어 자신의 미래가 보장되는 것은 부패 관료주의 사회에서의 정해진 수순이다. 그럼에도 기이한 것은 미국에서 사이프린 약값이 충격적 금원으로 인상되었음에도 이것이 한국에서는 인도주의 명목으로 실비로 제공되는 중에 있다. 미국에서 피도 눈물도 없는 사악한 제약회사가 한국에서는 천사의 얼굴을 한다? 그 실체는 다음과 같을 것이

다. 한국에는 세계에서 가장 잘 만들어진 국가 주도 공공의료보험 시스템이 있고 거기에는 약품 선정 결정권한을 갖는 위원회가 있어서 여기에서 통과된 약품만이 처방 품목이 되어 전국에 공급되는 구조여서 이 몇 사람 결정권자들만 구워삶으면 제약회사는 큰 수고 없이 독점형태로 한국 전역에 의약품 공급 빨대를 꽂는다. 한국에서 이미 서구 메이저 제약회사 말기 암 약제 하나가 치료제가 아님에도 환자의 시한부 절박함을 이용해 이 약품 선정위원회 심의를 통과하여 3개월 약값 1억원(약8만달러)이라는 초 고가에 공급되고 있듯이(초고액 의료비가 일상인 미국에 비하면 이 금원이 놀랄 일도 아니지만 의료비가 저렴한 한국에서는 납득 불가한 천문학적 금액이다), 미국에서 천정부지로 오른 윌슨병 치료제 사이프린을 한국에서 실비에 제공되는 것은 일단 한국 건강보험 약품선정을 통과하고 나면 차차 원하는 가격을 받겠다는 첫 스텝인 것 말고 다른 것은 없다. 미국에서는 악마이면서 아무 연고 없는 한국에서 천사가 될 수는 없지 않은가. 무엇보다 이익 극대화가 최우선인 그 회사 투자자가 이를 용납 하지 않기 때문이다. 인간의 건강과 생명을 볼모로 이익을 창출하는 이 사악한 의료 독점은 미국의 패권을 뒷배로 한다.

미국에서 시장독점을 규제하는 반독점법(Antitrust Laws)은 1890년 기업연합(Cartel)이나 그 합동(Trust) 행위를 처벌하기 위한 셔먼법(Sherman Act)이 만들어졌으나, 점차 시간이 가면서 거대기업도 지주회사를 통한 지배 구조 콘체른(Konzern)과 비관련기업 집단운영 컨글로머릿(Conglomerate)을 만들면서 반독점법을 피할 수 있었고, 더하여 "기업 간 담합 또는 협정이 공공의 이익에 반하지 않고 실질적으로 경쟁을 저해하지 않을 경우 반독점법을 면제 시킨다"는 '반독점면제(Anti-trust Immunity; ATI)' 제도가 만들어지면서 이 승인을 받은 기업이 미국 서민을 인질로 잡게 된 이런 수탈적 자본주의 구조가 인간의 노동력을 대신하는 IT, AI시대 노동자 대량실업 사태와 본격적으로 맞물릴 때, 그동안 성실하게 살아온 노동자 일반이 길거리 노숙자로 내몰릴 그 반감이 가리키는 것은 주변 아무에게나 총질하는 무정부 혼돈일 수밖에 없다.

미국 영화 "장고; Django Unchained"에서 악덕 농장주 캘빈 캔디는 자기 소유 노예를 사러온 슐츠 박사와 주인공 장고 앞에서 선대부터 충직했던 죽은 노예 벤의 두개골을 꺼내 놓고 "벤은 매주 세 번씩 50년간 예리한 칼로 아버지를 면도해 주었는데 내가 벤이었다면 그 목을 땄을 터이나 벤은 그러지 않았다"면서 그 해골 뒤통수 부분을 톱으로 잘라내고 드러난 3개의 홈을 가리키며 그 홈들이 관장하는 것은 "노예근성"이라며 반항하지 않는 흑인 굴종 DNA를 조롱한다. 그 논리대로라면 현재 600년 종속이 이어지고 있는 한국인 두개골에도 최소 2개의 홈이 있을 것이다. 이러한 대사가 흥행 목적으로 창작된 일개 영화의 자극적 도발이든, 또는 그 이상을 노린 메시지이든 아니든 간에, 그것이 지금 앞으로 도래할 IT, AI 노동자 대량실업 시대조건과 맞물려, 인종과 관계없이, 가장 먼저 주택 대출금을 갚지 못해 길거리로 내쫓길 미국 노동자 서민 일반이 그럴 때 과연 어떤 행동을 하게 될지의 유추는 별로 어렵지 않다. 1920년대 말의 대공황도 알고 보면 거품경제 리먼브라더스 모기지 사태 초기 버전에 불과하지만, 그래도 그 시절에는 구호소에서 한 끼 식사를 해결하면서도 "먹을 것도 없고, 잠잘 곳도 없어 사람들은 거리를 헤멘다네~♪"라며 낭만을 노래했다. 물론 그때도 분노한 노동자의 극렬 노조와 순종하지 않는 캘빈 캔디 성향의 백인들의 밀주 생산을 비롯한 마피아 범죄 단체가 있었지만 그런 것은 기본적으로 각자의 생존을 위한 행위였다. 문제는 불법이든 적법이든 생존기회가 완전히 박탈된 절망사회를 향한 증오심 폭발이다. 과거 '60~70년대 미국 아프리카 아메리칸 사회에서 이슬람을 통해 흑인 정체성을 찾겠다는 기운이 일어나 말콤X를 비롯하여 과격 단체 흑표당이 생겨나고, 온건 인권 개혁주의 마틴 루터 킹 목사도 등장했으나 미(美)정부기관 공작으로 그 싹이 모조리 잘렸으니 다른 각도에서 보면 미국 사회가 그로 안정을 찾은 그 반대급부는 희망 잃은 아프리카 아메리칸 마약 중독과 범죄인 교도소 대량 수감이었다. 그 성립은 사회 하층민 삶 최소한의 기회를 스스로 포기한 범죄인 당사자의 윤리적 자괴감, 그 본질이 실제로는 기득권자들의 책임 뒤집어씌우기에 불과한 인종차별이었음에도 그것을 스스로 포기한 당사자 탓으로 돌려 무마 되었다. 마약은 극단의 쾌락을 쫓지만 본질적으로는 도피행위이다. 현재 미국 사회 마약중독 낙오자 중 많은 수가 아프리카 아메리칸인 그것을 깊이 따지지 말고 그냥 캘빈 캔디가 말한 흑인 굴종 DNA 결과라 치자, 그렇다면 캘빈 캔디처럼 저 잘났다고 으스대는 백인들이 그 동안 미국 사회 일원으로서 성실히 살아왔음에도 무더기로 길거리 노숙자로 전락되었을 때, 배반당한 그 빛나는 자의식은 과연 어떤 양태로 나타날 것인가. 그럴 때, 탈락한 백인들이 흑인처럼 현실을 수긍하거나 도피하지 않고 어떤 행동을 취한다고 할 때 문제는 그 자존심이 더 과격한 행동을 촉구하리라는 것은 너무나 명백하다. 법을 지키며 나름 성실히 살아왔으나 어느 날 천정부지로 뛴 약값을 감당 못해 가족이 사망에 이르렀을 때 자의식 강한 백인 캘빈 캔디는 과연 무엇을 할 것인가. 실제로 사이프린 약값이 폭등해 좌절한 그 여성 환자 남편의 증오서린 눈빛을 이미 넷플릭스 영상을 통해 확인할 수 있었다. 자본주의 본성 그 타락에의 선의의 피해자, 캘빈 캔디가 아니더라도 총을 들고 분노를 폭발시킬 그 총구는 피부색과 관계없이, 지위고하를 막론하고, 단지 좋은 집에 살며, 고급 차를 타고, 피부 영양상태가 좋아 보이는 이유만으로도 방아쇠를 당기고, 저희끼리도 총질 하고, 내친 김에 경찰관도 노리다가 결국 주 타깃은 또 다시 아프리카 아메리칸이 될 것이 자명할 것이고 보면, 그것이 몇몇에 의하면 범죄이지만 대량 실직 서민 대중이 참여해 군집을 이루면 그 혼돈은 내란에 준하여 미국 경제를 마비시키고, 그로 국방력도 쇠감될 수밖에 없다. 그럴 때, 세계 질서가 난맥에 빠질 것은 자명하다. 그때 가서 지금을 돌아보면 리먼 브라더스 모기지론 미국인 천만 명 홈리스 사태가 잔잔한 서곡에 불과했음을 알고 한탄해 마지않을지 어떨지는 모르겠다. 지금의 미국 시민은 그러한 일이 벌어지지 않는다고 자신할 수 있는가. 그 대비는 기존 제도로는 해결되지 않는다. 그것은 법으로 강제할 대상이 아닌 앞으로의 IT, AI시대 인간의 노동력이 필요 없는 패러다임 변화 새로운 물결이기 때문이다. 그 대비는 레이스 탈락자를 위한 <u>공공주택 무상제공</u>과 <u>의료 무상제공</u>이라는 사회안전망 확보에 있다. 미국은 기축통화국이어서 돈을 무한정 찍어내 자국 경제를 부흥시킬 수 있고 개인에게도 돈을 퍼줄 수 있으니 하겠다고만 하면 이 문제를 쉽게 해결할 수 있다. 그러나 승자 우선 미국 자본주의 본성은 이것을 용납하지 못한다.

2020년 3월, 미(美)연준은 코로나19 사태로 어려워진 자국 경제를 지원하고 최대 고용 및 물가 안정을 위해 모든 수단을 사용할 것을 약속하면서 미국 채권과 주택저당증권을 필요한 만큼 매입할 것을 천명했다. 핵심은 '무제한 달러 공급'이었다. 이후 전(全)세계에 막대한 규모의 달러가 공급되기 시작하면서 덩달아 유럽과 일본도 무제한적으로 돈 풀기에 돌입한다. 코로나19 팬데믹 발생 이후, 미국, 유럽, 영국, 일본의 4대 중앙은행은 자산 매입 등을 통해 약 11조 3천억 달러(1경 5천조 원)를 시중에 풀었고, 그 결과는 빚의 증가로 나타났다. 세계의 선진국이 미국을 따라 돈을 푼 결과, 2021년 전(全)세계의 부채 합계는 303조 달러(약 40경 원)가 되었는데, 이는 세계의 GDP를 모두 합친 액수의 3.6배에 이르는 금원이라 한다. 기본적인 경제 이론에서 정부와 중앙은행은 '재정정책'과 '통화정책'을 통해 경제성장과 물가를 관리하는데, '재정정책'은 경기가 확장될 경우 정부는 세금을 많이 걷어 경기 과열을 막지만 반대로 경기가 하락할 때는 세금을 낮추고 지출을 늘려 경기를 활성화 시키는 '통화정책' 이자율로 시중의 통화량을 조절한다. 2008년 미국에 리먼 브라더스 금융위기가 발생했을 때 버냉키 연준 의장은 6년에 걸쳐 4조5천억 달러(약 6천조 원)을 풀어 위기를 극복했는데, 이 방식은 코로나19 위기상황에도 적용되어 자국 취약 계층을 위해 총 6차례에 걸쳐 지원한 금원이 약 3조 달러(약4천조 원)로 그 중 개인에게 지급한 3차 실업수당이 1,200 달러, 5차 600달러, 6차 1,400달러 등 모두 3,200달러(약 450만 원)였다. 미국은 위기를 매번 헬리콥터 달러 살포로 모면했지만 그 부담은 전(全)세계 인민, 특히 저소득 국가에 살인적 물가로 돌아간다. 미국은 오래 전에 선을 넘었고 도덕심도 버렸다. 미국이 자국 서민을 위해 살포했다고 하는 그런 돈이 서민 생활에 도움이 됐다고 해봐야 나중에 천정부지로 오른 물가에 비하면 고리대금 대출에 불과 했다. 문제는 생색내기에 불과한 그런 땜빵 정책밖에 할 수 없는 미국 권부의 승자 위주 자본주의 개념으로는 앞으로 닥칠 인공지능 AI시대 대규모 실업자 양산 사회를 대처할 수 없다 것. 지금 좋은 직장에서 안정된 생활을 하는 사람이라 해도 은행에서 돈을 빌려 집을 산 사람이라면 너나없이 길거리 노숙자로 전락될 조건이며, 더 나쁜 취약 계층이 월세 세입자이다. 과거 서양에서 기독교 종교 개혁 이후 루터까지만 해도 이자를 용납하지 않았던 것이 캘빈에 의해 이자가 허용되면서 사악한 자본주의가 도래한 그 결과물 아노미사회(anomie Society), 그 출발이 아마도 17세기 네델란드 튤립투기 광풍 때부터였을 것이다. 그것이 근래에 다시 나타난 것이 리먼 브라더스 부동산 모기지 사태였다. 이것은 자본주의 체재에서 결코 사라지지 않으며 반드시 재연된다. 코로나 19 팬데믹이 터지기 전부터 세계가 이미 양적완화라는 이름으로 돈을 마구 찍어내 경기를 부양 할 때 금리는 아주 낮았다. 그 결과로 원자재 값이 오르고 부동산 가격이 폭등했다. 실물 경제는 바닥을 기는데 회사는 저금리로 돈을 빌려 자기 회사 주식을 매입해 주가를 올렸고, 전통적 노동의 가치는 떨어지면서 거품 주식은 고공행진이었다. 그것이 코로나19 팬데믹과 우크라이나 전쟁으로 물류 공급 사슬이 망가져 물가가 오르면서 금리도 같이 올랐다. 금리가 오르면 은행에서 돈을 빌려 집을 산 서민은 당장 허리띠를 졸라매야 하고, 그것이 경기 침체를 불러 수입이 감소되며 동시에 실직자가 생긴다. 돈으로 돈을 창출하는 세상, 실리콘 밸리에서 IT 패러다임이 바뀌면서 기술주식이 급등했다가 순식간에 급락한 현상이 그대로 주택으로 옮겨가 서민이 은행에서 쉽게 돈을 빌려 집을 사면 집값이 올라 남는 장사가 되지만 어느 순간 집주인을 비참한 노숙자로 만들고, 국가는 은행의 손실을 돈을 찍어 보충해 준다. 그래서 미국 금융권은 항상 남는 장사를 한다. 그보다 더한 것이, 월가가 화이트하우스와 연준(FRB)을 장악함으로서 세계의 통화가 모두 월가로 집중 되는 구조의 미국 자본주의 패권이 완성되어 세계가 불안정해지면 그럴수록 돈은 월가로 모인다. 아니 돈을 월가로 오게 하기 위해서 세계가 불안정해져야 한다. 이것은 미국의 패권 자본주의 실체여서 모양을 바꾸며 시시각각 불안이 조성되며, 거기에서 이익이 창출될 것이니 갈수록 잘 사는 사람은 소수화 되어 더욱 잘 살고, 중산층이 무너져 하층민으로 전락된다. 문제는 소비가 위축되면서도 스테그플레이션이 도래해 서민생활이 갈수록 어려워진다는 것, 그것이 결국에 미국 기축통화 지위를 약화시키는 동시에 세계는 미국을 불신하게 되고, 그 여파로 미국 경제는 축소되어 실업이 만연하면서 가장 먼저 부동산 대출금을 못 갚아 길거리로 쫓길 일반 서민의 분노는 정부를 향한 증오심으로 응집된다. 미국의 불확실한 미래 사회안전망 구축이 그래서 미국만이 아니라 세계 여러 나라의 안전과 결부되었다. 그럼에도 미국은 이 대비를 할 수 없다. 사회 복지를 위한 공공성과 공평성은 미국 자본주의 본질에 반하기 때문이다. 그래서 이 대비는 그 동안의 미국 정부의 손상된 도덕성 때문에서라도 별도의 공적 사회복지 단체를 만들어 새로운 개념의 리더쉽으로 출발하는 것이 좋다. 그 재원을 사우디아라비아 10배 가스전과 미국 매장량 4,5배라고 알려진 아시아 걸프만 '오키나와' 회수로 만들 수 있으니 그 방법이 일본이 과거에 '

오가사와라'를 반환 받으려고 저지른 한국령 "대마도" 지도 조작 국제 신의 성실원칙 위반 비현행범죄 정리이다. 일본은 현재 막대한 국가 부채로 급속한 경제 하락이 예정되어 있고 그 개선은 오로지 '오키나와' 석유에 달렸다. 그런데 그곳은 일본에 사기 당한 한국은 차치하고, 세계 최대 석유수입국 차이나(china)가 절대로 좌시할 지역이 아니다. 미국은 자국 태평양 방파제 일본을 외면할 수 없어 일본 령 '오키나와'를 지켜 일본의 부흥을 위할 것이나, 그곳 막대한 유전을 포기 않을 차이나(china) 때문에 그곳은 화약고가 될 터이니 미국의 태평양 안보는 갈수록 불안정해진다. 일본은 자국 캐시카우 엔진자동차가 전기차로 넘어가면서 미래가 불확실해졌고, 막대한 국가부채 때문에 무너지게 되어 있는 그 경제는 미국이 과거 이데올로기 패권을 위해 일본 경제를 부흥시켰듯이, 그에 상응한 경제 메리트를 일본에 제공하지 못할 때, 일본은 '오키나와' 유전 확보를 위해 차이나(china)와 손잡을 수 있다. 미국의 그 선제적 대비가 '오키나와' 회수이다.

지난 도쿄올림픽에서 IOC 바흐 위원장이 히로시마를 방문해 1945년 원폭 희생자를 추모한 이후, 일본은 더 나아가 올림픽 참가 선수 전원묵념을 요구하자 IOC는 이를 거절했다. 일본은 그 전에도 2차대전 당시의 핵무기 프로젝트에 참여했던 미국 과학자를 일본에 불러들여 그 피폭 주민을 내세워 사과를 받아내려 한 바가 있었듯이, 그 목적은 2차대전 침략자 이미지 변경을 위한 일본인 피해자 코스프레였다. 2차대전 당시의 일본군은 민간인에게 가장 잔인했던 악마적 집단이었고 차이나(china) 난징에서 6주만에 그 주민 30만명을 살육했던 것은 모두가 잘 아는 바이듯, 당시 일본군이 지나가는 곳 어디서건 민간인 도륙이 있었고, 아시아 대부분을 점령한 후 하와이 진주만 공습을 단행한 그 속셈에 미국의 서부 캘리포니아를 침공하여 일본 영토로 만들겠다는 계획이 있었다. 일본의 미국 서부지역 정벌은 일본 군부만이 아니라 민간과 공감되어 있는 사안이었고, 하와이 진주만 공습은 그 바람대로의 실행이었다. 그때부터 일본은 "핵무기" 개발에 박차를 가하고 있었다. 그런데 당시 미국은 "핵무기"에 대한 개념도 희박했다. 그럼에도 미국이 일본 보다 먼저 "핵무기"를 개발 할 수 있었던 것은 독일이 항복한 후 그 과학자들을 미국에 데려오고 나서였다. 그때 만약 일본이 미국보다 먼저 "핵무기"를 개발했더라면 어떤 일이 벌어졌겠는가. 1937년 차이나(china) 난징에서 일본군이 총칼로 저지른 민간인 30만 명 도륙은 군부 지휘자 명령 없이 일어난 사건으로 처리되었다. 사실 여부를 차치하고, 그것을 그대로 인정 한다 쳐도 일본군 침략은 그냥 인간 살육과 강간에서 재미를 찾는 그들 고래의 전쟁 문화 잔치판이었다. 그렇다면, 2차대전 당시, 일본이 "핵무기"를 먼저 개발해 미국 본토에 떨어뜨려 미국이 항복을 하겠다고 손을 들면 어떠한 일이 벌어졌겠는가. 문제는 일본이 미국인을 관리할 능력이 없다는 것, 그러니 생명의 존엄성 따위 애초에 있지도 않은 당시의 일본인 인식은 일단 모조리 쓸어버리는 것 이상의 다른 방법은 없다. 그것이 "핵무기"로 가능하다. 하지만 일견, 인도네시아에서 일본 군인들이 포로가 된 네델란드 석유업자 가족과 독일인 등 백인 여성들을 부대 안 위안소에 가둬놓고, 하루 10번 이상 (많을 때 19번, 어머니와 어린 딸을 가족이 보는 앞에서) 매일 군인들이 돌려먹은 강간 잔치를 생각해 보면 일본이 "핵무기"로 미국을 초토화 시킨다 해도 잘빠진 어린 암백마 어느 정도는 살려두었을 것으로 예상은 된다. 그뿐 아니라 브라운 슈가를 탐하는 특별 미식가 돌려먹기도 충분히 예상 가능하다. 조건은 어릴수록 좋다는 것, 일본 군인들이 전장의 노고를 보상받는 전리품이 상부 명령 없이 실시되는 민간인 살육과 나이 어린여성 강간뿐이었으니 틀림없다.

반성을 모르며, 세상을 향해 자신을 억울한 희생자로 보이고자 생쑈를 하는 일본의 2차대전 원폭 피해자 코스프레, 그것은 어느 쪽이 먼저인가의 문제였다. 그 당시의 원폭 개발은 독일에서 시작했고, 일본도 총력 중에 있었다. 독일 항복으로 미국에 유입된 독일 과학자들에 의해 개발된 미국의 '리틀보이'와 '팻맨', 그 전쟁 말기의 일본은 자국민 1억명 옥쇄 본토 사수를 외치며 전세 역전을 오로지 "원자폭탄 개발" 그 하나에 걸었다. 일본은 그 개발 레이스에서 간발의 차이로 늦어 패전했다. 그럼에도 지금에 이르러 자신이 억울한 피해자라고 세계에 호소하는 일본의 특기 모략과 날조 그 간교한 이중성을 어찌해야 하는가. 일본은 당시 "핵무기 개발"에 총력을 기울이고 있었던 조건 때문에 절대로 원폭 피해자가 될 수 없다. 일본이 먼저였으면 미국이 초토화 되는 상황이었다. 친절을 가장한 일본인 그로테스크 양면성을 문화가 다른 서구인들은 잘 모른다. 일본인은 가장 잔혹하며, 기괴하며, 야만스러우면서도 그 껍데기를 지극한 예의바름으로 포장한다. 그리하여 원폭개발 레이스에서 진 그 결과를 감추고 자신이 2차대전 억울한 피해자라고 세계에 선전하고 있다. 어둠속에서 조작, 은폐, 매수, 중상, 그리고 이간질이 발휘되는 가장 비열하며 야만스러우면서도 겉으로는 가장 선한 척하는 그 출발이 고래로 책임은 배를 갈랐던 할복으로부터의 생잔문화여서 고칠 수도 없다.

그러한 일본인 정체를 모르고 미국 정부는 전후 잠깐 시간이 흐르자 일본인 다테마에(겉모습) 국화꽃 미소에 현혹되어 핵무기 원료 3,000톤 플루토늄 보유를 허락했고 이유는 "<u>하도 졸라서 귀찮아서</u>"라고 했다. 그러나 과연 그것이 전부일까. 일본인 본성 그 정체를 얕보는 미국의 어리석은 교만, 아니 사실은 그 정치가 일본에 매수됐다고밖에 볼 수 없는 그것이 결국 부메랑이 될 미국의 잠재 위기가 억울함을 가장한 일본의 원폭 피해자 코스프레요, 지난 도쿄 올림픽 선수 전원 히로시마 민간인 피폭 묵념 요구가 그렇듯 군국주의로 가기 위한 미국 도덕성 흠집 내기이다. 일본은 현재 6,000기 "핵무기" 제조 능력이 있고, 엄밀히, 지진이 흔한 일본에서 그들이 비밀리에 핵실험을 마쳤다 해도 무리가 없는 일본인 이중성 그 칼끝이 어디를 노리겠는가. 미국이 잊지 말아야 할 것이 일본군 진주만 기습은 미국 서부 캘리포니아 지역을 침공하기 위한 선제공격이었고, 그보다 현실적 타깃은 미국보다는 호주였다. 일본군은 호주 북부 다윈 항구를 1942년 2월부터 그 이듬해11월까지 60여회 폭격을 한 예가 있듯이, 일본이 미국 서부지역 캘리포니아를 정벌하겠다는 것은 그들이 "핵무기"를 먼저 개발하지 않는 이상 허풍에 불과하고, 당시 일본의 진격이 어디로 향했는지가 증거 하듯, 본심은 태평양에서 미국을 물린 다음 남쪽 바다 너머의 넓고 무구한 땅이었다. 호주는 지금 차이나(china)의 조용한 회색지대 침공(gray zone invasion)으로 타깃이 되었지만 경계해야 할 대상은 그들만이 아니다.

일본은 지진과 태풍이 일상이어서 오랜 세월 안전한 땅을 염원해 왔다. 거기에 부합되는 최적의 땅이 일본 바로 옆에 있는 한국이어서 줄기차게 한국을 노려왔고, 16세기, 조선(한국)을 침략해 제노사이드 전쟁을 일으켰다가 실패하고 나서, 시간이 흐른 뒤, 한국이 스스로 썩어 문드러지자 그 염원을 이뤘으나 그 탐욕의 피가 만족을 몰라 2차대전으로 더 큰 욕심을 내다가 브레이크 파열로 좌절되었다. 그 한국이 지금 일본 국방력을 초과하는 시점에 있으니, 일본에 있어 한국은 애초 전쟁으로 어떻게 할 대상이 아니다. 일본은 이것을 오래 전부터 알았기에 한국 내부에 오열을 심어 혼란을 야기해 거저먹는 방법을 모색해 왔으나 그 최대 장애가 애초 일본에 모든 문화를 전해준 한국 역사였다. 거기에서 한국인의 우월적 자존심이 생겨나기 때문에 그것을 훼손하지 않으면 일본의 염원 정한(征韓)은 성공하지 못한다. 일본이 한국 내부에 오열을 심어 한국 역사를 왜곡하고 비하하며 꾸준히 한국 내부 혼란을 야기하는 이유이다.

한민족은 차이나(china) 대륙에서 차츰 밀려나 한반도에 국한된 이래 단 한 번도 주변을 침략한 예가 없다. 한국 역사가 말하는 970:0 외세 침략은 대개 차이나(china)와 일본으로부터였으니 본격적으로는 AD7세기 차이나(china)의 수(隋)나라 113만 병력 침략이었고 한민족은 그때 그 침략자들을 거의 전멸시키며 격퇴했다. 그 후로 계속된 침략이 보통 30만~50만이었다. 한민족은 그럴 때마다 그보다 한참 적은 병력으로 용감히 물리쳤다. 그래서 한국인은 전투에 임하면 상대방 덩치가 크다고 겁먹지 않는다. 오히려 덩치가 크면 클수록 전의를 불태운다. 그런데, 그럼에도 600년간 종속을 못 벗는 이유가 무엇인가. 처음에는 아름다움을 도용한 사상에 속았고, 지금은 나라를 찾아주고 6.25전쟁에서 같이 피 흘려 준 은혜에 속기 때문이다. 그 얼어 죽을 놈의 의리가 작동해 그렇다. 그러니 이제는 현실을 제대로 봐야 한다. 자본주의 사회에서 그것은 의존을 만들고 그것이 굴종을 연동해 파멸을 예약하니 어쭙잖은 도덕이나 윤리 따위 내다 버리고 실질을 좇아야 한다. 그것은 표리부동도 배반도 아니다. 자주권을 상실한 최선등 윤리에 발목 잡혀 자신이 누구인지 잃어버린 1만년 새(鳥) 토템의 나라, 새(鳥)가 세상에 나오려면 스스로 그 알을 깨야 한다.

조선(한국)이 500년간 비록 차이나(china) 명·청의 속국이었고 그 방향성에 오인이 있었다 해도 추구한 것이 오로지 도덕과 예절이었으며, 치열하게 알고자 했던 것이 세상의 이치 그 연역적 사유였다. 한국의 태극기 둥근 원 안에 어우러진 붉은 색과 파랑색은 음양을 가리키고 그 의미는 하늘과 땅, 밤과 낮, 남자와 여자, 우주 성립 이치를 말하고, 네 귀퉁이 작대기들은 우주 삼라만상을 가리켜 조화를 뜻하지만 그 궁극은 이웃과 사이좋게 지내고자 하는 상생을 가리킨다. 한국의 정체성은 시작부터 인간 세상을 널리 이롭게 한다는 홍익인간 우애주의였으니 나보다 약한 사람부터 챙기는 그 아름다운 민족의 본연이 자본주의가 들어오면서 부동산 투기 그 하나 때문에 타락했다. 박정희 대통령이 한국의 모든 기반을 만들어 놨음에도 놓친 것이 주택정책 그 하나였다. 그 누락 때문에 한국은 변질됐고 민족소멸 위기에 봉착했다. 그래서 박정희 대통령이 불쌍하면서도 원망스럽다. 한국 주택문제는 상국 자본주의 민주주의 체계로는 절대로 극복할 수 없다. 나라를 스스로 지키려는 주관성 그 긴장감으로만이 극복할 수 있다. 그런데 그것이 "미군주둔" 조건에서는 그 인식 자체가 애초에 생겨날 수 없으니 어쩌겠는가. 방법은 국민을 위해 총대 메는 철권통치뿐이었으나 국민이 어리석어 그 리더를 스스로 제거했으니 더 이상 기회는 없다. 세계에서 가장 아름다운 한국 공공의료복지 시스템, 그것은 공평성을 기본으로 하니 기본적으로는 공산주의에 해당한다. 한국인에게 공산주의라 하면 6.25한국전쟁 트라우마가 있어 치를 떨지만 그럼에도 한국이 세계에 뽐낼 가장 아름다운 자랑은 이 공산주의 공평성에 기반을 두고 있다. 그것은 애초 한국의 정체성 우애주의 상생에서 오는 것이지만, 굳이 따지지 않고 공산주의 공평성이라고 할 때, 그에 반한 미국 의료보험제도는 자국민을 착취하는 가장 악랄한 계급제도여서 논할 가치도 없으니 차치하고, 몇몇 나라의 무상 의료제도가 공평성을 차용해 일견 분배의 중요성을 강조한 영국의 사상가이자 경제학자인 밀(John Stuart Mill)의 공리주의로 보이나 실제로는 눈속임 가짜에 불과한 것이 진실이다. 거기에 특별한 사람들을 위한 별도의 제도가 있기 때문이다. 다수를 위한 무상 체계와 소수를 위한 특별 체계 양립은 반드시 이해가 충돌한다. 무료 체계는 간단한 수술 하나를 위해 몇 년을 기다려야 하듯이, 그 제도는 공평성을 차용한 차별에의 또 다른 형태일 뿐이다. 그에 비한 한국 의료보험 체계는 국민 누구나 아무 때나 병원에 직행하여 진료와 치료를 받으며, 약제를 포함한 그 가격은 매우 저렴하다. 무엇보다 구급차가 공짜이다. 그토록 아름다운 한국 국가 의료보험 시스템, 그럼에도 자본주의 시장질서가 종주에서 내리기 때문에 한국에서 함부로 미국 자본주의를 비판하면 반공법으로 감옥에 갈 수 있다. 그런데 한국 의료시스템은 대통령을 제외하면 국민 모두에게 공평하여 자본주의가 아니라 공산주의에 가까우니 어쩔 것인가. 말하고자 하는 것은, 자본주의가 민주주의를 도용해 아름다움을 가장하고 이 나라 국민의 의식을 타락시키고 있으니 민주주의를 빙자한 이데올로기 미국 패권을 위한 속민 우매화 프레임에 속지 말자는 것이다. 공산주의 문제점은 권력의 집중이라는 전독(專獨)과 사유 재산 불허 그로부터의 경쟁력 약화에 있다. 그러나 그렇다고 하여 공평성까지 나쁜 것은 아니다. 한국인 정서는 정의보다는 공정성과 평등에 민감함에도 북한이 일으킨 6.25한국전쟁으로 공산주의 트라우마가 생겨 그 반발로 민주주의 탈을 쓴 미국 자본주의만을 최선으로 하다가 그것이 주택 금융대출로 국민 대부분이 올가미에 걸렸고, 나라는 사기범죄가 만연하여 지뢰밭이 되었다. 아무도 믿을 놈이 없게 되었다. 친절을 베풀고 상냥한 미소를 띠는 놈이 오히려 더 무섭다. 그 때문에 젊은이는 결혼을 기피하여 나라는 인구감소 민족멸절 상황에 놓였다. 종속국 한국 처지에서 이것은 박정희 대통령이 만든 '공공의료보험'처럼 철권통치로만이 해결 될 수 있었다. 그 실패가 어디로부터였겠는가. 한국인에게는 고대부터 끊임없는 대규모 이민족 침략을 견뎌내며 나라를 지킨 저항 정신이 있었고 일제에 완강히 저항한 독립운동도 그것이 있음으로였다. 일제 식민지 시절 침략자 요인과 민족 배반자 암살이 줄을 이었고, 독립군 전투 활동도 가열 찼다. 그 일관된 저항정신이 독재라는 필요악 "정반합에의 양기"를 이해 못한 것이다. 그런데, 그 저항마저 미국 예속 80여 년 동안 완전히 변질되어 순치되었으니 한국이 종속을 벗는 길은 요원할 뿐이다. 이제와 박정희 대통령을 찾는다 해도 총대 멜 사람이 나올 리 없으니 남은 것은 한국인 스스로의 외침 "미군철수!!" 그로부터의 긴장감뿐이다. 지금 한국의 나라 망조 주택 변질문제도 박정희 대통령 집권 당시 싱가포르 리콴유 수상이 완벽히 해결하고 있었으니 그것을 참고하기만 했어도 간단히 해결될 문제였으나 손도 못 대고 총 맞아 죽었다. 왜 그랬겠는가. 거리에서 화염병 데모가 연일이어서 경황이 없었고, 그럼에도 박정희 대통령은 그런 국내 문제보다 더 급한 시무가 있었으니 나라의 완전한 자주국방 한국 자체 "핵무장"이 먼저여서였다. 당시 미군이 아무 준비 없는 한국에서 일방 철수하는 상황이어서 그 어떤 일보다 국민의 안전이 우선이었고, 거기에는 그보다 더 중요한 나라의 정체성 회복 600년 천형 종속 타파가 있었다. 그 극복의 절대조건 "핵무장"을 완성하려다 오로지 상국에 잘 보이려고 간살 떠는 민주투사들과 철부지 학생 화염병 투척 염병 자발에 치어 믿었던 부하 총 맞고 죽는 바람에 나라의 안전과 민족의 자립은 물 건너 갔다. 그렇다면 뒤에 남은 국민은 상국 역린에 해당할 "종속타파"는 꿈도 못 꿀 일이니 차치하고라도, 나라 망조 주택 투기문제 정도는 스스로 해결 했어야 했다. 그러나 상국에 꼬랑지 흔들며 제 배때기 채우는 것만 아는 이 나라 보수 무리와 문치 윤리를 내세워 알아서 기는 것만이 특기인 이 나라 진보 민주투사들은 물론이고 거기에 동조한 그 미진한 국민에게 그 만한 의식이나 역량이 있었겠는가. 어림도 없다. 가당치도 않았다. 그래서 한국 주택문제는 부패 영역을 넘어 민족멸절로 가는 외통수가 되었다. 집 값은 천정부지로 뛰어 젊은이는 집을 살 엄두가 안 나 자신의 한 번 뿐인 인생을 집 한간 장만에 허비하느니 차라리 저 혼자 편하게 살다 가는 쪽을 택했다. 뭐 하러 골치 아프게 자식 낳고 평생을 주택대출금 갚는 것에 인생을 허비 하겠는가. 그래서 한국 민족멸절 내부적 문제는 극복 불가능 사안이 되었다. 한국은 지금 인구감소 비율이 세계 최고이다. 지방은 공동화가 진행되고, 대학교는 입학정원 수가 줄어들어 폐지되는 학과가 늘고 아예 학교 자체가 문을 닫고 있다. 그것이 인구감소 엄혹한 미래 상황을 가리켜도 이를 스스로 대처 할 수 없다. 그래서 기껏 생각한 것이 이민정책이었다. 상국을 흠모하여 한국을 인종 복합체 미국 이민사회 형태로 바꾸어 민족 정체성을 아예 없애버리겠다는 어마 무시한 계획이다. 박정희 대통령 저격과 노무현 대통령 투신 이후 한국에서 나라를 위해 총대 멜 정신 나간 리더가 나올 리 없는 상황에서 민족소멸이라는 이 절대적 문제 해결이 겨우 인종복합체 상국 붙좇음뿐이니 한국인 소멸은 외통수 필정이 되었다. 박정희 대통령 자기 헌신 정반합(正反合)에의 양기(揚棄)라는 고차원적 문제해결 수단 총대메기, 알고 보니 그것은 의식 미달 속민이 감히 가질 수 있는 대상이 아니었다. 약하거나, 어리석거나, 순진한 사람을 먹이로 부자가 되려는 약삭빠른 특정인의 그 기회를 빼앗기 때문이다. 그것이 혼돈의 정체이고 속민의 본분인 것을 어쩌겠는가. 그렇게 한국 현대사에서 박정희 대통령 노고를 지움으로써, 한국의 고도 경제발전이 모두 미국의 원조로 성립된 것으로 낙찰되었다. 한국의 눈부신 경제발전, 그 모든 것을 미국이 만들어주었으니 이 얼마나 고마운가. 여기에 승복 못 할 한국인도 있겠지만 외국에서는 모두 그렇게 안다. 그런데 실제에 있어 IMF 구제금융은 한국 경제 환란 위기를 이용해 미국 투기 자본이 한국 공기업과 기간산업에 빨대를 꽂았고, 후에 알고 보니 한국 IMF 사태가 그것을 위한 헤지펀드의 치밀한 기획이었고, 한국을 예속시키기 위한 가마우지 작전이었음에도 한국인은 그 속을 알면 안 된다. 잊어야 할 것은 오로지 가난하여 먹을 것도 없고, 몸 아파도 병원은 꿈도 못 꿀 그 비참했던 국민을 잘 살게 해준 독재자 호색한 박정희 대통령의 그 쓸데없었던 노고뿐이다. 그런데 그 결과가 불원간 닥칠 북한 핵미사일 한반도 초토화, 그리고 당장 시급한 한국 젊은이 결혼기피 민족멸절 상황이니 어쩌겠는가. 사람이 없으면 군인도 없다. 한국이 자랑스럽게 항공모함을 만든다 한들 어쩔 것이며, 군함과 핵잠수함을 비롯해 탱크와 비행기를 찍어낸들 어쩔 것인가. 사람이 없으니 조금 있으면 군인 소집 연령은 50세까지 연장될지 모른다. 완전군장을 하면 겨우 20-30m 구보만으로도 핵핵~ 거리다가 뻗어버릴 중늙은이 비만 체질 대한민국 군인이라,, 골머리 아플 것이다.

한국 주택 변질 부패 사안은 집을 가지고 장난치는 보수 진영이 주범이니 그들에게 개선을 촉구해봤자 아무런 의미가 없다. 대신 민주주의 진보를 외친 그때의 화염병 데모 학생세대가 지금 이 나라 정치 주체가 되었으니 이 문제는 그들이 해결해야 했다. 그러나 어찌됐는가. 이 타락한 주택문제 해답은 한국 의료보험시스템처럼 자본주의 시장 질서를 파괴하는 강력하며 투명한 공평성에 있다. 미국식 시장 자본주의 체계로는 절대로 해결 불가하다. 그럼에도 한국 진보 정치인들은 미국 자본주의에서 파생되는 실제적 병인은 놔두고 주택 투기를 고액 세금으로 잡겠다는 등의 불이익으로 억제시키겠다는 되지도 않는 형식 관념으로 국민 반목과 분란만 가중시켰다. 그러니 애초 상국에 알아서 기느라 화염병 던진 그 철부지들이 욕먹으며 총대 메는 리더쉽을 알겠는가 아니면 이 나라의 피투성이 역사 바로 세우기 민족 자의식을 알겠는가. 하는 짓이 상국 간살 "땡깡"이었으니 그들이 정권을 잡았다 한들 여전히 진실 외적인 것에서 진실을 찾겠다고 변죽만 울릴 뿐이어서 한국 부패 온상 주택문제는 해결 불가능 영역이 되었다. 한국 진보가 보수 적폐 무리 왼쪽에 바짝 붙어서 명색은 좌파 진보라고 내세운 기생 편의주의가 그 실체이기 때문이다. 그것이 의존주의 비겁함임에도 용기라고 고집 부려 생긴 배리이다. 한국 주택문제는 절대로 미국 자본주의 시장논리로 해결될 수 없다. 그 본연이 국민의 저급한 이기심에서 발로하기에 정치인은 그 국민을 적으로 하는 것이 감당이 안 되고, 근본적으로는 상국 자본주의 역린에 해당하기 때문이다. 집을 사기 위한 주택담보 대출, 한국 가계부채는 세계 탑이고, 그 대부분이 부동산 담보대출이며, 연동금리여서 미국에서 천 만 명이 길거리로 내쫓긴 서브 프라임 모기지 사태처럼 한국도 많은 사람이 길거리 노숙자로 전락될 조건에 있다.

거기에 더한 한국 부동산 부패 고리 "전세" 시스템, 이것은 원래 돈이 부족한 서민 주거안정을 위해 만들어져 임차보증금 종잣돈을 매개로 점차 돈을 불려 자기 집을 사도록 유도하는 선의로 만들어졌으나 어느 순간 집 가진 사람들의 이익 창출 수단으로 전락 되었다. 그 제도는 세입자가 어느 정도의 목돈을 집 주인에게 맡기고 월세 등 따로 비용을 내지 않고 집을 빌리는 방식으로 그 금원은 주택 조건에 따라 다르나 독채를 빌린다 할 때 보통 집값의 30~50%였다. 이것이 부패로 진화되면서 무궁무진한 사기

수법이 창조되었다. 이것을 진보 정부가 나서서 세입자를 보호하겠다며 2중 3중 안전장치를 만들었어도 사기 수법은 그것을 능가했다. 하다못해 법원 경매 물권조차 사기의 대상이 된다. 그럴 때 법원은 "통정허위표시에 의한 선의의 피해자 보호"라는 명목 하에서 사기꾼을 응원해 결과적으로 힘 약한 세입자를 절망에 빠뜨렸다. 전세 입주자가 목돈을 집주인에게 맡기고 집을 빌릴 때 믿는 구석은 그 집에 대한 부채 여부 근저당설정이다. 그것은 정부가 운영하는 "등기소"의 등기부등본으로 확인 할 수 있다. 그런데 부채 여부가 없는 것을 확인한 다음 전셋돈을 맡기고 집을 빌린 전세 세입자가 어느 날 무일푼으로 쫓겨나는 일이 생겼다. 집 주인이 위조한 서류를 "등기소"에 제출해 근저당 설정을 깨끗이 지운 것이다. 그것이 밝혀지면서 그 집에 대한 선채권자의 근저당 설정은 복원되었고, 한국 대법원은 그 모든 잘못이 세입자 책임이라며 나무방망이를 두드렸다. 한마디로 사기 당한 사람이 잘못했으니 사기 친 당사자와 해결하라는 것이었는데, 그렇다면 국가 시스템이 무슨 소용이 있는가. 사기범에 관한 한 한국 법률은 여로 모로 관대하고 시스템 또한 엉성하다. 나라의 사정이 그러하여 약삭빠른 국민이 순진한 국민의 기본재산을 노리게 되었다. 그런 돈은 대개 가정의 여윳돈이 아니고 집을 사기 위해 평생을 모은 피 같은 돈이며, 특히 젊은이는 자신의 미래를 은행에 맡기고 대출받은 돈이다. 이 갈취가 쉬운 것은 남을 잘 믿는 한국인 측은지심 우애주의 탓도 있지만, 제도적으로는 미국식 자본주의를 따르면서 미국 사회가 유지되는 강력한 "징벌죄"는 기피하고 실질을 기피한 조선으로부터의 형식 관념 인본주의를 좇아오는 그 결과이다. 그로 한국은 사기범죄 대국이 되었다.

〈한국에서 전세(傳貰) 제도는 주택 임차의 한 형태로, 전세권자(주택을 빌리는 사람)가 목돈을 주택 소유자(임대인)에게 예탁하고 주택을 임차한 뒤 계약 기간이 끝나면 예치했던 돈을 100% 돌려받고 퇴거하는 방식이다. 부동산 임대료(월세)를 따로 내지 않는다는 점에서 월세와 차별화되는데, 이것은 집을 통째로 빌리거나, 일부를 빌리는 방식이 있으며, 그 대상은 독채, 다세대주택, 오피스텔 등 다양하다. 독채를 예로 들어, 이것이 처음 시행되던 시기에는 대략 주택 가격의 30~50%이었으나 시간이 가면서 천태만상이 되어 지금은 아예 집값과 같거나 아예 집값을 넘는 경우도 있다. 그것이 어째서 가능해 졌는가 하면 국가가 세입자 전세보증금을 보호하겠다며 만든 전세보증금보험제도의 헛점 때문이다. 한국 전세 제도는 처음에 서민 집세 부담을 덜기 위해 시작되었으나 지금은 부동산 부패의 복마전이 되었다〉.

뒤틀린 한국 주택문제 이면에 금융과 야합한 지헌법조인이 있고, 그 뿌리가 애초 나라를 팔아먹은 일제부역 민족배반에 있기에 한국에서 법이 제대로 작동할 대상은 돈 없는 서민과 시정잡배에 한정됐다. 그 힘없는 서민들에게 법은 아주 냉정했고 엄혹했다. 그래서 자신이 처한 현실을 알게 된 국민의 그 합법적 타개와 신분상승 수단이 부동산 투기였고, 그것이 금융 사기로 발전하여 지금은 차이나(china)에서 보이스 피싱이라는 날로 먹는 수법까지 들어와 한국 사회는 사기 범죄가 만연한 지뢰밭이 되었다. 그 사기 범죄 본질이 사회 규범 훼손에 있으니 그 어떤 범죄보다 엄히 다스려야 하나 한국에서의 그 처벌은 대단히 관대했다. 거기에는 돈과 연결된 끈이 있어서 그것을 통해 큰 사건은 지헌권력자 짬짜미로 무마되고, 작은 사건은 판검사와 연줄 있는 변호사를 찾아 대충 넘어갔다. 그 풍토가 국민 일반에 내려 그 맹점을 아는 국민이 이웃의 피 같은 전셋돈을 노리게 되었다. 그 대상은 주로 심성 착한 사람들이며 그중에서도 실제적 타깃은 세상물정 모르는 사회 초년 젊은이들이다. 그 때문에 젊은이가 이 꼴 저 꼴 보기 싫어 좌절한 그 앙갚음이 결혼거부 민족멸절 상황이다. 일제의 비국민 통치 전횡을 보고 배운 이 나라 지헌권력자가 정당공천을 통해 정치권력을 장악하면서 올바른 사회정의 입법이 불가능하게 된 그 후과이다. 이 방지는 사기행위를 반사회범으로 규정해 "재산몰수죄"를 병행하는 징벌죄 도입과 집값 상승을 근본적으로 차단하는 자본주의 체계 역행 <u>신혼부부 무상 주택 공급</u>밖에 없다. 이것은 집값 등락과 상관없이 앞으로 닥칠 AI

인공지능 사회가 만드는 노동자 대량 실업이 예고되어 더욱 그러하다.

지금 한국에서의 경제사범이 감옥소에서 몸으로 때우는 징역살이는 그 형량이 설혹 무기징역이라 해도 그들은 크게 무서워 않는다. 이미 챙겨 놓은 검은 돈이 작동할 편의와 부패 고리 변수를 믿기 때문이다. 설혹 그게 아니어도 국민 의식은 돈이 최선의 가치로 변하여 돈만 있으면 감옥살이는 차후의 문제가 되어 그렇다. 예를 들어, 한국 유사 이래 최대의 사기극으로 회자되는 "조희팔 사기사건"은 의료기 임대사업 등에 투자하면 고수익을 낼 수 있다고 속여 돈을 가로챈 후 잠적한 사기 사건으로 경찰이 추산한 피해자는 7만명, 피해액은 3조5000억원(약 25억달러)이며, 피해자 중 30여명은 스스로 목숨을 끊었다. "조희팔"은 경찰 수사가 시작되자 차이나(china)로 밀항했고, 몇 년 뒤, 그곳의 한 호텔에서 심근경색으로 사망했다"는 한국 경찰의 공식 발표와 함께 '수사권 없음'으로 종결지었다. 그 사건 관련자 법정 형량은 대략 3년이었다. 한국 법원의 사기범 봐주기는 일종의 관행이어서, 그와 비슷한 다단계 형태의 100억 원대 사기범 처벌도 징역 3년이었고, 550억원(약4천만 달러) 피해자 11,975명 사기사건 형량은 징역 1년, 1,500억원(약1.1억 달러) 사기사건 징역 4년, 200억원(약1천5백만 달러) 사기사건 벌금 1,500만원(약 1.1만달러) 등, 한국에서의 사기범죄는 범죄인에게 충분히 남는 장사였다. 천문학적 액수의 범죄를 저지르고 막대한 돈을 꿍친 다음 감옥소 잠깐 다녀오는 거 싫다고 할 사람 별로 없을 것이다. 어째서 이런 일이 가능한가 하면, "조희팔 사건"으로 뇌물 먹은 검사장이 감옥을 갔듯이, 법관이라 하여 뇌물 먹지 않는다고 믿기 어려우며, 법관이 퇴직을 하고 변호사가 되면, 저희끼리 서로 봐주는 짬짜미에서 이득이 생겨나는 부정 관행 때문이다. 미국에서 대단위 다단계 금융사기가 발생할 경우 보통 100년 이상의 징역을 선고 하는데 한국에서의 가중처벌 중형이라고 해봐야 10년을 넘기지 않는 것이 현실이다. 한국 법원은 가중주의이기 때문에 형사법을 적용하면 형량이 상대적으로 짧아진다는 문제가 있어 가중할 수 있는 범위를 확대하든가, 아니면 미국처럼 죄목이 여러 개일 경우 합산해야 한다,는 여론이 있지만 그런 것도 사실은 현실을 모르는 경우여서 한국 사기범들은 법원 형량 따위 무서워 않는다. 그것이 무서웠다면 애초 범죄를 저지르지 않았을 것이다. 두려워하는 것은 오로지 "재산몰수"뿐이다. 자본주의 사회에서 이 "징벌죄" 병과 없는 형량으로 사회 질서를 바로잡겠다는 것은 근대 농경사회 교화 인본주의로 사악한 자본주의를 가르치겠다는 조선의 형식주의 교과(驕誇) 사변 치기에 불과하다. 그런데 문제는 그러한 사기범죄가 나라 기반을 망치는 첨단 공업기술 유출로 이어지고, 그것이 발각된다한들 약간의 형량으로 끝날 뿐이어서 한국의 법정 솜방망이 처벌이 범죄 양산의 동기이자 동력이 되었다. 조선의 유물, 한국의 어쭙잖은 잘난 체 인본주의 형벌 과긍(誇矜)이 나라를 사기왕국으로 만들고 국민을 타락시켰다. 그것은 결국 나라의 파멸로 이어진다. 이 땅에서 나라 팔아먹은 민족배반자들이 더욱 잘사는 것을 눈으로 목격해온 그 후과요, 나라의 자주를 상국에 맡기고도 안전하다고 믿는 의존의 댓가이다. 자본주의 세상에서 "징벌죄" 없이 사회를 깨끗이 하겠다는 것은 현실을 모르는 형식 관념주의 망상일 뿐, 대형 사기범일수록 힘 있는 법조인과 연결되어 교화를 빗댄 엉터리 한국 죄형법정주의 정의구현 때문에 사회는 더러워졌고, 젊은이는 결혼을 기피하여 민족멸절이 예정되었다. 그럼에도, 그 모든 잘못이 나라의 종속 비용이라고 하면 많은 한국 사람들이 그것과 이것이 무슨 상관이냐며 화부터 낼 것이다.

싱가포르 주택개발기관의 '환매조건부 분양제도', 이것은 주택으로 불로소득을 얻지 못하도록 집값 거품 및 투기를 효과적으로 막아내어 싱가포르인들의 자기 집 보유율을 세계 최고수준으로 만든 세계적 공공주택 공급제도라는 평가를 받고 있다. 어느 나라든 자국 서민 주거문제를 제대로 해결하느냐에 따라서 해당국의 경제와 그 국민의 정직한 사회 윤리가 걸렸으니 싱가포르 주택개발청 환매조건부 분양제도로 확립된 싱가포르 주택정책은 그 자체만으로도 싱가포르의 경제성장 견인차 역할을 해왔다. 그로 전 수상 리콴유가 사실상 종신 집권할 수 있었고, 지금 그 자식이 대를 이어 수상 직을 잇고 있다.

그 개요를 보면, 싱가포르 주택개발청(이하 HDB)이 아파트를 지으면 거기에 입주민 분양을 받는데 오직 HDB를 통해서만 주택구입이 가능하다. 이후 살다가 집을 처분하고 이사를 갈 때, 어떤 이유가 됐든 HDB를 통해서만 주택을 되팔 수 있다. 집값은 처음 구입한 원가로 거래된다. 그 결과 주택 거래 거품을 막아 불로소득 및 투기상품화가 차단된다. 싱가포르 건물 출입구 게시판에 해당 건물 분양원가가 게시되어 있으며, 이러한 주택 분양원가 공개는 싱가포르 주택관련법상 의무 사항으로 규정되어 있으며 구입 자격은 싱가포르 국적자에 한정한다.

그래서 한국이 싱가포르 주택정책을 그대로 도입하면 되겠는가?하면 절대로 그렇지 않아서 한국과 싱가포르의 국토면적과 산업기반 조건이 다르니 한국만의 독창적 주택 정책이 요구된다. 이 주택 문제가 한국 인구감소 민족멸절과 연결되어 있어도 한국에서 그 어떠한 대책도 불가능 한 것은 그 출발이 집값 인상으로 불로소득을 꿈꾸는 국민의 이기심에 있고, 보다 근원적으로는 미국 자본주의 시장 질서를 따라야 하는 종속 신민의 본분 때문이다. 싱가포르 주택 정책이 25년 걸려 완성 됐듯이, 한국은 5년 단임 대통령제여서 일관된 정책 유지가 불가능하다. 이 제도는 처음에 광주시민 동족 집단살해 권흉이 저도 대통령 한번 해보겠다고 만든 땜빵 기형제도에 불과하고, 그 하자를 한국인 모두가 알고 있어도 지금껏 유지되는 이유는 오로지 박정희 대통령의 장기집권을 비난하기 위함이다. 그 꼬투리가 장기집권뿐이니 어쩌겠는가. 정적을 죽일 수만 있으면 나라가 망하든 말든 개의치 않았던 조상님 유지대로 할밖에,. 당시 박정희 대통령 장기집권 없이 나라가 발전할 수 없고, 그 미완으로 나라의 완전한 자주권이 물 건너가 파멸이 예고되듯이, 그저 조상이 물려준 종속 신민의 본분 그 엎드림이 편 할 걸 어쩌겠는가. 그래서 500년 종속은 600년으로 이어졌고 앞으로도 바뀔 조짐은 없다. 한국 대통령 5년 단임제, 한탕주의에 불과한 그 폐해를 극복하려면 단임 조건을 없애야 된다. 5년마다 선거를 치르되 출마에 제한을 두지 않고 정치를 잘하면 언제까지고 계속 출마할 수 있어야 한다. 대통령이 정치를 잘 못하여 마음에 안 들면 다음 선거에서 투표로 갈아치우면 될 일이 아닌가. 한국의 대통령 단임 제도는 보안사 깡패 두목이 대통령 한 번 해보려고 만든 폐습인데도 한국인이 신주단지로 모시는 것은 그 옳고 그름이나 효율성을 따지지 않고 자신이 성취한 비주 비굴 민주주의를 뽐내기 위해 박정희 대통령 장기집권을 제물로 삼기 때문이다.

그러나 세상에 다 나쁘거나 다 좋은 것이 없듯이, 한국 진보 민주투사들의 올바른 업적을 하나 꼽자면 보편적 복지를 위한 "학교 무상급식"이 있다. 모든 국민을 가족처럼 보호하겠다는 의도에서 불평등 격차를 줄이고 누구에게나 평등한 기회를 주겠다는 취지로 초등학교부터 시작된 한국 학교무상급식 제도는 처음에 예산 문제를 놓고 진보와 보수 정치권이 첨예하게 대립했었다. 보수 진영의 주장은 초등학생 전체 급식 예산은 감당할 수 없다며 하위 소득 계급에 한하여 급식비를 지원하겠다는 것이고, 반대로 소득을 따지지 않고 전체 급식을 해야 한다는 진보 진영의 주장은 그 구별에서부터 차별이 생겨나 가난한 아동에게 마음의 상처를 준다는 논조였다. 진보 측 주장은 민족 본래의 우애주의 측은지심 현발이었고, 공평성을 기치로 하는 그것은 이데올로기 개념으로는 공산주의라 해야 옳다. 그러자 보수는 그것이 나라 재정을 무시한 인기몰이 무책임한 포퓰리즘이라며 극렬 반대 했다. 이 문제로 보수 진영 서울시장이 옷을 벗었고 결국 진보 측 요구대로 전원 무료 급식이 관철되었다. 그런데 이 제도를 막상 실시하고 보니까 좋은 점이 한 둘이 아니어서 거기에 들어간 예산으로 따질 수 없는 시너지 효과가 있었다. 가장 먼저 식사의 질이 좋아졌고, 선생님과 모든 학생이 동일한 음식을 먹는 동안 공동체 의식이 생겨나 같은 화젯거리가 늘면서 아이들 간에 격의 없는 우애심이 생겨났다. 이것은 군대 병영 문화로도 이식되어 장교와 사병의 식사가 동일해져 같은 공간에서 식사를 하면서 군사 명령 체계를 넘는 연대감이 생겨났다. 그러자 한국의 이것을 본 미국의 몇 개 도시에서 초등학교에 이것을 적용하였고, 특히 미국의 얼굴이라 할 뉴욕 시에서 산하 공립학교에 "모든 학생에게 무료 급식(free lunch for us)"을 실시하면서 그 효과가 극명히 나타났다. 그러자 미국 앨라배마 오번(AUBURN)대학교에서 "학교 무료급식이 학생 비행에 미치는 영향"이라는 3년간의 연구를 발표했다. 가장 눈에 띠는 것은 뉴욕시(市) 교내 폭행 55% 감소였다. 즉 "공평성=공격성 순화"가 입증된 것이다. 그러나 미국의 그 제도는 결국 부실화 될 것이다. 무료 급식의 가장 중요한 요소 "정성"이 빠졌기 때문이다. 한국에서는 학교마다 영양사가 있어 음식의 영양소만이 아니라 식재료 원가까지 고민한다. 그래서 학교마다 식사를 직접 구입하여 비용이 절감되면서 양질의 식사를 제공하게 된 그 요인이 바로 "정성"이다. 반면 미국의 경우 대개 공장에서 제조된 정크음식과 약간의 과일뿐이다. 공급자의 "정성"이 빠지면 취지가 퇴색할 수밖에 없다. 아무튼, 이 무상급식 공평성이 폭력을 순치 하고 화합이 도출되는 바를 한국의 모든 갈등과 부패의 근원 부동산 투기 나라 망조에 대입하면, 그 답은 자본주의 시장질서가 아니라 오히려 공산주의 공평성에 있는 것을 알 수 있다. 결국 가리키는 것은 지금의 사회적 갈등이 이쪽 아니면 저쪽이라는 2분법 이데올로기 편 가르기로 해결될 수 없다는 것이고, 그래서 한국의 민족 소멸 사안 주택문제 또한 자본주의 체계로는 해결될 수 없음이 드러난다. 한국의 비틀린 주택문제 본질은 집이 있는 사람과 없는 사람 간의 대립이 아니라, 내가 더 많은 집을 갖고, 내 집 가치를 높이기 위해 남의 동네 집 가치는 떨어뜨려 이득을 보며, 집 없는 사람들에게 높은 집세를 받아 내 배를 불리겠다는 이기심에 있다. 그래서 서울을 제외한 지방의 모든 집값은 떨어지고, 그곳 신축 아파트는 미분양이 속출해 결국 사람들은 수도 서울로만 모여들어 오로지 서울과 그 인근 집값만 오르며, 그중에서도 서울 도심 핫플레이스 부동산 가격이 천정부지로 뛰는 것이 이 때문이다. 한국 보수는 기득권 집값 인상을 매개로 권력이 유지되는 정치 집단이니 개선을 논할 나위가 없고, 이를 혁파해야 할 진보 진영은 오히려 보수 왼쪽에 찰싹 붙어서 자신이 진보 좌파라고 헛소리나 하면서 인구 감소 민족멸절 문제가 걸린 이 사안을 잔머리로 해결하려고 세금인상과 투기지역 거래불이익 등, 별 오만가지 수를 다 써 봤지만 모두 실패했다. 왜 그러겠는가. 세상 물정 몰라서 그런 것도 있겠지만 그 본질은 진실과 마주할 용기가 없어서이다. 그들이 자주를 거부하고 화염병을 던져 생겨난 현재의 한국 민주주의 갈등 자체가 세상물정 모르는 치기에서 출발하고, 주택문제로 변죽만 울려 국민 갈등을 유발하듯이, 그 연결 선상에 있는 한국 자주권 포기 "비핵"도 마찬가지인 그것은 항상 진리 외적인 것에서 진리를 찾는 종속 신민의 도리 때문이다. 한국 주택문제에 있어 상황을 더 나쁘게 하는 것은 엉뚱하게도 진보 진영의 인도주의 정책 서민 전세금 지원 정책도 있다. 그 때문에 전세 수요가 충족되어 집 주인은 급할 것이 없어져 전세금은 집값에 비할 만큼 올랐고, 집주인은 그 전세금으로 또 다른 집을 산 후 다시 전세를 놓고 한편 월세로 수입을 올려 그 악순환으로 집값은 더 오르고 서민은 절망한다. 한국에서 서민 신혼부부 젊은이가 주택을 얻으려면 은행 대출을 통하는 수밖에 없다. 그런데 미국 시민 1천만 명이 길거리 노숙자로 전락되었던 리먼브라더스 모기지 사태가 그렇듯, 은행에서 돈을 빌려 집을 샀거나, 전세대출로 입주한 사람들은 그 대출이 대개 연동금리여서 금리가 오르면 이자를 갚지 못해 매입한 집은 경매에 넘어가고, 세입자는 전세보증금을 날리는 것도 모자라 신용불량자가 되어 길바닥에 나 앉는 조건에 있다.

싱가포르 주택정책이 성공한 것은 문제의 본질을 정확히 본 정책 일관성과 엄한 징벌죄가 있어서였다. 반면 한국에서는 그것이 없어 사회 부패를 만들고 그것을 넘는 민족멸절 조건을 만들었다. 한국 주택 문제를 바로 잡는 길은 "한국학교급식제도"처럼 자본주의 시장 체계를 깨야만 나오고 그것은 마라강에 먼저 뛰어드는 정치인 리더쉽 없이 실현 될 수 없다. 그 필요는 앞으로 급격히 진행될 IT, AI 시대 노동자 대량 해고 조건으로 더 극심해질 조건에 있다. 지금 한국은 미래를 대비한 고민이나 연구 없이 공장 자동화가 급속히 진행 중이며, 마트에서는 계산대 직원이 사라지고, 식당에서는 종업원을 대신해 로봇이 음식을 서빙하고 있다. 세계에서 가장 빠르게 노동자 일터가 줄어들고 있다. 그럼에도 지금까지 이데올로기 대립만을 전부로 알아온 조건과 다른 이 낯선 현상을 대처 할 수 없는 것이 한국의 현실이다. 하긴 1만년 역사 민족소멸이 코앞인데도 유유자적 아무런 대책이 없는데 그까짓 실업 사태쯤이 대수랴,,

한국 민주 진보의 빛나는 업적이라 할 "학교무료급식", 그것을 반대할 국민은 별로 없었다. 예산 문제로 첨예하게 대립했던 갈등은 정치인들 몫이지 공짜로 밥을 주고 자기 자식 점심도시락 싸주는 수고도 덜어주겠다는데 마다할 사람이 누가 있겠는가. 그래서 성공한 그 제도는 자본주의 시장 질서를 파괴함으로써 얻은 결과였고, 실제로는 한민족 상생 우애주의 기반의 본보기였다. 마찬가지로 한국 부동산 문제 극복이 어려운 것은 그 출발이 국민의 이기심에서 출발 함에도 그 생기의 근원을 외면하고 세금 폭탄, 금융제재, 또는 투기지역 지정이라는 불이익 주기 등 변죽으로 잡겠다는 진보 정치인의 안방풍월 그 치기와 비겁함에 있다. 그런데 문제는 이것이 논쟁과 분란으로 그치는 것이 아니라 젊은이 결혼 기피 민족소멸로 이어지니 어쩔 것인가. 박정희 대통령이 한국의 모든 것을 마련해 놓고도 주택 부분을 놓친 그 하나의 잘못 때문이었다. 당시 싱가포르에서 이것이 투명한 공평성과 엄한 징벌 "재산몰수"로 해결되고 있었으니 그것을 참고하기만 해도 쉽게 해결될 일이었으나, 그보다 더 좋은 국토균형발전과 인구분산을 계획하다가 총 맞는 바람에 좌절됐다. 나라의 자결권 종속 타파보다 형식 관념 부복 관행이 더 중요했던 이 땅의 빛나는 민주주의 전위대 화염병 투척 속민의 마땅한 그 '염전과' 제잡이 때문이었다.

-------

염전: (捻轉: 비틀어짐. 또는 뒤틀려서 방향이 바뀜).

제잡이: (스스로 자기 자신을 망치는 일).

2022년 7월, 한국 대표 TV뉴스 매체 YTN 보도, 서울 송파구 가락동 9,500 가구 신축 아파트단지 전용면적 $84m^2$ (25.5평) 한 채가 10개월 전에 한화 23억원(약170만 달러)에 팔렸는데, 최근 금리 인상 여파로 3억원(약 21만 달러)이 떨어진 20억원(약147만 달러)이었다.

서울 강남 노른자위 서초구 반포동 $112m^2$ (34평) 아파트는 42억7천만원 (약328만 달러)에 팔려 최고점을 찍었고,

인근 잠원동 $78m^2$ (약23평)아파트가 직전 가격보다 6억원(약46만 달러) 오른 43억8천만원(약330만 달러)에, 한강 조망이 가능한 인근 반포1단지 $138m^2$ (약40평) 아파트는 직전보다 5억원(약40만 달러)이 오른 71억원(약550만 달러)에 거래되었다.

반면, 서울 강북지역 남가좌동 전용면적 $59m^2$ (18평) 14억원(약100만 달러)

하던 아파트는 5억원(약40만달러)이 급락한 9억원(약70만달러)에 팔렸다. 같은 서울이라도 핫플레이스 지역은 값이 뛰고, 그 외 지역은 하락하는 이런 현상은 금리 인상과 관계없이 부동산 투기가 작동해서인데, 여기에 휘발유를 부은 것이 한국에서 주택을 쇼핑한 차이니즈(chinese)들로, 2019년 12월, 서울 성동구 성수동에 위치한 84m²(25.5평) 아파트를 29억원(약230만 달러)에 매입했다. 그 금액은 그 5개월 전 23억5천만원(약180만 달러)이었던 것을 무슨 일인지 5억원(약40만 달러)을 더 주고 구입한 것으로, 이 거래 후, 2022년 6월 시점에, 그 단지 아파트는 전체적으로 10억원(77만 달러)이 오른 39억원(300만 달러)에 거래되었다. 아파트를 일부러 고가에 매입해 그 단지 전체 집값을 올리는 수법이었다. 부동산 불로소득을 노리는 한국인 자체의 탐욕과 한국 괴란을 노리는 주변국 기획이 합해져 한국 부동산 가격은 4~5년 전부터 급등하기 시작해 최고점을 찍었다. 집값이 천정부지로 오르는 이런 현상을 보면서 초조해진 많은 한국 젊은이들이 은행 주택담보대출을 비롯하여 속칭 영끌(영혼까지 끌어 모은) 빚으로 집을 장만했다. 그런데 지금 미국 기준금리가 오르면서 전국적으로 집(아파트)값은 반 토막이 나 은행 부채를 갚지 못해 노숙자로 전락될 형편에 있다. 은행 이자는 오르는데 집값이 떨어지고 가진 돈이 없으면 집을 내놓고 신용불량자가 되어야 한다. 부동산으로 일확천금을 노리는 기성세대의 이기심은 그들만의 리그가 아니어서 이를 좇은 젊은이를 좌절 시킨다. 그들은 월급의 상당 부분을 이자 갚는데 써야 하며, 집값이 떨어지고 은행대출금을 갚지 못하면 집은 경매로 넘어가 신용불량자가 되면서 노숙자로 전락 한다. 한편, 은행 대출 문턱이 높아 애초에 집을 살 엄두를 못낸 젊은이는 적은 돈으로 집을 살 수 있다는 희망을 갖고 부동산 대신 가상화폐에 도전했다가 실패하고 빚에 몰려 자살을 생각한다. 세계 최고 한국 젊은이 자살률,, 가지가지로 한국 젊은이 희망을 꺾으며 순진한 사람을 먹이로 하는 사회, 그 반발이 왜 없겠는가. 그 댓가가 민족 소멸이다.

올해 한국 수도 서울 한복판 도봉고등학교 신입생이 0명이어서 폐교가 결정되었고, 초등학교 3곳도 폐교 되었다. 국가통계포털(KOSIS)에서 밝힌 2021년 한국 전체 초등학생 수는 267만여 명이고, 2022년 시점에서, 앞으로 보수정부 집권 5년 동안 초등학생 47만 명이 줄어든다는 발표가 있었고, "좋은 교사운동"이라는 시민단체는 2028년에 초등학생 80만명이 줄어든다는 발표가 있었다. 수 년 내 한국 초등학생 33%가 사라진다. 이에 신임 보수 대통령 인수위원회에서 이 문제를 국정과제 1순위로 꼽았지만 공수표로 그칠 것이다. 한국 인구감소 핵심은 부동산 문제에서 오는데 집을 가진 한국 보수 기득권의 최대 관심은 부동산 투기 불로소득에 있고, 진보는 그 곁에 찰싹 붙어서 제 할 일 하는 척 잔머리 굴려 자리보전에만 열심일 뿐, 지난 5~6년 사이에 200조원 이상을 쏟아 부으며 인구 부양에 공을 들였지만 말짱 도루묵이었다. 왜 그러겠는가. 진실을 마주 볼 용기가 없기 때문이다. 인구감소 민족소멸이라는 절대 명제 앞에서도 변죽만 울릴 뿐 대책은 없다. 대책을 만드는 것이 종속 신민의 본분에 반하기 때문이다. 죽나 사나, 종주가 만들어준 이데올로기 돌격대 첨병으로서 진보, 보수로 갈려 서로 물어뜯으며 유사시 총알받이로 죽는 것만을 제 할 일로 알아야 한다. 이유도 모르고 저희끼리 원수처럼 싸워야 하는 상국 승종 부복 의리, 가스라이팅이 무언지 알 필요 없어 오는 그 댓가이다.

현재, 아이가 있는 한국의 젊은 부부는 대개 맞벌이인 경우가 많다. 그래서 학교 수업이 끝난 초등학교 저학년 자녀를 누군가가 돌봐주어야 하는데 그럴 조건이 안 되어 부모는 방과 후 아이를 피아노학원, 수학학원, 영어학원, 태권도장 등에 이어 보내는 속칭 학원 뺑뺑이를 돌리고 있다. 그 비용도 만만치 않아서 정부에서는 이것을 해결하고자 학교에 '방과 후 돌봄이 제도'를 만들었지만 규모가 작아 추첨으로 뽑힌 소수의 아이들에게만 해당되는 형편이어서 추첨에서 탈락한 학부모 원성만 사고 있다. 그 부모는 이이를 돌보기 위해 직장을 그만두지 못한다. 그러니 누가 아기를 낳으려 하겠는가. 정부에서 지난 몇 년간 인구감소문제를 해결하겠다고 막대한 돈을 썼지만 헛일이었던 것은 행정편의주의가 발동하여 정작 돈을 써야 할 곳에 쓰지 않고 심간 편하게 돈을 배분해 주는 것으로 일관했기 때문이다. 실질적 제도를 만드는 것은 힘들고 귀찮지만 기존 체계에서 돈을 뿌리는 것은 쉽고 편하다. 그래서 인구감소 나라 멸망이라는 절대 명제는 아무리 많은 돈을 써도 극복 불가 사안이 되었고, 그래서 나온 대책이 미국처럼 인종 짬뽕사회를 만들겠다는 이민청 신설이었다. 그러나 궂은 일 3D 업종 노동자 위주의 이민사회가 될 한국은 지금까지 보지 못한 지옥을 맞게 될 것이다.

알려진 바에 의하면, 한국에서 집을 가장 많이 보유한 사람이 1,242채, 2등이 1,053, 3등이 989, 4등이 908채였고, 이 4명이 가지고 있는 것만 4,192채였으며, 100채 이상 가진 사람이 31명이었고 이들이 가진 집은 총 10,770채에 달한다고 한다. 그런데 시간이 지나면서 보니 3,000채 이상의 집을 보유한 경우도 있었다. 그들이 소유한 집은 대개 집값과 전세보증금이 대등한 빌라 형태였는데 알고 보니 그 집주인이라는 사람들 거개가 기껏해야 1~2백만원 정도의 리베이트 푼돈을 받고 자기 이름을 빌려준 바지사장이었다. 이들은 자기 인생을 포기한 막가파 인생, 또는 이미 나락에 떨어진 노숙자들이다. 어둠에 숨어 나라를 뒤흔드는 부동산 사기 기획자 진범을 찾지 않는 이상 바지사장에게 국가가 막중한 세금을 부과해봤자 무슨 의미가 있겠는가. 전세세입자는 해당 부동산의 부채여부를 확인할 수 있는 '등기부등본'에 아무런 문제가 없는 것을 확인하고 국가가 시행하는 전세보증금 보호제도 '확정일자신고'까지 필하고 입주해 살았는데도 집주인 명의가 이미 다른 사람으로 바뀌거나, 아니면 집주인이 등기소에 위조 서류를 제출해 근저당설정까지 말소시켜 전세보증금을 날린 사례까지 생긴 그 피해자들 대개가 서민들이고 특히 사회 물정 잘 모르는 사회 초년 신혼부부들이니 그들이 이런 혼탁한 사회에 무슨 희망을 갖겠는가. 그런데 그 젊은이 중에도 눈치 빠른 부류가 있어서 이 전세시스템의 맹점을 간파하고 행동하기 시작했다. 이미 100채에 이르는 집을 보유한 26살 한국 청년 한 사람이 TV인터뷰에 나와 수년 내 한국에서 가장 많은 집을 보유하겠다는 자신감에 차 있었다. 요즘 젊은이는 디지털 세대여서 정보에 빠르다. 집을 어떤 식으로 늘려 부자가 되는지 이미 알았으니 IT게임으로 단련된 그들이 본격적으로 활동할 때 한국 주택 시장은 지금까지와 또 다른 평지풍파가 일어날 것이다. 전세 제도를 매개로한 한국 부동산 비리 문제의 어둠속 중심 세력은 그 업계의 타락한 ①주택개발업자(건축주), ②부동산중계업자 ③주택 감정평가사, 그리고 그 실무를 기획한 ④부동산 컨설팅업체 커넥션이다. 한국에서 특히 빌라 주택의 경우, 전세보증금과 주택 가격이 같음에도 집을 매입하지 않고 전세로 집을 빌리는 형태가 흔한 것을 외국 사람은 이해 못할 것이다. 특히 신축 빌라주택의 경우, 국가에서 공시지가를 매길 수 없는 맹점이 있고, 한편에서는 전세세입자 보증금을 보호하는 한국 정부의 인도주의 정책 "주택도시보증공사(HUG)"가 있음으로였다. 이 기관이 하는 일은 전세보증금 반환이 어렵게 된 세입자의 돈을 먼저 지불해 주고 차후 그들이 소송을 통해 집주인에게서 반환 받는 제도로서 전세보증금 한도는 수도권 7억원, 비수도권 기준 5억원 이하이며, 보증료는 연 0.04%로서, 예를 들어 전세보증금이 2억 원일 경우 연8만원에 불과하여 세입자 부담은 없다. 그런데 주택 사기꾼들은 오히려 이 제도를 이용해 전세세입자에게 만약 입주한 주택에 문제가 생기면 전세보증금을 국가기관으로부터 거의 전액 돌려받을 수 있다고 유혹해 전세세입자는 대개 주택 매입이 아니라 한동안 살 집이 필요한 경우여서 그 말을 믿고 계약 했다가 나락에 빠진다. 한국에서는 전세계약 날짜 효력을 익일 12시로 하기 때문에 임대계약 후 그 시간 이전에 집주인이 바뀌면 세입자는 아무런 권한이 없어진다. 국가 시행 전세보증금 보호 장치 "확정일자신고제"도 마찬가지여서 법률적 효력은 계약한 날 밤 12시부터이다. 그렇다면 국가는 (예를 들어) 등기부에 등록 시간을 적게 한다든가 아니면 전세보증금을 은행 또는 제3의 기관에 잠깐 맡긴 후 세입자가 다음날 임대주택 등기부등본에 하자가 있는지 없는지 확인할 시간을 확보해 주기라도 해야 함에도 서민을 위한 그런 실질적인 것은 실제에 있어 귀찮기 때문에 그 피해는 고스란히 세입자가 뒤집어쓰고 있다. 한국에서 이러한 주택 투기라든가 사기범죄는 그 어떠한 제도로든 개선하지 못한다. 정부가 그 방지를 위한 그 어떤 신박한 제도를 만들어도 사기꾼들은 그것을 넘는 교활함으로 국가 제도를 무력화시키기 때문이다. 한국 젊은이가 그로 좌절해 결혼 포기, 민족계승을 거부하게 됐음에도 이를 타개할 방법은 없다. 박정희 대통령 사후 주관을 상실했기 때문이다.

얼마 전까지 한국 선거판에서 매표를 위한 점심 한 끼와 소소한 물품, 그리고 현금 살포가 횡행했으나 그 받아먹은 금액 50배 벌금의 "징벌죄"를 도입하자 최소한 그런 저급한 매표행태는 순식간에 사라졌다. 한국 사회가 규범과 질서를 지키겠다면, 선거판에서 증명된 엄한 벌금처럼 부당 이득에 대하여 최소 그 50배 이상의 벌금을 매기는 "징벌죄"를 적용해야 하며, 현재 천문학적 벌금이라 해도 3년으로 갈음되는 허술한 법부터 폐지해야 한다. 그 제도 자체가 경제사범에게 크게 남는 장사여서 한국 자본주의 체계 하에서 사기죄는 그 때문에 절대로 근절되지 않는다. 한국 주택 비리가 애초 국민의 사악한 이기심에서 오고, 정치인이 앞장서서 국민 일반의 그 이기심과 싸워야 함에도 이편과 저편 진영 논리에 매몰되어 진실을 기피하고, 다음 선거에서 불리해질 것을 염려한 책임 회피와 실제로는 징벌죄가 기득권을 향하기 때문이다. 한국에서 "징벌죄" 필요성은 사회 내부적 문제에만 있지 않다. 정작 중요한 것은 수출로 먹고 사는 한국 입장에서 그 생존은 기업의 첨단기술 개발과 그 보존에 있는데 한국 법원은 이 유출에 대해서도 처벌이 관대하니 매국에 준할 이것도 범죄인에게는 크게 남는 장사여서 나라 망조의 근원이 되고 있다. 그 모든 것이 반사회적 경제범죄를 오히려 조장하는 법률제도의 허술함에서 오고 이 방지는 재산몰수 병과의 "징벌죄" 없이 절대로 해결 불가능하다. 그럼에도 이것이 기피되는 것은 오랜 세월 상국에 엎드려 기면서 생긴 나라의 종속 주관성 상실에서 오고, 그것은 반드시 사회 부패를 불러 결국은 나라 멸망으로 이어진다.

자본주의 사회에서 "징벌죄"는 그 사회를 지키는 근간이어서 국민의 자존심이 거기에서 생겨남에도 한국에 이것이 없다. 이 땅에 무궁화가 사라진지 오래 임에도 "무궁화 삼천리 화려강산,,"이라며 거짓 애국가를 노래하듯, 정작 중요한 것이 모두 가짜인 것을 한국인은 개의 않는다. 타국 군인이 자국에 주둔하는 것이 무슨 의미인지 모르기 때문이다. 서양의 어느 역사학자는 세계사 1천년 이래 타국의 침략으로 망한 나라는 '스파르타'를 위시해 4개국에 불과하고 모두 내부 문제로 붕괴됐다고 했다. 한국은 지금 재래식 첨단 무기를 만들어 자주 국방을 이뤘다고 자부하지만 나라 멸망이 외부 요인보다 내부에 있는 것은 나 몰라 한다. 지금 한국에서 인구가 급속히 감소 중이고, 어린 아이를 넘어 청년이 사라지고 있는 그 근본적 원인은 치열한 자본주의 경쟁에서 온다. 그래서 이것을 해결하겠다면 상국 자본주의 극심한 경쟁 체계를 탈피하는 독창적 사회 체계밖에 없다.

지금 한국의 기성세대는 그동안 부동산 거품으로 부를 형성했고, 사회초년 젊은이는 그 높이에 희망을 잃었다. 그래서 그들이 눈 돌린 것이 적은 자본으로 시작할 수 있는 주식, 그리고 코인 등 가상화폐였으나 거기라 하여 만만했겠는가. 결국 대부분 실패하고 절벽 끝에 몰렸다. 그런데 이것은 젊은이만의 일이 아니어서 디지털을 모르는 노인 세대를 상대로 다단계 유사수신행위 사기 범죄가 판쳐 서민 피해자는 가진 돈은 물론이고 은행에서 대출까지 받아 알거지가 되고 있다. 처음 피해자 수가 5만 명, 피해액이 2조원(약13억 달러) 이상이었던 사건을 필두로 7만 명, 4조원(약30억 달러)으로 커지더니 한국산 가상화폐 루나, 테라 코인이 99% 폭락해 57조원(약400억 달러)의 시가 총액이 증발한 사건으로 비화되었다. 현재 한국에서 가상화폐 자산투자자가 587만 명에 이르고, 투자액은 2021년 33,2조원(약250억 달러)에 달해 그 규모는 코스피와 코스닥에 버금간다고 매체는 전한다. 투자자 대부분이 돈을 잃기 마련인 이런 도박판에서 제1순위 먹이는 순진하거나 어리석은 사람일 수밖에 없다. 힘 약한 사람을 먹이로 하는 사회, 이것은 한국이 미국에 종속된 의존 지불비용이어서 결코 벗어날 수 없다. 그 출발은 이 나라 국민이 주택을 거주가 아니라 투기의 대상으로 하면서부터였다.

한국에서 건설사들은 아파트를 지을 때 자기 돈으로 짓지 않고 부동산 사업에 돈을 빌려주는 PF(프로젝트 파이낸싱)을 이용한다. 그런데 지금 미국 기준금리가 올라 한국도 같이 금리를 올리는 바람에 아파트 값이 급격히 떨어져 미분양 사태가 속출하자 한국 정부는 이것이 금융위기사태로 번질 수 있다면서 건설사 금융지원을 언급했다. 하지만 문제가 무엇인가 하면, 기존의 주택 정책을 고수하면 젊은이가 결혼을 포기해 나라가 멸망을 향한다는 것, 고름을 짜 내고, 수술을 해야 상처가 아물 듯, 정치가가 나라를 생각한다면, 이 기회에 주택 정책을 갈아엎어 부동산 투기 불로소득 인식을 바꿔야 한다. 그런데 한국에서 미래를 위해 국민의 탐욕과 이기심을 상대로 총대 멜 정치인이 있겠는가.

한국이 못살던 시절에 박정희 대통령이 산업개발을 하면서 공장을 세울 자금이 필요해지자 집집마다 집안에 꼭꼭 숨겨둔 돈을 은행(제1금융권)에 저금하라는 캠페인이 벌어지면서 그 후 은행은 안전한 금고이면서 이자가 발생되는 신뢰의 아이콘이 되었다. 그런데 최근 그 은행이 어느 날 저금을 위해 내방한 단골고객을 조용한 방으로 모신 다음, 가장 위험한 단계의 공격적 투자(DLF; 파생결합펀드)를 '원금이 보장되며 배당금이 높다'면서 가입을 권유했다. 은행을 '저금하는 곳'으로만 알던 고객은 무슨 말인지 이해를 못했고, 대개 나이가 많고 금융 투자에 무지했던 서민 고객은 원금이 보전된다는 은행직원의 강압적 권유를 못 이겨 사인을 했다. 그 중에는 80대 치매 할머니도 있었다. 그 후, 고객의 통장 잔고는 0원이 되었다. 이것이 사회문제가 되자, 은행에서는 투자자가 선택한 사안이라며 책임을 기피했고, 서민 피해자들은 전(全)재산에 해당하는 돈을 날리고 땅을 치며 억울함을 호소했다. 그때부터 이 나라의 신뢰감 마지막 보루는 무너졌다. 피해자에게 투자를 강요한 은행 직원은 그 조직에서 살아남기 위해 사기 범죄에 해당하는 '불완전판매' 상품을 강매했고, 은행 직원에게 그것을 지시한 사람은 그 은행 최고 관리자였다. 그는 실적을 올린 이유로 권력을 굳혔고, '불완전판매'는 지금도 순진한 고객을 상대로 성업 중이다. 고객을 배반하는 벽돌 밑장 빼기,, 현재 이 나라 시중 은행의 70%가 외국 자본에 잠식되어 있는 그것은 1997년 국가 환란 IMF 당시 미국 행정부 관료가 한국에 친히 내방하여 교통정리를 한 결과였다. 한국의 은행 수장들은 자리 보존을 위해 직원을 다그치고, 그 직원은 살아남기 위해 고객을 호구로 만든다. 국민은 빨대가 아니라 가마우지 목줄에 묶인 것이다. 그렇지만 하고자 하면 이 극복은 아주 쉽다. 정책적으로 은행을 새로 만든 다음, 고객은 새 은행과 거래하면 된다. 그러나 한국에서 이것은 불가능하다. 민족 정체성을 상실했기 때문이다.

\*\* 한국 사회 부패로 생기된 인구감소 민족 절사 상황의 이 심각한 문제를 바로 잡겠다면 너무나 쉬운 그 방법을 제시한다.

현행 10% 부가세에 5%만 더 붙이면 한해 30조~40조원(약300억달러)이 확보된다. 2,000원짜리 콜라를 2,100원에 사 먹으면 된다. 그렇게 마련한 돈으로 "아기가 있는 신혼부부"에게 아파트를 지어 무상 입주시키고, 아기를 낳으면 주택을 무상 명도 이전해 주면 된다. 아파트 건설에 필요한 시간 때문에 입주 순서가 필요하다면 전세제도를 활용해 기존 주택에 무상 입주시키거나 저렴한 주택에 한하여 매입하는 방법도 괜찮다. 서울 용산 미군부대 이전 부지를 동결하고, 서울 외곽 그린벨트지역도 이 용도에 한해 건축을 허용하면 땅값이 해결되어 부담 없이 아파트를 지을 수 있다. 공공의 이익을 최선으로 해야 문제가 풀린다. 한편, 이 제도의 목적이 인구 감소 해소에 있으니 전제되어야 할 것이, ①미혼모, ②군대 하사관과 초급장교 전역자 신혼부부, ③산업체 근로자 신혼부부, 우선 정책이다.

①항목 미혼모에 대하여, 한국인에게 특별한 인식이 있으니 그것은 조선의 도덕 윤리관에서 오고, 그리하여, 미혼 출산 아기는 있어서는 안 될 처리 곤란한 대상이어서 그동안 해외입양이라는 유아 수출로 해결해 왔다. 그 규모는 세계 톱이다. 한국의 단일민족 고귀한 순혈주의 추악한 이면, 그런데 그 깨끗한 순혈주의 도덕관이 지금 민족소멸을 유인하고 있으니 그 어쭙잖은 형식주의 현학적 잘난 체 윤리를 깨뜨리지 않으면 한국이 당면한 인구소멸 문제를 해결할 수 없다. 이 사안을 정말로 해결하겠다면 젊은 남녀의 사랑과 그 출산에 대하여 유연한 인식 전환을 가져야 하는 것은 급선무이다. 요즈음은 시대가 변하여 젊은 여성은 전통 가정 형태를 원하지 않지만 반면 아기를 바라는 경우도 있다. 그래서 여성이 혼자 아기를 키우겠다면 국가가 무조건 돕는 정책을 만들어야 하며, 어미든 아비든, 미혼이든 이혼이든, 결손 가정을 국가가 최우선으로 보호하여 자녀 양육에 부담을 주지 않아야 한다. 그 첫째가 안전한 주거지 무상 제공이고, 그 대상

1순위가 미혼모, 그 다음이 몸으로 나라를 지킨 군대 장기복무 하사관과 초급장교 전역자 신혼부부, 그리고 또 그 다음이 산업체 기능공 신혼부부 우선 정책이다. 인구감소 치명성은 당장에, ①군대 갈 장정이 없어지고, ②산업체 기능공이 사라지며, 그 때문에 ③나라 경제가 침체에 빠진다. 이 세 가지 사안은 나라 멸망으로 가는 외통수에 해당하니 위에 열거한 사람들부터 주거지를 무상 공급하면서 신혼부부 전면으로 확대되어야 한다. 아기가 많은 순서대로, 그 조건에 맞는 크기의 집을 공짜로 명도 이전해주면 인구감소 나라 멸망 사안은 자동 해결된다. 그럼에도 기성세대 중에는 나라가 망하든 말든, 민족 소멸이 오든 말든, 이 정책으로 자기 집값 떨어지는 것을 용납 않을 사람들이 있고, 거기에 부동산 이권을 포기 않을 상국 똘마니 정치인을 위시하여 금융기관, 지헌 법조, 부동산업자, 그리고 그것을 부추길 보수 언론 반대가 불을 보듯하지만. 분명한 것은 인구감소는 결국 집값을 떨어뜨리게 되어 있고, 이것은 민족멸절 나라 멸망과 연결되어 있으니 우선 한국 무주택 인구 44%에 속한 젊은이부터 사회 기득권 민족배반 이기심과 싸워야 한다. 방법은 간단하다. 콜라 2,000원짜리 2,100원에 사먹으면 된다.

실행 방법, 한국에서 국회의원에 출마하려면 1,500만원(1.1만달러)의 기탁금을 예치해야 하는데 당선이 되면 맡긴 돈을 돌려주지만 일정부분의 득표를 충족하지 못하면 국가로 귀속된다. 이 제도는 무분별한 후보 난립을 막는다는 취지이지만 그 금액이 부담되는 서민층과 젊은 세대에게는 후보등록 생각 자체를 애초에 포기시키려고 만든 제도여서 실제로는 국민 공무담임권과 평등권을 침해하고 있다. 젊은이가 술좌석이든, 차 한 잔 마시는 커피타임이든, 이에 대한 토론이 우선이다. 예를 들어, 29세 이하 젊은이와 장애인에게는 이 기탁금에 대한 50% 감면 제도가 있으니 우선 그 나이에 해당하는 젊은이 9명이 팀을 구성해 아르바이트를 하든, 부모님에게 빌리든, 100만원씩(약750달러)을 출연하면 750만원(약6천달러) 기탁금을 내고도 150만원(약1,1천달러)이 남는다. 물론 부족하지만 하겠다고만 하면 그 돈으로도 얼마든지 선거운동을 할 수 있다. 그 9명 중에서 대표를 선발해 무소속으로 국회의원 입후보 한 다음 "신혼부부에게 공짜로 집을 제공해 '인구감소' '민족소멸' 문제를 해결하겠다!"고 약속하는 동시에 "징벌죄를 도입해 사회 정의를 바로 세우겠다!"고 외치시라. 전국 각지에서 이런 현상이 벌어지면 세력을 규합할 수 있고 법을 만들 수 있다. 후원금도 들어온다. 이 외침이 독립운동에 준하고, 이것을 가상히 여기는 국민이 있을 터이니 이것은 절대로 엉뚱한 생각이 아니다. 실제로는 아주 현실적이다. 지금 한국 진영 패당 정치에 진저리 치는 국민의 분노는 한계치에 있다. 그래서 많은 젊은이가 무소속으로 당선되면 그로 한국 정치를 바꿀 수 있고, 한국 정치 기득권 독점 시스템 정당 공천 제도까지 깨부술 수 있다. 국회의원 진입 장애물 기탁금 부분을 따져보더라도, 국회의원에 당선되면, 그 돈을 되돌려 받으니 우선 거기에서 본전이 확보되며, 현재 국회의원 연봉이 1억5천만원(약11만달러)이며, 보좌관을 9명까지 둘 수 있다. 그들 급료는 먼저 4급 보좌관 2명이 각각 연봉 8,600만원(약6만달러)이며, 5급 비서 1명 7,600만원(약5만달러), 6급 비서 1명 3,600만원(약2,8만달러), 7급 비서 1명 3,100만원(약2,4만달러), 9급 비서 1명 2,400만원(약1,8만달러)이니 이를 모두 합하면 대충 5억원(약40만달러)이 된다. 이것을 9명이 똑같이 나누면 한사람 당 대략 5천만 원 씩 돌아간다. 팀원끼리는 국회의원이든 심부름하는 9급 비서이든 구분 없이 똑같이 나누는 조건이고, 여기에는 후원금도 있을 터이니 그것도 똑같이 나눈다. 대신 리더는 국회의원 뱃지를 달아 사회적 명예를 얻었으니 손해 볼 일이 아니고, 설혹 선거에서 떨어졌다 해도 출연금 100만원 정도는 나라를 구하려다 날렸으니 아깝지 않을 것이다. 만약 100만원이 부담되면 사람을 늘려 100명이 10만원씩 내도 좋다. 이 국회의원 입후보 기탁금 취지에 돈 없는 사람, 특히 금전 부분에서 취약한 젊은이들의 국회 입성을 차단하려는 고약한 기득권 의도가 있다. 이 부당함에 항거해야 하지 않겠는가. 젊음이 좋은 것은 언제든 다시 시작할 수 있는 것일 터이니, 갓난아기가 일어서서 걷기 위해서는 수없이 엎어지며, 때론 무릎도 깨진다. 그것을 무서워하면 영원히 일어설 수 없다. 지금 한국이 600년간 그래서 이 모양 이 꼴에 있다. 한국 젊은이, 특히 20대가 팀을 구성해 국회의원에 도전하시라. 나라 구하는 일인데 실패한들 어떠랴. 행동하지 않으면 얻는 것도 없다. "신혼부부에게 공짜로 집을 주겠다!!" "징벌죄를 구현해 사회기강을 바로 잡겠다!" 여기에는 남·녀 구분이 있을 리 없으니 여성분들도 용감히 나서시라. 이 나라는 이 나라를 개혁하겠다고 길거리에서 촛불 들고 백날 시위 해봐야 헛일인 것이 현실이다. 원인은 상국 종속 프레임에 갇혔기 때문이다.

젊은이 신혼부부만을 위한 무상 주택제공 재원,, 콜라 2,000원짜리 2,100원에 사 먹으면 젊은 신혼부부는 공짜로 집(아파트)을 얻어 주거비 걱정이 사라지고, 아기 양육 부담감이 사라져 인구가 늘며, 그로 경제가 활성화되고, 사고(思考)의 여유가 생겨 사회 갈등도 가라앉는다. 한국 부패 복마전 부동산 비리가 초래하는 인구감소, 이 극복은 '학교무상급식'과 '국민의료보험' 같은 공공성 도입, 자주적인 한국식 민주주의뿐이다.

미국 금리가 올라 한국이 외환보유금을 풀어 환율을 보호 하면 미국 해지 펀드의 타깃이 되어 제2의 IMF 국가 환란이 오며, 기준금리를 미국에 맞추면 전세를 포함하여, 부동산 담보대출이 압도적으로 세계 최고인 한국은 그 이자 때문에 국민은 나락으로 떨어진다. 그리고 이것은 주기적으로 나타날 현상이어서 이 방비는 사악한 미국 금융자본주의를 탈피하는 신혼부부 "아파트 무상 제공"과 사회정의를 위한 "징벌죄" 도입밖에 없다. 이것만 해결되면 한국의 젊은 남녀는 부담 없이 결혼을 해 아이를 낳고, 국제적으로도 한국 젊은이 인기가 높아져 성혼이 생긴다. 나라에서 집을 공짜로 주고, 아이 보육을 국가에서 보장하며, 정직한 사회가 만들어지는데 한국 젊은이 싫다고 할 사람이 누가 있겠는가.

1979년 10월 26일, 박정희 대통령 암살 직후, 육군 보안사 요원들이 박정희 대통령 집무실에 들이닥쳤을 때, 거기 책상 위에는 '행정수도이전계획서'가 놓여 있었다. 그 계획은 서울이 휴전선과 가까운 군사적 불리함 때문도 있지만, 그에 못지않게, 당시 나라 경제가 발전하고 자본이 축적되면서 인구가 서울로 모여들고, 부동산투기가 횡횡하는 상황이어서 이것이 국가 백년대계를 저해한다는 것을 간파한 박정희 대통령은 이 문제 해결에 심혈을 기울이고 있었다. 그 계획은 수도를 중부지역으로 옮긴 다음 국토를 거미줄 같은 도로망으로 연결해 인구를 분산시키면서, 지방을 고루 발전시키는 '중핵도시' 건설이었다. 그것은 한국 "자체 핵무장" 나라의 완전한 자주권과 같은 개념이었다. 그러나 국민의 자경이 훼손된 한국에서 과연 그것이 가능했겠는가. 박정희 대통령은 600년에 이르는 유구한 한국의 종속 굴종 문질, 그 억센 뿌리를 홀 본 것이다. 현실을 모르는 또라이 이상주의자의 말로, 똘마니는 그에 맞는 직분과 도리가 있고 그것은 상국이 시키지 않아도 알아서 김으로서 완성된다. 조선의 성리학이 지금 교묘히 민주주의로 둔갑해 난작 교열을 넘어 부패와 사기로 나라를 망치고 있듯이, 지금 한국의 인구가 급격히 소멸 중이며, 북한 핵무기가 이 땅을 겨누고 그것이 카운트다운 중임에도 이 타개를 함부로 말하면 안 되는 속민의 굳센 굴종 부복 의리처럼, 박정희 대통령의 국토 균형발전,, 그 천우기회를 국민이 거부해 지금 민족소멸에 당도했으니 본 글의 "신혼부부 주택 무상 제공"은 마지막 기회가 된다. 이것을 실천 못하면 이 나라는 망한다.

## 15, 먹과녁.

　　조선이 오랜 세월 유학을 숭상하면서 그 중에서도 성리학이라는 형식주의 윤리와 도덕 가례에 빠져 스스로 썩어 일본에 나라를 빼앗긴 그 무력함은 비굴을 아름다움으로 포장해 서로 저 잘났다고 세월 보낸 사대부 파쟁에서였고, 그 최대 피해자가 조선의 여성이었으며 백성 절반에 달했던 노비였다. 그 계급 최선등 법도에 노인 공경 장유유서가 있다. 이것은 기독교의 10계명 제1조 "나 이외의 신을 믿지 말라"와 동급에 해당하는 절대 철칙이다. 아름다움을 도용한 이 장유유서가 계급을 만들어 윗사람에게 무조건 허리 굽히는 사다리를 만들고 그 꼭대기를 상국 봉시로 종귀일철 했다. 조선이 500년간 차이나(china) 명 · 청을 상국으로 떠받들다가 부패하여 나라가 망한 후, 얼떨결에 나라를 거저 찾았지만 종속은 그대로여서 그 파쟁 유습을 못 벗고 새 주인을 받들어 간살 떨며 저희끼리 물어뜯으면서 길을 잃은 이유가 지금도 여전한 이 장유유서 윤리관에서 온다. 어른(윗사람)이 술을 따라주면 두 손을 모아 공손히 술잔을 받아야 하며, 그 잔을 윗분 면전에서 당당히 마시면 안 되고 언제나 황송한 듯 고개를 돌려 공손히 마셔야 한다. 나이 적은 사람 허리가 꼿꼿하고 당당하면 건방지다고 눈 밖에 나기 때문에 늘 자신의 자리를 확인하며 공손한 예절만을 미덕으로 하였으니 거기에 시도 때도 없이 굽실거리는 비굴 습관이 생겨 한 살이라도 나이가 많거나, 직책이 높은 사람을 무조건 받들어 모시면서 알아서 기는 굴종 문질이 몸에 밴다. 대신 나이 들었거나 사회적 위치가 높은 사람은 안하무인으로 건방을 떤다. 그러한 상황에서 살아남기 위해서는 '나'를 '저'라고 자신을 낮추어야 하며, '우리' 또한 '저희'라고 집단적으로 고개 숙여야 한다. 한국인은 그렇게 어려서부터 사회 규범을 따르며 착하게 순치되었다. 그 결과로 한국인 아랫자리가 만들어지고, 윗사람에게 칭찬받고자 하는 간살 버릇이 생겨나 그것이 변함없는 종속 프레임을 고정한다. 윗사람 말 잘 듣고 칭찬 받는 것을 최선으로 알다보니 자기 주관을 못 가지고 남을 따르면서 그것은 결국 충성심 경쟁으로 나타난다. 600년래 그렇게 굳어진 한국인 습성을 모르고 시건방지게 상국에 고개 빳빳이 쳐들고 나라의 진정한 자주권 "핵무장"을 하겠다고 뻗댄 박정희 대통령은 그래서 부하 총 맞고 죽을 수밖에 없었다. 한국 600년 종속이 '나'를 낮추는 아름다운 겸손 '저'에서 오고 어른에게 칭찬받고자하는 착한 마음씨가 '순종과 배행'으로 고정된다. 그때의 화염병 투척이 자아를 포기한 비굴임에도 용기라면서 끝까지 자신과 주변을 속이면서 그것을 자랑으로 여기는 이유이다. 진리 외적인 것에서 진리를 찾는 한국인의 유구한 헛발질, 그것이 한국의 아름다운 예절 어른 공경에서 온다. 그 예절이 수평적이지 않고 수직적이어서이다. 바로 600년 종속의 심천이며, 문제는 그 아름다운 예절이 껍데기에 불과하여 실제로는 서로 물어뜯고 싸우며 부패와 혼란 속에서 나라는 패망으로 간다는 것, 민족이 제 발로 일어서지 못하도록 조선의 선조가 후손의 무릎 뼈를 부서 버린 그 결과이다. 그 종축성이 지금의 한국인 현실도피 비겁함을 만든다. 그러니 아름다움을 도용한 올가미, 굴종을 유인하는 그 예절과 도덕에 언제까지 속을 것인가. 물론 거기에는 나이 어린 사람이 나이든 사람을 공경하는 대신 나이 많은 사람은 정성을 다해 나이 어린 사람을 보살피고 자신의 희생도 감수하는 규범이 있었다. 원래의 그 아름다운 자정 질서가 특히 미국 자본주의가 들어오면서 변질되었다. 그것이 사회 타락을 부르고 집값 상승을 유인해 민족멸절을 초래해도 무엇이 문제인지를 모르니 고쳐질 기미는 애초에 없다. 어디에서부터 잘못되었는가 하면 상국의 사악한 자본주의 맹신, 알고 보니 그것도 한국인 의존 사대주의에서 왔다. 한국의 정체성은 어려서부터 개인의 독립심보다 이웃과 사이좋게 지내는 화합을 최선으로 교육받으며 형성되었다. 그것이 조선에서 변질되어 장유유서 윗사람 공경 사다리를 만들어 그것이 굴종을 유인해 저희끼리 싸우느라 자기 정체성과 자경이 훼손된 것을 몰라 100년 전에 일본에 나라가 먹히면서 1차 민족소멸이 왔고, 그 후 운 좋게 나라를 다시 찾았지만, 지금까지 나라의 종속은 여전하여 그 버릇이 그대로인 조선의 유물 허방다리 위선의 굴레 속에서 또 다시 민족소멸을 준비하고 있다. 사대주의 조선으로부터 면면히 내리는 아름다운 예절 윗사람 공경, 그것이 때로는 국민을 단합시켜 국난을 극복하는 원동력이 되기도 하지만 종속을 고정하여 결국은 파탄을 초래 한다. 이 극복은 진실을 바로 보는 용기뿐인데, 지금 한국은 조선의 성리학이 교묘히 민주주의로 바뀐 것을 알지 못해 조선이 간 길을 다시 가고 있다.

------

장유유서: (長幼有序; 유교 오륜(五倫)의 하나. 어른과 어린이 사이의 도리는 엄격한 차례가 있고 복종해야 할 질서가 있음을 이른다).

그런데, 그 권위에의 굴복을 깨뜨린 것이 먹고 사는 문제가 걸린 경제였고, 그 선봉이 여태껏 듣도 보도 못한 "삼성" 1등주의였다. 그 1등은 실제에 있어서 지배를 의미하여 한국의 정체성 화합정신에 반하고, 조선이 받들어 모신 도덕과 예절에도 맞지 않는 유사 이래 낯선 것이었다. 그래서 "삼성"은 처음부터 미운털이 박혔고, 그렇게 국내에서 반겨주지 않아 해외에서 활로를 찾아 결국 성공했다. 한국에 "삼성" 말고도 재벌기업이 있음에도 그 실적이나 위상이 "삼성"에 미치지 못하는 것은 그 '1등 정신' 부족에 있다. 그들의 인식은 "니가 하면 나도 한다"여서 그것은 쫓아가는 것이지 앞에서 길을 내는 리더쉽이 아니다. 그럼에도 한국인은 맨땅에 헤딩하는 악조건에서 성공한 "삼성"의 그 공적이 일견 대견하면서도 실제로는 웬지 마땅찮고, 현대기아자동차처럼 국민의 애국심으로 키운 것이 아니었음에도 세계를 석권하는 것이 불편해 "삼성" 후계자 이재용 부회장을 감옥에 잡아넣었다. 그리고 지금 임시로 풀려난 처지여서 "삼성"은 더 이상 피해를 받지 않으려고 정치권과 거리 두자 이번 대통령선거에서 보수가 승리하면서 즉각 "삼성"이 자기네 선거를 돕지 않았다는 불만의 목소리가 나왔다. 그 의미는 "삼성" 후계자를 다시 감옥에 처넣겠다는 협박에의 다른 언사인 것은 너도 알고 나도 안다. 한국의 사정이 이러하니 한국인은 자신에게 물어야 한다. 국가 GDP 20%를 담당하는 "삼성"이 망해도 이 나라가 잘 될 수 있다는 것인가. 재벌은 반드시 타도의 대상이어야 하는가. 실질을 기피하며 윤리 형식을 최선등으로 숭상한 조선의 문질이 그대로 발동된 것이다. 그래서 한국인은 딜레마에 빠졌다. "삼성" 1등주의가 비루한 국민 의식을 혁파하고, 한국 경제 전반을 견인해 국민의 삶을 풍족하게 하며, 그보다 더 귀중한 국민의 자존심을 심어주는 것은 맞지만, 600년 조상님이 물려 준 엄중한 유교 장유유서 윗사람 공경, 그 아름다움으로 치장한 굴종 배행 도덕관념도 버릴 수 없다. "삼성"의 1등 정신은 그 기조에 반한다는 것, 그 때문에 나라의 종속이 깨질까봐 무서운 것이다. 그러니 어쩔 것인가. 그 향방부지가 밖으로는 북한 발 핵무기 한반도 초토화 민족 멸절 상황을 만들고, 안으로는 부동산 부패를 만들어 젊은이가 그 반발과 체념으로 민족을 멸절시키고자 해도 아무도 어쩌지 못한다. 누군가가 나서서 해결해야 하는데 그럴 사람이 아무도 없다. 박정희 대통령이 총 맞고, 노무현 대통령이 부엉이바위에서 뛰어내린 것처럼, 저 잘났다고 나대다가 단박에 골로 가는 것을 봤기 때문이다. 그러니 일엽편주 그냥 물결 따라 흘러갈밖에,, 그 앞에 거대한 폭포가 기다리고 있어도 그러하다. 진실을 보지 않겠다는 것은 모르는 것이 편해서이다. 나라도 작고, 지방 도시는 공동화 중이며, 인구가 모두 수도 서울을 향하고 있어 먹고 살려면 거기에서 직장을 잡아야 하는데, 그곳에서 일반 노동자가 평생을 벌어도 집 한 채 사는 것이 불가능 한 극도의 정글 경쟁사회, 그러니 사회초년 젊은이가 무슨 희망으로 결혼을 하고 아기를 낳아 키우겠는가. 더구나 디지털 인공지능 새로운 미래 물결은 노동자 대량실업을 예고하고 그것이 지금 급속히 진행되고 있다. 그 1차 해결은 자본주의 질서를 깨는 <u>신혼부부 공공주택 무상 공급</u>밖에 없다. 그럼에도 한국 현실은 주택담당 장관이 국회에서 '주택가격 상한선제도'조차 공산주의라며 국민을 협박하는 실정이니 인구감소 민족멸절이라 한들 내 알 바 아닌 것이 현실이다. 지금 차이나(china)의 대만 복속전쟁이 일촉즉발 상황이어서 그 바다가 차이나(china)에 점령되면, 한국은 외통수 무역로가 위험해지는데도 오로지 상국에 아양 떠는 가짜 의존 평화주의 "비핵"만을 최선이라고 떠들다가 막상 대만전쟁이 터지면 상국 첨병 돌격대로서 최전선에 서야 한다. 전시작전권이 없어 하기 싫다고 하지 않을 사안이 아니다.

한국이 배고프고 못 살던 시절에는 나라 밖에 대하여 책임질 일이 없었다. 내 배만 부르면 된다. 그러나 지금 수출로 먹고 살며 밖에서 돈을 벌어 안에서 좋은 음식을 배불리 먹고, 비싼 차를 타며, 풍요로운 삶을 누리게 됐으니 그 너머에 대한 책임이 있다. 세계 질서와 평화에 대한 그 의무감이자 리더쉽이다. 그러나 한국 "비핵"은 얼핏 평화를 말해 고상하게 보이나 실제로는 교통사고 현장에서 도망치는 뺑소니에 불과하다. 그 민주투사들이 젊을 적에 "박정희 타도-!"를 외치며 화염병을 던져 감옥에 잡혀 가면 자동으로 얻는 것이 병역면제였다.(한국은 병역이 국민 의무사항이다). 솔직히, 지금의 젊은이도 군대 가기 싫은 것이 인지상정일 터인데, 지금처럼 보급이 잘되고 인권이 보장된 군대와 그때의 그것은 지금과 달라도 아주 많이 달랐다. 당시 먹을 것 부족한 실정에서 쫄따구 사병 월급이라야 지금의 북한과 마찬가지로 없는 것과 다름없고 대신 담배는 지급됐다(휠터는 없다). 그 병영에 폭력이 난무했다. 줄빠따 몽둥이찜질이 일상이고, 느닷없는 군화발 죠인트 가격,, 정강이가 부서질 것 같은 그 통증을 지금의 한국 젊은이는 모른다. 군대 훈련이라면 얼마든지 좋다. 천리행군도 마다 않는다. 그러나 선임 스트레스 해소와 거기에 맛 들린 가학유희 막무가내 폭행은 어찌할 수 없다. 성질 더러운 고참병 만난 쫄다구에게 군대는 지옥이었다. 군대는 계급이고 그 계급은 무리로 형성된다. 그래서 상급자에게 대드는 것은 1차 적으로는 명령체계를 어기는 것이지만 현실적으로는 무리를 향한 또라이 한 사람의 반항이어서 그럴수록 집단 괴롭힘만 가중된다. 일본 식민지 시절 일본제국주의 군대에 끌려가 배운 악습이었다. 이런 비리를 막겠다고 사고자를 다른 부대로 전출시키는 소원수리 제도가 생겼지만 피해자를 다른 부대로 전출시키면 그곳에서도 소문이 나 뺑뺑이를 돌렸고, 때린 상급자를 다른 부대로 보내면 내무반에 남은 상급자 일동이 갈궜다. 때리면 맞는 것 외에 다른 방법이 없었고 매일 매일이 그러했던 그 시대 군대에서 적(敵)은 외부가 아니라 내부에 있었다. 그래서 이를 못 견뎌 "너 죽이고 나 또한 죽겠다!"며 모두가 잠든 내무반에서 전우를 향해 M16기관총을 갈기고, 수류탄을 까 던지고, 무장 탈영하여 서울로 들어오려는 병사들이 있었다. 그들은 어째서 굳이 서울로 들어오려 했는가. 진실이 가려지고, 하고 싶은 말이 중앙에 보도되지 않기 때문이었다. 죽음을 담보로 부당함을 고발하겠다는 병사의 비명이었으나 언론은 그것을 대개 애인이 변심해서 그랬느니 하면서 군대 폭력문화는 별일 아닌 것으로 무마 됐다. 그러자 이 꼴 저 꼴 보기 싫어 북한으로 월북하는 병사가 있었고 장교라 하여 예외는 아니었다. 악질 선임이 하급자를 때려죽이고, 총으로 쏴 죽여도 사건 진위가 웬만해서는 드러나지 않는다. 병영 사고는 지휘관 진급과 연결되어 있어서 진실은 대개 가려지고 무마된다. 지금이야 누구나 대학을 가지만 당시 대학을 다녔으면 특수 계층에 속했다. 못 살던 시절 못 배워 무지막지한 놈 널린 내무반에서 고학력자는 어리버리 샌님 갈구기 좋은 타깃이었다. 단순 무식한 놈이 고참이 되면 열등감 보상심리가 작동해 폭력은 더욱 격렬해진다. 당신 같으면, 특히 대학물 먹은 고학력자라면, 그런 군대에 가고 싶겠는가. 당신이 부모라면 자기 자식을 그런 곳에 보내려 하겠는가. 지금 한국 육군 사병 복무 기간은 1년6개월이지만 당시는 3년

이 넘었다. 그러나 그때 길거리에서 데모하며 화염병 던진 긴급조치 위반 대학생의 사회 감옥살이는 기껏 1년 반 정도였고 그 전과로 병역면제였다. 당신이라면 어느 쪽인가. 그 감옥행은 경제논리로만 따져도 충분히 남는 장사 아니겠는가. 화염병 투척으로 잡혀가 그깟 귀족 감옥살이 잠깐 다녀오면 민주투사로 대접 받고 미래가 보장되는 합법적 병역기피였다. 평생의 보국 훈장이었으며, 진보 정치 입신 프리패스 티켓이었다. 물론 거기에 그런 것을 계산 안한 애국심도 있었을 것이다. 그리고 그 학생들 데모가 대개는 순수한 애국심이었지 그런 교활한 계산이 먼저는 아니었다고 믿고 싶다. 그러나 그렇다 한들 세상물정 모르는 책상물림이었고 저 잘난 체하는 사변 치기였다. 상국에 이용당하는 이이제이를 몰랐고, 그 데모가 비겁한 현실기피인 것도 알려하지 않았다. 그러한 그들이 리더쉽을 알겠는가 책임감을 알겠는가. 아니면 이 나라 피투성이 역사를 알겠는가. 역사를 배웠다면 그에 따른 행동을 해야 함에도 그 화염병 투척은 그것이 아니었다. 실천을 가장한 회피였고, 윗분에게 칭찬받으려는 아양이요 간살이었다. 그것은 정의와 용기를 도용한 나라의 자주권 포기, 스스로 알아서 기고자 하는 역사배반이요, 조선의 굴종 사관을 잇는 나라 망조 '제잡이였다.

----
제잡이: (스스로 자기 자신을 망치는 일).

조선의 충절,, 가노라 삼각산아 다시보자 한강수야 고국산천을 떠나고자 하랴마는 시절이 하 수상하니 올 동 말 동 하여라,, 17세기 조선 병자호란 때, 조선이 차이나(china) 명(明)나라를 상국으로 섬기며 의리를 지키겠다고 만주의 신흥세력 청(淸)나라와 대적하다가 항복하고 나서, 김상헌을 필두로 선비, 노비, 아녀자 할 것 없는 많은 조선인이 인질로 잡혀가 그 황제가 김상헌에게 머리를 조아리지 않으면 목을 친다고 해도 그는 분연히 자기 주군은 "명(明)나라 황제이지 청(淸)나라 황제가 될 수 없다"고 고개 빳빳이 쳐든 조선의 위대한 허방다리 사대 절개, 알고 보니 조선 사대부가 섬긴 주군은 자기 나라 왕이 아니었다. 신하가 자기네 왕을 왕으로 여기지 않으면 대신 그 백성들은 종으로 전락 된다. 한국에 몸뚱이 헤픈 여자를 가리키는 "화냥년"이라는 비속어가 그래서 생겨났다. 그 말은 수많은 조선 처녀가 청(淸)나라에 끌려가 노예로 살면서 이놈 저놈 할 것 없는 돌림빵으로 걸레가 된 후 천신만고 끝에 고향을 찾아오면 몸 버린 더러운 "환향녀"라며 남자들이 침을 뱉으며 붙인 말이었다. 지들이 못나서 여자들이 피해를 당했는데도 책임은 피해 당사자 몫이었다. "책임회피"와 "현실도피",, 그것이 지금에 그대로 이어진 것이 나이 어려서 일본에 붙잡혀갔던 "위안부=똥치" 할머니 이름표요, 껍데기 그럴듯한 한국의 비주 민주주의 영원한 상국 봉시 비굴 간살 기생 평화주의 "비핵"이다. 그것은 결국 한국의 주인이 한국 국민이 아니고 미국정부라고 말하는 조선의 부복(扶伏/扶匐) 의리 경명(敬命)과 같다. 그 명(明)나라 황제라는 인간들이 줄줄이 엽기적이고 개판 5분 전이며, 구제불능 환관의 나라였음에도 하늘처럼 받들어 모셨다. 그것이 지금이라 하여 다르겠는가. 진정한 민주주의는 자국의 자결권이 확보된 조건에서만 성립된다. 최소한 그 자결권을 찾고자 애쓸 때만이 민주주의 운용 자격이 주어진다. 그것 없는 민주주의, 그것은 상국에 꼬랑지 흔드는 알랑방귀이자, 그냥 생쇼이며, 그 댓가는 저희끼리 물어뜯는 분열과 혼란 그리고 이데올로기 첨병으로서 최전선 전쟁터에 나아가 장렬히 전사할 총알받이 자처, 결국 나라 망함이다. 한국 현대사에서 박정희 대통령을 향해 던진 데모 학생들의 피 끓는 용기 화염병 투척, 그 본연은 김상헌의 상국 봉시 굳은 절개 유지이자, 이 나라의 끝없는 외세침략 그 피맺힌 원한과 질곡 따위 알바 없는 '어리광'이자 '땡깡'이었다. '어리광'은 상국을 향한 것이고, '땡깡'은 이 나라 역사를 향한 것이다. 그 출발이 도덕을 숭상한 조선의 유교 형식주의, 오로지 어른 말 잘 듣고 칭찬받고자 하는 착한 모범생 굴복 DNA 그 원발성이다. 자기 나라 영토 "대마도"를 포기하려고 '독도' 사랑으로 아우성치며 자신의 비굴을 용기로 변치하는 교묘함처럼, 박정희 대통령을 향해 던진 화염병도 상국 체계에 복종하기 위해 알아서 긴 가짜 용기였고, 그것이 그대로 이어진 것이 지금의 평화주의 "비핵"이듯, 그러나 속 쓰린 것은, 이 글이 한국 민주 진보 진영을 신랄히 비판하면서도 그 상대편 보수 무리 중심이 민족을 배반한 친일파와, 광주에서 시민을 향해 기관총을 갈긴 모리배 일당과, 미국 성조기를 길바닥에서 흔들어대는 기독교 오역(忤逆) 상국 대리인 좀비들이어서 민주 진보 무리에 방향성 오인 안방풍월 치기가 있다 해도 최소한 보수보다는 이념적으로나 도덕적으로 깨끗한 것을 아니라 할 수 없는 그 기대감에의 이율배반 때문이다. 그 반대편 보수 정치인 대개는 진보 화염병 투사처럼 감옥을 택해 병역면제 받은 것과는 달리, 아주 세련되게, 신체결함 장애진단서 제출로 병역면제를 받았다. 그것은 백그라운드 없이 성립될 수 없다. 그런 사람들이 정치를 한다고 모인 이 나라 보수 정치 거개가 신체결함 군 면제자들이니 한마디로 한국 보수정치 정당은 불량품 집합소였다. 이 나라 정치판에서 합법적 병역기피는 진보와 보수를 가리지 않는 필수 조건이요, 그 밥에 그 나물이다. 조선의 의존 배행 비굴을 관념적으로 잇는 계보가 한국 진보이고, 성리학 전독과 부패를 유물적으로 잇는 줄기가 한국 보수이다. 그리고 지금 그 모두를 장악한 무리가 이 나라 지헌법조이다. 그 권력의 견고함은 정당 공천제도에서 온다. 고위 법조인이 직을 그만두면 정당 공천 제도를 통해 정치인으로 입신하여 입법을 독점하니 그 누구도 건드릴 수 없는 그들만의 아성을 만든다. 그러자 이들을 견제해야 할 주류 언론이 잽싸게 따리 붙었다. 국민이 검찰 개혁을 아무리 떠들고, 그 어떤 부패 조사기관을 만들고, 신박한 개혁 방안을 내놓아도 국회의원 공천 제도부터 철폐 하지 않으면 그 모든 것이 요식행위로 그친다. 권력이 국민이 아니라 지헌 법조인 일방통로 시스템에서 나오기 때문이다. 국회의원 공천 제도가 존재하는 한, 한국 국민에게 주권은 없다. 이것을 한국 국민이 모른다. 그 보수 지헌 권력은 나라가 망해도 소멸되지 않는다. 그 뿌리가 애초 조선의 굴종주의 사대부 서인과 노론에 있고, 그들은 나라 망한 다음에도 일본 제국주의에 잽싸게 부역하면서 끈질기게 살아남은 암세포이기에 그 무엇으로도 죽지 않는다. 그것이 지금 나눠먹기가 되어, 화염병 데모 학생 세대는 세월이 흘러 이제는 퇴물이 되었고, 결국 한국 정치판 자체가 지헌법조인 놀이터가 되어 검찰출신은 무조건 보수로 가고, 법관 출신은 진보, 보수, 가리지 않고 아무데로나 가 거기에서도 친미, 친일, 친중으로 갈려 난작 교열한다. 조선이 상국을 사대하며 서인과 동인으로 갈리고, 남인과 북인, 그리고 노론 소론으로 갈가리 찢어져 서로 물어뜯으며 세월 보내다가 나라가 망한 파쟁 그대로이다. 이 나라를 지켜온 단합과 우애정신은 떼거리 패당 문질로 변질되었다. 그 권부 한국 법조인 정신세계에 혁신이란 있을 수 없다. 왜냐하면 그들이 달달 외어 아는 게 법전뿐이어서 그러하다. 그래서 같은 법조 출신이라도 노무현 대통령은 고등학교 최종 학력이 말하듯, 어려운 조건을 스스로 헤쳐 낸 그 불굴의 의지가 있어서 나라의 정체성을 찾으려 애썼지 책에 적힌 법률 외우기와 권력 탐위 짬짜미 부패놀이가 특기인 지헌법조인에게서 그것을 찾는 것은 지난하다. 그 법전이 지나간 선례를 신주단지로 모시기 때문에 개혁 자체가 반대개념일 수밖에 없어서 좇는 것은 오로지 판례와 관례뿐, 앞은 물론이고 옆을 봐도 안 되고 오로지 뒤만 본다. 권력을 남용하며, 상하 명령 체계에 길든 그 무리가 권력을 독점하기 때문에 한국은 상국 복시(服侍/伏侍; 삼가 받들어 모심) 600년 부복 전통은 더욱 견고해 진다. 지난 대통령 선거 한국 진보진영 이재명 후보는 집안이 가난하여 어려서부터 공장에서 일 하면서 열심히 공부해 대학을 나오고 변호사가 된 자질로 보아 그만한 의지만으로도 대통령 자격은 충분하다. 그러나 그는 사상적으로 검증 받은 사람이 아니고 시장과 도지사를 거치며 행정 효율성으로 능력을 검증받았다. 그가 대통령이 되면 국민의 삶을 보다낫게 하리라는 것은 분명하다. 그러나 그는 한국 자체 핵무장을 "미친 생각"이라고 하였듯이, 국가의 생존이 걸린 큰 줄기 자주성에 있어서는 배운 법전 그대로 선례를 따를 뿐이다. 그래서 한국 정치권에서 진보, 보수 누가 대통령이 되든지 한국은 이 종속의 궤를 벗어날 수 없다. 그런 형편에 상국 심기를 살펴 알아서 기면서 권력을 남용해 제 배때기 채우는 일이 특기인 보수 적폐 집단, 그중에서도 검찰이 권력을 잡았으니 할 일이라고는 공안정국 쥐 잡이 말고는 없다. 그래서 퇴임한 진보 진영 대통령은 북한 찬양 용공 혐의로 조사 받고, 이번 선거에서 진 진보 대통령 후보는 선거법 위반 부패혐의로 조사받아야 한다. 범죄 사실 여부는 상관없다. 노이즈 마타도어만으로도 성공이기 때문이다. 자신들의 무능과 비리를 감추기 위한 수법이 요령소리 요란한 국민 눈 돌리기 채질이고 거기에 국민이 생각 없이 휘둘리니 어쩌겠는가. 왜놈들이 독립투사를 잡아다가 고문하고 사건을 조작해 비국민을 탄압하던 수법을 그대로 물려받았으니 하던 대로 할밖에,, 수백만 명의 시민이 거리에서 질서를 지키며 개혁을 외치고 닭머리 대통령을 탄핵해 감옥에 보내봤자 결국 말짱 도루묵이었다. 진보든 보수든, 그들의 노이즈 마켓팅은 자신의 무능을 감추기 위한 국민 시선 돌리기가 목적이다. 국민은 어째서 이런 요령소리에 맥없이 휘둘리는가. 나라가 종속인 상황에서 주관과 자의식은 가질 수 없는 영역이어서 그러하다. 나라의 자주권이 첫 단추인데 그것을 잘못 끼워놓고 다음 단추부터 제대로 끼워 올바로 의착(衣着) 하겠다는 것은 국민의 비겁한 사변 생쑈요, 나라의 완전한 자주국방을 거부하고 상국 우산 속에서 안전하게 살겠다며 성취한 그 마땅한 급부이니 어쩌겠는가. 한국인은 조선이 500년 세월을 어째서 이기론이니 사단칠정이니 아니면 예송논쟁 등, 쓸모없는 주둥이 싸움 난작 교열로 세월 보내다 망했는지 굳이 알고 싶지 않을 것이다. 그것이 지금도 여전하기 때문이다. 한국에서 힘 있는 사람들은, 최소한 그 자녀들은, 미국 국적을 취득해 여차하면 도망갈 루트를 확보해 두었지만, 이 땅에서 살아가야 할 대개의 국민은 도망갈 곳도 없으니 본인의 신세는 그렇다 쳐도 자기 자식의 미래는 어쩔 것인가. 지금 미국도 차이나(china)의 힘이 강해져 한국 자체 "핵무장"이 답이라는 것을 알고 있다. 그럼에도 그것을 용인하지 않는 것은 그것이 기득권 패권 축소로 이어지는 것을 알기에 용납 않는 것이다. 그렇다면 그들의 속내는 무엇인가. 태평양 주 방어선 일본이 있으니 한국이 어찌 되거나 말거나 이데올로기 총알받이로 쓰다가 버리겠다는 것 말고는 없다. 한국 정치권이, 아니 그 국민이, 그럼에도 상국 돌격대 이데올로기 첨병을 자처하며 진보와 보수로 갈려 서로 사생결단을 하면서 비대칭 비무장주의 "비핵"에 관해서는 일언반구 토 달지 않는 것은 주제파악 못하고 함부로 나대다가 골로 가는 선례를 보았기 때문이다. 한국 젊은이들이 지금 한국 보수를 부패 집단으로 보고, 진보를 화염병 던져 민주주의를 획득한 정의의 사도로 보지만, 그 진보의 화염병 투척이 실제로는 한국의 자주권 포기 역사배반이었다는 것쯤은 알아두시기 바란다. 상국에 엎드려 기고자 하는 한국 정치권 진보, 보수 양 진영의 그 원류가 모두 일제 부역 민족배반자들에게서 파생된 그 후예이며, 그것을 애초 상국이 만들었고, 그것을 국민이 받들어 유지하는 것이 한국의 현실이다. 한국 정치인들은 그러한 사실을 인정하면 자기 밥그릇이 위태로워지는 것을 알기 때문에 진실을 감추기 위한 그 대체 방안이 상국에 꼬랑지 흔드는 진보의 평화주의 "비핵"이고, 그게 아니라고 해봐야 보수의 한국 땅 "핵무기 재배치", 그리고 북한 선제공격 헛소리 "킬체인(kill chain)" 그 변함없는 부복 간살이다.

'대마도' 포기를 위해 '독도' 사랑으로 아우성치듯이, 이 나라 정치는 나라가 망하거나 말거나, 민족이 멸살되거나 말거나 그딴 건 차후에 일일 뿐, 자기 몸 다치지 않고, 자리보전 하는 것만이 목적인 그 국민의 잠재의식이 조선의 규범을 잇고자 하여 그러하다. 나라의 완전한 자주를 꿈꾼 박정희 대통령의 죄는 속민 주제에 감히 상국에 고개 쳐든 잘못인데, 거기에는 국민이 스스로 삼가는 '최사(摧謝)' '부형(負荊)'이 있어 지금껏 그 암살 배후가 누구인지 알려 하는 것 자체가 불경임을 알기에 스스로 알아서 기는 진실을 그 시절을 모르는 이 나라의 젊은이는 알아야 한다. 당시 한국이 나라의 완전한 자주를 완성하기 위해서는 독재를 감수해야 했다. 그 독재는 일반 서민에게 아무런 불편이 없었다. 먹물 조금 먹었다고 젠체하는 조선의 성리학 문치주의 후예 지식인과 사대주의 정치인, 그리고 거기에 부화뇌동한 화염병 데모 학생들이게만 수난이었다. 박정희 대통령을 암살한 자는 그 부하이지만 그렇게 되도록 자발 편 것은 그 국민이며, 그 배후는 엄연히 상국이다. 그것을 스스로 부정해야 하는 속민의 본분, 그래서 박정희 대통령을 지금껏 독재자 호색한이라며 손가락질 해왔는데 그 시살 배후 주범이 갑자기 "핵무장"을 윤허한다고 하여 태도 변경하면, 그때의 박정희 대통령 자주권 미래 대비가 옳았다는 결론에 도달하니 그럴 바에야 나라가 어떡케 되든 말든, 민족이 소멸되든 말든, 비주 간살 평화주의를 내세워 갈 데까지 가기로 작정한 것이 한반도 "비핵"이다. 그런데 "핵무장국" 북한만이 아니라 그 너머에 수 천 년에 걸친 차이나(china)의 동이족(同異族) 소멸 정략(征略)이 있고, 다른 쪽에 정한(征韓)을 못 잊어 안달하는 일본도 있으니 어쩔 것인가.

------

최사: (摧謝; 굴복하여 사죄함).
부형: (負荊; 스스로 가시나무를 짊어진다는 뜻으로, 사죄함을 이르는 말).

미국이 처음 아메리카 신대륙에 들어와 그곳 원주민을 청소 할 때, 인디언을 일일이 죽여 없애는 일이 버거웠다. 그래서 그들을 한 곳에 모으는 이주정책이 실시 됐고, 그때 동원된 체로키족 2만여명은 오크라호마 황무지 눈물의 행로 눈보라치는 1,500마일 견축(見逐) 길에서 굶주림에 지쳐 대부분이 죽고 그 1/10만이 살아남았다. 백인들은 직접 총을 쏴 죽이지 않았고 그들이 굶어죽든 동사해 죽든 저희가 알아서 죽었으니 죄책감에서 편한 살육이었다. 그때 체로키 인디언 손에는 기독교 성경책이 들려 있었고,

찬송가 '놀라운 은총(Amazing Grace)'를 부르며 기쁜 마음으로 곱게 죽었다. 그 후, 백인들은 그것도 귀찮아 그 넓은 아메리카 벌판의 버팔로 6,000만 마리를 사냥해 몰살시켰다. 인디언 주식 씨 말리기 전략 효율성 극대화, "버팔로 1마리를 죽이면 인디언 10명이 굶어 죽는다",. 캐빈 코스트너 주연 미국 영화 "늑대와 춤을(Dances with Wolves),,"에서 그 일부를 볼 수 있다. 사람을 직접 죽이지 않아 죄책감에서 자유로운 그때의 대량 살상 제노사이드 정책이 지금 북한에 그대로 적용되어 그 인민 300만 명이 굶어죽었고, 앞으로 2라운드가 예정되어 있다. 문제는 북한 인민 손에는 성경책이 들려 있지 않으며, 찬송가 '놀라운 은총(Amazing Grace)'도 부르지 않는 다는 것, 대신, 수 천 년 민족의 외세 피침 점철 역사 원한 맺힌 결집체 "주체사상"을 외친다는 것, 그런데 지금의 북한은 과거 300만명이 굶어죽었을 때와 달리 수소폭탄 "핵무장"국이며, ICBM과 SLBM을 가졌다는 것,

미국이 주도하는 국제사회 북한 '경제봉쇄'로 김정은 권부가 궁지에 몰렸을 때, 그들의 히든카드 책임전가, 그 마지막 발악 "핵미사일"은 반드시 한·미·일 3국을 향해 날아가게 되어 있고, 그럼에도 한국은 그 북한만 해결한다고 문제가 해결되는 게 아닌 그 뒤에 차이나(china) 팽창주의가 있고, 일본 재무장도 있다. 차이나(china)가 한국을 노리는 현실적 이유는 군사적으로 중요한 이 나라 땅만이 아니라 첨단 '반도체'를 위시하여 산업 전반이 경쟁 상대여서 무조건 타도의 대상이 되었고, 그보다는 자국 글자 3,500개를 일일이 자판에 기입해야 하는 인터넷 시대 한자(漢字) 비효율성 때문에 시간이 갈수록 디지털 시대에 뒤쳐질 그 해법이 오로지 "한글" 탈취뿐이며, 그것을 가지겠다면 한국 소멸밖에 없으나 그렇다고 한국을 군사적으로 선제공격할 수도 없으니 한민족끼리 싸워 자중지난으로 스스로 망해 없어지는 것 이상의 좋은 방법은 없다. 그것은 한자(漢字)를 병행하는 일본

도 마찬가지이다. 일본이 한국보다 10년 먼저 디지털 시대를 대비했음에도 실패한 것이 바로 이 한자(漢字) 병용 때문이었다. 표의문자 불편함을 모르는 서구 일반인은 이것이 얼마나 치명적 약점인지 모를 것이다. 문장 하나를 만들기 위해 수 천 개 글자를 어떡케 일일이 찾아 자판에 입력하고 단어를 조합하겠는가. 그래서 가리키는 것은 오로지 표음글자 "영어" 아니면 "한글" 대체뿐인데, 차이나(china)가 "영어"를 도입하면 자기 정체성이 사라지고 그것을 잃으면 패권도 없다. 그래서 한국의 모든 문화가 자기네 것이라고 억지 부리는 의도에 한국의 알파벳 "한글" 탈취가 있다. 차이나(china)의 한자(漢字)가 400여개 소리를 표현하고, 일본 글자 가나(カナ)가 300여개를 표현한다. 반면 "한글"은 1만개 이상이 가능하다. 그런데 사실 이 한국 글자는 원래 28자였던 것을 일제 식민지 시절 일본이 24개로 축소시킨 것을 주관 없는 한국인이 옛 주인 일본인이 고쳐 준 것을 지금껏 감사한 마음으로 지키며 붙좇는 바람에 한국인이 일본인처럼 혀가 잘려 말더듬이가 됐지만, 원래의 28자를 회복하면 이 세상에 존재하는 모든 소리를 표시할 수 있다. 차이나(china)가 이 좋은 것을 절대로 포기할 리 없으니 그 정지작업이 고대부터 한반도가 저희들 땅이요 속국이라고 떠드는 이유이고, 지금 한국인 일본 오열 민족배반자들이 고대 한국 남부가 일본 땅이었다고 유네스코 세계문화유산에 등재 신청한 것도 바로 이 등기부등본 정지작업 때문인 것은 마찬가지이다. 그들의 간절한 바람 한민족 소멸,, 한국은 옛날부터 양쪽에서 샌드위치였다. 그러니 한국인은 답해야 한다. 한국 평화주의 "비핵"은 비무장 선언과 같다. 한국인이 믿는 것은 상국의 핵우산이겠지만, 그것은 속지가 핵공격을 받은 다음에야 시전 된다. 무슨 말인고 하면, 한국이 핵공격으로 초토화 된 다음에 상국이 핵을 쓴다는 이야기이다. 그래서 지금 한국이 목을 매는 국지전 신형 무기개발은 자주국방 본질이 아니다. 그것은 필수이나 변죽에 불과할 뿐, 오로지 전쟁 억제 "상호확증파괴" 그 완전한 자주권만이 외세 침략과 한반도 전쟁을 방

지한다. 이 나라를 노리는 주변 깡패국 틈새에서 비대칭 "비핵" 불균형이 오히려 전쟁을 유인함에도 한국인은 어째서 매양 진실 외적인 것에서 진실을 찾다가 파멸의 길을 가야 직성이 풀리는가. 이번에 닥칠 현실기피 그 댓가는 과거 조선과 같은 나라 망함으로 그치는 것이 아니라 처참한 "핵전쟁" 방사능 피폭 한민족 멸살이다. 북한이 더 많은 "핵무기"를 보유해 한국을 이길 자신이 생겼을 때에도 한국을 향해 "핵미사일"이 날아올 수 있다. 한국인이 지금 속으로는 목마르게 상국의 윤허 "한국 자체 핵무장"을 기다리지만 언감생심 개꿈일 뿐, 국제사회 경제봉쇄로 당장 먹을 것도 없는 북한 사정 여하에 따라 "핵미사일"이 날아올 때 어떡할 것인가. 믿는 것은 고작 "설마 그런 일이 벌어지겠어,,"뿐이다. 한국이 살겠다면 자체 "핵무장"을 하고, 미군을 이 땅에서 내 보낸 후, 남북한이 같이 살 길을 찾는 것뿐이다. 자기 정체성과 주관을 가져야만 살아남는 그것은 그냥 얻어지지 않는다. 소리쳐야만 성취된다. "미군철수!!",, "양키 고 홈!!",, 이것을 말 못하면 한반도 초토화 한민족 소멸은 필정이다. 지금의 한국 신형 무기 개발은 전쟁 준비, 즉 전쟁을 하겠다는 것이어서 설혹 그 전쟁에서 이긴다 해도 나라는 망하게 되어 있다. 모두가 죽는 "핵전쟁"에서 승리한들 무슨 영광이 있겠는가. 상황이 이토록 심각한데도 어째서 전쟁을 애초에 방지할 생각은 못 하는가. 오로지 종속 신민의 본분 600년 복종 비굴 '처의(處義) 돌격대 총알받이 자처 말고 다른 것이 있는가. 그러니 전쟁을 방지하겠다면 나라의 완전한 자주 '상호확증파괴' 자체 "핵무장"과 나라의 주관성 "미군철수"를 선결해야 한다. 이것을 해내지 못하면 핵전쟁은 반드시 터지고 그 결과는 민족 소멸이다. 한국이 지금 전투기, 탱크 등 국방무기 개발에 매진하고 있고, 그것은 국가 방위만이 아니라 수출로 이어져 경제적으로도 막강한 동력이 되고 있으나 그렇다 하여 그것이 완전한 국가 방위가 아니라는 것은 국민 각자가 모두 안다. 국제원자력기구(IAEA) 특별조항에 자국이 위협받을 때 탈퇴 할 수 있는 조항이 있으니 지금 한국의 현실이 거기에 해당한다. 국민 개개의 생존과 나라의 운명이 걸린 이것은 국민 의지의 문제일 뿐, 절대로 누가 거저 가져다주지 않는다. 하고자 하면 얼마든지 할 수 있는 이것을 못하는 이유는 한국인의 비겁함이다.

지금 한국에서 일본제국주의 한국인 일본 오열 식민사학자들이 교육계를 장악해 역사를 왜곡하고, 그 제자들이 한국 사회 곳곳 특히 언론, 법조, 정치 그 요직을 장악해 한국 사회를 혼란에 빠뜨리고 있고, 한국이 일제에서 벗어난 지 80년에 이름에도 이것을 못 고치는 이유가 무엇이겠는가. 일본이 철로를 깔았고, 미국이 제공한 기차에 편히 올랐기 때문이다. 그 교통 편의는 속민 우매화를 위한 것이지 한국을 위한 것이 아니다. 한국의 재야 민족사학자들이 피를 토하듯 한국의 쓰레기 식민강단사학자 역사 왜곡을 규탄해도 미안하지만 한국인이 스스로 그것을 바꾸지 못한다. 절대로 불가능하다. 그 식민사학 민족배반자들 뒤에 일본만이 아니라 한국인 자의식을 원치 않는 미국이 있고, 또 그 밑바닥에 스스로 알아서 기고자 하는 한국인 조선의 유전자가 있기 때문이다. 그래서 싸워야 할 대상은 일본만이 아니라 미국이며 또한 우리 자신이다. 이 나라에서 "미군철수" 없이 민족 정체성을 찾겠다는 것은 헛소리일 뿐, 미군 주둔은 일종의 결박이요 강간이다. 이 상황을 벗는 길은 민족 정체성을 찾는 길뿐이고, 이것은 스스로 행동하지 않으면 누가 거저 가져다주지 않는다. 한국인의 가치관 훼손과 내외적 혼란의 근원 한국 땅 "미군 주둔",, 그 해결 없이 한국의 안전과 평화는 없다.

-----
처의: (處義; 의리를 지킴).

일본은 과거 한국을 상대로 제7광구 대륙붕 해저유전을 같이 채굴하자며 JDZ 조약을 유인한 뒤 그 내용에 "반드시 양국이 같이 채굴 한다"는 함정을 만들고 나서, 국제규약 변경을 이끌어낸 다음 "채산성 없다"면서 50년 세월을 뭉개며 2028년 협정 만료시기를 기다리고 있다. 일본의 속셈은 바뀐 국제규약 "배타적 경제 수역"에 입각한 JDZ 조약만료 후의 한·일 분쟁 대비 "한국은 국제법을 지키라!"는 국제 여론몰이 사전포석에 있다. 그것은 '이지메'로 자국 국민을 길들이는 수법과 같다. 그때 가서 한국은 손해배상 청구를 한다 해도 무시될게 뻔하여 그 실력행사가 군사충돌뿐이겠지만 한국의 주권(군권)을 미국이 갖고 있어 그것도 마음뿐이다. 미국에 있어 일본은 태평양 방어선 방파제이고, 한국은 그 방파제를 지키는 테트라포드(tetrapod)에 불과하여 미국은 결국 일본 손을 들어주게 되어 있으니 한국은 토사구팽 당할 구도이며, 거기에다 이번 우크라이나 전쟁으로 국제사회 러시아 제재에 한국이 가장 먼저 편승한 그 앙갚음으로 러시아가 한국에 보복하겠다고 천명한 이상 한국은 제2의 숨통 러시아 북방길 무역로도 물 건너간 상황이어서 2027년 이전에 차이나(china)가 대만 전쟁을 일으킬 때 한국은 그 바다 석유 채굴은 고사하고 사방이 막혀 목 졸려 죽는 신세가 된다. 미국에 있어 한국은 6.25한국전쟁을 촉발시킨 에치슨 라인이 그렇고, 과거 극동군 총사령관 존 헐(John E. Hull)이 "한국의 가치는 일본을 어느 정도 군사적으로 보호하고 경제적 이득이 될 수 있는지에 따라 결정 된다"고 했던 바 그대로 한국은 미국의 태평양 방파제 일본 보호 역할 총알받이에 불과하다. 그 미국이 요즘 들어 갑자기 한국을 중시한 이유는 현대 과학 필수품 최첨단 "반도체"가 한국에서 생산되기 때문인데, 그것도 "삼성"이 미국에 반도체공장을 짓기로 했고, 생산 거점을 아예 미국으로 옮기는 쪽으로 유도되고 있으니 그 메리트마저 없어졌다. 한국에서 전쟁이 터져 한반도가 초토화 되든 말든, 미국에 있어 한국은 이데올로기 돌격대로서의 필요뿐이니 있으면 좋지만 없어도 그만인 계륵이어서 크게 아쉬울 것은 없다. 그러나 대만은 첨단 반도체 TSMC를 비롯하여, 그 너머의 세계 물동량 30% 태평양 제해권과 아시아 걸프만 '오키나와' JDZ 유전을 노리는 차이나(china) 팽창주의 교두보여서 패권국 미국 입장에서 대단히 중요하다. 미국과 차이나(china)가 서로 대만을 포기할 수 없는 조건이며, 지금 차이나(china)가 그나마 조용한 것은 그 해역 경계에 이미 16개 시추공을 뚫고 자국 본토까지 파이프를 설치해 석유를 빼가는 중이어서 일본이 "채산성 없다"며 한·일 간의 JDZ조약 석유 채굴을 방해하면 할수록 차이나(china)는 조용히 실리를 챙기는 조건이어서 일단 잠잠하지만, 그 조약 만료 2028년 이후 일본이 그곳에서 석유를 채굴하겠다고 본색을 드러낼 때 차이나(china) 역시 감추고 있던 이빨을 드러낼 것이다.

군사 전문가들은 차이나(china)의 국방력이 완성되는 2025년을 기해 차이나(china)가 대만 흡수전쟁을 벌일 것이라고 예상했지만 2022년 2월 베이징 동계올림픽이 끝나는 시점에 러시아가 우크라이나를 침공하여 단기간에 점령하면, 곧바로 차이나(china)가 대만 정벌전쟁을 벌이기로 두 나라 간에 합의가 있었던 것은 이미 국제사회에 알려진 사실이다. 그것이 우크라이나의 완강한 저항으로 틀어졌지만 그렇다고 하여 차이나(china)가 대만을 포기한다는 의미는 아니다. 대만에 최첨단 파운드리 반도체회사 TSMC가 있고, 그 바다 너머에 막대한 규모의 유전과 세계 물동량 30% 제해권이 있다. 이것은 미국의 패권과 연결되어 있으며, 한국에 있어 그 바다는 유전보다 더 중요한 무역로 외통수 목줄에 해당한다. 한국은 그곳을 통해 식량과 석유를 비롯한 공산품 등 모든 수출입 물자가 오간다. 그곳이 막히면 단박에 질식사 한다. 그래서 차이나(china)가 대만전쟁을 벌이면 미국은 한국에게 자신의 생명줄을 스스로 지키라며 참전을 다그칠 것이고, 한국이 거기에 응하면 차이나(china)는 북한을 시켜 제2 한국전쟁이 유발된다. 그 북한은 미국이 주도하는 국제사회 '경제봉쇄'로 경제가 피폐해져 차이나(china)로부터의 최소한의 원조로 연명 중이어서 한국전쟁 도발 요구를 거부할 수 없다. 그래서 한국이 이 조건에서 1차적으로 벗어날 길은 제2의 무역로 러시아 '북극항로'와 '유라시아 철로'에 달렸다. 그럼에도 한국 위정자는 미국 명령에 앞서 알아서 기느라 우크라이나 전쟁에 155mm 포탄 50만발을 보내 러시아 군인 목숨과 한국의 제2의 숨통을 치환했다. 보도에 의하면, 한국에서 그 포탄 1년 생산량은 10만발이며, 50만발은 한국전쟁 대비 1주일분량이라 한다. 휴전 중인 한국에서 그 물량은 전쟁 대비 중요한 전략 비축물이었음에도 기꺼이 헌상해 탄약을 고갈시켰다. 그쯤 되면 푸틴은 핵무기 안전장치를 풀 것이다. 그러거나 말거나, 진보든 보수든, 한국 위정자에게 나라의 미래? 그딴 거 없다. 나라가 망하든 말든, 오로지 상국에 알랑거리며 알아서 길 뿐.

차이나(china)의 대만 흡수 목적 중에 '오키나와' 아시아 걸프만 유전이 있고, 그 소유권이 대륙붕에서 배타적경제수역으로 국제규약이 바뀌면서 일본에 유리해진 그 일본은 지금 천문학적 국가부채로 경제가 하락 중이며, 해외 자본 1차수지로 간신히 버티고 있지만 내리막은 예정되어 있다. 그래서 믿는 것은 오로지 '오키나와' 유전뿐이며, 일본을 먹여 살리는 캐시카우가 자동차산업인데 앞으로 전기차 시대가 본격적으로 전개되면, 전기차는 엔진자동차에 비해 부품이 1/3에 불과하여, 세계를 석권하고 있는 일본의 엔진 자동차산업 시장점유율이 그대로라 해도 생산 규모는 그 비율만큼 축소된다. 일본 '자동차공업회'에 따른 2018년 기준 자국 자동차 관련 분야 종사 일본인이 542만 명이라는데 그것이 1/3로 줄어드는 상황이며, 주력 산업 위축은 곧장 나라 경제 총량 축소로 이어진다. 사정이 그러한 일본은 전기차 배터리와 디지털 기술 정체로 자동차 경쟁에서 이미 밀렸다. 결국 일본에 있어 현재의 남은 돈줄이라야 관광산업뿐이다. 하지만 그것도 지금 일본에서 매독 감염자가 급증하고 있듯이 변수는 있다. 일본에 원조교제라든가 JK비지니스(여고생을 성적 대상으로 삼고 밀착서비스를 제공하는 변종 성 접대) 등 여고생 성 상품화가 범람하는 이유가 일본인 특질 로리타 성향 때문만이 아니라 일본 경제 하락에 따른 아노미 사회 전조 현상이라 해야 옳다. 2017년 UN보고서에 일본 여고생 30%가 원조교제 내지는 JK비지니스 경험이 있다는 발표가 있었다. 지금 세계가 우크라이나 전쟁으로 원자재 값이 오르고 금리가 올라 물가가 폭등하는 상황이니 일본도 마땅히 그래야 하나 막대한 국가부채 이자 부담 때문에 그것이 불가능하다. 그래서 기업은 수지를 맞출 수 없고, 수도, 전기, 교통 등 공공요금은 민영화 되어 천정부지로 뛸 일만 남았다. 일본의 통화정책 양적완화는 수출을 촉진한다는 잇점을 갖지만 반대로 원자재 값이 오를 때 완제품 수지를 맞출 수 없다. 생산 단가가 오르면 그것이 제품 가격에 반영되어야 하나 그러지 못해 기업이 도산하고, 반대로 제품가격을 올리면 소비자는 지갑을 닫아 망한다. 이럴 수도 없고 저럴 수도 없다. 그 가장 쉬운 해결책이 무한정 돈 찍어내기였지만 그래봤자 진통제 마약 처방에 불과했다. 엔화 안전자산 이미지가 무너지고 시간이 갈수록 경기는 침체되고 나라 경제는 난맥상에 빠진다. 2022년 일본 환율이 150엔대로 오르고(가치가 떨어지고) 그 상황을 막기 위해 외환보유금을 풀어 환율을 조정했지만 그래봤자 땜질 처방에 불과하고, 그럴수록 미국 헤지 펀드(hedge fund)의 타깃이 될 그 끝이 가리키는 것은 채무불이행밖에 없다. 일본의 행동경제학으로 밝힌 일본인 인성, 자신의 손해를 감수하면서라도 타인을 괴롭혀 자기만족을 찾는 가학 본성이 결국 자기 몸에 칼질을 한 것이다. 일본은 역사적으로 전쟁을 매개로 부흥한 나라여서 전쟁이 없으면 제 자리로 돌아가야 한다. AD16세기 한반도를 침략해 조선인(한국인) 인구 800만명 중에 100만명 이상을 죽이면서 납치해간 조선인 도자기, 제지, 칠기 등의 기술자,, 그 기술을 지금에 비유하면 3나노 최첨단 반도체에 해당한다. 일본은 조선(한국) 기술자들이 만든 산품으로 유럽과 무역을 하여 부를 쌓았고, 개화기에 남보다 조금 일찍 서양 문물을 받아들여 군사 무기를 만든 그것으로 주변을 침략해 2차대전을 벌였다가 패전하고서도 곧이어 터진 6.25한국전쟁과 베트남 전쟁의 미군 병참조달로 일어섰지만 그 약발도 다해 원래의 자리로 돌아가는 중이다. 그 마지막 희망, 일본이 자국 경제를 회생시킬 비장의 카드가 아시아 걸프만 '오키나와' 유전인데, 그 곳은 차이나(china)가 절대로 포기하지 않을 대상이니 일본은 미국을 배신하고 차이나(china)와 손을 잡든가, 아니면 미국을 등에 업고 차이나(china)와 전쟁을 해야 할 판이다. 일본은 그 바다 유전이 절실하고, 차이나(china)도 아시아 걸프만 로또를 포기할리 없으며, 거기에서 미국을 물리면 태평양 제해권이 확보된다. 일본은 차이나(china)가 JDZ 유전지대 경계에서 처음에 4개의 시추공을 뚫고 석유를 빼 가기 시작할 때부터 차이나(china)에게 공동 채굴을 하자고 안달복달 했으나 거절당했다. 한국과는 "채산성 없다"며 중심 지역 채굴을 기피하면서도 그 경계에서 석유를 빼가고 있는 차이나(china)에게는 같이 채굴하자며 사정하는 일본의 간교한 이중플레이, 그래서 2028년 JDZ조약이 만료되면, 사기 당한 한국은 차치하고, 차이나(china)가 본색을 드러낼 그 정지작업이 대만 복속 전쟁이다.

일본은 그 사회가 민주주의 법치로 돌아가는 것 같아도 실상은 "이지메"로 유지되고 있는 그 의미는 일본에 있어 지성은 있으나 마나한 존재라는 것, 그래서 일본의 미래는 전쟁을 희구하는 우익세력 바람대로 가게 되어 있으며, 현재 첨단 공업기술에서 밀리고 있는 현실과 해결 불가능한 256% 국가부채 타개는 아시아 걸프만 '오키나와' 유전뿐이고, 그게 아니면 제2한반도전쟁 미군 병참기지 역할밖에 없다. 그런데 이번에 터질 한반도전쟁은 과거와 달리 북한 경제가 거지꼴에서 속전속결 며칠 만에 끝나는 "핵전쟁" 뿐이고, 그 "핵미사일"은 한국만이 아니라 일본으로도 날아간다. 그래서 전쟁물자 생산 공급기지 기대는 김칫국에 불과할 뿐, 결국 매달릴 구석은 오로지 '오키나와' 유전뿐인데, 그곳은 사기 당한 한국보다 차이나(china)가 더 욕심내고 있으니 일본이 애초의 조약대로 그곳에서 석유를 한국과 함께 채굴했으면 간단했을 일을 일본인 모략, 위계, 날조, 그리고 교활한 이중성 DNA가 발동해 서로 못 먹는 파토 상황을 만들었다.

일본은 지진이 흔한 자국 땅 천재지변 불안감 때문에 오래 전부터 안전한 땅을 노려온 그 동력이 "덴노 헤이카 반자이(천황폐하 만세)" 신도민족 국수주의였다. 현재 일본 거리에서 "착한 조센징(한국인 비하 용어)도, 나쁜 조센징도 없다. 조센징을 모두 죽여라!!" "여러분! 거리에서 한국 여자를 보면 돌을 던져도, 강간을 해도 무방합니다!" "일본 사회의 진드기, 쓰레기, 구더기, 재일조선인 구제처분 담당입니다!" "코리아 타운을 뭉개버리고 가스실을 만들자!" "한국여성은 매춘부, 한국은 매춘 관광국" "한국은 악이요, 적이다!"고 외치는 피킷과 시끄러운 확성기 도그마가 일상인 일본 우익 떼거리가 버젓이 일본 도심을 행진해도 일본 경찰은 그들을 저지하기는커녕 안전하게 보호한다. 실제로는 조장한다. 이들은 일본 사회 일부 일탈 무리가 아니다. 일본 절대 권력 자민당 전위병이다. 일본에서 과거에 총리를 지내고 현재 부총리와 재무대신을 겸하고 있는 전범기업 출신 '아소 다로'가 "한반도에 전쟁이 터져 한국인 난민이 일본에 도착하면 사살할 것"을 이슈화 하는 것이 현재의 일본이다. 그것은 한 개인의 생각이 아니다. 정치인은 민의를 대변하니 일본인 다수의 속내이다. 역사적으로 한국이 일본을 침략하여 일본인에게 피해를 준 적이 한 번도 없었다. 예를 들어, 1945년 일본이 2차대전에서 패망하여 한국에서 물러갈 때, 한국인은 일본인을 단 한 사람도 죽이거나 다치게 하지 않았다. 35년 식민지 강점 기간 동안 한국인을 무자비하게 학살하고, '동양척식주식회사'를 통해 토지를 빼앗아 많은 한국인이 알거지가 되어 만주와 연해주 등으로 이산하고, 일본 징용으로 끌려가 혹사당하며 굶어 죽고, 매 맞아 죽고, 나이어린 10대 초반 소녀가 전장에 끌려가 매일 수없이 강간당했음에도 일본군은 패전 마지막 순간에 증거를 없애려고 그 여성 대부분을 학살해버리는 등 한국인은 일제 강점기 35년간 이루 말로 다 할 수 없는 고초를 당했음에도 한국에서 패주하는 일본 군인이든, 민간인이든, 단 한 사람도 죽이거나 보복하지 않았다. 백의의 한국인 피에 살상과 폭력을 기피하도록 배운 인간의 도리 그 얼어 죽을 놈의 윤리 인식이 몸에 배어 있어서였다. 과연 이것을 좋다고만 할 것인가. 미국에서 2차대전 일본 패전 후의 한반도 상황을 그린 일본 여성 자전소설 '요꼬 이야기'(So Far from the Bamboo Grove)에서 한국인이 패주하는 일본군을 사냥하고 어린 여성을 강간한 사악한 악마, 강간자로 표현된 그 내용은 객관적 증거 없는 작가 개인적이며 일본인 특기 조작과 날조가 발휘된 허구에 불과했다. 그럼에도 미국에서 아무런 검증 없이 자국 어린 학생들에게 필독서로 권장되어 미국 거주 한국계 학생들이 특히 백인 급우들에게 "더러운 한국놈들"이라며 폭행당하고 멸시 받았다. 일본이 2차대전에서 패해 한국에서 철수하는 동안 일본 군인이든 민간인이든 한국인은 그들을 보복하거나, 위해를 가하거나, 강간한 예가 단 한 건도 없었던 것이 팩트이다. 일본 우익은 지금 그마저도 일본인이 식민지 통치 기간 중 한국인을 우대하고 개화시킨 결과라고 헛소리 하고 있다. 듣기로 그 여성 작가의 부친은 일본군 장교였고 만주 731부대 인간 생체실험 관련자라는 말이 있다. 그렇다면, 복수를 모르는 한국인을 향해 지금 일본인들이 길거리에서 떼 지어 저주하는 그 실체는 무엇인가. 그냥 피 냄새가 그리운 일본인 본성 살략과 강간, 그로테스크 새디즘 욕망이자, 그 실행을 위한 평화헌법 개정과 그것을 이용해 자국민을 단속하려는 일본 우익 정부의 일향 집체가 목적이다. 일본 권부의 실질적 국민통제 수단 "이지메"를 이용한 자국민 닦달 이중협박, 그 본연은 자연재난이 일상이며, 후쿠시마원전 방사능 누출로 건강하게 사는 것마저 글러먹은 현실 타개 요구가 침략 DNA 본성을 자극해 또다시 주변국 구투 살략과 집단강간을 꿈꾸며 안전한 땅을 찾는 그 윽박지름이다. 아프칸 미군 철수 당시 일본 자위대 수송기 3대가 날아가 자국민을 달랑 1인만 태우고 와 비난이 일자 정식 군대가 없어서 생긴 일이라며 그마저도 평화헌법 개정으로 여론이 돌았다. 듣기로, 일본자위대법 84조 4항만으로도 자위대가 해외에서 자국민 철수 작전을 얼마든지 수행할 수 있다고 하는데도 세계 5위 군사력을 보유한 일본이 군대를 가질 수 없는 평화헌법 때문에 작전이 실패했다는 식으로 귀결 됐다. 그렇다면 일본이 평화헌법을 고쳐 "재무장" 했을 때 그 총구는 과연 어디로 향할 것인가. 중국? 가당치 않다. 그렇다면 가장 가까운 한국? 분명 한국이 제1번 타깃인 것은 맞지만 한국은 그 내부에 오열을 심어 혼란과 부패로 먹을 대상이지 총으로 건드릴 상대가 아니다. 그 실패는 이미 400년 전에 경험했다가 100년 전에 한국이 스스로 썩어 문드러져 거저먹은 성공이 있듯이, 한국 내부에 오열을 심어 서로 물어뜯게 하여 망하게 하는 방법 말고는 없다. 70년간 전쟁 휴전 상태인 한국의 군사력과 첨단 공업기술력, 그리고 1인당 실질 국민소득(GDP)이 이미 일본을 넘고 있는 상황이어서 일본의 그 염원은 역사가 깊고 인구가 많은 나라를 우선순위에서 제외시키면, 가리키는 곳은 남쪽 바다 너머의 넓고 무구한 땅이며, 러시아의 빈틈을 노리는 광활한 북방 지역이다. 러시아가 지금 우크라이나 전쟁으로 궁지에 몰렸고, 서방의 전쟁 물자 금수 조치로 경황없는 와중에도 일본 북방 지역에서 군사 훈련을 하며, 그 군함이 홋카이도 쓰가루(津輕) 해협을 통과하며 무력시위를 한 것도 다 그 때문이다. 그것은 함부로 "까불지 말라!"는 경고인 동시에 러시아가 이 지역 위기를 이미 알고 있다는 사인이기도 하다. 일본이 끊임없이 북방 4개섬 이슈를 만들고, 2차대전 때 잠깐 점령했던 러시아 캄차카반도 남부를 자국 지도에 지금도 백지로 남겨둔 것이 그것을 증거 한다. 광대한 시베리아 영토를 넘보며, 때를 기다리는 일본의 그러한 야욕은 지진과 쓰나미, 태풍 등 상시인 천재지변 불안감이 주는 신천지 갈망에서 오며 그것을 이용하는 일본 우익의 구심점이 "천황"과 2차대전 전몰자 봉안 "야스쿠니 신사"

여서 그것이 있는 한 일본은 군국주의로 가게 마련인 그 진짜 속내, 주변국 민간인을 무참히 살육하고 강간한 그 짜릿한 광란의 피 냄새 구몽 일본인의 갈증을 세계는 '미리아리 해야 한다. 그 피해자 중에는 많은 어린 아이와 여성이 있었고 그 중에는 임산부도 있었다. 그때 그들은 그 여성의 배를 칼로 갈랐다. 그 칼질에 무슨 쾌감이 있는지 보통사람은 알 수 없다. 대항력 없는 먹잇감 사냥. 일본인의 로리타 기질도 사실은 거기에서 출발한다. 그들의 약자 괴롭힘은 2011년 동일본 쓰나미에서도 잘 나타나 재산과 가족을 잃고 비탄에 빠진 이재민들이 학교체육관에 수용되었을 때 그곳에서 밤이면 남자들이 여성 담요 안으로 기어들었다. 그리고 뺑뺑이 돌렸다. 가족을 잃은 여성이 재난 물품을 수령하기 위해 관리소에 찾아가면 일단 다리부터 벌려야 했다. 나중에 드러난 바로 그런 사실은 재난지마다 있었던 일이었다. 일본의 민속 '요바이와 패잔병 사냥 오치무샤카리(落(ち)武者제)는 여전히 존재했다. 지금도 일본에 재난이 일어날 때마다 "한국인이 우물에 독약을 탔다"는 유언비어가 돈다. 1923년 관동대지진 당시 한국인 6,000여명을 칼과 죽창으로 찔러죽이고 차이나(china) 난징에서 30만 명을 학살한 극강의 유혈 엑스터시를 도저히 못 잊는 것이다. 일본은 지금 차이나(china)와 북한 그리고 러시아 군사 위협이라는 주변 여건을 빙자해 재무장을 법제화 시켰고, 군사비는 GDP 1%에서 2%로 결정되었다. 미국은 태평양 국방비 절감을 위해 일본 군국화를 환영하지만, 나중에 일본 이중성에 낭패를 볼 수 있다. 일본에 "천황제"와 2차대전 전몰자 봉안 "야스쿠니 신사"가 있는 한 일본의 주변 침략은 사라지지 않는다. 후쿠시마 원전 오염수 방류도 그 일환이다.

-----
미리아리: (미리 알아차림).
요바이: (夜這い; 밤중에 성교를 목적으로 모르는 사람의 침실에 침입하는 일본의 옛 풍습).

## 16. 책임전가.

2011년 일본 후쿠시마 대지진으로 그곳 원전이 파괴되어 지금도 매일 발생하는 140톤의 오염수가 10년이 지나는 시점에 120만 톤이 되었고, 일본 정부는 이것을 2022년부터 바다에 방류하기로 결정 했다. 이 오염수에 삼중수소라는 물질이 들어있고 이는 양자 1개, 전자 1개, 중성자 2개로 형성되어 물과 성질이 같아 화학적으로 분리하기가 어렵고, 국제환경단체 그린피스는 이 오염수에 삼중수소 말고도 골수에 축적돼 혈액암을 일으키는 스트로튬-90을 비롯하여 탄소-14, 세슘, 플루토늄, 요오드와 같은 방사성 핵종이 더 위험하며 이 물질들은 인간 DNA에 심각한 변형을 가져와 각종 암을 유발시킨다고 하며, 또한 이 분야 과학계는 언급한 것 말고도 60개 이상의 유해물질이 있다고 한다. 그럼에도 일본 정부는 이 모든 위험 물질을 기준치 이하로 떨어뜨리는 "다핵종제거장치(ALPS)"로 안전하게 처리 했다고 한다. 그러나 그 장치물 자체가 미국 회사에서 시험용으로 만든 것을 일본 회사에서 개량한 것으로 검증이 안 된 것이다. 일본이 이 장치로 처리했다는 오염수에 여러 유해물질이 남아 있어 모두 기준치를 수십에서 수백 배 초과하고 그중 가장 치명적인 스트로튬-90은 기준치의 2만 배였다고 하는데 일본 정부는 이를 은폐한 것으로 보도되었다. 그린피스 수석원자력전문가 숀 버니 씨는 "일본은 오로지 바다에 방류하여 돈 안 드는 방법만 생각하고 환경이나 인간의 건강문제는 전혀 관심이 없다"고 비난했음에도 국제원자력기구(IAEA)는 "일본의 결정을 지지한다"는 발표를 했고, 미국의 어느 원자력공학과 교수는 자국 매체 CMBC에 출연하여 "일본 후쿠시마 원전 오염수를 해양에 투기하는 것은 잘 희석

될 것이므로 위험하지 않다"고까지 했다. 이 방사능 물질 해양투기에 대하여 만일의 사태까지 상정하여 대비해야 함은 인류 미래를 위해 반드시 필요한 사안임에도 소위 학자라는 사람들이 아직 불명확한 과학 분야에 대하여 그런 무책임한 말을 한다는 것은 일본군 성노예 사실을 왜곡한 하버드 램지어 교수가 그렇듯 연상되는 것은 일본의 공적자금 살포이다. 사정이 그러함에도 미국 정부는 "일본의 결정이 국제 기준에 부합 한다"며 일본의 원전 오염수 방류를 지지했다. 지난 10년간 유지해온 일본 후쿠시마 농수산물 수입 규제(Import Alert 99-33)도 해제했다. 그린피스가 이 오염수에 대한 위험성을 말하고 있음에도 인류 건강과 생명보다 자국 이데올로기 패권을 우선시한 것이다. 한 발 더 나아가 일본 '아소 다로' 부총리를 비롯한 그 권부는 그 오염수 음용도 괜찮다고까지 했다. 그렇다면 그 물을 일본에 수돗물로 공급하여 그 국민이 마시게 하거나, 그게 잔인하다면 일본 땅 한 쪽에 넓고 깊게 경관 좋은 호수를 만들어 보관하면 될 일이다. 목적은 수돗물로 마시든, 호수를 만들든, 아니면 탱크를 늘리든, 외부로 방출하지 않고 일본 내에서 처리하는 것만이 인류 안녕을 위한 그 엄숙한 책임이자 의무이다. 그러나 일본은 항상 책임을 회피해 왔고, 과거를 반성하지 않으며, 오히려 피해자 코스프레로 본 모습을 감춰온 그 관습대로 인류의 미래를 위협하고 있다. 지금도 후쿠시마 원자로에서 노심이 녹고 있으며, 뚜껑 부근에서 방출되는 방사능을 사람이 1시간 피폭하면 사망에 이른다고 한다. 이런 조건에서 모아둔 검증 안 된 오염수가 바다에 방류되면 인근 해역은 물론이고 쿠로시오 해류를 따라 수개월 내에 아메리카 대륙 연안에 도착한다. 그 사이 방사능 물질이 해저에 고착되면서 차츰 대양으로 퍼져나간다. 그 피해는 일본과 가까운 한국이 가장 심할 것으로 보이나 실제에 있어 쿠로시오 해류가 가장 먼저 도착할 곳은 러시아 동부 해안이고, 알래스카를 지나 캐나다와 미국 태평양 연안이다. 그래서 이 문제는 그 해당국에서 먼저 나서야 할 사안임에도 유난히 한국만 시끄럽게 떠들고 있다. 그 오염수에 방사능 반감기가 수 천 년에서 1만년이 넘는 물질이 들어 있고, 이로 암을 위시한 치명적 질병이 유발될 이런 유해물질들이 미래에 어떤 식으로 나타날지 아무도 모르는 이토록 중요한 문제에 대하여 일본 정부와 도쿄전력은 조작된 데이터로 사실을 왜곡하고 있으며, 일본만이 아니라 이를 옹호하고 있는 국제원자력기구(IAEA)와 미(美)정치관료 짬짜미에 대하여 인류가 힘을 합쳐 고발하고 저지해야 함에도 세계는 미국의 부당한 힘 앞에 입 다물고 있다. 이 지구라는 행성에서 인류는 대대손손 건강하게 살아가야 할 권리가 있고, 인간 이외의 많은 생명도 그러하다. 그 누구도 이 행성에 위해를 가할 권리는 없다. 그것을 일본이 자신의 돈과 수고를 아끼려고 어기고 있다. 2011년 후쿠시마 원전 사고는 그 발생 4일 전에 일본 지진연구소에서 15m 쓰나미가 발생한다고 도쿄전력에 전달했음에도 가동을 멈추지 않아 생겨난 인재였다. 사고 자체가 책임지지 않는 일본인 기질에서 왔고 그 처리도 오로지 책임회피뿐이다. 그러면서도 억울한 피해자 코스프레로 위기를 모면하고자 하는 일본 전통 그대로의 '추위, 이것이 인류 미래의 회복불능 재앙이 될 것은 너무나 명확하다.

-----

추위: (推委; 스스로 책임을 지지 않고 남에게 미룸).

1956년 일본 구마모토(熊本) 미나마타시(水俣市)에서 원인을 알 수 없는 병에 걸린 수 천 명의 사람들이 심한 발작과 사지마비 등 참혹한 증상에 시달렸고 300명의 사망자가 발생했을 때, 나중에 밝혀진 원인은 수은이 포함된 어패류 섭취였다. 당시 일본의 거대 질소회사가 수은을 바다에 방류했는데 해당 회사는 미나마타시에 50% 세금과 고용의 25%를 담당하고 있었기에 시(市) 당국은 회사를 감싸려고 사건 진상이 외부로 유출되는 것을 통제하였으나 한 외국인 가족이 감염되면서 이를 해외 언론에 알림으로써 커다란 이슈가 되었다. 그럼에도 피해자들은 제대로 된 보상도 받지 못했고 사지 마비와 떨림으로 고통스러운 인생을 살면서 주변으로부터는 오히려 "이지메"를 당했다. 이런 상황에 증오심을 품은 피해자 한 사람이 도쿄 지하철에서 사린가스 테러를 저질러 거기에서도 무고한 시민이 희생되었다. 당시의 일본 정부는 "수은을 바다에 방류해도 사람에게 아무런 피해가 없다"고 발표했으나 실제로는 1,300km 떨어진 곳에서도 피해는 발생했다. 그때의 수은 방류가 다시 재연되는 그 폐해가 수은 방류에 비할 바가 아닌 방사능 오염수 방출이며, 그 발단 후쿠시마 원전 사고 도쿄전력 형사재판 1심 선고는 전원 무죄였다. 아무도 책임지는 사람이 없다. 책임은 일본 정체성에 반하기 때문이다.

1986년 4월, 체르노빌 원자력발전소에서는 1개 원자로가 폭발했으나 일본 후쿠시마는 원자로 3개에 핵연료 저장소까지 함께 폭발했고, 이를 보고 많은 전문가들은 일본 쪽 방사능 규모가 체르노빌보다 최소 10배 이상이라고 진단했으나 국제원자력기구 IAEA는 체르노빌의 10~20%에 불과하다고 최종 발표했고 미국은 이를 지지했다. 이것이 시사하는 바는 명료하다. 암묵적이면서 표면적으로 IAEA와 함께 일본을 응원한 미국 정부는 차이나(china) 팽창을 저지하기 위한 미태평양 방어선 동맹국에 대한 정치적 배려 뉘앙스를 슬쩍 풍기나 실제로는 일본의 막대한 로비자금 중에 60%가 미국 조야에 뿌려지는 그 뇌물이 작동한 결과로밖에 다른 해석은 구차하다. 후쿠시마 오염수 방류, 그것은 인류를 향한 침략 행위이다.

일본은 오염수를 2023년부터 본격적으로 방류하겠다고 하는데 절대로 안 될 일이다. 그것을 무슨 기계 장치로 처리하여 안전하다고 선전하지만 그 처리 자체가 조작이고 현대 과학으로도 안전이 입증되지 않은 그 현대 과학조차 이 부분은 아직 모르는 게 많다. 이것은 지금은 물론이고 앞으로 태어날 인류 미래 세대를 절망케 할 것이 뻔하다. 그렇다면 세계의 미래를

위협하는 일본의 이런 무책임한 행악질 자신감은 도대체 어디에서 오는 것인가. 그 모든 것이 2차대전 전범 수장 "천황 면책"으로부터 온다. 일본에 책임기피 전범 면책 표상 "천황"이 존재하는 한, 그 수하 권력이 무슨 짓을 하든지 면죄부를 받는다. 2차대전 일본 패전 당시에 연합국은 아시아 전범 꼭지 "천황"을 문책하고 그 관련자를 철저히 가려내 모조리 처벌한 후 일본에서 "천황제"를 폐지하고 올바른 민주주의 체계를 만들어야 했음에도 미국이 일본을 태평양 방파제로 쓰려는 이데올로기 대결구도를 우선하여 전범 꼭지를 재판에 넘기지도 않았고, 그 수하 전범들 또한 대개 면책 또는 가벼운 징계로 끝낸 그 얼렁뚱땅이 '냄새 나는 것은 덮으면 그만(臭いものに蓋をする/くさいものにふたをする)'이라는 일본 고유 전통에 입각하여 무책임으로 재연되는 일본의 그 모든 해악이 동양의 "히틀러"를 살려준 미국의 자국 이익 중심주의 전횡 "천황 면책"으로부터 온다. 일본은 패전 후 지금에 이르도록 전범행위를 반성하지 않았고 변하지도 않았다. 그것이 지금 그들의 전통 계서와 세습으로 내려 주변 괴롭힘을 넘어 후쿠시마 원전 오염수 방류로 인류 미래를 위협하고 있다. 과거를 인정하지도, 반성하지도 않는 일본의 2차대전 피해자 코스프레 그 진실은 순환논법 1과 1,0의 눈속임 타입캐스팅(type casting)에 불과하다. 일본의 책임기피 전통은 자기 배를 가르는 무사문화 "할복"에서 오고, 2중성 교활함은 17세기 초 도쿠가와 이에야쓰(德川家康)가 17세기 초 일본의 100년 전란을 종식하고 나서 사회를 안정시키기 위해 무사든, 평민이든, 이유 여하를 막론하고 싸움을 하면 양자를 처벌(喧嘩両成敗; けんかりょうせいばい)하는 제도를 만들면서, 그 면책은 오로지 상대방이 광인(狂人)인 경우에 한정한 것에서도 유래한다. 그것이 오랫동안 이어지면서 일본인은 아무리 기분 나쁜 일이 있어도 상대와 면전에서 다투지 않는다. 별일 아니라는 듯, 고개 숙여 사과하고, 상냥한 미소를 띠지만, 뒤에서 모사를 꾸며 상대를 함정에 빠뜨린다. 잘못을 인정하는 것은 배를 가르는 할복을 의미하고, 상대를 광인(狂

人)으로 만들어야만 내가 살기 때문이다. 자신들이 2차대전 억울한 피해자이며, 미국인이 광인(狂人)이 되어야 하는 이유이며, 일본의 이중성과 그들의 특기 기습의 출발지이다. 그래서 정정당당함을 모른다.

얼마 전 일본에서 한 초등학생이 원폭 기념관 들려 일본 우익 단체가 만든 6분짜리 동영상을 보고 나서 "일본은 핵무기를 개발해야 한다. 일본은 원폭이 투하된 나라이기에 보복할 권리가 있다. 일본은 핵무기 46톤 플루토늄을 보유하고 6,000개 이상의 핵무기를 만들 수 있고, 국제법상 일본은 미국에 대한 핵 보복이 허용되고 있다"고 떠든 것이 일본에서 이슈가 되었는데, 이것은 없는 말을 하여 그런 것이 아니라 감추고 있어야 할 말을 나이가 어려 발설해 일본인이 놀랐던 것뿐, 일본인 이중성 혼네(본심)가 어린이 입을 통해 노출됐다. 이것이 일본의 원폭 피해자 코스프레 목적이면서 아베 전 총리가 "일본은 역사를 직면해야 하지만, 일본의 미래 세대가 과거를 사죄하게 하면 안 된다"고 한 과거 부정의 결과이다. 일본 어린이는 그렇게 교육받고 자란다. 그리고 그 교육은 이미 오래 전부터 실시하여 그들 머리에 각인 되었다.

1931년 9월 18일, 일본군은 류탸오후 사건(柳條湖事件)을 자작하여 만주를 침공한 이후 그곳에 일본 괴뢰 정권 만주국을 세워 차이나(china) 본토 침공을 위한 군사 거점을 만들어 인간 살육을 자행하면서 난징 30만명 민간인 살상 전초전을 삼았다.

일본 와세다대학 교수 아리마 테츠오(有馬哲夫)는 러시아의 우크라이나 침공에 대하여 자신의 트윗터에 "일본인은 만주침공의 역사를 알고 있어 당신들의 심정을 잘 압니다. 우크라이나인들에게 신의 가호가 있기를 기도할 수밖에 없는 것이 매우 아쉽습니다"는 글을 남겼다. 누가 가해자이고, 누가 피해자인지 애매모호한 둔사(遁辭)로 일본이 피해자인 척 코스프레 했다. 이를 본 미국 노스캐롤라이나 주립대 역사학 교수 데이빗 앰버러스(David Ambaras)는 자신의 트윗터에 다음과 같은 글을 남겼다.

"어이! 윤똑똑이, 거기에서 너희는 침공하는 러시아 쪽이지 우크라이나가 아니야! (Dude, the japanese were the Russians, not the Ukrainians)"

한편, 2022년 4월 1일, 우크라이나 정부는 트윗터 영상에 "파시즘과 나치즘은 1945년에 패배했다(FASCISM AND NAZISM WERE DEFEATED IN 1945)는 표제로 중앙에 히틀러, 왼쪽에 무솔리니, 오른쪽에 히로히토 일본 천황 얼굴을 집어넣었다. 이를 본 일본인들이 경악했고 일본 외무성은 강력하게 항의하며 수정을 요구했다. 그러나 분명히 2차대전 당시 유럽에 히틀러가 있었고 아시아에 일본 천황 히로히토가 있었다. 그때 나치와 일본은 동맹관계였다. 그랬음에도 이 트윗을 본 일본인들이 반발하자, 우크라이나 정부는 역사적 사실을 얼버무리며 "이번 실수에 대하여 일본에 진심으로 사과합니다. 우리는 우호적인 일본인을 화나게 할 생각은 없었습니다"는 글과 함께 히로히토 얼굴을 삭제했다. 일본이 과거를 인정도 사과도 않는다는 것을 우크라이나가 간과해 생긴 일이었다. 그래서 세르기 코르슨스키(Sergiy Korsunsky) 주일 우크라이나 특명 전권대사는 트윗터에 "히로히토 천황은 항상 일본과 세계의 평화를 바라고 있었음을 우리 우크라이나인은 알고 있었습니다. 황공하오나 히로히토 천황이 지으신 메이지 천황 시가를 여기에 적는 것으로 사죄를 대신할 수 있다면 감사하겠습니다."는 글과 함께 "일본천황은 전쟁 발발과 파시스트와는 무관하며, 이는 역사적 사실과도 맞지 않고 공정하지도 않다"고 변호했다. 그러자 한 일본인이 그 계정에 "(우리가) 반론하지 않고 가만히 있으면 (히로히토 전범 사실이) 기정사실화 될 거라 생각한다. 그동안 한국에 피해를 당해온 일본인 입장에서 러시아는 한국과 비슷하기 때문에 발 빠르게 반박하는 것이 중요하다고 생각한다."는 리트윗을 남겼다. 이를 본 코르슨스키 대사는 '좋아요'를 눌렀다. 그래서 한국이 2차대전 전범 '제노사이드 추축국으로 확정되었다. 한국은 우크라이나를 위해 자신의 생존이 걸린 북방 무역로 제2 생명줄 러시아를 버렸다. 이쯤에서 한국인이 알아야 할 것은 "정의란 무엇인가"에 대하에 함부로 윤리 잣대를 들이대지 말라는 것이다. 세상은 힘으로 돌아가며, 각자 이익 여부에 따라 편이 갈린다는 것, 한국은 이 엄혹한 현실을 머리로는 알아도 가슴으로는 인정 못해 혼란이 온다는 것, 그것이 나라 멸망 민족소멸을 가리켜도 그러하다.
-----
제노사이드: (genocide; 집단[종족] 학살).

일본의 역사 인식은 어린아이든, 대학교 교수든, 진실을 말하지 못 하도록 강제된 눈초리 "이지메"가 있어 모두 같은 지점에 머물러 있다. 유치원에서부터 이미 제식훈련이 시작되며, 학년이 올라갈수록 집체 분위기가 조성되어 그에 따른 집단주의 인성이 형성된다. 일본은 책임을 기피하는 나라이고, 그래서 과거를 잊었으니 그 때문에 역사를 반복할 수밖에 없다. 일본 권력은 1866년 샷쵸동맹 이래의 견고한 세습권력 우익 집단이 장악해 왔고, 아베 전 총리는 재임 시 겉으로는 "적극적 평화주의"를 말하면서 과거에 대한 사과나 반성을 말 한 적이 없다. 이번에 새로 들어선 기시다 정부는 정치 기반이 약해 오히려 더 강경한 우익스탠스를 취하고 있다. 일본 권력의 중추 자민당 국회의원 모두가 우익 국수주의 범주에 있으며, 차이라고 해봐야 그 표현 수위 정도일 뿐, 그래서 일본 재무장에 반하는 자세로는 그 조직에서 살아남을 수 없다. 일본의 내각제 총리선출은 세습과 계서로 내리는 국회의원 실세의 합종연횡에 의하니 국민의 의사는 별개이다. 그런 구조가 정치는 정치인만의 특정 분야가 되어 물갈이가 안 되며, 그 권력 중심은 세습과 계서라는 종축으로 이어져 변화는 없다. 지난 총선에서 11석 군소 정당이었던 극우세력 '일본 유신회'가 돌풍을 일으키며 41

석을 차지해 제3당으로 등극한 그들의 구호가 "전쟁 가능한 일본으로의 헌법 개정"과 "2차대전 성노예 부정"이었음이 증거 하듯 일본 정치가 갈수록 더 강력한 극우로 확장되는 것은 일본 경제 하락에의 불안감 때문이기도 하다. 지난 총리 선출에서 일본 최대 정치 파벌 아베파가 밀었던 극우 여성정치인 다카이치 사나에(高市早苗)씨는 정견발표에서 "총리가 되면 평소 해오던 대로 야스쿠니 신사를 공식 참배 하겠다"고 공언하면서 1995년 일본의 아시아 침략을 사죄한 무라야마 총리 담화를 비난했다. 총무상 재직 중 외무위원회 기조발언에서도 일본의 2차대전 전범 행위에 대하여 "적어도 나 자신은 전쟁 당사자라고 할 수 없는 세대, 반성 같은 것은 하고 있지 않다"며 일본군 성노예 동원 강제성을 인정한 고노 담화에 대해서도 "사실에 근거한 새 담화를 발표해야 한다"면서 평화헌법 9조 개정을 외쳤다. 그녀는 일본 네오나치즘 단체와도 연대하고 있어서 이스라엘과 디아스포라 유대인 단체가 성토한 바도 있다. 그녀는 한국에 대하여 버릇없다는 의미로 "기어오르고 있다(付け上(が)る)"는 말도 서슴지 않았다. 정도의 차이만 있을 뿐, 혐한과 평화헌법 개정을 정치입신 지렛대로 삼는 일본 우익 국수주의 권력은 그래서 2차대전 "팔굉일우" 망령을 벗을 수 없고, "원폭 피해자 코스프레"가 반성하지 않는 군국주의 규합에의 연판장이며, 주변 침략 반복을 위한 소집명령이라고 볼 수밖에 없는 그 경계심을 절대로 기우라 할 수 없다. 비행기에 폭탄을 싣고 미 군함에 돌진한 '가미가제'가 성공 가능성 희박한 개죽음이었음에도 아름답게 미화되는 것도 군국주의로의 채찍질이듯, 지난 아프칸 철수에서 일본인 6명과 현지 협조인 500명 철수가 목적이라며, 요란하게 떠난 자위대 수송기 3대가 달랑 자국민 1인만 태우고 돌아와서도 정규 군대가 없어 실패했다고 여론이 돌은 그 현지인 수송 실패는 교묘한 난민거부, 즉 의도된 실패라고 외신은 말한다. 그냥 시늉이었고 본질적으로는 일본의 이중성 나출이었다. 이번 우크라이나 전쟁으로 수백만 명 난민이 발생하자 개전 6주가 지나는 시점에서 난민 200

명을 받고 나서 그것을 내세워 한국이 난민을 받지 않는다고 비난했지만 한국은 휴전 중인 국가여서 난민 수용에 신중할 수밖에 없는 조건이며, 현재 북한 탈출 난민에게 아파트를 비롯한 사회보장 편의 제공 등 경제적으로도 막대한 지출 중에 있다. 반면, 일본 당국은 자국으로 수송해온 우크라이나 난민 지위를 피난민으로 규정했듯이 거기에도 예외 없이 그들의 특기 2중성이 숨어 있었다. 난민과 피난민 사이에는 그 처우에 있어 커다란 차이가 있다. 난민은 그 나라의 사회보장 제도 혜택을 받고 영주권이 주어지지만 피난민은 그것이 한시적이며 제한적이어서 매년 자격 심사를 받아야 하며 상황이 바뀌면 그 나라를 떠나야 한다. 일본은 우크라이나 200명 난민을 받으면서 세계를 향해 인도주의를 실천했다고 떠들었으나 실제에 있어서는 그냥 시늉이었다. 이번 코로나19 팬더믹 사태로 일본이 혼란에 빠졌던 것도 국민을 위한 정책이 아닌 소수 권력자 돈 따먹기가 먼저였을 뿐, 모략과 위계, 날조 특기가 그대로 발휘되어 통계 조작이 다반사였듯이 진실은 없다. 이번에 새로 취임한 기시다 총리는 중도파라고 알려졌음에도 혐한은 더 강경해져 자민당 내 〈한국 고통주기 전담반〉이라는 정책 부서까지 만들었다. 혐한을 매개로 우익이 결집되고 군국주의가 포창되는 일본의 끊임없는 도발은 그들의 정치가 실제로는 무사문화 봉건 토호 갑옷 위에 걸친 민주주의 망토에 불과하여 그러하다. 칼이 잘 드는지 시험해 보기 위해 지나가는 행인 아무나 베어버렸던 그 칼부림 내력으로 한국이 피투성이가 됐지만, 그러나 다른 면에서 보면, 한국을 향한 일본의 끝없는 시악(恃惡)이 근본적으로는 한국인이 복수를 하지 않아 생긴 측면도 많다. 한국은 유구한 일본 왜구 침략 이래 단 한 번도 복수하지 않았다. 2019년 일본이 한국의 반도체산업을 무너뜨리겠다며 소재, 부품 공급을 중단했을 때에도 한국은 활로 찾기에만 급급했고, 국민이 하나가 되어 일본제품 불매운동을 벌였다 해도 그것은 저항이지 보복이 아니다. 한국인이 자랑스러워하는 자기 정체성 상생 인본주의 결과물 일방 피침 970:0 피투성이 역사 출발지이다. 한국이 일본에 아무런 위해를 가한 적이 없음에도 일본 자민당에 〈한국 고통주기 전담반〉이라는 비상식적 부서가 만들어진 것이 증거 하듯, 그것은 고래로 정한(征韓)을 포기한 적 없는 그 속내가 돌려까기로 표출된 것일 뿐이다. 이 끝없는 침략 반복을 끊기 위해서라도 한국은 보복으로 맞서야 했다. 하나가 오면 반드시 그 몇 배로 갚아야 한다. 그래야 침략이 사라진다. 그러나 한국인에게는 보복 DNA 자체가 없어 스스로 뽐내는 970:0 피투성이 피침 트로피가 만들어졌다. 한국인 인성이 착하고 순해서만이 아니다. 조선 개국 이래 그것은 오랜 상국 사대로 주관이 거세되었기 때문이다. 그래서 일본의 정한(征韓) 살략은 손해 볼 일이 없는 장사가 되었고 거기에는 극단의 엑스터시 그로테스크 휘검 살월과 강간 돌려먹기까지 있다. 한국을 향한 일본의 반도체 소재 공급(Supply Chain) 차단은 하와이 진주만 기습에 해당한다. 한국 경제 기둥을 무너뜨리고자 시도된 도발이었다. 그래서 한국은 마땅히 그에 상응한 복수를 해야 했다. 선택지는 얼마든지 있었다. 쉽게, 한국이 일본에 제공하는 첨단 반도체와 고성능 TV 판넬 등 일본이 생산 못 하는 물품을 끊어 일본 공업 생산에 타격을 줌으로써 함부로 까불면 다친다는 교훈을 주었어야 했다. 그럼에도 한국인은 복수 DNA가 없어 얻어터지기만 하고 끝냈다. 저항만을 자랑으로 여겼다. 그러나 시간이 지나면 다시 재연될 그 반복을 과연 저항이랄 수 있는가. 도둑놈이 도둑질 하다가 걸렸을 때 장물을 토해 내는 것으로 그만이면 세상은 도둑질 천지가 된다. 한국 보복 절대로 없음,, 무고한 한국인을 아무리 많이 죽이고, 나이 어린 여성을 잡아가 수없이 강간하고, 그 어떤 재물을 빼앗아도 절대로 복수 없음, 더구나 조금만 시간이 흐르면 그 사실조차 잊어버리는 한국인 무개념 저항 정신, 일본 침략은 그래서 멈추지 않는다. 그것은 결코 손해 볼 일 없는 밑져야 본전 장사여서 그러하다. 일본 2,000년 역사 중 최소 그 절반에 해당하는 기간 내내 한국을 침략해 살략과 강간이 자행되었으나 한국은 복수는 고사하고 조금만 시간이 지나면 잊었고 그로 침략은 끝없이 반복 되었다. 그리고 그것은 일본만이 아니라 차이나(china)도 마찬가지여서 한국은 양쪽에서 얻어 터지는 샌드위치였다. 그럼에도 일본 침노가 더욱 뼈에 사무치는 것은 그들이 노리는 대상이 주로 민간인이기 때문이다. 현재의 한국 법률이 정당방위에 인색한 것도 한국인 복수심 부재와 일본 식민지 기간에 배운 일본문화 폐습 '무조건 양자처벌 원칙'에서 온다. 그래서 한국은 자국민끼리 물어뜯는 사기범죄 대국이 되었다. 그 피해자는 대개 사회 초년 젊은이들이었고, 그들은 살아남기 위해 결혼포기 출산거부 민족 절사(絶嗣)로 내향 복수를 시전 했다.

한국 사회가 변질된 것은 경제 사기범에 대하여 한국 법조가 피의자 편이기 때문이었다. 그래서 올바른 사회 제도는 자기 스스로 지키려 할 때 지켜지는 것이지 남이 지켜주는 것이 아니다. 명예도 마찬가지이다. 누가 내 명예를 더럽히면 복수를 하여 그것을 지켜야 한다. 이것을 모르면 비굴을 알지 못한다. 한국 피투성이 역사, 자기 나라 땅에 지천이던 그 아름답던 무궁화가 모두 사라진 이유이며, 그것이 무슨 의미인지도 몰라야 하는 이유이다. 선(善)을 가장한 굴종주의 '무항심, 자주주의자 박정희 대통령이 배반자 부하에게 총 맞고, 노무현 대통령이 고향 뒷산 부엉이 바위에서 뛰어내릴 수밖에 없었던 이유이며, 내외적으로 한반도 1만년 역사 종말이 코앞인데도 상국 처분만 기다리며 태평한 이유이다. 북한 핵미사일 투발 한반도 핵전쟁 민족멸살,, "설마 그런 일이 벌어지겠어?!!",, 970:0 전적의 출발지이며, 그것은 자주를 스스로 거부하여 오는 결과이다. 그래서 성취한 한국 민주주의는 진리 외적인 것에서 찾은 가짜 진리일 뿐, 국민 주권 위에 나라의 자주권 군권이 먼저임을 거부한 댓가이다. 나라의 자주권이 없으면 최소한 그것을 찾고자 애쓸 때 민주주의가 성립된다. 국민 수 백만 명이 길거리서 질서를 지키며 촛불을 들고 시위해 백치 대통령을 끌어

내려 이룩한 한국 민주주의 승리 적폐타도, 그러나 그래봤자 뭐하는가. 금세 제 자리로 회귀될 것을,, 이번 보수진영 대통령 당선자 공약 중에는 현재 50만원(약400달러) 내외인 한국군 의무복무 병사 봉급을 200만원(약 1,500달러)으로 올리겠다는 약속이 있었다. 그런데 병사 월급이 초급 장교 월급과 별 차이 없거나 오히려 더 많으면 장교의 말발이 안 선다. 그래서 장교 월급도 같이 올려야 하는데 병사 월급 인상 공약 자체가 애초에 뻥이어서 그럴 돈은 당연히 없다. 그래서 신임 대통령은 그 실행을 3년 후로 연기했다. 물론 그 때 가서 없었던 일로 하는 것이 정해진 수순인 것은 한국인 누구나 알고 있다. 결국 한국 젊은이가 매표한 것이다. 그 나라 국민 수준이 그 수준에 맞는 대통령을 뽑을 뿐, 공약이랍시고 아무 말이나 내던지고, 그 어떤 도그마를 시전해도 당선만 되면 그만인 것이 한국 정치 현실이고, 민주주의가 선거로 확립되는 그 정체성 파훼가 모두 "징벌죄" 기피에서 오고 그 정체가 주관을 스스로 거부해 오는 종속 비용인데 그조차 모르니 어쩌겠는가. 진정한 민주주의는 자결권을 가졌을 때만이 찾아지고 그것은 책임을 수반한다. 개나 소나 아무나 갖는 것이 아니다. 자격 없이 그것을 가질 때 그것은 껍데기에 불과하여 서로 물어뜯으며 외상값을 갚아야 한다. 그것이 파멸을 가리켜도 마지막 순간까지 싸움을 멈추지 못한다. 조선이 망해가면서도 위기를 위기로 보지 못한 것도 나라가 종속이어서 그랬고 지금도 마찬가지인 이유가 나라의 종속이 그대로이기 때문이다. 리더는 자기가 한 말에 책임을 져야 한다. 그런데 그것은 종속국 신민의 도리가 아니니 어쩌겠는가. 책임은 자의식을 부르고 그것이 결국 상국을 거스르는 역린으로 이어지는 것을 스스로 알기 때문에 공약(公約)은 공약(空約)으로 끝나야 한다. 세상에 공짜 없는 종속 지불비용 자중지난 속민 우매화, 차이나(china)가 한반도를 노리고, 일본이 정한(征韓)을 포기 못하는 이유이다.

한국인 복수 부재, 그 밑져야 본전 장사에서 유인되는 일본의 정한(征韓)

야욕, 아베 전 수상 생존 시에, 일본의 한 사회학 교수가 자국의 경제 침체와 코로나19 팬데믹 혼란을 보며 "일본은 더 추락해야 하며 그러기 위하여 아베 수상의 4연임을 지지 한다"고 하는 TV 인터뷰가 있었다. 그 논조에, 2차대전 패전 후, 마루야마 마사오가 "이대로라면 일본은 같은 일을 반복 한다"고 했던 그 반복이 온 것이라며, "국민이 끓어오르는 것만으로는 되지 않는다"는 경험을 통해 일본은 더 추락해야한다는 '가속주의를 말했다. 전후 일본에서 마루야마 마사오가 '초국가주의(ultra nationalism)'를 비판하고, 일본제국 통치 원리가 중립에 기초한 공익 추구가 아니라 시민 사회 모든 가치가 '천황을 내세운 독점'에 맞추어져 폭력이 난무했다,고 한 토로는 적어도 패전 후 일본에서 군국주의에 대한 지식인의 치열한 반성과 성각이 있었음을 시사한다. 그러나 사실 이것은 약간의 의식으로도 분별될 '여개방차한 사안임에도 망각되고 다시 반복되는 원인은 일본 국민 개개에 맡은 바 임무 '계서와 순응이라는 집단적 종축성이 민주주의 옷을 걸치고 우익으로 결집되어 과거의 행악질을 못 잊기 때문이다. 세습이 '계서를 만들고 그것은 차별을 낳고 불변을 고정한다. 그럼에도 일본인은 이것을 일본의 고유한 전통으로 지키려 한다. 일본 민주주의가 껍데기에 불과한 이유이며, 한때 세계를 석권한 일본 경제가 추락하는 이유이다.

-----

무항심: (無抗心; 대적하려는 마음이 없음).
무항심: (無恒心; 변하거나 흔들리지 아니하는 굳건한 마음이 없음).
여개방차: (餘皆倣此; 이미 알고 있는 사실로 미루어 다른 나머지도 이와 같음).
계서: (階序; 일정한 조직이나 체계 내에서 지위 따위가 높고 낮음에 따라 이루어진 질서. 또는 그 안에서의 서열).

무라야마 마사오가 일본의 집단주의는 '억압의 이양(移讓)'이라고 하는, 일본의 국가질서가 권위와 권력으로 일체화된 천황 중심의 구성체로써, 그 억압적 성격은 지위 고저에 따라 낮은 쪽으로 이양되어 국내에서는 비루한 인민이며 영내에서는 볼품없는 이등병이지만 나라 바깥에서는 황군으로서의 궁극적 가치로 이어져 무한한 우월적 지위에 서게 되어 폭력이 행사된다고 했듯이, 이것을 한마디로 요약하면 주권재민을 경험하지 못한 그 국민의 반동적 허영심 배설 행위를 뜻한다. 그럼에도 그가 생애를 통하여 메이지 시대 이후 오늘날까지(그의 사망은 1996년 8월15일) 외교 교섭에서 대외강경론은 언제나 민간에서 나왔으며, "2차대전 점령지에서 벌어진 일본군의 포악한 살육 행동거지에 대해서도 그 책임의 소재는 어떻든 간에 직접적인 하수인은 일반 사병이었다"고 토로한다. 전후 도쿄 재판에서 2차대전 일본 전범 책임자를 못 가린 이유이다. "천황"을 조종하는 것은 내각이고, 그들을 움직이는 것은 현장 지휘관이며, 지휘관을 움직이는 것이 일반 사병인 그 일반 사병 뒤에 일본 신도민족 우익이 있다. 차이나(china) 난징에서 벌어진 민간인 30만 명 살육에 군부 지휘소 명령이 없었다. 이걸 어떻게 해석해야 하는가. 그 취지가 논점절취 책임회피가 아니라 하면, 그냥 왜구 해적질 구투(寇偸) 살략 유전병 광란의 페스티벌이었다는 것 외에 다른 해석은 구차하다. '무라야마 마사오'는 군대 생활을 통해 압박을 이양해야 할 조건을 갖지 못한 대중 일반이 황국 신민으로서 우월적 지위에 설 때, 자신에게 가해지고 있던 모든 중압으로부터 일거에 해방되려 하는 폭발적인 충동에 쫓기게 되는 것은 전혀 이상하지 않다,면서 물론 전쟁 말기의 패전심리나 복수심에서 나온 폭력은 또 다른 문제라고 말한다. 하지만 그 '이상하지 않다'는 대목에서 어쩔 수 없는 일본인의 한계를 드러낸다. 그것은 "생기의 이유를 설명할 수 있다고 하여 그것이 용인될 때 폭론에 빠진다"고 한 칸트의 순수이성비판 한 구절로서도 논박된다. 필자는 '단장취의를 각오하고서도 그 비판 속에 숨긴 변명을 간과 할 수 없다. 그 가변성이 전후 잠시 수면 밑에 가려 있다가 다시 나타나는 일본인 집단화 본성이 지금 가련한 2차대전 피해자 코스프레로 분단장 하지만 다른 쪽으로는 날카롭게 세운 발톱 "혐한"으로 슬슬 다시 기어 나오는 그 '억압의 이양'이라는 것은 과거 일제 치하의 일본인이라는 특수하고 한정적인 황국

신민 집단행동양태 '우월적 가치'의 내용만 바꾸면 얼마든지 다른 시대 다른 집단의 광기로 나타나게 마련이어서, 현재 일본 우익 정부를 떠받치는 30%대 굳건한 극우 지지 기반이 있는 한 일본 우익 정권은 흔들리지 않으며, 그것은 30% 대 70%의 싸움이 아니라 "이지메"로 만드는 30% 대 부스러기 대결이어서 영속이 보장된다. 그렇게 만들어진 일본 우익 권력은 그 수장이 갈려도 갈린 것이 아닌 카르텔을 만든다. 우월적 지위이양이라는 짜릿한 허영심 배설행위, 그 매개의 도화(導火)는 항상 한국인 학살, 혐오, 그리고 차별로 시작되었다. 이에, 정말 궁금한 것은 (한국인의 보복 부재 원인성은 차치하고) 한국은 고래로 일본을 침략하거나 괴롭힌 일이 역사적으로 전무함에도 일본은 도대체 왜 그토록 한국인을 증오하며 잡아먹지 못해 안달을 하는가. 역사적으로 한국으로부터 문화를 받아 나라가 성립된 그 원초적 열등감인가 아니면 천성적 비패함인가. 그 모두가 해당하겠으나 그것 말고도 일본의 난폭성 찬출(攢出; 뚫고 나옴) 길목을 한국이 막고 있는 분풀이도 있다. 한국이 부흥하면 할수록 일본은 기세가 꺾인다. 이를 이용하는 일본 우익 정치권력 "공공의 적" 만들기 '천노(遷怒) 배설 행위, 그 뽐냄은 원자폭탄이라는 처참한 파탄을 맞고도 반복되는 것이기에 그 어떤 것으로도 고칠 수 없다. 그것은 칼이 잘 드는지를 시험하기 위해 지나가는 행인 아무나 베어버린 일본의 무사문화 "츠지기리(辻斬り)"에서 내려 일반이 답습하게 된 묻지 마 살인 토오리마(通り魔)로부터이다. 일본의 그 사회학 교수가 일본 반등을 위해 최저점으로의 낙하 "일본은 더 추락해야 한다"는 가속주의를 말했지만 그래봤자 일본을 재기 못하도록 사회 전반을 피폐시켜 범죄 소굴로 만들 뿐 반등 보장은 없다. 일본은 앞으로 계속 추락할 것이다. 세계 3대 투자자 짐 로저스는 일본의 미래가 범죄대국을 가리키고 있으니 젊은 일본인은 자신을 지키기 위해 총을 사든가 아니면 일본을 탈출하라고 조언 한 그대로이다. 일본의 천문학적 국가 부채와 디지털 시대 부적응으로 일본의 파탄은 예정되어 있다. 문제는 그것이 우익 결집 군

국주의 가속을 부르고 그것이 주변을 다시 괴롭힌다는 것,
------

단장취의: (斷章取義; 남이 쓴 문장이나 시의 한 부분을 그 문장이나 시가 가진 전체
적인 뜻을 고려하지 아니하고 인용하는 일. 또는 그 인용으로 자기의견이
나 생각을 합리화하는 일.
천노: (遷怒; 어떤 일로 말미암아 난 성을 애매한 다른 사람에게 옮기거나, 성이 다른
사람에게 옮아감).

지금 세간에 떠돌고 있는 유튜브 영상에 일본의 초등학교 저학년 교실에서 아이들이 어항 속에 '넙치'를 정성껏 키웠으나 어느 날 선생님은 아이들 보는 앞에서 그 '넙치'를 꺼내 죽인 다음 그 생선 횟살을 한 점씩 아이들에게 먹이는 장면이 있었다. 물 밖으로 꺼내져 퍼덕거리는 물고기를 아이들 앞에서 칼로 죽여 그 껍질을 벗겨내고 자른 살점을 아이들 입에 넣어 주며 먹으라 하니 아이들이 놀라 입속에 들어온 살점을 씹지도 못하고 뱉어내지도 못하여 입을 벌린 채 소리 없이 눈물만 흘렸다. 선생님은 음식의 고마움을 가르치기 위함이었다고 했으나 아이들은 자신이 먹이를 주며 정성껏 키우던 생명이 눈앞에서 유린되는 것에 놀랐고, 그 분위기는 살점을 먹기 싫다고 거부 하면 안 되는 위압감을 조성했기에 이럴 수도 저럴 수도 없었다. 그 소녀는 그때부터 자신이 살아가야 할 일본이라는 나라의 정체를 알았을 것이다. 그 와중에, 어떤 아이 하나가 선생님의 의중을 알아차리고 생글생글 웃으면서 죽은 생선 살점을 맛있게 먹었다. 그런 아이가 일본 우익 첨병으로 자랄 것은 자명하다. 그와 같은 일화는 많아서 어느 초등학교에서 아이들이 정성껏 돌보며 키운 돼지를 도살장에 보내고 나서 고기로 되돌아온 그 살점을 구워먹게 하여 아이들이 패닉에 빠졌듯이, 일본인 이중성은 그런 그로테스크 감성파괴와 집체주의 '이지메'로 단련된다. 어려서부터 감정 파탄이라는 비용을 지불하면서 알게 된 그런 환경에서 살아남기 위한 자기검열 "이지메"로 편습된 일본인 순응주의가 그로부터이

고, 그 반대편의 굳건한 아성이 일본 우익 권력이며, 그 권력 하부 행동 조직이 야쿠자, 또 그 아래가 무리에 휩쓸려 날뛰는 자경단이다. 일본의 민주주의 요원함이 이런 사회 구조적 억압과 주변 눈초리 편달(鞭撻)에서 온다. 일본 우익 행동대 야쿠자들은 민간으로부터 보호비를 뜯는 구조여서 일본의 법치란 구멍 난 그물에 불과하다. 기업화 된 이들 야쿠자 수입을 일본 경시청 한 공안부장은 TV기자회견장에서, 전국을 커버하는 폭력단체 '야마구치 구미'의 경우 5대 두목(와타나베 요시노리;1989-2005) 시절 도요타 자동차는 1년에 1조엔(약90억 달러)을 벌어들이는데 이 폭력단체는 거기에 조금 못 미치는 8천억엔(약80억 달러)을 번다고 했고, 2014년 미국 경제전문지 포츈지는 일본 야쿠자 1년 매출을 약 9조엔(약800억 달러)로 추산했다. 2015년 일본 자위대 병력 1년 예산 5조엔(약450억 달러)을 훨씬 넘는 액수이며, 조직의 보스는 이 돈을 제 마음대로 쓰며, 그 누구도 그 용처를 알려 하면 안 된다. 한국에서는 부정을 저지른 대통령을 감옥에 보내는 일이 일상이고, 불의에 항거하기 위해 연인원 수 백 만 명이 길거리에서 데모를 하며, 그럼에도 그 길에서 다친 사람이 없으며, 시위를 마친 다음에 그 자리를 스스로 청소하여 민중이 당당한 것은 나라를 바로잡으려는 국민의 민주의식이 그렇게 만들기 때문이나, 일본에서는 폭력단이 존재하는 그 실재만으로도 법보다 무서운 통제가 발동하여 국민은 함부로 행동할 수 없다. 그 감시 수단이 집단 괴롭힘 "이지메"이다. 그것이 우익 권력을 옹립하고 이익 배분 고리를 만들어 일본을 경화시킨다. 그 사회에 야쿠자가 존재하는 실재성만으로도 국민행동거지에 제약이 생기는 그들은 원래 일본 전국시대 하급 무사문화에서 출발하여, 2차대전 패전 후 조직화 되면서 서민 갈취 외에 정권의 궂은 일 해결사로 일하며 좌익 학생운동 탄압과 정적 제거, 언론 통제 등 우익 반대세력 처단 도구로 활용되다가 점차 몸집이 커져 지금은 정부 권력에 비견되리만치 성장했다. 일본 우익권력은 개화기 샷쵸동맹에서 시작해 꼭대기에 "천황"을 앉히고 하부에 궂은

일 해결사 야쿠자와 결속해 카르텔을 만들었으니, 지금 야쿠자 힘이 약해지는 중이라 해도 유사시 우익 정부의 필요 때문에 그들은 죽지 않는다.

일본의 무사집단 칼부림에서 내려 온갖 패란과 권모술수로 형성된 일본 사회문화, 일본 전란시대에 민간 농사꾼이 전장에서 패해 도망가는 부상병과 패잔병을 사냥하는 오치무샤카리(落武者狩)라는 약자 갈취 문화가 있어서 일본인이 한국인을 잡아가 노예로 팔거나 무자비한 노역을 시킨 것처럼, 그들 문화에는 약자에게서 이득을 찾는 인륜 배반의 전통이 있다. 그것은 한국의 약자보호 '측은지심 상생 우애주의와는 완전히 반대개념이어서 이 둘은 절대로 양립할 수 없다. 일본은 강한 상대에게 머리를 숙인 다음 기회를 엿보고, 반대로 애초에 약한 상대에게서는 무자비한 이익을 창출해 왔다. 그 철저한 실리 우선주의가 외부로 눈 돌린 것이 2차대전 흉융 '구투(寇偷) 제노사이드였고, 결국 패전하여 본색을 숨기고 있다가 그 본성이 다시 슬슬 다시 기어 나오는 것이 히로시마 원폭 "피해자 코스프레"이며, 동시에 "혐한"을 매개로 기지개 켜는 군국주의 부활이면서, 결국 노리는 바는 일본인 가슴 깊은 곳에 숨긴 혼네(本音), 그것은 자연 재해로부터 안전한 땅이다. 일본의 하와이 진주만 폭격 저의는 미국 서부지역 캘리포니아 점령이 목적이었다. 지금 과거에 실패한 구몽을 다시 그리는 것이 일본 국민 일향 집체 군국주의 목적의 평화헌법 개정이며, 경제가 파탄 나고 있는 상황에서 살아남기 위한 방편이 주변 침략을 다시 그리는 일본 우익 권력 유지 수단 세습과 계서, 국민 각자에 주어진 계급 인식 그 구심점이 "천황"이다.

-----

측은지심: (惻隱之心; 불쌍히 여기는 마음).
구투: (寇偷; 남의 나라에 쳐들어가서 난폭한 짓이나 도둑질을 함).

일본은 19세기 샷쵸동맹 대정봉환으로 하급무사에서 하루아침에 권력 중

심부로 신분 상승한 낭인 권력이 있고, 거기에 연결된 궂은일 전담 부서가 따로 있었으니, 그 원류는 사무라이 집안에서 대를 잇는 장남 이외에 거둘 가치가 없어져 길거리 낭인으로 전락한 얏카이모노(厄介者)를 필두로 전쟁 패잔병 사냥과 전사자유품을 훔치며 마을 민가에 들어가 살인, 방화, 약탈, 강간, 인신매매 등 란도리(乱取り)라 일컫는 민간인 약탈 전문 무뢰배 전통이 2차대전 후 혼란기에 조직을 이루고 기업화된 것이 지금의 폭력단 "야쿠자"이며, 일본 우익 정치권력은 상부에 "천황"을 앉히고 하부에 궂은일 해결사 집단 "야쿠자"로 나누어 역할을 분담함으로써 그 누구도 건드릴 수 없는 아성을 만든 그 하부조직 "야쿠자"는 그 존재적전제만으로도 공포심을 유발해 시민은 기존질서에 반하는 주의나 주장을 함부로 말하지 못한다. 일본 우익권력은 그 폭력단을 이용해 미디어를 굴복시키고 관료를 무릎 꿇려 국가적 억압시스템 "이지메" 전단 구도를 만들어 국민 개개는 이에 겁먹고 자기검열 형구를 만들었다. 일본의 정치 답보와 첨단공업기술 퇴락 원인이 그렇게 생긴 변화 억제 감시 시스템 그 경화에서 오며, 그 당연한 결과가 일본의 갈라파고스화이다. 국민을 날카롭게 째리는 이탈 방지 눈총에 길들은 그 순응과 공존,, 주민 생활 속에서 같이 숨 쉬는 공포의 폭력단 존치, 그 '편달 눈초리가 가리키는 일본의 미래는 범죄가 들끓는 하청 국가로의 전락과 그 상황을 이용하는 우익 권력 유지 수단 군국주의 회귀이다.

-----

편달: (鞭撻; 채찍으로 때림).

일본 패전 후, 미국이 자유를 그냥 가져다주어 맞지 않는 옷을 입게 된 일본의 자유는 한순간에 사라져도 이상할 것이 없다고 일본 지식인이 자조하는 그 원인이 진정한 주권재민을 본 적 없는 계서와 순응에서 시작되기에 100년 전에 '다이쇼 데모크라시'로 잠깐 자유를 맛 본 시기가 있었지만 군벌 치안유지법으로 끝난 후 일본에 있어 민주주의는 시작도 못한 가

상 실재에 불과하다. 그때 일본인이 추앙한 2차대전 군국주의 황국사관 근본의(根本義) 팔굉일우(八紘一宇)라는 것을 보면,

··일본의 세계 정책으로써, 모든 나라의 종주국인 일본에 의해서 각각의 국가들이 신분적 질서 속에 위치로써 지워지는 것이 세계 평화이며, 천황의 무한한 위엄이, 그 빛이 세계 모든 나라에 미치게 되는 것이 세계사의 의의이며, 그러한 빛이 미치는 것은 바로 황국 무덕(武德)의 발현으로 달성되는 것이다(佐藤通次 『皇國哲學』). 따라서 모든 나라를 균등하게 제약하는 국제법 같은 것은 그런 절대적 중심체가 존재하는 세계에서는 존립의 여지가 없으며, "일본의 길에 입각한, 무한한 위엄의 빛이 전 세계에 미치게 되면, 국제법 같은 것은 있을 수 없다"(中央公論, 1943년 12월호), 일본 건국 2600년 전의 사실이 그것을 둥글게 잘라내면 중심의 연륜(年輪)으로 존재하고 있다, 그러므로 진무(神武) 천황 시대에 있었던 일은 옛날이야기가 아니라 현재에 존재하고 있는 것이다(中央公論, 1943년 9월호, 야마다 요시오(山田孝雄)박사 「神國日本の使命と國民の覺悟」).

문제는 이런 정신 나간 사고의 주체들이 전후 합당한 처벌을 받지 않았고, 그 주조(主潮)가 세습과 계서로 내려 윗자리에 "천황"을 앉히고 중간에서 권력을 가로채 향유하는 우익 권력이 있고, 그 하부 행동대 야쿠자의 국민 이탈 방지 감시 무리가 있어 일본인은 자기 생각을 함부로 말할 수 없다는 것, 그것이 애초 무사문화 할복에서 살아남기 위한 몸조심에서 시작되었지만 지금은 집단 괴롭힘 "이지메"에서 살아남기 위해 거짓, 모함, 날조, 그리고 이간질을 더욱 발전시켰다. 일본인을 통제하는 집단학대 "이지메",, 일본에 그 실질적 국민 억제 감시 수단이 존재하는 한 그들의 교활한 이중성 게슈탈트는 바뀔 수 없다.

2021년 3월 23일, 일본 홋카이도현 아사히가와시의 한 공원에서 여중생 히로세 사아야(14세)가 숨진 채 발견됐다. 행방불명된 지 39일째 되는 날이었다. 사인은 저체온증으로, 그동안 내린 눈에 덮여 있다가 기온이 올라 눈이 녹으면서 발견 됐다. 2019년 중학교 입학 직후부터 사아야는 또래 친구들에게 집단 괴롭힘과 성폭력에 시달리며 '외상 후 스트레스 장애' 진단을 받았다. 실종 당일 사아야는 친구에게 "오늘 죽으려고 한다. 그동안 무서웠는데 아무것도 할 수 없었다"는 내용의 문자 메시지를 남겼다. 부모는 사아야가 다니던 중학교에 5차례나 학교 폭력 피해를 호소했음에도 벌어진 일이었다. 경찰 조사 결과 "이지메" 가해 학생 10명 소행이 드러났으나 촉법소년이어서 처벌을 피했고, 학교는 "이지메" 때문이 아니라고 부정했다. 유족 측 변호사는 "그동안 괴롭혀온 문자 메시지도 있고, 사진도 있는데 이것을 보고도 집단 괴롭힘이 아니라는 게 말이 되느냐"고 항변했고, 이에 대하여 학교 교감은 "1명 때문에 10명의 미래를 망치자는 것인가. 어느 쪽이 일본 미래에 도움이 되겠는가? 가해자에게도 미래가 있다"고 답했다. 2020년 한 해 일본 초중고교에서 확인된 "이지메"만 61만2000여 건이었다. 그 문화에서는 그 실태조사마저 두려워 입 다물었을 사례가 더 많을 것이 자명하니 일본에 있어 "이지메"는 정치권력 유지 수단으로 시작되어 아예 사회 문화로 고정되었다. 이번 코로나19 팬데믹은 아이들이 학교에 가지 않고 수업하는 환경을 만들었으나 학생들 집단학대 "이지메"는 그 와중에도 빛을 발하여 2020년 11월, 일본 도쿄 마치다시(町田市)에서 한 초등학교 6학년 여학생이 "이지메"를 당했다는 메시지를 친구에게 보내고 자살한 것이 발견 됐다. 그 학생은 다른 학생들로부터 태블릿 채팅을 통해 하루 종일 '기분 나쁘다' '진심으로 죽었으면 좋겠다'는 저주의 메시지를 받았다. 더 나아가 이 학교에서 아이들에게 나누어준 태블릿은 초기 비밀번호가 '123456789'로 모두 동일했기 때문에 다른 사람의 계정에 무단 로그인 할 수 있었다. 다수의 가해 학생들은 피해 학생 아이디에 로그인하여 괴롭힘 문자 폭탄을 보내고 낄낄대며 이를 즐겼고, 심지어 피해 학생 아이디로 다른 학생에게 온갖 욕설과 이상한 사진들을 보내 아이를 더욱 절망에 빠뜨렸다. 일본에 정신병원이 가장 많은 이유도 이 때문이다. 일본 "이지메" 원류 무라하치부(村八分), 공동체 규율이나 질서를 어긴 특정 집단이나 가족을 상대로 마을 전체 주민이 집단 따돌림과 학대에 나서는 것, 이에 대하여 일본의 지성 하마다 고이치(浜田宏一) 예일대 명예 교수는 "일본은 유치원에서부터 튀는 아이를 용납하지 않는 문화가 있다. 조금이라도 분위기에 반하거나 비협조적일 때 강제로 억압시키거나 제거해 버리는 "이지메"가 심각하기 때문에 개인주의는 절대로 용납 않는다,면서 이것이 국가 발전 기능적인 면에서 과거 아날로그 시대에는 오히려 좋게 발휘되어 일본 부흥의 동력이 됐지만, 지금 디지털 시대로 바뀌면서 개인의 독창성이 우선인 조건에서는 맞지 않고 독이 되어 일본 후퇴를 불렀다"고 말한다. 결론적으로, 일본에 "이지메"가 있는 한 일본 사회는 변하지 않으며, 그 닦달 감시의 눈초리 우익이 존재하는 한 일본에 진정한 민주주의는 찾아오지 않는다.

얼마 전 넷플릭스에서 방영된 한국 드라마 '오징어게임'에서 잠깐 언급되었듯이, 한국에 "깍뚜기"라고 무를 주사위처럼 썰어 무친 김치 형태의 음식이 있는데 이것이 요즈음 한국에서는 조폭을 지칭하는 슬랭 용어로도 쓰이지만 예전에는 아이들 놀이에서 나이가 어리거나 신체적으로 불리한 아이들 핸디캡 보완 용도의 어드벤티지 용어였다. 땅에 그린 선을 밟았을 때 아웃되는 룰에 대하여 2번 기회를 주는 식으로 약자에게 공평성을 부여하는 그 본질은 우애주의이고, 배려이며, 동시에 같이 사는 공동체 상생이 목적이다. 핸디를 갖는 아이는 그런 어드벤티지를 통해 공정성을 배우면서 동시에 불리한 조건에서 어떡케 살아남는 지를 익혀 영민해진다. 한국이 5000년 주변 열강 끝없는 침략을 견뎌낸 민족성 "우리"라는 단합된 힘이

이로부터이며, 개인의 약점을 고려해 위기마다 나라를 지켜온 출발지이다. 한국에서는 "내 엄마" "내 자식"이 아니라 "우리 엄마" "우리 친구" "우리나라" 등 "우리"라는 "상생" 공동체인식이 우선이었다. 이러한 한국의 측은지심 우애주의 사상과 달리 일본에서의 그것은 구분이고, 차별이며, 따돌림이었다. 일본에서 행동경제학으로 밝힌 일본인 성향이 상대를 곤란에 빠뜨리거나 괴롭힐 기회가 생기면 자신의 곤란이나 손해를 감수하고 상대를 곤경에 빠뜨리는 것에서 기쁨을 찾는 것으로 밝혀졌듯이, 약자 보호를 우선하는 한국의 그것과 반대였다. 약자에 잔혹하며, 낙오자에게 가혹한 일본 문화, 그것은 섬이라는 닫힌 공간에서 책임은 배를 가르는 할복을 요구하기에 도망갈 곳 없어 명령에 순응하며, 그 스트레스를 약자 괴롭힘으로 해소한 끝나지 않는 형벌 시시포스(sisyphus) 후과였다. 일본인이 자국인끼리도 온갖 사학(肆虐)을 일삼는데 하물며 그 대상이 일본에 징용으로 끌려가서 그 땅에 남아 살게 된 하층계급 재일조선인(한국인)이었을 때 그 정도가 어떠했겠는가.

일본 초등학교에서 같은 반 급우가 재일조선인 학생 책상을 둘러싼 후 발을 쿵쿵거리고 책상을 주먹으로 두드리면서 "죽어라!" "죽어라!",, 소리치면서 협박하는 일이 계속되자 조선인 학생은 학교 옥상에서 뛰어내렸다. 그 주검을 보면서 일본 초등학생들이 만족스러운 미소를 머금었을 터이다. 그것은 일본사회에서 일탈된 특별한 일이 아니다. 약한 상대를 찾아 괴롭히는 일본의 집단 괴롭힘 "이지메"는 그렇게 초등학교에서부터 단련된다.

2013년 일본에서 "이지메 방지법"이 제정되었지만 접수 건수는 해마다 증가했다. 일본에서 이것은 학교만의 일로 끝나는 것이 아니어서, 졸업을 하고 사회에 나오면 학교보다 더 지독한 "파와하라(パワハラ; 직장 권력[상사]의 괴롭힘)"가 있는 것을 알게 되고 조직에서 살기 위해 순응하면서 반면 자신

도 악랄해진다. 법 위에 존재하는 국민 감시 억제수단, 개인의 의사를 존중 않는 일본의 조직 통제 매뉴얼 문화, 그것으로 2차대전을 일으킨 그 결집의 구심체가 일본 신도민족 꼭지 "천황"이며, 그로부터의 편취가 일본 우익 권력인 그들에게 "천황"은 1866년 삿쵸동맹 보신전쟁에서 시작된 권력 찬탈 명목의 바지사장이었다. 그 세력이 지금 일본 재무장을 요구하고, 그 다음 단계가 "핵무장"이며, 그 최종 목적지가 자연재해로부터 안전한 땅이니 그곳이 어디겠는가.

런던정경대학 교수를 역임한 모리시마 미치오(森嶋通夫)는 그의 저서 "일본은 왜 몰락하는가"에서 "일본이 퇴보할수록 일본 정치인은 한국과 차이나(china)를 2류 국가로 폄훼하고, 과거의 일본 영화를 되뇌며 극단적인 우경화 정책을 쓸 공산이 크다"고 했듯이, 세습으로 내리는 일본 정치가 정치인들만의 몫이기 때문에 일본 국민은 정치에 대하여 함부로 말할 수 없기 때문이다. 그 권력은 항상 침략을 진출이라며 부당한 행위를 예쁘게 포장하여 주변을 괴롭혀 왔다. 난폭한 일본인 본성을 껍데기 그럴듯하게 포장해 본 모습을 감추는 교묘한, 아니 천박한, 그들의 이중성, 일본 민주주의는 유사 민주주의여서 그 정치는 국민을 대신하지 않으며, 파벌 이익 여하에 따라 정책 방향이 정해지는 그 목적이 권력자 이익 편취에 있는 그 나눠먹기가 팬데믹으로 호황을 맞았고 전기, 수도, 교통 등 공공재 민영화 요금 상승으로 가뜩이나 침체된 일본 경제 상황은 국민의 삶을 막장으로 몰고 있다. 그럼에도 일본 우익 바람대로 평화헌법을 고쳐 전쟁할 수 있는 나라로 법이 바뀌어 재무장 하면 다음 수순은 무엇이겠는가. 일본은 고래로 전쟁을 매개로 부흥하였듯이 지금 침체에 빠진 국가 경제를 전쟁을 통해 재기할 수 있다고 믿는다. 그 전쟁이 핵전쟁 초토화 인류 재앙을 가리켜도 그러하다. 일본의 "이지메"가 무서운 이유는 그것이 국민을 강제하여 일본이 군국주의로 가고자 할 때 그 누구도 반대할 수 없는 재갈이 되기 때문이다.

일본은 지금에 이르러 경제가 부흥한 차이나(china)는 말 할 것도 없고 한국도 전쟁으로 어찌할 상대는 아니다. 그러나 일본의 6,000기 "핵무장"이라면 이야기가 달라진다. 일본이 지금 비록 미국에 허리를 굽히고 있지만 그것은 겉으로 드러내는 다테마에(建前;겉모습)일 뿐, 상황 여하에 따라 태도가 바뀔 일본에 있어 지켜야 할 규범이나 의리 같은 것은 없다. 나라 경제가 침체에 빠지면 극우가 준동하는 것이 국제적으로도 보편적 현상이듯, 전범국 일본은 북한 핵무장과 차이나(china) 팽창주의 등 주변 여건을 지렛대로 재무장한 후 군국주의로 가게 될 것은 정해진 순서이며, 그 다음은 "핵무장"이다. 그럴 때 그들은 미국을 향한 2차대전 원폭 피해 보복을 떠들겠지만, 그것은 선동에 불과하고, 실제에 있어 일본이 얻고자 하는 것은 자연재해로부터의 안전한 땅이다. 그중의 하나, 우크라이나 전쟁으로 경황없는 러시아가 일부러 일본 쓰가루 해협을 관통하며 군사 훈련을 하고, 홋카이도에 살고 있는 아이누족이 원래 러시아인이라고 주장하는 것도 공격이 최선의 수비인 것을 알기 때문이다. 한국에 있어 그 러시아 북방길은 제2의 생명줄임에도 미국 명령대로 우크라이나 전쟁에 전쟁물자 포탄을 보내 스스로 포기했으니 그렇다면 대만이 차이나(china)에 떨어져 그 바다가 막히면 한국은 어찌 되는 것인가. 한국인은 이에 대한 대비는 고사하고 그에 대한 위기의식이나 있는가. 앞으로 닥칠 독안에 든 생쥐 꼴 한국 무역로 외통수 '사색(四塞),, 그래서 한국의 제2생명선이 제1생명선보다 더 중요해진 러시아 북방항로와 유라시아 철도,, 한국이 살겠다면 그 어떤 조건을 치르고서라도 러시아와 손을 잡아야 하는 이유이다.
-----
사색: (四塞; 사방이 막히다. 또는 사방을 막다).

한국의 외통수 대만 앞바다 무역로,, 그 길목 '오키나와'는 일본의 고유 영토도 아니며, 과거 일본 군국주의가 그 섬과 대만을 복속하고 나서 이어 한국을 침탈한 후 만주사변을 일으켜 2차대전이 시작되고 나서, 패전 후, 연합국 조약에 따라 원래의 영토로 물러갔지만, 일본은 조작한 지도를 제시해 미국으로부터 '오가사와라'를 반환 받았고 그 연장선상에서 '오키나와'까지 양도받은 그 행위에 국제 신의위반 위계가 있으니 미국이 그 섬을 회수하는 것은 도덕적으로나 당위적으로 걸릴게 없다. 차이나(china)가 대만을 흡수하면 다음 차례는 센카쿠를 건너 뛴 '오키나와'가 된다. 이 지역이 차이나(china)에 흡수되면 그곳 아시아 걸프만 해저 유전과 세계 물류 30%가 차이나(china) 수중에 들어간다. 최근에 부임한 인도·태평양 미군 사령관 존 아퀼리노(John C. Aquilino)가 "아시아의 화약고 남지나해에 차이나(china)가 건설한 인공섬 중 최소한 3곳이 대함, 대공 미사일, 레이저 및 전파방지장치, 전투기 등으로 무장 되었다"고 AP통신과의 인터뷰에서 밝힌 바 있듯이, 차이나(china)는 인공섬만이 아니라 솔로몬군도 등 태평양 작은 섬나라를 포섭해 군사기지화 하고 있다. 미국의 앞마당을 넘보고, 호주를 비롯한 오세아니아 통행로를 노리는 그 영향력이 커질수록 한국의 외통수 무역로는 위험해진다. 한국이 차이나(china)의 대만 흡수전쟁에 미국 동맹으로 참전 할 수밖에 없는 조건이 있고, 반대로 거기에 차이나(china)의 히든카드 북한군 한국 남침이라는 변수가 있다. 북한은 지금 경제가 파탄 나 전쟁을 치룰 여력이 없고, 현재 차이나(china)가 원조해 주는 최소한의 물자로 국가가 유지되고 있는 그 의미는 거부권 없음을 뜻한다. 한국이 자신의 외통수 무역로를 지켜야 하는 그 불가피성 때문에 대만 전쟁에 참전하면 차이나(china)는 북한을 시켜 한국을 치게 되어 있고, 문제는 그 북한이 거지꼴이어서 전쟁을 치를 여력이 없으니 차이나(china)의 지원이 있다 해도 그 병사 대부분이 허약(영양실조)에 걸려 있어 방법은 "핵미사일"을 앞세운 단기 총력전뿐이다. 한국이 절대로 대만 전쟁에 개입하면 안 되는 이유이다. 사정이 그러함에도 미국은 대만전쟁 발발 시 한국군 참전을 기정사실화 하고 있다. 한국이 어떡케 되거나 말거나 총알받이가 필요해서이겠으나, 그럴 때 차이나(china)의 돌려까기로 북한 "핵미사일"이 미국을 향하는 것쯤은 알아두시길 권한다.

미국 칼럼니스트 로버트 D 카플란이 자신의 저서 '지리의 복수'에서 미국의 영향력은 태평양과 대서양 활개 형태에서 날개를 접은 아메리카 대륙을 종단 형태가 될 것으로 예견했듯이, 차이나(china)의 경제력이 커질수록 그 팽창은 태평양으로 향한다. 이 지역에서 미국의 영향력은 지리의 조건 때문에 갈수록 약화될 수밖에 없는 것이 정해진 현실이다. 그렇다면, 그 빈자리를 차지할 차이나(china)의 다음 행보는 무엇이겠는가.

차이나(china)가 대만을 노리는 속셈에 미래사회가 반도체를 빼고 성립될 수 없는 그 필요불가결성에 대만 반도체회사 TSMC의 첨단기술 탈취가 있고, 대만 너머에 아시아 걸프만 '오키나와' 유전과 세계 해운물동량 30% 제해권이 있으며, 그보다 더 중요한 디지털 AI시대 자국 3,500개 표의글자 치명적 약점 극복 한국 알파벳 "한글" 탈취가 있다. 그 방법은 한국의 외통수 무역로 차단만으로 간단히 해결된다. 한국은 굶어죽기 전에 질식사 한다. 하지만 다행이랄까, 그 해법에 일본이 과거에 미국을 상대로 저지른 '오가사와라' 반환 청구 위계에의 원인무효 귀책사안이 있고, '오키나와' 주민이 독립을 원하며, 독립 이후의 국방안보를 한국에 맡기고자 한다. 한국이 살겠다면 이것을 활용해야 한다. 태평양 길목 '오키나와'는 AD13세기 한국인 조상들이 몽골 징기스칸 군대에 끝까지 저항하다 피난한 한국 정통 왕조 고리(高麗)의 삼별초군이 세운 나라였다. 그러니 '오키나와' 주민의 요구는 혈육을 찾는 것이고, 그것은 또 한국의 생존과 연결되어 있다. 그들 류쿠왕국 국기가 한국 태극기의 원형인 것을 한국인은 외면하면 안 된다. 그 자체가 동족을 의미한다. 이것을 외면하는 것은 자신의 1만년 민족 정체성을 부정하는 것이니 반드시 그들을 도와야 하는 이유이며, '오키나와'가 독립한 후 한국에 군사 방위를 부탁하면 마땅히 그렇게 해야 하며, 그 후 한국과 합병을 원하면 쌍수를 들어 환영해야 해야 한다. 이것은 한국인 정체성 문제이면서 거기에 한국의 대륙붕 제7광구 유전이 있고, 그 바다에 한국의 외통수 무역로 생존권이 걸려 있어 그러하다.
-----
삼별초: (三別抄; 13세기 몽골에 항전하던 고리(高麗)의 무장 세력).


최근 미 CIA국장 윌리암 번즈는 CBS 인터뷰에서 차이나(china) 주석 시진핑이 자신의 3기 임기가 끝나는 2027년 이전에 "대만 침공을 성공적으로 마칠 준비를 하라"는 명령을 군에 내렸다고 밝혔다. 러시아의 우크라이나 침공을 본 차이나(china)는 러시아의 실수를 반면교사로 할 것이다. 그래서 차이나(china)의 대만 침공은 미국 먼저 시전한 이라크 침공 "사막의 폭풍 작전"처럼 초전박살 대만 초토화 총력전이 되거나, 아니면 2차대전 초기에 독일이 실시했던 영국 물자 해상 봉쇄가 될 것이다. 그렇다면 어째서 꼭 집어 대만 복속을 2027년 이전으로 정했을까?., 임기가 그때까지여서? 그것은 표면적인 것이고, 실제로는 아시아 걸프만 유전 한·일 석유공동개발 협정 JDZ가 2028년에 끝나기 때문이다. 그 시간 만료 후 일본이 그곳에서 석유를 시추 시설을 만들면 그 지역 취탈이 불리하기 때문에 대만복속은 그 전(前)이어야 한다. 그래서 2027년 이전에 대만 전쟁은 반드시 터지게 되어 있다. 그렇다면 미국은 그 전쟁에 참전할 것인가? 만약 "그렇다"고 하면, 차이나(china)의 해군력은 이미 미국을 넘는 상황이고, 미국 전략국제연구센터(CSIS)는 그 전쟁에서 미국은 독자적으로 차이나(china)의 군사력을 초토화 시킬 수는 있으나 미국 또한 만신창이를 면치 못한다는 시뮬레이션 결과를 내놓았다. 미국은 일본의 군사력과 그 군사기지를 이용해야만 유리한 상황을 만들 수 있으며, 그 보고서에서 한국군을 언급하지는 않았으나 차이나(china) 인민해방군 상륙부대와 맞서는 첨병 돌격대 임무를 한국군에게 맡긴다는 것은 이미 정해져 있다. 이미 한·미·일이 필리핀에서 실시한 한국군 해병대 합동 상륙훈련이 그것을 말한다. 노무현 대통령이 이라크 참전을 거부하여 밉보인 이유로 골로 간 예가 있었듯이, 이를 거부할 한국 정치인이나 군사 책임자가 있으리라 것은 상상할 수 없다. 한국의 신임 보수 대통령은 로이터와의 인터뷰에서 "<u>대만이 힘에 의해 현상 변경되는 것 절대 반대</u>"를 표명해 차이나(china)로부터 "<u>함부로 입 놀리다가 불에 타 죽는다</u>"는 경고를 들었다. 한국 대통령의 그것은 대만전쟁 시 한국 포지션이 미국의 돌격대라는 의사 표명이어서 한국에 설치된 미국의 방공망 고고도 미사일 방어체계 사드(THAAD) 때문 말고서도 한국 땅에 차이나(china)의 미사일이 날아온다는 뜻이 된다. 그 한국 대통령은 취임 후 가진 미국 TV방송 인터뷰에서 "한국전시작전권"을 미국이 가지고 있는 것은 실용적이어서 좋다,는 의중을 밝혔다. 그런데 세상에 공짜가 있을까. 한국의 그 실용주의는 남에 집에서 종살이를 하면 먹여주고, 재워주고, 입혀주니 이 보다 좋은 것이 없다는 말과 같으며, 아니 더 정확히 사육장 돼지를 주인이 먹이 주면서 병 걸리지 않게 잘 보살펴 주어 좋다고 하는 것과 같다. 그 댓가로 한국 병사는 최전선 총알받이로서 임무를 다해야 한다. 그것은 한국의 "전시작전권"을 가진 상국의 명령 체계여서 감히 거부할 사안이 아니다. 미국 명령으로 한국이 대만전쟁에 참전하면, 그 상황이 어떠할지는 멀리 볼 것도 없이 1950년 6.25한국전쟁에 차이나(china) 인민지원군이 참전해 개미떼처럼 쳐들어온 인해전술,, 이 나라가 수 천 년 당해온 그 실체가 어떠했는지 눈으로 확인 가능할 것이다. 문제는 한국군이 최전선에서 총알받이로 전투를 하고 있을 때 북한 침공이 시작된다는 것, 그럴 때 하늘을 뒤덮은 북한 장사정포 포탄만이 아니라 방사포 핵탄두와 핵미사일이 먼저 날아온다. 한국인은 그 조건에서 살아남을 자신이 있는가. 이 상황을 해결할 단 하나의 조건, 그것은 민족 자의식 회득 한국 자체 "핵무장" 자주적 특립독행 그 주관성뿐이다.

현대 기축통화이론(MMT)에 근거를 둔 일본의 아베노믹스 통화양적완화는 기축통화를 가진 나라는 돈을 무한정 찍어낼 수 있어 재정적자가 아무리 커져도 국가 부도의 우려가 없다,는 이론에서 출발한다. 마찬가지로 2008년 미국의 모기지론 글로벌 금융위기와 이번 코로나19 팬데믹 사태에서 선진 주요국들은 사실상의 MMT를 사용했고 경기 추락을 막는 효과도 거뒀다. 대신 세계는 패권국 금리 인상으로 인플레션에 시달리고 있다. 일본의 통화 양적 완화는 일본중앙은행이 민간금융회사로부터 국채를 사들이는 간접방식으로 정부의 재정정책을 지원하는 방식이어서 이렇게 찍어낸 외화가 원래대로라면 민간 시중 은행들이 이 자금을 기업과 가계에 대출하여 그로 경제가 활성화 되고 임금이 상승되어야 했으나 생각처럼 작동되지 않았다. 기업은 설비 투자를 안 하고 돈을 유보금으로 쌓아두었으며, 가계는 주택자금을 빌리지 않았다. 그래서 무한정 찍어 내 남아돌게 된 일본 자금이 국제금융시장으로 흘러들어갔다. 일본의 대형은행들은 뉴욕, 런던 등 해외 거점을 활용해 자금을 운용하는데, 일본은 이렇게 풍부해진 자금을 달러 자산에 투자하여 대외금융자산 안정화를 도모했고, 국제 금융회사들은 엔화 조달금리가 거의 제로여서 이를 국제 금융시장에 풀어 이득을 챙겼다. 일본은 나중을 위해 무한정 찍어낸 돈을 해외에 풀어 자산을 축적해 두었다. 그런데 그 돈이 어디로 갔겠는가, 대부분 차이나(china)로 들어갔다. 그들은 그 돈을 '무기양산'과 '일대일로'에 썼다.

사람이 살아가면서 위험에 대비한 보험이 필요하듯, 지금 위기에 처한 한국이 이를 대비하겠다면 외통수 대만 앞바다만이 아니라 제2, 제3의 살 길을 찾아야 한다. 그것이 러시아 '북방 항로'와 '유라시아철도' 그리고 '오키나와 독립'임은 두 말 할 필요가 없다. 러시아는 한국에 첨단 군사장비와 우주 로켓엔진 등 고급기술을 제공하여 한국 국방무기 발전에 획기적 도움을 주었고, 러시아의 대표적 지성 드미트리 수린 박사는 이미 러시아 극동지역에 "한·러 공생국가"를 설립하자는 의견을 제시한 바 있다. 한국이 역사적으로 주변을 침략해 남을 괴롭힌 적이 없고, 신의를 저버리지 않으니 우크라이나 침공으로 핀치에 몰린 러시아는 그러한 한국을 믿고 자국의 방대한 영토 동쪽을 맡겨 가뜩이나 부족한 인구 사정과 국경을 맞댄 차이나(china)와 일본으로부터의 영토 침탈을 대비한 자구책이었다. 그래서 러시아는 한국이 필요하고, 한국도 러시아가 필요하다. 혈육을 찾는 '오키나와' 주민도 마찬가지이다.

현재, 우크라이나 전쟁 7개월이 지나는 시점에서 러시아는 이미 점령한 우크라이나 동부지역에서 갑자기 수세에 몰렸으며, 2차대전 이후 처음으로 '전시부분동원령'까지 내렸다. 이를 본 우크라이나 키이우대학의 타라스 쿠지오(Taras Kuzio) 교수가 미국의 싱크탱크 '애틀랜틱 카운슬(Atlantic Council)'에 기고한 글에서 '푸틴의 제국은 소련처럼 붕괴하고 있다'면서 "우크라이나 전쟁에서 러시아가 패배를 거듭하면서 많은 서방의 전문가들이 러시아 연방 붕괴를 예측하고 있으며, 러시아는 소련으로부터 물려받은 방대한 육군을 이용하여 구소련에 속했던 약소국들을 압박하면서 경제적 유대를 활용하여 러시아 안보체제에 합류하도록 종용하였으나 러시아가 압도하는 군사 패권 체제는 이제 도전받고 있으며 그 이유는 러시아의 초강대국 군사국가 신화를 우크라이나가 산산이 부숴버렸기 때문"이라고 했다. 상황이 이러하자 서방에서는 푸틴 대통령의 실각, 나아가서는 러시아연방 해체설까지 나오고 있다. 이에 벤 호지스(Ben Hodges) 전 유럽주둔 미군사령관은 영국 '텔레그래프'를 통해 "서방은 러시아 붕괴에 대비하여 지정학적인 부담들을 줄여나가야 한다"면서 "푸틴이 드러낸 약점이 너무 심각해서 우리는 지금 푸틴 정권뿐만 아니라 러시아연방의 종말이 시작되는 것을 목격하고 있을 가능성이 크며, 120개 민족을 품고 있는 러시아연방의 붕괴는 처음에는 서서히 진행되지만 종국에는 통제 불능 상태로 빠르게 진행될 것"이라고 밝혔다.

우크라이나가 그 전쟁에서 선전할 수 있었던 표면적 요인을 혹자는 서방의 무기 지원으로만 알지만 그것만이 아니라 거기에 미국의 군사 정보제공이 있는 것은 이미 세계가 모두 알고 있는 비밀사안이다. 러시아의 통신이 모두 미국에 감청되고, 부대 위치와 탄약 창고 등 위성으로 파악된 모든 정보가 우크라이나에 제공되고 있어서 러시아는 현재 고전을 면치 못하고 있다. 우크라이나 전쟁은 엄밀히 미국 대리전이다. 그런데 미국이 간과하는 것이 러시아의 힘이 약해지고 영토가 축소되면 그 상실 부분이 어디로 가겠는가에 대한 것이다. 그 손실부분이 차이나(china)로 흡수된다는 것을 미국은 계산해 본적 있는가. 유럽 쪽 러시아 땅이 서방에 잠식될 일은 희박하다. 그러나 우랄산맥 동쪽 너머의 광대한 영토가 차이나(china)에 흡수되고, 그 동쪽 끄트머리가 일본으로 넘어갈 함수는 다분하다. 애초에 미국이 차이나(china) 소비시장을 탐내다가 그들을 패권 경쟁국으로 부상시키더니 지금은 러시아를 약화시켜 감당 못할 빅브라더 초강대국으로 만들고 있다.

한국은 급격한 인구 감소가 진행 중이어서 군인 충원이 이미 부족해진 상황에 있다. 그런데 차이나(china)는 호주를 상대로 벌써부터 조용히 "회색지대전쟁(grey zone warfare)"을 시전하고 있었다. 그것은 상대방이 군사적으로 반격할 상황 직전까지만 가는 전략으로, 경제봉쇄, 무역지대 통제, 사이버공격, 허위정보 유포와 기만작전 등 직접적인 군사 충돌을 피하면서 상대를 서서히 허물어뜨리는 총성 없는 전쟁방식이다. 적국을 상대로 직접 충돌을 감행하지 않으면서 더 큰 목표를 달성할 때까지 리스크와 비용을 낮추면서 상대의 약점을 찾아내 고사시키는 전략, 호주는 이를 알고 "차이나(china)가 호주를 식민지화하고 있다"고 성토했다. 그 차이나(china)의 속셈은 세계 지배에 있고, 그들의 태평양 진출의 또 다른 걸림돌이 한국이다. 이미 군인 충원이 원활하지 않는 한국은 대만이 차이나(china)에 떨어질 때 교살 될 조건에 있다. 그런데 차이나(china)의 "회색지대전쟁(grey zone warfare)"은 만만치 않은 상대에게 쓰는 조용하며 교묘한 공격 수법이지 약소국에게 쓰는 방식이 아니다. 대만이 차이나(china)에 떨어지고, 그럴 때 목줄 잡힐 한국에게 차이나(china)가 번거로운 회색지대전쟁(grey zone warfare)을 쓸 리는 없다. 그 바다만 막으면 한국은 그냥 굶어 죽는다. 비용이 전혀 안 든다. 한국은 이 상황을 자체 개발한 국지전 "첨단 무기"와 평화 기생주의 "비핵"으로 대처할 수 있는가. 저희끼리 물어뜯는 것만 알며 세상 어떻게 돌아가는지 알려 하지 않는 한국인은 조상이 물려준 현실기피 "꿩 대가리 전략"을 고수하느라 파국을 자초 하는 것이 현실이다. 16세기말 한반도가 일본침략으로 100만 명의 백성이 살육 당할 당시 이순신 장군이 어째서 갑옷도 입지 않고 전장에 나가 죽어야 했는지 여전히 모르는 것이다. 그것은 조선의 왕이 이순신 장군을 시기해서만 그런 것이 아니다. 본질은 임금이 상국을 믿고 따르는 나라의 종속이다.

그런데 대만 해역 횡색(橫塞; 길이 막힘) 한국 질식사보다 더 시급한 한국 멸망 조건 북한 "핵무기" 투발 한국 핵전쟁,, 국제사회 '경제봉쇄'로 경제가 파탄 난 북한은 내외적 상황 여하에 따라 전쟁에 돌입하게 될 때 먹을 것도 없는 그들의 최선은 속전속결뿐이어서 "핵미사일" 발사 이외에 다른 방안은 없다. 한국이 초토화 되는 조건이며, 그 조건에서 배를 타고 바다로 피난한 한국 난민이 갈 곳은 아무데도 없다. 가장 가까운 일본으로 가면 일본 부총리가 공언한 대로 일본인 총구에서 불을 뿜고, 아니라고 해봐야 군함으로 들이박아 침몰시킬 것이다. 한국인은 설마 그렇게 까지 하겠어?

라며 현실을 부정하겠지만 그 설마 때문에 역사는 피투성이가 됐고, 결국 나라는 망해 국민이 희생됐다는 것쯤은 알아 두시는 게 좋을 것이다. 그러니 그럴 때 한국인 보트피플은 어디로 가야 하겠는가? 망망대해에서 떠돌다 속절없이 죽어야 할 비참한 신세, 그것은 한국 정치권이 평화주의랍시고 "비핵"을 떠들며, 군권을 포기하고, 자기 나라를 자기 스스로 지키려 하지 않고 상국에 의지함으로서 자기 운명을 남에게 맡긴 종속국 신민의 마땅한 그 댓가이다. 그래서 한국 보수 정치권에서 이것을 해결하겠다고 미국에 "한국 핵무기 재배치"를 요구 했지만 거절당했다. 자신이 해결할 생각은 않고 어떡해서든지 빈대 붙어 기생충으로 살아남겠다는 수작이었다. 미국이 한국에 "핵무기"를 재배치하면 그 장소는 미군기지가 될 것이고 그 때문에 유사시 미군기지는 북한과 차이나(china)로부터 핵미사일 제1번 집중 타깃이 된다. 미국이 저절로 핵전쟁에 개입되는 조건이어서 미국이 절대로 들어줄리 없는 그런 한심한 요구를 하는 이유가 무엇이겠는가. 그냥 한국인 종특 마마보이 어리광 떼쓰기 기생주의 말고 다른 것이 있는가. 단 하나의 진실,, 한국에서의 "핵전쟁"은 미군이 이 땅에 주둔하고, 그들이 한국 전시작전권을 가지고 있기 때문에 온다는 것, 그래서 전쟁을 하지 않겠다면 한국 자체 "핵무장"이 먼저이고, 그 다음이 "미군철수"이며 그에 따른 "전시작전권" 회수이다. 조선으로부터 내리는 유구한 헛발질,, 진실 외적인 것에서 진실을 찾는 불치의 고질병,, 오랜 종속으로 자기가 누구인지, 무엇을 해야 하는지 모르기 때문에 한국인의 목숨과 운명이 걸린 이 문제가 방기되고 있다. 북한은 경제 피폐로 인한 차이나(china)의 압력만으로도 한반도 "핵전쟁"을 야기할 조건에 있다. 그 방비는 제3자를 배제한 한국과 북한 간의 주관적 협상뿐이고, 거듭 말해, 그 절대 전제가 한국 자체 "핵무장" 그 다음이 "미군철수"임은 두 말할 나위가 없다.

2005년 한국대덕원자력연구소에서 연구 목적으로 플루토늄 1g을 추출했는데 이것을 알게 된 미국 당국이 분노하며 한국 원자력 발전 원료 공급을 전면 차단하는 동시에 유엔안보리에 한국 제재 결의안을 발의 했다. 이에 한국 정치권은 싹싹 빌면서 미국에 엎드려 용서를 빌었다. 상국이 종속국에 보내는 시범케이스 메시지 "함부로 까불지 말라!!",, 그 후로 한국에서 "핵무장"은 절대 금기의 영역이 되었다. 그런데 주지해야 할 것이 지금은 그때와 달리 북한은 "핵무장국"이고, 그것은 세계 재앙을 예고하고 있다. 그리고 그 뒤에는 세계 정복을 꿈꾸는 차이나(china)가 있다. 한국인이 살아남겠다는 일말의 자의식이라도 있다면, 미국이 한국 자체 "핵무장"을 유엔안보리에 상정해 혼을 내겠다면 그러든가 말든가 부딪혀 봐야 한다. 세계의 상식 법정에서 누가 옳고 그른지 따져야 하고, 만약 불가 된다면 그럴수록 초지일관 특립독행해야 한다. 한국의 행동은 국제원자력기구(IAEA) 규정에 어긋나지 않기 때문이다. 한국이 살겠다면 미국과 맞서는 길 뿐이다. 그런데 한국에서 과연 그런 정신 나간 리더가 있겠는가. 민족 소멸이 코앞인데도 오로지 엎드려 기는 것만 알고 있으니 어쩌겠는가. 한국 피침역사 970:0이 말하듯, 한국은 남을 공격해 괴롭힌 적이 없다. 그런데 그것이 이번에는 1만년 역사 완전한 종말을 가리키고 있다. 그러니 최소한의 밸이라도 있다면 죽을 때 상대를 죽이고 같이 죽어야 할 것이 아닌가. 북한이든, 차이나(china)든, 아니면 일본이든, 이기지 못하면 같이 죽는 길을 찾아야 한다. 그 일격 필살이 한국 자체 "핵무장"이다. 그런데 이것을 가지면 아무도 덤비지 않는다. 나라의 자주국방이 완성되었기 때문이다. 그런데도 어째서 이것을 기피하는가. 어째서 그 잘난 재래 무기 개발을 자랑하며, 그것이 있어 죽을 때 상대방 코피 정도는 터뜨릴 수 있다고 가슴 뿌듯해하며, 6.25 한국전쟁 때 귀환 계획도 없이 북한 너머 만주에 투입된 수많은 한국 민간특수부대 8240 KELLO 부대원 산화처럼 1회용 총알받이 소모품으로 죽겠다는 것인가. 그것이 너무나 원통해서, 너무나 한심하고 억장이 무너져서, 나라의 자주를 완성하려다 총 맞아 죽은 박정희 대통령이 그립다. 너무나 그립다.

이에 러시아에 제안해야 한다. 러시아와 한국은 지금 위기에 몰렸다. 그런데 한국 정치권은 나라가 망하고 민족이 소멸되는 한이 있어도 600년 종속 똘마니 신민의 굴레를 벗어날 생각을 못하니 미국 품을 떠나지 못한다. 러시아가 그동안 한국에 공들인 친화정책이 모두 말짱 도루묵인 이유이다. 그래서 그 타개는 한국 기업 "삼성"에 있다. "삼성"은 세계를 석권하는 최첨단 반도체뿐만이 아니라 전기차 배터리를 포함하여 전기, 전자, 조선(造船), 그리고 의료장비 등 산업 전반에 걸친 고급 기술을 가지고 있으나 "삼성" 후계자는 한국 정치권으로부터 감옥소행 위협을 받고 있고, 궁극적으로는 미국으로부터 기술 탈취와 회사 존립을 위협받고 있다. 이러한 "삼성"을 한국 정부는 지켜주지 못한다. 미국이 한국에 원하는 것은 이데올로기 첨병 역할뿐이지 머리 크는 것은 바라지 않기 때문이다. 최근 미국 상·하원에서 동일한 취지로 통과된 '혁신경쟁법(반도체 지원법안)'은 민간투자에 520억 달러(약 70조원)를 지원하여 미국이 뒤쳐진 반도체 생산 부분을 회복하려는 예에서 보듯, 인텔은 미국 오하이오주에 200억달러(약 28조원)을 투입해 2025년부터 2나노 반도체 양산에 들어간다는 계획을 발표했고, 미국과 일본은 외교·상무 장관 2+2 합의로 2나노 반도체를 개발해 공동생산 하기로 했다. 그것이 표면적으로는 중국 견제처럼 보이지만 그 진짜 속내는 한국의 "삼성" 타도에 있다. 결국 마지막에는 힘의 논리대로 TSMC 첨단 반도체기술은 차이나(china)로 흡수될 것이고, 미국이 "삼성"과 TSMC를 자국에 유치해 뒤쳐진 자국 반도체 제조부분을 회복하면 그 다음 순서는 필히 "삼성" 목조르기가 된다. 예나 지금이나 미국이 한국에 바라는 것은 과거 존 헐 장군의 말마따나 한국의 역할은 일본을 얼마만큼 보호하는 것에 있다,고 한 기조 그대로여서 한국이 아무리 열심히 미국에 꼬랑지 흔들

어도 한국이 할 일은 이데올로기 최선선 첨병 역할뿐이다. 대만이 정치적으로는 자국을 지키겠다며 미국에 군사지원을 호소하고 있지만, 얼마 전에 파산하여 국유화된 차이나(china) 반도체 회사 칭화유니에 대만 기업 폭스콘이 8억 달러를 투자해 기사회생 시킨 것이나, TSMC가 차이나(china) 난징공장에 29억 달러를 투자해 반도체 설비를 증설 한 것만으로도 그들은 2개의 카드를 가지고 있음을 증거 한다. 이번 대만 선거에서 미국 친화적 민주진보당(민진당)이 참패하고, 차이나(china)에 우호적인 제1야당 중국국민당(국민당)이 승리했다. 이것이 시사하는 바는 반도체를 빼고 현대 산업이 존재 할 수 없는 그 무한대 시장이 미국과 차이나(china)로 양분되는 것을 암시한다. 그럴 때 "삼성"이 설 자리가 있겠는가. 90년대 말, "삼성"이 막대한 회사 보유금으로 세계 2위 독일 지멘스계열 반도체 회사 퀴몬다(Qimonda)를 파산시키고, 이어 2차 치킨게임 글로벌 3위 일본 반도체업체 엘피다(エルピーダ)를 몰락시킨 그 회사 보유금이 지금 140조원(약 1,000억 달러)이고 곧 200조원(약 1,300억 달러)이 된다고 한다. 하지만 미국과 차이나(china)가 시장을 양분해 가지면 "삼성"이 감당할 수 없다. 치킨게임은 피할 수 없고, 미국과 차이나(china)가 첨단기술을 취득한 조건에서 "삼성"이 아무리 강하다고 해도 두 패권 국가를 혼자 상대할 수는 없다. 그래서 "삼성"이 자신을 지키겠다면 그에 맞는 자국 배경이 있어야 한다. 그런데 "삼성"의 조국은 영원한 종속 똘마니 나라여서 "삼성"을 지켜줄 수 없다. 더구나 한반도는 북한 내부 사정과 대만전쟁이라는 외부적 요인으로 "핵전쟁"이 카운트다운 중에 있다. 그래서 "삼성"이 살 길은, 아니 한국인이 살 길은, 러시아와 "삼성"이 타협해 러시아 극동지역에 한·러 공생국 "삼성의 나라"를 세우는 길뿐이다. 그렇게 하면 "삼성"은 제3지대를 확보해 활로가 생기며, 한반도에서 "핵전쟁"이 터져도 살아남을 수 있으며, 한국 국민 또한 살 길이 생긴다. 러시아도 첨단 기술에서 밀린 자국 산업 부흥의 물꼬를 틀 수 있으며, 우랄산맥 너머의 동쪽 영토를 지키는 강력한 수비대

가 만들어져 서로가 윈윈 할 수 있다. 러시아가 유념해야 할 것이 차이나(china)의 "회색지대 전쟁(grey zone warfare)"은 러시아라 하여 예외가 없다는 것, 그래서 특히 러시아 우랄산맥 너머의 동쪽 지대가 위험하다. 순망치한(脣亡齒寒)이라는 말처럼, 입술을 잃으면 이가 시릴 수밖에 없다. 과거 바르샤바 조약국가 대부분이 나토에 가입했고, 중립을 지키던 국가들도 지금 나토 가입을 신청했으니 러시아는 입술을 잃었다. 유럽 쪽 국경선은 나토를 앞세운 미국이 노리고, 우랄산맥 너머의 동쪽은 차이나(china)와 일본이 노린다. 러시아가 가지고 있는 막강한 위력의 "핵무기"는 최후의 병기여서 그것을 사용하면 비윤리 오명을 뒤집어써 리더쉽이 상실되며, 더구나 그것을 미국이나 차이나(china)를 상대로 쓸 수는 없다. 핀치에 몰린 러시아는 동쪽지역을 "삼성" 독립국가 설립으로 대처할 수 있다. 반면, "삼성"이 유념해야 할 것이 미국에 공장을 지어봤자 결국 기술만 뺏긴다는 것, 하다못해 베트남도 자국에서 철수하는 기업의 공장을 국유화시키겠다고 했다. 미국의 자기중심주의는 주변을 약화시켜 저희만 잘 살겠다는 것이고, 그것은 과거 인디언 살육과 흑인 노예 착취에서 오는 유전병이어서 고칠 수도 없다. 미국의 첨단 반도체 회사 자국 유치는 상실한 자국 제조 산업 부분을 살리겠다는 것이어서 나중에 이용 가치가 떨어지면 팽 당할 것은 너무나 명확하다. 그것이 한국의 "삼성"을 위시한 한국 공업 첨단기업을 타깃으로 하는 에두른 암수인 것을 한국인이 모르지 않을 것이다. 해외에 첨단기술 공장을 설립하는 것은 일정부분 그 나라에 인질이 된다는 의미가 있다. 그것을 대비 하여 "삼성"이 최첨단 공장을 한국에 남겨두면 얼핏 안전하리라 생각되지만, 어느 날 북한에서 장사정포와 핵미사일이 날아올 때 모든 것은 끝난다. 설혹, 해외 공장이 남는다고 해봐야 나라가 없어진 다음에 그 생존은 보장되지 않는다. 대만전쟁이 시작될 때 대만을 지켜주겠다고 약속한 미국의 최첨단 미사일이 오히려 대만 TSMC 반도체공장부터 파괴한다는 것은 이미 정해진 사안이듯, 자국 이익 중심주의 미국은 대만을 위해 피 흘리지 않는다. 그들에게 대만의 가치는 첨단 반도체 기술뿐이어서 미국은 TSMC 공장을 자국에 유치했으니 남은 것은 그 회사 공장 설비가 차이나(china)에 넘어가지 않도록 미사일로 파괴하는 것과 그 기술자를 자국으로 데려오는 것밖에 없다. 그렇다면 차이나(china)가 대만이 자국의 일부라 하면서 미국의 TSMC 파괴 행태를 지켜만 보겠는가. 차이나(china)는 상호주의에 입각한 돌려까기 보복으로 북한을 시켜 한국전쟁을 야기할 것이고, 북한 경제는 파탄 상태라 차이나(china)가 군수 지원을 한다 해도 북한군인 대개가 영양실조에 걸려 있어 할 수 있는 것은 속전속결 "핵전쟁"밖에 없다. 한국은 고래 싸움에 등 터지기 싫겠지만 싫다고 하여 피할 수는 없다. 그 원인을 한국 위정자들이 제공했기 때문이다.

우크라이나 전쟁 9개월이 지나는 시점에서 미국이 비축한 무기와 탄약이 우크라이나 제공으로 고갈되자 미국은 무기 비축이 풍부한 한국에게 우크라이나에 보낼 155mm 포탄 10만발 1차 우회 제공을 지시하자 한국 국방장관이 즉각 미국으로 날아가 약정서에 사인한 후 이것이 미(美)월스트리트저널(WSJ)를 통해 폭로되었다. 한국은 우크라이나를 위하다가 "핵전쟁"이 터질 조건을 스스로 자초했는데 도대체 한국에 있어 우크라이나가 무슨 의미가 있다고 자국 멸망을 담보하는지와 그런 내용은 극비에 해당함에도 미국 언론에서 보도되는 것은 또 어째서인가. 이유는 간단하다. 미국은 충직한 똘마니 한국을 내세워 세계의 모든 나라가 한국처럼 미국 말을 잘 들어야 한다는 메시지를 세계에 타전한 것이다. 그러나 러시아가 지금 핀치에 몰렸다고 해도 북한에 최첨단 핵미사일 대기권 진입기술과 극초음속 미사일 기술을 전수해 한국을 단숨에 파괴시킬 수 있는 군사 패권국이다. 더구나 북한은 차이나(china)가 제공하는 최소한의 원조로 연명 중이어서 이쪽이든 저쪽이든 선택권이 없다. 할 수 있는 건 속전속결 "핵전쟁" 오로지 그 하나뿐이다. 한국이든 북한이든, 자신의 의지와 상관없이 외부 세력이해관계로 전쟁에 내몰릴 그 모든 원인은 한국인이 자신의 주권을 타국에 맡긴 의지박약에서 온다. 한국인은 알아두시라. "핵전쟁"이 터지면 용기를 낼 자국 군인도, 자국민도, 그리고 도와줄 우방도 없다.

이 조건에서 한국이 살 길은 러시아와 협조해 러시아 극동지역에 "삼성" 신생국을 설립하는 것 이상은 없다. 그 길만이 "삼성" 반도체를 안전하게 보존할 수 있고, 대만이 차이나(china)에 떨어져도 북방 항로가 확보되며, 만약 한반도 "핵전쟁"이 벌어진다 해도 한국인 보트피플이 찾아갈 곳이 생긴다. 그 신생국은 제2의 한국이 될 것이니, 남북한을 중재해 전쟁을 방지할 수 있으며, 설혹 전쟁이 터져 한반도가 초토화 되어도 그들이 나중에 한국 재건에 힘쓰리라는 것은 자명하다.

과거 베트남 전쟁에서 미군이 항복하고 도망쳐 나왔을 때 바다로 탈출한 월남(남베트남) 보트피플이 400만 명이었다. 허술한 선박에 콩나물시루처럼 실린 그 난민은 주변 어디에도 받아주는 곳이 없어 대부분 망망대해에서 속절없이 죽었다. 한국인 중에는 한국이 "핵무장"을 시도하면 미국의 제재가 있을 터인데 그것을 어떡게 해결할지를 먼저 걱정하는 이가 있을 것이다. 그렇다면 답하시라. 북한에서 "핵무기"가 날아올 때, 그때는 어떡할 것인가. 스스로 살 길을 찾든가, 아니면 앉아서 죽든가, 선택은 둘 중에 하나뿐, 한국은 지금 내외적 위기에 놓였다. 미군이 한국에 주둔하는 한, 한국인이 살아남을 보험은 러시아 극동지역 "삼성" 국가 건립뿐이다.

러시아 극동지역 "삼성" 신생국,, 그 첫째 조건은 "삼성" 후계자 이재용 부회장의 영구집권이며, 그 다음이 한민족과 러시아인의 쉬운 귀화 조건이며, 세계에서 가장 살기 좋은 곳으로 만들어 누구든지 이주하고 싶어 하는 좋은 나라로 만들어야 한다.

러시아는 지금 위기에 빠졌고, 첨단 산업기술에서 밀렸으며, 넓은 영토를 가지고 있으면서도 인구가 줄고 있어서 그것만으로도 자국 영토를 온전히 지키기 어렵다. 그런데다가 이번의 우크라이나 전쟁으로 위기에 몰렸으니 믿을 수 있고 힘이 되어줄 파트너가 필요하다. 그 대상이 반도체, 전기, 전자, 베터리, 선박, 그리고 의료장비 등 여러 산업분야의 첨단기술을 가졌고, 과거 러시아가 채무불이행 상황에 놓였을 때 끝까지 남아 의리를 지킨 "삼성"이라면 제격일 것이다. 그 "삼성"에게 극동지역을 할양해 신생국을 세우도록 하면 러시아는 자국 동부지역을 지킬 수 있고 첨단 산업기술도 확보 된다. 러시아에 이롭고, "삼성"도 이로우며, 한국도 북방 무역로가 확보되어 숨통이 트이고, 한반도에서 "핵전쟁"이 터져도 찾아갈 곳이 생긴다. 거듭 말해, "삼성"이 살 길은 강력한 국가 배경과 전쟁으로부터의 안전지대이다. 그 전제하의 초격차 기술 확보만이 생존과 풍요를 보장한다. 그러나 그것도 내부에서 기술을 빼내 팔아먹는 배반자가 있으면 말짱 도루묵이니 "삼성 신생국"이 세워지면 재산몰수 병과 징벌죄는 필수이다. 한국 민주주의는 조선의 의존주의 성리학 변치에 불과하고, 그 본연은 변함없는 상국 사대이며, 그 결과는 틀림없는 파멸이다. 한국인은 지금 도심 길거리에서 진보와 보수 떼거리가 서로 저 잘났다고 떠드는 집회와 시위에 진저리가 날 것이다. 그것은 종속 비용이어서 "미군철수" 없이 절대로 고쳐지지 않는다. 그런데도 한국인은 그것을 말하지 못한다. 어째서 그렇게 되었는가. 한국 교육과정이 주입식 암기 위주이고, 고래로 윗사람 말 잘 듣는 규범이 있고, 토론을 경원해 거기에서 순응이 생겨나 이쪽이냐 저쪽이냐, 흑백논리 편 가르기만 있어 할 말을 못하기 때문이다. 영원한 똘마니의 나라, 주관도 없고, 사기범죄가 만연해 아무도 믿을 사람 없으며, 전시작전권도 없는 총알받이 나라, 그런 나라 정치인은 자국민을 지키지 못한다. 사정이 그러하니 "삼성"은 주지하시라, 지금 미국이 실시하는 첨단공업 자국 유치 조건의 보조금 지급은 낚시 바늘 미끼에 불과하다. 그들이 첨단반도체 제조기술을 취득했을 때, 그 다음 순서는 "삼성" 목조르기가 될 것이고, 그럴 때 한국 정부가 할 일은 아무 것도 없다. "삼성"이 살겠다면 기업을 넘어 독립된 국가를 설립하는 길뿐이다. 만약 한반도에서 전쟁이 터지면 그것은 분명히 "핵전쟁"이 될 터이니 그 대비는 러시아 극동지역 한·러 공생 신생국 설립 외는 없다. 그리고 이것은 "삼성"만의 일이 아니니 한국 정부 또한 러시아에 돈을 주고 매입하든, 아니면 첨단 공업기술을 주든, 바다를 면한 러시아 극동지역 일부를 확보해야 한다. 그럴 때 북방 무역로 숨통이 확보되며, 만약, 한반도에서 전쟁이 터져도 첨단 과학기술이 보존되고 국민은 찾아갈 곳이 생긴다. 러시아는 지금 위기에 몰렸고, 우랄산맥 너머의 영토도 불확실해졌다. 차이나(china)는 국력이 신장되면서 벌써부터 러시아 극동지역 연해주가 원래 자신의 땅이라며 기업 침투를 앞세워 영토 확장에 나서고 있다. 그 대비는 한·러 공생국가 설립 방법 외는 없다. 한국은 러시아 극동지역이 차이나(china)에 넘어가는 순간 무역로가 막혀 교살된다는 사실을 유념하시라. 조선이 끝까지 상국을 섬기다가 망했듯이, 한국이 미국 발치에서 하세월 눈치만 보며 아무 것도 하지 않으면 돌아오는 것은 파멸뿐이다. "삼성"만이 아니라 한국인의 생존 보험은 한·러 공생국가 설립에 있다. 그리고 그것은 그것으로 그치는 것만이 아니어서 북한을 변화시켜 한반도 통일의 물꼬가 될 수도 있다.

그렇게 신생국이 만들어져 세상사람 누구나 가고 싶어 하는 좋은 나라를 만들겠다면, 그 첫째가 세계에서 가장 아름다운 한국의 "공공의료보험" 도입이어야 한다. 그래서 그 신생국에 가장 큰 병원이 세워지면, 그 앞마당 한켠에 한국 의료보험제도를 만들어 주시고, 나라의 부강을 넘어 완전한 자주를 꿈꾼 박정희 대통령 흉상 하나 세워주시기를 부탁드린다.

## 17. 자살게임.

영국의 인공지능(AI) 프로그램 개발 회사 딥마인드가 '바둑 AI' 알파고(AlphaGo)를 개발하고 나서 2016년 한국인 바둑 최고수 이세돌과 대국해 4승1패의 전적으로 세계를 놀라게 하더니 6년이 지나는 현 시점에서는 기존의 코딩보조역할을 추월한 'AI 알파코드(AlphaCode)'를 만들어 '인간개발자'를 넘어서고 있다. 앞으로 10년 후면 인간의 지능보다 1,300배 향상된 AI가 등장할 것으로 예상된다.

현재는 인공지능 개발 단계여서 이 분야에서 오히려 사람의 일터가 만들어지고 있지만 얼마 후면 인간이 할 일은 극도로 축소된다. 그로 실업자가 양산될 때 은행에서 빚을 내 집을 산 사람은 지금 살고 있는 집에서 쫓겨나 노숙자가 된다.

승자 우선주의 미국 사회가 앞으로 대두될 AI 새 물결 노동자 대량 해고에 따를 노숙자 양산, 그 대비는 실업자 보호 반자본주의 정책 공공주택 대량공급과 무상 의료제공밖에 없다. 미국은 자신의 미래를 위해 선제적으로 자국 서민부터 품는 것이 좋을 것이다. 재소자 대량수감 현대판 노예제도부터 없애야 하는 것이다. 미국은 자유의 기치를 앞세워 진실을 숨기고 있지만 흑인 노예제도는 진화되어 그 사회에 여전히 존재하며, 중산층이 축소되고, 미국 서민 삶이 힘들어진 진실을 이제야 알게 되어 "미국 상위 1%가 미국 전체 부의 50%를 장악하고 있다"며 시위를 하지만 미국의 승자우선 자본주의에서 그 변화는 요원하며 빈부 격차는 갈수록 심화될 것이다. 앞으로 달러 기축통화는 세계의 많은 나라를 지치게 하여 배척될 것이며, 돈을 무한정 찍어내든, 통화 유동성을 제한하든, 결국 자국 경제도 피폐해질 것이다. 더욱이, 앞으로 급격히 진행될 AI 시대 상황은 인종을 가리지 않고 노동자를 노숙자로 전락시킬 조건에 있고, 당연히 그 추락은 그 가족을 포함할 것이니 자존심 강한 캘빈 캔디 성향의 백인들 분노가 터져 나올 그 혼돈 사회 대비 없이 미국의 미래는 보장되지 않는다.

낙오자에게 냉정한 미국 사회 시스템이 미래를 예측하여 그들 구제에 사용될 막대한 예산을 책정하기 힘들고, 그 국민의 인식 역시 이를 예측해 합의를 도출할 준비가 되었는지 장담할 수 없으니 미래를 내다보는 강력한 리더가 있느냐 없느냐에 따라 나라의 운명이 갈릴 수밖에 없는 현 시점이 그래서 중요하다. AI 발전 속도는 사람이 체감하지 못할 정도로 급속해 시간이 없기 때문이다. 그래서 시험적 샘플이라도 만들어 놔야 한다. 그런데 이러한 사회복지 개념은 미국 자본주의 승자 우선주의에 반하여 어려우니 국가 예산과 관계없는 아시아 걸프만 '오키나와' 회수 아시아 걸프만 유전 수익금으로 미리 대비할 수 있다.

필자는 개인적으로 미국 영화배우 '브래드 피트'를 신뢰하는데 보통 얼굴 잘난 배우들이 그 얼굴 뜯어먹으며 살기 십상이나 이 사람은 델마와 루이스에서 보인 예쁘장한 날라리 후려 먹기 캐릭터 그렇게 빛나는 얼굴을 가졌음에도 그의 출연작은 항상 울림이 있었다. 그의 대표작이라고 하면 두말 필요 없이 "가을의 전설"부터 꼽을 것이다. 장엄한 대자연 북미 몬태나, 거기에 딱 어울리는 야성의 사나이 트리스탄, 그러나 그는 그 때문에 결혼을 하면 안 되는 사내였다. 세상에는 여러 가지 이유로 결혼 부적절 커플이 있다. 그럴 때 고통 받는 것은 대체로 여성이다. 요즘이야 손 안에

스마트폰 데이트 앱이 있어 남녀 사랑이 '조건탐색' 1회용으로 전락됐지만 아직도 사랑은 조건이 아니라 진심이라고 믿는 사람도 많을 터이니 조건탐색이든 진심 찾기이든 사람의 운명은 그렇게 갈린다. 사람마다 보는 관점이 다르듯, 그 영화를 본 어느 한 사람은 눈을 사로잡는 장엄한 자연배경이나 빛나는 주인공 연기도 좋지만 실제로는 엇나간 운명을 못 견딘 여주인공의 권총 그 한 발의 총성을 오래토록 가슴에 안았다. 그 총소리,, 제기랄,, 그가 출연한 또 다른 영화 얼라이드(Allied)에서도 여주인공이 자기 턱에 총구를 대고 방아쇠를 당겼다. 그 영화는 시대가 만든 남녀의 엇나간 운명을 그렸지만 핵심은 진실상의 문제였다. 진실은 아름답지만 고통스러울 때가 많다. 그것을 보는 것이 힘들어 영화 결말이 짜증났다. 그 후 몇 번인가 TV에서 방영하는 것을 다시 보면서 종장이 가까워질수록 초조해져 결국 TV채널을 돌렸다. 상처받기 싫어서, 아니 겁이 나서, 마지막 장면을 기피했다. 필자는 최근 우연히 넷플릭스를 통해 그 멋진 사나이 출연작 "킬링 뎀 소프틀리(Killing them softly)"를 보면서 역시 만족했는데 미국을 현실적으로 정의하기 때문이었다. 그 영화 마지막 장면 벽에 걸린 TV에서 전 오바마 대통령은 "우리가 하나라는 근본적인 진실을 재확인하기 위해,,,"라며 있지도 않은 미국 이민 사회 민족성까지 빌린 수사 달변으로 미국 일체성을 말하고 있었으나 영화 속 주인공은 그것을 귓등으로 흘리며 상대에게 말한다. "미국은 나라가 아니야, 비즈니스지,, 그러니 내 돈이나 내놔!",, 미국을 그토록 정확히 해부할 수 있다니,, 역시 멋진 사나이였다. 그래서 미국 시민에게 권고한다. 미국이 일본에 반환한 '오가사와라'와 '오키나와' 회수는 1846년 미국의 서부 강제 편입 포크전쟁 명백한 운명(Manifest Destiny)처럼 괜찮은 비즈니스인 동시에 그보다 당위적이다. 그 단초는 일본이 한국령 "대마도"를 일본령으로 조작한 지도를 제시한 신의위반 위계로 '오가사와라'를 양도 받고 그 연속선에서 '오키나와'도 할양된 것이니 그 징계책임에 입각하여 두 섬 회수는 정당하다. 미국은 자국 석유의 4,5배, 사우디아라비아 10배의 천연가스가 매장된 것으로 알려진 아시아 걸프만을 회수해 거기에서 나오는 돈으로 미국의 불안정한 미래를 대비할 수 있고, 동시에 그 섬 일부를 한국에 할양하여 군사기지를 만들도록 하면 한국은 자신의 외통수 무역로를 지키고자 할 것이니 미국은 그로 인도·태평양 방어의 수고를 덜 수 있다. 다만, 이미 언급했듯이, 그 전제 조건이 일본의 오가사와라 지도 위계 그 출발점 한국령 "대마도" 한국 회수이다. 아시아 걸프만 회수,, 이 판단은 일본의 공적자금이 살포된 그 대상 미국 관리와 싱크탱크가 아닌 그 시민 몫이다.


그리고 눈앞에 당면한 세계 종말적 위협 북한 "핵무기",, 이 위협은 미국이 주도하는 국제사회 "경제봉쇄"와 한국 땅 "미군주둔"에서 난숙되고, 지금 사람들이 모르는 척 할 뿐, 그 때문에 연관 당사국은 물론이고 세계의 안전이 절벽 끝에 몰렸다. 그 전쟁은 우크라이나처럼 총포탄 쏘는 국지전쟁이 아니다. 북한이 유지되는 두 개의 축, 인민 통제수단 "연좌제"와 "주체사상", 북한에 이것이 있어 그 인민 300만명이 굶어죽으면서도 그 권부는 무너지지 않았다. 인민 대량 아사 제노사이드 상황에서도 "외세에 더 이상 휘둘리지 않겠다"는 수 천 년 한민족 처절한 피침 점철 원한의 역사가 그 인민을 결집시켰고, 지금도 극심한 '경제봉쇄'를 견디고 있다. 이것은 미국이 지금껏 보지 못한 이외의 현상일 것이다. 역사가 일천한 미국은 한국 역사가 만드는 원한의 깊이를 모른다. 그로 형성된 북한의 결집이 어느 날 한국의 자유와 풍요로 무너질 때, 그들의 마지막 자존심 "핵미사일"은 남녘땅을 향하고 바다를 넘게 되어 있다. 이판사판 "너 죽이고 나 또한 죽겠다!",, 세계는 핵무기의 위력을 알고 나서 핵무기를 전쟁 방지 수단으로 인식해 왔다. 그런데 그것이 아니라 모두 같이 죽는 수단으로 사용 하겠다고 할 때 이에 대한 대처 방안은 없다. 미국은 1970년대 한국의 박정희 대통령이 "핵무장"을 하려 했을 때, 속민 교란 이이제이로 간단히 역린을 해소 했듯이, 북한 꼭지 김정은을 그 부하가 총으로 쏴 죽이거나, 아니면 그 스스로 얌전히 사망해 주는 것으로 끝나길 바라겠지만, 현실을 매양 그런 로또당첨에 기대다가 잘못되면 인류 재앙이라는 치명적 낭패를 볼 수 있다. 박정희 대통령 시해 당시의 조건과 지금 이미 핵무기를 손에 넣은 북한 김정은 세습 정권의 이것이 같지 않음에도 같다고 고집부리는 미국의 2차대전 이래의 이데올로기 속민 우매화 전략, 과거의 한국 "핵무장" 수습은 독재타도를 빙자한 한국인 스스로의 상국 복시 자주권 포기였지만, 북한 권부의 "주체사상"은 그 타파로 만든 깃발이어서 김정은이 죽거나 자리에서 물러난다고 끝나는 게 아니라 다음 사람이 등장하여 그들이 힘들게 지켜온 가치를 잇고자 할 때 해결방법이 없다. 공산주의에서 절대로 있을 수 없는 세습 권력이 교묘히 민족의 원한을 차용해 구축한 그 인민 집체 결속력, 그 최후의 발악이 인류재앙을 예고하는 이런 불확실성을 이제는 세계가 제대로 알아야 한다. 미국의 기득권 이기심과 한국의 상국 의존 기생주의가 만드는 세계 종말 게임 AK룰렛,, 리볼버권총 6개 실린더에 총알 5개가 들어 있는 1/6 생존게임이다.

그 출발점이 동양의 '히틀러'를 살려준 2차대전 일본 전범 수괴 "천황 면책"으로부터였다. "천황"이라는 이름 앞에 수백만 명의 사람이 학살당했음에도 기소조차 되지 않은 비상식 결정 때문에 인생을 버린 어느 한 사람의 유일한 취미가 혼자 노래방 찾기였다. 한두 시간 목이 터져라 부른 노래로 속을 달래고 나면 한동안 스트레스가 풀렸다. 그 마지막 곡은 언제나 "인디안 보호구역(Indian Reservation)"이었다. 거기에 어떤 의미가 있는지 알지도 못한 채, 그냥 그 리듬과 가사가 좋았고 그 노래를 부르면 아직 죽지 않은 자신을 볼 수 있어 좋았다. 그때는 아메리카 인디언 체로키족이 한민족 고대 언어 "낙랑조선" 애국가를 불렀다는 사실도 몰랐고, 그들이

2,000년 전에 한국의 뿌리 원조선(原朝鮮)이 망하면서 먼 길 떠난 피붙이라는 것도 모르면서, 그냥 부활을 의미하는 마지막 노랫말 "돌아오겠다(will return)",,는 구절이 좋아 원곡과 다르게 후렴 마지막 부분은 항상 목이 터져라 외치며 끝을 냈다. 그것은 아직 끝나지 않은 자기 인생 숙제 '미필추(未畢推)에 대한 그 맞섬이었으리라. 그러나 시간이 가면서, 인디안 보호구역에서 멸족 수순을 밟고 있는 그들이 무슨 수로 부활을 하겠는가. 그 공허한 현실을 인정하면서 그는 어느 때부터인가 노래방을 끊었다. 사랑하는 여인과 억지로 헤어지듯, 미련은 없었지만 비참했고 슬펐다. 그렇게 또 다시 숨죽인 시간을 보낸 지금에 이르러 그때 그렇게 절실히 매달렸던 체로키족 미결 외침 "돌아오겠다"는 의미가 그들의 부활이 아니라 북한 핵미사일이 미 본토를 겨눈 동족 말살에의 대리 대갚음 큰 줄기 연역적 논제였다는 것을 비로소 알게 되었다. 운명이라는 것은 결국 지나고 봐야 알게 된다. 미국은 아메리카 인디언 청소 원사이드 승리 따위 이미 오래 전에 잊었겠지만 미안하게도 게임은 아직 끝나지 않았다. 2,000년 전에 헤어진 동족 말살정책,, 1,500마일 눈보라치는 오클라호마 도보 눈물의 '견축 길에서 부른 체로키족 애국가 속의 키워드 "낙랑조선",, 그 원한의 한민족 대리 대갚음이 1945년 히로시마 원폭 위력의 100배라 주장하는 북한 수소폭탄에 실려 이동식발사대와 잠수함에서 발사된다. 미국 시민은 한국에 어거지로 세운 자국방어 미사일 요격시스템 사드(THAAD)를 믿고 편히 잠들 수 있는지는 모르겠지만, 거기에 행여 착오라도 생기면 북한 핵탄두미사일이 미 본토에 도착한다. 태양을 삼키는 하얀 방사능 불꽃과 함께 검은 버섯구름이 피워 오르고 대도시 몇 개가 잿더미로 변할 때 한국과 일본이 먼저 초토화 된다.

언젠가 그들은 알게 되리라,, 한국 땅 '미군주둔'과 국제사회 북한 '경제봉쇄'가 만드는 세계 종말게임 아메리카 체로키 인디안 컴백, 그 의미가

2,000년 전에 헤어진 한민족 '빚물이 동귀어진임을,,

그들에게 핵탄두미사일 불꽃놀이는 전쟁 승리를 위함이 아니다. 살기 위함도 아니다. 성공이냐 실패냐, 한민족 외세 피침 점철 역사, 그 인민 300만 명을 굶겨 죽이고도 계속되는 대학살(Great carnage) 유지에 대한 동귀어진 단순 보복게임이다.

그러나 2차대전 이후 세계 각지에서 끊임없이 전쟁을 일으켜 전쟁 귀신이 된 미국이 과연 '머피의 법칙'을 모르겠는가. 1994년 북한 핵무장 개발 당시, 전 미 대통령 클링턴은 북한 공습을 계획하면서 한반도 사상자 1천만 명 시뮬레이션 결과를 보고를 받고 제2한반도 전쟁을 취소했다. 그러나 그 후, 북한이 핵실험과 ICBM 미사일 실험을 계속하자 후임 트럼프는 이것을 미국에 대한 도전으로 간주하고 한국 주둔 비전투원(미군 가족) 소개(疏開)와 동시에 북한에 대한 핵미사일 80기 폭격 명령을 내렸다. 1962년 수소폭탄 실험에 성공한 미국 핵무기는 1945년 히로시마의 200배 위력이다. 그것이 80기일 때 그 폭발력만으로도 한반도 초토화는 당연하고 그 지진파만으로도 세계는 불행에 빠진다. 그 후과를 너무나 잘 아는 백악관 참모들이 극구 만류하여 작전은 취소되었다. 이에 간덩이가 부은 북한 김정은은 연이은 미사일 발사로 시위를 하고 7차 핵실험도 계획 중에 있다. 그 와중에 대통령 연임에서 실패한 트럼프는 차기 대통령 자리를 노리고, 그가 가진 카드에는 여전히 북한으로 보내는 80기 핵미사일이 있다.

------
미필추: (未畢推; 아직 죄과의 심리가 끝나지 않음).
견축: (見逐; 다른 곳으로 쫓겨남).
빚물이: (남의 빚을 대신 갚아 주는 일).

미국으로서는 북한 '비핵화'가 모범 답안이겠으나, 리비아 카다피 말로와 우크라이나 전쟁을 지켜 본 김정은이 "핵무기"를 포기할리 없는 것은 너무나 당연하다. 이번에 한국에서 새로 선출된 보수 대통령은 북한 선제공격(Kill Chain)을 외치고 당선되고 나서 미국의 소리(VOA) 라디오 인터뷰에서도 그 의지를 분명히 했다. 비핵국가가 핵무장 국가를 상대로 선제공격을 하겠다?!,, 머저리가 아닌 다음에야 그것이 비현실적 사안이라는 것은 누구나 안다. 실제에 있어 그 정체가 상국을 향한 꼬랑지 흔들기 일편단심 충성 맹세인 것도 모두 안다. 이에 북한은 약이 올라 핵무기를 법제화 시켰다. 한국 진보 진영의 평화주의 "비핵"의 본질도 상국 충성 굴종주의 간살에 불과하고, 북한을 선제공격(Kill Chain) 하겠다는 한국 보수의 그것도 상국에 잘 보여 칭찬받겠다는 알아서 기기 부복인 것은 마찬가지이다. 그런데 그러거나 말거나, 만약 미국이 한국에서 비전투원(미군 가족)을 조금이라도 빼는 눈치가 보이거나, 차이나(china)가 대만을 공격할 때, 한국군이 대만에 파병되면 북한은 차이나(china) 압력으로 남한을 향해 선제적으로 "핵무기" 단추를 누르게 되어 있으니 어쩔 것인가. 원래 북한 핵무기 발사는 그 인민의 민주화 폭동이나 군부 쿠테타 등 내부 문제로 발생될 사안이었으나 한국 신임 보수 대통령이 북한 선제공격(Kill Chain)을 만천하에 천명하는 바람에 북한 핵무기 발사는 내외적 조건으로 바뀌었다. 한국 정치가 자국의 미래를 스스로 대비하면 안 되는 종속국 신민의 본분을 알기에 생겨난 일이다. 위정자들은 자국 영토가 초토화 되든 말든 오로지 상국에 충성하며 자기 자리보전만 신경 쓸 뿐, 그들이 그럴 수 있는 것은 한반도 유사시 상국으로 도망가 살아남을 자신이 있어 그러하다. 사실에 있어서, 북한은 전쟁을 치를 능력이 없다. 있는 것은 오로지 "너 죽이고 나도 죽겠다",,뿐이다. 지금 당장 먹을 것이 부족해 군인들 허약(영양실조)이 만연한 상황에서 그들이 무슨 전쟁을 하겠는가. 가리키는 것은 단시간에 끝내는 "핵전쟁"뿐, 그런 조건에서 차이나(china)가 대만전쟁을 일으키면 미국은 반드시 한국군을 대만에 투입시켜 최전선에 배치시키려 할 것이고,

그러면 차이나(china)도 북한을 시켜 한국을 치게 할 것이니 이래저래 다양한 이유로 한반도 "핵전쟁"은 유발된다. 최근 미 CIA국장은 차이나(china) 시진핑 주석이 2027년 안에 대만 정벌을 끝내도록 인민해방군에 명령을 내렸다고 밝혔듯이, 거기에는 아시아 걸프만 '오키나와' 유전지대 선점이 걸려 있어 전쟁은 정해져 있다. 문제는 대만전쟁이 한반도 전쟁과 연결되어 있다는 것, 한국인은 1950년 6.25한국전쟁이 모든가 잠들어 있던 일요일 새벽 4시를 기해 북한이 기습 공격해 터진 것을 상기하시기 바란다. 그 전쟁 발생의 또 다른 중요 요인은 미국이 한국을 자국 태평양 방어라인에서 제외시키는 에치슨 라인 선포에서 왔다. 그와 마찬가지로 한반도 전쟁은 한국인 자율 의지와 상관없이 불시에 터진다. 그럴 때 한국은 전시작전권이 없어서 상국 총알받이로 전쟁을 치러야 한다. 그런데 북한은 전쟁을 치를 능력이 없으니 한국을 공격하려면 단 며칠 만에 끝나는 "핵전쟁"뿐이니 어쩔 것인가, 이것은 너무나 분명한 팩트이다.

북한의 한국 선제공격, 휴전선 연선에 배치된 북한 장사정포가 서울을 향해 불을 뿜으면, 그것만으로도 서울은 잿더미가 되고, 한국 사람들은 서울에 아파트가 밀집되어 있어서 그것이 오히려 엄폐 방호막이 된다고 여길 수도 있지만 그 아파트마다 촘촘히 가스관이 연결되어 있고, 집집마다 자동차가 있어서 그것이 인화 될 때 주택은 당연하고 아파트를 비롯한 고층 빌딩도 불구덩이가 된다. 그런 조건에다가 한국 전역을 사정거리에 두고 있는 북한 대구경 방사포에서 소형화 된 "핵무기"가 발사되면 그것이 1분이면 서울에 도착해 눈부신 섬광과 함께 검은 버섯 뭉게구름이 피워 오른다. 북한은 한국 도심의 그런 취약조건을 벌써 알았기에 "핵무기"를 개발하기 이전부터 장사정포만으로도 서울을 불바다로 만들 수 있다고 장담해 왔다. 한국 가정에 신경망처럼 연결된 가스관,, 거기에 불이 붙으면 소방차는 무용지물이 된다. 그래서 그것을 염려하여 정부가 가스공급을 차단해

버리면 사람들은 음식을 어떡케 해먹을 것이며, 겨울이 도래하면 난방공급 안 되는 혹한기에 한국이 세계에 자랑하는 구들장 보일러 시스템이 있다 한들 어떡케 살아남을 것인가. 미국이 한국에 세운 고고도 요격미사일 사드(THAAD)는 미국 방호용이어서 한국을 향해 저고도로 날아올 장사정포만 으로도 휴전선에서 지근거리인 서울에 포탄이 비 오듯 쏟아지고, 거기에 곁들어 날아올 방사포 핵탄두를 막을 방법은 현실적으로 없다. 북한 핵무기는 시간이 갈수록 소형화되고 미사일 기술도 발전한다. 그것이 한국만으로 그치지 않고 미국과 일본 대도시를 향할 때 미국의 그 원천봉쇄는 80기 핵탄두미사일 북한 선제공격뿐이다. 그러나 북한 핵무기 차르봄바 후예, 그 하나 위력이 히로시마 100배라고 한다. 그 북한은 이미 100여 개의 핵탄두를 확보했다고 하며, 시간이 갈수록 그 수는 는다. 한반도에서 전쟁이 터지면 한국은 이래도 초토화 저래도 초토화를 면치 못한다.

그럴 때 체로키 인디언이 돌도끼 들고 백인에 저항하다 몰살당한 고대 한민족 원한의 '빗물이 "돌아오겠다",,는 약속도 공염불이 된다. ,,, 그러나 과연 그것으로 끝일까?

여기에 또 다른 변수가 있다.

1950년 한반도를 초토화시킨 한국전쟁은 북한 공산당 수괴 김일성이 구소련(러시아)을 2번 방문하고, 스탈린에게 48회에 걸쳐 러브레터를 보내며 전쟁 지원을 애걸복걸 할 때, 이를 알게 된 미국이 에치슨 라인을 그어 태평양 방어선에서 한국을 제외시키며 미군을 철수시켰고, 이것을 미국의 한국 포기로 인식한 스탈린이 전쟁 물자와 고위 군사 인력을 북한에 제공하여 한국전쟁이 터진 그 본질은 미국과 구소련 간의 이데올로기 대리전이었고, 3년 전쟁 후 휴전을 하여 표면적으로는 무승부였지만 실제로는 북한과 구소련(러시아)이 선제공격한 윤리적 패배였다. 구소련(러시아)의 그 앙갚음이 베트남 전쟁이었고, 거기에서 처참하게 당한 미국의 복수가 지금의 우크라이나 전쟁이다. 미국은 전쟁으로 패권을 유지하는 국가이고 그 뒤에는 전쟁 물자 비즈니스가 있다. 우크라이나 전쟁 1년이 경과한 시점의 미국과 서방의 우크라이나 전쟁 지원 금액이 1,500억달러(약 200조원)이며, 그중 미국이 낸 비용이 1,100억달러(약 150조원)라 한다. 그리고 그것이 마지막이 아닐 터여서 계속될 우크라이나 무기 지원은 전쟁이 장기화 된다는 뜻이 된다. 그런데 우크라이나는 나중에 그 빚을 갚아야 하고 거기에는 현금 상환만 있는 것이 아니다. 미군이 참전한 베트남 전쟁이 10년간 이어졌듯이, 러시아 푸틴 대통령이 히틀러를 자처해 "핵무기"를 쓰지 않는 이상 우크라이나 전쟁은 계속될 것이고, 그 전쟁 여파로 세계가 불안정해질수록 미국의 패권은 강화된다. 러시아는 천연가스 등 에너지라는 무기가 있어 버티고 있지만 시간이 가면서 진이 빠지고 내부는 분열될 것이다. 러시아 국민은 미국의 목적이 러시아의 국력 약화만이 아닌 연방 해체와 영토 축소까지인 것을 알고 있을 것이다. 푸틴 대통령은 유럽회의에서 나토 문서에 러시아가 "주적"으로 명기되어 있음에도 러시아가 원하는 것은 단지 "우크라이나의 중립"임을 강조하면서, "나토의 팽창은 목적지가 어디인가" "바르샤바조약기구가 해체될 때 1인치도 동진하지 않겠다,고 한 약속은 어디로 갔는가", "서방이 러시아 현관 앞에 미사일을 설치했는데 우리도 그렇게 했는가?"를 물었다. 그것은 태도 변경이 없을 경우 전쟁이 터진다는 선전포고를 의미했음에도 서방은 푸틴 대통령의 그런 외침을 냉전 사고라며 매도했다. 해볼 테면 해보라는 비아냥이었고, 실제로는 전쟁을 도발하라는 윽박지름이었다. 우크라이나가 나토에 가입하겠다고 고집부린 것은 러시아 목에 칼을 들이대겠다는 것과 같아서 러시아로서는 양보할 수 없는 사안이었다. 결국 미국이 전쟁을 기획하고, 유럽이 호응해 우크라이나 전쟁이 터진 그 내막은 "미국이 설계한 함정에 러시아가 빠진 것"이고, 실제에 있어 그 상황은 미국 대 러시아 간의 전쟁인 것이 진실이다.

전쟁에 이골이 난 미국은 나토 동맹을 대동하고 AI인공지능을 활용하고 있어서 러시아는 불리할 수밖에 없다. 미국은 이 기회를 낭비하지 않을 것이고, 우크라이나 사람들이 용감히 러시아에 대항하는 사이 자국 도시는 파괴되고 인명은 죽어나가겠지만 오히려 국민은 그것을 자랑스러워 할 것이고, 그럴 때 그 권력자는 영웅이 된다. 소련 시절 우크라이나가 과거 소련(러시아) 권부에 당한 홀로도모르(Holodomor)라는 깊은 상처가 있지만, 반대로 우크라이나 또한 히틀러 학살부대 네오나치 아조프연대가 타 인종에게 저지른 잔인함도 있다. 미국이 동양의 히틀러 일본 '천황'을 면책해준 바와 같이, 미국은 2차대전 후 나치의 민간인 학살 전위병 아조프연대를 우크라이나 정규군으로 편입해 그들을 훈련시켰다. 지금의 우크라이나 전쟁은 이미 그때부터 설계되어 있었다. 나치와의 전쟁에서 2천4백만 명이 희생된 러시아로서는 그들의 부활에 민감한 반응을 보일 수밖에 없는 상황임에도 우크라이나 정부는 한 발 더 나아가 나토 가입을 천명 했고, 그것은 러시아 목에 칼을 들이대는 조건이어서 러시아로서는 좌시 할 수 없는 상황이었다. 전쟁은 그래서 터졌다. 필자는 그런 우크라이나에서 한국이 보여 슬프다. 한국도 열강의 그런 계산 때문에 나라가 쪼개졌고, 200만 명이 희생된 내전을 치룬 후 지금 "핵전쟁" 민족멸절을 코앞에 두고서도 진실을 바로보지 않고 서로 물어뜯으며 저 잘난 줄만 알며 제 잇속만 챙기고 있다. 남에게 이용당하는 것을 간과하는 그 댓가는 처참함이다. 미국의 전통 기조 속민 이간질과 목조르기 속민 우매화, 현재 미국이 원하는 우크라이나 전쟁 목적은 러시아 축소에 있지만, 어느 일본 정치인 말을 빗대면, "미국에 기어오르는 차이나(china)에 대한 에두른 경고"도 포함된다. 그런데 미국의 어리석음이 "러시아의 힘이 약해졌을 때 그 상실 부분이 어디로 가겠는가?"에 대한 홀봄이다. 미국은 차이나(china)의 값싼 노동력과 그 시장을 탐내 골치 아픈 패권 라이벌을 만들었음에도 그 버릇 그대로 차이나(china)를 더욱 상대하기 어려운 공룡 불가사리로 만들고 있다.

지금의 우크라이나 전쟁이 터지기 전에, 한국인 청년 한 사람에 그곳에 유학을 가 현지에서 아리따운 여성을 만나 사랑에 빠져 결혼을 하고 한국에 돌아와 두 사람이 같이 유튜브 영상을 운영했다. 그녀는 쌍둥이였고, 동생이었으며, 그 언니는 우크라이나에서 이미 결혼을 해 사내 아이 하나를 키우고 있었다. 그 영상 중에, 우크라이나 전쟁이 터지기 전의 현지 물가 상황을 보여주는 장면이 있었다. 쌍둥이 언니가 마트에 들러 여러 가지 식품가격을 알려준 후, 집으로 돌아오는 길에 어느 노파 한 사람이 버스정류장 길바닥에서 직접 농사를 지어 가지고 나온 야채와 감자 등 소소한 음식재료를 팔고 있는 것을 발견하고 다가가 이것저것 가격을 물어본 후 두어 개 구입하고 나서 현금을 내밀었으나 노파는 잔돈이 없었다. 그때 마침 노선버스가 도착하자 노파는 버스에 올라가 운전사에게서 잔돈을 바꿔 내린 후 계산을 마쳤다. 쌍둥이 언니가 노파에게 평소 아는 버스운전기사냐고 물었고 노파는 모르는 사람이라고 답했다. 필자는 평생을 살아오면서 그때만큼 놀란 적이 없다. 길거리 초라한 노점상 노파가 거스름돈을 바꾸기 위해 불특정 노선버스에 올라가 잔돈을 바꾼다??,, 자본주의 세상을 살아온 사람으로서 그것이 과연 있을 수 있는 일인지 납득이 가지 않았다. 그러고 나서, 필자는 이미 더러워져 사기범 대국이 된 한국의 우애주의를 자랑이라고 떠들었던 것이 부끄러웠다. 그래서 관심을 가지고 그 지역 사정을 살피다보니, 러시아 서쪽 국경 연선의 여러 나라 사람들이 인간 본래의 순수함을 간직하고 있는 것을 알 수 있었다. 미국 자본주의가 그곳에 크게 침투하지 않았기 때문이었다. 그래서 또 걱정이 생겼다. 저렇게 인간 본래의 깨끗한 심성을 가지고 있으면 사악한 자본주의의 쉬운 먹잇감이 되며, 그 사회는 정치인 마타도어에 놀아나 잘못된 길을 가며, 그 권부는 또 그것을 기화로 더욱 권력을 굳히려 할 것이니 그럴 때 그 사회는 그동안 보지 못했던 끔찍한 상황을 맞게 될 것이 뻔하여 그랬다. 왜냐하면 한국이 그랬으니까,, 미국의 빛나는 자유,, 거기에는 탐욕이라는 올가미가 있어 서민을 괴롭힌다. 한국 사람들이 보통 북한 인민을 연상할 때, 그들에게서 아직 때가 덜 묻은 순수함부터 생각하지만, 지금 북한을 탈출해 한국으로 들어온 많은 사람들의 말을 들어보면, 미국 주도 '경제봉쇄'가 시작되고 그 인민 300만 명이 굶어죽는 일이 생긴 다음부터 그 사회는 뇌물 없이는 아무것도 작동하지 않게 되었다는 것을 알 수 있었다. 미국의 손길이 미치자 곧바로 부패가 시작된 것이다. 러시아의 유럽 쪽 국경 연선에서 서쪽을 향할수록 탐욕이라는 사악한 착취 구조가 광연해져 순진하거나 힘없는 사람들을 괴롭히고, 착취하며, 대량으로 살육했던 역사가 있는 것을 조금이라도 의식 있는 사람들이라면 알 것이다. 러시아 서쪽 국경 연선의 여러 나라 사람들은 서방의 빛나는 자유와 민주주의 그리고 그들이 누리는 경제 풍요를 흠모하지만, 그 때문에 그들은 그때껏 경험해 보지 못한 악성 바이러스 유입으로 가마우지 신세가 된다. 문제는 한번 변질된 그것은 회복이 불가능하다는 것, 그런데 알고 보니 그 순수함은 러시아가 있어서 보전된 것이었다. 러시아에 난폭한 이미지가 있어서 세상 사람들이 경계하지만, 과거 독일 나치가 벨라루스에서 5,000여개 마을을 불 지르고 그 주민 220만명을 살육한 일이 있고, 한편, 독일과 소련(러시아) 양쪽에서 침공 당한 폴란드는 군경을 포함한 자국 엘리트 22,000여명이 카틴(katyn) 숲에서 소련 비밀경찰 NKVD에게 학살당한 일도 있었던 바처럼, 독일 나치는 경제력을 가진 유태인을 말살하려 한 그 연장선상에서 러시아의 광대한 영토와 그 자원을 탐내 슬라브 민족을 없애려고 했다. 결국 그러한 난폭함은 권력의 남용이어서 상대적인 것이었다. 러시아 국경 연선의 작은 국가들은 과거 소련 침공을 기억하며 러시아의 확장을 염려하지만, 반대로 나폴레옹과 히틀러, 그리고 그 이전에 폴란드에 침략 당했던 바 있는 러시아는 나토의 동진을 경계한다. 그래서 국가 간의 갈등은 누가 옳고 그름의 차원이 아니다. 그 지역을 바라보는 필자의 시각은 인간애에 맞추어져 있다. 당시 러시아 인민은 공산주의 평등사상에 매료되어 있어서 이기심과 탐욕을 염오했으니 그 때문에 그 지역에 순수함이 보존될 수 있었다. 결국 자본주의 좋은 점이 풍요를 약속한다면, 권력의 남용을 배제할 때, 공산주의는 공평성이 있어 그 인민의 순수한 인간애를 보장한다. 한국에서 실시하여 세계의 모범이 된 '학교무료급식'과 '공공의료보험제도'도 본질적으로는 공산주의이다. 그것이 있어 한국 사회는 갈등이 덜했지만, 그렇다 해도 실제로는 맹목적으로 미국 자본주의를 따르는 바람에 도리어 한국인 우애주의 그 순진함이 좋은 먹잇감이 되어 한국은 주관을 잃었고, 사기범죄 대국으로 전락 했으며, 그 때문에 민족소멸 상황에 봉착했다. 민족멸절, 그 시기가 멀지않지만, 그래도 아직까지는 이웃 선린 우애주의 상생 전통이 남아 있어 그나마 안전한 길거리를 만들고 있다. 반면, 미국 사회는 인디안 살육과 흑인 노예제에서 내리는 탐욕과 이기심이 자국 의료보험 계급 사회 갈취 프레임을 만들고, 그 의료시스템이 자국 국민을 칼날 위에 세운 그 연장선상의 그것이 그대로 확장된 미국 패권주의가 세계를 고통에 빠뜨리고 있다. 자유와 민주주의라는 빛나는 망토로 가장한 사악한 미국 자본주의 탐욕성, 그 실체를 순진한 사람들은 알 수 없다. 미국은 1980년대에 자국 제조 산업이 몰락해 정부 부채가 늘어나면서 부도 상황에 몰리자 달러의 가치를 인위적으로 떨어뜨려 경제를 회생시키려고 다른 나라 화폐를 평가 절상시켜 난국을 헤치려 했지만 소용이 없었다. 그래서 방향을 튼 것이 세계의 재화가 월가로 모이게 하는 금융 패권이었다. 이것의 정체는 과거 그들의 흑인 노예 착취가 그대로 진화된 방식이어서 세상 사람을 목 졸린 가마우지로 만든다. 세계가 불안정해지는 이유이며, 미국은 그 불안정을 유지하기 위해 세계 어느 곳에서건 갈등과 전쟁을 유발한다. 그것은 아주 치밀하고 교묘하여 일반인은 그 실체를 알 수 없다. 그에 반하여 러시아는 자본주의에 서툴고, 그동안 거친 이미지로 패권을 유지했다고는 해도 우크라이나 전쟁이 증거 하듯 실제로는 그마저도 서툴다. 그 이유는 그들의 출발이 공산주의 공평성을 기반으로 하기 때문에 교묘한 자본주의 탐욕에 비할 수 없기 때문이다. 원래 공산주의는 난폭함으로 구축되었지만, 그 목적한 바가 인간의 평등이어서 실제로는 순수했다. 그것이 결국 수정주의로 변질됐지만, 그래도 아직 때가 덜 묻은 러시아 서쪽 국경 연선지대,, 러시아의 힘이 약해질 때, 그곳에 미국 자본주의가 들어가 마지막 남은 인류 본래의 고귀한 선성(善性)은 변질될 것이다.

공산주의가 자본주의를 절대로 이길 수 없어 목이 졸리고 있는 그 마지막 결사대 북한 "핵무장",, 국제사회 북한 '경제봉쇄'로 그 인민의 인내가 한계에 이르러 폭발할 때 북한 권력은 주변 적성국만이 아니라 미국을 향해 핵미사일을 쏘게 되어 있고, 그럴 때 그 주력은 대륙간 핵미사일(ICBM)만이 아니다. 그것은 대외 전시용일 뿐, 북한은 핵무기를 소형화 시켰고, 잠수함 발사체(SLBM)도 개발했으며, 핵잠수함도 만들었다. 유사시 북한의 그 타격 결정체는 미국 연안의 어두운 물속에서 나타난다. 그래서 미국이 이 상황을 원천봉쇄하는 길은 트럼프가 명령했던 바대로 북한 전역에 고루 보낼 80기 핵미사일 선제폭격에 있다. 그런데 두 나라의 핵미사일 공방과 별개로 은밀히 러시아 핵잠수함이 미국 연안에 숨어들어 마치 북한 잠수함에서 발사되는 그것인 양 미국 대도시를 향할 수 있다. 그 하나가 텍사스주 전체를 날려버릴 수 있는 위력이다. 그 의도는 우크라이나에서 당한 러시아의 앙갚음이다. 러시아의 최신 핵미사일은 1945년 히로시마 리틀보이 보다 최소 2,000배 위력이어서 그 하나만으로도 프랑스 면적을 초토화시킬 정도라 하니, 그것이 미국 1개 주에 하나씩 고루 50개만 배달되어도 미국이 초토화 되는 조건이며, 기왕 시작한 김에 확인사살을 위해 최소 그 2배를 보낼 때 미국 시민이 자국에서 살아남을 확률은 희박하다. 결국 북한 핵무기는 기폭제일 뿐, 러시아가 우크라이나에서 당한 분풀이 미국 대도시 초토화, 하지만 전쟁 귀신 미국이 가만히 당하고 있지만은 않을 터이니 앞으로 전개될 인류 파멸 "핵전쟁"에서 과연 어느 쪽이 승리할 것인가.

승리??,, 그딴 것 없다. 모두 같이 죽을 뿐. 이에 미국은 답해야 한다. 러시아 푸틴 대통령은 지금까지 히틀러가 되지 않으려는 그 윤리 때문에 우크라이나에서 전세가 불리해도 "핵무기"를 사용하지 않고 있지만, 동양의 히틀러 일본 제국주의 전범 "천황"을 면책해주고, 북한 인민 300만 명을 굶겨 죽인 미국의 윤리 따위 조금도 개의 않을 북한 당국은 그것을 주저할 이유가 없다. 북한이 막바지에 몰리면 미국을 향해 "핵미사일"이 발사되며, 그럴 때, 러시아의 최신 핵탄두미사일이 같이 갈 수 있다. 미국이 우크라이나를 이용해 러시아를 축소시키려 하듯, 러시아는 북한을 이용해 미국을 지우려 들 수 있다.


** 사람이 병에 걸려 죽게 되면 최소한 자신이 무슨 병에 걸려 죽는지는 알아야 덜 억울할 것이다. 이 사안도 그러하다.

1994년 북한과 미국은 제네바에서 북한 비핵화에 합의했고, 2003년부터 6자회담이 시작됐다. 북한이 "핵무기"를 포기하고, 미국, 러시아, 차이나(china), 일본, 그리고 한국이 북한 체제를 보장한다는 이른바 10,3 합의였다. 그렇게 잘 진행되던 회담이 2008년 돌연 미국과 일본이 국제관례에 맞지 않는다며 일방적으로 깨뜨렸다. 후에 밝혀진 바에 따르면, 일본이 은밀히 미국에 "<u>북한이 핵무기를 개발할 수 있다는 능력도 검증되지 않았고, 그럴 역량이 있는지도 의심스러우며, 단기간에 핵을 개발할 가능성도 없고, ICBM도 없는데,</u> 미국이 한반도 주도권을 잃으면서까지 북한에 양보할 필요가 있는가?"라면서 "북한과 미국이 수교하면 한반도 통일이 앞당겨질 터이니 그것은 미국의 이익을 저해할 것"이라고 회담 파기를 속삭이자 미 오바마 대통령은 회담을 일거에 파토 냈다. 그가 일본을 방문했을 때 "천황"에게 깊이 머리 숙여 알현한 퍼포먼스에서 역사에 친려한 친일주의자

임을 드러낸 바와 같이, 미국 민주당 관료주의 기조가 대체로 그러하다. 큰 차이는 없겠지만, 그래도 일본의 로비 자금이 공화당보다 잘 먹히기 때문일 것이다. 만약 한반도가 통일되어 동북아시아의 군사 긴장이 완화되면 지금껏 이데올로기를 기반으로 해온 미국의 패권이 축소되고 무기 시장도 위축된다. 그것을 걱정한 미국 정치권과 그 싱크탱크의 사악한 자국 이익 중심주의가 작동하여 인류 파멸 막가파 종말적 위기 해소는 그때 어그러졌다. 그 후 북한이 "핵무기"를 완성하자, 싱가포르에서 트럼프와 북한 김정은 간에 북한 "비핵화" 회담이 다시 이루어졌으나 그 이듬해 베트남 하노이회담에서 완전히 뼈그러졌다. 싱가포르에서 트럼프는 북한 꼭지 김정은에게 <u>"김 위원장님, "비핵화" 준비가 되었습니까?"</u>라고 물었고, 김정은은 <u>"그런 의지가 없다면 여기에 오지도 않았습니다"</u>고 답했다. 그럼에도 북한 비핵화 회담이 깨진 이유는 한반도 안정과 평화를 끝까지 원치 않는 미국 대통령 정책보좌관들의 사악한 판단과 일본의 끈질긴 모사 방해 공작이 있어서였다. 거기에는 분명 일본의 대외 공적자금 살포라는 뇌물도 작동했을 것이다. 그런 차에 일본에서 적기지 '선제타격'을 넘어 '중심타격(김정은 집무실 타격)' 구호가 나오고, 한국에서 북한 선제타격(Kill Chaine)을 공약한 보수 대통령이 선출 되자 북한은 비핵화를 포기하고 핵무기를 아예 법제화 시켰다. 앞으로 더 이상 "비핵화" 논의를 하지 않는다는 것과 핵무기를 전쟁 억지 방어목적이 아니라 "선제타격에 사용 하겠다"는 것, 그리고 그 명령권을 김정은 위원장만이 갖는다는 것,을 명문화 했다.

북한의 핵 투발 동기는 국제사회 '경제봉쇄'에 의한,
① 그 인민의 민주화 봉기,
② 군부 쿠데타,
아니면,
③ 대만전쟁에 한국이 참전할 때,

④ 한·미 합작 북한 선제타격(Kill Chaine),

또는,

⑤ 북한이 독자적으로 한반도 적화에 자신감이 생길 때,이다.

한국은 이러한 조건에서 살아남을 자신이 있는 것인가. 북한은 엄연히 "비핵화"에 성의를 보였다. 그것이 한반도 평화와 안정을 원치 않는 미국의 이기심과 일본의 이간질 모해 경합으로 파탄 났음에도 한국은 똘마니 본분을 다하느라 동해바다에서 한·미·일 3국 합동 군사 훈련을 하고 있으니 북한은 그 대목에서 같은 동족 말살에의 핵무기 투발 당위를 확보했다. 미국은 한반도 평화와 안정을 절대로 원치 않는다. 한반도에서 긴장과 갈등이 유지되어야만 이데올로기 패권이 공고해지고, 그 매개로 달러 기축통화가 유지되며, 고가의 무기를 팔 수 있다. 그 상황을 일본이 부추겼다. 대신 한국은 그럴수록 미국에 매달리며 종속을 고정한다. 그렇게 생겨난 신경증이 한국 내부에 진영 논리를 강화시키고, 그로 보수의 사이비 기독교 집단 정치 개입과 진보의 민주노총 시위 등 극단적 대립구도가 형성되어 사회가 혼란에 빠지고, 민중은 그 틈에 부동산 투기와 사기범죄 등 사회적 약자 또는 순진한 사람 벗겨먹기가 횡횡해 부정 사회가 되었으니, 그 때문에 젊은이가 결혼을 기피해 나라는 망조에 들었다. 그 출발점이 조선으로부터 내리는 한국 정치인의 변함없는 상국 사대이며, 그 국민의 자의식(주권) 포기이다. 미국의 군사 전략이 세계 각지에서 모두 실패했음에도 오로지 한국에서만 성공한 이유이다.

미국의 정체는 과거에 인디언을 말살하고, 채찍을 휘둘러 흑인 노예를 착취하던 원초적 양태에 있다. 변한 것이 없다. 거기에 무릎 꿇은 한국의 모습을 한국인은 보려 하지 않는다. 그런데 그러한 현실기피가 자국 멸망만이 아니라 "핵전쟁" 세계 재앙을 유발하니 어쩔 것인가. 국제사회 북한 '경제봉쇄'가 계속되는 한, 앞에 열거한 북한의 5가지 요인으로 "핵전쟁"은 반드시 터지게 되어 있고, 그것은 세계 재앙과 연결되어 있다. 과연 인류가 무사할 수 있겠는가.

한국 현대사가 뒤틀린 것은 1950년 북한 김일성 깡패 집단이 일으킨 6.25한국전쟁 남침으로 수많은 사상자가 발생하고 나라가 초토화 되면서부터였다. 그 상처는 너무나 혹독했으니 한국인은 그 사실을 절대로 잊거나 용서하면 안 된다. 그런 이유로 한국은 미국의 이데올로기 최전선 첨병이 되었고, 지금껏 종속이 유지되고 있다. 그러나 그렇다고 하여, 그 때문에 영원히 미국 돌격대 총견을 자처해 이 나라의 해맑은 어린 아이를 포함해 국민 모두가 죽는 민족멸살까지 감수해야 하는가. 그것이 과연 옳은 것이고, 그것만이 해야 할 일인가. 국제사회 '경제봉쇄'로 나라 경제가 절단 난 북한은 이데올로기를 앞세운 미국의 자국 중심주의에 치여 스스로 살아남기 위해 "핵무장" 했고, 주변 여건은 핵미사일을 발사하게끔 종용하고 있다. 북한은 한반도 "비핵"에 성의를 보였음에도 미국이 거부했으니 엄밀히 그들에게는 선택권이 없다. 죽든가 살든가만 남았다. 한국 진보 진영의 한반도 평화주의 "비핵"이 그래서 허구요, 세상물정 모르는 조선의 형식주의 공허한 관념 뜬구름 잡기에 불과하고, 비핵국가 주제에 핵보유국 북한을 선제 타격하겠다는 보수의 프로파간다 또한 코메디에 불과하다. 미국이 원하는 것은 오로지 한반도 이데올로기 갈등과 대립뿐이다. 이 막장 조건에서의 한국의 생존권은 스스로 찾는 자주권 없이 절대로 성립되지 않는다. 현재 한국에 이것이 없다. 한국인이 살아날 방법은 보수의 북한 선제공격 킬체인(Kill Chain)이 아니며, 진보의 한반도 "비핵"도 아니다. 살 길은 오로지 국민의 '자의식'이고, 그것은 한국 자체 "핵무장"과 "미군철수" 없이 성립되지 않는다. 이것을 한국 국민이 모르지 않음에도 눈치만 보며 입 다물었으니 앞으로 닥칠 한반도 "핵전쟁" 한민족 소멸의 진짜 정체는 고립된 북한과 달리, 국제사회 일원으로 선택권이 있음에도 그것을 포기하고 미국의 돌격대 첨병을 자처한 한국인 스스로의 비겁함이다.


** 우크라이나 전쟁은 러시아와 독일 간에 천연가스관 노르트 스트림(Nord Stream) 1,2가 개설되어 나토 회원국이 러시아와 가까워지는 것을 원치 않는 미국이 자국 가스회사 이익과, 바이든 대통령 아들이 우크라이나 천연가스회사 이사 신분으로 수년간 고액 월급을 수령한 자국 내 비윤리 이슈를 눈 돌리기 위해 미국이 주도하고, 우크라이나 국민의 피해의식과 그 권력자의 기회주의, 그리고 푸틴 대통령의 자만심에서 터진 것이 본질이다. 유럽은 그 때문에 미국 천연가스를 그전 러시아의 그것보다 4배 비싼 값으로 수입하여 국민은 예년보다 10배에 달하는 전기세 등 에너지 폭등 비용을 감수 중이며, 세계는, 특히 저개발 국가들은 살인적 물가에 시달리다가 겨울이 오면 얼어 죽는 사람이 생겨날 것이다. 그 모든 것이 미국이 설계한 우크라이나 전쟁 때문인데도 세계인은 진실을 말하지 않기로 작정해 고통은 피해 당사자의 몫이 되었다. 덕분에 미국은 유럽으로 향하는 러시아 천연가스를 차단시켜 자국 가스회사 이익이 확보되었고 패권은 강화되었다. 세계는 러시아의 우크라이나 침공을 비난하며 제재를 가하면서도 그동안 미국이 일으킨 무자비한 전쟁에 대하여는 모두 입을 닫았다. 필자가 한국인이면서도 진실을 바로 보지 않는 한국인을 비겁하다고 비난 하지만, 비겁한 것은 입 다문 세계인 그 누구든 마찬가지이다. 특히 유럽 나토회원국이 그러하다. 그들은 과거에 소련으로부터 위협받은 트라우마가 있어 러시아를 비난하지만, 그들 자신이 오래 전부터 러시아 영토를 탐한 것도 사실이고, 그 기조에서 미국이 나토회원국의 그것을 이용하는 것도 사실이다. 세계인이 러시아의 우크라이나 침공을 비난하는 그 정체는 미국의 눈 밖에 나 "왕따"가 되지 않겠다는 자기검열에의 자기보호심

리라 할 수 있다. 전쟁은 그렇게 진실을 호도하여 생긴다. 진정으로 평화를 원한다면, 러시아가 우크라이나를 침공한 것만 탓할 것이 아니라 침공하도록 유인한 사안도 규명해야 한다. 사람들이 이것을 외면하기 때문에 세계 도처에서 전쟁이 일어난다. 그 최악의 상황이 북한이다. 러시아가 우크라이나 전쟁에서 궁지에 몰리면 "핵무기"를 쓸 수 있듯이, 국제사회 경제봉쇄로 이미 한계에 다다른 북한의 선택은 오로지 하나만을 가리킨다. 그들의 마지막 발악, "너를 죽이고 나 또한 죽겠다!!",, 북한 핵미사일은 한국과 일본을 넘어 그 주 타깃은 미국이 될 터인데 이에 대한 미국의 해결 수단은 무엇인가. 선제공격인가.

1945년 일본의 진주만 폭격은 미국의 일본 물자 공급 차단에서 왔다. 마찬가지로, 독일 국민이 히틀러를 칭송하며 2차대전을 일으킨 것도 감당하지 못할 1차대전 전쟁배상금으로 궁지에 몰렸기 때문이다. 동서고금을 막론하고, 사람이든 짐승이든, 막바지에 몰리면 발악을 하게 되어 있다. 미국의 전통 전략 상대방 목조르기, 그것이 처음 아메리카 인디언 청소에서 시작됐고, 인디언 손에 든 것은 돌도끼여서 쉽게 성공한 그 연장선상에서의 일본 진주만 폭격은 프로펠라 비행기 폭격 국지전에 불과하여 어렵지 않게 제압할 수 있었지만, 지금 목이 졸리고 있는 북한은 ICBM과 SLBM을 가진 "핵무장국"이다. 북한은 처음 핵무기 포기 한반도 "비핵화"에 동참해 국제 사회 일원으로 어떡해서든 살아남으려 했지만 평화를 자국 이데올로기 패권의 독(毒)으로 여기는 미국이 그것을 거부했다. 그래서 막다른 길에 몰린 북한은 "핵무기"를 선제 타격용으로 법제화시켜 한·미·일을 겨누고, 그래서 미국이 중심 타깃이 되었지만, 그렇다 해도 1차 타깃 원점은 한국이다. 미국의 전통 압제수단 상대방 목조르기 북한 "경제봉쇄",, 그것이 계속되는 한 북한 최후의 발악 "핵전쟁" 인류 재앙은 정해져 있음에도 이에 대한 자주적 해결을 말하는 한국인은 눈을 씻고도 찾아볼 수 없다. 죽음이 눈앞에 있는데도 상국 첨병 돌격대를 끝까지 자처한다. 그렇다면 1만년 역사 한민족 소멸이라는 끔찍한 명제 앞에서도 아무소리 못하는 국민의 그것을 어떡케 설명해야 하는가. 핵전쟁 고열과 방사능 낙진은 일반 전쟁 총포탄 전쟁과는 차원이 다르다. 잔인하며 고통스럽다. 그 상황에서 살아남는다 해도 심각한 후유증이 있고 그것은 유전병으로도 이어진다. 그럼에도 한국인들이 저희만 죽겠다고 하면 누가 무어라 하겠는가만, 그것이 세계에 재앙적 피해를 주는 것까지 나 몰라라 하는 것은 어떡케 설명할 것인가. 600년을 엎드려 긴 조선의 비겁한 현실기피 유습, 그 고집 말고 다른 이유는 없다. 조선이 그것으로 망한 종속국 신민의 의리,, "진실 외적인 것에서 진실 찾기",, 그 역겨운 의존 사대주의 DNA가 그대로 내려 민족소멸과 세계재앙 조건에서도 할 일은 오로지 엎드려 기기뿐이다. 그 모든 것이 한국의 지식인 문치 굴복주의에서 온다. 고래로, 그들의 일관된 기조는 상국을 받드는 무항심이며, 하는 짓은 저희끼리의 사생결단 물어뜯기뿐이다. 그것이 나라를 망쳤고, 그래서 민중은 피를 흘렸다. 우크라이나 전쟁에서 젤렌스키 대통령은 한국을 향해 살상무기 제공을 요구했고 그 목록까지 제시했다. 국가 기밀인 그 세부사항을 알고 있다는 것은 미국이 그 정보를 제공했기 때문이고, 거기에 더하여, 나토 사무총장이 한국을 방문해 우크라이나 전쟁에 한국이 살상무기를 지원 할 것을 요구했다. 그런데 한국은 지금 북한과 휴전 상태이며, 러시아와 척을 지면 한반도에서 "핵전쟁"이 터질 함수가 있다. 그럼에도 그런 요구를 하는 그 의미는 간단히 말해 한국은 미국의 하급 병사 첨병에 불과하니 그 본분을 다하라는 것 말고는 없다. 한국에서 "핵전쟁"이 터져 한국이 초토화 되고, 한국인이 죽든 말든, 그런 것은 자기네와 상관없고, 오로지 미국 똘마니로서 본분을 다해야 한다는 압력이었다. 이것은 무례함을 넘는 도발에 속한다. 그런데 이에 대하여 분노하는 한국인을 보지 못했다. 지금 우크라이나 전쟁의 본질이 러시아가 평화로운 우크라이나를 무단 침공한 것이라면 세계의 러시아 제재는 당연한 것이지만, 그러나 우크라이나는 나토에 가입하려 했고, 그것은 러시아를 향한 선전포고에 해당해 그 때문에 전쟁이 터졌다. 그것은 우크라이나가 자처한 일이어서 우크라이나는 자력으로 그 전쟁을 치러야 한다. 그런데 젤렌스키를 비롯한 나토 사무총장 등은 어째서 아무 상관도 없는 한국에 살상무기 제공을 요구하는가. 그들의 그러한 요구는 한국이 미국의 이데올로기 돌격대 신분이고, 자신도 그러하며, 그럼에도 자신들이 한국보다 계급이 위라고 여겨 그러는 것 말고 있는가.

미국은 북한을 악의 축으로 규정했지만 전쟁과 교란으로 패권을 유지하는 미국이 오히려 악의 본산이자 태두인 것이 진실이다.

9·11 테러가 터질 때 딕 체니는 미국 부통령이었다. 그는 아프가니스탄을 치고, 그 다음 차례는 이라크라며 대통령 부시를 조종했다. 처음에는 이라크가 9.11 테러 배후라고 했다가 나중에는 대량살상무기를 숨겼다면서 이라크 전쟁은 터졌고 초토화 작전으로 무수한 사람이 죽어나갔으며 미국 시민은 막대한 세금을 지불했다. 사람들은 이라크전쟁 발생 원인에 대하여 여러 이유를 대지만 1960년대 베트남전쟁에서 고엽제와 네임판탄 등 화학제 공급으로 떼돈을 벌었던 다우 케미컬(Dow Chemical)처럼, 영국의 어느 비평가가 "부시 행정부의 혈관에는 석유가 흐른다"고 했듯이 부시 집안 가업이 석유사업이었고, 그 각료들 역시 크건 작건 석유 사업과 연관되어 있었다. 그런 조건에서 발생한 이라크전쟁은 딕 체니 부통령이 머리 단순하고 의존적인 대통령을 이용해(국가를 이용해) 자신의 주머니를 불린 석유 비지니스였고, 지금 그 연장선상에 있는 것이 우크라이나 전쟁이다.

미국 불멸의 팝송 이글스의 "호텔 캘리포니아",, 천국인지 지옥인지 알 수 없는 그곳에 우연히 들린 손님은 특별한 와인 "spirit(정신)"을 주문했으나 직원은 "1969년 이후로는 취급하지 않는다"고 했다. 그 시작은 아마도 베트남전쟁부터일 것이다. 좋게 말해, 미국은 그때 선을 넘었다. 한번 들어오면 체크 아웃은 할 수 있어도 떠날 수는 없는 곳, 그 호텔이 미국 전역으로 확산되고, 세계를 잠식하고 있다.

우크라이나 전쟁 1년이 지나는 시점에서, 플리쳐상 수상자이자 미국의 탐사보도 기자 시모어 허쉬(Seymour Hersh)는 2022년 9월 러시아와 독일을 잇는 가스관 노르트스트림 1,2의 4개 라인 중 3개를 미 해군이 폭파했다고 폭로했고, 여기에는 우크라이나 정부 혹은 그 정보기관이 연루됐을 가능성이 크다면서, 미국 정부가 가스관을 파괴한 이유에 "바이든이 그 가스관 파괴로 얻을 수 있는 전술적 이익이 있고, 독일이 어려워진 자국 사정으로 우크라이나 지원을 철회하지 못하도록 하기 위함"이라고 밝힌 그 취지에 러시아를 상대로 유럽의 대립 없이 "<u>미국이 서유럽에서 영향력을 유지하기 불가능하기 때문</u>"임을 밝혔다. 마찬가지로, 한국과 러시아가 가까워지는 것은 미국의 영향력이 약화되고 그것은 패권 축소로 이어진다. 그래서 미국은 한국에게 우크라이나에 탄약과 포탄을 보내 실제적으로 그 전쟁에 참전시킴으로서 러시아와 적성국이 되었다. 미국에 있어 서쪽의 돌격대는 우크라이나였고, 동쪽은 한국이었다. 그 미국에게 평화는 독이었다. 최근, 익명의 EU 한 고위인사는 파이낸셜 타임스와의 인터뷰에서 "우크라이나 전쟁으로 가장 큰 이득을 본 나라는 미국"이라면서 바이든이 그 전쟁을 계속하는 이유라고 토로했다. 사정이 이러함에도 세계가 그 전쟁의 종식을 종용하거나 중재하지 않으며, 러시아의 침공만을 비난하고, 제재에만 힘쓰며, 계속 무기를 공급하는 것은 미국 권위에 굴복했다는 것 말고는 없다. 진실을 바로 보지 않는 현실기피, 그 비겁함의 댓가는 세계 도처에서 끊임없이 이어질 전쟁이며, 그로부터의 물가 폭등 세계인의 고통이다. 그 휘날레는 한국과 일본을 포함해 미국을 향해 날아갈 북한 핵무기가 될 수밖에 없다.

다른 시각에서,, 의사 카멜로 롬바르도(Carmelo Lombardo)는 2009년 2월 자신이 암에 걸려 장(腸)에서 주 종양을 제거한 후, 간(肝)에도 암이 전이된 것을 알았고, 간(肝) 수술을 받기 직전에 암이 더 진행하여 양쪽 폐(肺)까지 퍼진 것을 알게 되어 절망 했다. 그는 가족에게 이런 사실을 말하지 않았지만 자신의 생명이 오래 남지 않았음을 인지했다. 그러다가 우연히 이태리 툴리오 시몬치니 박사 치료법을 알게 된 후 자진하여 암 부위 혈관에 카덱터(도관)를 삽입해 중탄산나트륨(소다) 용액 주사 치료를 받았다. 그 관로는 정확히 경동맥을 통해서 정맥으로 보내는 방식이었다. 몇 차례의 용액 투입 후 CT촬영 결과 그의 양쪽 폐에 있던 종양들이 없어진 것을 알 수 있었다. 조영제를 사용한 것과 사용하지 않은 검사 모두에서 병소가 발견되지 않았다. 그는 동료 의사들에게 다음과 같은 메시지를 전했다. "<u>진리는 바로 우리 코앞에 있습니다. 그것이 너무 가까이 있는 까닭에 우리는 그것을 믿지 못합니다. 당신의 시야를 넓혀 보세요</u>". 그렇다면 이 간단하고 좋은 시술이 어째서 사용되지 않는 것인가. 어째서 항암표적치료제니, 면역항암제니, 등 말로는 그럴 듯하지만 부작용이 심하고 확실한 치유 보장이 없음에도 큰돈을 지불하면서 환자는 고통에 몸부림치다가 죽어야 하는가. 현대 의료 시스템 뒤에 미국 패권이 있고, 인간의 생명보다 자기 밥그릇이 더 중요한 이 분야 의사들이 있으며, 권위에 굴복한 인민 대중이 있기 때문이다. 세계는 셈 빠르고 교활한 미국 권력자 의중에 따라 수시로 전쟁을 해야 하고, 그 연장선상에서, 환자는 저렴한 비용으로 6일이면 간단히 고칠 암을 돈은 돈대로 쓰면서 몸은 만신창이로 고통 받다가 죽어야 한다.(뼈암 제외) 현대의 암은 환경 문제로 누구나 쉽게 걸리게 되어 있어서 젊은이라 하여 예외는 없다. 그런데도 이 짓을 언제까지 해야 하는가. 세계가 미국 패권에 굴복하고 있는 한 암은 극복되지 않는다. 전쟁도 계속된다. 권위에의 굴복, 이것은 인간의 나약함과 정보 무지에서 온다. 암 환자가 기존의 항암치료를 받는 동안 머리칼과 손톱이 빠지고, 무릎 연골이 녹는 경우가 다반사이다. 돈은 돈대로 쓰면서 무지막지한 고통을 감수해야 한다. 인간이여!~ 어째서 이런 고통을 감수하는가. 권위에 무릎 꿇은 인간의 비굴함과 무지함 말고 다른 이유가 있는가. 누구나 암에 노출될 수밖에 없는 지금의 시대 환경 조건에서 암 환자는 곱게 죽지도 못하고 가진 돈은 다 털리고 비참하게 죽어야 한다. 의사는 자기 밥그릇 때문도 있지만 함부로 나대다가는 의사면허를 박탈당하기 때문에 이 개선은 애초에 꿈도 꾸지 않는다. 이 모든 것이 미국 패권에서 온다. 의료 독점과 시스템을 공유하기 때문이다. 이 사실을 알지 못하면 인간은 사육장 인질로 살다 죽어야 한다. 이 소다(탄산수소나트륨) 치료법을 개발한 이태리 시몬치니 박사는 TV에 출연해 6일이면 뼈암을 제외한 모든 암을 치료할 수 있다면서 이 치료법으로 수많은 환자를 살렸음에도 중증 암 환자 단 한 사람을 죽음에 이르게 한 죄로 감옥살이를 했고, 의사면허를 박탈당했는데, 냉정히, 기존에 암 치료법은 그동안 수천 만 명의 사람을 죽였고, 그것은 앞으로도 계속된다. 일본의 방사선 종양학 전문의 곤도 마코토(近藤誠)는 "의사에게 살해당하지 않는 방법", "항암치료는 사기"라는 책까지 펴냈다. 일본의 무사도 정신은 그래도 남아 있었다. 한국에서는 이런 의사가 절대로 나오지 않는다. 한국의 정체성 도덕과 예절이 상국에 대한 굴종주의 무항심과 연결되어 있기 때문이다.

자본주의 사회에서 히포크라테스 선서는 의료산업 미화 눈속임에 불과하다. 그러니 인간에게 일말의 자의식이 있다면 이에 대한 확인부터 해야 한다. 이 극복은 사회 공론화에 있다. 서로 토론을 하고 사실 확인을 해야 한다. 그런 다음 SNS 등을 이용해 진실을 공유해야 한다. 지금은 정보가 힘인 세상이어서 이 극복은 어렵지 않다. 그럴 때만이 같은 독점 프레임

선상에 있는 미국 패권의 정체가 드러나 세계의 안전과 평화는 진일보한다. 하지만 이것을 기피하면, 한국의 "국민건강의료보험" 재정 부실화는 빨라지고, 그럴 때 미국 의료보험제도가 도입되면서 지옥문이 열린다.

미국 패권주의가 만드는 북한 발 "핵전쟁",, 그 북한은 고립에서 살아남으려고 "비핵화"에 성의를 보였다. 그것을 거부한 것은 엄연히 미국이고, 거기에 일본의 이간질이 있었다. 그 결과 ICBM과 SLBM이 한국과 일본 그리고 미국 대도시를 겨눈 동귀어진으로 나타났다. 이 인류 재앙 '진몰 게임 해소는 외세를 배제한 한국과 북한 당사자의 '앞갈망 뿐이다. 그 전제가 한국자체 "핵무장", "미군철수", 그리고 "남북한 자주적 협의"뿐이다. 이것 없이 한반도는 물론이고 세계의 안정은 없다. 한국인이 이 현실을 기피하고 가짜 평화주의 "비핵"을 내세우는 것은 산고가 무서워 임심을 기피하는 현실기피 그 비겁함 때문이다.

2012년 한국 출생아는 48만 명이었다. 그 10년 후인 2022년에 반으로 줄어 24만 명이 되었다. 앞으로 10년 이내에 10만 명 이하로 떨어질 것이고, 그 몇 년 후면 1만 명 이하, 즉 제로(0)가 된다. 그렇게 한국 소멸이 코앞에 100% 정해져 있어도 한국인이 이것을 해결할 능력이나 의지는 없다. 미국 자본주의 체계를 벗어나야 해법이 생기는데 속민의 신분으로 그럴 수 없기 때문이다. 마찬가지로, 북한이 국제사회 '경제봉쇄'로 붕괴될 때 한국을 향해 "핵미사일"이 날아올 확률 역시 90% 이상 정해져 있다. 그럼에도 한국인이 이것을 해결할 능력이나 의지는 없다. 나라가 망하든 말든, 민족이 소멸되든 말든, 조선으로부터 내리는 600년 종속 신민의 의리를 끝까지 지켜야 하기 때문이다. 이 나라 파멸은 엄연히 한·미 동맹에서 온다. 그럼에도 한국인은 반대로 그것이 있어 한국이 보호되고 유지된다고 믿는다. 그 정체는 의존이다. 조선이 진실 외적인 것에서 진실 찾다가 나라가 망한 그 정체도 의존인 그 본질은 비겁함이다.

지금까지 북한이 전쟁을 일으킬 요인은 그 정권 붕괴에 따를 "죽기 아니면 살기"뿐이었다. 그러던 것이, 한국이 우크라이나 전쟁에 탄약과 포탄을 보내 러시아군인 수만 명의 사상자를 담보함으로서 러시아는 그 보복으로 북한에 핵미사일 대기권진입 등 첨단 군사 기술제공을 시사했다. 그 전에, "한국이 공격 무기를 우크라이나에 제공하면 한·러 관계는 파탄 날 것"을 러시아의 짜르 푸틴이 이미 천명했음에도 한국 보수 정권은 상국에 대한 종속 신민의 의리와 경명의 도리를 실천했다. 그런데 러시아는 한다면 하는 나라여서 핵미사일 대기권 진입 기술이 북한에 전수되면, 북한은 한국 적화통일에 자신감을 갖게 되며, 미국을 두려워 않게 된다. 재래무기이든, 핵무기이든, 지금껏 미국이 북한을 공격해 초토화 시킬 수 있다는 자신감은 미국이 북한과 지구 반대편에 있고, 그 북한은 아직 ICBM 대기권 진입 기술이 부족하기 때문이었다. 그동안, 북한이 아무리 미사일을 쏘며 시위를 하고 염병을 떨어도 코웃음 칠 수 있었던 것은 북한의 그 약점 때문이었다. 그런데 그것을 북한이 갖게 되면 이야기가 달라진다. 미국 본토 LA와 워싱턴 등 대도시에 수소폭탄 핵미사일이 떨어진다? 그 의미는 한·미 동맹이 아무리 강력하고, 그것을 문서로 만들었다고 해봐야 공염불 휴지조각에 불과하다는 것을 암시한다. 막상 북한이 "핵전쟁"을 일으키면, 미국은 무슨 수를 써서라도 그 전쟁을 한반도에 국한시키려 할 것이다. 미국에 있어 한국은 일본 방파제 보호용 테트라 포드에 불과하기 때문이다. 그런 한국을 위해 자국 대도시 핵피폭 초토화를 감수할 리는 없다. 그것이 엄연한 현실이다.

과거 프랑스가 핵무기를 가지려 했을 때 미국은 결사반대 했었다. 그러자 드골 대통령이 말했다. "그렇다면, 미국은 파리를 지키기 위해 뉴욕과 워싱턴을 희생시킬 각오가 되어 있는가?"를 물었고 미국은 입을 다물었다. 그 프랑스는 핵보유국이 되었고, "핵무기를 보유하지 않은 국가는 독립국가라 할 수 없다"고 피력했다. 이에, 미국의 일각 싱크탱크에서는 한국이 드골의 논리를 들고 나올 것을 대비하여, "미국은 서울을 지켜줄 것"이라고 최대한의 립써비스를 해야 한다는 말이 나왔다. 북한에서 핵미사일이 1분이면 서울에 도착하는 조건에서 미국이 한국을 보호할 방법은 없다. 그래서 그냥 말이 그렇다는 것이다. 왜냐하면, 한국인에게 그러한 가짜 껍데기라도 만들어 주면 한국인은 그 진위를 따지지 않고 미국을 무조건 믿고 따를 것을 알기 때문이다.

결국 나라의 주권은 그 나라 리더의 현명함과 의지의 문제였다. 한국에는 600년래 이것이 부족했다. 박정희 대통령이 있었지만 국민이 거부했다. 제 발로 일어서는 것은 속민의 도리가 아니기 때문이었다.

한국에 있어 미국 동맹이라는 것은 그들의 앞잡이 최전선 돌격대에 불과한 것이 진실이다. 열강에 둘러싸인 한국의 지정학적 조건에서 한국이 살아남을 길은 남북한 통일밖에 없고, 그것은 스스로 길을 찾을 때 열리지 남에게 의존하여 찾는 것이 아니다. 한국 국민은 북한이 망하면 그 땅이 한국으로 자동 흡수될 것으로 믿어 의심치 않겠지만 천만의 말씀이다. 그 땅은 차이나(china) 손에 들어간다. 그들이 노리는 곳은 특히 북한의 동쪽 함경도 땅이다. 그 이유는 그곳을 가질 때 북태평양 진출이 용이해지고, 한국의 무역로를 차단해 한국을 쉽게 도태시킬 수 있기 때문이다. 한국도 그런 사실을 모르는 바가 아니어서 그럴수록 미국에 매달리고 있지만, 그것은 진리 외적인 것에서 찾는 가짜 진리일 뿐, 진짜 진리는 러시아 극동지역 한·러 공생국가 설립과 오키나와 독립에 있다. 그 조건만이 스스로 살 수 있는 길을 만들며, 북한 변화가 자연스럽게 유도되어 평화통일이 가능해 진다. 그리고 이것은 1,000년이 된다한들 한국 정부, 또는 이 나라의 제도권이 앞장설 일 없으니 민중이 나서서 외쳐야 한다. 거듭 말해, 주변 열강 틈새에서 한국이 살아남을 방법은 한반도 평화통일밖에 없다. 그래야만 힘이 생겨 자력으로 이 힘한 세상을 헤쳐 나아갈 수 있다. 한국이 믿고 의지하는 미국은 현재 국가부채가 30조 달러(약 4경2천조 원)에 이르고, 2022년 매일 하루에 5조원의 빚이 발생하며, 2023년 1분기 재정적자만 1조 달러에 이른다. 그들은 수십 년에 이르는 자국 파산 상황을 달러 찍어내기, 즉 카드 돌려막기로 버티는 중이어서 세계 경제를 파탄 내고, 세계 인민을 도탄에 빠트리며, 특히 한국의 첨단 공업기술을 갈취해 한국을 제물로 삼으려 한다. 한국은 지금 과거 조선이 썩어빠진 명(明)나라를 상국으로 받들다가 망했던 전통을 그대로 잇고 있다. 진실을 외면하는 의존의 급부, 한국은 그 때문에 조선이 간 길을 다시 간다. 이 상황을 벗어날 길은 한국의 자체 "핵무장"과 "미군철수", 그리고 통일의 지렛대 "한·러 공생국가 설립"뿐이다. 그래야만 미국과 대등한 위치에서 제대로 된 국가 안보와 공정한 자유무역이 가능해 진다.

차이나(china)에 있어 한국은 태평양 진출의 걸림돌이면서, 인터넷 스피드 시대의 자국 글자 치명적 약점 극복을 위한 유일한 수단이 오로지 한국 소멸뿐이고, 일본 또한 끝없는 독도 도발이 증거 하듯, 정한(征韓) 야욕 때문에 이 땅을 포기 못하는 이러한 조건에서 한·미 동맹이 계속되는 한 남북한 "핵전쟁"은 정해져 있고, 정치적으로나 경제적으로나, 미국에 예속되어 있는 한국은 자신들의 마지막 보루 첨단공업기술마저 미국이 노리고 있으니 무슨 수로 살아남겠는가.

한국인은 어려서부터 독립심보다 이웃 간의 우애와 화합, 그리고 어른 말씀 잘 들어야 하는 교육을 받아 거기에 숨어 있는 수동성이 제 발로 일어서는 자립을 경원하기 때문에 그로 생겨난 의존성이 종속을 미화시켜 파멸의 길을 가고 있으니 무엇이 잘못되었는지를 제대로 알아야 하고, 그것은 또 안다고 하여 고쳐지는 것이 아니니 거기에는 반드시 실천이 병행되어야 한다. 민족의 600년 의존 사대주의 고질병, 이제는 진실을 진실에서 찾아야 한다.

그럼에도, 지금 한국 기생주의 정치인들이 미국에 엎드려 기면서 한국 핵무기 "재배치"를 요구하고, 미국 일각에서는 그것을 고려하고 있다. 그런데 그렇게 되면 한반도 "핵전쟁"은 기정사실화되고 그 시기도 앞당겨진다. 미국에 있어 그것은 "핵 전장"을 한반도에 국한시켜 남북한 소멸을 전제로 자국을 보호하겠다는 전략이며, 1941년 하와이 진주만에서 미국이 2차대전 참전 명분을 위해 자국 병사 2,400명을 희생 시켰듯, 주한 미군병사 약37,000명을 버리겠다는 계산이 된다. 이에 한국 국민에게 고하노니, 한국이 자체 "핵무장"을 못하거나, 이 땅에 미국 핵무기가 "재배치"되면, 각자 살 길을 살펴 두시라.
------
진몰: (盡歿; 모조리 다 죽음).
앞갈망: (자기에게 생기는 일을 감당하여 처리함).

- 끝 -

------------------------------------
도 서 명 : 미군철수
지은이 : 우 영 신
정 가 : 20,000원
발 행 일 : 초판 2023년 3월 1일
          2쇄 2023년 4월 28일(증보판)
ISBN : 979-11-982117-0-5

출판사 : 보흡출판
발행인 : 박 정 기
전 화 : 031-925-1125
e - m a i l : gozen@naver.com
주 소 : 경기도 고양시 일산서구 킨텍스로 255번지 사무동 904호
------------------------------------